Edith, siebzehnjährige Tochter eines ungarischen Großindustriellen, ist an den Rollstuhl gefesselt. Als sie den jungen Leutnant Anton Hofmiller kennenlernt und sich Hals über Kopf in ihn verliebt, schöpft sie neuen Lebensmut. Anton dagegen hat kein echtes Interesse an der gelähmten jungen Frau, heuchelt ihr aus falschem Mitleid aber Zuneigung vor und läßt sich sogar auf eine Verlobung mit ihr ein. Aus Scham über diese Verbindung verleugnet er sie jedoch vor seinen Kameraden – ohne zu ahnen, welch schwerwiegende Konsequenzen sein Verrat nach sich ziehen wird …

Stefan Zweigs Roman erschien erstmals 1939 im Bermann-Fischer Verlag, Stockholm.

Stefan Zweig, 1881 in Wien als Sohn jüdischer Eltern geboren, emigrierte 1934 nach London und lebte ab 1941 in Brasilien. Er verfaßte Lyrik, Prosa, Dramen und Essays. Mit Werken wie der *Schachnovelle* (1942) oder *Ungeduld des Herzens* (1939), aber auch mit seinen historischen Miniaturen und Biographien wurde er weltberühmt. Stefan Zweig nahm sich im Februar 1942 in Petrópolis, Brasilien, das Leben.

Außerdem im insel taschenbuch erschienen: *Die Schachnovelle* (it 4201), *Sternstunden der Menschheit* (it 4202), *Marie Antoinette* (it 4204), *Magellan* (it 4205), *Maria Stuart* (it 4206), *Die Welt von Gestern* (it 4207) und *Brasilien* (it 4208).

insel taschenbuch 4203

Stefan Zweig

Ungeduld des Herzens

Stefan Zweig

UNGEDULD DES HERZENS

ROMAN

INSEL VERLAG

Der Text dieser Ausgabe folgt der Originalausgabe, die erstmals 1939 erschien.

Umschlagfoto: Margie Hurwich / Arcangel

Klimaneutral
Druckprodukt
ClimatePartner.com/14438-2110-1001

2. Auflage 2023

Erste Auflage 2013
insel taschenbuch 4203

Vertrieb durch den Suhrkamp Taschenbuch Verlag
Umschlaggestaltung: Hißmann, Heilmann, Hamburg
Satz: Satz-Offizin Hümmer GmbH, Waldbüttelbrunn
Druck: CPI books GmbH, Leck
Printed in Germany
ISBN 978-3-458-35903-6

www.insel-verlag.de

UNGEDULD DES HERZENS

»Wer da hat, dem wird gegeben«, dieses Wort aus dem Buche der Weisheit darf jeder Schriftsteller getrost in dem Sinne bekräftigen: »Wer viel erzählt hat, dem wird erzählt.« Nichts Irrtümlicheres als die allzu umgängliche Vorstellung, in dem Dichter arbeite ununterbrochen die Phantasie, er erfinde aus einem unerschöpflichen Vorrat pausenlos Begebnisse und Geschichten. In Wahrheit braucht er nur, statt zu erfinden, sich von Gestalten und Geschehnissen finden zu lassen, die ihn, sofern er sich die gesteigerte Fähigkeit des Schauens und Lauschens bewahrt hat, unausgesetzt als ihren Wiedererzähler suchen; wer oftmals Schicksale zu deuten versuchte, dem berichten viele ihr Schicksal.

Auch dieses Begebnis ist mir beinahe zur Gänze in der hier wiedergegebenen Form anvertraut worden und zwar auf völlig unvermutete Art. Das letzte Mal in Wien suchte ich abends, von allerhand Besorgungen abgemüdet, ein vorstädtisches Restaurant auf, von dem ich vermutete, es sei längst aus der Mode geraten und wenig frequentiert. Doch kaum eingetreten, wurde ich meines Irrtums ärgerlich gewahr. Gleich von dem ersten Tisch stand mit allen Zeichen ehrlicher, von mir freilich nicht ebenso stürmisch erwiderter Freude ein Bekannter auf und lud mich ein, bei ihm Platz zu nehmen. Es wäre unwahrhaftig, zu behaupten, daß jener beflissene Herr an sich ein unebener oder unangenehmer Mensch gewesen wäre; er gehörte nur zu jener Sorte zwanghaft geselliger Naturen, die in ebenso emsiger Weise, wie Kinder Briefmarken, Bekanntschaften sammeln und deshalb auf jedes Exemplar ihrer Kollektion in besonderer Weise stolz sind. Für diesen gutmütigen Sonderling –

im Nebenberuf ein vielwissender und tüchtiger Archivar – beschränkte sich der ganze Lebenssinn auf die bescheidene Genugtuung, bei jedem Namen, der ab und zu in einer Zeitung zu lesen war, mit eitler Selbstverständlichkeit hinzufügen zu können: »Ein guter Freund von mir« oder »Ach, den habe ich erst gestern getroffen« oder »Mein Freund A hat mir gesagt und mein Freund B hat gemeint«, und so unentwegt das ganze Alphabet entlang. Verläßlich klatschte er bei den Premieren seiner Freunde, telephonierte jede Schauspielerin am nächsten Morgen glückwünschend an, er vergaß keinen Geburtstag, verschwieg unerfreuliche Zeitungsnotizen und schickte einem die lobenden aus herzlicher Anteilnahme zu. Kein unebener Mensch also, weil ehrlich beflissen und schon beglückt, wenn man ihn einmal um eine kleine Gefälligkeit ersuchte oder gar das Raritätenkabinett seiner Bekanntschaften um ein neues Objekt vermehrte.

Aber es tut nicht not, Freund »Adabei« – unter diesem heiteren Spottwort faßt man in Wien jene Spielart gutmütiger Parasiten innerhalb der buntscheckigen Gruppe der Snobs für gewöhnlich zusammen – näher zu beschreiben, denn jeder kennt sie und weiß, daß man sich ihrer rührenden Unschädlichkeit ohne Roheit nicht erwehren kann. So setzte ich mich resigniert zu ihm, und eine Viertelstunde lief schwatzhaft dahin, als ein Herr in das Lokal eintrat, hochgewachsen und auffällig durch sein frischfarbiges, jugendliches Gesicht mit einem pikanten Grau an den Schläfen; eine gewisse Aufrechtheit im Gang verriet ihn sofort als ehemaligen Militär. Eifrig zuckte mein Nachbar mit der für ihn typischen Beflissenheit grüßend auf, welchen Impetus jedoch jener Herr eher gleichgültig als höflich erwiderte, und noch hatte der neue Gast nicht recht bei dem eilig zudrängenden Kellner bestellt, als mein Freund Adabei bereits an mich heranrückte und mir leise zuflüsterte: »Wissen

Sie, wer das ist?« Da ich seinen Sammelstolz, jedes halbwegs interessante Exemplar seiner Kollektion rühmend zur Schau zu stellen, längst kannte und überlange Explikationen fürchtete, äußerte ich bloß ein recht uninteressiertes »Nein« und zerlegte weiter meine Sachertorte. Diese meine Indolenz aber machte den Namenskuppler nur noch aufgeregter, und die Hand vorsichtig vorhaltend, hauchte er mir leise zu: »Das ist doch der Hofmiller von der Generalintendanz – Sie wissen doch – der im Krieg den Maria Theresienorden bekommen hat.« Weil nun dieses Faktum mich nicht in der erhofften Weise zu erschüttem schien, begann er mit der Begeisterung eines patriotischen Lesebuchs auszupacken, was dieser Rittmeister Hofmiller im Krieg Großartiges geleistet hätte, zuerst bei der Kavallerie, dann bei jenem Erkundungsflug über die Piave, wo er allein drei Flugzeuge abgeschossen hätte, schließlich bei der Maschinengewehrkompagnie, wo er drei Tage einen Frontabschnitt besetzt und gehalten hätte – all das mit vielen Einzelheiten (die ich hier überschlage) und immer dazwischen sein maßloses Erstaunen bekundend, daß ich von diesem Prachtmenschen nie gehört hatte, den doch Kaiser Karl in Person mit der seltensten Dekoration der österreichischen Armee ausgezeichnet habe.

Unwillkürlich ließ ich mich verleiten, zum andern Tisch hinüberzuschauen, um einmal einen historisch abgestempelten Helden aus Zweimeterdistanz zu sehen. Aber da stieß ich auf einen harten, verärgerten Blick, der etwa sagen wollte: Hat der Kerl dir etwas von mir vorgeflunkert? An mir gibt's nichts anzugaffen! Gleichzeitig rückte jener Herr mit einer unverkennbar unfreundlichen Bewegung den Sessel zur Seite und schob uns energisch den Rücken zu. Etwas beschämt nahm ich meinen Blick zurück und vermied von nun an, auch nur die Decke jenes Tischs neugierig anzustreifen. Bald darauf verabschiedete ich mich von meinem braven Schwätzer, beim Hinausgehen jedoch schon bemerkend, daß er sich sofort zu seinem Helden hinübertransferierte, wahrscheinlich um einen ebenso eifrigen Bericht über mich zu erstatten wie zu mir über jenen.

Das war alles. Ein Blick hin und her, und ich hätte gewiß diese flüchtige Begegnung vergessen, doch der Zufall wollte, daß ich bereits am nächsten Tage, in einer kleinen Gesellschaft mich neuerdings diesem ablehnenden Herrn gegenübersah, der übrigens im abendlichen Smoking noch auffallender und eleganter wirkte als gestern in dem mehr sportlichen Homespun. Wir hatten beide Mühe, ein kleines Lächeln zu verbergen, jenes ominöse Lächeln zwischen zwei Menschen, die inmitten einer größeren Gruppe ein wohlgehütetes Geheimnis gemeinsam haben. Er erkannte mich genau wie ich ihn, und wahrscheinlich erregten oder amüsierten wir uns auch in gleicher Weise über den erfolglosen Kuppler von gestern. Zunächst vermieden wir, miteinander zu sprechen, was sich schon deswegen als aussichtslos erwiesen hätte, weil rings um uns eine aufgeregte Diskussion im Gange war.

Der Gegenstand jener Diskussion ist im voraus verraten, wenn ich erwähne, daß sie im Jahre 1938 stattfand. Spätere Chronisten unserer Zeit werden einmal feststellen, daß im Jahre 1938 fast jedes Gespräch in jedem Lande unseres verstörten Europa von den Mutmaßungen über Wahrscheinlichkeit oder Unwahrscheinlichkeit eines neuen Weltkrieges beherrscht war. Unvermeidlich faszinierte das Thema jedes Zusammensein, und man hatte manchmal das Gefühl, es seien gar nicht die Menschen, die in Vermutungen und Hoffnungen ihre Angst abreagierten, sondern gleichsam die Atmosphäre selbst, die erregte und mit geheimen Spannungen beladene Zeitluft, die sich ausschwingen wollte im Wort.

Der Hausherr führte das Gespräch an, Rechtsanwalt von Beruf und rechthaberisch dem Charakter nach; er bewies mit den üblichen Argumenten den üblichen Unsinn, die neue Generation wisse um den Krieg und würde in einen neuen nicht mehr so unvorbereitet hineintappen wie in den letzten. Schon bei der Mobilisierung würden die Gewehre nach rückwärts losgehen, und insbesondere die alten Frontsoldaten wie er hätten nicht vergessen, was sie erwarte. Die flunkernde Sicherheit, mit der er in einer Stunde, wo in zehntausenden und hunderttausenden Fabriken Sprengstoffe und Giftgase erzeugt wurden, die Möglichkeit eines Krieges ebenso lässig wegstreifte wie mit einem leichten Klaps des Zeigefingers die Asche seiner Zigarette, ärgerte mich. Man solle nicht immer glauben, was man wahrhaben wolle, antwortete ich recht entschieden. Die Ämter und Militärorganisationen, die den Kriegsapparat dirigierten, hätten gleichfalls nicht geschlafen, und während wir uns mit Utopien beduselten, die Friedenszeit reichlich benützt, um die Massen schon im voraus durchzuorganisieren und gewissermaßen schußfertig in die Hand zu bekommen. Bereits jetzt, mitten im Frieden, sei die allgemeine Servilität dank der Vervollkommnung der Propaganda in unglaublichen Proportionen gewachsen, und man möge der Tatsache nur klar ins Auge sehen, daß von der Sekunde an, wo das Radio die Meldung der Mobilisierung in die Stuben werfen würde, nirgends Widerstand zu erwarten sei. Das Staubkorn Mensch zähle heute als Wille überhaupt nicht mehr mit.

Natürlich hatte ich alle gegen mich, denn in bewährter Praxis sucht sich der Selbstbetäubungstrieb im Menschen innerlich bewußter Gefahren am liebsten dadurch zu entledigen, daß er sie als null und nichtig erklärt, und schon gar mußte eine solche Warnung vor billigem Optimismus unwillkommen wirken angesichts eines im Nebenzimmer bereits splendid aufgedeckten Soupers.

Unerwarteterweise trat nun der Maria Theresienritter als Sekundant mir zur Seite, gerade er, in dem mein falscher Instinkt einen Gegner vermutet hatte. Ja, es sei blanker Unsinn, erklärte er heftig, das Wollen oder Nichtwollen des Menschenmaterials heutzutage noch einkalkulieren zu wollen, denn im nächsten Kriege sei die eigentliche Leistung den Maschinen zugeteilt und die Menschen nur mehr zu einer Art Bestandteil derselben degradiert. Schon im letzten Kriege sei er nicht vielen im Feld begegnet, die den Krieg klar bejaht oder klar verneint hätten. Die meisten seien hineingerollt wie eine Staubwolke mit dem Wind und hätten dann im großen Wirbel einfach dringesteckt, jeder einzelne willenlos herumgeschüttelt wie eine Erbse im großen Sack. In summa seien vielleicht sogar mehr Menschen in den Krieg hineingeflüchtet als aus ihm herausgeflüchtet.

Ich hörte überrascht zu, interessiert vor allem durch die Heftigkeit, mit der er jetzt weitersprach. »Geben wir uns keiner Täuschung hin. Wenn man heute in irgendeinem Land für einen völlig exotischen Krieg, für einen Krieg in Polynesien oder in einem Winkel Afrikas, die Werbetrommel aufstellte, würden Tausende und Hunderttausende zulaufen, ohne recht zu wissen warum, vielleicht nur aus Lust an dem Weglaufen vor sich selbst oder aus unerfreulichen Verhältnissen. Den faktischen Widerstand gegen einen Krieg kann ich aber kaum höher als null bewerten. Widerstand eines Einzelnen gegen eine Organisation erfordert immer einen viel höheren Mut als das bloße Sich-mitreißen-lassen, nämlich Individualmut, und diese Spezies stirbt in unseren Zeiten fortschreitender Organisation und Mechanisierung aus. Ich bin im Krieg fast ausschließlich dem Phänomen des Massenmuts, des Muts innerhalb von Reih und Glied, begegnet, und wer diesen Begriff näher unter die Lupe nimmt, entdeckt ganz seltsame Komponenten: viel Eitelkeit, viel Leichtsinn und sogar Langeweile, vor allem aber viel Furcht – jawohl, Furcht vor dem Zurückbleiben, Furcht vor dem Verspottetwerden, Furcht vor dem Alleinhandeln und Furcht vor allem, sich in Opposition zu setzen zu dem Massenelan der andern; die meisten von jenen, die im Feld als die Tapfersten galten, habe ich persönlich und in Zivil dann als recht fragwürdige Helden gekannt. – Bitte«, sagte er, höflich zu dem Gastgeber gewandt, der ein schiefes Gesicht schnitt, »ich nehme mich selber keineswegs aus.«

Die Art, wie er sprach, gefiel mir, und ich hatte Lust, auf ihn zuzugehen, aber da rief die Hausdame schon zum Abendessen, und weit voneinander placiert, kamen wir nicht mehr ins Gespräch. Erst bei dem allgemeinen Aufbruch gerieten wir bei der Garderobe zusammen.

»Ich glaube«, lächelte er mir zu, »unser gemeinsamer Protektor hat uns indirekt schon vorgestellt.«

Ich lächelte gleichfalls. »Und gründlich dazu.«

»Er hat wahrscheinlich dick aufgetragen, was für ein Achilles ich bin, und sich meinen Orden ausgiebig über die Weste gehängt?«

»So ungefähr.«

»Ja, auf den ist er verflucht stolz – ähnlich wie auf Ihre Bücher.«

»Komischer Kauz! Aber es gibt üblere. Übrigens – wenn's Ihnen recht ist, könnten wir noch ein Stück zusammen gehen.«

Wir gingen. Er wandte sich mit einem Mal zu mir zu:

»Glauben Sie mir, ich mache wirklich keine Phrasen, wenn ich sage, daß ich jahrelang unter nichts mehr gelitten habe als unter diesem für meinen Geschmack allzu auffälligen Maria Theresienorden. Das heißt, um ehrlich zu sein – als ich ihn damals im Feld draußen umgehängt kriegte, ging mir's natürlich zunächst durch und durch. Schließlich ist man zum Soldaten auferzogen worden und hat in der Kadettenschule von diesem Orden wie von einer Legende gehört, von diesem einen Orden, der vielleicht nur auf ein Dutzend in jedem Kriege fällt, also tatsächlich so wie ein Stern vom Himmel herunter. Ja, für einen Burschen von achtundzwanzig Jahren bedeutet so etwas schon allerhand. Man steht mit einem Mal vor der ganzen Front, alles staunt auf, wie einem plötzlich etwas an der Brust blitzt wie eine kleine Sonne, und der Kaiser, die unnahbare Majestät, schüttelt einem beglückwünschend die Hand. Aber sehen Sie: diese Auszeichnung hatte doch nur Sinn und Gültigkeit in unserer militärischen Welt, und als der Krieg zu Ende war, schien's mir lächerlich, noch ein ganzes Leben lang als abgestempelter Held herumzugehen, weil man einmal wirklich zwanzig Minuten couragiert gehandelt hat – wahrscheinlich nicht couragierter als zehntausend andere, denen man nur das Glück voraus hatte, bemerkt zu werden, und das vielleicht noch erstaunlichere, lebendig zurückzukommen. Schon nach einem Jahr, wenn überall die Leute hinstarrten auf das kleine Stückchen Metall und den Blick dann ehrfürchtig zu mir heraufklettern ließen, wurde es mir gründlich über, als ambulantes Monument herumzustiefeln, und der Ärger über diese ewige Auffälligkeit war auch einer der entscheidenden Gründe, weshalb ich nach Kriegsende so bald ins Zivil hinübergewechselt habe.«

Er ging etwas heftiger.

»Einer der Gründe, sagte ich, aber der Hauptgrund war ein privater, der Ihnen vielleicht noch verständlicher sein wird. Der Hauptgrund war, daß ich selbst meine Berechtigung und jedenfalls mein Heldentum gründlich anzweifelte; ich wußte doch besser als die fremden Gaffer, daß hinter diesem Orden jemand steckte, der nichts weniger als ein Held und sogar ein entschiedener Nichtheld war – einer von denen, die in den

Krieg nur deshalb so wild hineingerannt sind, weil sie sich aus einer verzweifelten Situation retten wollten. Deserteure eher vor der eigenen Verantwortung als Helden ihres Pflichtgefühls. Ich weiß nicht, wie das bei euch ist – mir wenigstens erscheint das Leben mit Nimbus und Heiligenschein unnatürlich und unerträglich, und ich fühlte mich redlich erleichtert, meine Heldenbiographie nicht mehr auf der Uniform spazierenführen zu müssen. Noch jetzt ärgert's mich, wenn jemand meine alte Glorie ausgräbt, und warum soll ich's Ihnen nicht gestehen, daß ich gestern knapp auf dem Sprung war, an Ihren Tisch hinüberzugehen und den Schwätzer anzufahren, er solle mit jemand anderem protzen als gerade mit mir. Den ganzen Abend hat mich Ihr respektvoller Blick noch gewurmt, und am liebsten hätte ich, um diesen Schwätzer zu dementieren, Sie genötigt, anzuhören, auf welchen krummen Wegen ich eigentlich zu meiner ganzen Heldenhaftigkeit gekommen bin – es war schon eine recht sonderbare Geschichte, und immerhin könnte sie dartun, daß Mut oft nichts anderes ist als eine umgedrehte Schwäche. Übrigens – ich hätte kein Bedenken, sie Ihnen noch jetzt kerzengrad zu erzählen. Was ein Vierteljahrhundert in einem Menschen zurückliegt, geht nicht mehr ihn an, sondern längst einen andern. Hätten Sie Zeit? Und langweilt Sie's nicht?«

Selbstverständlich hatte ich Zeit; wir gingen noch lange auf und nieder in den schon verlassenen Straßen und waren noch in den folgenden Tagen ausgiebig zusammen. In seinem Bericht habe ich nur weniges verändert, vielleicht Ulanen gesagt statt Husaren, die Garnisonen, um sie unkenntlich zu machen, ein wenig auf der Landkarte herumgeschoben und vorsorglich alle richtigen Namen wegschraffiert. Aber nirgends habe ich Wesentliches hinzuerfunden, und nicht ich, sondern der Erzähler beginnt jetzt zu erzählen.

»Es gibt eben zweierlei Mitleid. Das eine, das schwachmütige und sentimentale, das eigentlich nur Ungeduld des Herzens ist, sich möglichst schnell freizumachen von der peinlichen Ergriffenheit vor einem fremden Unglück, jenes Mitleid, das gar nicht Mit-leiden ist, sondern nur instinktive Abwehr des fremden Leidens von der eigenen Seele. Und das andere, das einzig zählt – das unsentimentale, aber schöpferische Mitleid, das weiß, was es will, und entschlossen ist, geduldig und mitduldend alles durchzustehen bis zum Letzten seiner Kraft und noch über dies Letzte hinaus.«

Die ganze Sache begann mit einer Ungeschicklichkeit, einer völlig unverschuldeten Tölpelei, einer »gaffe«, wie die Franzosen sagen. Dann kam der Versuch, meine Dummheit wieder einzurenken; aber wenn man allzu hastig ein Rad in einem Uhrwerk reparieren will, verdirbt man meist das ganze Getriebe. Selbst heute, nach Jahren, vermag ich nicht abzugrenzen, wo mein pures Ungeschick endete und meine eigene Schuld begann. Vermutlich werde ich es niemals wissen.

Ich war damals fünfundzwanzig Jahre alt und aktiver Leutnant bei den x...r Ulanen. Daß ich jemals sonderliche Passion oder innere Berufung für den Offiziersstand empfunden hätte, darf ich nicht behaupten. Aber wenn in einer altösterreichischen Beamtenfamilie zwei Mädel und vier immer hungrige Buben um einen schmalgedeckten Tisch sitzen, so fragt man nicht lange nach ihren Neigungen, sondern schiebt sie frühzeitig in den Backofen des Berufs, damit sie den Hausstand nicht allzulange belasten. Meinen Bruder Ulrich, der sich schon in der Volksschule die Augen mit vielem Lernen verdarb, steckte man ins Priesterseminar, mich dirigierte man um meiner festen Knochen willen in die Militärschule: von dort aus spult sich der Lebensfaden mechanisch fort, man braucht ihn nicht weiter zu ölen. Der Staat sorgt für alles. In wenigen Jahren schneidert er kostenlos, nach vorgezeichnetem ärarischem Muster, aus einem halbwüchsigen, blassen Buben einen flaumbärtigen Fähnrich und liefert ihn gebrauchsfertig an die Armee. Eines Tages, zu Kaisers Geburtstag, noch nicht achtzehn Jahre alt, war ich ausgemustert und kurz darauf mir der erste Stern an den Kragen gesprungen; damit war die erste Etappe erreicht, und nun konnte der Turnus des Avancements in gebührenden Pausen mechanisch sich weiterhaspeln bis zu Pensionierung und Gicht. Auch just bei der Kavallerie, dieser leider recht kostspieligen Truppe, zu dienen, war keineswegs mein persönlicher Wunsch gewesen, sondern die Marotte meiner Tante Daisy, die den älteren Bruder meines Vaters in zweiter Ehe geheiratet hatte, als er vom Finanzministerium zu einer einträglicheren Bankpräsidentschaft übergegangen war. Reich und snobistisch zugleich, wollte sie es nicht dulden, daß irgend einer aus der Verwandtschaft, der gleichfalls Hofmiller hieß, die Familie »verschandeln« sollte, indem er bei der Infanterie diente; und da sie sich diese Marotte hundert Kronen Zuschuß im Monat kosten ließ, mußte ich bei allen Gelegenheiten vor ihr noch submissest dankbar tun. Ob es mir selber zusagte, bei der Kavallerie oder überhaupt aktiv zu dienen, darüber hätte nie jemand nachgedacht, ich selber am wenigsten. Saß ich im Sattel, dann war mir wohl, und ich dachte nicht weit über den Pferdehals hinaus.

In jenem November 1913 muß irgend ein Erlaß aus einer Kanzlei in die andere hinübergerutscht sein, denn surr – auf einmal war unsere Eskadron aus Jaroslau in eine andere kleine Garnison an der ungarischen Grenze versetzt worden. Es ist gleichgültig, ob ich das Städtchen beim richtigen Namen nenne oder nicht, denn zwei Uniformknöpfe am selben Rock können einander nicht ähnlicher sein als eine österreichische Provinzgarnison der andern. Da und dort dieselben ärarischen Ubikationen: eine Kaserne, ein Reitplatz, ein Exerzierplatz, ein Offizierskasino, dazu drei Hotels, zwei Kaffeehäuser, eine Konditorei, eine Weinstube, ein schäbiges Variété mit abgetakelten Soubretten, die sich im Nebenamt liebevollst zwischen Offizieren und Einjährigen aufteilen. Überall bedeutet Kommißdienst dieselbe geschäftig leere Monotonie, Stunde für Stunde eingeteilt nach dem stahlstarren, jahrhundertealten Reglement, und auch die Freizeit sieht nicht viel abwechslungsreicher aus. In der Offiziersmesse dieselben Gesichter, dieselben Gespräche, im Kaffeehaus dieselben Kartenpartien und das gleiche Billard. Manchmal wundert man sich, daß es dem lieben Gott beliebt, wenigstens einen anderen Himmel und eine andere Landschaft um die sechs- oder achthundert Dächer eines solchen Städtchens zu stellen.

Einen Vorteil allerdings bot meine neue Garnison gegenüber der früheren galizischen: sie war Schnellzugsstation und lag einerseits nahe bei Wien, andererseits nicht allzuweit von Budapest. Wer Geld hatte – und bei der Kavallerie dienen immer allerhand reiche Burschen, nicht zuletzt auch die Freiwilligen, teils Hochadel, teils Fabrikantensöhne – der konnte, wenn er rechtzeitig abpaschte, mit dem Fünfuhrzug nach Wien fahren und mit dem Nachtzug um halb drei Uhr wieder zurück sein. Zeit genug also, um ins Theater zu gehen, auf der Ringstraße zu bummeln, den Kavalier zu spielen und sich gelegentliche Abenteuer zu suchen; einige der Beneidetsten hielten sich dort sogar eine ständige Wohnung oder ein Absteigequartier. Leider lagen derlei auffrischende Eskapaden jenseits meines Monatsetats. Als Unterhaltung blieb einzig das Kaffeehaus oder die Konditorei, und dort verlegte ich mich, da mir die Kartenpartien meist zu hoch ins Geld gingen, auf das Billard oder spielte das noch billigere Schach.

So saß ich auch diesmal eines Nachmittags, es muß Mitte Mai 1914 gewesen sein, mit einem gelegentlichen Partner, dem Apotheker zum Goldenen Engel, der gleichzeitig Vizebürgermeister unseres Garnisonsstädtchens war, in der Konditorei. Wir hatten unsere üblichen drei Partien längt zu Ende gespielt, und man redete nur aus Trägheit, sich aufzurappeln – wohin denn in diesem langweiligen Nest? – noch so hin und her, aber das Gespräch qualmte schon schläfrig wie eine abgebrannte Zigarette. Da geht mit einem Mal die Tür auf, und ein wehender Glockenrock schwingt mit einem Büschel frischer Luft ein hübsches Mädel herein: braune, mandelförmige Augen, dunkler Teint, famos gekleidet, gar nicht Provinz, und vor allem ein neues Gesicht in diesem gottsjämmerlichen Einerlei. Leider schenkt die smarte Nymphe uns respektvoll Aufstaunenden keinen Blick; scharf und rassig, mit sportlich festem Schritt quert sie an den neun kleinen Marmortischchen des Lokals vorbei geradewegs auf das Verkaufspult zu, um dort gleich en gros ein ganzes Dutzend Kuchen, Torten und Schnäpse zu bestellen. Mir fällt sofort auf, wie devotissime sich der Herr Kuchenbäcker vor ihr verneigt – nie habe ich die Rückennaht seines Schwalbenrocks so straff hinabgespannt gesehen. Sogar seine Frau, die üppig-grobschlächtige Provinzvenus, die sich sonst von allen Offizieren nachlässigst hofieren läßt (oft bleibt man ja bis Monatsende allerhand Kleinigkeiten schuldig), erhebt sich von ihrem Sitz an der Kasse und zergeht beinahe in pflaumenweicher Höflichkeit. Das hübsche Mädel knabbert, während der Kuchenbäcker die Bestellung ins Kundenbuch notiert, achtlos ein paar Pralinés an und macht ein bißchen Konversation mit Frau Großmaier; für uns aber, die wir vielleicht ungebührlich eifrig die Hälse recken, fällt nicht einmal ein Augenblink ab. Natürlich beschwert sich die junge Dame nicht mit einem einzigen Päckchen die hübsche Hand; es wird ihr alles, wie Frau Großmaier submissest versichert, zuverlässig geschickt. Und sie denkt auch nicht im mindesten daran, wie wir gewöhnlichen Sterblichen an der stählernen Automatenkasse bar zu bezahlen. Sofort wissen wir alle: extrafeine, vornehme Kundschaft!

Wie sie sich jetzt nach erledigter Bestellung zum Gehen wendet, springt Herr Großmaier hastig vor, um ihr die Tür zu öffnen. Auch mein Herr Apotheker erhebt sich von seinem Sitze, um sich von der Vorbeischwebenden respektvollst zu empfehlen. Sie dankt mit souveräner Freundlichkeit – Donnerwetter, was für samtene, rehbraune Augen! – und ich kann kaum erwarten, bis sie, überzuckert von vielen Komplimenten, den Laden verlassen hat, um neugierigst meinen Partner nach diesem Hecht im Karpfenteich zu fragen.

»Ach, die kennen Sie nicht? Das ist doch die Nichte von . . .« – nun, ich werde ihn Herrn von Kekesfalva nennen, der Name lautete in Wirklichkeit anders – »Kekesfalva – Sie kennen doch die Kekesfalvas?«

Kekesfalva: wie eine Tausendkronennote wirft er den Namen hin und blickt mich an, als erwarte er als selbstverständliches Echo ein ehrfurchtsvolles »Ach so! Natürlich!« Aber ich frisch transferierter Leuntnant, gerade erst vor ein paar Monaten in die neue Garnison geschneit, ich Ahnungsloser weiß nichts von diesem sehr geheimnisvollen Gott und bitte höflichst um weitere Erläuterung, die mir Herr Apotheker auch mit dem ganzen Wohlbehagen provinziellen Stolzes erteilt – selbstredend viel geschwätziger und ausführlicher, als ich sie hier wiedergebe.

Kekesfalva, erklärt er mir, sei der reichste Mann im ganzen Umkreis. Einfach alles gehöre ihm, nicht nur das Schloß Kekesfalva – »Sie müssen's doch kennen, man sieht's vom Exerzierplatz aus, links von der Chaussee das gelbe Schloß mit dem flachen Turm und dem großen, alten Park« – sondern auch die große Zuckerfabrik an der Straße nach R. und das Sägewerk in Bruck und dann in M. das Gestüt; all das gehöre ihm und dazu sechs oder sieben Häuser in Budapest und Wien. »Ja, das möchte man nicht glauben, daß es bei uns solche steinreiche Leute gibt, und zu leben weiß der wie ein richtiger Magnat. Im Winter im kleinen Wiener Palais in der Jacquingasse, den

Sommer in Kurorten; hier führt er grade nur im Frühjahr ein paar Monate Haus, aber, Herrgott noch einmal, was für ein Haus! Quartette aus Wien, Champagner und französische Weine, das Erste vom Ersten, das Beste vom Besten!« Nun, wenn er mir damit gefällig sein könne, werde er mich gerne dort einführen, denn – große Geste der Genugtuung – er sei mit Herrn von Kekesfalva befreundet, habe in früheren Jahren oft geschäftlich mit ihm zu tun gehabt und wisse, daß er Offiziere immer gern bei sich sehe; nur ein Wort koste es ihn, und ich sei eingeladen.

Nun, warum nicht? Man erstickt ja in dem mulmigen Krebsteich einer solchen Provinzgarnison. Man kennt vom Sehen schon alle Frauen auf dem Korso und von jeder den Sommerhut und den Winterhut und das noble und das gewöhnliche Kleid, es bleibt immer dasselbe. Und den Hund kennt man und das Dienstmädchen und die Kinder vom Anschauen und Wegschauen. Man kennt alle Künste der dicken böhmischen Köchin im Kasino, und der Gaumen wird einem allmählich flau beim Anblick der ewig gleichen Speisekarte im Gasthaus. Man kennt jeden Namen, jedes Schild, jedes Plakat in jeder Gasse auswendig und jedes Geschäft in jedem Haus und in jedem Geschäft jede Auslage. Man weiß schon beinahe so exakt wie der Oberkellner Eugen, um welche Stunde der Herr Bezirksrichter im Kaffeehaus erscheint und daß er an der Fensterecke links Platz nehmen wird und Schlag vier Uhr dreißig eine Melange bestellt, während der Herr Notar wiederum genau zehn Minuten später kommt, vier Uhr vierzig, und dafür – holde Abwechslung – wegen seines schwachen Magens ein Glas Tee mit Zitrone trinkt und zur ewig gleichen Virginia dieselben Witze erzählt. Ach, man kennt alle Gesichter, alle Uniformen, alle Pferde, alle Kutscher, alle Bettler im ganzen Umkreis, man kennt sich selber zum Überdruß. Warum nicht einmal aus der Tretmühle ausbrechen? Und dann, dieses hübsche Mädel, diese rehbraunen Augen! Ich erkläre also meinem Gönner mit gespielter Gleichgültigkeit (nur sich nicht zu happig zeigen vor dem eitlen Pillendreher!), gewiß, es würde mir ein Vergnügen sein, die Bekanntschaft der Familie Kekesfalva zu machen.

Tatsächlich – siehe da, der wackere Apotheker hat nicht geflunkert! – schon zwei Tage später bringt er mir, ganz aufgeplustert vor Stolz, mit gönnerischer Gebärde eine gedruckte Karte ins Kaffeehaus, in die mein Name kalligraphisch eingefügt ist, und diese Einladungskarte besagt, daß Herr Lajos von Kekesfalva Herrn Leutnant Anton Hofmiller für Mittwoch nächster Woche acht Uhr abends zum Diner bitte. Gott sei Dank, auch unsereiner ist nicht auf der Brennsuppe hergeschwommen und weiß, wie man sich in solchem Falle benimmt. Gleich Sonntag vormittag haue ich mich in meine beste Kluft, weiße Handschuhe und Lackschuhe, unerbittlich rasiert, einen Tropfen Eau de Cologne in den Schnurrbart, und fahre hinaus, Antrittsbesuch zu machen. Der Diener – alt, diskret, gute Livree – nimmt meine Karte und murmelt entschuldigend, die Herrschaften würden auf das höchste bedauern, Herrn Leutnant versäumt zu haben, aber sie seien in der Kirche. Um so besser, denke ich mir, Antrittsvisiten sind immer das Grausigste im Dienst und außer Dienst. Jedenfalls, ich habe meine Pflicht getan. Mittwoch abend gehst du hin und hoffentlich wird's nett. Erledigt, denke ich, Angelegenheit Kekesfalva bis Mittwoch. Aber redlich erfreut finde ich zwei Tage später, Dienstag also, eine eingebogene Visitenkarte von Herrn von Kekesfalva in meiner Bude abgegeben. Tadellos, denke ich mir, die Leute haben Manieren. Gleich zwei Tage nach der Antrittsvisite mir, dem kleinen Offizier, einen Gegenbesuch – mehr Höflichkeit und Respekt kann ein General sich nicht wünschen. Und mit einem wirklich guten Vorgefühl freue ich mich jetzt auf den Mittwochabend.

Aber gleich anfangs fährt ein Schabernack dazwischen – man sollte eigentlich abergläubisch sein und auf kleine Zeichen mehr achten. Mittwoch halb acht Uhr abends, ich bin schon fix und fertig, die beste Uniform, neue Handschuhe, Lackschuhe, die Hose scharf wie eine Rasierschneide gebügelt, und mein Bursche legt mir gerade noch die Falten des Mantels zurecht und revidiert, ob alles klappt (ich brauche immer meinen Burschen dazu, denn ich habe nur einen kleinen Handspiegel in meiner schlecht beleuchteten Bude), da poltert's an die Tür: eine Ordonnanz. Der Offizier vom Dienst, mein Freund, der Rittmeister Graf Steinhübel, läßt mich bitten, ich solle zu ihm hinüber in den Mannschaftsraum. Zwei Ulanen, sternhagelbesoffen wahrscheinlich, haben miteinander krawalliert, schließlich hat der eine den andern mit dem Karabiner über den Kopf geschlagen. Und nun liegt der Tolpatsch da, blutend, ohnmächtig und mit offenem Mund. Man weiß nicht, ob sein Schädel überhaupt noch ganz ist oder nicht. Der Regimentsarzt aber ist auf Urlaub nach Wien abgeschwommen, der Oberst nicht zu finden; so hat in seiner Not der gute Steinhübel, verflucht, gerade mich herangetrommelt, daß ich ihm beispringe, indes er sich um den Blutenden bemüht, und ich muß jetzt Protokoll aufnehmen und nach allen Seiten Ordonnanzen schicken, damit man im Kaffeehaus oder sonstwo rasch einen Zivilarzt auftreibt. Unter all dem wird es dreiviertel acht. Ich sehe schon, vor einer Viertel- oder einer halben Stunde kann ich keinesfalls loskommen. Verdammt, justament heute muß eine solche Sauerei passieren, justament heute, wo ich eingeladen bin! Immer ungeduldiger sehe ich auf die Uhr; unmöglich pünktlich zurechtzukommen, wenn ich hier auch nur noch fünf Minuten herummurksen muß, Aber Dienst, so ist's uns ja bis in die Knochen gebleut, geht über jede private Verpflichtung. Ich darf nicht auskneifen, so tue ich das einzig Mögliche in dieser vertrackten Situation – das heißt, ich schicke meinen Burschen mit einem Fiaker (vier Kronen kostet mich der Spaß) zu den Kekesfalva hinaus, ich ließe um Entschuldigung bitten, falls ich mich verspäten sollte, aber ein unvermuteter dienstlicher Vorfall, und so weiter und so weiter. Glücklicherweise dauert der Rummel in der Kaserne nicht allzu lange, denn der Oberst erscheint in Person mit einem rasch aufgefundenen Arzt, und nun darf ich mich unauffällig drücken.

Aber neues Pech: gerade heute steht am Rathausplatz kein Fiaker, ich muß warten, bis man ein achthufiges Gefährt herantelephoniert. So wird's unvermeidlich, daß, wie ich schließlich bei Kekesfalvas in der großen Hall lande, der lange Zeiger an der Wanduhr schon vertikal herunterhängt, genau halb neun statt acht Uhr, und ich sehe, die Mäntel in der Garderobe bauschen sich bereits dick übereinander. Auch an dem etwas befangenen Gesicht des Dieners merke ich, daß ich reichlich verspätet anrücke – unangenehm, unangenehm, so etwas gerade bei einem ersten Besuch!

Immerhin, der Diener – diesmal weiße Handschuhe, Frack, steifes Hemd und Gesicht – beruhigt mich, mein Bursche habe vor einer halben Stunde meine Botschaft überbracht, und führt mich in den Salon, vierfenstrig, rotseiden ausgespannt, glühend mit kristallenen Leuchtern, fabelhaft elegant, ich habe nie etwas Nobleres gesehen. Aber leider erweist er sich zu meiner Beschämung als völlig verlassen, und von nebenan höre ich deutlich munteres Tellerklirren – ärgerlich, ärgerlich, ich dachte mir's gleich, sie sitzen schon bei Tisch!

Nun, ich raffe mich zusammen, und sobald der Diener vor mir die Schiebetür auftut, trete ich bis an die Schwelle des Speisezimmers, klappe die Hacken scharf zusammen und verbeuge mich. Alles blickt auf, zwanzig, vierzig Augen, lauter fremde Augen, mustern den Spätling, der sich nicht sehr selbstbewußt vom Türstock rahmen läßt. Sofort erhebt sich ein älterer Herr, der Hausherr zweifellos, tritt, die Serviette rasch abstreifend, mir entgegen und bietet mir einladend die Hand. Gar nicht, wie ich ihn mir vorgestellt habe, gar nicht wie ein Landedelmann magyarisch-schnurrbärtig, vollbäckig, feist und rötlich vom guten Wein, sieht dieser Herr von Kekesfalva aus. Hinter goldener Brille schwimmen ein bißchen müde Augen über grauen Tränensäcken, die Schultern scheinen etwas vorgeneigt, die Stimme klingt flüstrig und ein wenig vom Hüsteln gehemmt: für einen Gelehrten könnte man ihn eher halten, mit diesem schmalen zarten Gesicht, das in einem dünnen weißen Spitzbärtchen endet. Ungemein beschwichtigend wirkt die besondere Artigkeit des alten Herrn auf meine Unsicherheit: nein, nein, an ihm sei es, sich zu entschuldigen, fällt er mir gleich ins Wort. Er wisse genau, was im Dienst alles passieren könne, und es sei eine besondere Freundlichkeit meinerseits gewesen, ihn eigens zu verständigen; nur weil man meines Eintreffens nicht sicher gewesen sei, hätte man schon mit dem Diner begonnen. Aber nun solle ich unverweilt Platz nehmen. Er werde mich dann später mit all den Herrschaften einzeln bekannt machen. Nur hier – dabei geleitet er mich an den Tisch – seine Tochter. Ein halbwüchsiges Mädchen, zart, blaß, fragil wie er selbst, blickt aus einem Gespräch auf, zwei graue Augen streifen mich schüchtern. Aber ich sehe bloß wie im Flug das schmale, nervöse Gesicht, verbeuge mich erst vor ihr, dann korporativ rechts und links gegen die andern, die offenbar froh sind, Gabel und Messer nicht weglegen zu müssen, um durch umständliche Vorstellungszeremonien gestört zu werden.

Die ersten zwei, drei Minuten fühle ich mich noch herzlich unbehaglich. Niemand vom Regiment ist da, kein Kamerad, kein Bekannter, und nicht einmal jemand von den Honoratioren des Städtchens – ausschließlich fremde, stockfremde Menschen. Hauptsächlich scheinen es Gutsbesitzer aus der Umgebung zu sein mit ihren Frauen und Töchtern oder Staatsbeamte. Aber nur Zivil, Zivil, keine andere Uniform als die meine! Mein Gott, wie soll ich ungeschickter, scheuer Mensch mit diesen unbekannten Leuten Konversation machen? Glücklicherweise hatte man mich gut placiert. Neben mir sitzt das braune, übermütige Wesen, die hübsche Nichte, die damals meinen bewundernden Aufblick in der Konditorei doch bemerkt zu haben scheint, denn sie lächelt mir freundlich wie einem alten Bekannten zu. Sie hat Augen wie Kaffeebohnen, und wirklich, es knistert, wenn sie lacht, wie Bohnen beim Rösten. Sie hat entzückende, kleine, durchleuchtende Ohren unter dem dichten schwarzen Haar: wie rosa Zyklamen mitten im Moos, denke ich. Sie hat nackte Arme, weich und glatt; wie geschälte Pfirsiche müssen sie sich anfühlen.

Es tut wohl, neben einem so hübschen Mädchen zu sitzen, und daß sie mit einem vokalischen ungarischen Akzent spricht, macht mich beinahe verliebt. Es tut wohl, in einem so funkelnd hellen Raum an einem so vornehm gedeckten Tisch zu tafeln, hinter sich livrierte Diener, vor sich die schönsten Speisen. Auch meine Nachbarin zur Linken, die wieder mit leicht polnischem Tonfall redet, scheint mir, wenn auch schon etwas massiv, eigentlich appetissant. Oder macht das nur der Wein, der goldhelle, dann wieder blutdunkle und jetzt champagnerperlende Wein, den von rückwärts her die Diener mit ihren weißen Handschuhen aus silbernen Karaffen und breitbäuchigen Flaschen geradezu verschwenderisch einschenken? Wahrhaftig, der wakkere Apotheker hat nicht geflunkert. Bei Kekesfalvas geht es zu wie bei Hof. Ich habe noch nie so gut gegessen, nie mir überhaupt träumen lassen, daß man so gut, so nobel, so üppig essen kann. Immer köstlichere und kostbarere Gerichte schweben auf unerschöpflichen Schüsseln heran; blaßblaue Fische, von Lattich gekrönt, mit Hummerscheiben umrahmt, schwimmen in goldenen Saucen, Kapaune reiten auf breiten Sätteln von geschichtetem Reis, Puddinge flammen in blaubrennendem Rum, Eisbomben quellen farbig und süß auseinander, Früchte, die um die halbe Welt gereist sein müssen, küssen einander in silbernen Körben. Es nimmt kein Ende, kein Ende und zum Schluß noch ein wahrer Regenbogen von Schnäpsen, grün, rot, weiß, gelb, und spargeldicke Zigarren zu einem köstlichen Kaffee!

Ein herrliches, ein zauberisches Haus – gesegnet sei er, der gute Apotheker! – ein heller, ein glücklicher, ein klingender Abend! Ich weiß nicht, fühle ich mich nur deshalb so aufgelokkert und frei, weil rechts und links und gegenüber nun auch die andern glitzernde Augen und laute Stimmen bekommen haben, weil sie gleichfalls alles Nobeltun vergessen, munter drauflos und durcheinander reden – jedenfalls, meine sonstige Befangenheit ist weg. Ich plaudere ohne die geringste Hemmung, ich hofiere beiden Nachbarinnen zugleich, ich trinke, lache, blicke übermütig und leicht, und wenn es nicht immer Zufall ist, daß ich ab und zu mit der Hand an die schönen, nackten Arme Ilonas (so heißt die knusprige Nichte) streife, so scheint sie dies leise Angleiten und Ausgleiten keineswegs krummzunehmen, auch sie entspannt, beschwingt, gelockert wie wir alle von diesem üppigen Fest.

Allmählich fühle ich – ob das nicht doch der ungewohnt herrliche Wein macht, Tokaier und Champagner quer durcheinander? – eine Leichtigkeit über mich kommen, die an Übermut und fast an Unbändigkeit grenzt. Nur etwas fehlt mir noch zum vollen Glücklichsein, zum Schweben, zum Hingerissensein, und was dies war, nach dem ich unbewußt verlangte, wird mir schon im nächsten Augenblick herrlich klar, als plötzlich von einem dritten Raume her, hinter dem Salon – der Diener hatte unmerklich die Schiebetüren wieder aufgetan – gedämpfte Musik einsetzt, ein Quartett, und gerade die Musik, die ich mir innerlich wünschte, Tanzmusik, rhythmisch und weich zugleich, ein Walzer, von zwei Violinen getragen, von einem dunklen Cello schwermütig getönt; dazwischen taktiert eindringlich mit scharfem Staccato ein Klavier. Ja, Musik, Musik, nur sie hat noch gefehlt! Musik jetzt und vielleicht dazu tanzen, einen Walzer, sich schwingen, sich fliegen lassen, um die innere Leichtigkeit seliger zu empfinden! Und wirklich, diese Villa Kekesfalva muß ein Zauberhaus sein, man braucht nur zu träumen, und schon ist der Wunsch erfüllt. Wie wir jetzt aufstehen und die Sessel rücken und Paar an Paar – ich reiche Ilona den Arm und fühle wieder die kühle, weiche, üppige Haut – in den Salon hinübergehen, sind alle Tische heinzelmännisch weggeräumt und die Sessel rings an die Wand gestellt. Glatt, blank, braun spiegelt das Parkett, himmlische Eisbahn des Walzers, und von dem Nebenraum her animiert unsichtbar die Musik.

Ich wende mich zu Ilona. Sie lacht und versteht. Ihr Auge hat schon »Ja« gesagt, schon wirbeln wir, zwei Paare, drei Paare, fünf Paare über das glatte Parkett, indes die Behutsameren und Älteren zuschauen oder plaudern. Ich tanze gern, ich tanze sogar gut. Verschlungen schweben wir hin, ich glaube, ich habe nie besser getanzt in meinem Leben. Bei dem nächsten Walzer bitte ich meine andere Nachbarin; auch sie tanzt ausgezeichnet, und ich atme, zu ihr hinabgebeugt, mit einer leichten Betäubung das Parfüm ihres Haars. Ach, sie tanzt wunderbar, alles ist wunderbar, ich bin so glücklich wie seit Jahren nicht. Ich weiß nicht mehr recht aus und ein, ich möchte am liebsten alle umarmen und jedem etwas Herzliches, etwas Dankbares sagen, so leicht, so überschwenglich, so selig jung empfinde ich mich. Ich wirble von einer zur andern, ich spreche und lache und tanze und spüre, hingerissen in dem Geström meiner Beglückung, nicht die Zeit.

Da plötzlich – ich blicke zufällig auf die Uhr: halb elf – fällt mir zu meinem Schrecken ein: jetzt tanze und spreche und spaße ich schon fast eine Stunde herum und habe, ich Lümmel, noch gar nicht die Haustochter aufgefordert! Nur mit meinen Nachbarinnen und zwei, drei andern Damen, gerade denen, die mir am besten gefielen, habe ich getanzt und die Haustochter total vergessen! Welche Flegelei, ja, welcher Affront! Nun aber fix, das muß sofort repariert werden!

Doch zu meinem Schrecken kann ich mich überhaupt nicht mehr genau erinnern, wie das Mädchen aussieht. Nur einen Augenblick lang habe ich mich ja vor ihr verbeugt, als sie schon bei Tisch saß; ich entsinne mich bloß an irgend etwas Zartes und Fragiles und dann an ihren raschen grauen Neugierblick. Aber wo steckt sie denn? Als Haustochter kann sie doch nicht weggegangen sein? Unruhig mustere ich die ganze Wand entlang alle Frauen und Mädchen: keine will ihr gleichen. Schließlich trete ich in das dritte Zimmer, wo, von einem chinesischen Paravent verdeckt, das Quartett spielt, und atme entlastet auf. Denn da sitzt sie ja – bestimmt, sie ist es – zart, dünn, in ihrem blaßblauen Kleid zwischen zwei alten Damen in der Boudoirecke hinter einem malachitgrünen Tisch, auf dem eine flache Schale mit Blumen steht. Sie hält den schmalen Kopf ein wenig gesenkt, als horchte sie ganz in die Musik hinein, und gerade an dem heißen Inkarnat der Rosen werde ich gewahr, wie durchsichtig blaß ihre Stirn schimmert unter dem schweren braunrötlichen Haar. Aber ich lasse mir keine Zeit zu müßiger Betrachtung. Gott sei Dank, atme ich innerlich auf, daß ich sie aufgespürt habe. So kann ich mein Versäumnis noch rechtzeitig nachholen.

Ich gehe auf dem Tisch zu, nebenan knattert die Musik, und verbeuge mich zum Zeichen höflicher Aufforderung. Ein befremdetes Auge starrt überrascht zu mir auf, die Lippen bleiben halb offen mitten im Wort. Aber sie macht keinerlei Bewegung, mir zu folgen. Hat sie nicht verstanden? Ich verbeuge mich also nochmals, meine Sporen klimpern leise mit: »Darf ich bitten, gnädiges Fräulein?«

Aber was jetzt geschieht, ist furchtbar. Der vorgebeugte Oberkörper fährt mit einem Ruck zurück, als wollte er einem Schlage ausweichen; gleichzeitig stürzt von innen ein Guß von Blut in die bleichen Wangen, die eben noch offenen Lippen pressen sich scharf ineinander, und nur die Augen starren unbeweglich auf mich mit einem solchen Ausdruck von Schrecken, wie er mir noch nie im Leben entgegengefahren ist. Im nächsten Augenblick geht durch den ganzen aufgekrampften Körper ein Ruck. Sie stemmt sich, stützt sich mit beiden Händen am Tisch empor, daß die Schale darauf klappert und klirrt, gleichzeitig fällt etwas hart von ihrem Fauteuil auf den Boden, Holz oder Metall. Noch immer hält sie sich mit beiden Händen an dem wankenden Tisch fest, noch immer schüttert es diesen kindleichten Leib durch und durch; aber trotzdem, sie flüchtet nicht weg, sie klammert sich nur noch verzweifelter an die schwere Tischplatte. Und immer wieder dieses Schüttern, dieses Zittern von den angekrampften Fäusten bis hinauf ins Haar. Und plötzlich bricht es heraus: ein Schluchzen, wild, elementar wie ein erstickter Schrei.

Aber schon sind von rechts und links die beiden alten Damen um sie herum, schon fassen, streicheln, umschmeicheln, beschwichtigen sie die Bebende, schon lösen sie ihre Hände, die angekrampften, sanft vom Tisch, und sie fällt wieder in den Fauteuil zurück. Doch das Weinen hält an; eher vehementer wird es, wie ein Blutsturz, wie ein heißes Erbrechen fährt es in einzelnen Stößen immer wieder zuckend heraus. Wenn die Musik hinter dem Paravent (die all das überlärmt) nur einen Augenblick innehält, muß man das Schluchzen bis in den Tanzraum hinüberhören.

Ich stehe da, vertölpelt, erschreckt. Was – was ist denn geschehen? Ratlos starre ich zu, wie die beiden alten Damen die Schluchzende zu beruhigen suchen, die jetzt in erwachender Scham ihren Kopf auf den Tisch geworfen hat. Aber immer wieder neue Stöße von Weinen laufen, Welle nach Welle, den schmalen Leib bis hinauf in die Schultern, und bei jedem dieser jähen Stöße klirren die Schalen mit. Ich aber stehe gleich ratlos da, Eis in den Gelenken, gewürgt von meinem Kragen wie von einem heißen Strick.

»Verzeihung«, stottere ich schließlich halblaut in die leere Luft und trete – beide Frauen sind um die Schluchzende beschäftigt, keine hat einen Blick für mich – ganz taumlig in den Saal zurück. Hier hat anscheinend noch niemand etwas bemerkt, stürmisch drehen sich die Paare, und ich spüre, daß ich mich an dem Pfosten halten muß, so schwingt der Raum um mich her. Was ist geschehen? Habe ich etwas angestellt? Mein Gott, am Ende habe ich bei Tisch zu viel, zu rasch getrunken und jetzt in der Benommenheit einen Blödsinn getan!

Da stoppt die Musik, die Paare lösen sich. Mit einer Verbeugung gibt der Bezirkshauptmann Ilona frei, und sofort stürze ich auf sie zu und schleppe die Aufstaunende fast gewaltsam beiseite: »Bitte helfen Sie mir! Um Himmels willen, helfen Sie, erklären Sie mir!«

Offenbar hatte Ilona erwartet, ich hätte sie zum Fenster gedrängt, um ihr etwas Lustiges zuzuflüstern, denn ihre Augen werden plötzlich hart: anscheinend muß ich mitleiderregend oder erschreckend ausgesehen haben, in meiner Aufgeregtheit. Mit fliegenden Pulsen erzähle ich alles. Und sonderbar; mit dem gleichen krassen Entsetzen im Blick wie jenes Mädchen drinnen fährt sie mich an:

»Sind Sie wahnsinnig geworden ...? Wissen Sie denn nicht ...? Haben Sie denn nicht gesehen ...?«

»Nein«, stottere ich, vernichtet von diesem neuen und ebenso unverständlichen Entsetzen. »*Was* gesehen? ... Ich weiß doch nichts. Ich bin doch zum erstenmal hier im Hause.«

»Haben Sie denn nicht bemerkt, daß Edith ... lahm ist ...? Nicht ihre armen verkrüppelten Beine gesehen?

Sie kann sich doch keine zwei Schritte ohne Krücken fortschleppen ... und Sie ... Sie Roh ...« – (sie unterdrückt rasch ein Zornwort) – »... Sie fordern die Arme zum Tanz auf ... oh, entsetzlich, ich muß gleich hinüber zu ihr ...«

»Nein« – (ich packe Ilona in meiner Verzweiflung am Arm) – »einen Augenblick noch, einen Augenblick ... Sie müssen mich bei ihr entschuldigen. Ich konnte doch nicht ahnen ... ich habe sie nur bei Tisch gesehen, nur eine Sekunde lang ... Bitte erklären Sie ihr doch ...«

Aber schon hatte Ilona, Zorn im Blick, ihren Arm befreit, schon läuft sie hinüber. Ich stehe mit gewürgter Kehle, Übelkeit im Mund, an der Schwelle des Salons, der wirbelt und schwirrt und schwatzt mit seinen (mir plötzlich unerträglichen) unbefangen plaudernden, lachenden Menschen, und denke: fünf Minuten noch, und alle wissen von meiner Tölpelei. Fünf Minuten, dann tappen und tasten höhnische, mißbilligende, ironische Blicke von allen Seiten mich an, und morgen läuft, von hundert Lippen zerschmatzt, der Schwatz über meine rohe Ungeschicklichkeit durch die ganze Stadt, frühmorgens schon mit der Milch abgelagert an den Haustüren, dann breitgeschwenkt in den Gesindestuben und weitergetragen in die Kaffeehäuser, die Ämter. Morgen weiß man's in meinem Regiment.

In diesem Augenblick sehe ich wie durch einen Nebel den

Vater. Mit einem etwas bedrückten Gesicht – weiß er schon? – kommt er eben quer durch den Saal. Geht er am Ende auf mich zu? Nein – nur ihm jetzt nicht begegnen! Eine panische Angst packt mich plötzlich vor ihm und vor allen. Und ohne recht zu wissen, was ich tue, stolpere ich zur Tür, die hinausführt in die Hall, hinaus aus diesem höllischen Haus.

»Wollen uns Herr Leutnant schon verlassen?« staunt mit respektvoll zweifelnder Geste der Diener.

»Ja«, antworte ich und erschrecke bereits, wie das Wort mir vom Munde fährt. Will ich denn wirklich weg? Und im nächsten Augenblick, da er den Mantel vom Haken holt, ist mir schon klar bewußt, daß ich jetzt mit meinem feigen Davonlaufen eine neue und vielleicht noch unentschuldbarere Dummheit begehe. Jedoch es ist schon zu spät. Ich kann ihm den Mantel nicht jetzt mit einmal wieder zurückgeben, ich kann nicht wieder, indes er mir schon die Haustür mit knapper Verbeugung öffnet, zurück in den Saal. Und so stehe ich plötzlich vor dem fremden, dem verfluchten Haus, den Wind kalt im Gesicht, das Herz heiß von Scham und den Atem gekrampft wie ein Erstickender.

Das war die unselige Tölpelei, mit der die ganze Sache begann. Jetzt, da ich mir beschwichtigten Bluts und aus der Distanz vieler Jahre jene einfältige Episode neuerdings vergegenwärtige, mit der alles Verhängnis seinen Anfang nahm, muß ich mir zuerkennen, eigentlich ganz unschuldig in dieses Mißverständnis hineingestolpert zu sein; auch dem Klügsten, dem Erfahrensten hätte diese »gaffe« passieren können, ein lahmes Mädchen zum Tanz aufzufordern. Aber in der Unmittelbarkeit des ersten Entsetzens empfand ich mich damals nicht nur als heillosen Tölpel, sondern als Rohling, als Verbrecher. Mir war, als hätte ich ein unschuldiges Kind mit der Peitsche geschlagen. All dies hätte schließlich mit Geistesgegenwart noch gutgemacht werden können; unwiderruflich hatte ich erst damit die Situation verdorben – dies wurde mir sofort bewußt, kaum daß der erste Stoß kalter Luft mir vor dem Hause an die Stirne sprang –, daß ich eben wie ein Verbrecher, ohne den Versuch, mich zu entschuldigen, einfach weggelaufen war.

Den Zustand, in dem ich vor dem Hause stand, vermag ich nicht zu schildern. Die Musik schwieg hinter den erleuchteten Fenstern; wahrscheinlich hatten die Spieler bloß eine Pause eingeschaltet. Aber in meinem überreizten Schuldgefühl fieberte ich mir sofort vor, um meinetwillen stocke der Tanz, alles dränge jetzt in das kleine Boudoir, um die Schluchzende zu trösten, alle Gäste, die Frauen, die Männer, die Mädchen ereiferten sich hinter jener verschlossenen Tür in einhelliger Entrüstung über den ruchlosen Mann, der ein verkrüppeltes Kind zum Tanz aufgefordert habe, um dann nach vollbrachtem Bosheitsstreich feige davonzulaufen. Und morgen – der Schweiß brach mir aus, ich fühlte ihn kalt unter der Kappe – wußte und schwätzte und behechelte schon die ganze Stadt meine Blamage. Ich sah sie schon vor mir in Gedanken, meine Kameraden, den Ferencz, den Mislywetz, und vor allem den Jozsi, den verfluchten Witzeschneider, wie sie schmatzend auf mich zukommen würden: »Na, Toni, schön führst du dich auf! Einmal wenn man dich von der Leine läßt, und du blamierst das ganze Regiment!« Monate wird dieses Hecheln und Höhnen noch weitergehen bei der Offiziersmesse; zehn, zwanzig Jahre wird ja bei uns am Kameradschaftstisch jede Dummheit nachgekaut, die irgend einer von uns einmal angestellt hat, jede Eselei verewigt sich, jeder Witz petrifiziert. Heute noch, nach sechzehn Jahren, erzählen sie die öde Geschichte vom Rittmeister Wolinski, wie er heimgekommen war aus Wien und geprotzt hatte, die Gräfin T. auf der Ringstraße kennengelernt und gleich die erste Nacht in ihrer Wohnung verbracht zu haben, und zwei Tage später stand dann in der Zeitung der Skandal von ihrem entlassenen Dienstmädel, das sich in Geschäften und bei Abenteuern hochstaplerisch selber als Gräfin T. ausgegeben hatte, und außerdem mußte der Casanova noch drei Wochen beim Regimentsarzt in die Kur gehen. Wer sich einmal vor den Kameraden lächerlich gemacht hat, bleibt lächerlich für immer, die kennen kein Vergessen, kein Verzeihen. Und je mehr ich mir's ausmalte und ausdachte, umsomehr kam ich ins Fieber absurder Ideen. Hundertmal leichter schien es mir in diesem Augenblick, mit dem Zeigefinger einen kleinen raschen Druck am Revolver zu tun, als die Höllenqual der nächsten Tage durchzustehen, dieses ohnmächtige Warten, ob die Kameraden schon von meiner Blamage wüßten und etwa hinter meinem Rücken das Tuscheln und Schmunzeln lustig losgegangen sei. Ach, ich kannte mich gut; ich wußte, nie würde ich die Kraft haben, standzuhalten, sobald einmal das Spötteln und Höhnen und Herumerzählen angefangen hätte.

Wie ich damals nach Hause gelangte, weiß ich heute nicht mehr. Ich erinnere mich nur, der erste Griff riß den Schrank auf, wo die Flasche Slibowitz für meine Besucher stand, und ich kippte zwei, drei halbe Wassergläser herunter, um die gräßliche Übelkeit in der Kehle loszuwerden. Dann warf ich mich hin auf das Bett, angezogen wie ich war, und versuchte nachzudenken. Aber wie Blumen in einem Treibhaus ein hitzigeres und tropischeres Wachstum bekommen, so Wahnvorstellungen im Dunkeln. Wirr und phantastisch schießen sie dort im schwülen Grunde auf zu grellen Lianen, die einem den Atem würgen, und mit der Geschwindigkeit von Träumen formen und jagen sich die absurdesten Angstbilder im überhitzten Gehirn. Blamiert auf Lebenszeit, dachte ich mir, ausgestoßen aus der Gesellschaft, bespöttelt von den Kameraden, beschwätzt von der ganzen Stadt! Nie mehr werde ich das Zimmer verlassen, nie mehr mich auf die Straße wagen können, aus Furcht, einem von denen zu begegnen, die um mein Verbrechen wußten (denn als Verbrechen empfand ich in jener Nacht der ersten Überreizung meine simple Dummheit und mich selbst als Gejagten und Gehetzten des allgemeinen Gelächters). Als ich dann schließlich einschlief, kann es nur ein dünner, undichter Schlaf gewesen sein, unter dem mein Angstzustand fiebernd weiterarbeitete. Denn gleich beim ersten Augenaufschlag steht wieder das zornige Kindergesicht vor mir, ich sehe die zuckenden Lippen, die krampfig an den Tisch gekrallten Hände, ich höre das Poltern jener fallenden Hölzer, von denen ich jetzt nachträglich begreife, daß es ihre Krücken gewesen sein mußten, und eine blöde Angst überkommt mich, es könne auf einmal die Tür aufgehen und – schwarzer Rock, weißer Vorstoß, goldene Brille – stapft mit seinem dürren, gepflegten Ziegenbärtchen der Vater heran bis an mein Bett. In der Angst springe ich auf. Und wie ich jetzt vor dem Spiegel in mein von Nacht- und Angstschweiß feuchtes Gesicht starre, habe ich Lust, dem Tölpel hinter dem blassen Glas mitten ins Gesicht zu schlagen.

Aber glücklicherweise, es ist schon Tag, Schritte poltern im Gang, Karren unten auf dem Pflaster. Und bei hellen Fensterscheiben denkt man klarer als eingesackt in jene böse Dunkelheit, die gerne Gespenster schafft. Vielleicht, sage ich mir, ist doch nicht alles so fürchterlich. Vielleicht hat es gar niemand bemerkt. Sie freilich – sie wird es nie vergessen, nie verzeihen, die arme Blasse, die Kranke, die Lahme! Da blitzt ein hilfreicher Gedanke jählings in mir auf. Hastig kämme ich mein verrauftes Haar, fahre in die Uniform und laufe an meinem verdutzten Burschen vorbei, der mir in seinem armen ruthenischen

Deutsch verzweifelt nachruft: »Herr Leutnant, Herr Leutnant, schon fertig ist Kaffee.«

Ich sause die Kasernentreppe hinunter und flitze so rasch an den Ulanen, die halb angezogen im Hof herumstehen, vorbei, daß sie gar nicht recht Zeit haben, stramm zu machen. In einem Saus bin ich an ihnen vorüber und beim Kasernentor draußen; geradewegs hin zum Blumengeschäft auf dem Rathausplatz laufe ich, soweit Laufen für einen Leutnant statthaft ist. In meiner Ungeduld habe ich natürlich völlig vergessen, daß um halb sechs Uhr morgens Geschäfte noch nicht offen sind, aber glücklicherweise handelt die Frau Gurtner außer mit Kunstblumen auch mit Gemüsen. Ein Karren mit Kartoffeln steht halb abgeladen vor der Tür, und wie ich heftig an das Fenster klopfe, höre ich sie schon die Treppe heruntertrappen. In der Hast erfinde ich eine Geschichte: ich hätte gestern total vergessen, daß heute der Namenstag von lieben Freunden sei. In einer halben Stunde rückten wir aus, darum möchte ich gern, daß die Blumen gleich abgeschickt würden. Also Blumen her, rasch, die schönsten, die sie hätte! Sofort schlurft die dicke Händlerin, noch in der Nachtjacke, auf ihren löchrigen Pantoffeln weiter, schließt den Laden auf und zeigt mir ihren Kronschatz, ein dickes Büschel langstieliger Rosen: wie viele ich davon haben wollte? Alle, sage ich, alle! Nur so einfach zusammenbinden, ober ob es mir lieber wäre in einem schönen Korb? Ja, ja, einen Korb. Der Rest meiner Monatsgage geht auf die splendide Bestellung, in den letzten Tagen des Monats werde ich dafür das Abendessen und das Kaffeehaus mir abknausern müssen oder Geld ausleihen. Aber das ist mir im Augenblick gleichgültig oder vielmehr, es freut mich sogar, daß mich meine Narrheit teuer zu stehen kommt, denn die ganze Zeit schon fühle ich eine böse Lust, mich Tölpel gründlich zu bestrafen, mich bitter zahlen zu lassen für meine zwiefache Eselei.

Also nicht wahr, alles in Ordnung? Die schönsten Rosen, gut arrangiert in einem Korb, und zuverlässig gleich abgeschickt! Aber da läuft mir die Frau Gurtner verzweifelt auf die Straße nach. Ja wohin denn und zu wem sie die Blumen schicken solle, der Herr Leutnant hätten ja nichts gesagt. Ach so, ich dreifacher Tölpel habe das in meiner Aufregung vergessen. Zur Villa Kekesfalva, ordne ich an, und rechtzeitigerweise erinnere ich mich dank jenem erschreckten Ausruf Ilonas an den Vornamen meines armen Opfers: für Fräulein Edith von Kekesfalva.

»Natürlich, natürlich, die Herren von Kekesfalva«, sagt Frau Gurtner stolz, »unsere beste Kundschaft!«

Und, neue Frage – ich hatte mich schon wieder zum Weglaufen bereitgemacht – ob ich nicht noch ein Wort dazuschreiben wolle? Dazuschreiben? Ach so! Den Absender! Den Spender! Wie soll sie sonst wissen, von wem die Blumen sind?

Ich trete also nochmals in den Laden, nehme eine Visitenkarte und schreibe darauf: »Mit der Bitte um Entschuldigung.« Nein – unmöglich! Das wäre schon der vierte Unsinn: wozu noch an meine Tölpelei erinnern? Aber was sonst schreiben? »In aufrichtigem Bedauern« – nein, das geht schon gar nicht, am Ende könnte sie meinen, das Bedauern gelte ihr. Am besten also gar nichts dazuschreiben, überhaupt nichts.

»Nur die Karte legen Sie bei, Frau Gurtner, nichts als die Karte.«

Jetzt ist mir leichter. Ich eile zurück in die Kaserne, schütte meinen Kaffee hinunter und halte schlecht und recht meine Instruktionsstunde ab, wahrscheinlich nervöser, zerfahrener als sonst. Aber beim Militär fällt's nicht sonderlich auf, wenn ein Leutnant morgens verkatert in den Dienst kommt. Wie viele fahren nach durchbummelter Nacht von Wien so ausgemüdet zurück, daß sie kaum die Augen aufhalten können und im schönsten Trab einschlafen. Eigentlich kommt's mir sogar gut zupaß, die ganze Zeit kommandieren, examinieren und dann ausreiten zu müssen. Denn der Dienst lenkt die Unruhe doch einigermaßen ab, freilich, noch immer rumort zwischen den Schläfen das unbehagliche Erinnern, noch immer steckt mir etwas dick in der Kehle wie ein galliger Schwamm.

Aber mittags, ich will gerade zur Offiziersmesse hinüber, läuft mit hitzigem »Panje Leutnant« mein Diener mir nach. Er hat einen Brief in der Hand, ein längliches Rechteck, englisches Papier, blau, zart parfümiert, rückwärts ein Wappen fein eingestanzt, ein Brief mit steiler, dünner Schrift, Frauenschrift. Ich reiße hastig den Umschlag auf und lese: »Herzlichen Dank, verehrter Herr Leutnant, für die unverdient schönen Blumen, an denen ich mich furchtbar freute und noch freue. Bitte kommen Sie doch an jedem beliebigen Nachmittag zum Tee zu uns. Ansage ist nicht nötig. Ich bin – leider! – immer zu Hause. Edith v. K.«

Eine zarte Handschrift. Unwillkürlich erinnere ich mich an die schmalen Kinderfinger, wie sie sich an den Tisch preßten, erinnere mich an das blasse Gesicht, wie es plötzlich purpurn erglühte, als hätte man Bordeaux in ein Glas geschüttet. Ich lese noch einmal, zweimal, dreimal die paar Zeilen und atme auf. Wie diskret sie hingleitet über meine Tölpelei! Wie geschickt, wie taktvoll sie zugleich ihr Gebrechen selbst andeutet. »Ich bin – leider! – immer zu Hause.« Vornehmer kann man nicht verzeihen. Kein Ton von Gekränktsein. Eine Last stürzt mir vom Herzen. Wie einem Angeklagten ist mir zumute, der schon lebenslängliches Zuchthaus sich zugesprochen vermeinte, und der Richter erhebt sich, setzt das Barett auf und verkündet: »Freigesprochen.« Selbstverständlich muß ich bald hinaus, um ihr zu danken. Heute ist Donnerstag – also Sonntag mache ich draußen Besuch. Oder nein, lieber doch schon Samstag!

Aber ich hielt mir nicht Wort. Ich war zu ungeduldig. Mich bedrängte die Unruhe, meine Schuld endgültig beglichen zu wissen, möglichst bald fertig zu werden mit dem Unbehagen einer unsicheren Situation. Denn immer kribbelte mir noch die Angst in den Nerven, bei der Offiziersmesse, im Café oder sonstwo würde jemand von meinem Mißgeschick zu sprechen anfangen: »Na, wie war denn das da draußen bei den Kekesfalvas?« Dann wollte ich schon kühl und überlegen erwidern können: »Reizende Leute! Ich war gestern nachmittags wieder bei ihnen zum Tee«, damit jeder gleich sehen könne, daß ich dort nicht etwa mit Stunk abgeglitten war. Nur einmal Strich und Punkt unter die leidige Affäre gesetzt haben! Nur einmal damit fertig sein! Und diese innere Nervosität bewirkt auch schließlich, daß schon am nächsten Tag, am Freitag also, während ich gerade mit Ferencz und Jozsi, meinen besten Kameraden, über den Korso schlendere, mich der Entschluß plötzlich überfällt: noch heute machst du den Besuch! Und ganz unvermittelt verabschiede ich mich von meinen etwas verwunderten Freunden.

Es ist eigentlich kein sonderlich weiter Weg hinaus, höchstens eine halbe Stunde, wenn man tüchtig ausschreitet. Zuerst fünf langweilige Minuten durch die Stadt, dann die etwas staubige Landstraße entlang, die auch zu unserem Exerzierfeld führt und auf der unsere Rösser schon jeden Stein und jede Biegung kennen (man kann die Zügel ganz locker lassen). Erst in ihrer halben Breite zweigt links bei einer kleinen Kapelle an der Brücke eine schmälere, von alten Kastanien beschattete Allee ab, gewissermaßen eine Privatallee, wenig benutzt und befahren und von den gemächlichen Windungen eines kleinen, tümpeligen Baches ohne Ungeduld begleitet.

Aber merkwürdig – je mehr ich mich dem kleinen Schlößchen nähere, von dem nun schon die weiße Rundmauer und das durchbrochene Gittertor sichtbar werden, um so rascher sackt mir der Mut zusammen. So wie man knapp vor der Tür des Zahnarztes nach einem Vorwand sucht, um noch kehrt zu machen, ehe man die Klingel zieht, möchte ich noch rasch echappieren. Muß es wirklich schon heute sein? Soll ich nicht überhaupt durch jenen Brief die peinliche Affäre als endgültig beigelegt betrachten? Unwillkürlich verlangsame ich den Schritt; zum Umkehren bleibt schließlich immer noch Zeit, und ein Umweg weist sich allemal willkommen, wenn man nicht den graden Weg gehen will; so biege ich, den kleinen Bach auf einem wackligen Holzbrett überquerend, von der Allee zu den Wiesen ab, um zunächst einmal von außen das Schloß zu umkreisen.

Das Haus hinter der hohen Steinmauer präsentiert sich als ein einstöckiges weitgestrecktes Gebäude im späten Barockstil, nach altösterreichischer Art mit dem sogenannten Schönbrunner Gelb gefärbelt und mit grünen Fensterläden versehen. Durch einen Hof abgesondert, drücken sich ein paar kleinere Gebäude, offenbar für das Gesinde, die Verwaltung und die Stallungen bestimmt, in den großen Park hinein, von dem ich bei jenem ersten nächtlichen Besuch nichts wahrgenommen hatte. Jetzt erst merke ich, durch die sogenannten Ochsenaugen, die ovalen Durchbrüche jener mächtigen Mauer, hineinspähend, daß dieses Schloß Kekesfalva keineswegs, wie ich unter dem Eindruck der inneren Einrichtung vermeinte, eine moderne Villa ist, sondern ein rechtes ländliches Gutsherrenhaus, ein Adelssitz alter Art, derlei ich im Böhmischen ab und zu bei Manövern im Vorbeireiten gesehen hatte. Auffällig wirkte nur der merkwürdige viereckige Turm, der, mit seiner Form ein wenig an die italienischen Campaniles erinnernd, sich ziemlich ungehörig emporstemmt, vielleicht Überrest eines Schlosses, das vor Zeiten hier gestanden haben mag. Nachträglich entsinne ich mich jetzt, vom Exerzierfeld aus diese sonderbare Warte öfters wahrgenommen zu haben, freilich in der Meinung, es sei der Kirchturm irgend eines Dorfes, und nun erst fällt mir auf, daß der übliche Turmknauf fehlt und der merkwürdige Kubus ein flaches Dach besitzt, das entweder als Sonnenterrasse oder Observatorium dient. Je mehr ich aber des Feudalen, Altererbten dieses adligen Gutsbesitzes gewiß werde, um so unbehaglicher fühle ich mich: gerade hier, wo sicher auf Formen besonders geachtet wird, mußte ich derart tölpelhaft debütieren!

Aber schließlich gebe ich mir, nach beendeter Umkreisung wieder beim Gittertor von der anderen Seite angelangt, den entscheidenden Ruck. Ich durchschreite den Kiesweg zwischen den kerzengrade geschnittenen Bäumen und lasse an der Haustür den schweren bronzegetriebenen Klopfer niederfallen, der hier nach altem Brauch statt einer Glocke dient. Sofort erscheint der Diener – sonderbar, er scheint gar nicht erstaunt über den unangemeldeten Besuch. Ohne weiter zu fragen oder meine schon vorbereitete Visitenkarte entgegenzunehmen, lädt er mich mit höflicher Verbeugung ein, im Salon zu warten, die Damen seien noch auf ihrem Zimmer, würden aber gleich kommen; daß ich empfangen werde, scheint also zweifellos. Wie einen angesagten Besuch führt er mich weiter; mit erneutem Unbehagen erkenne ich den rottapezierten Salon wieder, in dem damals getanzt wurde, und ein bitterer Geschmack in der Kehle erinnert mich, daß nebenan jener Raum mit der verhängnisvollen Ecke sich befinden muß.

Zunächst verschließt allerdings eine cremefarbene, mit goldenen Ornamenten zierlich geschmückte Schiebetür den Ausblick auf den mir deutlich gegenwärtigen Schauplatz meiner Tölpelei, aber bereits nach wenigen Minuten vernehme ich hinter dieser Tür schon Rücken von Sesseln, tuschelndes Sprechen, irgend ein verhaltenes Kommen und Gehen, das mir die Gegenwart mehrerer Personen verrät. Ich versuche die Wartezeit zu nützen, um den Salon zu betrachten: üppige Möbel Louis seize, rechts und links alte Gobelins und zwischen den Glastüren, die unmittelbar in den Garten führen, alte Bilder vom Canale Grande und der Piazza San Marco, die mir, so unbelehrt ich auch in diesen Dingen bin, kostbar zu sein scheinen. Zwar, sehr deutlich unterscheide ich nichts von diesen Kunstschätzen, denn ich horche mit gespannter Aufmerksamkeit zugleich auf die Geräusche von nebenan. Es klirrt dort leise von Tellern, es knarrt eine Tür, jetzt meine ich auch – das unregelmäßige trockene Tappen und Tocken von Krücken zu hören.

Endlich schiebt von innen eine noch unsichtbare Hand die Flügel der Tür auseinander. Es ist Ilona, die mir entgegentritt. »Wie lieb, Herr Leutnant, daß Sie gekommen sind.« Und schon führt sie mich in den mir allzu wohlbekannten Raum. In derselben Boudoirecke, auf derselben Chaiselongue hinter demselben malachitfarbenen Tisch (warum wiederholen sie die für mich so peinliche Situation?) sitzt die Gelähmte, eine weiße Pelzdecke voll und schwer über den Schoß gebreitet, so daß ihre Beine unsichtbar bleiben – offenbar soll ich »daran« nicht erinnert werden. Mit zweifellos vorbereiteter Freundlichkeit lächelt mir von ihrer Krankenecke Edith grüßend entgegen. Aber diese erste Begegnung bleibt doch ein fatales Wiedersehen, und an der genierten Art, wie sie, ein wenig angestrengt, mir die Hand über den Tisch entgegenstreckt, merke ich sofort, auch sie denkt »daran«. Keinem von uns glückt das erste verbindende Wort.

Glücklicherweise wirft Ilona rasch eine Frage in das stickige Schweigen:

»Was dürfen wir Ihnen anbieten, Herr Leutnant, Tee oder Kaffee?«

»Oh, ganz wie es Ihnen beliebt«, erwidere ich.

»Nein – was Sie lieber haben, Herr Leutnant! Nur keine Zeremonien, es ist doch ganz einerlei.«

»Also Kaffee, wenn ich bitten darf«, entschließe ich mich und bin froh, dabei zu hören, daß meine Stimme nicht allzu brüchig klingt.

Verflucht geschickt war das von dem braunen Mädel, mit einer derart sachlichen Anfrage die erste Spannung überbrückt zu haben. Aber wie rücksichtslos wiederum, daß sie gleich darauf das Zimmer verläßt, um dem Diener Auftrag zu erteilen, denn so bleibe ich ungemütlicherweise mit meinem Opfer allein. Es wäre jetzt an der Zeit, etwas zu sagen, Konversation à tout prix zu machen. Doch mir steckt ein Pfropf in der Kehle, und auch mein Blick muß etwas Verlegenes haben, denn ich wage nicht in die Richtung des Sofas zu schauen, weil sie sonst glauben könnte, ich starre auf den Pelz, der ihre lahmen Beine verdeckt. Glücklicherweise zeigt sie sich gefaßter als ich und beginnt mit einer gewissen nervös-heftigen Art, die ich jetzt zum erstenmal an ihr kennenlerne:

»Aber wollen Sie nicht Platz nehmen, Herr Leutnant? Da, rücken Sie sich doch den Fauteuil her. Und warum legen Sie Ihren Säbel nicht ab – wir wollen doch Frieden halten ... dort auf den Tisch oder auf das Fensterbrett ... ganz wie Sie wollen.«

Ich rücke mir etwas umständlich einen Fauteuil heran. Noch immer gelingt es mir nicht, den Blick unbefangen einzustellen. Aber energisch hilft sie mir weiter.

»Ich muß Ihnen noch danken für die wunderbaren Blumen ... wirklich wunderbare Blumen sind das, sehen Sie nur, wie schön sie sich in der Vase machen. Und dann ... und dann ... ich muß mich auch entschuldigen für meine dumme Unbeherrschtheit ... Schrecklich, wie ich mich benommen habe ... die ganze Nacht konnte ich nicht schlafen, so habe ich mich geschämt. Sie haben es doch so lieb gemeint und ... wie konnten Sie denn eine Ahnung haben. Und außerdem« – (sie lacht plötzlich scharf und nervös) – »außerdem haben Sie meinen innersten Gedanken erraten ... ich hatte mich doch mit Absicht so gesetzt, daß ich den Tanzenden zusehen konnte, und gerade als Sie kamen, hatte ich mir nichts so sehr gewünscht, als mitzutanzen ... ich bin ja ganz vernarrt in den Tanz. Stundenlang kann ich zusehen, wie andere tanzen – so zusehen, daß ich selbst jede Bewegung bis in mich hinein spüre ... wirklich, jede Bewegung. Nicht der andere tanzt dann, ich bin es selbst, die sich dreht, sich beugt, die nachgibt und sich führen, sich schwingen läßt ... so närrisch kann man sein, das vermuten Sie vielleicht gar nicht ... Schließlich, früher als Kind hab ich schon ganz gut getanzt und furchtbar gern ... und immer, wenn ich jetzt träume, ist es vom Tanz. Ja, so dumm es klingt, ich tanze im Traum, und vielleicht ist es gut für Papa, daß mir das mit ... daß mir das passiert ist, sonst wäre ich von zu Hause weggelaufen und Tänzerin geworden ... Nichts passioniert mich so, und ich denk mir, es muß herrlich sein, mit seinem Körper, mit seiner Bewegung, mit seinem ganzen Sein jeden Abend hunderte und hunderte Menschen zu packen, zu fassen, aufzuheben ... herrlich muß das sein ... übrigens, damit Sie sehen, wie närrisch ich bin ... ich sammle alle Bilder von großen Tänzerinnen. Alle habe ich, die Saharet, die Pawlowa, die Karsawina. Von allen habe ich die Photographien und in allen ihren Rollen und Posen. Warten Sie, ich zeige sie Ihnen ... dort, in der Schatulle liegen sie ... dort beim Kamin ... dort in der chinesischen Lackschatulle« – (Ihre Stimme wird plötzlich ärgerlich vor Ungeduld) – »Nein, nein, nein, dort links neben den Büchern ... ach, sind Sie ungeschickt ... Ja, das ist sie« – (ich hatte die Schatulle endlich gefunden und brachte sie) – »Sehn Sie, das da, das zu oberst liegt, ist mein Lieblingsbild, die Pawlowa als sterbender Schwan ... ach, wenn ich ihr nur nachreisen, wenn ich sie nur sehen könnte, ich glaube, es wäre mein glücklichster Tag.«

Die rückwärtige Tür, durch die Ilona sich entfernt hatte, beginnt sich leise in den Scharnieren zu bewegen. Hastig, wie ertappt, mit einem trockenen, knallenden Wurf klappt Edith die Schatulle zu. Es klingt wie ein Befehl, den sie mir jetzt zuwirft:

»Nichts davon vor den andern! Kein Wort von dem, was ich Ihnen gesagt habe.«

Es ist der weißhaarige Diener mit den schöngeschnittenen Franz Joseph-Koteletten, der die Tür vorsichtig öffnet; hinter ihm schiebt Ilona einen reichgedeckten Teetisch auf Gummirädern herein. Sie serviert, setzt sich zu uns, und sofort fühle ich mich wieder sicherer. Den willkommenen Anlaß zur Konversation gibt die mächtige Angorakatze, die unhörbar mit dem Teewagen hereingeschlichen ist und sich nun mit unbefangener Vertraulichkeit an meinen Beinen reibt. Ich bewundere die Katze, dann beginnt ein Hin- und Herfragen, wie lange ich hier sei und wie ich mich in der Garnison fühle, ob ich den Leutnant Soundso kenne, ob ich oft nach Wien fahre – unwillkürlich entsteht ein landläufiges, unbeschwertes Gespräch, in dem sich die arge Spannung unmerklich löst. Allmählich traue ich mich sogar schon, die beiden Mädchen ein bißchen von der Seite anzusehen, völlig verschieden ist die eine von der andern, Ilona schon ganz Frau, sinnlich warm, voll, üppig, gesund; neben ihr wirkt Edith, halb Kind und halb Mädchen, vielleicht siebzehn Jahre alt, vielleicht achtzehn, noch irgendwie unfertig. Sonderbarer Kontrast: mit der einen möchte man tanzen, möchte man sich küssen, die andere wie eine Kranke verwöhnen, sie schonend streicheln, sie behüten und vor allem beschwichtigen. Denn eine merkwürdige Unruhe geht von ihrem Wesen aus. Nicht einen Augenblick hält ihr Gesicht still; bald blickt sie nach rechts, bald nach links, bald spannt sie sich auf, bald lehnt sie sich wie erschöpft zurück; und mit der gleichen Nervosität, wie sie sich bewegt, spricht sie auch, immer sprunghaft, immer staccato, immer ohne Pausen. Vielleicht, denke ich mir, daß diese Unbeherrschtheit und Unruhe eine Kompensation ist für die aufgezwungene Unbeweglichkeit ihrer Beine, vielleicht auch ein ständiges leichtes Fieber, das ihre Gesten und ihr Gespräch rascher taktiert. Aber mir bleibt wenig Zeit zum Beobachten. Denn sie versteht mit ihren raschen Fragen und der leichten, fliegenden Art ihres Erzählens die Aufmerksamkeit völlig auf sich zu ziehen; überrascht gerate ich in ein anregendes und interessantes Gespräch.

Eine Stunde dauert das. Vielleicht sogar anderthalb Stunden. Dann schattet mit einem Mal vom Salon her eine Gestalt; vorsichtig tritt jemand ein, als hätte er Furcht, zu stören. Es ist Kekesfalva.

»Bitte, bitte«, drückt er mich, da ich respektvoll aufstehen will, und beugt sich dann zu einem flüchtigen Kuß über die Stirn des Kindes. Wieder trägt er den schwarzen Rock mit dem weißen Vorstoß und der altmodischen Binde (ich habe ihn nie anders gesehen); wie ein Arzt sieht er aus mit seinen behutsam beobachtenden Augen hinter der goldenen Brille. Und wirklich wie ein Arzt an den Rand eines Krankenbetts, setzt er sich vorsichtig hin zu der Gelähmten. Merkwürdig, mit dem Augenblick, da er gekommen, scheint das Zimmer melancholischer zu schatten; die ängstliche Art, mit der er manchmal prüfend und zärtlich von der Seite auf sein Kind blickt, hemmt und dunkelt den Rhythmus unseres bisher unbefangenen Geplauders. Auch er empfindet bald unsere Befangenheit und sucht nun seinerseits eine Konversation zu erzwingen. Er fragt gleichfalls nach dem Regiment, dem Rittmeister, erkundigt sich nach dem früheren Oberst, der jetzt als Divisionär im Kriegsministerium sei. Er scheint seit Jahren unsere Personalangelegenheiten überraschend genau zu kennen, und ich weiß nicht warum, aber ich habe das Gefühl, daß er aus einer bestimmten Absicht bei jedem einzelnen hohen Offizier seine besondere Vertrautheit besonders betont.

Zehn Minuten noch, denke ich mir, dann kann ich mich unauffällig empfehlen; da klopft es abermals leise an der Tür, der Diener tritt ein, unhörbar, als ob er bloßfuß ginge, und flüstert Edith etwas ins Ohr. Unbeherrscht fährt sie auf.

»Er soll warten. Oder nein, er soll mich überhaupt heute in Ruhe lassen. Er soll weggehen, ich brauche ihn nicht.«

Wir sind alle geniert durch ihre Heftigkeit, und ich erhebe mich mit dem peinlichen Gefühl, zu lang geblieben zu sein. Aber gleich rücksichtslos wie den Diener herrscht sie mich an:

»Nein, bleiben Sie! Es hat gar nichts zu sagen.«

Eigentlich liegt in dem befehlshaberischen Ton eine Ungezogenheit. Auch der Vater scheint das Peinliche zu empfinden, denn mit hilflos bekümmertem Gesicht mahnt er:

»Aber Edith ...«

Und nun spürt sie selbst, vielleicht an seiner Erschrockenheit, vielleicht an meinem verlegenen Dastehen, daß ihr die Nerven durchgegangen sind, denn sie wendet sich mir plötzlich zu.

»Verzeihen Sie. Josef hätte wirklich warten können, statt da hereinzupoltern. Es ist ja nichts als die tägliche Quälerei, der Masseur, der mit mir Streckübungen macht. Der reinste Unsinn, eins, zwei, eins, zwei, auf, ab, ab, auf; davon soll alles auf einmal gut werden. Die neueste Erfindung unseres Herrn Doktors und eine völlig überflüssige Sekkatur. Sinnlos wie alle andern.«

Herausfordernd sieht sie ihren Vater an, als ob sie ihn verantwortlich machte. Verlegen (er schämt sich vor mir) beugt sich der alte Mann zu ihr nieder.

»Aber Kind ... glaubst du wirklich, daß Doktor Condor ...«

Doch schon hält er inne, denn um ihren Mund hat ein Zukken begonnen, die schmalen Nasenflügel erzittern. Genau so hat es damals um die Lippen gebebt, und schon ängstige ich mich vor einem neuen Ausbruch. Aber plötzlich errötet sie und murmelt nachgiebig:

»Nun gut, ich geh schon, obwohl's gar keinen Sinn hat, gar keinen Sinn. Verzeihen Sie, Herr Leutnant, ich hoffe, Sie kommen bald wieder.«

Ich verbeuge mich und will mich verabschieden. Aber bereits hat sie sich's wieder überlegt.

»Nein, bleiben Sie noch mit Papa, während ich abmarschiere« – sie betont das letzte Wort »abmarschiere« so scharf und staccato wie eine Drohung. Dann faßt sie die kleine bronzene Glocke, die auf dem Tisch steht, und klingelt – später erst habe ich bemerkt, daß überall im ganzen Haus in ihrer Greifnähe solche Glocken auf allen Tischen standen, damit sie jederzeit jemand herankommandieren könne, ohne auch nur einen Augenblick warten zu müssen. Die Glocke klingelt scharf und schrill. Sofort erscheint wieder der Diener, der bei ihrem Ausbruch diskret verschwunden war.

»Hilf mir«, befiehlt sie ihm und wirft die Pelzdecke ab. Ilona beugt sich zu ihr, um ihr etwas zuzuflüstern, aber »Nein«, herrscht die sichtbar Erregte die Freundin unwillig an. »Josef soll mich nur aufstützen. Ich geh schon allein.«

Was jetzt kommt, ist furchtbar. Der Diener beugt sich über sie und hebt mit einem offenbar eingelernten Griff den leichten Körper unter den Achseln mit beiden Händen hoch. Wie sie nun aufrecht steht, mit beiden Händen sich an der Lehne des Fauteuils anhaltend, mißt sie uns alle erst einzeln mit einem herausfordernden Blick; dann greift sie nach den beiden Stöcken, die unter der Decke verborgen lagen, beißt die Lippen fest zusammen, stemmt sich auf die Krücken und – tapptapp, tock-tock – stapft, schwankt, stößt sie sich vorwärts, schief und hexenhaft, indes der Diener hinter ihr mit vorgebreiteten Armen wacht, um sie bei einem Ausgleiten oder Nachgeben sofort aufzufangen. Tapp-tapp, tock-tock, wieder ein Schritt und wieder einer, dazwischen klirrt und knirscht etwas leise wie von gespanntem Leder und Metall: sie muß – ich traue mich nicht, auf ihre armen Beine zu sehen – irgendwelche Stützmaschinen an den Fußgelenken tragen. Wie unter einem Eisgriff krampft sich mir das Herz zusammen bei diesem forcierten Gewaltmarsch, denn ich verstehe sofort die demonstrative Absicht darin, daß sie sich nicht helfen oder in einem Rollstuhl hinausfahren läßt: sie will mir, gerade mir, sie will uns allen zeigen, daß sie ein Krüppel ist. Sie will uns wehtun aus irgendeiner geheimnisvollen Rachsucht der Verzweiflung, uns peinigen mit ihrer Pein, uns, die Gesunden, an Stelle Gottes anklagen. Aber gerade an dieser furchtbaren Herausforderung fühle ich – und noch tausendfach stärker als bei ihrem früheren verzweifelten Ausbruch, da ich sie zum Tanzen aufforderte – wie grenzenlos sie unter ihrer Hilflosigkeit leiden muß. Endlich – es dauert eine Ewigkeit – ist sie die paar Schritte bis zur Türe hin- und hergeschwankt, gewaltsam sich von einer Krücke auf die andere werfend mit dem ganzen Gewicht ihres geschüttelten, geschleuderten schmalen Körpers; ich finde nicht den Mut, ein einziges Mal scharf hinzublicken. Denn schon der harte, trockene Ton der Krücken, dieses Tocktock des Stockaufstoßens beim Ausschreiten, das Kreischen und Schleifen der Maschinen und dazu das dumpfe Keuchen der Anstrengung beklemmt und erregt mich dermaßen, daß ich mein Herz bis an den Stoff der Uniform schlagen spüre. Schon hat sie das Zimmer verlassen, und noch immer horche ich atemlos zu, wie hinter der verschlossenen Tür das schreckliche Geräusch leiser wird und endlich erlischt.

Nun erst, da es vollkommen still geworden ist, wage ich den Blick wieder zu heben. Der alte Mann – ich merke es erst jetzt – muß unterdes leise aufgestanden sein und blickt angestrengt zum Fenster hinaus – etwas zu angestrengt blickt er hinaus. Ich sehe im unsicheren Gegenlicht nur seinen Schattenriß, aber die Schultern dieser gebeugten Gestalt zucken in zitternden Linien. Auch er, der Vater, der täglich sein Kind sich so hinquälen sieht, auch er ist von diesem Anblick zernichtet.

Die Luft steht starr im Zimmer zwischen uns beiden. Nach einigen Minuten wendet die dunkle Gestalt sich endlich um und kommt mit unsicherem Schritt, als ginge sie über glitschigen Grund, leise heran:

»Bitte nehmen Sie's dem Kind nicht übel, Herr Leutnant, wenn sie ein wenig brüsk war, aber ... Sie wissen ja nicht, wie viel man sie gequält hat in all diesen Jahren ... immer etwas anderes, und es geht so furchtbar langsam vorwärts, ich versteh ja, daß sie ungeduldig wird. Aber was sollen wir tun? Man muß doch alles versuchen, man muß doch.«

Der alte Mann ist vor dem verlassenen Teetisch stehengeblieben, er blickt mich nicht an, während er spricht. Starr hält er die von den grauen Lidern fast verdeckten Augen auf den Tisch gerichtet. Wie ein Träumender greift er in die offene Zuckerdose, faßt ein viereckiges Stück, dreht es zwischen den Fingern hin und her, starrt es sinnlos an und legt es wieder weg; etwas von einem Trunkenen ist in seinem Gehaben. Noch immer kann er den Blick von dem Teetisch nicht abziehen, als hielte ihn dort etwas Besonderes im Bann. Unbewußt nimmt er einen Löffel, hebt ihn auf, legt ihn wieder hin und spricht dann gleichsam auf den Löffel zu:

»Wenn Sie wüßten, wie das Kind früher war! Den ganzen Tag ging das treppauf, treppab, sie sauste nur so über die Stiegen und durch die Zimmer, daß uns angst und bange wurde. Mit elf Jahren ritt sie auf ihrem Pony die ganzen Wiesen in einer Karriere entlang, keiner konnte sie einholen. Oft hatten wir Furcht, meine selige Frau und ich, so tollkühn war sie, so übermütig und behend, so leicht war ihr alles. Immer hatte man das Gefühl, sie brauchte nur die Arme auszubreiten und könnte fliegen ... und gerade ihr mußte das zustoßen, gerade ihr ...«

Der Scheitel zwischen den dünnen, weißen Haaren beugt sich immer tiefer über den Tisch. Noch immer stochert die nervöse Hand zwischen all den verstreuten Dingen herum, statt des Löffels jetzt eine müßige Zuckerzange fassend und damit runde merkwürdige Runen auf dem Tisch ziehend (ich weiß: es ist Scham, es ist Verlegenheit, er fürchtet sich nur, mich anzublicken).

»Und dabei, wie leicht ist es noch heute, sie froh zu machen. An der kleinsten Kleinigkeit kann sie sich freuen wie ein Kind. Sie kann lachen über den dümmsten Scherz und sich begeistern an einem Buch – ich wollte, Sie hätten sehen können, wie entzückt sie war, als Ihre Blumen kamen und die Angst von ihr fiel, sie hätte Sie beleidigt ... Sie ahnen ja nicht, wie fein sie alles empfindet ... alles spürt sie viel stärker als unsereiner. Ich weiß genau, niemand ist jetzt mehr verzweifelt als sie selbst, daß sie so unbeherrscht gewesen ... Aber wie soll man ... wie *soll* man sich denn beherrschen können ... wie soll ein Kind immer wieder Geduld aufbringen, wenn es so langsam vorwärts geht, wie stillhalten, wenn man so geschlagen wird von Gott und hat doch nichts getan ... niemandem etwas getan!«

Er starrte noch immer hin auf die imaginären Figuren, die seine zitternde Hand mit der Zuckerzange ins Leere zeichnete. Und plötzlich klirrte er sie wie erschreckt hin. Es war, als ob er aufwachte und dadurch erst bewußt würde, nicht zu sich allein, sondern vor einem völlig Fremden gesprochen zu haben. Mit einer ganz andern Stimme, einer wachen und gedrückten, begann er sich ungeschickt zu entschuldigen.

»Verzeihen Sie, Herr Leutnant ... wie kommen Sie dazu, daß ich Sie mit unseren Sorgen beschwere! Es war nur so, weil ... es kam nur so über mich ... und ich wollte Ihnen doch bloß erklären ... Ich möchte nicht, daß Sie von ihr schlecht denken ... daß Sie ...«

Ich weiß nicht, wieso ich den Mut fand, den verlegen Stammelnden zu unterbrechen und auf ihn zuzugehen. Aber plötzlich nahm ich mit beiden Händen die Hand des alten, fremden Mannes. Ich sagte nichts. Ich faßte nur seine kalte, knochige, seine unwillkürlich zurückscheuende Hand und drückte sie. Er starrte mich erstaunt an, die Brillengläser blitzten schräg empor, und hinter ihnen tastete ein unsicherer Blick weich und verlegen nach dem meinen. Ich hatte Angst, er würde jetzt etwas sagen. Aber er tat es nicht; nur die schwarzen, runden Pupillen weiteten sich mehr und mehr, als wollten sie überströmen. Auch ich spürte eine Ergriffenheit noch unerlebter Art in mir aufquellen, und um ihr zu entfliehen, verbeugte ich mich hastig und ging hinaus.

Im Vorraum half mir der Diener in den Mantel. Auf einmal spürte ich eine Zugluft im Rücken. Ohne mich umzuwenden, wußte ich, daß der alte Mann mir nachgegangen war und nun im Türrahmen stand, aus dem Bedürfnis, mir zu danken. Doch ich wollte mich nicht beschämen lassen. Ich tat, als ob ich nicht merkte, daß er hinter mir stand. Rasch, mit schlagenden Pulsen, verließ ich das tragische Haus.

Am nächsten Morgen – ein blasser Nebel hängt noch über den Häusern, und die Fensterläden sind alle geschlossen, um den braven Schlaf der Bürger zu hüten, – reitet, wie jeden Morgen, unsere Eskadron auf das Exerzierfeld. In hottelndem Schritt geht es zuerst quer über das unbequeme Pflaster; noch ziemlich schlaftrunken, steif und verdrossen, schwanken meine Ulanen in ihren Sätteln. Bald haben wir die vier, fünf Gassen durchgetrottet, bereits auf der breiten Chaussee gehen wir über in einen leichten Trab und schwenken dann rechts ab gegen die offenen Wiesen. Ich kommandiere meinem Zug »Galopp«, und mit einem einzigen atmenden Stoß schnauben die anstürmenden Pferde los. Sie kennen schon das weiche, gute, weite Feld, die klugen Tiere; man muß sie weiter nicht antreiben, locker kann man die Zügel lassen, denn kaum daß sie den Schenkeldruck gespürt haben, legen die Gäule mit aller Kraft los. Auch sie fühlen die Lust der Erregung und der Entspannung.

Ich reite voran. Ich reite leidenschaftlich gern. Rieselnd spüre ich von den Hüften her das schwingende, schlingernde Blut im aufgelockerten Leib als lebendige Lebenswärme kreisen, indes einem sausend die kalte Luft um Stirn und Backen fährt. Herrliche morgendliche Luft: den Tau der Nacht schmeckt man noch darin, den Atem der aufgelockerten Erde, den Ruch der blühenden Felder, und zugleich umfließt einen der warme, sinnliche Dampf der atmenden Nüstern. Immer begeistert mich von neuem dieser erste Morgengalopp, der den stockigen, schlaftrunkenen Leib so wohlig durchschüttelt und die Benommenheit wie dumpfen Nebel wegreißt; unwillkürlich dehnt das Gefühl der Leichtigkeit, die mich trägt, mir die Brust, und mit aufgetanen Lippen trinke ich die sausende Luft in mich ein. »Galopp! Galopp!« – ich spüre die Augen heller, die Sinne lebendiger werden, und hinter mir klingt in regelmäßigem Rhythmus das Klickern der Säbel, das stoßende Schnauben der Pferde, das weiche, knisternde Quellen und Quietschen der Sättel, der gleiche schlagende Takt der Hufe. Ein einziger centaurischer Leib ist diese sausende Gruppe der Männer und Pferde, von einem einzigen Schwung getragen. Vor, vor, vor, Galopp, Galopp, Galopp! Ah, so reiten, so reiten bis ans Ende der Welt! Mit dem heimlichen Stolz, Herr und Schöpfer dieser Lust zu sein, wende ich mich manchmal im Sattel zurück, um meine Leute anzuschauen. Und mit einemmal sehe ich, alle meine braven Ulanen haben andere Gesichter. Die schwere ruthenische Bedrücktheit, die Dumpfheit, die Unausgeschlafenheit ist wie Ruß weggewischt von ihren Augen. Straffer richten sie sich auf, da sie sich beobachtet fühlen, mit lächelndem Mund erwidern sie die Freude in meinem Blick. Ich spüre, auch diese dumpfen Bauernburschen sind durchdrungen von der Lust der sausenden Bewegung, diesem Vortraum menschlichen Flugs. Alle empfinden sie genau so beseligt wie ich das animalische Glück ihres Jungseins, ihrer angespannten und zugleich erlösten Kraft.

Aber plötzlich kommandiere ich: »Haaalt! Trab!« Mit einem überraschten Ruck reißen alle die Zügel an. Der ganze Zug fällt wie eine scharf abgebremste Maschine in die schwerfälligere Gangart. Etwas verdutzt schielen sie zu mir herüber, denn sonst – sie kennen mich und meine unbändige Reitlust – preschen wir in einem einzigen scharfen Galopp über die Wiesen bis zum abgesteckten Exerzierfeld durch. Doch mir war, als hätte jählings eine fremde Hand meinen Zügel angerissen: ich habe mich plötzlich an etwas erinnert. Unbewußt muß ich am Rand des Horizonts links drüben das weiße Karree der Mauer, die Bäume des Schloßgartens und das Turmdach wahrgenommen haben, wie ein Schuß ist es in mich hineingefahren: vielleicht sieht dir jemand von dort zu! Jemand, den du mit deiner Tanzlust gekränkt hast und mit deiner Reitlust neuerdings kränkst. Jemand mit lahmen, gefesselten Beinen, der dir's neiden könnte, dich so vogelhaft leicht hinsausen zu sehen. Jedenfalls, plötzlich schäme ich mich, so gesund, ungehemmt und rauschhaft hinzustürmen, ich schäme mich dieses allzu körperlichen Glücks als einer ungehörigen Bevorzugung. Langsam, in schwerem Hott und Trott, lasse ich hinter mir meine enttäuschten Burschen durch die Wiesen traben. Vergebens warten sie, ich spüre es, ohne sie anzusehen, auf ein Kommando, das sie neuerdings in Schwung setzt.

Freilich, im gleichen Augenblick, da diese sonderbare Hemmung mich überfällt, weiß ich auch schon, daß solche Kasteiung dumm und zwecklos ist. Ich weiß, daß es keinen Sinn hat, sich einen Genuß zu versagen, weil er andern versagt ist, sich ein Glück zu verbieten, weil irgendein anderer unglücklich ist. Ich weiß, daß in jeder Sekunde, während wir lachen und einfältige Scherze reißen, irgendwo einer in seinem Bette röchelt und stirbt, daß hinter tausend Fenstern sich Elend duckt und Menschen hungern, daß es Krankenhäuser, Steinbrüche und Kohlenbergwerke gibt, daß in Fabriken, in Ämtern, in Zuchthäusern Unzählige in Frondienst gespannt sind zu jeder Stunde, und keinem leichter wird in seiner Not, wenn noch ein anderer sich sinnlos quält. Wollte man beginnen, darüber bin ich mir klar, das gleichzeitige Elend dieser Erde sich auszudenken, es würgte einem den Schlaf ab und erstickte einem jedes Lachen im Mund. Aber immer ist es ja nicht das erdachte, das imaginierte Leiden, das einen bestürzt und zernichtet; nur was die Seele mit mitfühlenden Augen leibhaftig gesehen, vermag sie wahrhaft zu erschüttern. So nah und wesenhaft wie in einer Vision hatte ich inmitten meiner leidenschaftlichen Beschwingtheit plötzlich das blasse, verzerrte Gesicht zu erblicken vermeint, wie sie auf ihren Krücken sich durch den

Saal schleppte, und gleichzeitig das Tocken und Tappen gehört und das Klirren und Quietschen der verborgenen Maschinen an den kranken Gelenken; gleichsam im Schreck, ohne zu denken, ohne zu überlegen, hatte ich die Zügel angerissen. Es hilft nichts, daß ich mir jetzt nachträglich sage: wem nützt du damit, daß du dummen schweren Trab reitest statt des mitreißenden, aufreizenden Galopps? Aber doch, der Stoß hat irgendeine Stelle meines Herzens getroffen, die nahe dem Gewissen liegt; ich habe nicht den Mut mehr, kraftvoll, frei und gesund die Lust meines Körpers zu genießen. Langsam, schläfrig trotten wir hin bis zur Lisière, die zum Exerzierfeld führt; erst wie wir völlig außer Blickweite des Schlosses sind, rüttle ich mich auf und sage mir: »Unsinn! Laß diese dummen Sentimentalitäten!« Und kommandiere: »Vorwärts! Gaa-lopp!«

Mit diesem einen plötzlichen Zügelriß begann es. Er war gleichsam das erste Symptom jener sonderbaren Vergiftung durch Mitgefühl. Zunächst spürte ich nur dumpf – etwa wie man bei einer Krankheit mit benommenem Kopfe aufwacht –, daß etwas mit mir geschehen war oder geschah. Bisher hatte ich in meinem engumzirkten Lebenskreis achtlos dahingelebt. Ich hatte mich einzig um das gekümmert, was meinen Kameraden, was meinen Vorgesetzten wichtig oder amüsant erschien, niemals aber hatte ich an etwas persönlich Anteil genommen oder jemand an mir. Nie hatte mich etwas eigentlich erschüttert. Meine Familienverhältnisse waren geregelt, mein Beruf, meine Karriere abgegrenzt und reglementiert, und diese Unbekümmertheit hatte – ich begriff es erst jetzt – mein Herz gedankenlos gemacht. Nun plötzlich war etwas an mir, mit mir geschehen – nichts äußerlich Sichtbares, nichts dem Anschein nach Wesentliches. Aber doch, dieser eine zornige Blick, da ich in den Augen der Gekränkten eine bisher ungeahnte Tiefe menschlichen Leidens erkannt, hatte etwas in mir aufgesprengt, und nun strömte von innen eine jähe Wärme durch mich hin, jenes geheimnisvolle Fieber erregend, das mir selbst unerklärlich blieb wie immer dem Kranken seine Krankheit. Ich begriff davon zunächst nicht mehr, als daß ich den gesicherten Kreis, innerhalb dessen ich bisher unbefangen dahingelebt, nun überschritten hatte und eine neue Zone betreten, die wie jedes Neue erregend und beunruhigend zugleich war; zum erstenmal sah ich einen Abgrund des Gefühls aufgerissen, den auszumessen und in den sich hinabzustürzen mir auf unerklärliche Weise verlockend schien. Aber gleichzeitig warnte mich ein Instinkt, solch verwegener Neugier nachzugeben. Er mahnte: »Genug! Du hast dich entschuldigt. Du hast die dumme Sache ins reine gebracht.« Aber »Geh nochmals hin!« raunte eine andere Stimme in mir. »Fühle noch einmal diesen Schauer über den Rücken hinwehen, dieses Rieseln von Angst und Spannung!« Und: »Laß ab«, warnte es wieder. »Dräng dich nicht auf, dräng dich nicht ein! Du wirst, simpler junger Mensch, der du bist, diesem Übermaß nicht gewachsen sein und noch ärgere Albernheiten begehen als das erste Mal.«

Überraschenderweise wurde diese Entscheidung mir selber abgenommen, denn drei Tage später lag ein Brief von Kekesfalva auf meinem Tisch, ob ich nicht sonntags bei ihnen dinieren möchte. Es kämen diesmal nur Herren, darunter jener Oberstleutnant von F. aus dem Kriegsministerium, von dem er mir gesprochen hätte, und selbstverständlich würden sich auch seine Tochter und Ilona besonders freuen. Ich schäme mich nicht, einzugestehen, daß diese Einladung mich eher schüchternen jungen Menschen sehr stolz machte. Man hatte mich also doch nicht vergessen, und die eine Bemerkung, daß Oberstleutnant von F. käme, schien sogar anzudeuten, daß Kekesfalva (ich verstand sofort, aus welchem Gefühl der Dankbarkeit) mir auf diskrete Art eine dienstliche Protektion verschaffen wollte.

Und wirklich, ich hatte es nicht zu bereuen, daß ich sofort zusagte. Es wurde ein richtiger gemütlicher Abend, und ich subalterner Offizier, um den sich beim Regiment niemand recht kümmerte, hatte das Gefühl, einer besonderen, völlig ungewohnten Herzlichkeit bei diesen älteren und soignierten Herren zu begegnen – offenbar hatte Kekesfalva sie auf eine besondere Weise auf mich aufmerksam gemacht. Zum erstenmal in meinem Leben behandelte mich ein höherer Vorgesetzter ohne jede rangliche Überlegenheit. Er erkundigte sich, ob ich zufrieden wäre bei meinem Regiment und wie es mit meinem Avancement stünde. Er ermutigte mich, wenn ich nach Wien käme oder sonst einmal etwas benötigte, bei ihm vorzusprechen. Der Notar wiederum, ein glatzköpfiger, munterer Mann mit einem gutmütig glänzenden Mondgesicht, lud mich in sein Haus, der Direktor der Zuckerfabrik richtete immer wieder das Wort an mich – welch eine andere Art Konversation als in unserer Offiziersmesse, wo ich jeder Meinung eines Vorgesetzten mit einem »gehorsamst« beipflichten mußte! Rascher als ich dachte, kam eine gute Sicherheit über mich, und schon nach einer halben Stunde sprach ich vollkommen ungehemmt mit.

Abermals tischten die beiden Diener Dinge auf, die ich bisher nur vom Hörensagen und vom Prahlen begüterter Kameraden kannte; Kaviar, köstlichen, eisgekühlten, ich schmeckte ihn zum erstenmal, Rehpastete und Fasanen, und dazu immer wieder diese Weine, die wohlig die Sinne beschwingten. Ich weiß, daß es dumm ist, von solchen Dingen sich imponieren zu lassen. Aber warum es leugnen? Ich kleiner, junger, unverwöhnter Leutnant genoß es mit geradezu kindischer Eitelkeit, mit so angesehenen älteren Herren derart schlaraffisch zu tafeln. Donnerwetter, dachte ich immer wieder, Donnerwetter, das sollte der Wawruschka sehen und der käsige Freiwillige, der uns immer anprotzt, wie üppig sie in Wien beim Sacher diniert haben! In ein solches Haus sollten sie einmal kommen, da würden sie Mund und Augen aufreißen! Ja, wenn sie zuschauen dürften, diese Neidhammel, wie ich da munter sitze und der Oberstleutnant aus dem Kriegsministerium mir zutrinkt, wie ich mit dem Direktor der Zuckerfabrik freundschaftlich diskutiere und er dann ganz ernsthaft äußert: »Ich bin überrascht, wie Sie mit all dem vertraut sind.«

Der schwarze Kaffee wird im Boudoir serviert, Kognak marschiert auf in großen, bauchigen, eisgekühlten Gläsern und dazu wiederum jenes Kaleidoskop von Schnäpsen, selbstverständlich auch die famosen dicken Zigarren mit den pompösen Bauchbinden. Mitten im Gespräch beugt sich Kekesfalva zu mir heran, um diskret anzufragen, was mir lieber sei: ob ich mitspielen wolle bei der Kartenpartie oder vorzöge, mit den Damen zu plaudern. Natürlich das letztere, erkläre ich schleunigst, denn mir wäre es doch nicht ganz behaglich, mit einem Oberstleutnant aus dem Kriegsministerium einen Rubber zu riskieren. Gewinnt man, so kann man ihn vielleicht verärgern, verliere ich, ist mein Monatsbudget geschmissen. Und dann, erinnere ich mich, habe ich im ganzen höchstens zwanzig Kronen in der Brieftasche.

So setze ich mich, während nebenan der Spieltisch aufgeschlagen wird, zu den beiden Mädchen, und sonderbar – ist es der Wein oder die gute Laune, die mir alles verklärt? – sie scheinen mir heute beide besonders hübsch. Edith sieht nicht so blaß, so gelblich, so kränklich aus wie das letztemal – mag sein, daß sie den Gästen zu Ehren etwas Rot aufgelegt hat, oder es ist wirklich nur die animierte Stimmung, die ihr die Wangen färbt; jedenfalls, es fehlt die gespannte, nervös flattrige Falte um ihren Mund und das eigenwillige Zucken der Brauen. In einem langen rosa Kleid sitzt sie da, kein Pelz, keine Decke verbirgt ihr Gebrest, und doch denke ich, denken wir alle in unserer guten Laune nicht »daran«. Bei Ilona hege ich sogar den leisen Verdacht, daß sie sich einen leichten Schwips angetrunken hat, ihre Augen knallen nur so, und wenn sie lachend ihre schönen, vollen Schultern zurückwirft, muß ich wirklich abrücken, um der Versuchung zu widerstehen, ihre bloßen Arme durch halben Zufall anzustreifen!

Mit einem Kognak hinter der Kehle, der einen wunderbar durchwärmt, mit einer schönen, schweren Zigarre, deren Rauch einem köstlich die Nase kitzelt, mit zwei hübschen, angeregten Mädchen neben sich und nach einem derart sukkulenten Diner fällt es auch dem Dümmsten nicht schwer, aufgeräumt zu plaudern. Ich weiß, ich kann im allgemeinen ganz gut erzählen, außer wenn mich meine verfluchte Schüchternheit hemmt. Aber diesmal bin ich ganz besonders in Form und konversiere mit wirklichem Animo. Natürlich sind es nur dumme kleine Geschichten, die ich auftische, gerade das Letzte, das sich bei uns ereignet hat, etwa wie der Oberst vorige Woche einen Eilbrief noch vor Postschluß zum Wiener Schnellzug schicken wollte und einen Ulanen rief, einen rechten ruthenischen Bauernjungen, und ihm einschärfte, der Brief müsse sofort nach Wien, worauf der dumme Kerl spornstreichs in den Stall rennt, sein Pferd sattelt und geradeaus auf der Landstraße nach Wien losgaloppiert; hätte man nicht noch telephonisch das nächste Kommando verständigt, so wäre der Esel wirklich die achtzehn Stunden geritten. Es sind also, bei Gott, keine tiefsinnigen Gescheitheiten, mit denen ich mich und die andern strapaziere, wirklich nur Allerweltsgeschichten, Kasernenhofblüten ältester und neuester Fechsung, aber – ich bin selbst darüber erstaunt – sie amüsieren die beiden Mädels unbändig, beide lachen ununterbrochen. Ediths Lachen klingt besonders übermütig mit seinem hohen silbrigen Ton, der im scharfen Diskant manchmal leicht überschlägt, aber die Lustigkeit muß bei ihr wirklich und ehrlich von innen kommen, denn die porzellanen dünne und durchsichtige Haut ihrer Wangen zeigt immer lebhaftere Tönung, ein Hauch von Gesundheit und sogar Hübschheit erhellt ihr Gesicht, und ihre grauen Augen, sonst etwas stählern und scharf, funkeln von einer kindlichen Freude. Gut ist es, sie anzusehen, solange sie ihren gefesselten Körper vergißt, denn freier und immer freier werden dadurch ihre Bewegungen, lockerer ihre Gesten; völlig unbefangen lehnt sie sich zurück, sie lacht, sie trinkt, sie zieht Ilona an sich heran und legt ihr den Arm um die Schulter; wirklich, die beiden amüsieren sich mit meinen Kinkerlitzchen ganz famos. Erfolg im Erzählen hat nun immer etwas Anfeuerndes für den Erzähler; eine Menge Geschichten fallen mir ein, die ich längst vergessen hatte. Sonst eher ängstlich und verlegen, finde ich einen mir ganz neuen Mut: ich lache mit und mache sie lachen. Wie übermütige Kinder kuscheln wir drei uns in der Ecke zusammen.

Und doch, während ich so ununterbrochen spaße und ganz eingetan scheine in unseren munteren Kreis, spüre ich gleichzeitig halb unbewußt, halb bewußt einen Blick, der mich beobachtet. Er kommt über ein Brillenglas, dieser Blick, er kommt herüber vom Kartentisch, und es ist ein warmer, ein glücklicher Blick, der mein eigenes Glücklichsein noch steigert. Ganz heimlich (ich glaube, er schämt sich vor den andern), ganz vorsichtig schielt der alte Mann von Zeit zu Zeit über seine Karten zu uns herüber, und einmal, da ich seinen Blick auffange, nickt er mir vertraulich zu. Sein Gesicht hat in diesem Augenblick den gesammelten, spiegelnden Glanz eines, der Musik hört.

Das dauert beinahe bis Mitternacht; nicht ein einzigesmal kommt unser Plaudern ins Stocken. Noch einmal wird etwas Gutes serviert, wunderbare Sandwiches, und merkwürdigerweise bin ich es nicht allein, der fest zugreift. Auch die beiden Mädchen packen kräftig ein, auch sie trinken ausgiebigst von dem schönen, schweren, schwarzen, alten englischen Port. Aber schließlich muß doch Abschied genommen werden. Wie einem alten Freunde, einem lieben, verläßlichen Kameraden, schütteln Edith und Ilona mir die Hand. Selbstverständlich muß ich ihnen versprechen, bald zu kommen, morgen schon oder übermorgen. Und dann gehe ich mit den drei andern Herren hinaus in die Halle. Das Auto soll uns nach Hause bringen. Ich hole mir selbst meinen Rock, indes der Diener beschäftigt ist, dem Oberstleutnant behilflich zu sein. Plötzlich spüre ich, wie mir jemand beim Umschwingen des Rocks helfen will: es ist Herr von Kekesfalva, und während ich ganz erschrocken abwehre (wie kann ich mich von ihm bedienen lassen, ich grüner Junge von dem alten Herrn?), drängt er flüsternd heran.

»Herr Leutnant«, raunt mir der alte Mann ganz scheu zu. »Ach Herr Leutnant, Sie wissen gar nicht. Sie können's sich nicht denken, wie mich das glücklich gemacht hat, das Kind wieder einmal richtig lachen zu hören. Sie hat ja sonst gar keine Freude. Und heute war sie beinah wie früher, wenn ...«

In diesem Augenblick tritt der Oberstleutnant auf uns zu. »Na, gehn wir?« lächelt er mich freundlich an. Selbstverständlich wagt Kekesfalva nicht, vor ihm weiterzusprechen, aber ich spüre, wie plötzlich die Hand des alten Mannes mir über den Ärmel streift, ganz, ganz leise und schüchtern über den Ärmel streift, so wie man ein Kind liebkost oder eine Frau. Eine unermeßliche Zärtlichkeit, unermeßliche Dankbarkeit liegt gerade im Versteckten und Verdeckten dieser scheuen Berührung; so viel Glück und so viel Verzweiflung fühle ich darin, daß ich abermals ganz erschüttert bin, und während ich militärisch respektvoll neben dem Herrn Oberstleutnant zum Auto die drei Stufen hinabschreite, muß ich mich gut zusammenhalten, damit niemand meine Benommenheit bemerkt.

Ich konnte nicht gleich schlafen gehen an jenem Abend, ich war zu erregt. So winzig der Anlaß sich auch, von außen gesehen, darstellen mochte – es war doch schließlich nichts Weiteres geschehen, als daß ein alter Mann mir zärtlich den Ärmel gestreichelt hatte – diese eine verhaltene Geste inbrünstigen Danks hatte schon ausgereicht, um ein Innerlichstes in mir zum Fluten und Überfluten zu bringen. Ich hatte in dieser überwältigenden Berührung eine Zärtlichkeit von so keuscher und doch leidenschaftlicher Innigkeit erfahren, wie nicht einmal von einer Frau. Zum erstenmal in meinem Leben war mir jungem Menschen Gewißheit geworden, irgend jemandem auf Erden geholfen zu haben, und maßlos war mein Staunen, daß ich kleiner, mittelmäßiger, unsicherer Offizier wirklich Macht haben sollte, jemanden derart glücklich zu machen. Vielleicht muß ich, um das Berauschende, das für mich in dieser jähen Entdeckung lag, zu erklären, mich selbst erst wieder erinnern, daß nichts seit meiner Kindheit mir dermaßen auf der Seele gelastet hatte wie die Überzeugung, ich sei ein völlig überflüssiger Mensch, allen andern uninteressant und bestenfalls gleichgültig. In der Kadettenschule, in der Militärakademie hatte ich immer nur zu den mittleren, völlig unauffälligen Schülern gehört, nie zu den beliebten oder besonders bevorzugten, und nicht besser ging's mir beim Regiment. So war ich im tiefsten überzeugt, daß wenn ich plötzlich verschwinden würde, etwa vom Pferd fallen und mir das Genick brechen, die Kameraden vielleicht sagen würden »Schad um ihn« oder »Der arme Hofmiller«, aber nach einem Monat würde ich niemandem wirklich fehlen. An meine Stelle, auf mein Pferd würde ein anderer gesetzt, und dieser andere würde genau so gut oder schlecht meinen Dienst machen. Genau wie bei den Kameraden war es mir bei den paar Mädeln ergangen, mit denen ich in meinen zwei Garnisonen Verhältnisse gehabt hatte; in Jaroslau mit der Assistentin eines Zahnarztes, in Wiener Neustadt mit einer kleinen Näherin; wir waren zusammen ausgegangen, ich hatte Annerl an ihrem freien Tag ins Zimmer genommen, ihr zum Geburtstag ein kleines Halsband aus Korallen geschenkt; man hatte sich die üblichen zärtlichen Worte gesagt, wahrscheinlich sie auch wirklich ehrlich gemeint. Doch als ich dann abkommandiert wurde, hatten wir beide uns rasch getröstet; die ersten drei Monate schrieben wir uns noch ab und zu die obligaten Briefe, dann freundeten wir uns jeder mit anderen an; der ganze Unterschied blieb, daß sie in zärtlicher Aufwallung nun dem andern Ferdl sagte statt Toni. Vorüber, vergessen. Nirgends aber hatte bisher ein starkes, ein leidenschaftliches Gefühl mich, den Fünfundzwanzigjährigen, zum Anlaß genommen, und ich selbst erwartete und forderte im Grunde vom Leben gar nicht mehr, als sauber und korrekt meinen Dienst zu tun und in keiner Weise unangenehm aufzufallen.

Nun aber war das Unerwartete geschehen, und staunend blickte ich mit aufgeschreckter Neugier mich selber an. Wie? Auch ich mittelmäßiger junger Mensch hatte Macht über andere Menschen? Ich, der keine fünfzig Kronen ehrlich meinen Besitz nennen konnte, vermochte einem reichen Manne mehr Glück zu schenken als alle seine Feunde? Ich, Leutnant Hofmiller, konnte jemandem helfen, ich konnte jemanden trösten? Wenn ich mich einen Abend, zwei Abende zu einem lahmen, verstörten Mädchen setzte und mit ihr plauderte, wurden ihre Augen hell, ihre Wangen atmeten Leben, und ein ganzes verdüstertes Haus ward licht durch meine Gegenwart?

Ich gehe so rasch in meiner Erregung durch die dunkeln Gassen, daß mir ganz warm wird. Am liebsten möchte ich den Rock aufreißen, so dehnt sich mir das Herz. Denn in dieser Überraschung drängt und enthüllt sich unvermutet eine neue, eine zweite, die noch berauschender wirkt – nämlich, daß es so leicht war, so rasend leicht, diese fremden Menschen zu Freunden zu gewinnen. Was hatte ich denn viel geleistet? Ich hatte ein bißchen Mitleid gezeigt, ich hatte zwei Abende und zwar fröhliche, heitere, beschwingte Abende in dem Hause verbracht, und schon das war genug gewesen? Wie dumm dann, seine ganze freie Zeit tagtäglich im Kaffee zu verdösen, mit langweiligen Kameraden stumpfsinnig Karten zu spielen oder den Korso hinauf und hinunter zu promenieren. Nein, von nun ab nicht mehr diesen Stumpfsinn, diesen ludrigen Leerlauf! Mit wirklicher Leidenschaft nehme ich junger, plötzlich aufgeweckter Mensch mir vor, während ich immer hastiger hinschreite durch die weiche Nacht: Ich will von nun ab mein Leben ändern. Ich werde weniger ins Kaffeehaus gehen, werde aufhören mit dem dummen Tarockieren und Billardspiel, werde energisch Schluß machen mit allen diesen Zeittotschlägereien, die niemandem nützen und mich selber verdummen. Ich werde lieber dieser Kranken öfters Besuch machen, mich sogar jedesmal besonders vorbereiten, damit ich den beiden Mädchen immer etwas Nettes und Lustiges erzählen kann, wir werden zusammen Schach spielen oder sonst die Zeit behaglich verbringen; schon dieser bloße Vorsatz, zu helfen, und von nun ab andern nützlich zu sein, erregt in mir eine Art Begeisterung. Ich möchte am liebsten singen, ich möchte etwas Unsinniges tun aus diesem Gefühl der Beschwingtheit; immer erst, sobald man weiß, daß man auch andern etwas ist, fühlt man Sinn und Sendung der eigenen Existenz.

So kam es und nur so, daß ich in den nächsten Wochen die Spätnachmittage und meist auch die Abende bei den Kekesfalvas verbrachte; bald wurden diese freundschaftlichen Plauderstunden schon Gewöhnung und eine nicht ungefährliche Verwöhnung dazu. Aber welche Verlockung auch für einen seit den Knabenjahren von einer Militäranstalt in die andere herumgestoßenen jungen Menschen, unverhofft ein Zuhause zu finden, eine Heimat des Herzens statt kalter Kasernenräume und rauchiger Kameradschaftsstuben! Wenn ich nach erledigtem Dienst, halb fünf oder fünf, hinauswanderte, schlug meine Hand noch nicht recht auf den Klopfer, und schon riß der Diener freudigst die Tür auf, als hätte er durch ein magisches Guckloch mein Kommen beobachtet. Alles deutete mir liebevoll-sichtbar an, wie selbstverständlich man mich als zur Familie gehörig rechnete; jeder meiner kleinen Schwächen und Vorlieben war vertraulicher Vorschub geleistet. Von Zigaretten lag immer just meine Lieblingssorte bereit, ein beliebiges Buch, von dem ich das letzte Mal zufällig erwähnt hatte, ich würde es gerne einmal lesen, fand sich wie durch Zufall neu und doch schon vorsorglich aufgeschnitten auf dem kleinen Taburett, ein bestimmter Fauteuil gegenüber Ediths Chaiselongue galt unumstößlich als »mein« Platz – Kleinigkeiten, Nichtigkeiten dies alles, gewiß, aber doch solche, die einen fremden Raum wohltuend mit Heimischkeit durchwärmen und den Sinn unmerklich erheitern und erleichtern. Da saß ich dann, sicherer als je im Kreis meiner Kameraden, plauderte und spaßte, wie es mir vom Herzen kam, zum erstenmal wahrnehmend, daß jede Form der Gebundenheit die eigentlichen Kräfte der Seele bindet und das wahre Maß eines Menschen erst in seiner Unbefangenheit zutage tritt.

Aber noch ein anderes, viel Geheimnisvolleres hatte unbewußt Anteil daran, daß mich das tägliche Beisammensein mit den beiden Mädchen so sehr beschwingte. Seit meiner frühzeitigen Auslieferung an die Militäranstalt, seit zehn, seit fünfzehn Jahren also, lebte ich unausgesetzt in männlicher, in männischer Umgebung. Von morgens bis nachts, von nachts bis früh, im Schlafraum der Militärakademie, in den Zelten der Manöver, in den Stuben, bei Tisch und unterwegs, in der Reitschule und im Lehrzimmer, immer und immer atmete ich im Luftraum nur Dunst des Männlichen um mich, erst Knaben, dann erwachsene Burschen, aber immer Männer, Männer, schon gewöhnt an ihre energischen Gebärden, ihren festen, lauten Gang, ihre gutturalen Stimmen, ihren knastrigen Geruch, ihre Ungeniertheit und manchmal sogar Ordinärheit. Gewiß, ich hatte die meisten meiner Kameraden herzlich gern und durfte wahrhaftig nicht klagen, daß sie es nicht ebenso herzlich meinten. Aber eine letzte Beschwingtheit fehlte dieser Atmosphäre, sie enthielt gleichsam nicht genug Ozon, nicht genug spannende, prickelnde, elektrisierende Kräfte. Und wie unsere prächtige Militärkapelle trotz ihres vorbildlich rhythmischen Schwungs doch immer nur kalte Blechmusik blieb, also hart, körnig und einzig auf Takt eingestellt, weil ihr der zärtlich-sinnliche Streicherton der Violinen fehlte, so entbehrten sogar die famosesten Stunden unserer Kameraderie jenes sordinierenden Fluidums, das immer die Gegenwart oder auch nur Atemnähe von Frauen jeder Geselligkeit beimischt. Schon damals, als wir Vierzehnjährigen je zwei und zwei in unseren verschnürten kleidsamen Kadettenmonturen durch die Stadt promenierten, hatten wir, wenn wir andern jungen Burschen mit Mädchen flirtend oder nachlässig plaudernd begegneten, wirr sehnsüchtig empfunden, daß durch die seminaristische Einkasernierung etwas unserer Jugend gewalttätig entzogen wurde, was unseren Altersgenossen tagtäglich auf Straße, Korso, Eisbahn und im Tanzsaal ganz selbstverständlich zugeteilt war: der unbefangene Umgang mit jungen Mädchen, indessen wir, die Abgesonderten, die Eingegitterten, diesen kurzröckigen Elfen wie zauberischen Wesen nachstarrten, von einem einmaligen Gespräch mit einem Mädchen schon wie von einer Unerreichbarkeit träumend. Solche Entbehrung vergißt sich nicht. Daß späterhin rasche und meist billige Abenteuer mit allerhand gefälligen Weibspersonen sich einstellten, bot keinerlei Ersatz für diese sentimentalen Knabenträume, und ich spürte an der Ungelenkigkeit und Blödigkeit, mit der ich jedesmal (obwohl ich schon mit einem Dutzend Frauen geschlafen) in der Gesellschaft herumstotterte, sobald ich zufällig an ein junges Mädchen geriet, daß mir jene naive und natürliche Unbefangenheit durch allzulange Entbehrungen für allezeit versagt und verdorben war.

Und nun hatte sich plötzlich dies uneingestandene knabenhafte Verlangen, eine Freundschaft statt mit bärtigen, männischen, ungehobelten Kameraden einmal mit jungen Frauen zu erleben, auf die vollkommenste Weise erfüllt. Jeden Nachmittag saß ich, Hahn im Korbe, zwischen den beiden Mädchen; das Helle, das Weibliche ihrer Stimmen tat mir (ich kann es nicht anders ausdrücken) geradezu körperlich wohl, und mit einem kaum zu beschreibenden Glücksgefühl genoß ich zum erstenmal mein eigenes Nichtscheusein mit jungen Mädchen. Denn es steigerte nur das besonders Glückhafte in unserer Beziehung, daß durch eigenartige Umstände jener elektrisch knisternde Kontakt abgeschaltet war, der sich sonst unaufhaltsam bei jedem längeren Zuzweitsein von jungen Leuten verschiedenen Geschlechts ergibt. Völlig fehlte unseren ausdauernden

Plauderstunden alles Schwülende, das sonst ein tête-à-tête im Halbdunkel so gefährlich macht. Zuerst freilich – ich gestehe es willig ein – hatten die küßlich vollen Lippen, die fülligen Arme Ilonas, die magyarische Sinnlichkeit, die sich in ihren weichen, schwingenden Bewegungen verriet, mich jungen Menschen auf die angenehmste Art irritiert. Ich mußte einigemal meine Hände in straffer Dressur halten gegen das Verlangen, einmal dies warme, weiche Ding mit den schwarzen, lachenden Augen an mich heranzureißen und ausgiebigst abzuküssen. Aber erstlich vertraute mir Ilona gleich in den Anfangstagen unserer Bekanntschaft an, daß sie seit zwei Jahren einem Notariatskandidaten in Becskeret verlobt sei und nur die Wiederherstellung oder Besserung im Befinden Ediths abwarte, um ihn zu heiraten – ich erriet, daß Kekesfalva der armen Verwandten eine Mitgift zugesagt hatte, falls sie bishin ausharre. Und überdies, welcher Roheit, welcher Perfidie hätten wir uns schuldig gemacht, im Rücken dieser rührenden, ohnmächtig an den Rollstuhl gefesselten Gefährtin kleine Küßlichkeiten oder Handgreiflichkeiten ohne rechte Verliebtheit zu versuchen. Sehr rasch also versickerte der anfängliche sinnlich flirrende Reiz, und was ich an Zuneigung zu empfinden imstande war, wandte sich auf immer innigere Weise der Hilflosen, der Zurückgesetzten zu, denn zwanghaft bindet sich in der geheimnisvollen Chemie der Gefühle Mitleid für einen Kranken unmerklich mit Zärtlichkeit. Neben der Gelähmten zu sitzen, sie im Gespräch zu erheitern, ihren schmalen unruhigen Mund durch ein Lächeln beschwichtigt zu sehen oder manchmal, wenn sie, einer heftigen Laune nachgebend, ungeduldig aufzuckte, schon durch das bloße Auflegen der Hand beschämte Nachgiebigkeit zu erzielen und dafür noch einen dankbaren grauen Blick zu empfangen – solche kleinen Vertraulichkeiten einer seelischen Freundschaft beglückten mich bei dieser Wehrlosen, dieser Kraftlosen mehr, als es die leidenschaftlichsten Abenteuer mit ihrer Freundin vermocht hätten. Und dank dieser leisen Erschütterungen entdeckte ich – wie viele Erkenntnisse verdankte ich schon diesen wenigen Tagen! – mir völlig unbekannte und ungeahnt zartere Zonen des Gefühls.

Unbekannte und zartere Zonen des Gefühls – aber freilich gefährlichere auch! Denn vergeblich die schonendste Bemühung: nie vermag die Beziehung zwischen einem Gesunden und einer Kranken, einem Freien und einer Gefangenen auf die Dauer völlig in reiner Schwebe zu bleiben. Unglück macht verletzbar und unablässiges Leiden ungerecht. Genau wie zwischen Gläubiger und Schuldner unausrottbar ein Peinliches beharrt, weil eben dem einen unabänderlich die Rolle des Gebenden und dem andern die des Empfangenden zugeteilt ist, so bleibt in dem Kranken eine heimliche Gereiztheit gegen jede sichtbare Besorgtheit ständig im Ansprung. Unablässig mußte man auf der Hut sein, nicht die kaum merkliche Grenze zu überschreiten, wo Anteilnahme, statt zu beschwichtigen, die leicht Verwundbare noch mehr verletzte; einerseits verlangte sie, verwöhnt wie sie war, daß alles sie bediente wie eine Prinzessin und verhätschelte wie ein Kind, aber schon im nächsten Augenblick konnte diese Rücksicht sie erbittern, weil sie ihr die eigene Hilflosigkeit deutlicher zum Bewußtsein brachte. Rückte man etwa das Taburett gefällig heran, um ihr den anstrengenden Handgriff nach Buch und Tasse möglichst zu ersparen, so herrschte sie einen blitzenden Auges an: »Glauben Sie, daß ich mir nicht selbst nehmen kann, was ich will?« Und wie ein eingegittertes Tier sich manchmal ohne jeden Anlaß gegen den sonst so umschmeichelten Wärter wirft, kam ab und zu eine boshafte Lust über die Gelähmte, unsere unbefangene Stimmung mit einem plötzlichen Prankenschlag zu zerfleischen, indem sie ganz unvermittelt von sich selbst als »einem elenden Krüppel« sprach. In solchen gespannten Augenblicken mußte man wirklich alle Kraft in sich zusammennehmen, um nicht ungerecht gegen ihren aggressiven Unmut zu werden.

Aber zu meinem eigenen Erstaunen fand ich immer wieder diese Kraft. Immer wachsen einer ersten Erkenntnis im Menschlichen andere geheimnisvoll zu, und wem nur einmal die Fähigkeit zuteil ward, eine einzige Form irdischen Leidens wahrhaft mitzufühlen, der versteht durch diese magische Belehrung alle Formen, auch die fremdartigsten und scheinbar widersinnigen. So ließ ich mich nicht beirren durch Ediths gelegentliche Revolten; im Gegenteil, je ungerechter und schmerzlicher ihre Ausbrüche waren, umsomehr erschütterten sie mich; allmählich verstand ich auch, warum mein Kommen dem Vater und Ilona, warum mein Mitdabeisein dem ganzen Hause so willkommen war. Ein lang dauerndes Leiden ermüdet im allgemeinen nicht nur den Kranken, sondern auch das Mitleid der andern; starke Gefühle lassen sich nicht ins Ungemessene verlängern. Nun litten sicherlich der Vater und die Freundin bis in den Grund ihrer Seele mit dieser armen Ungeduldigen, aber sie litten schon in einer erschöpften und resignierten Art. Sie nahmen die Kranke als Kranke, die Tatsache der Lähmung als Tatsache, sie warteten jedesmal gesenkten Blicks, bis diese kurzen Nervengewitter sich ausgetobt. Aber sie erschraken nicht mehr so, wie ich jedesmal von neuem erschrak. Ich dagegen, der einzige, dem ihr Leiden eine immer erneute Erschütterung bedeutete, wurde bald der einzige, vor dem sie sich ihrer Maßlosigkeit schämte. Ich brauchte nur, wenn sie unbeherrscht auffuhr, ein kleines mahnendes Wort wie »Aber liebes Fräulein Edith« zu sagen, und schon duckte sich gehorsam der ganze Blick. Sie errötete, und man sah, am liebsten wäre sie, wenn ihre Füße sie nicht gefesselt hätten, vor sich selber geflüchtet.

Und nie konnte ich von ihr Abschied nehmen, ohne daß sie mit einer gewissen flehenden Art, die mir durch und durch ging, gesagt hätte: »Aber Sie kommen doch morgen wieder? Nicht wahr, Sie sind mir nicht böse wegen all der Dummheiten, die ich heute gesagt habe?« In solchen Minuten fühlte ich eine Art rätselhaften Staunens, daß ich, der ich doch nichts zu geben hatte als mein ehrliches Mitleid, soviel Macht besaß über andere Menschen.

Aber es ist der Sinn der Jugend, daß jede neue Erkenntnis ihr zu Exaltation wird und sie, einmal angeschwungen von einem Gefühl, davon nicht genug zu bekommen vermag. Eine sonderbare Verwandlung begann in mir, sobald ich entdeckte, daß dies mein Mitfühlen eine Kraft war, die nicht nur mich selbst geradezu lustvoll erregte, sondern auch über mich hinaus wohltätig wirkte: seit ich zum erstenmal dieser neuen Fähigkeit des Mitleidens Einlaß in mich gegeben, schien es mir, als sei ein Toxin in mein Blut eingedrungen und hätte es wärmer, röter, geschwinder, pulsender, vehementer gemacht. Mit einem Schlage verstand ich die Stumpfheit nicht mehr, in der ich bislang so schlendrig dahingelebt wie in einer grauen gleichgültigen Dämmerung. Hundert Dinge beginnen mich zu erregen, zu beschäftigen, an denen ich früher achtlos vorübergegangen. Überall gewahre ich, als wäre mit jenem ersten Blick in ein fremdes Leiden ein schärferes, wissenderes Auge in mir erwacht, Einzelheiten, die mich beschäftigen, begeistern, erschüttern. Und da doch unsere ganze Welt voll ist, Straße um Straße und Zimmer um Zimmer, mit fühlbarem Schicksal und durchflutet von brennender Not bis zum untersten Grund, so ist mein Tag jetzt ununterbrochen von Aufmerksamkeit und Spannung erfüllt. Ich ertappe mich zum Beispiel beim Remontenreiten, daß ich auf einmal nicht mehr wie früher einem stützigen Pferd mit voller Wucht einen Hieb über die Kruppe schlagen kann, denn ich spüre schuldbewußt den von mir verursachten Schmerz, und die Strieme brennt mir auf der eigenen Haut. Oder unwillkürlich krampfen sich mir die Finger zusammen, wenn unser cholerischer Rittmeister einem armen ruthenischen Ulanen, der den Sattel schlecht aufgezäumt hat, die geballte Faust ins Gesicht knallt, und der Bursche steht stramm, die Hand an der Hosennaht. Ringsum starren oder lachen blöd die andern Soldaten, ich aber, ich allein sehe, wie unter den beschämt gesenkten Augenlidern des dumpfen Burschen die Wimpern sich feuchten. Mit einmal kann ich in unserer Offiziersmesse die Witze über ungeschickte oder unbeholfene Kameraden nicht mehr ertragen; seit ich an diesem wehrlosen, machtlosen Mädchen die Qual der Unkraft begriffen habe, erregt mich haßvoll jede Brutalität und anteilfordernd jede Wehrlosigkeit. Unzählige Kleinigkeiten, die mir bisher entgangen sind, bemerke ich, seit mir der Zufall diesen einen heißen Tropfen Mitleid ins Auge geträufelt, einfältige, simple Dinge, aber von jedem einzelnen geht für mich Spannung und Erschütterung aus. Es fällt mir zum Beispiel auf, daß die Tabaktrafikantin, bei der ich immer meine Zigaretten kaufe, die hingereichten Geldstücke auffällig nah an die rundgeschliffene Brille hält, und sofort beunruhigt mich der Verdacht, daß sie den Star bekommen könne. Morgen will ich sie vorsichtig ausfragen und vielleicht auch den Regimentsarzt Goldbaum bitten, daß er sie einmal untersucht. Oder es fällt mir auf, daß die Freiwilligen den kleinen rothaarigen K. in der letzten Zeit so sichtlich schneiden, und ich erinnere mich, daß in der Zeitung gestanden hat (was kann er dafür, der arme Junge?), sein Onkel sei wegen betrügerischer Malversationen eingesperrt worden; mit Absicht setze ich mich bei der Menage zu ihm hin und fange ein langes Gespräch an, an seinem dankbaren Blick sofort spürend, daß er versteht, ich tu's nur, um den andern zu zeigen, wie ungerecht und ordinär sie ihn behandeln. Oder ich bettle einen von meinem Zug heraus, dem der Oberst sonst unbarmherzig vier Stunden Spangen aufgebrummt hätte; immer neu und an täglich anderen Proben genieße ich diese plötzlich in mich gefahrene Lust. Und ich sage mir: von jetzt ab helfen, soviel du kannst, jedem und jedem! Nie mehr träge, nie mehr gleichgültig sein! Sich steigern, indem man sich hingibt, sich bereichern, indem man jedem Schicksal sich verbrüdert, jedes Leiden durch Mitleiden versteht und besteht. Und mein über sich selbst erstauntes Herz zittert vor Dankbarkeit für die Kranke, die ich unwissend gekränkt, und die durch ihr Leiden mich diese schöpferische Magie des Mitleids gelehrt.

Nun, aus derart romantischen Gefühlen wurde ich bald erweckt, und zwar auf die allergründlichste Art. Das kam so: Wir hatten an jenem Nachmittag Domino gespielt, dann lange geplaudert und so angeregt die Zeit verbracht, daß wir alle nicht bemerkten, wie spät es geworden war. Endlich, um halb zwölf, blicke ich erschrocken auf die Uhr und empfehle mich hastig. Aber schon während mich der Vater hinaus in die Halle begleitet, hören wir von draußen ein Summen und Brummen wie von hunderttausend Hummeln. Ein veritabler Wolkenbruch trommelt auf das Vordach. »Das Auto bringt Sie hinein«, beruhigt mich Kekesfalva. Ich protestiere, das sei keineswegs nötig; der Gedanke ist mir wirklich peinlich, der Chauffeur solle einzig um meinetwillen jetzt um halb zwölf sich noch einmal anziehen und den schon abgestellten Wagen aus der Garage herausholen (alles dies Nachfühlen und Rücksichtnehmen auf fremde Existenzen ist völlig neu bei mir, ich habe es erst in diesen Wochen gelernt). Aber schließlich liegt doch gute

Verlockung darin, in einem weichen, gut gefederten Coupé bei solchem Hundewetter bequem heimzusausen, statt eine halbe Stunde lang triefnaß mit dünnen Lackstiefeletten durch die aufgeschlammte Chaussee zu stapfen: so gebe ich nach. Der alte Mann läßt sich's nicht nehmen, trotz des Regens mich selbst ans Auto zu begleiten und mir die Decke umzuschlagen. Der Chauffeur kurbelt an; in einem Schwung sause ich durch das trommelnde Unwetter nach Hause.

Wunderbar bequem und behaglich fährt sich's in dem lautlos gleitenden Wagen. Aber doch, wie wir jetzt – zauberhaft schnell ist das gegangen – auf die Kaserne zusteuern, klopfe ich gegen die Scheibe und ersuche den Chauffeur, er möge schon auf dem Rathausplatz anhalten. Denn lieber nicht in Kekesfalvas elegantem Coupé bei der Kaserne vorfahren! Ich weiß, es macht sich nicht gut, wenn ein kleiner Leutnant wie ein Erzherzog im fabelhaften Auto vorknattert und sich von einem livrierten Chauffeur heraushelfen läßt. Derlei Protzereien sehen bei uns die goldenen Krägen nicht gern, außerdem rät mir längst ein Instinkt, meine beiden Welten möglichst wenig zu vermengen, den Luxus des Draußen, wo ich ein freier Mann bin, unabhängig, verwöhnt, und die andere, die Dienstwelt, in der ich mich ducken muß, ein armer Schlucker, den es mächtig entlastet, wenn der Monat nur dreißig Tage hat statt einunddreißig. Unbewußt will mein eines Ich nicht gerne von dem anderen wissen; manchmal vermag ich schon nicht mehr zu unterscheiden, wer eigentlich der wirkliche Toni Hofmiller ist, der im Dienst oder der bei Kekesfalvas, der draußen oder der drinnen.

Der Chauffeur hält wunschgemäß am Rathausplatz, zwei Straßen von der Kaserne. Ich steige aus, schlage den Kragen hoch und will rasch den weiten Platz überqueren. Aber gerade in diesen Augenblick strubelt das Unwetter mit verdoppelter

Wucht los, mit nassem Hieb schlägt der Wind mir gradaus ins Gesicht. Besser darum unter einem Haustor ein paar Minuten warten, ehe man die zwei Gassen zur Kaserne hinüberläuft. Oder am Ende ist das Kaffeehaus noch offen und ich kann dort im Sicheren sitzen, bis der liebe Himmel seine dicksten Gießkannen verschüttet hat. Zum Kaffeehaus hinüber sind es nur sechs Häuser, und siehe da, hinter den schwimmenden Scheiben glänzt schummrig das Gaslicht. Am Ende hocken die Kameraden noch am Stammtisch; famose Gelegenheit das, allerhand gutzumachen, denn es gehört sich längst, daß ich mich wieder einmal zeige. Gestern, vorgestern, die ganz Woche und die letzte bin ich vom Stammtisch weggeblieben. Eigentlich hätten sie guten Grund, gegen mich verärgert zu sein; wenn man schon untreu wird, soll man wenigstens die Formen wahren.

Ich klinke auf. In der vorderen Hälfte des Lokals sind die Lampen aus Sparsamkeitsgründen bereits abgelöscht, ausgespannt liegen die Zeitungen herum und der Markeur Eugen zählt die Losung zusammen. Jedoch im Spielzimmer rückwärts sehe ich noch Licht und einen Schimmer von blanken Uniformknöpfen; wahrhaftig, da sitzen sie noch, die ewigen Tarockkumpane, Jozsi, der Oberleutnant, Ferencz, der Leutnant, und der Regimentsarzt Goldbaum. Anscheinend haben sie ihre Partie längst ausgespielt und lehnen nur noch duslig herum in jener mir wohlbekannten Kaffeehausfaulheit, die sich vor dem Aufstehen fürchtet; so wird's ein rechtes Gottesgeschenk für sie, daß mein Erscheinen ihr langweiliges Dösen unterbricht.

»Hallo, der Toni«, alarmiert Ferencz die andern, und »Welch ein Glanz in unserer niedern Hütte«, deklamiert der Regimentsarzt, der, wie wir zu spotten pflegen, an chronischer Zitatendiarrhöe leidet. Sechs schläfrige Augen blinzeln und lachen mir entgegen. »Servus! Servus!«

Ihre Freude freut mich. Sind doch wirklich brave Burschen, denke ich mir. Haben's mir gar nicht übelgenommen, daß ich die ganze Zeit über ohne Entschuldigung und Erklärung ausgepascht bin.

»Einen Schwarzen«, bestelle ich bei dem schläfrig heranschlurfenden Kellner und rücke mir den Sessel zurecht mit dem unausweichlichen »No, was gibt's denn Neues?«, das bei uns jedes Zusammensein eröffnet.

Ferencz schiebt sein breites Gesicht noch mehr in die Breite, die blinzelnden Augen verschwinden beinahe in den rötlichen Apfelbacken; langsam, teigig geht ihm der Mund auf.

»Also, das Allerneueste wär«, schmunzelt er behäbig, »daß euer Wohlgeboren die Gnad haben, wieder einmal bei uns in unserm bescheidenen Czoch zu erscheinen.«

Und der Regimentsarzt lehnt sich zurück und beginnt mit Kainzens Tonfall: »Mahadöh, der Gott der Erde – stieg herab zum letztenmal – daß er ihresgleichen werde – mitzufühlen Lust und Qual.«

Alle drei schauen mich amüsiert an, und sofort überkommt mich ein saures Gefühl. Am besten, denke ich mir, jetzt rasch selber loslegen, ehe sie anfangen zu fragen, warum ich alle die Tage ausgeblieben bin und woher ich heut komme. Aber ehe ich einhaken kann, hat schon der Ferencz merkwürdig gezwinkert und den Jozsi angestoßen.

»Da schau her«, deutet er unter den Tisch. »No, was sagst? Lackstiefeletten trägt er bei dem Sauwetter und die noble Montur! Ja, der versteht's, der Toni, der hat sich gut ins Warme gesetzt! Soll ja fabelhaft draußen zugehn bei dem alten Manichäer! Fünf Gänge jeden Abend, hat der Apotheker erzählt, Kaviar und Kapaune, echten Bols und piekfeine Zigarren – anders als unser Saufraß im ›Roten Löwen‹! Ja, den Toni, den ham wir alle unterschätzt, der hat's faustdick hinter den Ohren.«

Jozsi sekundiert sofort. »Nur mit der Kameradschaft, da steht's halt schwach bei ihm. Ja, mein lieber Toni, statt daß du draußen deinem Alten einmal sagen tätst: ›Du, Alter, ich hab' da ein paar fesche Kameraden, bildsaubere, brave Kerle, die auch nicht mit dem Messer fressen, die luchs ich euch einmal her‹ – statt dem denkt er sich: sollen nur ihr saures Pilsner saufen und sich die Gurgel mit ihrem öden Rindsgulasch auspaprizieren! Ja, piekfeine Kameradschaft, das muß ich schon sagen! Alles für sich und nix für die andern! Na – hast mir wenigstens eine dicke Upman mitgebracht? Dann bist du für heut noch pardoniert.«

Sie lachen und schmatzen alle drei. Aber mir steigt plötzlich das Blut vom Kragen her bis an die Ohren hoch. Denn, Teufel, woran kann der verdammte Jozsi erraten haben, daß mir wirklich Kekesfalva zum Abschied im Vorzimmer – er tut das immer – eine seiner feinen Zigarren zugesteckt hat? Steht sie mir am Ende zwischen den beiden Brustknöpfen beim Rock heraus? Wenn die Burschen nur nichts merken! In meiner Verlegenheit zwinge ich mich zu einem Lachen:

»Natürlich – eine Upman! Billiger gibst du's nicht! Ich glaub', eine Zigarette dritter Sorte wird's dir auch tun«, und halte ihm offen die Tabatière hin. Doch im selben Augenblick zuckt mir schon die Hand. Denn vorgestern war mein fünfundzwanzigster Geburtstag gewesen, irgendwie hatten die beiden Mädel das herausspekuliert, und bei dem Abendessen, als ich von meinem Teller die Serviette aufhob, spürte ich etwas Schweres darin eingefaltet: eine Zigarettendose als Geburtstagsgeschenk. Aber schon hatte der Ferencz das neue Etui bemerkt – in unserem engen Klüngel wird ja auch die kleinste Kleinigkeit zum Ereignis.

»Hallo, was ist das?« brummt er. »Ein neues Ausrüstungsstück!« Er nimmt mir die Zigarettendose einfach aus der Hand (was kann ich dagegen tun?), betastet, beschaut und wiegt sie schließlich auf der Handfläche. »Du, mir scheint«, wendet er sich hinüber zum Regimentsarzt, »die ist sogar echt. Geh, schau dir die einmal gut an – dein würdiger Erzeuger soll ja mit derlei handeln, da wirst dich doch auch einigermaßen auskennen.«

Der Regimentsarzt Goldbaum, wirklich Sohn eines Goldschmieds in Drohobycz, stülpt den Zwicker auf die etwas dickliche Nase, nimmt die Tabatière, wiegt sie, beschaut sie von allen Seiten und klopft sie geschult mit dem Knöchel ab.

»Echt«, diagnostiziert er endlich. »Echtes Gold, punziert und verdammt schwer. Damit könnt man dem ganzen Regiment die Zähne plombieren. Preislage etwa siebenhundert bis achthundert Kronen.«

Nach diesem Verdikt, das mich selbst überrascht (ich hatte sie wirklich nur für vergoldet gehalten), gibt er die Dose an Jozsi weiter, der sie schon viel ehrfürchtiger anfaßt als die beiden andern (ach, was für Respekt wir jungen Kerle doch vor allem Kostbaren haben!). Er beschaut, bespiegelt, betastet sie, klappt sie schließlich am Rubin auf und stutzt:

»Hallo – eine Inschrift! Hört, hört! Unserem lieben Kameraden Anton Hofmiller zum Geburtstag. Ilona, Edith.«

Alle drei starren mich jetzt an. »Donnerwetter«, schnauft schließlich Ferencz, »du suchst dir aber deine Kameraden neuestens gut aus! Alle Hochachtung! Von mir hättst höchstens eine tombakene Zündholzdosen statt so was bekommen.«

Ein Krampf sitzt mir in der Kehle. Morgen weiß prompt das ganze Regiment die peinliche Neuigkeit von der goldenen Zigarettendose, die ich von den Kekesfalvas zum Präsent gekriegt habe, und kennt die Inschrift auswendig. »Zeig sie einmal her, deine noble Dosen«, wird der Ferencz bei der Offiziersmesse sagen, um mit mir zu protzen, und gehorsamst werde ich sie dem Herrn Rittmeister, gehorsamst dem Herrn Major, gehorsamst vielleicht sogar dem Herrn Oberst vorweisen müssen. Alle werden sie in der Hand wiegen, abschätzen, die Inschrift ironisch anschmunzeln, und dann kommt unvermeidlich das Gefrage und Gewitzel, und ich darf angesichts der Vorgesetzten nicht unhöflich werden.

In meiner Verlegenheit, rasch dem Gespräch ein Ende zu bereiten, frage ich: »Na – habt's noch Lust auf einen Tarock?«

Aber sofort wird ihr gutmütiges Schmunzeln zu breitem Lachen. »Hast schon so was g'hört, Ferencz?« stupft ihn der Jozsi an, »jetzt um halber eins, wo die Bude schließt, möcht er noch einen Tarock anfangen!«

Und der Regimentsarzt lehnt sich zurück, faul und gemütlich: »Ja, ja, dem Glücklichen schlägt keine Stunde.«

Sie lachen und schmatzen noch ein bißchen an dem schalen Witz herum. Doch schon ist mit bescheidenem Drängen der Markeur Eugen herangetreten: Polizeistunde! Wir gehen – der Regen hat nachgelassen – zusammen bis zur Kaserne und schütteln dort einander zum Abschied die Hand. Ferencz klopft mir auf die Schulter. »Brav, daß d' wieder einmal eingerückt bist«, und ich spüre, es kommt ihm vom Herzen. Warum war ich eigentlich so wütend auf sie? Sind doch einer wie der andere kreuzbrave, anständige Kerle ohne eine Spur von Neid und Unfreundlichkeit. Und wenn sie ein bissel Spaß mit mir machten, so haben sie's nicht bös gemeint.

Sie haben es wahrhaftig nicht bös gemeint, die braven Jungen – aber doch, mit ihrem tölpischen Staunen und Raunen haben sie etwas unwiederbringlich in mir zerstört: meine Sicherheit. Denn bisher hatte jene sonderbare Beziehung zu den Kekesfalvas mein Selbstgefühl in einer wunderbaren Weise gesteigert. Ich hatte zum ersten Male in meinem Leben mich als der Gebende, als der Helfende gefühlt; nun wurde ich gewahr, wie die andern diese Beziehung sahen, oder vielmehr, wie man sie von außen, in Unkenntnis all der geheimen Zusammenhänge, unvermeidlich sehen mußte. Was konnten Fremde denn verstehen von dieser subtilen Lust des Mitleidens, der ich – ich kann es nicht anders sagen – wie einer dunklen Leidenschaft verfallen war. Für sie blieb es ausgemacht, daß ich mich einzig deshalb einnistete in dieses üppige, gastliche Haus, um mich reichen Leuten anzubiedern, ein Nachtmahl zu sparen und mir Geschenke zu holen. Dabei meinen sie's innerlich nicht böse, sie gönnen mir, die guten Jungen, die warme Ecke, die schönen Zigarren; sie sehen zweifellos – und gerade das ärgert mich – nicht das geringste Unehrenhafte oder Unsaubere darin, daß ich mich von diesen »Wurzen« fêtieren und hofieren lasse, weil unsereiner, nach ihrer Auffassung, so einem Pfeffersack doch nur eine Ehre antut, wenn man als Kavallerieoffizier sich an seinen Tisch setzt; nicht die geringste Mißbilligung hatte dabei mitgespielt, wenn der Ferencz und der Jozsi jene goldene Zigarettendose bewunderten – im Gegenteil, es hatte ihnen sogar einen gewissen Respekt eingeflößt, daß ich es verstand, meine Mäzene derart hochzunehmen. Aber was mich jetzt so sehr verdrießt, ist, daß ich selber an mir irre zu werden beginne. Führe ich mich denn nicht wirklich wie ein Schmarotzer auf? Darf ich als Offizier, als erwachsener Mensch mich Abend für Abend freihalten und hofieren lassen? Die goldene Tabatière zum Beispiel, die hätte ich keinesfalls annehmen dürfen und ebensowenig den seidenen Schal, den sie mir jüngst umhängten, als es draußen so stürmte. Man läßt sich als Kavallerieoffizier keine Zigarren für den Nachhauseweg in die Tasche schieben, und – um Gottes willen, das muß ich morgen gleich Kekesfalva ausreden, – das mit dem Reitpferd! Jetzt fällt's mir erst auf, daß er vorgestern etwas gemurmelt hat, mein brauner Wallach (den ich natürlich auf Raten abzahle) halte nicht gut Form, und damit hat er schließlich recht. Aber daß er mir aus seinem Gestüt einen Dreijährigen leihen will, einen famosen Renner, mit dem ich Ehre einlegen könne, das paßt mir nicht. Ja, »leihen« – ich verstehe schon, was das bei ihm heißt! So wie er Ilona eine Mitgift versprochen hat, nur damit sie bei dem armen Kind als Pflegerin durchhält, will er mich kaufen, mich bar bezahlen für mein Mitleid, für meine Späße, meine Gesellschafterei! Und ich einfältiger Mensch wäre beinahe darauf hereingefallen, ohne zu merken, daß ich mich damit zum Schmarotzer herabwürdige!

Unsinn, sage ich mir dann wieder und erinnere mich, wie erschüttert der alte Mann meinen Ärmel gestreichelt, wie jedesmal sein Gesicht hell wird, kaum daß ich die Tür hereintrete. Ich erinnere mich an die herzliche, brüderlich-schwesterliche Kameradschaft, die mich mit den beiden Mädchen verbindet; die achten gewiß nicht darauf, ob ich vielleicht ein Glas zuviel trinke, und wenn sie's merken, so freut sie's doch nur, daß ich's mir bei ihnen wohl sein lasse. Unsinn, Irrsinn, wiederhole ich mir immer wieder, Unsinn – dieser alte Mann liebt mich mehr als mein eigener Vater.

Aber was hilft alles Sichzureden und Sichaufrichten, wenn einmal das innere Gleichgewicht ins Schwanken gekommen ist! Ich spüre: das Schmatzen und Staunen von Jozsi und Ferencz hat mir meine gute, meine leichte Unbefangenheit zerstört. Gehst du wirklich nur aus Mitleid, nur aus Mitgefühl zu diesen reichen Leuten, frage ich mich argwöhnisch? Steckt nicht auch ein gutes Stück Eitelkeit und Genießerei dahinter? Jedenfalls, da muß Klarheit geschaffen werden. Und als erste Maßnahme beschließe ich, von nun ab Pausen in meine Visiten einzuschalten und gleich morgen den üblichen Nachmittagsbesuch bei den Kekesfalvas zu unterlassen.

Ich bleibe also am nächsten Tage aus. Gleich nach Beendigung des Dienstes bummle ich mit Ferencz und Jozsi hinüber ins Café, wir lesen die Zeitung und beginnen dann den unvermeidlichen Tarock. Aber ich spiele verdammt schlecht, denn gerade mir gegenüber ist in der getäfelten Wand eine runde Uhr eingelassen: vier Uhr zwanzig, vier Uhr dreißig, vier Uhr vierzig, vier Uhr fünfzig, anstatt die Tarocke richtig mitzuzählen, zähle ich die Zeit. Halb fünf, da rücke ich gewöhnlich an zum Tee, alles steht gedeckt und bereit, und wenn ich mich einmal um eine Viertelstunde verspäte, so sagen und fragen sie schon: »Was war denn heute los?« So selbstverständlich ist mein pünktliches Kommen bereits geworden, daß sie damit wie mit einer Verpflichtung rechnen; seit zweieinhalb Wochen habe ich keinen Nachmittag versäumt, und wahrscheinlich blicken sie jetzt genau so unruhig wie ich selbst auf die Uhr und warten und warten. Ob sich's nicht doch gehören würde, daß ich wenigstens hinaustelephonierte, um abzusagen? Oder vielleicht noch besser, ich schicke meinen Burschen ...

»Aber Toni, das ist doch ein Skandal, was du heut zusamm'-patzt. Paß doch anständig auf«, ärgerte sich der Jozsi und sieht mich ganz fuchtig an. Meine Zerstreutheit hat ihn ein Rekontra gekostet. Ich raffe mich zusammen.

»Sag, kann ich mit dir Platz tauschen?«

»Natürlich, aber warum denn?«

»Ich weiß nicht«, lüge ich, »ich glaube, der Lärm in der Bude hier macht mich so nervios.«

In Wirklichkeit ist es die Uhr, die ich nicht ansehen will, und ihr unerbittliches Vorrücken Minute um Minute. Ein kribbeliges Gefühl sitzt mir in den Nerven, immer wieder flattern mir die Gedanken weg, immer wieder bedrückt's mich, ob ich nicht doch ans Telephon gehen und mich entschuldigen sollte. Zum erstenmal beginne ich zu ahnen, daß wirkliche Teilnahme sich nicht einschalten und abschalten läßt wie ein elektrischer Kontakt, und jedwedem, der teilnimmt an fremdem Schicksal, etwas genommen wird an Freiheit des eigenen.

Aber Kreuzteufel, fahre ich mich selber an, ich bin doch nicht verpflichtet, täglich die halbe Stunde weit hinauszustiefeln. Und gemäß dem geheimen Gesetz der Gefühlsverschränkung, demzufolge ein Geärgerter seinen Ärger unbewußt gegen ganz Unbeteiligte weitergibt wie eine Billardkugel den empfangenen Stoß, wendet sich meine Verstimmung statt gegen Jozsi und Ferencz gegen die Kekesfalvas. Sie sollen nur einmal auf mich warten! Sollen sehen, daß ich mit Geschenken und Liebenswürdigkeiten nicht zu kaufen bin, daß ich nicht auf die Stunde antrete wie der Masseur oder Turnlehrer. Nur kein Präjudiz schaffen, Gewohnheit verpflichtet, und ich will mich nicht festlegen. So versitze ich in meinem dummen Trotz dreieinhalb Stunden bis halb acht im Kaffeehaus, einzig um mir einzureden und zu beweisen, daß ich vollkommen frei bin, zu kommen und zu gehen, wann ich will, und daß mir das gute Essen und die noblen Zigarren der Kekesfalvas total gleichgültig sind.

Um halb acht Uhr machen wir uns zusammen auf. Ferencz hat einen kleinen Bummel über den Korso vorgeschlagen. Aber kaum daß ich hinter den beiden Freunden aus dem Kaffeehaus trete, streift mich ein bekannter Blick im raschen Vorübergehen an. Ist das nicht Ilona gewesen?

Natürlich – selbst wenn ich das weinrote Kleid und den breiten bebänderten Panamahut nicht gerade vorgestern bewundert hätte, würde ich sie von rückwärts erkannt haben an dem weichen, wiegenden Hüftgang. Aber wohin eilt sie denn so hitzig? Das ist doch kein Promenierschritt, sondern eher Sturmlauf – jedenfalls dem hübschen Vogel nach, so geschwind er auch flattern mag!

»Pardon«, empfehle ich mich etwas brüsk von meinen verblüfften Kameraden und eile dem schon über die Straße wehenden Rock nach. Denn wirklich, ich freue mich unbändig über den Zufall, die Kekesfalvanichte einmal in meiner Garnisonswelt zu erwischen.

»Ilona, Ilona, stopp, stopp!« rufe ich ihr nach, die merkwürdig rasch geht; schließlich bleibt sie doch stehen, ohne dann im geringsten überrascht zu tun. Natürlich hat sie mich bei dem Vorüberstreifen längst bemerkt.

»Das ist famos, Ilona, daß ich Sie einmal in der Stadt erwische. Das hab ich mir schon lang gewünscht, einmal mit Ihnen spazierenzugehen in unserer Residenz. Oder wollen wir lieber noch auf einen Sprung hinein in die wohlbekannte Konditorei?«

»Nein, nein«, murmelt sie etwas verlegen. »Ich habe Eile, man erwartet mich zu Hause.«

»Nun, dann wird man eben fünf Minuten länger warten. Im ärgsten Fall, nur damit man Sie nicht ins Winkerl stellt, gebe ich Ihnen sogar einen Entschuldigungsbrief mit. Kommen Sie und blicken Sie nicht so bitter streng.«

Am liebsten würde ich sie unter dem Arm fassen. Denn ich freue mich ehrlich, gerade ihr, der Repräsentablen von den beiden, in meiner andern Welt zu begegnen, und wenn die andern, die Kameraden, mich mit ihr, der Bildhübschen, ertappen, um so besser! Aber Ilona bleibt nervös.

»Nein, ich muß wirklich nach Hause«, sagt sie hastig, »dort drüben wartet schon das Auto.« Und in der Tat, vom Rathausplatz her grüßt bereits respektvoll der Chauffeur.

»Aber wenigstens zum Auto darf ich Sie doch begleiten?«

»Natürlich«, murmelte sie merkwürdig fahrig. »Natürlich ... übrigens ... warum sind Sie denn heute nachmittag nicht gekommen?«

»Heute nachmittag?« frage ich mit Absicht langsam, als ob ich mich erinnern müsse. »Heute nachmittag? Ach ja, das war eine dumme Geschichte heute nachmittag. Der Oberst wollte sich ein neues Pferd kaufen und da mußten wir alle mitgehen, es anschauen und zureiten.« (In Wirklichkeit hatte sich das schon vor einem Monat abgespielt. Ich lüge wirklich schlecht).

Sie zögerte und will etwas erwidern. Aber warum zerrt sie am Handschuh, warum wippt sie so nervös mit dem Fuß? Dann sagt sie plötzlich hastig: »Wollen Sie nicht wenigstens jetzt mit mir hinaus zum Abendessen?«

Durchhalten, sage ich mir innerlich rasch. Nicht nachgeben! Wenigstens einmal einen einzigen Tag! So seufze ich bedauernd. »Wie schade, ich käme ja furchtbar gerne. Aber der heutige Tag ist schon ganz verknackst, wir haben abends eine gesellige Veranstaltung, und da darf ich nicht fehlen.«

Sie sah mich scharf an – merkwürdig, daß sich jetzt dieselbe ungeduldige Falte zwischen ihren Brauen spannt wie bei Edith – und sagt kein Wort, ich weiß nicht, ob aus bewußter Unhöflichkeit oder Geniertheit. Der Chauffeur öffnet ihr die Tür, sie schlägt sie krachend zu und fragt durch die Scheibe: »Aber morgen kommen Sie?«

»Ja, morgen bestimmt.« Und schon fährt das Auto los.

Ich bin nicht sehr zufrieden mit mir. Warum diese merkwürdige Eile Ilonas, diese Geniertheit, als fürchte sie sich, mit mir gesehen zu werden, und wozu dieses hitzige Losfahren? Und dann: wenigstens einen Gruß hätte ich höflicherweise mitschikken sollen an den Vater, irgendein nettes Wort an Edith, sie haben mir doch nichts getan! Aber anderseits bin ich auch zufrieden mit meiner reservierten Haltung. Ich habe standgehalten. Jetzt können sie wenigstens von mir nicht denken, daß ich mich ihnen aufdrängen will.

Obwohl ich Ilona zugesagt hatte, am nächsten Nachmittag zur gewohnten Stunde zu kommen, melde ich vorsichtigerweise meinen Besuch noch vorher telephonisch an. Besser strenge Formen einhalten, Formen sind Sicherungen. Ich will damit klarmachen, daß ich niemandem unerwünscht ins Haus falle, ich will von nun ab jedesmal anfragen, ob mein Besuch erwartet und gern erwartet ist. Das allerdings brauche ich diesmal nicht zu bezweifeln, denn der Diener wartet bereits vor der geöffneten Tür, und gleich beim Eintreten vertraut er mir mit dringlicher Beflissenheit an: »Das gnädige Fräulein sind auf der Turmterrasse und lassen Herrn Leutnant bitten, gleich hinaufzukommen.« Und er fügt hinzu: »Ich glaube, Herr Leutnant sind noch niemals oben gewesen. Herr Leutnant werden staunen, wie schön es dort ist.«

Er hat recht, der wackere alte Josef. Ich hatte wirklich noch nie jene Turmterrasse betreten, wiewohl dies merkwürdige und abstruse Gebäude mich oftmals interessiert hatte. Ursprünglich – ich sagte es bereits früher – der Eckturm eines längst zerfallenen oder abgerissenen Schlosses (selbst die Mädchen kannten die Vorgeschichte nicht genau), hatte dieser wuchtige vierkantige Turm durch Jahre hindurch leer gestanden und als Speicher gedient; während ihrer Kindheit war Edith zum Schrekken ihrer Eltern oftmals auf den ziemlich defekten Leitern emporgeklettert bis in den Dachraum, wo zwischen altem Gerümpel Fledermäuse schlaftrunken schwirrten und bei jedem Schritt über die alten vermorschten Balken Staub und Moder in dicker Wolke aufquoll. Aber das phantastisch veranlagte Kind hatte dieses unnütze Gemach, das von den verschmutzten Fenstern unbeschränkten Blick in die Ferne gab, gerade wegen seiner geheimnisvoll nutzlosen Art sich als eigenste Spielwelt und Versteck gewählt; und als dann das Unglück kam und sie nicht mehr hoffen durfte, jemals wieder mit ihren damals noch völlig unbeweglichen Beinen jene hochgelegenen romantischen Rumpelkammern zu erklimmen, fühlte sie sich wie beraubt; oft beobachtete der Vater, wie sie mit bitterem Blick hinaufsah zu diesem geliebten und plötzlich verlorenen Paradies ihrer Kinderjahre.

Um sie zu überraschen, nützte nun Kekesfalva die drei Monate, die Edith in einem deutschen Sanatorium verbrachte, um einen Wiener Architekten zu beauftragen, den alten Turm umzubauen und oben eine bequeme Aussichtsterrasse anzulegen; als Edith im Herbst nach kaum merkbarer Besserung ihres Zustandes zurückgebracht wurde, war der aufgestockte Turm bereits mit einem Lift versehen, breit wie der eines Sanatoriums, und der Kranken damit Gelegenheit gegeben, zu jeder Stunde im Rollstuhl zu dem geliebten Ausblick hinaufzufahren; die Welt ihrer Kindheit war ihr damit unvermutet zurückgewonnen.

Auf Stilreinheit war freilich der etwas eilige Architekt weniger bedacht gewesen als auf technische Bequemlichkeit; der nackte Kubus, welchen er dem schroffen, vierkantigen Turm aufgestülpt hatte, hätte mit seinen geometrisch geraden Formen viel eher in ein Hafendock oder zu einem Elektrizitätswerk als zu den behaglichen schnörkeligen Barockformen des wohl auf die Maria-Theresianische Zeit zurückreichenden Schlößchens gepaßt. Aber der wesentliche Wunsch des Vaters erwies sich als geglückt; Edith zeigte sich völlig begeistert von dieser Terrasse, die sie in unverhoffter Weise von der Enge und Einförmigkeit ihrer Krankenstube erlöste. Von diesem ihrem eigensten Aussichtsturm aus konnte sie mit Ferngläsern die weite tellerflache Landschaft überschauen, alles was im Umkreis geschah, Saat und Mahd, Geschäft und Geselligkeit. Nach endloser Abgeschiedenheit wieder mit der Welt verbunden, blickte sie stundenlang von dieser Warte auf das muntere Spielzeug der Eisenbahn, die mit ihrem kleinen Rauchkringel die Landschaft durchquerte, kein Wagen auf der Chaussee entging ihrer müßigen Neugier, und wie ich später erfuhr, hatte sie auch viele unserer Ausritte, Übungen und Paraden mit ihrem Teleskop begleitet. Aus einer merkwürdigen Eifersucht heraus hielt sie aber diesen ihren abseitigen Ausflugsplatz vor allen Hausgästen als ihre Privatwelt verborgen; erst an der impulsiven Begeisterung des treuen Josef merkte ich, daß die Einladung, diese sonst unzugängliche Warte zu betreten, als eine besondere Auszeichnung gewertet werden sollte.

Der Diener wollte mich mit dem eingebauten Lift hinaufführen; man sah ihm den Stolz an, daß dieses kostspielige Vehikel ihm zu alleiniger Führung anvertraut war. Aber ich lehnte ab, sobald er mir berichtete, daß außerdem noch eine kleine, von seitlichen Loggiendurchbrüchen in jedem Stockwerk erhellte Wendeltreppe zur Dachterrasse emporführe; ich malte mir gleich aus, wie anziehend es sein müßte, von Treppenabsatz zu Treppenabsatz die Landschaft sich immer weiter ins Ferne auffalten zu sehen; tatsächlich bot jede dieser schmalen unverglasten Luken ein neues bezauberndes Bild. Über dem sommerlichen Lande lag wie ein goldenes Gespinst ein windstiller, durchsichtig heißer Tag. In fast reglosen Ringen schnörkelte sich der Rauch über den Schornsteinen der verstreuten Häuser und Höfe, man sah – jede Kontur wie mit einem scharfen Messer aus dem stahlblauen Himmel geschnitten – die strohgedeckten Hütten mit ihrem unvermeidlichen Storchennest auf dem Giebel, und die Ententeiche vor den Scheunen blitzten wie geschliffenes Metall. Dazwischen in den wachsfarbenen Feldern liliputanisch winzige Figuren, weidende Kühe in gesprenkelten Farben, jätende und waschende Frauen, ochsengezogene schwere Gespanne und behend hinflitzende Wägelchen inmitten der sorgfältig rastrierten Felderkarrees. Als ich die etwa neunzig Stufen emporgestiegen war, umfaßte der Blick gesättigt die ganze Runde des ungarischen Flachlands bis an den leicht dunstigen Horizont, wo in der Ferne ein erhobener Streifen blaute, vielleicht die Karpathen, und zur Linken leuchtete zierlich zusammengedrängt unser Städtchen mit seinem zwiebligen Turm. Freien Auges erkannte ich unsere Kaserne, das Rathaus, das Schulhaus, den Exerzierplatz, zum erstenmal seit meiner Transferierung in diese Garnison empfand ich die anspruchslose Anmut dieser abseitigen Welt.

Aber mich gelassen dieser freundlichen Schau hinzugeben, ging nicht an, denn, bereits an die flache Terrasse emporgelangt, mußte ich mich bereitmachen, die Kranke zu begrüßen. Zunächst entdeckte ich Edith überhaupt nicht; der weiche Strohfauteuil, in dem sie ruhte, wandte mir seine breite Rücklehne zu, die wie eine bunte wölbige Muschel ihren schmalen Körper völlig verdeckte. Nur an dem danebenstehenden Tisch mit Büchern und dem offenen Grammophon gewahrte ich ihre Gegenwart. Ich zögerte, zu unvermittelt gegen sie vorzutreten; das konnte die Ruhende oder Träumende vielleicht erschrekken. So wanderte ich das Viereck der Terrasse entlang, um ihr lieber Auge in Auge entgegenzukommen. Aber da ich behutsam nach vorne schleiche, merke ich, daß sie schläft. Man hat den schmalen Körper sorgfältig eingebettet, eine weiche Dekke um die Füße geschlagen, und auf einem weißen Kissen ruht, ein wenig zur Seite geneigt, das ovale, von rötlichblondem Haar umrahmte Kindergesicht, dem die schon sinkende Sonne einen bernsteingoldenen Schein von Gesundheit leiht.

Unwillkürlich bleibe ich stehen und nutze dies zögernde Warten, um die Schlafende wie ein Bild zu betrachten. Denn eigentlich habe ich bei unserem oftmaligen Beisammensein noch nie wirklich Gelegenheit gehabt, sie geradewegs anzuschauen, denn wie alle Empfindlichen und Überempfindlichen leistet sie einen unbewußten Widerstand, sich betrachten zu lassen. Auch wenn man sie nur zufällig im Gespräch anblickt, spannt sich sofort die kleine ärgerliche Falte zwischen den Brauen, die Augen werden fahrig, die Lippen nervös, nicht einen Augenblick gibt sich unbewegt ihr Profil. Nun erst, da sie mit geschlossenen Augen liegt, widerstandlos und reglos, kann ich (und ich habe das Gefühl eines Ungehörigen, eines Diebstahls dabei) das ein wenig eckige und gleichsam noch unfertige Antlitz betrachten, in dem sich Kindliches mit Fraulichem und Kränklichem auf die anziehendste Weise mischt. Die Lippen, leicht wie die eines Dürstenden aufgetan, atmen sacht, aber schon diese winzige Anstrengung hügelt und hebt ihre kindlich karge Brust, und wie erschöpft davon, wie ausgeblutet lehnt das blasse Gesicht, eingebettet in das rötliche Haar, in den Kissen. Ich trete vorsichtig näher. Die Schatten unter den Augen, die blauen Adern an den Schläfen, der rosige Durchschein der Nasenflügel verraten, mit wie dünner und farbloser Hülle die alabasterblasse Haut dem äußeren Andrang wehrt. Wie empfindlich muß man sein, denke ich mir, wenn so nah, so unbeschirmt die Nerven unter der Oberfläche pochen, wie unermeßlich leiden mit solch einem flaumleichten elfischen Leibe, der wie zum leichten Lauf geschaffen scheint, zu Tanz und Schweben, und dabei grausam der harten schweren Erde verkettet bleibt! Armes gefesseltes Geschöpf – abermals fühle ich das heiße Quellen von innen, jenen schmerzhaft erschöpfenden und gleichzeitig wild erregenden Aufschwall des Mitleids, der mich jedesmal übermannt, wenn ich an ihr Unglück denke; mir zittert die Hand vor Verlangen, ihr zart über den Arm zu streichen, mich hinzubeugen über sie und das Lächeln gleichsam wegzupflücken von ihren Lippen, falls sie aufwacht und mich erkennt. Ein Bedürfnis nach Zärtlichkeit, das sich bei mir dem Mitleid jedesmal beimengt, wenn ich an sie denke oder sie betrachte, drängt mich näher heran. Aber nicht diesen Schlaf stören, der sie weghält von sich selbst, von ihrer körperlichen Wirklichkeit! Gerade dies ist ja so wunderbar, Kranken während ihres Schlafes innig nahe zu sein, wenn alle Angstgedanken in ihnen gefangen sind, wenn sie so restlos ihr Gebrest vergessen, daß sich manchmal auf ihre halboffenen Lippen ein Lächeln niederläßt wie ein Schmetterling auf ein schwankes Blatt, ein fremdes, gar nicht ihnen selbst gehöriges Lächeln, das auch sofort wegschrickt beim ersten Erwachen. Welches Glück von Gott, denke ich mir, daß die Verkrüppelten, die Verstümmelten, die vom Schicksal Beraubten wenigstens im Schlaf nicht um Form oder Unform ihres Leibes wissen, daß der milde Betrüger Traum wenigstens dort ihnen ihre Gestalt in Schönheit und Ebenmaß vortäuscht, daß der Leidende zumindest in dieser einen, dunkel umrandeten Welt des Schlummers dem Fluch zu entfliehen vermag, in den er leiblich verkettet ist. Das Ergreifendste aber für mich sind die Hände, die über der Decke verkreuzt liegen, matt durchäderte, langgestreckte Hände mit zerbrechlich schmalen Gelenken und spitz zugeformten, etwas bläulichen Nägeln – zarte, ausgeblutete, machtlose Hände, gerade vielleicht noch stark genug, kleine Tiere zu streicheln, Tauben und Kaninchen, aber zu schwach, etwas festzuhalten, etwas zu fassen. Wie kann man, denke ich mir erschüttert, mit solch ohnmächtigen Händen sich gegen wirkliches Leiden wehren? Wie irgend etwas erkämpfen und fassen und halten? Und es widert mich fast, wenn ich an meine eigenen Hände denke, diese festen, schweren, muskulösen, starken Hände, die mit einem Zügelriß das unbotmäßigste Pferd bändigen können. Gegen meinen Willen muß mein Blick nun auch auf die Decke hinabstarren, die zottig und schwer, viel zu schwer für dies vogelleichte Wesen, auf ihren spitzen Knien lastet. Unter dieser undurchsichtigen Hülle liegen tot – ich weiß nicht, ob zerschmettert, gelähmt oder bloß geschwächt, ich habe nie den Mut gehabt, zu fragen – die ohnmächtigen Beine in jene stählerne oder lederne Maschinerie gespannt. Bei jeder Bewegung, erinnere ich mich, hängt sich schwer wie Kettenkugeln diese grausame Apparatur an die versagenden Gelenke, unablässig hat sie dies Widrige klirrend und knirschend mit sich zu schleppen, sie, die Zarte, die Schwächliche, gerade sie, von der man fühlt, daß ihr Schweben und Laufen und Sichaufschwingen natürlicher wäre als Gehen!

Unwillkürlich schauere ich zusammen bei dem Gedanken, und so stark rinnt und rieselt der Riß bis zu den Sohlen, daß die Sporen klingelnd aufzittern. Es kann nur ein ganz minimales, ein kaum hörbares Geräusch gewesen sein, dies silberne Klirren und Klingeln, aber es scheint ihren dünnen Schlaf durchdrungen zu haben. Noch öffnet die beunruhigt Aufatmende nicht die Lider, aber die Hände beginnen bereits aufzuwachen: lose falten sie sich auseinander, dehnen sich, spannen sich; als ob die Finger im Aufwachen gähnten. Dann blinzeln versucherisch die Lider, und befremdet tasten die Augen um sich.

Plötzlich entdeckt mich ihr Blick und wird sofort starr; noch hat der Kontakt vom bloß optischen Schauen nicht hinübergezündet zum gewußten Denken und Erinnern. Aber dann ein Ruck, und sie ist völlig erwacht, sie hat mich erkannt; mit purpurnem Guß stürzt ihr das Blut in die Wangen, vom Herzen mit einem Stoß hochgepumpt. Wieder ist es, als schüttete man in ein kristallenes Glas plötzlich roten Wein.

»Wie dumm«, sagt sie mit scharf zusammengezogenen Brauen und rafft mit einem nervösen Griff die abgesunkene Decke näher an sich, als hätte ich sie nackt überrascht. »Wie dumm von mir! Ich muß einen Augenblick eingeschlafen sein.« Und schon beginnen – ich kenne das Wetterzeichen – die Nasenflügel leise zu zucken. Herausfordernd sieht sie mich an.

»Warum haben Sie mich nicht sofort aufgeweckt? Man beobachtet einen nicht im Schlaf! Das gehört sich nicht. Jeder Mensch sieht lächerlich aus, wenn er schläft.«

Peinlich berührt, sie mit meiner Rücksicht verärgert zu haben, versuche ich, mich in einen dummen Scherz hinüberzuretten. »Besser lächerlich, während man schläft«, sage ich, »als lächerlich, wenn man wach ist.«

Aber schon hat sie sich mit beiden Armen höher die Lehne emporgestemmt, die Falte zwischen den Brauen schneidet tiefer, jetzt beginnt auch um die Lippen das wetterleuchtende Flattern und Flackern. Scharf springt ihr Blick mich an.

»Warum sind Sie gestern nicht gekommen?«

Der Stoß ist zu unerwartet losgefahren, als daß ich gleich antworten könnte. Aber schon wiederholt sie inquisitorisch:

»Nun, Sie werden doch eine besondere Ursache gehabt haben, uns einfach sitzen und warten zu lassen. Sonst hätten Sie wenigstens abtelephoniert.«

Dummkopf, der ich bin! Gerade diese Frage hätte ich doch voraussehen und im voraus mir eine Antwort zurechtlegen sollen! Statt dessen trete ich verlegen von einem Fuß auf den andern und kaue an der altbackenen Ausrede herum, wir hätten plötzlich Remonteninspektion bekommen. Noch um fünf Uhr hätte ich gehofft, wegpaschen zu können, aber der Oberst hätte uns allen dann noch ein neues Pferd vorführen wollen, und so weiter und so weiter.

Ihr Blick, grau, streng und scharf, weicht nicht von mir. Je umständlicher ich schwätze, um so argwöhnischer spitzt er sich zu. Ich sehe, wie die Finger an der Lehne auf und nieder zucken.

»So«, antwortet sie schließlich ganz kalt und hart. »Und wie endet diese rührende Geschichte von der Remonteninspektion? Hat es der Herr Oberst schließlich gekauft, das funkelnagelneue Pferd?«

Ich spüre bereits, daß ich mich gefährlich verrannt habe. Ein-, zwei-, dreimal schlägt sie mit ihrem losen Handschuh auf den Tisch, als wollte sie eine Unruhe in den Gelenken loswerden. Dann blickt sie drohend auf.

»Schluß jetzt mit dieser dummen Lügerei! Kein einziges Wort von all dem ist wahr. Wie können Sie wagen, mir solchen Unsinn aufzutischen?«

Heftig und heftiger klatscht der lose Handschuh gegen die Tischplatte. Dann schleudert sie ihn entschlossen im Bogen weg.

»Kein Wort ist wahr von Ihrer ganzen Faselei! Kein Wort! Sie sind nicht in der Reitschule gewesen, Sie haben keine Remonteninspektion gehabt. Schon um halb fünf sind Sie im Kaffeehaus gesessen, und dort reitet man meines Wissens keine Pferde zu. Machen Sie mir nichts vor! Unser Chauffeur hat Sie ganz zufällig noch um sechs beim Kartenspiel gesehen.«

Mir stockt noch immer das Wort. Aber sie unterbricht sich brüsk:

»Übrigens, wozu brauch ich mich vor Ihnen zu genieren? Soll ich, weil Sie die Unwahrheit sagen, vor Ihnen Verstecken spielen? *Ich* fürchte mich ja nicht, die Wahrheit zu sagen. Also, damit Sie es wissen – nein, nicht durch Zufall hat Sie unser Chauffeur im Kaffeehaus gesehen. Sondern ich hab ihn eigens hineingeschickt, um nachzufragen, was mit Ihnen los ist. Ich dachte, Sie seien am Ende krank oder es sei Ihnen was zugestoßen, weil Sie nicht einmal telephoniert haben, und ... nun, bilden Sie sich meinetwegen ein, daß ich nervös bin ... ich vertrag es eben nicht, daß man mich warten läßt ... ich vertrag's einfach nicht ... so hab ich den Chauffeur hineingeschickt. Aber in der Kaserne hat er gehört, Herr Leutnant tarockierten wohlbehalten im Kaffeehaus, und da hab ich dann noch Ilona gebeten, sich zu erkundigen, warum Sie uns derart brüskieren ...

ob ich Sie vielleicht vorgestern mit etwas beleidigt habe ... ich bin ja manchmal wirklich unverantwortlich in meiner blöden Hemmungslosigkeit ... So – damit Sie's sehen – *ich* schäme mich nicht, Ihnen das alles einzugestehen ... Und Sie kramen solche einfältigen Ausreden aus – spüren Sie nicht selbst, wie schäbig das ist, unter Freunden so miserabel zu lügen?«

Ich wollte antworten – ich glaube, ich hatte sogar den Mut, ihr die ganze dumme Geschichte von Ferencz und Jozsi zu erzählen. Aber ungestüm befiehlt sie:

»Keine neuen Erfindungen jetzt ... nur keine neuen Unwahrheiten, ich ertrag keine mehr! Mit Lügen bin ich überfüttert bis zum Erbrechen. Von früh bis abends löffelt man sie mir ein: ›Wie gut du heute aussiehst, wie famos du heute marschierst ... großartig, es geht schon viel, viel besser‹ – immer dieselben Beruhigungspillen von früh bis abends, und keiner merkt, daß ich daran ersticke. Warum sagen Sie nicht kerzengrad: Ich habe gestern keine Zeit, keine Lust gehabt. Wir haben doch kein Abonnement auf Sie und nichts hätt mich mehr gefreut, als wenn Sie mir durchs Telephon hätten sagen lassen: ›Ich komm heut nicht hinaus, wir bummeln lieber in der Stadt lustig herum.‹ Halten Sie mich für so albern, daß ich's nicht verstehen sollte, wie Ihnen das manchmal über sein muß, hier tagtäglich den barmherzigen Samariter zu spielen, und daß ein erwachsener Mann lieber herumreitet oder seine gesunden Beine spazierenführt, statt an einem fremden Lehnstuhl herumzuhocken? Nur eins ist mir widerlich und eins ertrag ich nicht: Ausreden und Schwindel und Lügereien – damit bin ich eingedeckt bis an den Hals. Ich bin nicht so dumm, wie ihr alle meint, und kann schon einen guten Brocken Aufrichtigkeit vertragen. Sehen Sie, vor ein paar Tagen kriegten wir eine neue böhmische Aufwaschfrau ins Haus, die alte war gestorben, und am ersten Tag – sie hatte noch mit niemandem gesprochen – merkt sie, wie man mir mit meinen Krücken hinüberhilft in den Fauteuil. Im Schreck läßt sie die Schrubbürste fallen und schreit laut: ›Jeschusch, so ein Unglück, so ein Unglück! Ein so reiches, so vornehmes Fräulein ... und ein Krüppel!‹ Wie eine Wilde ist Ilona auf die ehrliche Person losgefahren; gleich wollten sie die Arme entlassen und wegjagen. Aber mich, mich hat das *gefreut*, mir hat ihr Schrecken wohlgetan, weil es eben ehrlich, weil es menschlich ist, zu erschrecken, wenn man unvorbereitet so was sieht. Ich hab ihr auch sofort zehn Kronen geschenkt, und gleich ist sie in die Kirche gelaufen, um für mich zu beten ... Den ganzen Tag hat's mich noch gefreut, ja, faktisch gefreut, endlich einmal zu wissen, was ein fremder Mensch *wirklich* empfindet, wenn er mich zum erstenmal sieht ... Aber ihr, ihr meint immer, mit eurer falschen Feinheit mich ›schonen‹ zu müssen, und bildet euch ein, daß ihr mir am End' noch wohltut mit eurer verfluchten Rücksicht ... Aber meint ihr, ich hab keine Augen im Kopf? Meint ihr, ich spür nicht hinter eurem Geschwätz und Gestammel das gleiche Grausen und Unbehagen heraus wie bei jener braven, jener einzig *ehrlichen* Person? Glaubt ihr, ich merk's nicht, wie es euch mitten in den Atem fährt, wenn ich die Krücken anfaß und wie ihr hastig Konversation forciert, nur daß ich nichts merke – als ob ich euch nicht durch und durch kennte mit eurem Baldrian und Zucker, Zucker und Baldrian, diesem ganzen ekelhaften Geschleim ... Oh, ich weiß haargenau, daß ihr jedesmal aufatmet, wenn ihr die Tür wieder hinter euch habt und mich liegen laßt wie einen Kadaver ... genau weiß ich's, wie ihr dann augenverdreherisch seufzt ›Das arme Kind‹, und gleichzeitig doch höchst zufrieden seid mit euch selbst, da ihr so schonungsvoll eine Stunde, zwei Stunden dem ›armen kranken Kind‹ geopfert habt. Aber ich will keine Opfer!

Ich will nicht, daß ihr euch verpflichtet glaubt, mir die tägliche Portion Mitleid zu servieren – ich pfeif auf allergnädigstes Mitgefühl – ein für allemal – ich verzichte auf Mitleid! Wenn Sie kommen wollen, dann kommen Sie, und wenn Sie nicht wollen, dann eben nicht! Aber ehrlich dann und keine Geschichten von Remonten und Pferdeausprobiererei! Ich kann ... ich kann die Lügerei und euer ekelhaftes Geschone nicht mehr ertragen!«

Ganz unbeherrscht hat sie die letzten Worte herausgestoßen, brennend die Augen, fahl das Gesicht. Dann löst sich mit einemmal der Krampf. Wie erschöpft fällt der Kopf an die Lehne, und erst allmählich füllt wieder Blut die von der Erregung noch zitternden Lippen.

»So«, atmet sie ganz leise und wie beschämt. »Das mußte einmal gesagt sein! Und jetzt erledigt! Reden wir nicht weiter davon. Geben Sie mir ... geben Sie mir eine Zigarette.«

Nun geschieht mir etwas Sonderbares. Ich bin doch sonst leidlich beherrscht und habe feste, sichere Hände. Aber dieser unvermutete Ausbruch hat mich derart erschüttert, daß ich alle Glieder wie gelähmt fühle; nie hat mich irgend etwas in meinem Leben so bestürzt gemacht. Mühsam hole ich eine Zigarette aus der Dose, reiche sie hinüber und zünde ein Streichholz an. Aber beim Hinüberreichen zittern mir die Finger dermaßen, daß ich das brennende Zündhölzchen nicht gerade zu halten vermag und die Flamme im Leeren zuckt und verlischt. Ich muß ein zweites Streichholz anzünden; auch dieses schwankt unsicher in meiner zitternden Hand, ehe es ihre Zigarette entflammt. Sie aber muß unverkennbar an der augenfälligen Ungeschicklichkeit meine Erschütterung wahrgenommen haben, denn es ist eine ganz andere, eine staunend beunruhigte Stimme, mit der sie mich leise fragt:

»Aber was haben Sie denn? Sie zittern ja ... Was ... was erregt Sie denn so? ... Was geht Sie denn das alles an?«

Die kleine Flamme des Streichhölzchens ist erloschen. Ich habe mich stumm gesetzt, und sie murmelt ganz betroffen: »Wie können Sie sich denn so aufregen über mein dummes Geschwätz? ... Papa hat recht: Sie sind wirklich ein ... ein sehr merkwürdiger Mensch.«

In diesem Augenblick flirrt hinter uns ein leises Surren. Es ist der Lift, der zu unserer Terrasse herauffährt. Johann öffnet den Verschlag, und heraus tritt Kekesfalva mit jener schuldbewußten, scheuen Art, die ihm unsinnigerweise immer die Schultern niederdrückt, sobald er sich der Kranken nähert.

Ich stehe schleunigst auf, um den Eintretenden zu begrüßen. Er nickt befangen und beugt sich gleich über Edith, um ihr die Stirn zu küssen. Dann entsteht ein merkwürdiges Schweigen. Alle spüren ja alles von allen in diesem Haus; zweifellos muß der alte Mann gefühlt haben, daß eben eine gefährliche Spannung zwischen uns beiden schwingt; so steht er mit gesenkten Augen beunruhigt herum. Am liebsten, ich merke es, flüchtete er gleich wieder zurück. Edith versucht zu helfen.

»Denk dir, Papa, der Herr Leutnant hat heute zum erstenmal die Terrasse gesehen.«

Und »Ja, wunderschön ist es hier«, sage ich, sofort peinlich bewußt werdend, daß ich etwas beschämend Banales ausspreche, und stocke schon wieder. Um die Befangenheit zu lösen, beugt sich Kekesfalva über den Fauteuil.

»Ich fürchte, es wird hier bald zu kühl für dich. Wollen wir nicht lieber hinunter?«

»Ja«, antwortet Edith. Wir sind alle froh, dadurch ein paar ablenkende nichtige Beschäftigungen zu finden; die Bücher zusammenzupacken, ihr den Shawl umzulegen, mit der Glocke zu schellen, deren eine hier wie auf jedem Tisch dieses Hauses bereitliegt. Nach zwei Minuten surrt der Fahrtstuhl hoch und Josef rollt den Fauteuil mit der Gelähmten behutsam hin bis zum Schacht.

»Wir kommen gleich hinunter«, winkt ihr Kekesfalva zärtlich nach, »vielleicht machst du dich zum Abendessen zurecht. Ich kann unterdes mit dem Herrn Leutnant noch ein bißchen im Garten spazierengehen.«

Der Diener schließt die Tür des Lifts; wie in eine Gruft sinkt der Rollstuhl mit der Gelähmten in die Tiefe. Unwillkürlich haben der alte Mann und ich uns abgewendet. Wir schweigen beide, aber mit einem Mal spüre ich, daß er sich mir ganz zaghaft nähert.

»Wenn es Ihnen recht ist, Herr Leutnant, möchte ich gerne etwas mit Ihnen besprechen ... das heißt, Sie um etwas bitten ... Vielleicht gehen wir hinüber in mein Büro drüben im Verwaltungsgebäude ... ich meine natürlich nur, falls es Ihnen nicht lästig ist ... Sonst ... sonst können wir natürlich auch im Park spazierengehen.«

»Aber es ist mir doch nur eine Ehre, Herr von Kekesfalva«, antworte ich. In diesem Augenblick surrt der Lift zurück, um uns abzuholen. Wir fahren hinab, schreiten quer über den Hof zum Verwaltungsgebäude; mir fällt auf, wie vorsichtig, wie sehr an die Wand gedrückt Kekesfalva am Haus entlangschleicht, wie schmal er sich macht, als fürchte er, ertappt zu werden. Unwillkürlich – ich kann ja nicht anders – gehe ich mit ebenso leisen, vorsichtigen Schritten hinter ihm her.

Am Ende des niederen und nicht sehr sauber gekalkten Verwaltungsgebäudes öffnet er eine Tür; sie führt in sein Kontor, das sich als nicht viel besser eingerichtet erweist als mein eigenes Kasernenzimmer: ein billiger Schreibtisch, morsch und verbraucht, alte verfleckte Strohsessel, an der Wand ein paar alte, offenbar seit Jahren unbenutzte Tabellen über der zerschlissenen

Tapete. Auch der muffige Geruch erinnert mich mißlich an unsere eigenen ärarischen Büros. Schon mit dem ersten Blick – wieviel habe ich verstehen gelernt in diesen wenigen Tagen! – erkenne ich, daß dieser alte Mann allen Luxus, alle Bequemlichkeit einzig auf sein Kind häuft und für sich selber spart wie ein knickriger Bauer; zum erstenmal habe ich auch, da er mir vorausging, bemerkt, wie abgestoßen sein schwarzer Rock an den Ellbogen glänzt; wahrscheinlich trägt er ihn schon seit zehn oder fünfzehn Jahren.

Kekesfalva schiebt mir den breiten, schwarzledernen Bocksessel des Kontors hin, den einzig bequemen. »Setzen Sie sich, Herr Leutnant, bitte setzen Sie sich«, sagt er mit einem gewissen zärtlich eindringlichen Ton, während er sich selbst, ehe ich zugreifen kann, bloß einen der fragwürdigen Strohsessel heranholt. Nun sitzen wir hart aneinander, er könnte, er sollte jetzt beginnen, und ich warte darauf mit einer begreiflichen Ungeduld, denn was kann er, der reiche Mann, der Millionär, mich armseligen Leutnant zu bitten haben. Aber hartnäckig hält er den Kopf gesenkt, als betrachtete er angelegentlich seine Schuhe. Nur den Atem höre ich aus der vorgeneigten Brust. Er geht gepreßt und schwer.

Endlich hebt Kekesfalva die Stirn, sie ist feucht überperlt, nimmt die angehauchte Brille ab, und ohne diesen blitzenden Schutz wirkt sein Gesicht sofort anders, gleichsam nackter, ärmer und tragischer; wie oft bei Kurzsichtigen erscheinen seine Augen viel stumpfer und müder als unter dem verstärkenden Glas. Auch meine ich an den leicht entzündeten Lidrändern zu erkennen, dieser alte Mann schläft wenig und schlecht. Wieder spüre ich jenes warme Quellen innen – das Mitleid, ich weiß es jetzt schon, bricht vor. Mit einmal sitze ich nicht mehr dem reichen Herrn von Kekesfalva gegenüber, sondern einem alten sorgenvollen Mann.

Aber jetzt setzt er räuspernd an: »Herr Leutnant« – die eingerostete Stimme gehorcht ihm noch immer nicht – »ich möchte Sie um einen großen Gefallen bitten ... Ich weiß natürlich, ich habe kein Recht, Sie zu bemühen, Sie kennen uns ja kaum ... übrigens, Sie können auch ablehnen ... selbstverständlich können Sie ablehnen ... Vielleicht ist es eine Anmaßung von mir, eine Zudringlichkeit, aber ich habe vom ersten Augenblick an zu Ihnen Vertrauen gehabt. Sie sind, man spürt das gleich, ein guter, ein hilfreicher Mensch. Ja, ja, ja« – ich mußte eine abwehrende Bewegung gemacht haben – »Sie *sind* ein guter Mensch. Es ist etwas in Ihnen, das einen sicher macht, und manchmal ... habe ich das Gefühl, als ob Sie mir geschickt wären von ...« – er stockte, und ich spürte, er wollte sagen, »von Gott« und hatte nur nicht den Mut dazu – »geschickt wären als jemand, zu dem ich ehrlich sprechen kann ... Es ist übrigens nicht viel, um das ich Sie bitten möchte ... aber ich rede so weiter und weiter und frage gar nicht, ob Sie mir zuhören wollen.«

»Aber gewiß.«

»Ich danke Ihnen ... wenn man alt ist, braucht man einen Menschen nur anzusehen und kennt ihn durch und durch ... Ich weiß, was ein guter Mensch ist, ich weiß es durch meine Frau, Gott hab sie selig ... Das war das erste Unglück, wie sie mir weggestorben ist, und doch, heut sag ich mir, vielleicht war es besser, daß sie das Unglück mit dem Kind nicht hat mitansehen müssen ... sie hätte es nicht ertragen. Wissen Sie, wie das anfing vor fünf Jahren ... da *glaubte* ich zuerst nicht dran, daß das lange so bleiben könnte ... Wie soll man sich vorstellen können, daß da ein Kind ist wie alle andern und läuft und spielt und saust wie ein Kreisel herum ... und plötzlich soll das vorbei sein, für *immer* vorbei ... Und dann, man ist doch aufgewachsen mit einer Ehrfurcht vor den Ärzten ... in der Zeitung liest man, was für Wunder sie wirken können, Herzen können sie vernähen und Augen umpflanzen, heißt es ... Da mußte doch unsereins überzeugt sein, nicht wahr, daß sie das Einfachste können, was es gibt ... daß sie einem Kind ... einem Kind, das gesund geboren ist, das immer ganz gesund gewesen war, rasch wieder aufhelfen. Deshalb war ich am Anfang gar nicht sehr erschrocken, denn ich *glaubte* doch nie daran, nicht einen Augenblick glaubte ich daran, daß Gott so etwas tun könne, daß er ein Kind, ein unschuldiges Kind, für immer schlägt ... Ja, wenn es *mich* getroffen hätte – mich haben meine Beine lang genug herumgetragen. Was brauch ich sie noch ... und dann, ich war kein guter Mensch, viel Schlechtes habe ich getan, ich hab auch ... Aber was, was sagte ich eben? ... Ja ... ja also, wenn es mich getroffen hätte, das hätt ich begriffen. Doch wie kann Gott so *daneben* schlagen auf den Unrechten, den Unschuldigen ... und wie soll unsereins begreifen, daß an einem lebendigen Menschen, an einem Kind, die Beine plötzlich *tot* sein sollen, weil so ein Nichts, ein Bazillus, haben die Ärzte gesagt, und meinen, sie hätten etwas damit gesagt ... Aber das ist doch nur ein Wort, eine Ausrede, und das andere, das ist wirklich, daß ein Kind daliegt, auf einmal sind ihm die Glieder starr, es kann nicht mehr gehen und sich nicht mehr regen und man selber steht wehrlos dabei ... Das *kann* man doch nicht begreifen.«

Er wischte sich heftig mit dem Handrücken den Schweiß von dem angenäßten, verwirrten Haar. »Natürlich habe ich alle Ärzte befragt ... wo nur einer von den Berühmten war, sind wir zu ihm gefahren ... alle habe ich sie mir kommen lassen, und sie haben doziert und lateinisch geredet und diskutiert und Konsilien gehalten, der eine hat das versucht und der andere das, und dann haben sie gesagt, sie hoffen und sie glauben, und haben ihr Geld genommen und sind gegangen und alles ist geblieben, wie es war. Das heißt, *etwas* besser ist es geworden, eigentlich schon bedeutend besser. Früher hat sie immer flach auf dem Rücken liegen müssen und der ganze Leib war gelähmt ... jetzt sind doch wenigstens die Arme, ist der Oberkörper normal, und sie kann allein an ihren Krücken gehn ... *etwas* besser, nein, viel besser, ich darf nicht ungerecht sein, ist es geworden ... Aber ganz geholfen hat ihr noch keiner ... Alle haben die Achseln gezuckt und gesagt: Geduld, Geduld, Geduld ... Nur einer hat ausgehalten mit ihr, einer, der Doktor Condor ... ich weiß nicht, ob Sie je von ihm gehört haben. Sie sind doch aus Wien.«

Ich mußte verneinen. Ich hatte den Namen nie gehört.

»Natürlich, wie sollen Sie ihn kennen, Sie sind ja ein gesunder Mensch, und er gehört nicht zu denen, die von sich viel Wesens machen ... er ist auch gar nicht Professor, nicht einmal Dozent ... ich glaub auch nicht, daß er eine gute Praxis hat ... das heißt, er *sucht* keine große Praxis. Er ist eben ein merkwürdiger, ein ganz besonderer Mensch ... ich weiß nicht, ob ich's Ihnen recht erklären kann. Ihn interessieren nicht die gewöhnlichen Fälle, nicht, was jeder Bader behandeln kann ... ihn interessieren nur die schweren Fälle, nur die, an denen die andern Ärzte mit Achselzucken vorübergehen. Ich kann natürlich nicht, ich ungebildeter Mensch, behaupten, daß Doktor Condor ein besserer Arzt ist als die andern ... nur das weiß ich, daß er ein besserer *Mensch* ist als die andern. Ich hab ihn zum erstenmal kennengelernt, damals, bei meiner Frau, und gesehen, wie er gekämpft hat um sie ... Er war der einzige, der bis zum letzten Augenblick nicht nachgeben wollte, und damals hab ich's gespürt – dieser Mensch lebt und stirbt mit jedem Kranken mit. Er hat, ich weiß nicht, ob ich mich richtig ausdrücke ... er hat eben irgendeine Passion, stärker zu sein als die Krankheit ... nicht wie die andern bloß den Ehrgeiz, sein Geld zu kriegen und Professor und Hofrat zu werden ...

er denkt eben nicht von sich aus, sondern von dem andern her, von dem Leidenden ... oh, er ist ein wunderbarer Mensch!«

Der alte Mann war ganz in Erregung geraten, seine Augen, eben noch müde, bekamen einen heftigen Glanz.

»Ein wunderbarer Mensch, sage ich Ihnen, der läßt niemanden im Stich; für ihn ist jeder Fall eine Verpflichtung ... ich weiß, ich kann das nicht richtig ausdrücken ... aber es ist bei ihm so, als ob er sich jemand schuldig fühlte, wenn er nicht helfen kann ... *selber* schuldig fühlte ... und darum – Sie werden's mir nicht glauben, aber ich schwör Ihnen, es ist wirklich wahr – das eine Mal, wie ihm nicht gelungen ist, was er sich vorgenommen hat ... er hatte einer Frau, die erblindete, versprochen, er bringe sie durch ... und wie sie dann wirklich erblindet ist, hat er diese Blinde geheiratet, denken Sie sich, als junger Mensch eine blinde Frau, sieben Jahre älter als er, nicht schön und ohne Geld, eine hysterische Person, die jetzt auf ihm lastet und ihm gar nicht dankbar ist ... Nicht wahr, das zeigt doch, *was* für ein Mensch das ist, und Sie verstehen, wie glücklich ich bin, so jemanden gefunden zu haben ... einen Menschen, der sich sorgt um mein Kind wie ich selber. Ich hab ihn auch eingesetzt in meinem Testament ... wenn einer, wird er ihr helfen, Gott geb es! Gott gebe es!«

Der alte Mann hielt beide Hände zusammengepreßt wie im Gebet. Dann rückte er mit einem Ruck näher heran.

»Und nun hören Sie, Herr Leutnant. Ich wollte Sie doch um etwas bitten. Ich sagte Ihnen schon, was für ein anteilnehmender Mensch dieser Doktor Condor ist ... Aber sehen Sie, verstehen Sie ... *gerade*, daß er so ein guter Mensch ist, das beunruhigt mich auch ... Ich fürchte immer, verstehen Sie ... ich fürchte, daß er aus Rücksicht auf mich mir nicht die Wahrheit sagt, nicht die ganze Wahrheit ... Immer verspricht und vertröstet er, es würde bestimmt besser, ganz gesund würde das Kind werden ... aber immer, wenn ich ihn genau frage, wann denn, und wie lange wird es noch dauern, dann weicht er aus und sagt bloß: Geduld, Geduld! Aber man muß doch eine Gewißheit haben ... ich bin ein alter, ein kranker Mann, ich muß doch wissen, ob ich's noch erlebe und ob sie überhaupt gesund wird, *ganz* gesund ... nein, glauben Sie mir, Herr Leutnant, ich *kann* nicht mehr so leben ... ich muß wissen, ob es sicher ist, daß sie geheilt wird und wann ... ich *muß* es wissen, ich ertrag diese Unsicherheit nicht länger.«

Er stand auf, überwältigt von seiner Erregung, und trat mit drei hastig-heftigen Schritten ans Fenster. Ich kannte das nun schon an ihm. Immer wenn ihm die Tränen in die Augen stiegen, rettete er sich in dieses brüske Wegwenden. Auch er wollte kein Mitleid – weil er ihr doch ähnlich war! Ungeschickt tastete zugleich seine rechte Hand in die rückwärtige Rocktasche des tristen schwarzen Jacketts, knüllte ein Tuch heraus; und vergeblich, daß er dann so tat, als hätte er sich nur den Schweiß von der Stirne gewischt: ich sah zu deutlich die geröteten Lider. Einmal, zweimal ging er im Zimmer auf und nieder; es stöhnte und stöhnte, ich wußte nicht, waren es die abgemorschten Balken unter seinem Schritt oder war er es selbst, der morsche, alte Mann. Dann holte er wie ein Schwimmer vor dem Abstoß wieder Atem.

»Verzeihen Sie ... ich wollte nicht davon sprechen ... was wollte ich? Ja ... morgen kommt Doktor Condor wieder aus Wien, er hat sich telephonisch angesagt ... er kommt immer regelmäßig jede zwei oder drei Wochen, um nachzuschauen ... Wenn's nach mir ginge, ließe ich ihn überhaupt nicht weg ... er könnte doch hier wohnen im Haus, jeden Preis würde ich ihm zahlen. Aber er sagt, er braucht eine gewisse Distanz in der Beobachtung, um ... eine gewisse Distanz, um ... ja ... was wollte ich sagen? ... Ich weiß schon ... also morgen kommt er und wird nachmittags Edith untersuchen; er bleibt dann jedesmal zum Abendessen und fährt nachts mit dem Schnellzug zurück. Und nun hab ich mir gedacht, wenn jemand ihn so ganz zufällig fragte, jemand ganz Fremder, ein Unbeteiligter, jemand, den er gar nicht kennt … ihn fragte so … so ganz zufällig, wie man sich eben nach einem Bekannten erkundigt … ihn fragte, was das eigentlich auf sich hat mit der Lähmung und ob er meint, daß das Kind überhaupt noch je gesund wird, *ganz* gesund … hören Sie: *ganz* gesund, und wie lang er glaubt, daß es dauert … ich habe das Gefühl, Sie wird er nicht anlügen … Sie braucht er doch nicht zu schonen. Ihnen kann er doch ruhig die Wahrheit sagen … bei mir hält ihn vielleicht was zurück, ich bin der Vater, bin ein alter, kranker Mann, und er weiß, wie es mir das Herz zerreißt … Aber natürlich dürfen Sie ihn nicht merken lassen, daß Sie mit mir gesprochen haben … *ganz* zufällig müssen Sie darauf zu sprechen kommen, so wie man eben bei einem Arzt sich erkundigt … Wollen Sie … würden Sie das für mich tun?«

Wie sollte ich mich weigern? Vor mir saß mit schwimmenden Augen der alte Mann und wartete auf mein Ja wie auf die Posaune des Jüngsten Gerichts. Selbstverständlich versprach ich ihm alles. Mit einem Ruck stießen mir seine beiden Hände entgegen.

»Ich habe es gleich gewußt … schon damals, als Sie wiederkamen und so gut waren mit dem Kind, nach … nun, Sie wissen ja … da habe ich gleich gewußt, das ist ein Mensch, der mich versteht … der und nur der wird ihn für mich fragen und … ich versprech's Ihnen, ich schwör's Ihnen, niemand wird vorher und nachher davon erfahren, nicht Edith, nicht Condor, nicht Ilona … nur ich werde wissen, was für einen Dienst, was für einen ungeheuren Dienst Sie mir erwiesen haben.«

»Aber wieso denn, Herr von Kekesfalva ... das ist doch wirklich nur eine Kleinigkeit.«

»Nein, das ist keine Kleinigkeit ... das ist ein *sehr* großer ... ein *ganz* großer Dienst, den Sie mir erweisen ... *ein ganz* großer Dienst, und wenn ...« – er duckte sich ein wenig und auch die Stimme kroch gleichsam scheu zurück – »... wenn ich meinerseits einmal etwas ... etwas für Sie tun könnte ... vielleicht haben Sie ...«

Ich mußte eine erschreckte Bewegung gemacht haben (wollte er mich gleich bezahlen?), denn er fügte in jener stammeligen Art, die bei ihm jedesmal starke Erregung begleitete, hastig hinzu:

»Nein, mißverstehen Sie mich nicht ... ich meine doch ... ich meine nichts Materielles ... ich meine nur ... ich meine ... ich habe gute Verbindungen ... ich kenne eine Menge Leute in den Ministerien, auch im Kriegsministerium ... und es ist doch immer gut, wenn man heutzutage jemanden hat, auf den man zählen kann ... nur so mein ich's natürlich ... Es kann für jeden ein Augenblick kommen ... nur das ... nur das wollte ich sagen.«

Die scheue Verlegenheit, mit der er mir seine Hände anbot, beschämte mich. Die ganze Zeit über hatte er mich nicht ein einziges Mal angeblickt, sondern immer hinab wie zu seinen eigenen Händen gesprochen. Jetzt erst sah er unruhig auf, tastete nach der abgelegten Brille und nestelte sie mit zitternden Fingern an.

»Vielleicht wär's besser«, murmelte er dann, »wir gehen jetzt hinüber, sonst ... sonst fällt es Edith auf, daß wir so lange fortbleiben. Man muß leider furchtbar behutsam mit ihr sein; seit sie krank ist, hat sie ... hat sie irgendwie schärfere Sinne bekommen, die andere nicht haben; von ihrem Zimmer her weiß sie alles, was im Haus vorgeht ... alles errät sie, eh man's recht ausgesprochen hat ... Da könnte sie am Ende ... darum möchte ich vorschlagen, wir gehen hinüber, ehe sie Verdacht schöpft.«

Wir gingen hinüber. Im Salon wartete Edith bereits in ihrem Rollstuhl. Als wir eintraten, hob sie ihren grauen, scharfen Blick, als wollte sie unseren etwas verlegen gesenkten Stirnen ablesen, was wir beide gesprochen. Und da wir keinerlei Andeutung machten, blieb sie den ganzen Abend auffällig einsilbig und in sich gekehrt.

Als eine »Kleinigkeit« hatte ich Kekesfalva gegenüber jenen Wunsch bezeichnet, den mir noch unbekannten Arzt möglichst unbefangen über die Genesungsmöglichkeiten der Gelähmten auszukundschaften, und von außen her betrachtet war mir damit wirklich nur eine unbeträchtliche Bemühung auferlegt. Aber ich vermag schwer zu schildern, wieviel dieser unvermutete Auftrag mir persönlich bedeutete. Nichts erhöht ja in einem jungen Menschen dermaßen das Selbstbewußtsein, nichts fördert derart die Formung seines Charakters, als wenn er unerwartet sich vor eine Aufgabe gestellt sieht, die er ausschließlich aus eigener Initiative und eigener Kraft zu bewältigen hat. Selbstverständlich war mir schon früher Verantwortung zugefallen, aber immer war es eine dienstliche, eine militärische gewesen, immer bloß eine Leistung, die ich als Offizier auf Befehl meiner Vorgesetzten und im Rahmen eines eng umschriebenen Wirkungskreises durchzuführen hatte; etwa eine Schwadron zu kommandieren, einen Transport zu führen, Pferde einzukaufen, Streitigkeiten der Mannschaft zu schlichten. All diese Befehle und ihre Durchführung aber standen innerhalb der ärarischen Norm. Sie waren gebunden an geschriebene oder gedruckte Instruktionen, und im Zweifelsfall brauchte ich nur einen älteren und erfahreneren Kameraden um Rat anzugehen, um mich meines Mandats verläßlich zu entledigen. Die Bitte Kekesfalvas dagegen sprach nicht den Offizier in mir an, sondern jenes mir noch ungewisse innere Ich, dessen Fähigkeit und Leistungsgrenzen ich erst zu entdecken hatte. Und daß dieser fremde Mensch gerade mich in seiner Not unter allen seinen Freunden und Bekannten auswählte, dieses Vertrauen beglückte mich mehr als jedes bisher erhaltene dienstliche oder kameradschaftliche Lob.

Allerdings, dieser Beglückung war auch eine gewisse Bestürzung verschwistert, denn sie offenbarte mir neuerdings, wie stumpf und lässig bisher meine Anteilnahme gewesen. Wie hatte ich Wochen und Wochen in diesem Haus verkehren können, ohne die natürlichste, die selbstverständlichste Frage zu fragen: wird diese Arme dauernd gelähmt bleiben? Kann die ärztliche Kunst nicht eine Heilung finden für diese Schwächung der Glieder? Unerträgliche Schande: nicht ein einziges Mal hatte ich mich bei Ilona, bei ihrem Vater, bei unserem Regimentsarzt erkundigt; fatalistisch hatte ich die Tatsache des Lahmseins als Faktum hingenommen; wie ein Schuß fuhr darum die Unruhe, die den Vater seit Jahren quälte, in mich hinein. Wie, wenn jener Arzt dieses Kind wirklich von seinen Leiden erlösen könnte! Wenn diese armen gefesselten Beine wieder frei ausschreiten könnten, wenn dies von Gott betrogene Geschöpf einmal wieder hinwehen könnte im Lauf, treppauf, treppab, dem eigenen Lachen nachschwingend, beglückt und beseligt! Wie ein Rausch überfiel mich diese Möglichkeit; lustvoll war es, auszudenken, wie wir dann zu zweit, zu dritt zu Pferd über die Felder sprengen würden, wie sie, statt mich in ihrem Gefängnisraum zu erwarten, schon am Tor mich begrüßen und auf Spaziergängen begleiten könnte. Ungeduldig zählte ich jetzt die Stunden, um jenen fremden Arzt möglichst bald auszukundschaften, ungeduldiger vielleicht als Kekesfalva selbst; keine

Aufgabe innerhalb meines eigenen Lebens war mir je so wichtig gewesen.

Früher als sonst (ich hatte mich eigens freigemacht) erschien ich darum am nächsten Tage. Diesmal empfing mich Ilona allein. Der Arzt aus Wien sei gekommen, erklärte sie mir, er sei jetzt bei Edith und scheine sie diesmal besonders gründlich zu untersuchen. Zweieinhalb Stunden sei er schon da, und wahrscheinlich würde Edith dann zu müde sein, um noch herüberzukommen; ich müßte diesmal mit ihr allein vorliebnehmen – das heißt, fügte sie bei, wenn ich nichts Besseres vorhätte.

Aus dieser Bemerkung ersah ich zu meiner Freude (es macht immer eitel, ein Geheimnis nur zu zweit zu wissen), daß Kekesfalva sie nicht in unsere Vereinbarung eingeweiht hatte. Aber ich ließ mir nichts anmerken. Wir spielten Schach, um die Zeit zu vertreiben, und es dauerte noch eine gute Weile, ehe die ungeduldig erwarteten Schritte sich im Nebenzimmer hören ließen. Endlich traten Kekesfalva und Doktor Condor in lebhaftem Gespräch herein, und ich mußte hart an mich halten, eine gewisse Betroffenheit zu unterdrücken, denn mein erster Eindruck, als ich diesem Doktor Condor gegenüberstand, war der einer großen Enttäuschung. Immer arbeitet ja, wenn uns von einem Menschen, den wir noch nicht kennen, viel und Interessantes berichtet wird, unsere visuelle Phantasie sich im voraus ein Bild aus und verwendet dazu verschwenderisch ihr kostbarstes, ihr romantischestes Erinnerungsmaterial. Um mir einen genialen Arzt, als den Kekesfalva mir Condor doch geschildert hatte, vorzustellen, hatte ich mich an jene schematischen Merkmale gehalten, mit Hilfe derer der Durchschnittsregisseur und Theaterfriseur den Typus »Arzt« auf die Szene stellt: durchgeistigtes Antlitz, scharf und durchdringend das Auge, überlegen die Haltung, blitzend und geistreich das Wort – rettungslos fallen wir ja immer wieder dem Wahn anheim, die Natur zeichne besondere Menschen durch eine besondere Prägung schon für den ersten Blick aus. Einen peinlichen Magenstoß empfand ich darum, als ich mich unversehens vor einem untersetzten, dicklichen Herrn, kurzsichtig und glatzköpfig, den zerdrückten grauen Anzug mit Asche bestäubt, die Krawatte schlecht gebunden, zu verbeugen hatte; statt des vorgeträumten, scharf diagnostizierenden Blicks kam mir hinter einem billigen Stahlkneifer ein ganz lässiger und eher schläfriger entgegen. Noch ehe Kekesfalva mich vorgestellt hatte, reichte Condor mir eine kleine, feuchte Hand und wandte sich bereits wieder weg, um beim Rauchtisch eine Zigarette anzuzünden. Faul reckte er die Glieder.

»So, da wären wir. Aber daß ich's Ihnen gleich gestehe, lieber Freund, ich habe einen furchtbaren Hunger; es wäre famos, wenn wir bald zu essen kriegten. Falls das Diner noch nicht funktioniert, kann mir Josef vielleicht irgend eine Kleinigkeit vorausschicken, ein Butterbrot oder was immer.« Und, breit sich niederlassend im Fauteuil: »Jedesmal vergeß ich von neuem, daß grad dieser Nachmittagsschnellzug keinen Speisewagen hat. Wieder einmal eine echt österreichische Staatsgleichgültigkeit ...« Und: »Ah, bravo«, unterbrach er sich, als der Diener die Schiebetür des Speisezimmers zurückschob, »auf deine Pünktlichkeit kann man sich verlassen, Josef. Dafür werd ich auch eurem Herrn Oberkoch Ehre antun. Ich bin heut durch die verdammte Hetzerei nicht einmal dazugekommen, Mittag zu essen.«

Zugleich stapfte er kurzerhand hinüber, setzte sich, ohne auf uns zu warten, und begann mit vorgestopfter Serviette eiligst – mir etwas zu laut – die Suppe zu schlürfen. Weder an Kekesfalva noch an mich richtete er während dieser dringlichen Betätigung ein Wort. Einzig das Essen schien ihn zu beschäftigen, und sein kurzsichtiger Blick visierte gleichzeitig die Weinflaschen.

»Ausgezeichnet – euer famoser Szomorodner und ein siebenundneunziger dazu! Den kenn ich vom letztenmal. Für den allein sollt man schon zu euch hinausrasseln. Nein, Josef, noch nicht einschenken, lieber ein Glas Bier zuerst ... ja, danke.«

Mit einem großen, langen Schluck leerte er das Glas und begann dann, von der rasch servierten Platte sich kräftige Stücke auf den Teller holend, langsam und behaglich zu kauen. Da er unser Vorhandensein überhaupt nicht zu bemerken schien, blieb mir Zeit, den Schmausenden von der Seite her zu beobachten. Enttäuscht konstatierte ich an diesem so begeistert gerühmten Manne das bürgerlichste, behäbigste Gesicht, vollmondrundlich und von kleinen Grübchen und Pusteln durchkratert, kartofflig die Nase, verschwommen das Kinn, rötlich und von starker Bartspur beschattet die Backen, kuglig und kurz der Hals – ganz und gar das, was die Wiener dialektisch einen »Sumper« nennen, einen gutmütig, brummligen Genießer. Genau so behaglich saß und aß er auch, die Weste verknüllt und halb aufgeknöpft; allmählich bekam die beharrliche Behäbigkeit, mit der er kaute, etwas Aufreizendes für mich – mag sein, weil ich mich erinnerte, wie zuvorkommend höflich an dem gleichen Tisch der Oberstleutnant und jener Fabrikant mich behandelt hatten, vielleicht aber auch, weil ich ein gewisses Bedenken empfand, ob man einem so opulenten Schmauser und Trinker, der immer den Wein erst gegen das Licht hob, ehe er ihn mit schmatzigen Lippen ankostete, eine präzise Antwort auf eine derart vertrauliche Anfrage würde entlocken können.

»Nun, was gibt's denn Neues bei euch in der Gegend? Wird's was mit der Ernte? Nicht zu trocken gewesen die letzten Wochen, nicht zu heiß? Ich hab so was in der Zeitung gelesen. Und in der Fabrik? Schlagt's ihr schon wieder die Preise auf im Zuckerkartell?« – mit solchen lässigen und ich möchte sagen faulenzerischen Fragen, die gar keine richtige Antwort verlangten, unterbrach Condor manchmal sein hastiges Kauen und Stopfen; meine Gegenwart schien er beharrlich zu übersehen, und obwohl ich schon allerhand von der typischen Medizinergrobheit vernommen hatte, setzte sich ein gewisser Zorn in mir fest gegen diesen gutmütigen Grobian; ich sprach aus Verdrossenheit kein einziges Wort.

Er aber ließ sich nicht im mindesten durch unser Vorhandensein stören, und als wir schließlich in den Salon hinüberwechselten, wo der schwarze Kaffee bereitstand, warf er sich behaglich ächzend gerade in den Krankenfauteuil Ediths, der mit allen besonderen Bequemlichkeiten, wie einem drehbaren Bücherregal, Aschenbechern und verstellbaren Lehnen, ausgestattet war. Da Ärger nicht nur boshaft, sondern auch scharfsichtig macht, konnte ich nicht umhin, mit einer gewissen Genugtuung bei diesem Hinfaulenzen festzustellen, wie kurz seine Beine mit den schlappenden Socken waren, wie schwabblig sein Bauch, und um nun meinerseits zu demonstrieren, wie wenig mir an seiner näheren Bekanntschaft gelegen sei, drehte ich meinen Fauteuil so herum, daß ich ihm eigentlich schon den Rücken zuwandte. Völlig gleichgültig aber gegen mein ostentatives Schweigen und Kekesfalvas nervöses Auf und Ab – der alte Mann geisterte unablässig im Zimmer herum, um ihm nur recht bequem Zigarren, Feuerzeug und Kognak bereitzustellen – räumte Condor gleich nicht weniger als drei Importen aus der Kiste, zwei sich zur Reserve neben die Kaffeetasse legend, und wie bereitwillig der tiefe Fauteuil sich auch seinem Körper anpaßte, er schien ihm noch immer nicht bequem genug. Er rückte und drückte herum, bis er die allerüppigste Lage gefunden. Erst als er die zweite Schale Kaffee getrunken, atmete er wohlig, wie ein gesättigtes Tier. Widerlich, widerlich, dachte ich mir. Aber da streckte er plötzlich die Glieder lang und blinzelte Kekesfalva ironisch an.

»Na, Sie Laurentius am Rost. Sie gönnen mir wahrscheinlich meine gute Zigarre nicht, weil Sie's nicht erwarten können, daß ich endlich Rapport erstatte! Aber Sie kennen mich ja. Sie wissen, ich misch nicht gern Mahlzeit und Medizin – und dann, ich war wirklich *zu* hungrig, *zu* müde. Seit halb acht Uhr früh schaukle ich heute ununterbrochen auf den Beinen, und mir war schon, als wäre nicht nur der Magen, sondern auch der Kopf ganz auf dem Trockenen. Also« – er sog langsam an der Zigarre und blies den grauen Rauch in rundem Kringel aus – »also, lieber Freund, gehen wir's an! Alles geht ganz gut. Gehübungen, Streckübungen, alles sehr anständig. Um ein Atom geht's vielleicht besser als das letzte Mal. Wie gesagt, wir können zufrieden sein. Nur« – er sog abermals an der Zigarre – »nur im allgemeinen Habitus ... so in dem, was man das Psychische nennt, fand ich sie heute ... aber, bitte erschrekken Sie nicht gleich, lieber Freund ... fand ich sie heute etwas verändert.«

Trotz der Warnung erschrak Kekesfalva maßlos. Ich sah, wie der Löffel, den er in der Hand hielt, zu zittern begann.

»Verändert ... wie meinen Sie ... wieso verändert?«

»Nun – verändert heißt verändert ... ich habe doch nicht gesagt, lieber Freund: verschlechtert. Legen Sie mir, wie Vater Goethe sagt, nichts aus und nichts unter. Ich weiß vorläufig selbst noch nicht genau, was los ist, aber ... aber etwas stimmt halt nicht.«

Der alte Mann hielt den Löffel noch immer in der Hand. Er hatte offenbar nicht die Kraft, ihn niederzulegen.

»Was ... was stimmt nicht?«

Doktor Condor kraulte sich den Kopf. »Tja, wenn ich das wüßte! Jedenfalls beunruhigen Sie sich nicht! Wir sprechen doch ganz akademisch und ohne Faxereien, und ich sag's lieber noch einmal ganz deutlich: nicht das Krankheitsbild kam mir verändert vor, sondern in ihr selbst hat sich etwas verändert. Irgend etwas, ich weiß nicht was, war mit ihr heut los. Zum ersten Mal hab ich das Gefühl gehabt, sie sei mir irgendwie aus der Hand gekommen« – er sog wieder an seiner Zigarre, dann wechselte er scharf mit seinen kleinen raschen Augen zu Kekesfalva hinüber. »Wissen Sie, das beste ist, wir gehen die Sache gleich ehrlich an. Wir brauchen uns doch voreinander nicht zu genieren und können mit offenen Karten spielen. Also ... lieber Freund, sagen Sie mir, bitte, jetzt aufrichtig und klar: habt ihr inzwischen in eurer ewigen Ungeduld einen andern Arzt herangezogen? Hat jemand anderer Edith während meiner Abwesenheit untersucht oder behandelt?«

Kekesfalva fuhr auf, als hätte man ihn einer Ungeheuerlichkeit beschuldigt. »Aber, um Gottes willen, Herr Doktor, ich schwöre Ihnen beim Leben meines Kindes ...«

»Schon gut ... schon gut ... nur keine Geschwüre!« unterbrach ihn Condor schnell. »Ich glaube Ihnen auch so. Erledigt, meine Frage! Peccavi! Ich habe halt danebengepatzt – eine falsche Diagnose, das kommt schließlich auch bei Hofräten und Professoren vor. So etwas Dummes ... und ich hätte drauf geschworen, daß ... Na, dann muß da eben was anderes los sein ... aber merkwürdig, sehr merkwürdig ... Sie erlauben doch ...« – er goß sich die dritte Schale schwarzen Kaffees ein.

»Ja, aber was ist denn mit ihr? Was hat sich verändert? ... Was meinen Sie?« stammelte der alte Mann mit ganz trockenen Lippen.

»Lieber Freund, Sie machen's einem wirklich schwer. Jede Sorge ist überflüssig, nochmals mein Wort, mein Ehrenwort. Wenn etwas Ernstliches vorläge, würde ich doch nicht vor einem Fremden ... pardon, Herr Leutnant, ich meine es nicht unfreundlich, ich meine nur ... dann würde ich doch nicht so vom Fauteuil aus sprechen und dabei so behaglich von Ihrem guten Kognak – es ist wirklich ein ausgezeichneter Kognak – trinken.«

Er lehnte sich wieder zurück und schloß einen Liderschlag lang die Augen.

»Ja, das ist schwer, aus dem Handgelenk zu explizieren, was sich bei ihr verändert hat, weil es schon ganz am obersten oder untersten Rand des Erklärbaren liegt. Aber wenn ich zuerst vermutet hatte, ein fremder Arzt habe sich in die Behandlung eingemischt – wirklich, ich glaub es nicht mehr, Herr von Kekesfalva, ich schwör's Ihnen –, so war's, weil heut zum ersten Mal etwas zwischen Edith und mir nicht recht funktionierte – der normale Kontakt war nicht da ... warten Sie ... vielleicht kann ich's deutlicher ausdrücken. Ich meine ... es entsteht bei einer längeren Behandlung unvermeidlich ein gewisser, ein bestimmter Kontakt zwischen dem Arzt und seinem Patienten ... vielleicht ist es sogar schon zu grob, diese Beziehung einen Kontakt zu nennen, was doch im letzten ›Berührung‹, also etwas Körperliches meint. In dieser Beziehung ist Vertrauen sonderbar mit Mißtrauen gemischt, eins spielt gegen das andere, Anziehung und Abstoßung, und selbstverständlich ändert sich diese Mischung von einem Mal zum nächsten Mal – daran sind wir gewöhnt. Manchmal scheint dem Arzt der Patient anders und manchmal wieder dem Patienten der Arzt, manchmal verstehen sie einander mit dem bloßen Blick und manchmal sprechen sie aneinander vorbei ... Ja, höchst, höchst sonderbar sind diese Zwischenschwingungen, man kann sie nicht fassen und noch weniger messen. Am bequemsten erklärt's vielleicht ein Vergleich, auf die Gefahr sogar, daß es ein ganz grober Vergleich wird. Also – das mit einem Patienten ist so, wie wenn Sie ein paar Tage weg gewesen sind und Sie kommen zurück und nehmen Ihre Schreibmaschine, und sie schreibt scheinbar vollkommen unverändert, sie funktioniert genau so ausgezeichnet, wie sonst; dennoch spüren Sie an einem Irgendetwas, das Sie nicht spezifizieren können, es hat inzwischen ein anderer darauf geschrieben. Oder Sie, Herr Leutnant, merken's zweifellos Ihrem Pferd an, wenn's zwei Tage ein anderer sich ausgeborgt hat. Es stimmt dann etwas nicht im Gang, in der Haltung, es ist Ihnen irgendwie aus der Hand gekommen, und wahrscheinlich können Sie ebensowenig definieren, woran das eigentlich zu merken ist, so infinitesimal klein sind die Veränderungen ... Ich weiß, das sind ganz grobe Vergleiche, denn die Beziehung eines Arztes zu seinen Patienten ist selbstverständlich noch viel subtiler; ich wäre wirklich – ich sagt's Ihnen ja schon – in schwerster Verlegenheit, wenn ich Ihnen erklären sollte, was sich seit dem letzten Mal bei Edith verändert hat. Aber etwas – und das erbittert mich, daß ich's nicht herauskriege – etwas ist los, etwas in ihr ist verändert.«

»Aber wie ... wie äußert sich das?« keuchte Kekesfalva. Ich sah, alle Beschwörungen Condors vermochten ihn nicht zu beruhigen, und seine Stirn glänzte feucht.

»Wie sich das äußert? Nun eben in Kleinigkeiten, in Imponderabilien. Schon bei den Streckproben merkte ich, daß sie Widerstand gegen mich einsetzte; ehe ich noch anfangen konnte, richtig zu untersuchen, revoltierte sie schon: ›Unnötig, es ist das gleiche wie sonst‹, und sonst *wartete* sie doch ungeduldigst auf meinen Befund. Dann, als ich bestimmte Übungen vorschlug, machte sie dumme Bemerkungen, wie: ›Ach, das wird doch auch nicht helfen‹ oder ›Damit kommt man auch nicht weit vorwärts‹. Ich gebe zu – solche Bemerkungen sind an sich ohne Wichtigkeit – schlechte Laune, überreizte Nerven – aber bislang, lieber Freund, hat Edith so etwas nie zu mir gesagt. Na, vielleicht war's wirklich nur schlechte Laune ... kann jedem passieren.«

»Aber nicht wahr ... zum Schlechteren hat sich nichts verändert?«

»Wie viele Ehrenworte soll ich Ihnen noch auf den Tisch legen? Wenn das mindeste los wäre, würde ich doch als Arzt ebenso beunruhigt sein wie Sie als Vater, und ich bin's, wie Sie sehen, nicht im geringsten. Im Gegenteil, dies Aufmucken gegen mich mißfällt mir ganz und gar nicht. Zugegeben – das Töchterlein gebärdet sich irritabler, heftiger, ungeduldiger, als vor ein paar Wochen – wahrscheinlich gibt sie auch Ihnen manche Nüsse zu knacken. Aber eine solche Revolte deutet anderseits auf eine gewisse Verstärkung des Lebenswillens, des Gesundheitswillens hin: je kräftiger, je normaler ein Organismus zu funktionieren beginnt, um so gewaltsamer will er natürlich mit seiner Krankheit endlich einmal fertig werden. Glauben Sie mir, wir lieben die ›braven‹, die fügsamen Patienten gar nicht so übermäßig, wie Sie meinen. Die helfen einem von sich aus am wenigsten. Unsereinem kann ein energischer und sogar ein rabiater Gegenwille vom Kranken her nur willkommen sein, denn sonderbarerweise erzielen diese scheinbar unsinnigen Reaktionen manchmal mehr Effekt als unsere weisesten Medizinen. Also nochmals – ich bin gar nicht beunruhigt: wenn man jetzt zum Beispiel eine neue Kur mit ihr anfangen wollte, könnte man ihr jede Anstrengung zumuten; vielleicht wäre jetzt sogar der gegebene Augenblick, die psychischen Kräfte, die gerade in ihrem Fall so entscheidend sind, ins Spiel zu bringen. Ich weiß nicht« – er hob den Kopf und sah uns an – »ob Sie mich ganz verstehen.«

»Natürlich«, sagte ich unwillkürlich; es war das erste Wort, das ich an ihn richtete. All das schien mir so selbstverständlich und klar.

Aber der alte Mann rührte sich nicht aus seiner Starre. Mit einem vollkommen leeren Blick sah er vor sich hin. Ich spürte, daß er von all dem, was Condor uns erklären wollte, aus dem Grunde nichts verstand, weil er nicht verstehen wollte. Weil seine ganze Aufmerksamkeit und Angst nur auf die Entscheidung eingestellt war: Wird sie gesund werden? Bald gesund? Wann gesund?

»Aber welche Kur?« – er stotterte und stammelte immer, wenn er in Aufregung geriet – »Welche neue Kur ... Sie sprachen doch von irgendeiner neuen Kur ... welche neue Kur wollen Sie versuchen?« (Ich bemerkte sofort, wie er sich an dieses Wort »neu« anklammerte, weil darin für ihn etwas von neuer Hoffnung lag.)

»Überlassen Sie das mir, lieber Freund, was ich versuche und wann ich's versuche – nur nicht drängen, nicht immer erzwingen wollen, was sich eben nicht zaubern läßt! Euer ›Fall‹, wie man bei uns so unangenehm sagt, ist und bleibt die Sorge meiner Sorgen. Wir werden schon damit fertig werden.«

Der alte Mann blickte stumm und bedrückt. Ich sah, wie er sich nur mühsam bezwang, nicht doch und doch noch einmal eine seiner sinnlos-hartnäckigen Fragen zu tun. Auch Condor mußte etwas von diesem schweigenden Druck gespürt haben, denn er stand plötzlich auf.

»Und nicht wahr, erledigt die Sache für heute. Meinen Eindruck habe ich Ihnen gesagt, alles Weitere wäre Faselei und Geflunker ... Selbst wenn Edith faktisch in nächster Zeit noch etwas irritabler werden sollte, erschrecken Sie nicht gleich, ich werde schon draufkommen, welche Schraube da losgegangen ist. Sie haben nur eines zu tun: nicht immer so verstört, so ängstlich um die Kranke herumzuschleichen. Und dann zum zweiten: gründlich auf Ihre eigenen Nerven achtzuhaben. Sie sehen ziemlich übernächtig aus und ich fürchte, Sie bringen sich mit

Ihrem Bohren und Wühlen mehr herunter, als Sie vor Ihrem Kind verantworten können. Am besten, Sie fangen gleich an, indem Sie sich heute abend früh zu Bett legen und ein paar Tropfen Baldrian vor dem Schlafengehen nehmen, damit Sie morgen wieder frisch sind. Das ist alles. Schluß der Ordination für heute! Ich rauch noch meine Zigarre fertig, dann trabe ich weiter.«

»Sie wollen wirklich ... wirklich schon gehen?«

Doktor Condor blieb fest. »Jawohl, lieber Freund – Schluß für heute! Ich habe heute abend noch einen letzten, etwas abgeschundenen Patienten und dem habe ich einen ausgiebigen Spaziergang verordnet. Wie Sie mich sehen, stehe ich seit halb acht ununterbrochen auf den Beinen, den ganzen Vormittag bin ich im Krankenhaus gesteckt, es war das ein kurioser Fall, nämlich ... Aber reden wir nicht davon ... Dann in der Bahn, dann hier, und grad unsereiner muß sich die Lunge ab und zu auslüften, damit er den Kopf klar behält. Also, bitte, heute nicht Ihr Auto, ich bummle lieber zu Fuß hinein! Es ist ja ein wunderbarer Vollmond. Selbstverständlich will ich Ihnen damit den Herrn Leutnant nicht wegnehmen; der leistet Ihnen, wenn Sie trotz ärztlichen Verbots durchaus aufbleiben wollen, gewiß noch etwas Gesellschaft.«

Doch sofort erinnerte ich mich meiner Mission. Nein, erklärte ich eifrig, ich müsse morgen besonders früh meinen Dienst antreten, ich hätte mich ohnehin schon längst empfehlen wollen.

»Nun, wenn's Ihnen recht ist, marschieren wir zusammen hinein.«

Jetzt leuchtete zum erstenmal ein Funke in Kekesfalvas aschfarbenem Blick auf: Der Auftrag! Die Frage! Die Erkundigung! Auch er hatte sich erinnert.

»Und ich gehe gleich schlafen«, sagte er mit unvermuteter

Nachgiebigkeit, verstohlen dabei mir hinter Condors Rücken zublinkend. Die Mahnung war unnötig, ich spürte ohnedies die Pulse meiner Hand heftig an der Manschette. Ich wußte, jetzt begann mein Auftrag.

Unwillkürlich blieben Condor und ich, kaum daß wir aus dem Haustor getreten waren, auf der obersten Stufe der Treppe stehen, denn der Vorgarten bot einen erstaunlichen Anblick. Während der Stunden, die wir erregt in den Zimmern verbracht hatten, war es keinem von uns in den Sinn gekommen, aus dem Fenster zu schauen; nun überraschte uns eine vollkommene Verwandlung. Ein riesiger Vollmond stand reglos, eine blank geschliffene Silberscheibe, inmitten des völlig ausgestirnten Himmels, und indes die vom sonnigen Tag erhitzte Luft uns sommerlich umschwülte, schien gleichzeitig dank jener blendenden Strahlung ein magischer Winter in die Welt gefahren. Wie frisch gefallener Schnee schimmerte der Kies zwischen dem gradgeschnittenen Spalier, das mit seinen schwarzen Schatten den offenen Weg flankierte; spiegelnd bald im Licht und bald in Dunkelheit wie Mahagoni und Glas, standen die Bäume in atemloser Erstarrung. Nie kann ich mich erinnern, das Mondlicht dermaßen gespenstisch empfunden zu haben wie hier in der völligen Ruhe und Reglosigkeit des im flutenden Eisglanz ertrunkenen Gartens; ja, derart täuschend war die Bezauberung des scheinbar winterlichen Lichts, daß wir unwillkürlich zögernd den Fuß auf die schimmernde Treppe setzten, als wäre sie glitschiges Glas. Aber da wir nun die schneeig schummrige Kiesallee entlangschritten, waren wir plötzlich nicht mehr zwei, sondern vier, die da gingen, denn vor uns streckten sich, vom überscharfen Mondlicht genau herausmodelliert, unsere Schatten. Wider Willen mußte ich die beiden beharrlichen schwarzen Gefährten beobachten, die als wandernder Schattenriß jede unserer Bewegungen vorauszeichneten, und es gewährte mir – unser Gefühl ist ja manchmal merkwürdig kindisch gesinnt – eine gewisse Beruhigung, daß mein Schatten länger, schlanker und ich möchte fast sagen »besser« war als der dickliche und kleine meines Begleiters. Ich fühlte mich durch diese Überlegenheit – ich weiß, daß es ziemlichen Mut fordert, eine derartige Einfältigkeit sich selbst einzugestehen – etwas gesteigert in meiner Sicherheit; von den sonderbarsten Zufälligkeiten wird doch allezeit die Seele bestimmt, und gerade die winzigsten Äußerlichkeiten stärken oder mindern oft unseren Mut.

Wortlos waren wir bis zur Gittertür gelangt. Um sie zu schließen, mußten wir notwendigerweise zurückblicken. Wie mit bläulichem Phosphor gestrichen leuchtete die Front des Hauses, ein einziger Block blanken Eises, und derart vehement blendete das überschwengliche Mondlicht, daß man nicht unterscheiden konnte, welche der Fenster noch von innen beleuchtet waren und welche von außen. Erst der harte Zuschlag der Türklinke brach die Stille entzwei; gleichsam ermutigt durch dies irdische Geräusch inmitten des geisterhaften Schweigens wandte sich Condor mir mit einer Unbefangenheit zu, die ich nicht erhofft hatte.

»Der arme Kekesfalva! Ich mach mir schon die ganze Zeit über Vorwürfe, ob ich nicht eben zu brüsk mit ihm gewesen bin. Ich weiß natürlich, daß er mich am liebsten noch Stunden zurückgehalten und hundert Sachen gefragt hätte, oder eigentlich hundertmal dasselbe. Aber ich konnte einfach nicht mehr. Es war ein zu schwerer Tag, von früh bis nachts Kranke, und dabei lauter Fälle, bei denen man nicht vorwärtskommt.«

Wir waren unterdessen in die Allee getreten, deren Bäume sich mit schattendem Geflecht gegen das durchsickernde

Mondlicht zusammenbuschten. Um so greller leuchtete inmitten der Chaussee der eisweiße Kies, und diese helle Lichtrinne schritten wir beide entlang. Ich war zu respektvoll, um zu antworten, aber Condor schien mich gar nicht zu bemerken.

»Und dann, an manchen Tagen ertrag ich seine Insistenz einfach nicht mehr. Wissen Sie, das Schwere bei unserem Beruf sind gar nicht die Kranken; mit denen lernt man schließlich richtig umgehen, man kriegt eine Technik heraus. Und schließlich – wenn Patienten klagen und fragen und drängen, so gehört das einfach zu ihrem Zustand wie Fieber oder Kopfschmerz. Wir rechnen von vornherein mit ihrer Ungeduld, wir sind darauf eingestellt und gerüstet, und jeder hat dafür gewisse beruhigende Phrasen und Unwahrheiten genau so bereit wie seine Schlafmittel und schmerzstillenden Tropfen. Aber niemand macht unsereinem das Leben so sauer wie die Anverwandten, die Zugehörigen, die sich unberufenerweise zwischen den Arzt und den Patienten schieben und immer die ›Wahrheit‹ wissen wollen. Alle tun sie, als ob momentan nur dieser eine Mensch krank wäre auf Erden und man einzig für ihn sich sorgen müßte, für ihn allein. Ich nehme Kekesfalva sein Gefrage wirklich nicht übel, aber wissen Sie, wenn Ungeduld chronisch wird, läßt einen manchmal die Geduld im Stich. Zehnmal habe ich ihm erklärt, ich hätte jetzt einen schweren Fall in der Stadt, wo es auf Tod und Leben geht. Und obwohl er's weiß, telephoniert er doch Tag für Tag und drängt und drängt und will mit Gewalt sich eine Hoffnung erzwingen. Und gleichzeitig weiß ich als sein Arzt, wie verhängnisvoll diese Aufregung auf ihn wirkt, ich bin ja viel mehr beunruhigt als er ahnt, viel, viel mehr. Ein Glück, daß er nicht weiß, wie schlimm es steht.«

Ich erschrak. Es stand also schlimm! Offen und völlig spontan hatte mir Condor die Auskunft gegeben, die ich von ihm erschleichen sollte. In starker Erregung drängte ich nach:

»Verzeihen Sie, Herr Doktor, aber Sie werden verstehen, daß mich das beunruhigt ... ich hatte doch keine Ahnung, daß es so schlecht steht mit Edith ...«

»Mit Edith?« Condor wandte sich mir ganz erstaunt zu. Er schien zum erstenmal zu bemerken, daß er zu einem andern gesprochen. »Wieso mit Edith? Ich hab doch kein Wort von Edith geredet ... Sie haben mich völlig mißverstanden ... Nein, nein, bei Edith ist der Zustand wirklich ganz stationär – *leider* noch immer stationär. Aber *er* macht mir Sorge, Kekesfalva, und immer mehr Sorge. Ist Ihnen nicht aufgefallen, wie sehr er sich in den letzten paar Monaten verändert hat? Wie schlecht er aussieht, wie er von Woche zu Woche mehr verfällt?«

»Ich kann das natürlich nicht beurteilen ... ich habe erst seit einigen Wochen die Ehre, Herrn von Kekesfalva zu kennen und ...«

»Ach so – richtig! Verzeihen Sie ... dann konnten Sie's natürlich nicht konstatieren ... Aber ich, der ich ihn seit Jahren kenne, war für mein Teil heute ehrlich erschrocken, als ich zufällig auf seine Hände sah; ist Ihnen nicht aufgefallen, wie durchsichtig und knöchrig die sind – wissen Sie, wenn man viele Hände von Toten gesehen hat, dann bestürzt einen immer diese gewisse Art bläulicher Farbe an einer lebendigen Hand. Und dann ... seine rasche Rührseligkeit gefällt mir nicht: bei dem geringsten Gefühl werden ihm die Augen feucht, bei dem kleinsten Sich-Ängstigen lischt ihm die Farbe aus. Gerade bei Männern, die früher so griffig und energisch waren wie Kekesfalva, wirkt ein solches Sich-Nachgeben bedenklich. Leider, es bedeutet nichts Gutes, wenn harte Menschen mit einmal weich werden – ja sogar, daß sie plötzlich gütig werden, seh ich nicht gern. Etwas klappt, etwas hält dann innen nicht mehr zusammen. Natürlich – ich nehm's mir schon lang vor, ihn einmal gründlich zu untersuchen – ich trau mich nur nicht recht an ihn heran. Denn, mein Gott, wenn man ihn jetzt noch auf den Gedanken brächte, daß er selber krank ist, und gar auf den Gedanken, er könnte sterben und sein Kind lahm zurücklassen, das wär überhaupt nicht auszudenken! Er unterminiert sich ohnehin schon mit diesem ewigen Drandenken, mit dieser rasenden Ungeduld ... Nein, nein, Herr Leutnant, Sie haben mich mißverstanden – nicht Edith, sondern er bereitet mir die Hauptsorge ... ich fürchte, der alte Mann macht es nicht mehr lang.«

Ich war ganz niedergeschmettert. Daran hatte ich nie gedacht. Ich war damals fünfundzwanzig Jahre alt und hatte noch keinen nahen Menschen sterben sehen. So konnte ich den Gedanken gar nicht gleich erfassen, jemand, mit dem man eben zu Tisch gesessen, mit dem man gesprochen, getrunken, könne morgen schon starr liegen in seinem Leichenlaken. Gleichzeitig spürte ich an einem feinen plötzlichen Stich in der Herzgegend, daß ich diesen alten Mann wirklich liebgewonnen hatte. In meiner ergriffenen Verlegenheit wollte ich nur irgend etwas entgegnen.

»Entsetzlich«, sagte ich, ganz benommen, »das wäre ja ganz entsetzlich. Ein so vornehmer, ein so großzügiger, ein so gütiger Mensch – wirklich der erste echte ungarische Edelmann, dem ich begegnet bin ...«

Aber da geschah etwas Überraschendes. Condor blieb mit so jähem Ruck stehen, daß auch mir unwillkürlich der Fuß stockte. Er sah mich starr an, die Augengläser blitzten im brüsken Herüberwenden. Erst nach ein oder zwei Atemzügen fragte er ganz verblüfft:

»Ein Edelmann? ... Ein echter noch dazu? ... Kekesfalva? Verzeihen Sie, lieber Herr Leutnant ... aber meinen Sie das ... wirklich im Ernst ... das mit dem echten ungarischen Edelmann?«

Ich begriff die Frage nicht ganz. Ich hatte nur das Gefühl, etwas Törichtes gesagt zu haben. So äußerte ich verlegen:

»Ich kann ja bloß von mir aus urteilen, und zu mir hat sich Herr von Kekesfalva bei jeder Gelegenheit von der vornehmsten und gütigsten Seite gezeigt ... man hatte uns beim Regiment die ungarische Gentry immer als besonders hochfahrend geschildert ... Aber ... ich ... ich bin nie einem gütigeren Menschen begegnet ... ich ... ich ...«

Ich verstummte, weil ich spürte, daß Condor mich noch immer von der Seite mit Aufmerksamkeit betrachtete. Sein rundes Gesicht schimmerte im Mond, übergroß blitzten die beiden Gläser, hinter denen ich die suchenden Augen nur undeutlich wahrnahm; das gab mir das unangenehme Gefühl, als sei ich wie ein zappelndes Insekt unter eine schneidend scharfe Lupe genommen. Mitten auf der Landstraße einander gegenüberstehend, müßten wir, wäre sie nicht vollkommen menschenleer gewesen, ein sonderbares Bild geboten haben. Dann senkte Condor den Kopf, begann wieder auszuschreiten und murmelte wie zu sich selbst:

»Sie sind aber wirklich ... ein merkwürdiger Mensch – verzeihen Sie, ich meine das durchaus nicht im üblen Sinne. Doch das ist in der Tat merkwürdig, das müssen Sie mir selbst zugeben, sehr merkwürdig ... Sie kommen jetzt, wie ich höre, schon einige Wochen ins Haus. Sie leben außerdem in einer Kleinstadt, in einer Hühnersteige und einer gewaltig gackernden dazu – und nehmen Kekesfalva für einen Magnaten ... Haben Sie denn niemals unter Ihren Kameraden gewisse ... ich will nicht sagen abfällige – nun, immerhin Bemerkungen gehört, daß es mit seinem Edelmannstum nicht so weit her ist? ... Irgend etwas muß man Ihnen doch zugetragen haben.«

»Nein«, erwiderte ich energisch und spürte, daß ich begann, zornig zu werden (es ist kein angenehmes Gefühl, sich als »merkwürdig« und »sonderbar« bewerten zu lassen). »Bedaure – ich habe mir von niemandem etwas zutragen lassen. Ich habe mit keinem einzigen meiner Kameraden je über Herrn von Kekesfalva gesprochen.«

»Sonderbar«, murmelte Condor. »Sonderbar. Ich glaubte immer, er habe in seiner Beschreibung Ihrer Person übertrieben. Und daß ich's Ihnen offen sage – es ist ja anscheinend heut mein Tag der falschen Diagnosen – ich war ein bißchen mißtrauisch gegen seinen Enthusiasmus ... Ich konnte es nicht recht glauben, daß Sie nur hingegangen wären wegen des Mißgeschicks bei der Tanzerei und dann immer wieder gekommen ... einfach aus Sympathie, aus Anteilnahme. Sie wissen ja nicht, wie der alte Mann ausgebeutet wird – und ich hatte mir vorgenommen (warum soll ich's Ihnen nicht sagen), herauszukriegen, was Sie eigentlich in dieses Haus zieht. Ich dachte mir, entweder ist das ein sehr – wie soll ich's höflich ausdrücken – ein sehr absichtsvoller Bursche, der sich seine Wolle scheren will, oder wenn er's ehrlich meint, dann muß es ein innerlich sehr junger Mensch sein, denn nur auf junge Menschen übt das Tragische und Gefährliche eine so merkwürdige Anziehung aus. Dieser Instinkt ganz junger Menschen behält übrigens fast immer recht, und Sie haben schon ganz richtig gespürt ... dieser Kekesfalva ist wirklich ein eigenartiger Mensch. Ich weiß ganz genau, was man gegen ihn vorbringen kann, und nur das kam mir, verzeihen Sie, etwas komisch vor, daß Sie ihn als Edelmann bezeichneten. Aber glauben Sie einem, der ihn besser kennt als alle andern hier – Sie brauchen sich nicht zu schämen, daß Sie ihm und diesem armen Kind so viel Freundschaft bezeugt haben. Was immer man Ihnen auch zutragen sollte, darf Sie nicht irremachen; es hat wirklich keinen Bezug zu dem rührenden, dem erschütternden Menschen, der Kekesfalva heute ist.«

Condor sagte das im Vorwärtsschreiten, ohne mich anzusehen; erst nach einiger Zeit wurden seine Schritte wieder langsamer. Ich spürte, daß er etwas überlegte, und wollte ihn nicht stören. Wir gingen vier, fünf Minuten völlig schweigend nebeneinander, ein Wagen kam uns entgegen, wir mußten zur Seite treten, und der bäurische Kutscher starrte neugierig auf das sonderbare Paar, auf den Leutnant neben dem kleinen, dicklichen, bebrillten Herrn, die da zusammen spätnachts auf der Landstraße schweigend promenierten. Wir ließen den Wagen vorbei, dann wandte Condor sich plötzlich mir zu.

»Hören Sie, Herr Leutnant. Halb getane Dinge und halb ausgesprochene Andeutungen sind immer von Übel; alles Böse in dieser Welt kommt von der Halbheit. Vielleicht ist mir bereits zu viel über die Lippen gerutscht, und ich möchte keinesfalls, daß Sie in Ihrer guten Gesinnung irritiert werden. Anderseits habe ich Sie schon zu neugierig gemacht, als daß Sie sich nicht bei andern erkundigen würden, und ich muß leider befürchten, daß man Sie nicht sehr wahrheitsgetreu informieren wird. Schließlich bedeutet's doch einen unmöglichen Zustand, daß man auf die Dauer in einem Hause verkehrt, ohne zu wissen, wer die Leute sind – wahrscheinlich könnten Sie's auch in Hinkunft gar nicht mehr mit der alten Unbefangenheit. Wenn es Sie also wirklich interessiert, einiges über unsern Freund zu erfahren, Herr Leutnant, so stehe ich Ihnen gern zur Verfügung.«

»Aber selbstverständlich.«

Condor zog die Uhr. »Dreiviertel elf. Da bleiben uns noch zwei geschlagene Stunden. Mein Zug geht erst um ein Uhr zwanzig. Aber ich glaube nicht, daß sich derlei Dinge gut auf der Landstraße erzählen lassen. Vielleicht wissen Sie irgendwo eine stille Ecke, wo man sich ruhig aussprechen kann.«

Ich überlegte. »Am besten die ›Tiroler Weinstube‹ in der Erzherzog Friedrich-Straße. Die hat kleine Logen, in denen man ganz ungestört bleibt.«

»Famos! Wird schon das Richtige sein«, antwortete er und beschleunigte neuerdings seinen Schritt.

Ohne ein weiteres Wort gingen wir die Landstraße zu Ende. Bald machten die ersten Häuser der Stadt im blanken Mondlicht Spalier, und ein freundlicher Zufall wollte, daß wir in den schon ganz verlassenen Gassen keinem einzigen meiner Kameraden begegneten. Ich weiß nicht warum, aber es wäre mir unangenehm gewesen, hätten sie mich am nächsten Tage nach meinem Begleiter gefragt. Seit ich in jene sonderbare Verstrickung geraten, verbarg ich ängstlich jeden Faden, der einen Zugang weisen konnte in das Labyrinth, von dem ich fühlte, daß es mich in immer neue und geheimnisvollere Tiefen verlockte.

Jene »Tiroler Weinstube« war ein gemütliches kleines Lokal mit einem leisen Stich von Anrüchigkeit. Abseits in einer altertümlich krummen Gasse gelegen, gehörte sie zu einem Gasthof zweiten oder dritten Ranges, der in unseren Kreisen besonders geschätzt war wegen der nachsichtigen Vergeßlichkeit des Portiers, der geflissentlich unterließ, Gäste, die ein Zimmer mit Doppelbett – auch mitten unter Tags – verlangten, mit dem polizeilich vorgeschriebenen Meldezettel zu behelligen. Ein weitere Sicherung der Diskretion für kurze oder längere Schäferstunden bedeutete der wohlberechnete Umstand, daß man, um zu jenen Liebesnestern zu gelangen, nicht den auffälligen Eingang (eine Kleinstadt hat tausend Augen) benützen mußte, sondern unbefangenerweise von der Schankstube aus direkt zur Treppe und damit an das diskrete Ziel gelangen konnte. Untadelig waren dagegen in diesem dubiosen

Lokal die körnigen Terlaner und Muskateller, die man in jener unteren Stube ausschenkte; allabendlich saßen hier behaglich die Bürger an den schweren, ungedeckten Holztischen beisammen und beredeten bei einigen Vierteln mehr oder minder heftig die obligaten Gemeinde- und Weltangelegenheiten. Rings um diesen rechteckigen, etwas vulgären Raum, der den biederen Trinkern zugehörte, die nichts anderes hier suchten als ihren Wein und ihr dumpfes Beisammensein, war, um eine Stufe erhöht, eine Galerie von sogenannten »Logen« eingebaut, die gegeneinander durch ziemlich dicke und schalldichte, überflüssigerweise auch mit Brandmalerei und einfältigen Trinksprüchen geschmückte Holzwände isoliert waren. Nach dem Mittelraum hin deckten dicke Portieren die acht Kojen so völlig ab, daß man sie beinahe als Chambres séparées ansprechen konnte, und diesem Zwecke dienten sie auch bis zu einem gewissen Grade. Wenn die Offiziere oder Einjährigen der Garnison mit ein paar Mädeln aus Wien unbeobachtet sich amüsieren wollten, ließen sie sich eine dieser Logen reservieren, und einem Vernehmen gemäß hatte sogar unser Oberst, der sonst scharf auf Zucht hielt, diese weise Maßnahme ausdrücklich gebilligt, weil sie den Zivilisten allzuviel Einblick in die heiteren Stunden seiner jungen Leute verwehrte. Diskretion waltete auch in den internen Gebräuchen als oberstes Gesetz: auf ausdrückliche Anordnung des Besitzers, eines Herrn Ferleitner, hatten die in Tiroler Landestracht gekleideten Kellnerinnen strengen Auftrag, niemals die geheiligten Portieren ohne vorheriges heftiges Räuspern zu heben oder sonst auf irgendeine Weise die Herren Militärs zu stören, ehe sie nicht durch die Klingel ausdrücklich heranbefohlen wurden. So blieb die Würde der Armee zugleich mit ihrem Vergnügen auf das vortrefflichste geschützt.

Daß man eine solche Loge bloß zu ungestörtem Gespräch

benutzen wollte, dürfte sich in den Annalen jener Weinstube nicht oft ereignet haben. Aber mir war es peinlich, bei den verheißenen Aufklärungen Doktor Condors durch den Gruß oder die Neugier eintretender Kameraden gestört zu werden oder beim Kommen eines Ranghöheren gehorsamst aufspringen zu müssen. Schon die Schankstube gemeinsam mit Condor zu durchschreiten, wurde mir unbehaglich – was wird das morgen für eine Spöttelei geben, wenn ich mich mit einem fremden, dicklichen Herrn allein in so intime Absonderung schleiche! – aber gleich beim Eintreten stellte ich hochbefriedigt fest, daß im Lokal jene Öde herrschte, wie sie das Monatsende in einer kleinen Garnison zwangsläufig verschuldet. Niemand von unserem Regiment war anwesend, und sämtliche Logen standen uns zur Auswahl bereit.

Offenbar um jedes weitere Kommen der Kellnerin auszuschalten, bestellte Condor unverzüglich einen Doppelliter hellen Weins, bezahlte ihn sofort und warf dem Mädchen ein so kräftiges Trinkgeld hin, daß es mit einem dankbaren »Wohl bekomm's« für immer verschwand. Die Portiere sank nieder, und nur ganz undeutlich klatschten ab und zu von den Mitteltischen ein paar laute Worte oder ein Lachen herüber. Wir waren in unserer Zelle völlig abgedichtet und gesichert.

Condor schenkte ein, zuerst mir eines der hohen Stutzengläser, dann sich ein Glas; an einer gewissen Besinnlichkeit in seinen Bewegungen bemerkte ich, daß er alles, was er mir sagen (und vielleicht auch, was er mir verschweigen) wollte, innerlich vorausdisponierte. Als er sich mir dann zuwandte, war das Schläfrige und Behäbige, das mich früher an ihm so verdrossen hatte, völlig gewichen, sein Blick war ganz konzentriert.

»Am besten, wir fangen am Anfang an und lassen zunächst den adligen Herrn Lajos von Kekesfalva vollkommen aus dem Spiel. Denn den gab es damals noch gar nicht. Es gab keinen

Gutsbesitzer im schwarzen Rock und mit goldener Brille, keinen Edelmann oder gar Magnaten. Es gab nur, in einem jämmerlichen Dorf an der ungarischslowakischen Grenze, einen engbrüstigen, scharfäugigen, kleinen Judenjungen, der Leopold Kanitz hieß und den man, glaube ich, allgemein nur Lämmel Kanitz nannte.«

Ich mußte aufgefahren sein oder sonstwie äußerste Überraschung verraten haben, denn auf alles war ich gefaßt gewesen, nur auf das nicht. Aber Condor fuhr mit lächelnder Selbstverständlichkeit fort:

»Ja, Kanitz, Leopold Kanitz, ich kann's nicht ändern; erst viel später hat man auf Antrag eines Ministers den Namen so klangvoll magyarisiert und mit einem Adelsprädikat geschmückt. Sie haben sich wahrscheinlich nicht daran erinnert, daß ein Mann mit Einfluß und guten Verbindungen, der lange hier wohnt, peau neuve machen, sich den Namen magyarisieren und manchmal sogar sich adeln lassen kann. Schließlich – wie sollten Sie junger Mensch das wissen, es ist über dies schrecklich viel Wasser die Leitha hinabgelaufen, seit dieser Dreikäsehoch, dieser scharfäugige, verschmitzte Judenbub dort den Bauern auf Pferde oder Wagen achtgab, indes sie im Wirtshaus soffen, oder für eine Handvoll Kartoffeln den Marktweibern ihre Körbe nach Hause schleppte.

Kekesfalvas oder vielmehr Kanitzens Vater war also keineswegs ein Magnat, sondern ein hundearmer, schläfengelockter jüdischer Pächter einer Branntweinschenke an der Landstraße knapp vor jenem Städtchen. Die Holzfäller und Kutscher hielten dort morgens und abends an, um sich vor oder nach der Fahrt durch den Karpathenfrost mit einem oder mehreren Gläsern siebziggrädigen Schnapses einzuheizen. Manchmal fuhr ihnen dabei das flüssige Feuer zu scharf in die Sinne; dann schlugen sie die Sessel und Gläser entzwei, und bei einem solchen Randal bekam Kanitzens Vater seinen tödlichen Knacks. Ein paar Bauern, die besoffen vom Markte kamen, begannen eine Keilerei, und als der Branntweinschenker, um seine kärgliche Einrichtung zu schützen, sie auseinanderzukriegen versuchte, schmiß einer, ein Riesenkerl von einem Kutscher, ihn so hart in die Ecke, daß er stöhnend liegenblieb. Von diesem Tage an spuckte er Blut, ein Jahr später starb er im Spital. Geld blieb keines zurück, die Mutter, eine tapfere Frau, brachte sich und die kleinen Kinder als Wäscherin und Hebamme durch. Nebenbei hausierte sie noch, und da trug ihr Leopold auf seinem Rücken die Packen nach. Außerdem kratzte er, wo er konnte, ein paar Kreuzer zusammen; beim Kaufmann half er als Laufjunge, von Dorf zu Dorf als Botengänger. In einem Alter, in dem andere Kinder noch vergnügt mit Glaskugeln spielen, wußte er schon genau, was alles kostet, wo und wie man kauft oder verkauft, wie man sich nützlich und unentbehrlich macht; überdies fand er noch Zeit, etwas zu lernen. Der Rabbiner unterrichtete ihn im Lesen und Schreiben, und er begriff so flink, daß er mit dreizehn Jahren schon gelegentlich als Schreiber bei einem Advokaten aushelfen konnte und den kleinen Krämern für ein paar Kreuzer ihre Eingaben und Steuerzettel verfaßte. Um Licht zu sparen – jeder Tropfen Petroleum bedeutete für den jämmerlichen Haushalt Verschwendung – saß er Nacht für Nacht bei der Signallampe des Wächterhäuschens – das Dorf hatte keine eigene Station – und studierte dort die zerrissenen und von andern fortgeworfenen Zeitungen. Schon damals schüttelten die Alten der Gemeinde billigend ihre Bärte und prophezeiten, aus diesem Jüngel würde etwas werden.

Wie er es dann angefangen hat, von dem slowakischen Dorf wegzukommen und nach Wien, weiß ich nicht. Aber als er in seinem zwanzigsten Jahr hier in der Gegend auftauchte, war er bereits Agent einer angesehenen Versicherungsgesellschaft, und gemäß seiner Unermüdlichkeit legte er dieser seiner offiziellen Tätigkeit noch hundert kleine Geschäfte zu. Er wurde, was man in Galizien einen ›Faktor‹ nennt, ein Mensch, der mit allem handelt, alles vermittelt und überall zwischen Angebot und Nachfrage die Brücke spannt.

Erst duldete man ihn. Bald begann man ihn zu bemerken und sogar schon zu brauchen. Denn er wußte von allem und kannte sich in allem aus; da war eine Witwe, die eine Tochter zu verheiraten suchte, sofort improvisierte er sich als Heiratsvermittler; dort einer, der nach Amerika auswandern wollte und dazu Auskünfte und Papiere brauchte: Leopold brachte sie zusammen. Außerdem kaufte er alte Kleider, Uhren, Antiquitäten, schätzte und tauschte Felder und Waren und Pferde, und wenn ein Offizier Bürgschaft benötigte, schaffte er sie herbei. Von Jahr zu Jahr erweiterten sich gleichzeitig seine Kenntnisse und sein Wirkungskreis.

Mit solcher Unermüdlichkeit und Zähigkeit verdient man allerhand. Doch richtige Vermögen entstehen immer nur durch eine besondere Relation zwischen Einnahmen und Ausgaben, zwischen Verdienst und Verbrauch. Dies nun bildete das andere Geheimnis im Aufstieg unseres Freundes Kanitz, daß er in all den Jahren soviel wie gar nichts verbrauchte, außer daß er eine ganze Reihe Verwandte unterstützte und den Bruder studieren ließ. Die einzige wesentliche Anschaffung, die er sich überhaupt für seine Person geleistet hatte, war ein schwarzer Rock und jene Ihnen wohlbekannte vergoldete Doublébrille, mittels welcher er sich bei den Bauern das Ansehen eines ›Studierten‹ erwarb. Aber als er schon längst wohlhabend war, gab er sich vorsichtigerweise noch immer als der kleine Agent aus. Denn ›Agent‹ ist ein wunderbares Wort, ein weiter Mantel, hinter dem man alles mögliche verstecken kann, und Kekesfalva versteckte dahinter vor allem die Tatsache, daß er längst nicht mehr der Vermittler, sondern längst schon Geldgeber und Unternehmer war. Ihm schien es viel wichtiger und richtiger, reich zu werden, als für reich zu gelten (als hätte er Schopenhauers weise Paralipomena gelesen über das, was einer ist oder bloß vorstellt).

Daß einer, der zugleich fleißig, klug und sparsam ist, über kurz oder lang zu Geld kommt, scheint mir aber keiner besonderen philosophischen Betrachtung bedürftig und außerdem nicht bewundernswert; wir Ärzte wissen schließlich am besten, daß in den entscheidenden Augenblicken einem Menschen sein Bankkonto wenig hilft. Wirklich imponiert hat mir bei unserem Kanitz vom Anfang an sein geradezu dämonischer Wille, zugleich mit seinem Vermögen auch seine Kenntnisse zu vermehren. Die ganzen Nächte auf der Bahn; jede freie Stunde im Wagen, im Gasthof, auf der Streife las und lernte er. Er studierte alle Gesetzbücher, Handelsrecht wie Gewerberecht, um sein eigener Anwalt zu sein, er verfolgte die Auktionen in London und Paris wie ein professioneller Antiquar und war versiert in allen Anlagen oder Transaktionen wie ein Bankier; so ergab es sich von selbst, daß seine Geschäfte allmählich immer größeren Stil annahmen. Von den Bauern kam er zu den Pächtern, von den Pächtern zu den großen aristokratischen Gutsbesitzern; bald vermittelte er den Verkauf ganzer Ernten und Wälder, belieferte Fabriken, gründete Konsortien, schließlich wurden ihm sogar gewisse Heereslieferungen zugeteilt, und nun konnte man den schwarzen Rock und die goldene Brille öfter und öfter in den Wartezimmern der Ministerien sehen. Aber noch immer – und er hatte damals vielleicht schon eine viertel, vielleicht eine halbe Million Kronen im Vermögen – hielten ihn die Leute hierzulande für einen unbeachtlichen Agenten, und man grüßte ›den‹ Kanitz auf der Gasse weiterhin höchst lässig zurück, bis er seinen großen Coup machte und mit einem Schlage aus Lämmel Kanitz der Herr von Kekesfalva wurde.«

Condor unterbrach. »So! Was ich Ihnen bisher berichtete, weiß ich nur aus zweiter Hand. Diese letzte Geschichte aber weiß ich von ihm selbst. Er hat sie mir in der Nacht erzählt, als wir nach der Operation seiner Frau in einem Zimmer des Sanatoriums von zehn Uhr abends bis ins Morgengrauen warteten. Von hier an kann ich mich für jedes Wort verbürgen, denn in solchen Augenblicken lügt man nicht.«

Condor nahm langsam und nachdenklich einen kleinen Schluck, ehe er sich eine neue Zigarre anzündete; ich glaube, es war schon die vierte an diesem Abend, und dieses unaufhörliche Rauchen fiel mir auf. Ich begann zu begreifen, daß die betont behäbig-joviale Art, mit der er als Arzt auftrat, daß sein langsames Sprechen und seine scheinbare Lässigkeit eine besondere Technik waren, um inzwischen ruhiger zu überlegen (und vielleicht zu beobachten). Dreimal, viermal zog seine dikke, fast schläfrige Lippe an der Zigarre, während er dem Rauch mit einer beinahe träumerischen Teilnahme nachblickte. Dann gab er sich plötzlich einen scharfen Ruck.

»Diese Geschichte, wie Leopold oder Lämmel Kanitz der Besitzer und Herr von Kekesfalva wurde, beginnt in einem Personenzug von Budapest nach Wien. Obwohl schon zweiundvierzig Jahre alt und angegrauten Haars, verbrachte unser Freund in jenen Jahren die Nächte noch immer zumeist auf Reisen – Geizige sparen auch mit der Zeit –, und ich muß nicht betonen, daß er ausnahmslos dritter Klasse fuhr. Als alter Praktiker hatte er sich längst eine gewisse Technik für Nachtreisen zurechtgelegt. Zuerst breitete er einen schottischen Plaid, den er einmal billig bei einer Auktion erworben, auf der harten hölzernen Sitzbank aus. Dann hängte er seinen unvermeidlichen schwarzen Rock sorgfältig an den Haken, um ihn zu schonen, verstaute seine goldene Brille im Etui, nahm aus der leinernen Reisetasche – er brachte es nie bis zu einem Lederkoffer – einen flauschigen alten Hausrock, woraufhin er schließlich die Mütze tief über das Gesicht stülpte, damit ihm das Licht nicht in die Augen falle. So drückte er sich in die Coupéecke, längst gewohnt, auch im Sitzen zu schlummern; daß man kein Bett braucht für die Nacht und keine Bequemlichkeit für den Schlaf, hatte der kleine Lämmel schon als Kind gelernt.

Diesmal aber schlief unser Freund nicht ein, denn noch drei andere Leute saßen im Abteil und erzählten von Geschäften. Und wenn Menschen von Geschäften erzählten, konnte Kanitz nicht weghören. Seine Lerngier hatte mit den Jahren ebensowenig nachgelassen wie seine Habgier; wie die zwei Beißer einer Zange waren sie mit eiserner Schraube verbunden.

Eigentlich war er schon ganz nah daran gewesen, einzudämmern, aber das Stichwort, das ihn aufschreckte wie ein Pferd, wenn es die Trompete hört, war eine Zahl: ›Denken Sie, eigentlich nur durch eine faustdicke Dummheit hat dieser Glückspilz sechzigtausend Kronen auf einen Hieb verdient.‹

Was sechzigtausend? Wer sechzigtausend? – Sofort war Kanitz ganz wach, als hätte ihm ein eiskalter Guß den Schlaf von den Augen geschreckt. Wer hat sechzigtausend verdient und wie – das mußte er doch herausbekommen. Selbstverständlich hütete er sich wohl, den drei Mitreisenden sein Zulauschen zu verraten. Im Gegenteil: er zog die Kappe noch etwas tiefer in die Stirn, damit der Schatten seine Augen gänzlich verdeckte und die andern glauben sollten, er schliefe; zugleich rückte er, behutsam jeden Stoß des Wagens listig nutzend, näher heran, um trotz des Räderratterns kein Wort zu verlieren.

Der junge Mensch, der so heftig erzählte und jenen Trompetenstoß der Entrüstung ausgestoßen, dank dessen Kanitz munter geworden war, stellte sich als der Schreiber eines Wiener Anwalts heraus, und sein Ärger über den riesigen Schnapp seines Chefs ließ ihn ganz aufgeregt perorieren:

›Und dabei hat der Kerl die Sache von Grund aus verpatzt und verludert! Wegen einer ganz dummen Tagsatzung, die ihm vielleicht fünfzig Kronen eingetragen hat, ist er einen Tag später nach Budapest gekommen, und inzwischen hat sich die dumme Kuh bis über die Ohren einseifen lassen. Alles hat wunderbar geklappt – einwandfrei das Testament, die besten Schweizer Zeugen, zwei unantastbare ärztliche Gutachten, daß die Orosvár bei der Testamentsabfassung im vollen Besitz ihrer Geisteskräfte gewesen ist. Nie hätte die Schwefelbande von Großneffen und angeheirateten Pseudoverwandten nur einen kupfernen Heller bekommen trotz der Skandalartikel, die ihr Advokat in die Nachmittagsblätter schob, und so todsicher war mein Ochs von Chef, daß er, weil doch erst Freitag die Verhandlung sein sollte, seelenruhig noch einmal nach Wien zu einer blöden Tagsatzung fährt. Inzwischen schiebt sich dieser schlaue Lump, dieser Wiezner, an sie heran, macht, er, der Advokat der Gegenseite, ihr einen Freundschaftsbesuch, und die einfältige Kuh kriegt es mit den Nerven‹ – ›Ich möchte doch gar nicht so schrecklich viel Geld, ich möchte doch nur meinen Frieden‹ – parodierte er, irgend eine nordische Mundart nachahmend. – Ja, ihren Frieden, den hat sie jetzt, und die andern völlig unnötigerweise drei Viertel ihrer Erbschaft! Ohne abzuwarten, bis mein Chef kommt, unterschreibt dieses Trottelweib einen Ausgleich, den blödesten, den dümmsten Ausgleich seit Joriget; der eine Federstrich hat sie gut eine halbe Million gekostet.‹«

»Und nun passen Sie auf, Herr Leutnant«, wandte sich Condor mir zu. »Während dieser ganzen Philippika saß unser Freund Kanitz wie ein eingerollter Igel stumm in der Ecke, die Kappe bis knapp an die Augenbrauen gezogen, und paßte wie ein Haftelmacher auf jedes Wort. Er verstand sofort, um was es ging, denn der Prozeß Orosvár – ich setze hier einen falschen Namen ein, weil der wirkliche zu geläufig ist – bildete damals die Headline aller ungarischer Zeitungen und war tatsächlich eine tolle Affäre; ich berichte sie nur kurz.

Die alte Fürstin Orosvár, schwerreich schon irgendwo aus der Ukraine gekommen, hatte ihren Mann um gute fünfunddreißig Jahre überlebt. Zäh wie Leder und böse wie ein Wiedehopf, seit ihr die einzigen zwei Kinder in derselben Nacht an Diphtherie gestorben waren, haßte sie von ganzem Herzen alle andern Orosvárs, weil sie ihre armen Dinger überlebten; es scheint mir wirklich glaubhaft, daß sie nur aus Bosheit und aus Dépit, ihre ungeduldigen Neffen und Großnichten nicht erben zu lassen, vierundachtzig Jahre alt geworden ist. Wenn sich einer von der erblüsternen Verwandtschaft bei ihr meldete, empfing sie ihn nicht, selbst der liebenswürdigste Brief von der Familie flog unbeantwortet unter den Tisch. Misanthropisch und schrullig seit dem Tod ihrer Kinder, ihres Mannes, lebte sie immer nur zwei oder drei Monate im Jahr in Kekesfalva, und kein Mensch kam ins Haus; die übrige Zeit kutschierte sie in der Welt herum, residierte herrschaftlich in Nizza und Montreux, zog sich an, zog sich aus, ließ sich frisieren, maniküren und schminken, las französische Romane, kaufte viele Kleider, ging von Laden zu Laden, handelte und schimpfte wie ein russisches Marktweib. Selbstverständlich hatte die einzige Person, die sie um sich duldete, ihre Gesellschafterin, kein leichtes Leben. Die arme, stille Person mußte tagtäglich drei widerliche raunzige Pinscher füttern, bürsten und ausführen, der alten Närrin Klavier vorspielen, Bücher vorlesen und sich ohne jeden Grund auf das wüsteste beschimpfen lassen; wenn die alte Dame – sie hatte diese Gewohnheit aus der Ukraine mitgebracht – manchmal ein paar Gläser Kognak oder Wodka zuviel getrunken hatte, mußte sie sich nach sicherem Vernehmen sogar Prügel gefallen lassen. An all den Luxusplätzen, in Nizza und Cannes, in Aix les Bains und Montreux kannte man die alte, massige Frau mit dem lackierten Mopsgesicht und dem gefärbten Haar, die immer laut redend, ohne sich darum zu kümmern, ob ihr jemand zuhörte, mit den Kellnern randalierte wie ein Feldwebel und impertinent die Leute angrimassierte, die ihr nicht gefielen. Überall folgte ihr wie ein Schatten bei diesen schrecklichen Promenaden – sie mußte immer hinter ihr gehen mit den Hunden, nie neben ihr – die Gesellschafterin, eine dünne, blasse, blonde Person mit verschreckten Augen, die sich, man sah es, unablässig der rüden Art ihrer Herrin schämte und gleichzeitig sich vor ihr wie vor dem leibhaftigen Teufel fürchtete.

Nun bekam in ihrem achtundsiebzigsten Jahr, in eben demselben Hotel in Territtet, wo die Kaiserin Elisabeth immer wohnte, die Fürstin Orosvár eine ausgiebige Lungenentzündung. Auf welche Weise diese Nachricht bis nach Ungarn gedrungen war, bleibt schleierhaft. Aber ohne jede Verabredung untereinander sausten die Verwandten herbei, besetzten das Hotel, bestürmten den Arzt um Nachrichten und warteten; warteten auf ihren Tod.

Aber Bosheit konserviert. Der alte Dragoner erholte sich, und an dem Tag, da sie hörten, daß die Genesene zum ersten Mal in die Halle herunterkommen sollte, verzogen sich die ungeduldigen Verwandten. Nun hatte die Orosvár von dem allzu besorgten Eintreffen der Erben Wind bekommen; gehässig wie sie war, bestach sie zunächst einmal Kellner und Stubenmädchen, damit sie ihr jedes Wort, das ihre Verwandten gesprochen, hinterbrächten. Alles stimmte. Die voreiligen Erben hatten wie die Wölfe miteinander gestritten, wer Kekesfalva haben sollte und wer Orosvár und wer die Perlen und wer die ukrainischen Güter und wer das Palais in der Ofnerstraße. Das war der erste Schuß. Einen Monat später kam ein Brief von einem Eskompteur namens Dessauer aus Budapest, er könne seine Forderung an ihren Großneffen Deszö nicht länger prolongieren, außer wenn sie ihm schriftlich zusichere, daß er Miterbe sei. Das schlug dem Faß den Boden aus. Die Orosvár bestellte telegraphisch ihren eigenen Anwalt aus Budapest, verfaßte mit ihm ein neues Testament, und zwar – Bosheit macht hellsichtig – in Gegenwart zweier Ärzte, die ausdrücklich bescheinigten, daß die Fürstin im vollen Besitz ihrer Geisteskräfte sei. Dieses Testament nahm der Anwalt nach Budapest mit; sechs Jahre blieb es in seiner Kanzlei noch versiegelt liegen, denn die alte Orosvár beeilte sich keineswegs mit dem Sterben. Als es endlich eröffnet werden konnte, gab es große Überraschung. Zur Universalerbin war die Gesellschafterin eingesetzt, ein Fräulein Annette Beate Dietzenhof aus Westfalen, deren Name damit zum erstenmal sämtlichen Verwandten fürchterlich in die Ohren dröhnte. Ihr fiel Kekesfalva zu, Orosvár, die Zuckerfabrik, das Gestüt, das Budapester Palais; nur die ukrainischen Güter und ihr Bargeld hatte die alte Fürstin ihrer Heimatstadt in der Ukraine zum Bau einer russischen Kirche vermacht. Von den Verwandten bekam nicht ein einziger einen Knopf; niederträchtigerweise war diese Übergehung noch ausdrücklich im Testament festgelegt mit der Begründung: ›weil sie meinen Tod nicht erwarten konnten‹.

Das gab nun einen vollsaftigen Skandal. Die Verwandtschaft schrie Zeter und Mordio, stürzte zu den Advokaten, und die machten die üblichen Einwendungen. Die Erblasserin sei nicht klaren Geistes gewesen, denn sie habe das Testament während einer schweren Krankheit verfaßt, sie sei überdies in einem pathologischen Hörigkeitsverhältnis zu ihrer Gesellschafterin gestanden; es bestehe kein Zweifel, daß diese listigerweise durch Suggestion den wahren Willen der Kranken vergewaltigt habe. Gleichzeitig versuchten sie die Geschichte zu einer nationalen Angelegenheit aufzubauschen; ungarische Güter, seit den Zeiten Arpads im Besitz der Orosvár, sollten nun an Ausländer, an eine Preußin, und die andere Vermögenshälfte gar an die zyrillische Kirche fallen; ganz Budapest sprach von nichts anderem, die Zeitungen füllten damit ganze Spalten. Aber trotz all dem Getöse und Geschrei der Benachteiligten stand die Sache faul. In zwei Instanzen hatten die Erben bereits den Prozeß verloren; zu ihrem Pech lebten beide Ärzte in Territtet noch und bestätigten neuerdings die seinerzeitige Vollsinnigkeit der Fürstin. Auch die andern Zeugen mußten im Kreuzverhör zugeben, die alte Fürstin sei in den letzten Jahren zwar schrullig, aber doch vollkommen klaren Sinnes gewesen. Alle Advokatentricks, alle Einschüchterungen hatten versagt, hundert zu eins war zu erwarten, daß die königliche Kurie die bisherigen Entscheidungen zugunsten der Dietzenhof nicht umstoßen werde.

Kanitz hatte natürlich den Prozeßbericht selbst gelesen, aber er lauschte scharf auf jedes Wort, weil ihn fremde Geldgeschäfte als Lernobjekte leidenschaftlich interessierten; außerdem kannte er das Gut Kekesfalva aus seiner Agentenzeit.

›Du kannst dir denken‹, erzählte inzwischen der kleine Schreiber weiter, ›daß mein Chef in Saft kam, als er bei seiner Rükkehr sah, wie man die dumme Person übertölpelt hatte. Sie hatte bereits schriftlich auf Orosvár verzichtet, auf das Palais in der Ofnerstraße und sich mit dem Gut Kekesfalva und dem Gestüt abspeisen lassen. Besonderen Eindruck hatte ihr offenbar das Versprechen des gerissenen Hundes gemacht, sie würde weiterhin nichts mehr mit Gerichten zu tun haben, ja, die Erben würden sogar großmütig die Kosten ihres Anwalts auf sich nehmen. Nun wäre de jure dieser Ausgleich noch anzufechten gewesen, er war schließlich nicht vor dem Notar abgeschlossen, sondern nur vor Zeugen, und man hätte spottleicht die gierige Bande aushungern können, die keinen Heller mehr besaß, um eine Verschleppung durch neue Instanzen durchzustehen. Natürlich war es die verdammte Pflicht meines Chefs, denen heimzuleuchten und den Vergleich im Interesse der Erbin anzufechten. Aber die Bande wußte ihn richtig beim Schlafittchen zu packen – sie boten ihm hinterrücks sechzigtausend Kronen Anwaltshonorar, wenn er weiter nicht muh mache. Und da er ohnehin einen Zorn auf die dumme Person hatte, die sich eine schöne runde Million in einer halben Stunde abschwatzen ließ, erklärte er den Vergleich für gültig und scheffelte sein Geld ein – sechzigtausend Kronen, was sagst du, dafür, daß er durch sein blödes Nach-Wien-Fahren seiner Klientin die ganze Sache versaut hat! Ja, Glück muß man haben, den größten Lumpen schenkt's der Herr im Schlaf! Jetzt hat sie von dem ganzen Millionenerbe nichts als Kekesfalva, und das wird sie auch bald verwursteln, wie ich sie kenne: so ein saudummes Kalb!‹

›Was wird sie denn damit anfangen?‹ fragte der andere.

›Verwursteln, sag ich dir! Sicher einen Unsinn! Ich hab übrigens was läuten gehört, daß die Leute vom Zuckerkartell ihr die Fabrik abknöpfen wollen. Übermorgen, glaub ich, kommt der Generaldirektor aus Budapest. Und das Gut will, glaube ich, ein gewisser Petrovic pachten, der dort Verwalter war, aber vielleicht übernehmen's auch die vom Zuckerkartell in eigene Regie. Geld haben sie genug, es soll ja eine französische Bank – haben Sie's nicht in der Zeitung gelesen? – da eine Fusionierung vorbereiten mit der böhmischen Industrie ...‹

Damit begann das Gespräch ins Allgemeine abzuschwenken. Aber unser Kanitz hatte genug gehört, daß ihm die Ohren brannten. Wenige kannten Kekesfalva so gründlich wie er; schon vor zwanzig Jahren war er dort gewesen, um das Mobiliar zu versichern. Er kannte auch Petrovic, kannte ihn sogar sehr genau aus der Zeit seiner allerersten Geschäfte; jener bieder tuende Bursche hatte das dicke Geld, das er alljährlich bei der Gutsverwaltung in seine eigene Tasche steckte, durch seine Vermittlung immer bei Doktor Gollinger auf Hypotheken hinterlegt. Aber das wichtigste für Kanitz war: er erinnerte sich ganz genau an den Schrank mit dem chinesischen Porzellan und an gewisse glasierte Plastiken und seidene Stickereien, die vom Großvater der Orosvár stammten, der russischer Gesandter in Peking gewesen war; schon zu Lebzeiten der Fürstin hatte er, der allein ihren immensen Wert kannte, sie für Rosenfeld in Chikago zu kaufen gesucht. Es waren Stücke seltenster Art, vielleicht zwei- bis dreitausend Pfund wert; die alte Orosvár hatte natürlich keine Ahnung, was für Preise man seit ein paar Jahrzehnten drüben in Amerika für Ostasiatica zahlte, aber sie hatte Kanitz grob abfahren lassen, sie gebe überhaupt nichts her, er solle sich zum Teufel scheren. Wenn diese Stücke noch vorhanden waren – Kanitz zitterte bei dem Gedanken –, konnte man sie bei einer Besitzveränderung spottbillig herausholen. Am besten natürlich wäre, sich das Vorkaufsrecht für das ganze Inventar zu sichern.

Unser Kanitz tat, als ob er plötzlich erwachte – die drei Mitreisenden redeten längst von anderen Dingen –, er gähnte kunstvoll, streckte sich und zog die Uhr heraus: in einer halben Stunde mußte der Zug hier in Ihrer Garnisonsstation stoppen. Hastig faltete er den Hausrock zusammen, zog sich den unvermeidlichen Schwarzrock an und machte sich zurecht. Prompt zwei Uhr dreißig stieg er aus, fuhr in den Roten Löwen, ließ sich ein Zimmer anweisen, und ich muß nicht betonen, daß er, wie jeder Feldherr vor einer unsicheren Schlacht, sehr schlecht schlief. Um sieben Uhr – nur keinen Augenblick versäumen – stand er auf und stapfte durch die Allee, die wir eben gegangen sind, zu dem Schlosse. Zuvorkommen, nur den andern zuvorkommen, dachte er. Alles erledigen, ehe die Aasgeier aus Budapest anfliegen! Rasch den Petrovic breitschlagen, daß er einen sofort verständigt, falls es zu einem Verkauf des Mobiliars kommt. Notfalls die ganze Sache mit ihm zusammen steigern und bei der Teilung sich das Inventar sichern.

Das Schloß hatte seit dem Tode der Fürstin nicht mehr viel Hauspersonal; so konnte Kanitz sich gemächlich anschleichen und alles betrachten. Ein schöner Besitz, denkt er sich, eigentlich famos im Stand, die Jalousien frisch gestrichen, die Mauern schön gefärbelt, ein neuer Zaun – ja, ja, der Petrovic weiß, warum er so viel reparieren läßt, bei jeder Rechnung rutschen die Provisionen ihm dick in die Tasche. Aber wo steckt denn der Bursche? Das Hauptportal erweist sich als verschlossen, im Verwalterhof rührt sich niemand, so heftig man auch klopft – verdammt, wenn der Kerl am Ende selbst schon nach Budapest gefahren wäre, um dort mit dieser einfältigen Dietzenhof abzuschließen!

Ungeduldig streicht Kanitz von einer Tür zur andern herum, ruft, klatscht in die Hände – niemand, niemand! Endlich, durch die kleine Seitentür sich anpirschend, erblickt er im Glashaus eine Weibsperson. Durch die Scheiben sieht er nur, daß sie Blumen begießt – endlich irgend jemand also, der Auskunft geben kann. Kanitz klopft grob an die Scheibe. ›Hallo‹, ruft er hinein und patscht in die Hände, um sich bemerkbar zu machen. Das weibliche Wesen, das sich drinnen mit den Blumen beschäftigt, schrickt auf, und es dauert eine Weile, ehe sie schüchtern, als hätte sie etwas angestellt, sich bis an die Tür wagt; eine blonde, unjunge, schmale Frauensperson in einer einfachen dunklen Bluse mit vorgebundener Kattunschürze, steht sie jetzt zwischen den Pfosten, die Gartenschere noch halb offen in der Hand.

Etwas ungeduldig fährt Kanitz sie an: ›Sie lassen einen aber lang warten! Wo steckt denn der Petrovic?‹

›Wer bitte?‹ fragt das hagere Mädchen mit bestürztem Blick; unwillkürlich tritt sie einen Schritt zurück und versteckt die Gartenschere hinter dem Rücken.

›Wer?! Wieviel Petrovic gibt's denn hier? Den Petrovic mein ich – den Verwalter!‹

›Ach Verzeihung ... der ... der Herr Verwalter ... ja ... ich habe ihn selbst noch nicht gesehen ... er ist, glaube ich, nach Wien gefahren ... Aber die Frau hat gesagt, sie hofft, er kommt noch vor Abend zurück.‹

Hofft, hofft, – denkt Kanitz ärgerlich. Bis abends warten. Noch eine Nacht im Hotel vertrödeln. Neue unnötige Spesen, und man weiß dabei gar nicht, was daraus wird.

›Dumm! Gerade heute muß der Kerl weg sein!‹ murrt er halblaut und wendet sich dann zu dem Mädchen. ›Kann man inzwischen das Schloß besichtigen? Hat jemand die Schlüssel?‹

›Die Schlüssel?‹ wiederholt sie betroffen.

›Ja, zum Teufel, die Schlüssel!‹ (Was wiegt sie sich so einfältig herum, denkt er. Wahrscheinlich hat sie Auftrag vom Petrovic, niemanden hereinzulassen. Na – höchstens wird man diesem ängstlichen Kalb ein Trinkgeld zustecken.) Kanitz macht sich sofort jovial und redet bäurisch-wienerisch:

›No, ham's doch kane solche Angst! Ich werd Ihna g'wiß nix wegtragen. Ich will's mir doch nur anschau'n. No, wie steht's – haben's die Schlüssel oder nicht?‹

›Die Schlüssel ... natürlich habe ich die Schlüssel‹ stammelt sie, … ›aber … ich weiß nicht, wann der Herr Verwalter …‹

›Ich hab Ihnen schon g'sagt, ich brauch Ihren Petrovic nicht dazu. Also keine langen Faxen. Kennen S' sich aus im Haus?‹

Die Ungeschickte wird noch verlegener. ›Ich glaube schon … einigermaßen kenne ich mich aus …‹

Ein Trottel, denkt sich Kanitz. Was für ein elendes Personal dieser Petrovic anstellt! und laut kommandiert er:

›Jetzt aber los, ich hab nicht viel Zeit.‹

Er geht voraus, und wirklich, sie folgt, unruhig und bescheiden. Bei der Eingangstür zögert sie neuerdings.

›Himmelherrgott, schließen Sie schon einmal auf!‹ Warum tut die Person so dumm, so verlegen, ärgert sich Kanitz. Während sie aus ihrer mageren, abgeschabten Ledertasche die Schlüssel hervorholt, erkundigt er sich noch einmal zur Vorsicht:

›Was machen S' denn eigentlich sonst hier im Haus?‹

Die Verschüchterte bleibt stehen und errötet. ›Ich bin …‹, setzt sie an und verbessert sich sofort, ›… ich war … ich war die Gesellschafterin der Frau Fürstin.‹

Nun stockt unserem Kanitz der Atem (und ich schwöre Ihnen, es war schwer, einen Mann seines Kalibers aus der Fassung zu bringen). Unwillkürlich tritt er einen Schritt zurück.

›Sie sind … doch nicht Fräulein Dietzenhof?‹

›Doch‹, antwortet sie ganz erschreckt, als hätte man sie eines Vergehens beschuldigt.

Kanitz hatte eines bisher nie im Leben gekannt: Verlegenheit. Aber in dieser einen Sekunde wurde er höllisch verlegen, als er mit blinder Stirn gegen das sagenhafte Fräulein Dietzenhof, die Erbin von Kekesfalva, anrannte. Sofort schaltete er im Ton um.

›Pardon‹, stammelt er ganz betroffen und nimmt den Hut eiligst ab. ›Pardon, gnädiges Fräulein … Aber niemand hatte mich verständigt, daß gnädiges Fräulein schon eingetroffen seien ... Ich hatte keine Ahnung ... Bitte entschuldigen Sie ... ich war nur gekommen, um ...‹

Er stockt, denn jetzt gilt es, etwas Plausibles zu erfinden.

›Es war nur wegen der Versicherung ... ich bin nämlich schon vor Jahren mehrmals hier gewesen – zu Lebzeiten der verewigten Frau Fürstin. Leider bot sich damals keine Gelegenheit, Ihnen, gnädiges Fräulein, zu begegnen ... Nur darum, nur wegen der Versicherung ... nur um nachzusehen, ob der ganze Fundus noch intakt ist ... Wir sind ja verpflichtet dazu. Aber das hat schließlich keine Eile.‹

›Oh bitte, bitte ...‹, sagt sie ängstlich. ›Ich kenne mich freilich in solchen Dingen nicht aus. Sie besprechen das vielleicht besser mit Herrn Peterwitz.‹

›Gewiß, gewiß‹, erwidert unser Kanitz, er hat noch immer seine Geistesgegenwart nicht ganz parat. ›... Ich werde natürlich auf Herrn Peterwitz warten.‹ (Wozu sie berichtigen, denkt er sich.) ›Aber vielleicht könnte ich, wenn es Ihnen, gnädiges Fräulein, keine Mühe macht, rasch das Schloß in Augenschein nehmen, dann wäre doch alles im Flug erledigt. Es hat sich wohl am Inventar nichts verändert.‹

›Nein, nein‹, sagt sie hastig, ›gar nichts hat sich verändert. Wenn Sie sich überzeugen wollen ...‹

›Zu gütig, gnädiges Fräulein‹, verbeugt sich Kanitz, und beide treten ein.

Sein erster Blick im Salon gilt den vier Guardis, die Sie ja kennen, und nebenan, in Ediths Boudoir, dem Glasschrank mit dem chinesischen Porzellan, den Tapisserien und kleinen Plastiken aus Jade. Erleichterung! – alles ist noch da. Petrovic hat nichts gestohlen, der dumme Kerl holt sich lieber beim Hafer, beim Klee, bei den Kartoffeln, bei den Reparaturen sein Teil. Fräulein Dietzenhof, offenbar aus Verlegenheit, den fremden Herrn bei seinem nervösen Herumblicken zu stören, öffnet unterdes die verschlossenen Jalousien. Licht flutet herein, man sieht durch die hohen Glastüren weit in den Park hinaus. Konversation machen, denkt sich Kanitz. Sie nicht auslassen! Sich mit ihr anfreunden!

›Schön ist dieser Blick in den Park‹, beginnt er mit tiefem Atemzug. ›Wunderbar, hier zu wohnen.‹

›Ja, sehr schön‹, bestätigt sie gehorsam, aber die Zustimmung klingt nicht ganz echt. Kanitz spürt sofort, die Verschüchterte hat es verlernt, offen zu widersprechen, und erst nach einer Weile fügt sie berichtigend bei:

›Freilich, die Frau Fürstin hat sich hier nie recht wohlgefühlt. Sie sagte immer, das flache Land mache sie melancholisch. Sie hat eigentlich immer nur die Berge gern gehabt und das Meer. Die Gegend hier war ihr zu einsam, und die Menschen . . .‹

Sie stockt schon wieder. Doch – Konversation machen, Konversation machen, erinnert sich Kanitz. Kontakt mit ihr halten!

›Aber Sie werden hoffentlich jetzt bei uns bleiben, gnädiges Fräulein?‹

›Ich?‹ – sie hebt unwillkürlich die Hände, als wenn sie etwas Unerwünschtes wegstoßen wollte. ›Ich? . . . Nein! Oh nein! Was soll ich denn hier allein in dem großen Haus? . . . Nein, nein, ich fahre gleich weg, sobald alles geordnet ist.‹

Kanitz schielt sie vorsichtig von der Seite an. Wie schmal sie in dem großen Raum steht, die arme Besitzerin! Etwas zu blaß ist sie und zu verschüchtert, sonst könnte man sie beinahe noch hübsch nennen; wie eine verregnete Landschaft wirkt dies länglich-schmale Gesicht mit den verhängten Lidern. Die Augen scheinen von einem zarten Kornblumenblau, weiche und warme Augen, aber sie wagen nicht, herzhaft zu strahlen, scheu ducken sie sich immer wieder hinter die Lider zurück. Und Kanitz als geübter Beobachter erkennt sofort: ein Wesen, dem man das Rückgrat gebrochen hat. Ein Mensch ohne Willen, den man um den Finger wickeln kann. Also Konversation machen, Konversation machen!

Und mit teilnahmsvoll gefalteter Stirn erkundigt er sich weiter:

›Aber was soll dann aus dem schönen Besitz werden? So etwas braucht eine Führung, eine straffe Führung!‹

›Ich weiß nicht, ich weiß nicht.‹ Sie sagt es ganz nervös, Unruhe rinnt durch ihren zarten Leib, und in dieser einen Sekunde begreift Kanitz, daß die seit Jahren Unselbständige nie Mut zu einer selbständigen Entschließung haben wird und daß sie eher erschrocken als erfreut ist über die Erbschaft, die bloß als ein Sack Sorge auf ihren schmalen Schultern lastet. Blitzschnell überlegt er. Er hat nicht umsonst in diesen zwanzig Jahren kaufen und verkaufen, aufdrängen und abdrängen gelernt. Dem Käufer muß man zureden, dem Verkäufer abreden: erstes Gesetz der Agenten, und sofort zieht er das Abrederegister seiner Orgel. Ihr die Sache ›miesmachen‹, denkt er sich. Am Ende kann man ihr das Ganze auf einen Hieb abpachten und Petrovic zuvorkommen; vielleicht ist es ein Glück, daß dieser Bursche gerade heute in Wien steckt. Unverzüglich nimmt er eine bedauernd teilnahmsvolle Miene an.

›Ja. Sie haben recht! Ein großer Besitz ist immer auch eine große Plage. Man kommt da nie zur Rast. Täglich muß man sich mit den Verwaltern und dem Hauspersonal und den Nachbarn herumschlagen, und dann erst die Steuern und Anwälte! Wo die Leute spüren, daß nur ein bißchen Besitz und Geld vorhanden ist, wollen sie einem das Letzte abwürgen. Nur Feinde hat man um sich, so gut man's auch mit jedem meint. Es hilft nichts, es hilft nichts – wo sie Geld spüren, wird jeder zum

Dieb. Leider, leider, Sie haben schon recht: für einen solchen Besitz muß man eine eiserne Hand haben, sonst kommt man nicht durch. Dazu muß man geboren sein, und auch dann bleibt's noch ein ewiger Kampf.‹

›Ach ja‹, atmet sie tief auf. Man sieht, daß sie sich an etwas Grauenhaftes erinnert. ›Schrecklich, schrecklich, sind die Menschen, wenn es ums Geld geht! Ich habe das nie gewußt.‹

Die Menschen? Was gehen Kanitz die Menschen an? Was kümmert's ihn, ob sie gut sind oder schlecht? Abpachten den Gutshof und möglichst rasch und möglichst vorteilhaft! Er hört zu und nickt höflich, und während er zuhört und antwortet, rechnet er zugleich in einer anderen Ecke seines Gehirns: wie kann man die Sache am geschwindesten deichseln? Ein Konsortium gründen, das ganz Kekesfalva zur Pachtung übernimmt, die Landwirtschaft, die Zuckerfabrik, das Gestüt. Meinetwegen dann das Ganze dem Petrovic in Unterpacht geben und nur sich die Einrichtung sichern. Hauptsache bleibt: das Pachtgebot sofort machen und ihr tüchtig zusetzen mit der Angst; die nimmt alles, was man ihr bietet. Die kann nicht rechnen, die hat nie Geld verdient und verdient darum auch nicht, viel Geld zu kriegen. Während sein Hirn mit allen Fibern und Nerven arbeitet, plaudern die Lippen scheinbar anteilnehmend weiter.

›Aber das Schrecklichste sind die Prozesse, da hilft kein Friedlichsein, man kommt aus den ewigen Streitereien nie heraus. Das hat mich auch immer abgeschreckt, irgend einen Besitz zu kaufen. Immer Prozesse, immer Advokaten, immer Verhandlungen und Tagsatzungen und Skandale ... Nein, lieber bescheiden leben, seine Sicherheit haben und sich nicht ärgern müssen. Mit einem solchen Gut glaubt man was zu haben und wird in Wirklichkeit nur der Hetzhund der andern, nie kommt man dabei zur rechten Ruhe. An sich wär's ja wunderbar, dieses Schloß, der schöne alte Besitz ... wunderbar ... aber dazu gehören Strickleitern von Nerven und eine eiserne Faust, sonst hat man daran nur eine ewige Last ...‹

Sie hört ihm zu, gesenkten Hauptes. Mit einmal hebt sie den Kopf; ein schwerer Seufzer bricht ihr aus innerster Brust: ›Ja, eine schreckliche Last ... wenn ich es nur verkaufen könnte!‹«

Doktor Condor hielt plötzlich inne. »Ich muß hier unterbrechen, Herr Leutnant, um Ihnen klarzumachen, was jener knappe Satz im Leben unseres Freundes bedeutete. Ich habe Ihnen schon gesagt, daß Kekesfalva mir diese Geschichte in der schwersten Nacht seines Lebens erzählte, in der seine Frau starb, in einem jener Augenblicke also, wie sie jeder Mensch vielleicht nur zwei- oder dreimal in seinem Leben durchmacht – einem jener Augenblicke, da auch der Hinterhältigste das Bedürfnis fühlt, vor einem andern Menschen ganz wahr und nackt wie vor Gott zu stehen. Ich seh ihn noch deutlich vor mir, wir saßen unten im Wartezimmer des Sanatoriums. Er war ganz nah an mich herangerückt und erzählte leise, heftig und aufgeregt in einem Fluß. Ich spürte, er wollte durch dieses unablässige Erzählen vergessen, daß seine Frau oben starb, er betäubte sich selbst mit diesem pausenlosen Weiter und Weiter. Aber bei dieser Stelle seines Berichts, da Fräulein Dietzenhof zu ihm sagte: ›Wenn ich es nur verkaufen könnte!‹, hielt er plötzlich inne. Denken Sie, Herr Leutnant – noch fünfzehn oder sechzehn Jahre später erregte ihn dieser Augenblick, da das ahnungslose alternde Mädchen ihm so impulsiv gestand, daß sie nur rasch, rasch, rasch Kekesfalva verkaufen wollte, derart unheimlich, daß er ganz blaß wurde. Zweimal, dreimal wiederholte er mir den Satz, mit wahrscheinlich genau derselben Betonung: ›Wenn ich es nur verkaufen könnte!‹ Denn jener Leopold Kanitz von damals hatte mit seiner rapiden Apperzeptionsfähigkeit sofort begriffen, daß das große Geschäft seines Lebens ihm geradezu in die Hand fiel und er nichts zu tun brauchte, als zuzugreifen, daß er diesen herrlichen Besitz selbst kaufen könnte, statt ihn bloß zu pachten. Und während er unter gleichmütigem Geplauder sein Erschrecken verbarg, jagten innerlich die Gedanken. Selbstverständlich kaufen, überlegte er, ehe Petrovic einspringt oder der Direktor aus Budapest. Ich darf sie nicht herauslassen. Ich muß ihr den Rückweg sperren. Ich gehe nicht fort, ehe ich nicht Herr auf Kekesfalva bin. Und mit jener geheimnisvollen Doppelschichtigkeit, die unserem Intellekt in manchen gespannten Sekunden gegeben ist, dachte er gleichzeitig für sich, nur für sich, und sprach gleichzeitig mit berechnender Langsamkeit zu ihr im andern, im Gegensinne:

›Verkaufen ... ja natürlich, gnädiges Fräulein, verkaufen kann man immer und alles ... verkaufen ist an sich leicht ... aber *gut* verkaufen, das ist die Kunst ... Gut verkaufen, darauf kommt es an! Jemand Ehrlichen zu finden, jemanden, der schon das Land kennt, den Boden und die Leute ... jemanden, der Beziehungen hat, gottbehüte nicht einen von diesen Advokaten, die einen doch nur unnütz in Prozesse hetzen wollen ... und dann – sehr wichtig gerade in diesem Fall: *bar* verkaufen. Jemanden ausfindig machen, der nicht Wechsel und Schuldscheine gibt, um die man sich dann noch Jahre herumschlagen muß ... sicher verkaufen und zum richtigen Preis.‹ (Und dabei rechnete er gleichzeitig: bis viermalhunderttausend Kronen kann ich gehen, bis vierhundertfünfzigtausend höchstens, es sind schließlich die Bilder dabei, die auch ihre fünfzigtausend, vielleicht hunderttausend wert sind, das Haus, das Gestüt ... man müßte nur nachsehen, ob die Sache belastet ist, und herauskriegen aus ihr, ob schon vor mir jemand ein Angebot gemacht hat ...) Und plötzlich gab er sich den inneren Stoß:

›Haben Sie schon, gnädiges Fräulein – verzeihen Sie, daß ich so indiskret frage – haben Sie eine ungefähre Vorstellung des Preises? Ich meine, haben Sie schon irgend eine bestimmte Ziffer in Aussicht genommen?‹

›Nein‹, antwortete sie ganz ratlos und sah ihn mit bestürzten Augen an.

Oh weh! Schlecht! – dachte Kanitz. Ganz schlecht! Mit denen, die keinen Preis nennen, verhandelt man immer am schwersten. Die gehen dann zu Pontius und Pilatus, um sich zu erkundigen, und jeder schätzt und redet und spricht hinein. Wenn man ihr Zeit läßt, sich zu erkundigen, ist alles verloren. Während dieses inneren Tumults jedoch sprach die Lippe beflissen weiter:

›Aber eine *ungefähre* Vorstellung werden Sie sich wohl gemacht haben, gnädiges Fräulein ... man müßte schließlich auch wissen, ob und wieviel Hypotheken auf dem Besitz liegen ...‹

›Hypo ... Hypotheken?‹ wiederholte sie. Kanitz merkte sofort, sie hörte das Wort zum erstenmal im Leben.

›Ich meine ... es muß doch irgendeine beiläufige Schätzung vorliegen ... schon im Hinblick auf die Erbgebühren ... Hat Ihnen Ihr Anwalt – verzeihen Sie, daß ich vielleicht zudringlich scheine, aber ich möchte Sie doch ehrlich beraten – hat Ihnen Ihr Anwalt gar keine Ziffern genannt?‹

›Der Anwalt?‹ – sie schien sich dumpf an etwas zu erinnern. ›Ja, ja ... warten Sie ... ja, etwas hat mir der Anwalt geschrieben, irgend etwas wegen einer Schätzung ... doch, Sie haben recht, wegen der Steuern, aber ... aber das war alles ungarisch abgefaßt, und ich kann nicht ungarisch. Richtig, ich erinnere mich schon, mein Anwalt schrieb, ich solle mir's übersetzen lassen, und mein Gott, das hab ich in dem Trubel ganz vergessen. In meiner Tasche muß ich drüben noch die ganzen Schriften haben ... drüben ... ich wohne ja im Verwaltungsgebäude, ich kann doch nicht im Zimmer schlafen, wo die Frau Fürstin gewohnt hat ... Aber wenn Sie wirklich so gütig sein wollen, mit hinüberzukommen, zeige ich Ihnen das alles ... das heißt ...‹ – sie stockte plötzlich – ›das heißt, wenn ich Sie nicht zu sehr bemühe mit meinen Angelegenheiten ...‹

Kanitz zitterte vor Erregung. Das alles lief ihm mit einer Geschwindigkeit entgegen, wie man sie nur in Träumen kennt – sie selbst wollt ihm die Akten, die Schätzungen zeigen; damit hatte er endgültig die Vorhand. Demütig verbeugte er sich.

›Aber, verehrtes Fräulein, es ist mir doch nur eine Freude, Sie ein bißchen beraten zu können. Und ich darf ohne Übertreibung sagen, in diesen Dingen etwas Erfahrung zu besitzen. Die Frau Fürstin‹ – (hier log er entschlossen) – ›hat sich immer an mich gewendet, wenn sie eine finanzielle Auskunft brauchte, sie wußte, daß ich persönlich kein anderes Interesse kannte, als sie auf das beste zu beraten ...‹

Sie gingen hinüber ins Verwalterhaus. Tatsächlich, alle Papiere des Prozesses lagen noch wirr zusammengestopft in der Aktentasche, die ganzen Korrespondenzen mit ihrem Advokaten, die Gebührenvorschreibungen, die Kopie des Vergleiches. Nervös blätterte sie die Dokumente durch, und Kanitz, der ihr schweratmend zusah, zitterten dabei die Hände. Endlich faltete sie ein Blatt auf. ›Ich glaube, das wird wohl jener Brief sein.‹

Kanitz nahm das Blatt, dem eine ungarische Beilage angeheftet war. Es war ein kurzes Schreiben des Wiener Anwalts: ›Wie mir mein ungarischer Kollege eben mitteilt, ist es ihm gelungen, auf Grund seiner Beziehungen eine ganz besonders niedrige Einschätzung der Verlassenschaft im Hinblick auf die Erbsteuer zu erzielen. Meiner Meinung nach entspricht dieser eingesetzte Schätzwert etwa einem Drittel, bei manchen Objekten sogar nur einem Viertel des wirklichen Werts ...‹ Mit zitternden Händen nahm Kanitz die Schätzungsliste an sich. Ihn interessierte nur eines daran: das Gut Kekesfalva. Es war auf hundertneunzigtausend Kronen geschätzt.

Kanitz wurde blaß. Genau so hoch hatte er seinerseits kalkuliert, genau das Dreifache dieser künstlich herabgedrückten Schätzung, also sechshunderttausend bis siebenhunderttausend Kronen, und dabei hatte der Anwalt doch gar keine Ahnung von den chinesischen Vasen. Wieviel ihr jetzt bieten? Die Ziffern zuckten und schwirrten ihm vor den Augen.

Aber ganz ängstlich fragte die Stimme neben ihm: ›Ist es das richtige Papier? Können Sie es verstehen?‹

›Selbstverständlich‹, schrak Kanitz auf. ›Gewiß ... also ... der Anwalt verständigt Sie ... der Schätzwert für Kekesfalva betrage hundertneunzigtausend Kronen. Das ist natürlich nur der Schätzwert.‹

›Der ... Schätzwert? ... Verzeihen Sie ... aber was versteht man unter Schätzwert?‹

Jetzt galt es, die Volte zu schlagen, jetzt oder nie! Kanitz rang gewaltsam den Atem nieder. ›Der Schätzwert ... ja, der Schätzwert, mit dem ... mit dem ist es immer eine ungewisse ... eine sehr dubiose Sache ... denn ... denn ... der amtliche Schätzwert entspricht nie völlig dem Verkaufswert. Man kann nie darauf rechnen, das heißt, *bestimmt* darauf rechnen, den ganzen Schätzwert zu erzielen ... in manchen Fällen natürlich kann man ihn erzielen, in manchen sogar noch mehr ... aber doch nur unter gewissen Umständen ... es bleibt immer eine Art Glücksspiel wie bei jeder Lizitation ... Der Schätzwert bedeutet schließlich nichts als einen Anhaltspunkt, natürlich einen ganz vagen ... zum Beispiel ... man kann zum Beispiel annehmen‹ – Kanitz zitterte: nicht zuwenig jetzt und nicht zuviel! – ›wenn ein Objekt wie dieses hier amtlich auf hundertneunzigtausend Kronen geschätzt ist ... dann kann man immerhin annehmen, daß ... daß ... daß im Verkaufsfall hundertfünfzigtausend jedenfalls zu erzielen sind, jedenfalls! Damit kann man auf jeden Fall rechnen.‹

›Wie viel, meinen Sie?‹

Kanitz dröhnten die Ohren von plötzlich aufpochendem Blut. Merkwürdig heftig hatte sie sich ihm zugewandt und gefragt wie jemand, der seinen Zorn nur noch mit letzter Kraft bändigt. Hatte sie das lügnerische Spiel durchschaut? Ob ich nicht noch rasch höher gehe um fünfzigtausend Kronen? Aber innen sprach eine Stimme: Versuch's! Und er setzte alles auf eine Karte. Er sagte, obwohl seine Pulse wie Paukenschläge ihm an die Schläfen dröhnten, mit bescheidenem Ausdruck:

›Ja, *das* würde ich mir jedenfalls zumuten. Hundertfünfzigtausend Kronen, glaube ich, könnte man dafür unbedingt erzielen.‹

Aber in diesem Augenblick stockte ihm schon das Herz, und der Puls, der eben noch dröhnende, setzte völlig aus. Denn mit ehrlichster Verwunderung hatte die Ahnungslose neben ihm aufgestaunt:

›*So* viel? Glauben Sie wirklich ... *so* viel? ...‹

Und Kanitz brauchte einige Zeit, um wieder seine Fassung zu finden. Hart mußte er den Atem zügeln, ehe er mit dem Ton biedermännischer Überzeugung erwidern konnte: ›Ja, gnädiges Fräulein, dafür kann ich mich so gut wie verpflichten. *Das* wird jedenfalls durchzusetzen sein.‹«

Doktor Condor unterbrach sich neuerdings. Erst meinte ich, er halte nur inne, um eine Zigarre anzuzünden. Aber ich merkte, er war mit einem Mal nervös geworden. Er nahm den Zwikker ab, setzte ihn wieder auf, strich das schüttere Haar wie etwas Lästiges zurück, sah mich an; es wurde ein langer, unruhig prüfender Blick. Dann lehnte er sich mit einem Ruck rücklings in den Sessel.

»Herr Leutnant, vielleicht habe ich Ihnen schon zuviel anvertraut – jedenfalls mehr, als ich ursprünglich wollte. Aber Sie mißverstehen mich hoffentlich nicht. Wenn ich Ihnen den Trick, mit dem Kekesfalva damals diese ganz ahnungslose Person überspielte, ehrlich mitteilte, geschah das keineswegs, um Sie gegen ihn einzunehmen. Der arme alte Mann, bei dem wir heute zu Nacht gegessen haben, herzkrank und verstört, wie wir ihn sahen, der mir sein Kind anvertraut hat und der den letzten Heller seines Vermögens hingeben würde, um die Arme geheilt zu wissen, dieser Mann *ist* ja längst nicht mehr der Mensch jenes fragwürdigen Geschäfts, und ich wäre der letzte, ihn heute anzuklagen. Gerade jetzt, da er in seiner Verzweiflung wirklich Hilfe braucht, scheint es mir wichtig, daß Sie von mir die Wahrheit statt von anderen böswilligen Tratsch erfahren. Bitte halten Sie also an einem fest – Kekesfalva (oder vielmehr damals noch Kanitz) war an jenem Tage *nicht* mit dem Vorsatz nach Kekesfalva gefahren, dieser weltfremden Person das Gut billig abzuschwatzen. Er wollte nur en passant eines seiner kleinen Geschäfte machen und nicht mehr. Jene ungeheure Chance hat ihn geradezu *überfallen*, und er wäre eben nicht er gewesen, hätte er sie nicht in der gründlichsten Weise ausgenützt. Aber Sie werden ja sehen, daß sich das Blatt dann einigermaßen gewendet hat.

Ich will nicht zu weitschweifig werden und kürze lieber die Einzelheiten. Nur das will ich Ihnen verraten, daß diese Stunden die gespanntesten, die erregtesten seines Lebens wurden. Überdenken Sie selbst die Situation: einem Menschen, bisher bloß ein mittlerer Agent, ein obskurer Geschäftemacher, saust plötzlich die Chance wie ein Meteor aus dem Himmel zu, über Nacht ein schwerreicher Mann zu werden. Er konnte innerhalb von vierundzwanzig Stunden mehr verdienen als bisher in vierundzwanzig Jahren aufopferndster, kläglichster Kleinschacherei und – ungeheure Verlockung – er brauchte dem Opfer gar nicht nachzulaufen, es nicht zu fesseln, nicht zu betäuben – im Gegenteil, das Opfer ging ihm freiwillig in die Schlinge, es leckte geradezu noch die Hand, die schon das Messer hielt. Die einzige Gefahr bestand darin, daß jemand anderer ihm dazwischenkäme. Darum durfte er die Erbin nicht einen Augenblick lang aus der Hand lassen, ihr nicht Zeit lassen. Er mußte sie fortschleppen von Kekesfalva, ehe der Verwalter zurückkam, und durfte doch während all dieser Vorsichtsmaßnahmen in keiner Sekunde verraten, daß er selbst ein Interesse an dem Verkauf hatte.

Napoleonisch kühn und napoleonisch gefährlich war dieser Coup, die belagerte Festung Kekesfalva im Sturm zu überrennen, ehe das Entsatzheer herankam; aber dem Hasardeur macht der Zufall gern den Hehler und Helfer. Ein Umstand, von dem Kanitz selbst nichts ahnte, hatte ihm heimlich den Weg geebnet, die sehr grausame und doch natürliche Tatsache, daß dieser armen Erbin in den ersten Stunden auf ihrem ererbten Schlosse bereits so viel Erniedrigung und Haß entgegengeschlagen war, daß sie selbst nur den einen einzigen Wunsch hegte: fort, rasch fort! Keine Mißgunst gebärdet sich gemeiner als die subalterner Naturen, wenn ihr Nachbar aus der gleichen dumpfen Fron wie von Engelsschwingen hochgerissen wird: einem Fürsten werden kleine Seelen eher den rasendsten Reichtum verzeihen als dem Schicksalsgenossen gleichen Jochs die bescheidenste Freiheit. Die Hausbediensteten von Kekesfalva vermochten ihre Wut nicht zu unterdrücken, daß gerade diese Norddeutsche, der, wie sie sich genau erinnerten, die jähzornige Fürstin beim Frisieren oft Kamm und Bürste an den Kopf geworfen, nun plötzlich die Gutsherrin von Kekesfalva sein sollte und damit ihre Herrin. Petrovic hatte sich auf die Nachricht von der Ankunft der Erbin hin auf die Bahn gesetzt, um sie nicht begrüßen zu müssen, seine Frau, eine ordinäre Person und ehemaliges Küchenmädel im Schloß, hieß sie mit den Worten willkommen: ›Na, bei uns werden's ja ohnedies net wohnen wollen, da wird's Ihnen net fein genug sein.‹ Der Hausdiener hatte ihr den Koffer mit lautem Krach vor die Tür geschmissen, selber mußte sie, ohne daß die Frau des Verwalters eine Hand zur Hilfeleistung rührte, ihn über die Schwelle schleppen. Kein Mittagessen war vorbereitet, niemand kümmerte sich um sie, und nachts konnte sie vor ihrem Fenster ziemlich laut geführte Gespräche über eine gewisse ›Erbschleicherin‹ und ›Betrügerin‹ deutlich vernehmen.

An diesem ersten Empfang erkannte die arme schwachmütige Erbin, nie würde sie in diesem Hause eine ruhige Stunde haben. Nur darum – und das ahnte Kanitz nicht – nahm sie seinen Vorschlag begeistert an, noch am selben Tag nach Wien zu fahren, wo er angeblich einen sicheren Käufer wußte; wie ein Himmelsbote erschien ihr dieser ernste, gefällige, vielwissende Mann mit den melancholischen Augen. So fragte sie nicht weiter. Sie überließ ihm dankbar alle Papiere, mit stillauschenden blauen Blicken hörte sie zu, wie er sie wegen der Anlage der Kaufsumme beriet. Nur etwas Sicheres solle sie nehmen, Staatspapiere, mündelsichere. Keinem Privaten solle sie auch nur eine Krume ihres Vermögens anvertrauen, alles müsse in die Bank, und ein Notar, ein kaiserlich-königlicher Notar, die Verwaltung übernehmen. Auf keinen Fall hätte es Sinn, jetzt noch ihren Anwalt heranzuziehen, was sei denn das Advokatengeschäft anderes, als klare Dinge krumm zu kriegen? Gewiß, gewiß, flocht er immer wieder beflissen ein, es sei ja möglich, daß sie in drei Jahren, in fünf Jahren eine höhere Kaufsumme erzielen könne. Aber welche Kosten inzwischen und welche Scherereien bei Gericht und den Ämtern; und da er an ihren neuerdings aufschreckenden Augen erkannte, welchen Ekel diese friedliche Person vor Gerichten und Geschäften hatte, spielte er die ganze Tonleiter der Argumente immer wieder bis zum selben Schlußakkord: rasch! rasch! Um vier Uhr nachmittags, ehe Petrovic zurückkam, fuhren sie bereits einverständlich mit dem Schnellzug nach Wien. So orkanhaft geschwind war alles gekommen, daß Fräulein Dietzenhof gar nicht Gelegenheit hatte, den fremden Herrn, dem sie ihr ganzes Erbe zum Verkauf übertrug, nach seinem Namen zu fragen.

Sie fuhren im Schnellzug erster Klasse – es war das erste Mal, daß Kekesfalva auf diesen rotsamtenen Polstern saß; ebenso brachte er sie in Wien in einem guten Hotel in der Kärntner Straße unter und nahm dort gleichfalls ein Zimmer. Nun war einerseits nötig, daß Kanitz sich noch am selben Abend von seinem Spießgesellen, dem Advokaten Doktor Gollinger, den Kaufbrief vorbereiten ließ, um gleich am nächsten Tag den schönen Schnapp in rechtlich unantastbare Form bringen zu können, anderseits wagte er wieder nicht, sein Opfer nur eine Minute allein zu lassen. So verfiel er auf eine, ich muß ehrlich gestehen, geniale Idee. Er schlug Fräulein Dietzenhof vor, sie möge den freien Abend nutzen, um die Oper zu besuchen, wo ein aufsehenerregendes Gastspiel angekündigt war, indes er seinerseits trachten wolle, jenes Herrn, von dem er wisse, daß er nach einem großen Gute Ausschau halte, noch abends habhaft zu werden. Gerührt durch so viel Fürsorge, stimmte Fräulein Dietzenhof freudig zu; er verstaute sie in der Oper, damit war sie für vier Stunden festgenagelt, und Kanitz konnte in einem Fiaker – gleichfalls zum erstenmal in seinem Leben – zu seinem Kumpan und Hehler Doktor Gollinger rasen. Der war nicht zu Hause. Kanitz stöberte ihn in einer Weinstube auf, versprach ihm zweitausend Kronen, wenn er noch in derselben Nacht den Kaufvertrag in allen Einzelheiten ausarbeitete und mit dem fertigen Kaufbrief den Notar für den nächsten Abend um sieben Uhr bestellte.

Kanitz hatte – Verschwender zum erstenmal in seinem Leben – den Fiaker während der Verhandlungen vor dem Hause des Anwalts warten lassen; nach gegebener Instruktion sauste er zur Oper zurück und kam noch glücklich zurecht, um die vor Begeisterung ganz benommene Dietzenhof im Vestibül abzufangen und nach Haus zu geleiten. Damit begann für ihn die zweite schlaflose Nacht; je näher er seinem Ziele kam, um so nervöser bedrängte ihn der Argwohn, die bisher so Folgsame könnte noch ausspringen. Immer wieder aufstehend aus dem Bett, arbeitete er die Strategie der Umstellung für den nächsten Tag in allen Einzelheiten aus. Vor allem: keinen Augenblick sie allein lassen. Einen Fiaker mieten, ihn überall warten lassen, keinen Schritt zu Fuß gehen, damit sie nicht am Ende zufällig ihrem Anwalt auf der Straße begegne. Verhindern, daß sie eine Zeitung lese – vielleicht könnte wieder etwas über den Ausgleich im Prozeß Orosvár darinstehen, und sie Verdacht schöpfen, noch ein zweites Mal geprellt zu werden. Aber in Wirklichkeit waren alle diese Ängste und Vorsichtigkeiten überflüssig, denn das Opfer *wollte* ja gar nicht entkommen; wie ein Lamm an einem rosa Bändchen lief es dem schlimmen Schäfer gehorsam nach, und als unser Freund nach einer verwüsteten Nacht ausgemüdet den Frühstückssaal des Hotels betrat, saß sie schon, im gleichen selbstgeschneiderten Kleid, geduldig wartend. Und nun begann ein sonderbares Karussell, indem unser Freund das arme Fräulein Dietzenhof völlig überflüssigerweise von morgens bis abends im Kreise herumschleppte, um ihr alle jene künstlichen Schwierigkeiten vorzutäuschen, die er selbst in der schlaflosen Nacht auf das mühseligste für sie ausgeklügelt hatte.

Ich überschlage die Details; aber er schleppte sie zu seinem Anwalt und telephonierte von dort in ganz andern Angelegenheiten herum. Er brachte sie in eine Bank und ließ den Prokuristen holen, um wegen der Anlage zu beraten und ihr ein Konto zu eröffnen, er zerrte sie in zwei, drei Hypothekenanstalten und zu einem obskuren Realitätenbüro, als ob er dort Auskünfte holen müßte. Und sie ging mit, sie wartete still und geduldig in den Vorzimmern, indes er seine vorgetäuschten Verhandlungen führte: zwölfjährige Sklaverei bei der Fürstin hatte ihr dies Draußenwarten längst zur Selbstverständlichkeit gemacht, es drückte, es erniedrigte sie nicht, und sie wartete, wartete mit still überkreuzten Händen, sofort den blauen Blick niederschlagend, wenn jemand vorüberkam. Geduldig und folgsam wie ein Kind tat sie, was Kanitz ihr nahelegte. Sie unterschrieb bei der Bank Formulare, ohne sie weiter anzusehen, und quittierte die noch gar nicht erhaltenen Beträge derart unbedenklich, daß Kanitz der schlimme Gedanke zu quälen begann, ob diese Närrin nicht auch mit hundertvierzig- oder sogar mit hundertdreißigtausend Kronen ebenso zufrieden gewesen wäre. Sie sagte ›ja‹, als der Prokurist ihr zu Eisenbahnpapieren riet, sagte ›ja‹, als er ihr Bankaktien vorschlug, und blickte jedesmal ängstlich zu ihrem Orakel Kanitz hinüber. Deutlich war, daß all diese Praktiken des Geschäfts, diese Unterschriften und Formulare, ja daß der Anblick des bloßen nackten Geldes bei ihr eine gleichzeitig ehrfürchtige und doch peinliche Beunruhigung verursachte und sie sich nur danach sehnte, dieser unverständlichen Geschäftigkeit zu entrinnen, um still wieder in einem Zimmer zu sitzen, zu lesen, zu strikken oder Klavier zu spielen, statt mit unbelehrbarem Sinn und unsicherem Herzen vor solche verantwortlichen Entscheidungen gestellt zu sein.

Aber unermüdlich trieb Kanitz sie in diesem künstlichen

Kreise herum, teils um ihr wirklich, wie er versprochen hatte, zur sichersten Anlage der Verkaufssumme zu verhelfen, teils um sie wirblig zu machen; das ging von neun Uhr früh bis abends halb sechs. Schließlich waren beide dermaßen erschöpft, daß er ihr vorschlug, in einem Kaffeehaus Rast zu halten. Alles Wesentliche sei ja schon erledigt, der Verkauf so gut wie perfekt; nur um sieben Uhr hätte sie beim Notar den Vertrag zu unterzeichnen und die Kaufsumme entgegenzunehmen. Sofort erhellte sich ihr Gesicht.

›Ach, dann könnte ich am Ende schon morgen früh abreisen?‹ Die beiden Kornblumen ihrer Augen strahlten ihn an.

›Aber selbstverständlich‹, beruhigte sie Kanitz. ›In einer Stunde sind Sie der freieste Mensch auf Erden und brauchen sich nie mehr um Geld und Besitz zu kümmern. Ihre sechstausend Kronen Rente sind mündelsicher angelegt. Sie können jetzt in der ganzen Welt leben, wo und wie es Ihnen gefällt.‹

Aus Höflichkeit erkundigte er sich, wohin sie zu fahren gedenke; ihr eben aufgehelltes Gesicht verschattete sich.

›Ich dachte, am besten gehe ich zunächst zu meinen Verwandten in Westfalen. Ich glaube, morgen früh fährt ein Zug über Köln.‹

Kanitz entwickelte sofort wilden Eifer. Er bestellte beim Oberkellner das Kursbuch, durchsuchte das Register, stellte alle Verbindungen zusammen. Schnellzug Wien-Frankfurt-Köln, dann umsteigen in Osnabrück. Am bequemsten der Morgenzug neun Uhr zwanzig, der sei abends in Frankfurt, dort rate er ihr, zu übernachten, um sich nicht zu übermüden. In seinem nervösen Eifer blätterte er gleich weiter und fand im Inseratenverzeichnis ein protestantisches Hospiz. Wegen der Fahrkarte brauche sie sich keine Sorgen zu machen, die besorge er, und zuverlässig werde er sie auch morgen an die Bahn begleiten. Mit derlei Erörterungen verging die Zeit schneller, als er gehofft hatte; endlich konnte er auf die Uhr sehen und drängen: ›Nun müssen wir aber zum Notar.‹

In einer knappen Stunde war dort alles erledigt. In einer knappen Stunde hatte unser Freund der Erbin drei Viertel ihres Vermögens abgeknöpft. Als sein Komplize den Namen des Schlosses Kekesfalva eingesetzt sah und dazu den geringen Kaufpreis, kniff er, ohne daß die Dietzenhof etwas merkte, das eine Auge zu und blinzelte seinen alten Spießgesellen bewundernd an. Diese kollegiale Bewunderung besagte, in Worten ausgedrückt, etwa: ›Großartig, du Lump! Was ist dir da gelungen!‹ Auch der Notar blickte interessiert hinter seiner Brille auf Fräulein Dietzenhof; er hatte wie jeder andere in den Zeitungen vom Kampf um die Erbschaft der Fürstin Orosvár gelesen, und dem Mann des Rechts kam dieser hitzige Weiterverkauf nicht recht geheuer vor. Arme Person, dachte er, du bist da in üble Hände gefallen! Aber es ist nicht Pflicht eines Notars, bei einem Kaufvertrag Verkäufer oder Käufer zu warnen. Er hat die Stempel zu setzen, den Akt einzutragen und die Gebühren erlegen zu lassen. So senkte der brave Mann nur – er hatte mancherlei Dubioses schon mitansehen und mit kaiserlichem Adler besiegeln müssen – den Kopf, faltete den Kaufvertrag sauber auseinander und lud die Dietzenhof höflich als erste zur Unterzeichnung ein.

Das scheue Wesen schreckte auf. Unschlüssig blickte sie auf ihren Mentor Kanitz, und erst als dieser sie mit einem Wink ermutigt hatte, trat sie an den Tisch und schrieb mit ihrer sauberen, klaren, aufrechten deutschen Schrift ›Annette Beate Maria Dietzenhoff‹ hin; ihr folgte unser Freund. Damit war alles erledigt, der Akt unterfertigt, der Kaufpreis zu Händen des Notars hinterlegt, das Bankkonto bestimmt, auf das der Scheck am nächsten Tage überwiesen werden sollte. Mit diesem einen Federzug hatte Leopold Kanitz sein Vermögen verdoppelt oder verdreifacht, niemand als er war von dieser Stunde an Herr und Besitzer von Kekesfalva.

Der Notar trocknete sorglich die feuchten Unterschriften, dann schüttelten alle drei ihm die Hand und gingen die Treppe hinab, zuerst die Dietzenhof, hinter ihr verhaltenen Atems Kanitz und nach ihm Doktor Gollinger, wobei es Kanitz höchlichst erbitterte, daß ihm sein Komplize von rückwärts her andauernd mit dem Stock in die Rippen tippte und mit seiner Bierstimme pathetisch murmelte (nur ihm verständlich): ›Lumpus maximus, lumpus maximus!‹ Dennoch war es Kanitz unangenehm, als Doktor Gollinger sich bereits beim Haustor mit einer ironisch tiefen Verbeugung empfahl. Denn dadurch blieb er mit seinem Opfer allein, und das erschreckte ihn.

Aber Sie müssen, lieber Herr Leutnant, diese unerwartete Umschaltung zu begreifen suchen – ich möchte mich nicht pathetisch ausdrücken und sagen, daß in unserem Freunde plötzlich das Gewissen erwacht sei. Jedoch seit jenem einen Federstrich war die äußere Situation zwischen den beiden Partnern entscheidend verändert. Bedenken Sie: während dieser ganzen zwei Tage hatte Kanitz als Käufer gegen dieses arme Mädchen als gegen die Verkäuferin gekämpft. Sie war die Gegnerin gewesen, die er strategisch umfassen, die er einschließen und zur Kapitulation nötigen mußte; aber jetzt war die finanzmilitärische Operation zu Ende. Napoleon Kanitz hatte gesiegt, restlos gesiegt, und damit war dieses arme stille Mädchen, das im einfachen Kleid neben ihm durch die Walfischgasse schattete, nicht mehr sein Gegner, sein Feind. Und – so sonderbar es klingt, nichts bedrückte unseren Freund in diesem Augenblick seines raschen Sieges eigentlich mehr als das Faktum, daß sein Opfer ihm seinen Sieg *zu* leicht gemacht hatte. Denn wenn man gegen einen Menschen ein Unrecht begeht, tut es dem Täter geheimnisvollerweise wohl, herauszufinden oder sich vorzutäuschen, daß auch der Mißbrauchte in irgendeiner Kleinigkeit schlecht oder unrecht gehandelt habe; immer entlastet sich das Gewissen, wenn man dem Betrogenen wenigstens eine kleine Schuld zuteilen kann. Aber diesem Opfer hatte Kanitz nichts und nicht das Allergeringste vorzuwerfen; es hatte sich ihm mit gebundenen Händen übergeben und ihn dabei noch unablässig mit ahnungslos dankbaren kornblumenblauen Augen angeblickt. Was sollte er ihr jetzt nachträglich sagen? Sie noch beglückwünschen zum Verkauf, das heißt, zum Verlust? Immer unbehaglicher wurde ihm zumute. Zum Hotel begleite ich sie noch, überlegte er rasch; dann ist alles aus und vorbei.

Jedoch auch das Opfer an seiner Seite war sichtlich unruhig geworden. Auch sie bekam einen anderen, einen nachdenklich zögernden Gang. Kanitz, obwohl er den Kopf gesenkt hatte, entging diese Veränderung nicht, er spürte an der Art, wie sie zögernd die Schritte setzte (in das Gesicht wagte er ihr nicht zu blicken), daß sie angestrengt etwas überlegte. Angst überfiel ihn. Jetzt endlich hat sie begriffen, sagte er sich, daß ich der Käufer bin. Wahrscheinlich wird sie mir jetzt Vorwürfe machen, wahrscheinlich bereut sie schon ihre dumme Hast und rennt vielleicht morgen doch noch zu ihrem Anwalt.

Aber da – sie waren schon die ganze Walfischgasse, Schatten an Schatten, schweigend nebeneinander gegangen – faßte sie endlich Mut, räusperte sich und begann:

›Verzeihen Sie ... aber da ich morgen früh wegreise, hätte ich noch gerne alles in Ordnung gebracht ... Ich möchte Ihnen vor allem danken für Ihre große Mühe und ... und ... Sie bitten, daß Sie mir lieber gleich jetzt sagen ... wieviel ich Ihnen noch für Ihre Bemühungen schuldig bin. Sie haben so viel Zeit mit Ihrer Vermittlung verloren und ... ich reise morgen früh ab ... da hätte ich doch gerne alles in Ordnung gebracht.‹

Unserm Freund stockte der Fuß, stockte das Herz. Das war zu viel! Darauf war er nicht gefaßt gewesen. Ihn überkam das peinliche Gefühl, wie wenn man im Zorn einen Hund geschlagen hat, und das geprügelte Tier kriecht auf dem Bauche heran, sieht mit flehenden Augen auf und leckt die grausame Hand.

›Nein, nein‹, wehrte er ganz betroffen ab, ›nichts, gar nichts schulden Sie mir‹, und er spürte zugleich, wie ihm der Schweiß aus den Poren brach. Ihm, der alles vorausberechnete, der seit Jahren gelernt hatte, jede Reaktion im vorhinein durchzukalkulieren, war etwas völlig Neues geschehen. Er hatte in seinen bitteren Agentenjahren erlebt, daß man die Türen vor ihm zuwarf, daß man seinen Gruß nicht erwiderte, und es gab manche Gassen in seinem Rayon, die er lieber vermied. Aber daß jemand ihm noch dankte – dies war ihm noch niemals geschehen. Und vor diesem ersten Menschen, der ihm trotz allem, trotz allem vertraute, schämte er sich. Wider seinen Willen fühlte er das Bedürfnis, sich zu entschuldigen.

›Nein‹, stammelte er, ›um Gottes willen nein ... Sie sind mir nichts schuldig ... ich nehme nichts ... ich hoffe nur, daß ich alles richtig gemacht und ganz in Ihrem Sinne gehandelt habe ... Vielleicht wäre es besser gewesen, zu warten, ja, ich fürchte selbst, man hätte ... man hätte etwas mehr erzielen können, wenn Sie es nicht so eilig gehabt hätten ... Aber Sie wollten ja rasch verkaufen – und ich glaube, es ist besser für Sie. Ich glaube bei Gott, es ist besser für Sie.‹

Der Atem kam ihm wieder, er wurde geradezu ehrlich in diesem Augenblick.

›Jemand wie Sie, der nichts von Geschäften versteht, tut am besten, er läßt davon die Hand. So jemand soll ... soll lieber weniger haben, aber das ist sicher ... Lassen Sie sich‹ – er schluckte heftig – ›lassen Sie sich, ich bitte Sie dringend darum, lassen Sie sich jetzt nicht nachträglich irremachen von andern Leuten, wenn die Ihnen einreden, Sie hätten schlecht verkauft oder zu billig verkauft. Nachträglich kommen jedesmal bei jedem Verkauf gewisse Leute und spielen sich auf und schwätzen, sie hätten mehr, sie hätten viel mehr gegeben ... aber wenn es dazu kommt, dann zahlen sie nicht; alle die hätten Ihnen Wechsel angehängt oder Schuldscheine und Anteile ... Das wäre nichts für Sie, wirklich nichts, ich schwöre es Ihnen, hier schwöre ich es Ihnen, wo ich vor Ihnen stehe, die Bank ist erstklassig und das Geld ist sicher. Sie werden regelmäßig auf Tag und Stunde Ihre Rente bekommen, da kann nichts geschehen. Glauben Sie mir ... ich schwöre es Ihnen ... es ist so besser für Sie.‹

Sie waren unterdes bis vor das Hotel gelangt. Kanitz zögerte. Ich sollte sie doch wenigstens einladen, dachte er. Zum Abendessen einladen, oder vielleicht in ein Theater. Da streckte sie ihm schon die Hände entgegen.

›Ich glaube, ich darf Sie nicht länger aufhalten ... es drückt mich ohnehin die ganzen Tage, daß Sie mir so viel Zeit opfern. Seit zwei Tagen haben Sie sich ausschließlich meinen Sachen gewidmet, und ich habe wirklich das Gefühl, niemand hätte es hingebungsvoller tun können. Noch einmal ... ich ... ich danke Ihnen sehr. Es ist‹ – sie errötete ein wenig – ›es ist noch nie ein Mensch zu mir so gut, so hilfreich gewesen ... ich hätte es nie für möglich gehalten, daß ich so rasch von dieser Sache befreit werde, daß alles so gut und so leicht für mich gemacht wird ... Ich danke Ihnen sehr, ich danke Ihnen *sehr*!‹

Kanitz nahm ihre Hand und konnte nicht umhin, dabei zu ihr aufzusehen. Etwas von ihrer gewohnten Verängstigung war durch die Wärme des Gefühls gebrochen. Das sonst so blasse und so verschreckte Gesicht zeigte plötzlich einen belebten Glanz, beinahe kindlich sah sie aus mit ihren blauen, ausdrucksvollen Augen und dem dankbaren kleinen Lächeln. Kanitz suchte vergeblich nach einem Wort. Aber da grüßte sie schon und ging, leicht, schlank und sicher: es war ein anderer Gang als vordem, der Gang eines entlasteten, eines befreiten Menschen. Kanitz sah ihr ungewiß nach. Noch immer hatte er das Gefühl: ich wollte ihr noch etwas sagen. Doch der Portier hatte ihr schon den Schlüssel gereicht, der Boy führte sie zum Lift. Es war vorbei.

Das war der Abschied des Opfers von seinem Schlächter. Aber Kanitz war, als hätte er mit dem Beil sein eigenes Haupt getroffen; betäubt stand er einige Minuten und starrte in die verlassene Hotelhalle hinein. Schließlich schob die strömende Welle der Straße ihn fort, er wußte nicht, wohin er ging. So hatte noch nie ein Mensch ihn angesehen, so menschlich, so dankbar. So hatte noch nie jemand zu ihm gesprochen. Unwillkürlich klang ihm dieses ›Ich danke Ihnen *sehr*‹ im Ohre nach; und gerade diesen Menschen hatte er ausgeraubt, gerade diesen betrogen! Immer wieder blieb er stehen und wischte sich den Schweiß von der Stirn. Und plötzlich, vor dem großen Glasgeschäft in der Kärntner Straße, die er wie schlaftrunken entlangtaumelte, geschah es, daß ihm bei seinem sinnlosen Dahintorkeln im Spiegel der Auslage sein eigenes Gesicht entgegenstand, und er starrte sich an, wie man die Photographie eines Verbrechers in der Zeitung ansieht, um herauszubekommen, wo eigentlich in den Zügen das Verbrecherische steckt, im aufgestoßenen Kinn, in der bösen Lippe, in den harten Augen. Er starrte sich an, und hinter der Brille seine eigenen, ängstlich aufgerissenen Augen wahrnehmend, erinnerte er sich plötzlich an jene anderen von vorhin. Solche Augen müßte man haben, dachte er erschüttert, nicht so rotgeränderte, gierige, nervöse wie ich. Solche Augen müßte man haben, blaue, spiegelnde, von einer innerlichen Gläubigkeit beseelte (meine Mutter hat manchmal so dreingesehen, erinnerte er sich, am Freitagabend). Ja, so ein Mensch müßte man sein: lieber sich betrügen lassen, als zu betrügen – ein anständiger, ein argloser Mensch. Nur die sind von Gott gesegnet. Alle meine Gescheitheiten, dachte er sich, haben mich nicht glücklich gemacht, ich bleib doch ein geschlagener, ruheloser Mensch. Und er ging weiter, Leopold Kanitz, die Straße entlang, fremd sich selber, und nie war ihm erbärmlicher zumute gewesen als an diesem Tage seines größten Triumphs.

Schließlich setzte er sich in ein Café, weil er glaubte, Hunger zu haben, und bestellte. Aber jeder Bissen widerte ihn an. Ich werde Kekesfalva verkaufen, brütete er vor sich hin, gleich weiterverkaufen. Was soll ich mit einem Gut, ich bin kein Landwirt. Soll ich einzelner Mensch in achtzehn Zimmern wohnen und mich herumschlagen mit dem Gauner von Pächter? Es war ein Unsinn, ich hätte es für die Hypothekengesellschaft kaufen sollen, und nicht unter meinem Namen ... denn wenn sie's schließlich erfährt, daß ich der Käufer war ... übrigens, ich will gar nicht viel verdienen dran! Wenn sie einverstanden ist, geb ich es ihr mit zwanzig oder auch mit zehn Perzent Gewinn wieder zurück, jederzeit kann sie es wiederhaben, wenn es sie reut.

Der Gedanke entlastete ihn. Morgen werde ich ihr schreiben oder übrigens – ich kann's ihr selbst morgen früh vorschlagen, bevor sie abfährt. Ja, das war das Richtige: ihr freiwillig eine Option auf Rückkauf zu geben. Nun vermeinte er ruhig schlafen zu können. Aber trotz der beiden verwüsteten Nächte schlief Kanitz auch in dieser kümmerlich und schlecht; immer klang ihm noch der Tonfall dieses ›*sehr*‹, dieses ›Ich danke Ihnen *sehr*‹ im Ohr, norddeutsch, fremd, aber doch so schwingend von Aufrichtigkeit, daß die Erregung ihm bis in die Nerven bebte; kein Geschäft in den fünfundzwanzig Jahren hatte unserem Freunde solche Sorgen bereitet wie dieses, sein größtes, sein glücklichstes, sein gewissenlosestes.

Um halb acht Uhr stand Kanitz schon auf der Straße. Er wußte, daß der Schnellzug über Passau um neun Uhr zwanzig abging. So wollte er noch rasch etwas Schokolade kaufen oder eine Bonbonnière; er hatte das Bedürfnis nach einer Geste der Erkenntlichkeit und vielleicht im geheimen das Verlangen, noch einmal dieses neue Wort ›Ich danke Ihnen *sehr*‹ mit diesem ergreifenden fremdartigen Akzent zu hören. Er kaufte eine große Schachtel, die schönste, die teuerste, und auch sie schien ihm als Abschiedsgeschenk noch nicht schön genug. So besorgte er im nächsten Geschäft überdies Blumen, einen ganzen dicken rotleuchtenden Buschen. Die rechte und die linke Hand bepackt, kam er zurück ins Hotel und beauftragte den Portier, beides sofort Fräulein Dietzenhof auf ihr Zimmer zu senden. Aber der Portier, ihn nach wienerischer Art gleich im vorhinein adelnd, antwortete devot: ›Bittschön, bittsehr, Herr von Kanitz, das gnädige Fräulein sind schon im Frühstückszimmer.‹

Kanitz überlegte einen Augenblick. Der Abschied war gestern so aufwühlend für ihn gewesen, daß er Angst hatte, eine neue Begegnung könnte diese gute Erinnerung zerstören. Aber dann entschloß er sich doch und betrat, die Bonbonnière und die Blumen in je einer Hand, das Frühstückszimmer.

Sie saß mit dem Rücken gegen ihn; selbst ohne daß er ihr Gesicht sah, spürte er an der bescheiden-stillen Art, mit der dieses schmale Wesen an dem einsamen Tisch saß, etwas Rührendes, das ihn wider Willen ergriff. Scheu trat er heran und legte rasch die Bonbonnière und die Blumen hin: ›Eine Kleinigkeit für die Reise.‹

Sie schrak auf und errötete tief. Es war das erste Mal, daß sie von jemandem Blumen empfing, oder vielmehr, einmal hatte einer jener erbschleicherischen Verwandten in der Hoffnung, sie zur Verbündeten zu machen, ihr ein paar magere Rosen auf das Zimmer gesandt. Aber die furiose Bestie, die Fürstin, hatte ihr sofort befohlen, sie zurückzuschicken. Und nun kam jemand und brachte ihr Blumen, und niemand konnte es ihr verbieten.

›Ach nein‹, stammelte sie, ›wie komme ich denn dazu? Das ist viel . . . viel zu schön für mich.‹

Aber doch blickte sie dankbar auf. War es der Reflex der Blumen oder das aufwallende Blut – jedenfalls, ein rosiger Schein überhauchte immer stärker das verlegene Gesicht; das alternde Mädchen sah beinahe schön aus in diesem Augenblick.

›Wollen Sie nicht Platz nehmen?‹ sagte sie in ihrer Verwirrung, und ungeschickt setzte sich Kanitz ihr gegenüber.

›Sie reisen also wirklich?‹ fragte er, und ungewollt zitterte ein Ton aufrichtigen Bedauerns mit.

›Ja‹, sagte sie und senkte den Kopf. Es war keine Freude in diesem ›Ja‹, aber auch keine Trauer. Keine Hoffnung und keine Enttäuschung. Es war still gesagt, resigniert und ohne jedwede besondere Betonung.

In seiner Verlegenheit und aus dem Wunsch heraus, ihr dienlich zu sein, erkundigte sich Kanitz, ob sie ihre Ankunft schon telegraphisch vorausgemeldet habe. Nein, oh nein, das würde ihre Leute doch nur erschrecken, die bekämen in Jahren kein Telegramm ins Haus. Aber es seien doch nahe Verwandte, fragte Kanitz weiter. Nahe Verwandte – nein, durchaus nicht. Eine Art Nichte, die Tochter ihrer verstorbenen Stiefschwester; den Mann kenne sie überhaupt nicht. Sie bestellten ein kleines Landgut mit einer Imkerei, und beide hätten sehr freundlich geschrieben, sie könne ein Zimmer dort haben und bleiben, solange es ihr gefiele.

›Aber was wollen Sie denn dort tun, in diesem kleinen verlorenen Ort?‹ fragte Kanitz.

›Ich weiß nicht‹, antwortete sie mit gesenkten Augen.

Unser Freund wurde allmählich erregt. Es war etwas von solcher Leere und Verlassenheit um dieses Geschöpf und eine solche Gleichgültigkeit in der ratlosen Art, mit der sie sich selbst und ihr Schicksal hinnahm, daß er sich an sich selbst erinnerte, an sein unstetes, unbehaustes Leben. In ihrer Ziellosigkeit fühlte er die seine.

›Das hat doch keinen Sinn‹, sagte er beinahe heftig. ›Man soll nicht bei Verwandten wohnen, das tut nie gut. Und dann, Sie haben's doch nicht mehr nötig, sich in einem solchen kleinen Nest zu vergraben.‹

Sie sah ihn dankbar und traurig zugleich an. ›Ja‹, seufzte sie, ›ich habe selbst ein wenig Angst davor. Aber was soll ich denn sonst tun?‹

Sie sagte es leer vor sich hin und hob dann die blauen Augen zu ihm auf, als erhoffte sie von ihm einen Rat – (Solche Augen müßte man haben, hatte Kanitz gestern zu sich selber gesagt) –, und plötzlich, er wußte nicht, wieso es ihm geschah, fühlte er einen Gedanken, einen Wunsch sich zur Lippe drängen.

›Aber dann bleiben Sie doch lieber hier‹, sagte er. Und ohne daß er es wollte, fügte er leiser bei: ›Bleiben Sie bei mir.‹

Sie schrak auf und starrte ihn an. Jetzt erst begriff er, daß er etwas ausgesprochen, was er gar nicht bewußt gewollt. Das Wort war ihm über die Lippe gekommen, ohne daß er es wie sonst gewogen, berechnet und geprüft. Ein Wunsch, den er sich selbst weder verdeutlicht noch eingestanden, war plötzlich Stimme, Schwingung, Ton geworden. An ihrem heftigen Erröten merkte er erst, was er gesagt, und fürchtete sofort, daß sie ihn mißverstehen könne. Wahrscheinlich dachte sie: als meine Geliebte. Und um sie auf keinen beleidigenden Gedanken kommen zu lassen, fügte er hastig bei:

›Ich meine – als meine Frau.‹

Sie fuhr jäh empor. Der Mund zuckte, er wußte nicht, ob

zu einem Schluchzen oder zu einem bösen Wort. Dann sprang sie plötzlich auf und lief aus dem Zimmer.

Das war der furchtbarste Augenblick im Leben unseres Freundes. Jetzt erst verstand er die Torheit, die er begangen. Er hatte einen gütigen Menschen, den einzigen, der ihm Vertrauen entgegenbrachte, herabgesetzt, beleidigt, erniedrigt, denn wie konnte er, ein beinahe alter Mann, ein Jude, schäbig, unschön, ein Herumagentierer, ein Geldmacher, sich einem innerlich so vornehmen, so zartsinnigen Wesen anbieten! Unwillkürlich gab er ihr recht, daß sie mit solchem Abscheu davongelaufen war. Gut, sagte er grimmig zu sich. Recht ist mir geschehen. Endlich hat sie mich erkannt, endlich die Verachtung gezeigt, die mir gebührt. Besser so, als daß sie mir dankt für meine Lumperei. Nicht im mindesten war Kanitz durch ihre Flucht beleidigt, im Gegenteil, er war – dies hat er mir selbst gestanden – in diesem Augenblick geradezu *froh*. Er fühlte, er hatte seine Strafe erhalten; es war gerecht, daß sie von nun ab an ihn mit der gleichen Verachtung dachte, die er selber für sich empfand.

Aber da erschien sie schon wieder an der Tür, sie hatte feuchte Augen und war furchtbar erregt. Ihre Schultern zitterten. Sie kam auf den Tisch zu. Mit beiden Händen mußte sie sich an der Lehne festhalten, ehe sie sich neuerdings niedersetzte. Dann atmete sie leise, ohne den Blick zu heben:

›Verzeihen Sie ... verzeihen Sie meine Ungehörigkeit ... daß ich so aufgesprungen bin. Aber ich war so erschrocken ... wie können Sie denn? Sie kennen mich doch gar nicht ... Sie kennen mich doch gar nicht ...‹

Kanitz war zu bestürzt, um ein Wort zu finden. Er sah nur, erschütterten Gefühls, daß kein Zorn in ihr war, sondern bloß Angst. Daß sie über die Unsinnigkeit seines plötzlichen Antrags genau so erschrocken war wie er selbst. Keiner hatte den

Mut, zum andern zu sprechen, keiner den Mut, den andern anzuschauen. Aber sie reiste an diesem Vormittag nicht ab. Sie blieben von früh bis abends beisammen. Nach drei Tagen wiederholte er seinen Antrag, und nach zwei Monaten heirateten sie.«

Doktor Condor machte eine Pause. »So, nun noch ein letzter Schluck – ich bin gleich zu Ende. Nur dies noch einmal – hierzulande schwätzt man, unser Freund hätte sich damals listig an die Erbin herangeschmeichelt und sie mit einem Heiratsantrag eingefangen, um das Gut zu bekommen. Aber ich wiederhole: das ist nicht wahr. Kanitz *hatte*, wie Sie jetzt wissen, das Schloß damals schon in der Hand, er *brauchte* sie nicht mehr zu heiraten, kein Atom von Berechnung spielte bei seiner Werbung mit. Nie hätte er, der kleine Agent, den Mut gefunden, aus Verschlagenheit um dieses blauäugige feine Mädchen zu werben, sondern wider seinen Willen wurde er von einem Gefühl überrascht, das ehrlich war und wunderbarerweise auch ehrlich geblieben ist.

Denn aus dieser absurden Freite wurde eine selten glückliche Ehe. Immer ergibt gerade das Gegensätzliche, sofern es sich richtig ergänzt, die vollendetste Harmonie, und oft erweist sich das scheinbar Überraschendste als das Natürlichste. Die erste Reaktion bei diesem plötzlichen Paar war freilich, daß sie sich beide voreinander fürchteten; Kanitz argwöhnte, jemand würde ihr Geschichten von seinen dunklen Geschäften zutragen und sie ihn dann noch im letzten Augenblick mit Verachtung von sich stoßen; unheimliche Energie setzte er ein, um seine Vergangenheit unsichtbar zu machen. Er stoppte alle zweifelhaften Praktiken, gab seine Schuldbriefe mit Verlust weiter, hielt sich von seinen früheren Komplizen fern. Er ließ sich taufen, wählte einen einflußreichen Paten und setzte es mit einem kräftigen Stück Geld durch, dem Namen Kanitz das edlerklingende ›von Kekesfalva‹ beifügen zu dürfen, bei welcher Veränderung, wie meist in solchen Fällen, der ursprüngliche Name von den Visitenkarten bald spurlos verschwand. Aber bis zum Hochzeitstage lebte er in dem Wahn, heute, morgen, übermorgen würde sie ihr Vertrauen noch erschreckt zurücknehmen. Sie wiederum, der ihre frühere Herrin, die Bestie, durch zwölf Jahre tagtäglich Unfähigkeit, Dummheit, Bosheit, Beschränktheit vorgeworfen und mit teuflischer Tyrannei jedes Selbstgefühl gebrochen, erwartete, auch von ihrem neuen Gebieter unablässig angepoltert, verhöhnt, beschimpft, zurückgesetzt zu werden; im voraus resigniert, rechnete sie auf Sklaverei wie auf ein unausweichliches Schicksal. Aber siehe, alles was sie tat, war recht; der Mann, in dessen Dienst, in dessen Hände sie ihr Leben gegeben, dankte ihr jeden Tag von neuem, immer behandelte er sie mit der gleichen ehrfürchtigen Scheu. Die junge Frau staunte; so viel Zartheit konnte sie gar nicht fassen. Allmählich blühte das schon halb verdorrte Mädchen auf. Sie wurde hübsch, bekam weiche Formen; noch ein Jahr, zwei Jahre dauerte es, ehe sie wagte, wirklich zu glauben, auch sie, die Unbeachtete, die Getretene, die Unterdrückte könne geachtet, könne geliebt werden wie alle andern Frauen. Aber das ganz wahre Glück für die beiden begann erst, als das Kind kam.

Mit neuer Leidenschaft nahm Kekesfalva seine geschäftliche Tätigkeit in jenen Jahren auf. Den kleinen Agenten hatte er hinter sich geworfen, seine Arbeit bekam Format. Er modernisierte die Zuckerfabrik, beteiligte sich am Walzwerk bei Wiener Neustadt und führte jene blendende Transaktion im Spirituskartell durch, über die damals viel gesprochen wurde. Daß er reich wurde, jetzt wirklich reich, änderte nichts an dem zurückgezogenen, sparsamen Leben des Ehepaares. Als wollten sie die Menschen nicht zu sehr an sich erinnern, luden sie selten Gäste zu sich, und das Haus, das Sie ja kennen, wirkte damals unvergleichlich einfacher und ländlicher-freilich, um wieviel glücklicher auch war es als heute!

Dann kam die erste Prüfung über ihn. Schon längere Zeit hatte seine Frau an inneren Schmerzen gelitten, die Speisen widerten sie an, sie magerte ab, ging immer müder und erschöpfter; aber aus Furcht, den vielbeschäftigten Mann mit ihrer unbedeutsamen Person zu beunruhigen, preßte sie die Lippen zusammen, wenn ein Anfall kam, und verschwieg ihre Schmerzen. Als schließlich ein Verbergen sich nicht länger mehr möglich erwies, war es zu spät. Man brachte sie im Krankenwagen nach Wien, um das vermeintliche Magengeschwür – in Wirklichkeit einen Krebs – zu operieren. Bei dieser Gelegenheit lernte ich Kekesfalva kennen, und eine wildere, eine grausamere Art der Verzweiflung habe ich nie bei einem Menschen gesehen. Er konnte, er wollte einfach nicht begreifen, daß die Medizin seine Frau nicht mehr zu retten vermochte; nur Trägheit, nur Gleichgültigkeit, nur Unfähigkeit der Ärzte schien es ihm, daß wir nicht mehr taten, nicht mehr tun konnten. Fünfzigtausend, hunderttausend Kronen bot er dem Professor, wenn er sie gesund mache. Telegraphisch ließ er am Tag der Operation noch aus Budapest, aus München, aus Berlin die ersten Autoritäten kommen, nur um einen zu finden, der sagte, daß man sie vielleicht vor dem Messer bewahren könne. Und nie in meinem Leben werde ich seine irren Augen vergessen, während er uns anschrie, wir seien insgesamt Mörder, als die Unrettbare, wie nicht anders zu erwarten war, unter dem Messer blieb.

Das wurde sein Damaskus. Von diesem Tage an blieb etwas verändert in diesem Asketen des Geschäfts. Ein Gott war ihm gestorben, dem er von seiner Kindheit an gedient: das Geld. Jetzt gab es für ihn nur noch eines auf Erden: sein Kind. Er nahm Gouvernanten und Diener auf, ließ das Haus umbauen, kein Luxus war dem einst so Sparsamen genug. Er schleppte die Neunjährige, die Zehnjährige nach Nizza, nach Paris, nach Wien, verwöhnte und verzärtelte sie in der äffischesten Weise, und mit der gleichen Wildheit, mit der er bisher Geld gerafft, warf er es jetzt, gleichsam verächtlich, um sich – vielleicht hatten Sie gar nicht so unrecht, wenn Sie ihn nobel und vornehm nannten, denn seit Jahren hat sich tatsächlich eine ungewöhnliche Gleichgültigkeit gegen Gewinn und Verlust seiner bemächtigt; er hat das Geld verachten gelernt, seit ihm alle Millionen seine Frau nicht zurückkaufen konnten.

Ich will Ihnen – es wird spät – die Abgötterei nicht im einzelnen schildern, die er mit seinem Kind trieb; schließlich war sie verständlich, denn die Kleine wuchs bezaubernd heran, ein wirklich elfisches Wesen in jenen Jahren, zart, schlank, leicht, mit grauen Augen, die jeden hell und freundlich anstrahlten; sie hatte von der Mutter die schüchterne Sanftmut, vom Vater den durchdringenden Verstand geerbt. Hellsinnig, liebenswürdig blühte sie auf zu jener wunderbaren Unbefangenheit, wie sie einzig Kindern zu eigen ist, die vom Leben niemals Feindseligkeit oder Härte erfahren. Und nur wer die Verzauberung des alternden Mannes kannte, der nie zu hoffen gewagt, aus seinem schweren dunklen Blut könnte ein so frohmütiges, weltfreundliches Gebilde entstehen, vermag seine Verzweiflung ganz zu ermessen, als jenes zweite Unglück über ihn fiel. Er konnte, er wollte nicht begreifen – und vermag es heute auch noch nicht –, daß gerade dies Kind, *sein* Kind, so geschlagen, so verstümmelt bleiben sollte, und ich scheue mich wirklich, all die Unsinnigkeiten zu verraten, die er in seiner fanatischen Desperation beging. Daß er alle Ärzte der Welt mit seiner

Insistenz zur Verzweiflung bringt, daß er uns mit den wildesten Summen gleichsam zu zwingen sucht, eine sofortige Heilung durchzusetzen, daß er mich jeden zweiten Tag anruft, völlig sinnlos, nur um seiner rasenden Ungeduld nachzugeben, will ich gar nicht weiter erwähnen; aber jüngst erzählte mir vertraulich ein Kollege, daß der alte Mann allwöchentlich in der Universitätsbibliothek mitten unter den Studenten sitzt, unbeholfen sich alle Fremdwörter aus dem Lexikon herausschreibend, und dann stundenlang alle Handbücher der Medizin durchackert in der wirren Hoffnung, vielleicht könne er selbst etwas entdecken, was wir Ärzte übersehen oder vergessen hätten. Von anderer Seite wieder wurde mir zugetragen – Sie werden vielleicht lächeln, aber immer läßt erst der Irrwitz die Größe einer Leidenschaft ahnen –, daß er sowohl der Synagoge als auch dem hiesigen Pfarrer große Summen als Spende für die Genesung des Kindes zugesagt hat; ungewiß, an welchen Gott er sich wenden sollte, den verlassenen seiner Väter oder den neuen, und gejagt von der erschütternden Angst, sich's mit dem einen oder dem andern zu verderben, hat er sich beiden zugleich vereidigt.

Aber – nicht wahr, ich erzähle Ihnen derlei das Lächerliche schon streifende Detail keineswegs aus Klatschsucht. Sie sollen eben nur verstehen, was diesem geschlagenen, zerstörten, zernichteten Menschen jemand bedeutet, der ihm überhaupt *zuhört*, jemand, von dem er spürt, daß er seine Sorge innerlich begreift, oder wenigstens begreifen *will*. Ich weiß, er macht es einem schwer mit seiner obstinaten Art, mit seiner egozentrischen Besessenheit, die so tut, als ob es in unserer Welt, die doch mit Unglück bis an den Rand beladen ist, nur sein, nur seines Kindes Unglück gäbe. Aber doch, gerade jetzt darf man ihn nicht im Stich lassen, da die rasende Hilflosigkeit ihn selber krank zu machen beginnt, und Sie tun *wirklich* – wirklich, lieber Herr Leutnant – ein gutes Werk, wenn Sie ein bißchen von Ihrer Jugend, Ihrer Vitalität, Ihrer Unbefangenheit in dies tragische Haus bringen. Nur deshalb, nur aus der Sorge heraus, daß Sie sich von andern beirren lassen könnten, habe ich Ihnen vielleicht mehr von seinem Privatleben erzählt, als ich eigentlich verantworten kann; aber ich glaube darauf rechnen zu dürfen – alles, was ich Ihnen sagte, bleibt strikt unter uns beiden.«

»Selbstverständlich«, sagte ich mechanisch; es war das erste Wort, das ich während seines ganzen Berichts über die Lippen brachte. Ich war wie betäubt – nicht allein von den überraschenden Enthüllungen, die meine ganzen Vorstellungen von Kekesfalva von außen nach innen umwendeten wie einen Handschuh; ich war gleichzeitig auch betroffen über meine eigene Dumpfheit und Torheit. Mit so seichten Augen war ich also in meinem fünfundzwanzigsten Jahr noch durch die Welt gegangen! Wochenlang täglicher Gast in diesem Hause, hatte ich, ganz eingenebelt in mein Mitleid, aus dummer Diskretion niemals gewagt, mich zu erkundigen, weder nach der Krankheit selbst, noch nach der Mutter, die doch sichtlich in diesem Hause fehlte, nicht gefragt, woher der Reichtum dieses sonderbaren Menschen stammte. Wie hatte ich übersehen können, daß diese verhangenen, mandelförmigen, melancholischen Augen nicht die eines ungarischen Aristokraten waren, sondern der von tausend Jahren tragischen Kampfes geschärfte und zugleich ermüdete Blick der jüdischen Rasse? Wie nicht wahrnehmen, daß in Edith wiederum andere Elemente gemischt waren, wie nicht erkennen, daß etwas in diesem Hause gespenstisch von sonderbaren Vergangenheiten belastet sein mußte? Blitzschnell fielen eine Reihe Einzelheiten mir nun verspätet ein: mit welchem kalten Blick unser Oberst einmal bei einer Begegnung Kekesfalvas Gruß von sich weggeschoben hatte, gerade zwei Finger halb an die Kappe hebend, oder wie die Kameraden an Kaffeehaustisch ihn einen »alten Manichäer« genannt. Mir war zumute, wie wenn plötzlich in einem dunklen Zimmer ein Vorhang aufgerissen wird und die Sonne dringt einem so jäh in die Augen, daß sie purpurn schwirren, und man taumelt unter dem grellen Prall dieses durch sein Übermaß unerträglichen Lichts.

Aber als ob er geahnt hätte, was in mir vorging, beugte sich Condor zu mir herüber; seine kleine, weiche Hand rührte beruhigend und wahrhaft ärztlich die meine an.

»Das konnten Sie natürlich nicht ahnen, Herr Leutnant, wie sollten Sie auch! Sie sind doch in einer ganz abgeschlossenen, ganz abseitigen Welt auferzogen worden und überdies im glücklichen Alter, wo man noch nicht gelernt hat, alles Sonderbare zuerst mißtrauisch anzusehen. Glauben Sie mir als dem Älteren – man braucht sich nicht zu schämen, ab und zu vom Leben düpiert zu werden; es ist viel eher eine Gnade, wenn einem jener überscharfe, diagnostische mal-occhio-Blick noch nicht in der Pupille steckt und man lieber Menschen und Dinge zunächst vertrauensvoll ansieht. Nie hätten Sie sonst diesem alten Mann und diesem armen kranken Kind so prächtig helfen können! Nein, wundern Sie sich nicht und vor allem schämen Sie sich nicht – Sie haben aus einem guten Instinkt heraus schon das Allerrichtigste getan!«

Er warf den Zigarrenstummel in die Ecke, dehnte sich und schob den Sessel zurück. »Aber nun, glaube ich, wird es allmählich Zeit für mich.«

Ich stand zugleich mit ihm auf, obwohl ich mich noch einigermaßen taumlig fühlte. Denn etwas Sonderbares ging in mir vor. Ich war äußerst erregt, sogar von einer gesteigerten, überreizten Wachheit durch all dies überraschend Erfahrene; aber gleichzeitig spürte ich einen dumpfen Druck an einer ganz bestimmten Stelle. Ich erinnerte mich deutlich: mitten während seines Erzählens hatte ich Condor etwas fragen wollen und nur nicht die Geistesgegenwart gehabt, ihn zu unterbrechen: irgend ein Detail wollte ich fragen an einer bestimmten Stelle! Und jetzt, da jene Frage erlaubt war, erinnerte ich mich nicht mehr; sie mußte weggeschwemmt worden sein von der Erregung des Zuhörens. Vergebens tastete ich die ganzen Windungen des Gesprächs zurück – es war, wie wenn man in seinem Leib einen ganz präzisen Schmerz fühlt und ihn doch nicht zu lokalisieren vermag. Während der Minute, da wir durch die schon halbverlassene Weinstube hinausschritten, blieb ich einzig mit der inneren Bemühung beschäftigt, mich zu erinnern.

Wir traten aus der Tür, Condor blickte auf. »Aha«, lächelte er mit einer gewissen Zufriedenheit. »Das habe ich schon die ganze Zeit gespürt; dieses Mondlicht war mir gleich zu grell. Wir bekommen ein Gewitter und sicher ein ausgiebiges dazu. Da heißt's sich beeilen.«

Er hatte recht. Zwischen den schlafenden Häusern stockte die Luft zwar noch immer still und stickig, den Himmel überjagten jedoch von Osten her dunkle, trächtige Wolken und verhüllten strichweise den gelblich ermattenden Mond. Schon war die eine Hälfte des Firmaments völlig verdunkelt; schwarz wie eine Riesenschildkröte schob die kompakte metallische Masse sich vorwärts, manchmal übersprüht von fernem Wetterschein, und im Hintergrund murrte bei jedem Lichtschlag etwas unwillig wie ein gereiztes Tier.

»In einer halben Stunde kriegen wir die Bescherung«, diagnostizierte Condor, »ich jedenfalls komme noch trocken zur Bahn, aber Sie, Herr Leutnant, kehren lieber um, sonst werden Sie gründlich gewaschen.«

Doch ich wußte dumpf, daß ich ihn noch etwas fragen mußte und wußte noch immer nicht, was; die Erinnerung daran war ertrunken in einer dumpfen Schwärze wie oben der Mond im jagenden Wolkengang. Immer aber noch spürte ich jenen unbestimmten Gedanken im Hirne pochen; es war wie ein ständig fühlbarer, unruhig bohrender Schmerz.

»Nein, ich riskiere es schon«, antwortete ich.

»Dann aber fix! Je schneller wir marschieren, um so lieber; von diesem langen Sitzen werden einem die Beine ganz steif.«

Die Beine steif – *das* war es, das Kennwort! Sofort blitzte Helligkeit hinab bis in den untersten Grund meines Bewußtseins. Mit einem Schlag wußte ich, was ich Condor vordem hatte fragen wollen, was ich ihn fragen *mußte:* der Auftrag! Der Auftrag Kekesfalvas! Die ganze Zeit hatte ich wahrscheinlich im Unterbewußtsein nur an Kekesfalvas Frage gedacht, ob jene Lähmung unheilbar sei oder nicht: jetzt mußte ich sie stellen. So begann ich, während wir durch die ganz verlassenen Gassen schritten, ziemlich vorsichtig.

»Verzeihung, Herr Doktor ... alles, was Sie mir erzählten, war natürlich furchtbar interessant für mich ..., ich meine furchtbar wichtig ... Aber Sie werden verstehen, daß ich Sie gerade darum noch etwas fragen möchte ... etwas, das mich schon lange bedrückt und ... Sie sind doch ihr Arzt, Sie kennen wie kein anderer den Fall ... ich bin ein Laie, mir fehlt jede richtige Vorstellung ... und da wüßte ich gerne, was Sie eigentlich davon denken. Ich meine, handelt es sich bei dieser Lähmung Ediths nur um eine vorübergehende Erkrankung oder ist sie unheilbar?«

Condor blickte auf, scharf und mit einem einzigen Ruck. Seine Augengläser blitzten mich an; ich wich unwillkürlich der stoßhaften Vehemenz dieses Blicks aus, der wie eine Nadel mir in die Haut fuhr. Argwöhnte er am Ende Kekesfalvas Auftrag? Hatte er Verdacht geschöpft? Aber schon senkte er wieder den Kopf, und ohne sein rasches Tempo zu unterbrechen, ja vielleicht sogar noch heftiger ausschreitend, murrte er:

»Natürlich! Darauf hätt ich eigentlich gefaßt sein müssen. Damit endet's immer. Heilbar oder unheilbar, schwarz oder weiß. Als ob das so einfach wäre! Schon ›gesund‹ und ›krank‹ sind zwei Worte, die ein anständiger Arzt guten Gewissens nicht aussprechen sollte, denn wo fängt die Krankheit an und wo endet die Gesundheit? Und gar ›heilbar‹ und ›unheilbar‹! Natürlich, sie sind sehr usuell, diese beiden Ausdrücke, und man kommt in der Praxis kaum ohne sie aus. Aber mich werden Sie nie dazu bekommen, das Wort ›unheilbar‹ auszusprechen. Mich nie! Ich weiß, der gescheiteste Mensch des letzten Jahrhunderts, Nietzsche, hat das furchtbare Wort hingeschrieben: Am Unheilbaren soll man nicht Arzt sein wollen. Aber das ist so ziemlich der falscheste Satz unter all den paradoxen und gefährlichen, die er uns zum Auflösen gegeben. Genau das Gegenteil ist richtig, und ich behaupte: gerade am Unheilbaren soll man Arzt sein wollen, und mehr noch: nur am sogenannt Unheilbaren bewährt sich ein Arzt. Ein Arzt, der von vorneweg den Begriff ›unheilbar‹ akzeptiert, desertiert vor seiner eigentlichen Aufgabe, er kapituliert vor der Schlacht. Selbstverständlich, ich weiß, einfacher, handlicher ist es schon, in gewissen Fällen einfach ›unheilbar‹ zu sagen und mit resigniertem Gesicht und eingeheimstem Konsultationshonorar sich wegzudrehen, – jaja, höchst bequem und einträglich, sich ausschließlich mit den erwiesenen, den erprobt heilbaren Fällen zu befassen, wo man in der Schwarte Seite soundsoviel die ganze Therapie fertig aufblättern kann. Na, wem's Spaß macht, der mag so herumbadern. Mir ad personam scheint das als Leistung genau so kläglich, wie wenn ein Dichter nur das Schongesagte noch einmal sagen wollte, statt zu versuchen, das Ungesagte, ja, das Unsagbare ins Wort zu bändigen, wenn ein Philosoph das längst Erkannte zum neunundneunzigstenmal explizierte, statt dem Unerkannten, dem Unerkennbaren entgegenzudenken. Unheilbar – das ist doch nur ein relativer Begriff, kein absoluter; unheilbare Fälle gibt's für die Medizin als einer fortschreitenden Erkenntnis doch nur im Momentanen, im Raum unserer Zeit, unserer Wissenschaft, also innerhalb unserer begrenzten, bornierten Froschperspektive! Aber auf unsern Augenblick kommt es doch nicht an. In hundert Fällen, wo wir heute keine Heilungsmöglichkeiten sehen, kann – unsere Wissenschaft rennt ja in rasendem Tempo vorwärts – morgen, übermorgen eine schon gefunden, schon er-funden sein. Es gibt also, merken Sie sich das gefälligst« – er sagte es ärgerlich, als hätte ich ihn beleidigt – »es gibt für mich keine unheilbaren Krankheiten, ich gebe prinzipiell nichts und niemanden auf, und niemand wird mir jemals das Wort ›unheilbar‹ abringen. Das Äußerste, was ich auch im verzweifeltsten Falle behaupten würde, wäre, daß ich eine Krankheit ›*noch-nicht*-heilbar‹ nenne – will sagen: von unserer zeitgemäßen Wissenschaft noch nicht heilbar.«

Condor schritt dermaßen heftig dahin, daß ich Mühe hatte, ihm nachzufolgen. Plötzlich bremste er.

»Vielleicht drück ich mich zu kompliziert, zu abstrakt aus. Solche Dinge setzen sich ja wirklich schwer zwischen Wirtshaus und Bahnhof auseinander. Aber vielleicht wird Ihnen ein Beispiel besser veranschaulichen, was ich meine – übrigens ein sehr persönliches und mir sehr schmerzliches Beispiel. Vor zweiundzwanzig Jahren war ich ein junger Student der Medizin, etwa so alt wie Sie heute, gerade im vierten Semester. Da erkrankte mein Vater, bis dahin ein starker, vollkommen gesunder, unermüdlich tätiger Mann, den ich leidenschaftlich liebte und verehrte. Die Ärzte diagnostizierten eine Diabetes, Sie kennen sie wahrscheinlich unter dem Namen Zuckerkrankheit, eine der grausamsten, der heimtückischesten Krankheiten, die einen Menschen überfallen kann. Ohne jeden Anlaß hört der Organismus auf, die Nährstoffe weiter zu verarbeiten, er führt Fett und Zucker nicht mehr dem Körper zu, und dadurch verfällt und verhungert der Kranke eigentlich bei lebendigem Leibe – ich will Sie nicht mit den Einzelheiten quälen, sie haben mir selbst drei Jahre meiner Jugend zerstört.

Und nun hören Sie: damals kannte die sogenannte Wissenschaft nicht die geringste Kur gegen Diabetes. Man quälte die Kranken mit einer besonderen Diät, jedes Gramm wurde gewogen, jeder Schluck gemessen, aber die Ärzte wußten – und ich als Mediziner wußte es natürlich auch –, daß man damit das Ende nur hinausschob, daß diese zwei, drei Jahre ein entsetzliches Zugrundegehen, ein elendes Verhungern inmitten einer Welt bedeuteten, die von Speisen und Getränken strotzt. Sie können sich denken, wie ich als Student, als zukünftiger Arzt, damals von einer Autorität zur andern lief, wie ich alle Bücher und Spezialwerke studierte. Aber überall antwortete mir mündlich und schriftlich das mir seitdem unerträgliche Wort ›unheilbar, unheilbar‹. Seit jenem Tage hasse ich dieses Wort, denn ich habe wach und untätig mitansehen müssen, wie der Mensch, den ich auf Erden am meisten liebte, elender zugrunde ging als irgend ein dumpfes Tier; er starb drei Monate vor meiner Promotion.

Und jetzt hören Sie gut zu: vor ein paar Tagen in der Medizinischen Gesellschaft haben wir einen Vortrag von einem unserer ersten Chemikologen gehört, der uns informierte, in Amerika und in den Laboratorien einiger anderer Länder seien Versuche schon ziemlich weit gediehen, ein Drüsenextraktmittel zu finden; es sei gewiß, behauptete er, daß die Diabetes in einem Jahrzehnt eine ›erledigte‹ Krankheit sein werde. Nun, Sie können sich denken, wie mich der Gedanke erregt hat, daß es schon damals ein paar hundert Gramm dieser Substanz hätte geben können, und der liebste Mensch, den ich auf Erden hatte, wäre nicht gequält worden, wäre nicht gestorben, oder wir hätten wenigstens hoffen können, ihn zu heilen, zu retten. Verstehen Sie, wie mich damals das Verdikt ›unheilbar‹ erbitterte – ich hatte doch Tag und Nacht geträumt, es könne, es solle, es müsse ein Mittel gefunden, erfunden werden, einem werde es gelingen, vielleicht mir. Die Syphilis, die zur Zeit, als wir die Universität bezogen, uns Studenten ausdrücklich mit einem zur Warnung gedruckten Merkblatt als ›unheilbar‹ geschildert wurde, ist doch auch heilbar geworden. Nietzsche und Schumann und Schubert und, ich weiß nicht wer sonst noch von ihren tragischen Opfern, sind also keineswegs an einer ›unheilbaren‹ Krankheit gestorben, sondern an einer, die eben damals ›noch nicht heilbar‹ war – ja, sie sind, wenn Sie wollen, im zweifachen Sinne zu früh gestorben. Was bringt uns Ärzten jeder Tag Neues, Unverhofftes, Phantastisches, gestern noch Unausdenkbares! Jedesmal darum, wenn ich vor einem Fall stehe, wo die andern die Achseln zucken, zuckt mir das Herz vor Zorn, daß ich dieses Mittel von morgen, von übermorgen, noch nicht weiß, und es zuckt auch vor Hoffnung: vielleicht findest du es, vielleicht erfindet es einer noch im rechten, im letzten Augenblick für diesen Menschen. Alles ist möglich, auch das Unmögliche – denn wo unsere Wissenschaft von heute vor verrammelten Türen steht, ist oft rückwärts ganz unvermutet eine andere schon aufgegangen. Wo unsere Methoden versagen, muß man eben versuchen, eine neue zu erfinden, und wo die Wissenschaft nicht hilft, gibt es noch immer das Wunder – ja, wirkliche Wunder gibt es auch heute noch in der Medizin. Wunder bei schönstem elektrischem Licht, gegen alle Logik und Erfahrung, und manchmal kann man sie sogar provozieren. Glauben Sie, ich quälte dieses Mädchen und ließe mich quälen, wenn ich nicht hoffte, sie endlich entscheidend vorwärts, sie durchzubringen? Es ist ein schwerer Fall, ich gebe es zu, ein widerspenstiger Fall, seit Jahren komme ich nicht so rasch vorwärts, wie ich möchte. Aber dennoch und dennoch, ich lasse sie nicht aus der Hand.«

Ich hatte angespannt zugehört; mir war alles klar, was er meinte. Aber unbewußt war die Insistenz, die Angst des alten Mannes in mich übergegangen. Ich wollte noch mehr hören, Bestimmteres, Präziseres. So fragte ich weiter:

»Sie glauben also doch an eine Besserung – das heißt ... eine *gewisse* Besserung haben Sie ja schon erzielt?«

Doktor Condor blieb stumm. Meine Bemerkung schien ihn zu verstimmen. Er stapfte mit seinen kurzen Beinen heftiger und heftiger.

»Wie können Sie behaupten, daß ich eine gewisse Besserung erzielt habe? Haben Sie's konstatiert? Und was verstehen Sie überhaupt von der ganzen Sache? Sie kennen die Kranke doch erst ein paar Wochen lang, und ich behandle sie fünf Jahre.«

Und plötzlich blieb er stehen. »Damit Sie es wissen, ein für allemal – gar nichts Wesentliches habe ich erzielt, nichts Definitives, und darauf kommt es doch an! Ich habe an ihr herumprobiert und herumkuriert wie ein Bader, ziellos, zwecklos. Gar nichts habe ich bis jetzt erreicht.«

Seine Heftigkeit erschreckte mich: offenbar hatte ich ihn in seinem ärztlichen Ehrgefühl verletzt. So versuchte ich, ihn zu beruhigen.

»Aber Herr von Kekesfalva hat mir geschildert, wie sehr die elektrischen Bäder Edith erfrischt hätten, und besonders seit den Injekt ...«

Doch Condor blieb mit einem Ruck stehen und riß mir das halbausgesprochene Wort entzwei.

»Unsinn! Blanker Unsinn! Lassen Sie sich doch nichts einreden von dem alten Narren! Glauben Sie wirklich, daß mit elektrischen Bädern und derlei Spielereien eine solche Paraplegie ausgewischt werden kann? Kennen Sie denn nicht unseren alten Ärztetrick? Wenn wir selber nicht weiter wissen, suchen wir Zeit zu gewinnen und beschäftigen den Patienten mit Mätzchen und Schwätzchen, damit er unsere Ratlosigkeit nicht bemerkt, und zu unserem Glück lügt dann meist in dem Kranken die Natur mit und wird unser Komplize. Natürlich fühlt sie sich besser! Jede Kur, ob Sie Zitronen essen oder Milch trinken, ob Sie kaltes Wasser oder heißes bekommen, bewirkt zunächst eine Veränderung im Organismus und erzeugt einen neuen Reiz, den die ewig optimistischen Kranken für Besserung nehmen. Diese Art Selbstsuggestion ist unser bester Helfer, sie hilft sogar den größten Eseln von Ärzten. Aber die Sache hat einen Haken – sobald der Anreiz des Neuen sich abgestumpft hat, setzt die Reaktion ein, und dann heißt es schleunigst abwechseln, abermals eine neue Therapie vortäuschen; mit derlei Schwindel manipuliert unsereins in heillosen Fällen eben so lange, bis man durch Zufall vielleicht die wirkliche, die richtige Methode findet. Nein, keine Komplimente, ich weiß selber am besten, wie wenig von dem, was ich will, ich bei Edith erreicht habe! Alles, was ich bisher versuchte – täuschen Sie sich nicht darüber –, alle die Alfanzereien wie Elektrisieren und Massieren haben ihr im wahrsten Sinn des Worts noch nicht recht auf die Beine geholfen.«

So vehement brach Condor gegen sich selber los, daß ich das Bedürfnis fühlte, ihn gegen sein eigenes Gewissen zu verteidigen. So fügte ich schüchtern bei:

»Aber ... ich habe doch selbst gesehen, wie sie dank der Maschinen geht ... dieser Streckapparat ...«

Doch nun sprach Condor nicht mehr, jetzt schrie er mich geradewegs an, und zwar derart zornig und hemmungslos laut, daß in der leeren Gasse zwei verspätete Spaziergänger sich neugierig umwandten.

»Schwindel, habe ich Ihnen gesagt, Schwindel! Hilfsapparate für mich und nicht für sie! Diese Maschinen sind Beschäftigungsapparate, bloße Beschäftigungsapparate, verstehen Sie ... nicht das Kind braucht sie, sondern *ich* brauchte sie, weil die Kekesfalvas sich nicht länger gedulden wollten. Nur weil ich dieser Drängerei nicht mehr standhielt, *mußte* dem alten Mann wieder eine Kampferinjektion Zuversicht verabreicht werden. Was blieb mir übrig, als der Ungeduldigen diese Zentner anzuhängen, wie man eben einem renitenten Gefangenen Fußschellen anschnallt – ganz unnötigerweise anzuhängen ... das heißt, vielleicht kräftigen die Apparate ein bißchen die Sehnen ... ich konnte mir eben nicht mehr anders helfen ... ich *muß* doch Zeit gewinnen ... Aber ich schäme mich dieser Tricks und Attrappen durchaus nicht, Sie sehen ja selbst den Erfolg – Edith redet sich ein, daß sie seitdem viel besser geht, der Vater triumphiert, ich hätte ihr geholfen, alle begeistern sich für den großartigen, genialen Wundertäter, und Sie selbst befragen mich als Doktor Allwissend!«

Er unterbrach und nahm den Hut ab, um sich mit der Hand über die nasse Stirn zu streichen. Dann blickte er mich maliziös von der Seite an.

»Gefällt Ihnen nicht sonderlich, fürchte ich! Desillusioniert Ihre Vorstellung vom Arzt als Helfer und Wahrheitsmann! Haben sich in jugendlicher Begeisterung die medizinische Moral anders vorgestellt und sind jetzt etwas, ich merke es ja ... ernüchtert oder sogar degoutiert von derlei Praktiken! Aber bedaure – Medizin hat mit Moral nichts zu tun: jede Krankheit ist an sich ein anarchischer Akt, eine Revolte gegen die Natur, deshalb darf man gegen sie alle Mittel einsetzen, *alle*. Nein, kein Mitleid mit Kranken – der Kranke stellt sich selbst hors de la loi, er verletzt die Ordnung, und um die Ordnung, um ihn selber wiederherzustellen, muß man, wie bei jeder Revolte, rücksichtslos zugreifen – was einem gerade in die Hand kommt, muß man nützen, denn mit der Güte und der Wahrheit ist noch nie die Menschheit und nie ein einzelner Mensch geheilt worden. Wenn ein Schwindel kuriert, so ist er eben kein erbärmlicher Schwindel mehr, sondern ein erstklassiges Medikament, und so lange ich in einem Fall nicht faktisch helfen kann, muß ich eben trachten, bloß hinüberzuhelfen. Auch das ist schon keine leichte Sache, Herr Leutnant, immer eine neue Walze zu drehen, fünf Jahre lang, besonders wenn man von seiner eigenen Kunst nicht sehr erbaut ist! Jedenfalls wird für Komplimente ergebenst gedankt!«

Er stand, der kleine, feiste Mann, mir so erregt gegenüber, als ob er bei dem ersten Widerspruch mich gewalttätig angehen wollte. In diesem Augenblick sprühte auf dem verdunkelten Horizont ein blauer Blitz wie eine Ader auf, schwerfällig rumpelte und brummte ein knurriger Donner nach. Condor lachte plötzlich.

»Sehen Sie – des Himmels Groll gibt die Antwort. Na, Sie Armer – Ihnen ist heute ausgiebig zugesetzt worden, eine Illusion nach der andern mit dem Seziermesser wegoperiert, erst die vom magyarischen Magnaten, dann die vom fürsorglichen, vom unfehlbaren Arzt und Helfer. Aber Sie müssen verstehen, wie einen die Lobgesänge dieses alten Narren irritieren! Gerade im Fall Edith geht mir das sentimentale Gehudel besonders gegen den Strich, weil's mich doch selber wurmt, so langsam vorwärtszukommen, und daß ich in ihrem Fall noch nichts Entscheidendes gefunden, das heißt erfunden habe.«

Er ging einige Schritte stumm. Dann wandte er sich mir herzlicher zu:

»Übrigens, ich möchte nicht, daß Sie meinen, ich hätte innerlich den Fall ›aufgegeben‹, wie man bei uns so lieblich sagt. Im Gegenteil, gerade hier laß ich nicht von der Stange, und wenn's noch ein Jahr dauern sollte oder fünf Jahre. Es trifft sich übrigens sonderbar – just an demselben Abend nach jenem Vortrag, von dem ich Ihnen sprach, fand ich in der Pariser medizinischen Zeitschrift die Therapie einer Lähmung beschrieben, einen ganz kuriosen Fall eines Vierzigjährigen, der zwei volle Jahre gelähmt zu Bett lag, kein Glied rühren konnte, und den Professor Viennot in vier Monaten so weit gebracht hat, daß er munter wieder fünf Stockwerke steigt. Denken Sie: in vier Monaten eine solche Heilung, in einem ganz ähnlichen Fall, wo ich hier fünf Jahre herummurkse – mich hat's geradezu umgeschmissen, als ich das las! Natürlich war mir die Ätiologie des Falls und auch die Methode nicht ganz klar, Professor Viennot scheint da eine Reihe von Behandlungsarten merkwürdig gekoppelt zu haben, eine Sonnenbestrahlung in Cannes, eine Apparatur und eine gewisse Gymnastik; bei der knappen Krankengeschichte hab ich natürlich keine Vorstellung, ob und inwieweit etwas von seiner neuen Methode in unserem Fall praktikabel sein kann. Aber ich habe sofort an Professor Viennot persönlich geschrieben, um genauere Daten zu erbitten, und nur im Hinblick darauf Edith heute so umständlich mit einer neuerlichen Untersuchung gequält – man braucht doch Vergleichsmöglichkeiten. Sie sehen also, daß ich keineswegs die Flagge streiche und im Gegenteil nach jedem Strohhalm fasse. Vielleicht steckt wirklich eine Möglichkeit in dieser neuen Methode – ich sage *vielleicht*, ich sage nicht mehr, und habe überhaupt schon zuviel geschwätzt. Schluß jetzt mit meinem vermaledeiten Metier!«

Wir befanden uns in diesem Augenblick schon ganz nahe dem Bahnhofsgebäude. Unser Gespräch mußte bald enden; so drängte ich:

»Sie meinen also, daß ...«

Aber in diesem Augenblick blieb der kleine, dickliche Mann mit einem Ruck stehen.

»Gar nichts meine ich«, fauchte er mich an. »Und gar kein ›also‹! Was wollt ihr denn alle von mir? Ich habe keine Telephonleitung zum lieben Gott. Gar nichts habe ich gesagt. Gar nichts Bestimmtes. Gar nichts meine ich und glaube ich und denke ich und verspreche ich. Ich habe ohnehin schon viel zuviel geschwätzt. Und überhaupt jetzt Schluß! Schönen Dank für Ihre Begleitung. Sie tun besser, eiligst umzukehren, sonst bleibt an Ihrem Rock kein Faden trocken.«

Und ohne mir die Hand zu geben, lief er sichtlich verärgert (ich begriff nicht, weswegen) mit seinen kurzen und, wie mir schien, etwas plattfüßigen Beinen dem Bahnhof zu.

Condor hatte richtig gesehen. Das lang schon den Nerven fühlbare Gewitter war unverkennbar im Anrücken. Polternd wie schwere, schwarze Kisten schoben sich dicke Wolken über den unruhig zitternden Baumkronen zusammen, manchmal vom Funkenstrich eines Wetterleuchtens bleich überhellt. Brandig schmeckte die feuchte und hin und wieder ruckhaft von böigen Windstößen aufgerüttelte Luft. Anders erschien die Stadt, anders wirkten die Straßen bei meinem raschen Rücklauf als vor wenigen Minuten, da sie noch angehaltenen Atems im bleichen Mondlicht gelegen. Nun klirrten und klapperten die Schilder wie geängstigt von einem drückenden Traum, unruhig polterten die Türen, stöhnten die Rauchfänge, in manchen Häusern erwachte neugieriges Licht, und dann sah man hier und dort einen Weißbehemdeten vorsorglich die Fenster vor dem kommenden Unwetter schließen. Die wenigen verspäteten Passanten jagten hastig, wie von einem Angstwind getrieben, an den Ecken vorbei, selbst der weiträumige Hauptplatz, sonst auch zur Nachtzeit einigermaßen belebt, lag völlig verlassen; mit dummem, weißem Blick glotzte die beleuchtete Rathausuhr in die ungewohnte Leere. Hauptsache aber: ich vermochte dank Condors Warnung rechtzeitig heimzukommen, ehe das Gewitter anhub. Nur zwei Straßenecken noch und quer durch den städtischen Vorgarten zur Kaserne; dann konnte ich in meinem Zimmer all das Überraschende zu Ende denken, das ich in den letzten paar Stunden erfahren und erlebt.

Der kleine Vorgarten unserer Kaserne lag völlig dunkel; dick und dicht preßte sich die Luft unter dem unruhigen Laub, manchmal zischelte eine kurze Windschlange zwischen den Blättern, dann fiel der erregte Laut in eine noch unheimlichere Stille zurück. Ich ging rascher und rascher. Beinahe hatte ich schon den Ausgang erreicht, da löste sich eine Gestalt hinter einem Baum und trat aus dem Schatten. Ich stutzte ein wenig, aber hielt keineswegs inne – ach, das war wohl nur eine der Huren, die hier im Dunkel auf die Soldaten zu passen pflegten. Doch zu meinem Ärger spürte ich einen fremden Schritt mir schleicherisch nachhasten, und gewillt, das freche Luder, das mich so unverschämt behelligte, grob anzufahren, wandte ich mich um. Und im Lichtschein eines Blitzes, der gerade in diesem Augenblick das Dunkel blinkend durchschnitt, sah ich zu meinem maßlosen Schrecken einen alten, schlottrigen Mann mir nachkeuchen, barhaupt der blanke Schädel, rund funkelnd die goldgeränderte Brille – Kekesfalva!

Im ersten Aufstaunen glaubte ich mir selber nicht. Kekesfalva in unserem Kasernenpark – das war doch unmöglich, ich hatte ihn erst vor drei Stunden, gemeinsam mit Condor, in seinem Hause schwermüde verlassen. Halluzinierte ich oder war der alte Mann wahnsinnig geworden? War er im Fieber aufgestanden und irrte nun im dünnen Rock ohne Mantel und Hut nachtwandlerisch herum? Aber unverkennbar, er war es. Unter Hunderttausenden hätte ich die gedrückte, gebückte, verängstigte Art seines Heranschleichens erkannt.

»Um Himmels willen, Herr von Kekesfalva«, staunte ich. »Wie kommen Sie hierher? Sind Sie denn nicht schlafengegangen?«

»Nein ... oder eigentlich ... ich konnte nicht schlafen ... ich wollte noch ...«

»Aber rasch jetzt nach Hause! Sie sehen doch, das Gewitter muß jeden Augenblick losbrechen. Haben Sie Ihren Wagen nicht hier?«

»Dort drüben ... links von der Kaserne wartet er auf mich.«

»Famos! Dann aber flink! Wenn er scharf fährt, bringt er Sie noch rechtzeitig heim. Kommen Sie, Herr von Kekesfalva.« Und da er zögerte, faßte ich ihn einfach unter dem Arm, um ihn fortzuziehen. Jedoch er löste sich gewaltsam los.

»Gleich, gleich ... Ich fahre schon, Herr Leutnant ... aber ... aber sagen Sie mir erst: was hat er gesagt?«

»Wer?« Meine Frage, mein Erstaunen war ehrlich. Über uns sauste immer wilder der Wind, die Bäume stöhnten und bogen sich, als sollten sie sich ihren Wurzeln entwinden, jeden Augenblick konnte der Regen niederprasseln, und ich dachte selbstverständlich nur an das Eine, das Natürlichste: wie den alten, offenbar geistesverwirrten Mann, der nichts von dem nahenden Unwetter zu merken schien, nach Hause schaffen! Aber er stammelte beinahe entrüstet:

»Doktor Condor ... Sie haben ihn doch begleitet ...«

Jetzt erst begriff ich. Selbstverständlich war diese Begegnung im Dunkel kein Zufall. Hier im Park knapp vor dem Kaserneneingang hatte der Ungeduldige gewartet, um nur rasch Gewißheit zu haben, hier knapp vor dem Eingang, wo ich ihm nicht entgehen konnte, hatte er mir aufgelauert. Zwei Stunden, drei Stunden war er in fürchterlicher Ruhelosigkeit auf und ab gegangen, kärglich verborgen in dem Schatten dieses schäbigen Kleinstadtgärtchens, wo sich nachts sonst nur die

Dienstmädchen mit ihren Liebhabern trafen. Wahrscheinlich hatte er vermutet, ich würde Condor bloß den kurzen Weg bis zum Bahnhof begleiten und gleich in die Kaserne heimkehren; ich aber hatte ahnungslos ihn hier warten, warten, warten lassen, die zwei oder drei Stunden lang, die ich unterdes mit jenem in der Weinstube gesessen, und der alte kranke Mann hatte gewartet wie einst auf seine Schuldner, zäh, geduldig, unnachgiebig. In dieser fanatischen Beharrlichkeit war etwas, das mich aufreizte und doch gleichzeitig rührte.

»Alles ist in bester Ordnung«, beruhigte ich ihn. »Alles wird gut, ich habe volle Zuversicht. Morgen nachmittag erzähle ich Ihnen mehr, ganz genau berichte ich Ihnen jedes Wort. Aber jetzt nur rasch zum Wagen, Sie sehen doch, wir haben keine Zeit zu verlieren.«

»Ja, ich komme schon.« Widerstrebend ließ er sich führen; ich drängte ihn glücklich zehn, zwanzig Schritte weiter. Dann spürte ich an meinem Arm die Last schwerer werden.

»Einen Augenblick«, stammelte er. »Einen Augenblick da auf die Bank. Ich kann ... ich kann nicht mehr.«

Tatsächlich, der alte Mann schwankte hin und her wie ein Trunkener. Ich mußte alle Kraft aufbieten, um ihn mitten im Dunkel, während der Donner schon ganz nah und näher grollte, bis zur Bank hinzuschleppen. Dort fiel er schweratmend hin. Unverkennbar, das Warten hatte ihn erledigt, und kein Wunder: drei Stunden hatte er spähend und unruhig auf seinen müden Beinen Posten gestanden, und jetzt erst, da er mich glücklich gefaßt, war die Anstrengung ihm bewußt geworden. Erschöpft und wie hingeschlagen lehnte er auf der Armeleutebank, wo mittags die Arbeiter ihren kleinen Imbiß verzehrten, wo nachmittags die Pfründner und die schwangeren Frauen saßen, wo nachts die Dirnen sich Soldaten heranholten, er, der alte Mann, der reichste der Stadt, und wartete, wartete, wartete. Und ich wußte, auf was er wartete, ich ahnte sofort, daß ich den Hartnäckigen nicht anders fortbringen könnte von dieser Bank (welch ärgerliche Situation, wenn einer der Kameraden mich in dieser sonderbaren Vertraulichkeit ertappte!), als indem ich ihn gleichsam von innen aufrichtete. Ich mußte ihn zuerst beruhigen. Und wieder kam das Mitleid über mich, abermals brach die verfluchte heiße Welle innen auf, die mich jedesmal so kraftlos und willenlos machte; ich beugte mich näher und begann auf ihn einzusprechen.

Um uns zischte, sauste und zuckte der Wind. Aber der alte Mann merkte nichts. Es gab keinen Himmel für ihn und keine Wolken und keinen Regen, es gab nur sein Kind und dessen Genesung auf Erden; wie hätte ich es da über mich bringen können, dem vor Aufregung und Schwäche Schlotternden nur karg das Faktische und Wahrhaftige zu berichten, daß Condor seiner Sache sich noch keinesfalls sicher fühle? Er brauchte doch etwas, an das er sich anklammern konnte wie vordem, im Hinsinken, an meinen helfenden Arm. So raffte ich das wenige Trostversprechende, das ich Condor mühsam abgerungen, hastig zusammen: ich erzählte ihm, daß Condor von einer neuen Kur gehört hätte, die Professor Viennot mit großem Erfolg in Frankreich erprobt habe. Sofort spürte ich im Dunkel etwas neben mir rascheln und sich regen; sein eben noch schlaff hingelehnter Leib drängte näher heran, als wollte er sich an mir wärmen. Eigentlich hätte ich jetzt nicht mehr versprechen dürfen, aber mein Mitleid riß mich weiter, als ich verantworten konnte. Ja, diese Kur hätte außerordentliche Erfolge, ermutigte ich ihn immer wieder und wieder, in vier Monaten, in drei Monaten seien damit ganz überraschende Heilungen erzielt worden und wahrscheinlich – nein: sogar soviel wie gewiß werde sie bei Edith nicht versagen. Allmählich kam eine Lust an diesen Übertreibungen in mich, denn wunderbar, wie diese Beschwichtigung wirkte. Jedesmal, wenn er mich gierig fragte: »Glauben Sie wirklich?« oder »Hat er das wirklich gesagt? Hat er das selber gesagt?« und ich in meiner Ungeduld und Schwäche alles leidenschaftlich bejahte, wurde der Druck seines angepreßten Körpers gleichsam leichter. Ich spürte, wie seine Sicherheit unter meinen Worten wuchs, und zum ersten- und letztenmal in meinem Leben ahnte ich in dieser Stunde etwas von der berauschenden Lust, die allem Schöpferischen innewohnt.

Was alles ich damals auf jener Armeleutebank Kekesfalva verheißen und versprochen habe, weiß ich nicht mehr und werde es niemals wissen. Denn wie meine Worte sein gieriges Hinhören, so berauschte sein beseligtes Lauschen meine Lust, ihm mehr und mehr zu versprechen. Wir achteten beide nicht auf die Blitze, die blau um uns flammten, und nicht auf das immer dringlichere Drohen des Donners. Wir blieben aneinandergepreßt, Rede und Lauschen und Lauschen und Rede, und noch einmal und noch einmal versicherte ich ihm in ehrlichster Gläubigkeit: »Ja, sie wird gesund werden, bald gesund, ganz gewiß gesund«, nur um immer wieder dies stammelnde »Ah« und »Gott sei Dank«, diese berauschte und berauschende Ekstase der Verzückung mitzufühlen. Und wer weiß, wie lange wir so noch gesessen wären, da fuhr plötzlich jener entscheidende letzte Windstoß heran, der einem jagenden Gewitter jedesmal vorausrennt und ihm gleichsam den Weg freistößt. In einem Riß beugten sich die Bäume, daß das Holz knirschte und knackte, Kastanien prasselten ihre prallen Geschosse auf uns herab und kreiselnd hüllte eine riesige Staubwolke uns ein.

»Nach Hause, Sie müssen nach Hause«, stieß ich ihn empor, und er bot keinen Widerstand. Mein Zuspruch hatte ihn gekräftigt, gesundet. Nicht wie vordem schwankte er mehr; mit einer wirren und fliegenden Hast eilte er mit mir zu dem wartenden Wagen. Der Chauffeur half ihm ins Kupee. Nun erst ward mir leicht. Ich wußte ihn geborgen. Ich hatte ihn getröstet. Jetzt würde er endlich schlafen können, der alte erschütterte Mann, tief, still und glücklich.

Aber in dem knappen Moment, als ich ihm noch rasch die Decke über die Füße breiten wollte, damit er sich nicht erkälte, geschah das Erschreckende. Mit einem plötzlichen Griff faßte er meine Hände, die rechte und die linke, hart am Gelenk, und ehe ich mich wehren konnte, riß er beide auf zu seinem Mund und küßte die rechte und die linke und wieder die rechte und wieder die linke.

»Auf morgen, auf morgen«, stammelte er dann, und fort stob der Wagen wie fortgetragen von dem nun eiskalt heranrasenden Wind. Ich stand erstarrt. Aber da schlugen bereits klatschend die ersten Tropfen los, es trommelte, prasselte, dröhnte hagelhart mir auf die Kappe, und die letzten vier, fünf Dutzend Schritte bis hinüber lief ich bereits im prasselnden Guß. Gerade als ich triefend am Tor der Kaserne anlangte, schmetterte ein Blitz nieder, straßenweit die stürmische Nacht erhellend, hinter ihm krachte der Donner, als risse er den ganzen Himmel mit sich herab. Ganz nahe mußte es eingeschlagen haben, denn die Erde wankte, und die Scheiben klirrten wie zertrümmert. Aber obwohl meine Augen von der jähen Blendung erstarrten, war ich doch nicht dermaßen erschrocken wie die eine Minute vorher, da der alte Mann in seiner rasenden Dankbarkeit meine Hand an sich gerissen und geküßt.

Nach starken Erregungen wird auch der Schlaf stark und tief. Erst am nächsten Morgen ward ich an der Art meines Erwachens inne, wie völlig mich die Schwüle vor jenem Gewitter und nicht minder die elektrische Spannung des nächtlichen Gesprächs betäubt hatten. Ich fuhr auf aus gleichsam unermeßlichen Tiefen, starrte zuerst fremd das gewohnte Kasernenzimmer an und machte vergebliche Anstrengungen, mich zu besinnen, wann und wie ich in diesen abgründigen Schlaf hinabgefallen. Aber zu geordnetem Zurückdenken blieb keine Zeit; mit jenem andern Gedächtnis, dem dienstlichen, das gleichsam abgesondert von dem persönlichen in mir soldatisch funktionierte, erinnerte ich mich sofort, daß heute eine besondere Übung angesetzt war. Unten gingen schon die Signale, hörbar stampften die Pferde, an der drängenden Art meines Burschen erkannte ich, daß es höchste Zeit zum Ausrücken sein müsse. Mit einem Ruck fuhr ich in die bereitgelegte Uniform, zündete eine Zigarette an, lief in einem Saus die Treppe hinunter auf den Hof, und schon ging es marsch, marsch mit der bereitgestellten Schwadron los.

Innerhalb einer reitenden Kolonne existiert man nicht als eigene Person: im klappernden Schlag von hundert Hufen kann man weder klar denken noch träumen; eigentlich spürte ich in dem scharfen Traben nichts anderes, als daß unsere lockere Gruppe in den vollkommensten Sommertag hinaushottelte, den man sich erdenken konnte, der Himmel vom Regen bis auf das letzte Schleierchen und Wölkchen ausgewaschen, die Sonne stark und doch ohne Schwüle, jede Kontur der Landschaft scharf silhouettiert. Weit in die Ferne hinaus empfand man jedes Haus, jeden Baum, jedes Feld so wirklich und klar, als hielte man sie in der Hand; jeder Blumenstrauß an einem Fenster, jeder Rauchring am Dach schien in seinem Dasein durch die vehementen und glasklaren Farben bestärkt; kaum erkannte ich unsere langweilige Chaussee wieder, die wir doch Woche um Woche im gleichen Tempo zu gleichem Ziele durchtrabten, so viel grüner und reichlicher wölbte sie über unseren Häuptern ihr gleichsam frischgestrichenes laubiges Dach. Herrlich leicht und entschwert saß ich im Sattel, weg war alles Unruhige und Dumpfe und Problematische, das in den letzten Tagen und Wochen mir die Nerven bedrückt hatte; selten glaube ich besser meinen Dienst getan zu haben als an jenem strahlenden sommerlichen Vormittag. Alles ging leicht und selbstverständlich, alles glückte und beglückte mich, der Himmel und die Wiesen, die guten heißen Pferde, die gehorsam jedem Schenkeldruck und Zügeldruck folgten, und die eigene Stimme sogar, wenn ich Befehle erteilte.

Nun haben starke Glückszustände wie alles Rauschhafte zugleich etwas Betäubendes; immer läßt intensives Genießen des Augenblicks das Vergangene vergessen. So dachte ich, als ich nach den erfrischenden Stunden im Sattel nachmittags wieder den gewohnten Weg hinaus zum Schloß marschierte, nur mehr in verhangener Weise an jene nächtliche Begegnung; ich freute mich lediglich an meiner leidenschaftlichen Leichtigkeit des Herzens und auf die Freude der andern; wenn man glücklich ist, vermag man sich auch alle übrigen Menschen nur glücklich zu erdenken.

Und wirklich, kaum daß ich an das wohlbekannte Tor des Schlößchens gepocht, begrüßte mich schon mit einer besonderen Helligkeit in der Stimme der sonst devot unpersönliche Diener. Gleich drängte er: »Darf ich Herrn Leutnant hinaufführen zum Turm? Die gnädigen Fräulein warten schon oben.«

Aber warum waren seine Hände so ungeduldig dabei, warum strahlte er mich so an? Warum stürzte er gleich so geschäftig voraus? Was ist denn los mit ihm, fragte ich mich unwillkürlich, während ich mich anschickte, die Wendeltreppe zur Terrasse emporzusteigen. Was hat er denn heute, der alte Josef? Er brennt ja vor Ungeduld, mich möglichst geschwind oben zu haben. Was ist denn los mit dem braven Burschen?

Aber es war gut, Freude zu fühlen, gut auch, an diesem strahlenden Junitag mit frischen jungen Beinen die krumme Treppe hinaufzuklimmen und von den Seitenfenstern bald nach Norden, bald nach Süden, bald nach Ost und bald nach West die bis ins Unendliche geweitete sommerliche Landschaft zu sehen. Schließlich blieben mir nur mehr zehn oder zwölf Stufen bis zur Terrasse, als etwas Unvermutetes mich innehalten ließ. Denn sonderbar – da schwang plötzlich im Gewinde des dunklen Treppenhauses geisterhaft leicht eine Tanzmelodie, von Geigen getragen, von Cellos getönt und überhöht von den spritzigen Koloraturen verschlungener Frauenstimmen. Ich wunderte mich. Woher kam diese Musik, die nah war und zugleich fern, geisterhaft und doch irdisch, ein Operettenschlager, gleichsam vom Himmel herabgeweht? Spielte vielleicht irgendwo in einem nahen Wirtsgarten eine Kapelle und der Wind trug die verschlagene Melodie in letzter zartester Schwingung herüber? Aber im nächsten Augenblick erkannte ich schon, daß dieses luftige Orchester von der Terrasse herabwehte und nichts anderes war als ein simples Grammophon. Wie dumm von mir, dachte ich, heute überall Bezauberung zu spüren und Wunder zu erwarten; man kann doch ein ganzes Orchester nicht auf einer so engen Turmterrasse installieren! Aber nur ein paar Stufen weiter und ich wurde neuerdings ungewiß. Zweifellos, es war ein Grammophon, das da oben musizierte, aber doch – die Singstimmen, diese Stimmen klangen zu frei und zu echt, um aus einem kleinen schnurrenden Kasten zu stammen. Das waren wirkliche Mädchenstimmen in kindlich-fröhlichem Überschwang! Ich hielt inne und horchte schärfer zu. Der satte Sopran, das war Ilonas Stimme, schön, voll, üppig, weich wie ihre Arme; aber die andere Stimme, die mitsang, wem gehörte die zu? Die kannte ich nicht. Offenbar hatte Edith eine Freundin zu sich geladen, ein ganz junges, keckes, spritziges Mädel, und ich war herzhaft neugierig, dieses zwitschernde Schwälbchen zu sehen, das sich so unvermutet auf unserem Turm niedergelassen. Um wieviel größer war darum meine Verblüffung, als ich beim ersten Betreten der Terrasse gewahr wurde, daß doch nur die beiden Mädchen beisammen saßen, Edith und Ilona, und daß es Edith war, die da lachte und trällerte mit einer ganz neuen, einer freien, silberleicht beschwingten Stimme. Ich staunte sosehr, weil diese Verwandlung von einem Tag zum andern mir irgendwie unnatürlich schien; so unbekümmert konnte einzig ein gesunder, ein sicherer Mensch aus dem Überschwang seiner Seligkeit singen; andererseits war es doch ausgeschlossen, daß dieses Kind, diese Kranke gesundet sein konnte, es sei denn, es wäre ein wirkliches Wunder geschehen zwischen Abend und Morgen. Was hat sie – staunte ich – so berauscht, was sie dermaßen betört, daß ihr diese selige Sicherheit mit einem Mal aus der Kehle, aus der Seele bricht? Mein erstes Gefühl kann ich schwer erklären; es war eigentlich Unbehagen, als ob ich die Mädchen nackt überrascht hätte, denn entweder hatte die Kranke mir bisher ihr wahres Wesen täuscherisch verborgen, oder es war – doch warum und wieso? – über Nacht ein neuer Mensch in ihr aufgebrochen.

Zu meiner Verblüffung aber schienen die beiden Mädchen nicht im mindesten verwirrt, als sie mich bemerkten.

»Gleich«, rief Edith mir zu, und zu Ilona: »Dreh rasch das Grammophon ab.« Und schon winkte sie mich heran.

»Endlich, endlich, ich warte schon die ganze Zeit auf Sie. Also rasch! Erzählen Sie alles, aber ganz, ganz genau ... Papa hat ja alles so durcheinandergebracht, daß ich ganz konfus wurde ... Sie wissen doch, wenn er erregt ist, kann er nie etwas richtig erzählen ... Denken Sie, in der Nacht ist er noch zu mir heraufgekommen, ich konnte nicht schlafen bei dem schrecklichen Gewitter, mich fror furchtbar, und es zog vom Fenster herein, und ich hatte nicht die Kraft, aufzustehen. Die ganze Zeit wünschte ich mir innerlich, es möchte doch jemand aufwachen und kommen und das Fenster schließen, und plötzlich hör ich einen Schritt näher und näher. Ich bin zuerst erschrokken, es war doch zwei Uhr oder drei Uhr nachts, und hab Papa im ersten Staunen gar nicht erkannt, so anders hat er ausgesehen. Und gleich ist er zu mir her und war nicht zu halten ... Sie hätten ihn sehen sollen, gelacht hat er und geschluchzt ... ja, denken Sie sich doch, Papa einmal lachen, laut und übermütig lachen zu hören, und von einem Fuß auf den andern tanzen wie einen großen Buben! Natürlich, wie er zu erzählen angefangen hat, war ich so vor den Kopf geschlagen, daß ich's zuerst nicht hab glauben können ... Ich hab gedacht, Papa hat geträumt oder ich träum selber noch. Aber da ist dann noch Ilona heraufgekommen, und wir haben geschwätzt und gelacht bis zum Morgen ... Aber jetzt reden Sie schon einmal ... sagen Sie ... wie ist das mit dieser neuen Kur?«

Wie wenn eine starke Welle sich gegen einen wirft und man taumelt und müht sich vergebens, ihr standzuhalten, so versuchte ich, meiner maßlosen Bestürzung nicht nachzugeben. Dieses eine Wort hatte mir blitzhaft alles aufgeklärt. Ich, nur ich hatte diese neue, diese klingende Stimme in der Ahnungslosen aufgeschlossen, ich, nur ich hatte diese unselige Gewißheit in sie getan. Kekesfalva mußte ihr erzählt haben, was Condor mir anvertraut. Aber was hatte mir Condor eigentlich gesagt? ... Und was hatte ich meinerseits davon weiterberichtet? Condor hatte sich doch nur ganz vorsichtig geäußert, und ich, was mußte ich Narr meines Mitleids dazu erfunden haben, daß ein ganzes Haus sich erhellte, daß die Verstörten sich verjüngten, die Leidenden sich gesund vermeinten? Was mußte ...

»Nun, was ist los ... warum zögern Sie denn so herum?«

drängte Edith. »Sie wissen doch, wie wichtig mir jedes Wort ist. Also – was hat Condor Ihnen gesagt!«

»Was er gesagt hat?« Ich wiederholte, um Zeit zu gewinnen. »Tja ... Sie wissen doch schon ... Sie wissen ja, durchaus Günstiges ... Doktor Condor hofft mit der Zeit auf die besten Resultate ... Er beabsichtigt, wenn ich nicht irre, eine neue Kur zu versuchen und erkundigt sich schon darum ... angeblich eine sehr wirksame Kur ... wenn ... wenn ich richtig verstanden habe ... ich kann's natürlich nicht beurteilen, aber jedenfalls können Sie sich auf ihn verlassen, wenn er ... ich glaube schon, ich glaube bestimmt, er wird schon alles richtig machen ...«

Doch entweder merkte sie mein Ausweichen nicht oder ihre Ungeduld überrannte jeden Widerstand.

»Aha, ich hab's immer gewußt, daß man so nicht vorwärtskommt. Man kennt sich doch selber am besten ... Erinnern Sie sich, wie ich Ihnen sagte, daß das alles Unsinn ist, dieses Massieren und Elektrisieren und mit den Streckapparaten? ... Das geht doch viel zu langsam, wie soll man das auswarten können ... Da, sehn Sie, ich hab schon heut gleich, ohne ihn zu fragen, diese blöden Maschinen abgenommen ... Sie können gar nicht ahnen, was das für eine Erleichterung war ... viel besser konnte ich gleich vorwärts ... ich glaube, nur diese verfluchten Klötze haben mich so gehandikapt. Nein, sowas muß anders angepackt werden, das habe ich längst gespürt ... Aber ... aber jetzt erzählen Sie mir rasch, wie ist das mit der Methode von dem französischen Professor? Muß man da wirklich wegfahren? Kann man das nicht hier machen ... Ach, ich hasse diese Sanatorien, ich verabscheue sie ... Überhaupt, ich will keine Kranken sehn! Ich hab genug an mir selber ... Also wie ist das? ... Na, schießen Sie schon los! ... Und vor allem, wie lang soll das dauern? Geht es wirklich so schnell? In vier

Monaten, sagt Papa, hat er seinen Patienten geheilt, in vier Monaten, und er kann jetzt die Treppen hinauf und herunter, kann sich regen und rühren ... Das ist ... das wäre doch unglaublich! ... Nun sitzen Sie doch nicht so stumm, erzählen Sie doch schon einmal! ... Wann will er anfangen und wie lang soll die ganze Sache dauern?«

Zurückdrehen, sagte ich mir. Sie nicht in diesen wilden Wahn sich verrennen lassen, als ob schon alles gesichert wäre und gewiß. So dämpfte ich vorsichtig ab:

»Einen bestimmten Termin ... natürlich, den kann kein Arzt von vornherein festlegen, ich glaube nicht, daß man den schon bestimmen kann ... übrigens ... Herr Doktor Condor hat nur so im allgemeinen über die Methode gesprochen ... Sie soll angeblich ganz ausgezeichnete Resultate erzielen, hat er gesagt, aber ob sie völlig verläßlich ist ... ich meine, das kann man doch nur von Fall zu Fall ausproben ... man muß jedenfalls abwarten, bis er ...«

Aber schon hatte ihre leidenschaftliche Begeisterung meine unsichere Gegenwehr überrannt.

»Ach was, Sie kennen ihn nicht! Aus ihm kriegt man nie etwas Bestimmtes heraus. Er ist so schrecklich übervorsichtig. Aber wenn er einmal etwas nur so halb und halb verspricht, dann klappt's von oben bis unten. Auf ihn kann man sich verlassen, und Sie wissen ja nicht, wie ich's schon nötig habe, endlich einmal fertig zu werden oder nur wenigstens eine Gewißheit zu haben, daß man fertig wird ... Geduld, sagen sie mir immer, Geduld! Aber man muß doch wissen, bis wohin und wie lang sich gedulden. Wenn mir einer sagte, es dauert noch sechs Monate und es dauert ein Jahr – gut, würde ich sagen, ich nehm's auf mich, und würde tun, was man von mir verlangt ... Aber Gott sei Dank, daß es nur überhaupt einmal so weit ist! Sie können sich nicht denken, wie ich mich seit gestern leicht fühle. Mir ist, als hätte ich überhaupt erst angefangen zu leben. Heute früh sind wir schon ausgefahren in die Stadt – nicht wahr, da staunen Sie – aber jetzt, seit ich weiß, daß ich über den Berg bin, ist es mir gleichgültig, was die Leute reden und denken und ob sie mir nachschaun und mich bemitleiden ... Jeden Tag will ich jetzt ausfahren, um mir selbst zu beweisen, daß nun endlich Schluß wird mit dieser dummen Warterei und Gedulderei. Und morgen, Sonntag – da sind Sie doch frei – haben wir etwas ganz Großes vor. Papa hat mir versprochen, wir fahren hinaus auf das Gestüt. Seit Jahren war ich nicht dort, seit vier oder fünf Jahren ... ich wollte ja nicht mehr auf die Straße. Aber morgen fahren wir, und Sie kommen natürlich mit. Sie werden staunen, wir haben uns, Ilona und ich, eine Überraschung ausgedacht. Oder ...« – sie wandte sich Ilona lachend zu – »soll ich das große Geheimnis jetzt schon ausplaudern?«

»Ja«, lachte Ilona, »keine Geheimnisse mehr!«

»Also hören Sie, lieber Freund – Papa wollte, daß wir im Auto hinfahren. Aber das geht zu rasch und ist langweilig. Da hab ich mich erinnert, daß der Josef erzählt hat von der alten närrischen Fürstin – wissen Sie, der früher das Schloß da gehört hat, eine widerliche Person –, daß die immer im Viererzug hinausgefahren ist, in der großen Reisekalesche, der buntbemalten, die in der Remise steht ... Nur damit's jeder weiß, daß sie die Fürstin ist, hat sie immer den Viererzug einspannen lassen, auch bloß zum Bahnhof hinüber, sonst hat niemand so fahren dürfen weit und breit ... Denken Sie, was das für ein Spaß wär, auch einmal wie die gottselige Fürstin zu fahren! Es ist ja noch der alte Kutscher da ... ach so, Sie kennen das alte Faktotum nicht, er ist längst im Ausgeding, seit wir das Auto haben; aber den hätten Sie sehen sollen, wie man ihm gesagt hat, wir wollen im Viererzug ausfahren – sofort ist er heraufgestiefelt auf seinen wackligen Beinen, geweint hat er vor lauter Freude, daß ihm das noch einmal passiert ... Alles ist schon abgemacht, um acht Uhr kutschieren wir los ... ganz früh wird aufgestanden, und Sie bleiben natürlich hier über Nacht. Ausgeschlossen, daß Sie absagen. Sie kriegen ein nettes Gastzimmer unten, und was Sie noch brauchen, holt Ihnen der Pista aus der Kaserne herein – der wird übrigens morgen als Lakai verkleidet wie bei der Fürstin ... Nein, keine Widerrede. Sie müssen uns schon die Freude machen, unbedingt, unbedingt, da gibt's keinen Pardon ...«

Und weiter und weiter lief das wie eine angeschnurrte Feder. Ich hörte betäubt zu, noch immer ganz benommen von der unfaßbaren Verwandlung. Völlig anders war ihre Stimme, leicht und fließend der sonst nervöse Tonfall ihres Redens, gleichsam ausgetauscht das vertraute Gesicht, überhellt das kränkliche gelbliche Inkarnat durch frische, gesündere Farbe, verschwunden das Fahrige in ihren Gesten. Eine leicht Trunkene saß da vor mir mit funkelnden Pupillen und lachend lebendigem Mund. Unwillkürlich ging dieser schwülige Rausch in mich über und lockerte wie jede Trunkenheit den inneren Widerstand. Vielleicht, täuschte ich mir vor, ist es doch wahr oder *wird* es doch wahr. Vielleicht habe ich sie gar nicht getäuscht, vielleicht wird sie faktisch so rasch geheilt. Glatt gelogen habe ich ja schließlich nicht oder nicht allzusehr – Condor hat doch wirklich von einer stupenden Heilung was gelesen, warum soll sie gerade bei diesem glühenden und rührend gläubigen Kinde nicht möglich werden, bei diesem sensitiven Wesen, das schon der bloße Hauch des Gesundens dermaßen beglückt und beflügelt? Warum also einen Überschwang hemmen, der sie aufhellt, warum sie mit Kleinmut quälen, sie hat sich, die Arme, doch lang genug gepeinigt. Und wie es einem Redner geschieht, daß die Begeisterung, die er mit seinem leeren

Wort geschaffen, ihn im Rückschlag als wirkliche Gewalt ergreift, so drang die Zuversicht, die doch einzig durch mein mitleidiges Übertreiben entstanden, immer sieghafter in mich selber ein. Und als schließlich der Vater erschien, fand er uns insgesamt in sorglosester Laune; wir plauderten und planten, als ob Edith bereits genesen und gesundet wäre. Wo sie wieder reiten lernen könnte, fragte sie, und ob wir vom Regiment die Lektionen beaufsichtigen und ihr helfen wollten? Ja, und ob nicht jetzt schon der Vater dem Pfarrer das Geld geben solle für das neue Kirchendach, das er ihm versprochen hätte? All diese Verwegenheiten, die eine Gesundung schon als selbstverständlich antizipierten, lachte und spaßte sie mit solcher Unbekümmertheit des Herzens, daß der letzte Widerstand in mir verstummte. Und erst, als ich abends mich allein in meinem Zimmer fand, begann ein leises Erinnern von innen an die Herzwand zu pochen: ist es nicht zu überschwenglich, was sie sich verspricht? Solltest du nicht doch diese gefährliche Zuversicht lieber ernüchtern? Aber ich ließ den Gedanken an mich nicht heran. Warum mich sorgen, ob ich zuviel oder zu wenig gesagt? Selbst wenn ich viel mehr verheißen, als ich redlicherweise hätte tun dürfen – schon diese Mitleidlüge hat sie glücklich gemacht; und einen Menschen glücklich zu machen, kann nie eine Schuld oder ein Unrecht sein.

Jener angekündigte Ausflug setzte bereits in aller Frühe mit einer kleinen Fanfare der Fröhlichkeit ein. Das erste, was ich beim Erwachen in meinem sauberen, von der hereinstrahlenden Sonne blank erhellten Gastzimmer vernahm, waren lachende Stimmen. Ich trat ans Fenster und erblickte, angestaunt vom ganzen Gesinde, den aus der Remise wohl noch zur Nachtzeit herangeholten mächtigen Reisewagen der alten Fürstin, ein herrlich antiquarisches Museumsstück, vor hundert, vielleicht schon vor hundertfünfzig Jahren vom Wiener Hofkarossier in der Seilerstätte für einen Urahnen gebaut. Das eigentliche Gehäuse der Karosse, gegen den Stoß der massigen Räder durch kunstvolle Federung geschützt, war in der Art der alten Tapeten mit Schäferszenen und antiken Allegorien ein wenig einfältig bemalt, vielleicht waren die einstmals lebhafteren Farben auch schon verblaßt. Innen verbarg die seidengepolsterte Karosse – wir hatten Gelegenheit, dies auf der Fahrt in vielen Einzelheiten auszuprobieren – allerlei raffinierte Bequemlichkeiten, wie aufklappbare Tischchen, Spiegelchen und Parfümflakons. Selbstverständlich mutete dies Riesenspielzeug eines verschollenen Jahrhunderts zunächst etwas unwirklich und maskeradenhaft an, doch gerade dies zeitigte den freundlichen Effekt, daß sich Diener und Gesinde heiter wie in Karnevalslaune bemühten, das schwerfällige Schiff der Landstraße richtig flott zu machen. Mit besonderem Eifer ölte der Maschinist der Zuckerfabrik die Räder und hämmerte prüfend am eisernen Beschlag, während, mit Sträußen wie zu einer Hochzeitsfahrt geschmückt, die vier Pferde angespannt wurden, was Jonak, dem alten Kutscher, Gelegenheit zu stolzen Belehrungen gab. Angetan mit der verblichenen fürstlichen Livree und überraschend beweglich auf seinen gichtigen Beinen, explizierte er dem jungen Gesinde, das zwar Bicycle fahren und allenfalls schon einen Motor handhaben, nicht aber einen Viererzug richtig zügeln konnte, all seine Kunstgriffe und Kenntnisse. Er war es auch, der noch gestern nachts dem Koch erläutert hatte, wie sehr bei Schnitzeljagden und ähnlichen Eskapaden die Ehre des Hauses es unbedingt erfordere, daß auch an den entlegensten Orten, in Wald und Wiese, ein Imbiß ebenso exakt und üppig serviert werde wie im Speisesaal des Schlosses. So räumte unter seiner Aufsicht der Diener damastene Tischtücher, Servietten und Silberzeug zusammen, alles in den wappengeschmückten Etuis der einstmals fürstlichen Silberkammer. Dann erst durfte der Koch, eine weißleinene Tellermütze über dem strahlenden Gesicht, den eigentlichen Proviant heranbringen, gebratene Hühner und Schinken und Pasteten, frisch gebackenes Weißbrot und ganze Batterien von Flaschen, jede einzeln in Stroh gebettet, um die Fährlichkeit holpriger Landstraßen unbeschädigt zu bestehen. Als Vertreter des Kochs wurde ein junger Bursche zum Servieren mitgesandt und ihm jener Platz hinter dem Wagen angewiesen, wo in früheren Zeiten neben dem diensthabenden Lakaien in farbigem Federhut der fürstliche Läufer stand.

Dank derlei umständlicher Aufmachung bekam schon die Zurüstung etwas heiter Theatralisches, und da sich die Kunde unserer sonderbaren Ausfahrt im Umkreis rasch verbreitet hatte, fehlte es diesem freundlichen Spektakel nicht an Zuschauern. Von den Nachbardörfern waren in ihren bunt-ländlichen Sonntagsgewändern die Bauern gekommen, aus dem nahen Armenhaus die alten verhutzelten Weiber und grauen Männlein mit ihren unvermeidlichen Tonpfeifen. Aber vor allem waren es die nacktbeinigen Kinder von fern und nah, die, vor Staunen ganz verzaubert, von den geschmückten Pferden zum Kutscher emporstarrten, in dessen vertrockneter und doch noch fester Hand das geheimnisvoll verknotete lange Zügelgewinde zusammenlief. Nicht minder begeisterte sie Pista, den alle sonst nur in der blauen Chauffeursuniform kannten, und der nun in seiner altfürstlichen Livree das silberhelle Jagdhorn schon erwartungsvoll in der Hand hielt, um das Zeichen zur Abfahrt zu geben. Dazu war allerdings nötig, daß wir gefrühstückt hatten, und als wir uns schließlich dem festlichen Fuhrwerk näherten, konnten wir nicht umhin, vergnügt festzustellen, daß wir einen bedeutend weniger feierlichen Anblick boten als die pompöse Karosse und die funkelnden Lakaien. Kekesfalva wirkte ein bißchen komisch, als er, mit seinem unvermeidlichen Schlußrock angetan, steifbeinig wie ein schwarzer Storch die mit den fremden Adelsemblemen gezierte Karosse bestieg, die jungen Mädchen hätte man sich eigentlich im Rokokokostüm zu sehen gewünscht, das Haar weiß gepudert, das schwarze Schönheitspflästerchen auf der Wange, einen bunten Fächer in der Hand, und mir selbst wäre wahrscheinlich die weißleuchtende Reitertracht von anno Maria Theresia gemäßer gewesen als meine blaue Ulanka. Doch auch ohne solche historische Kostümierung schien es den guten Leutchen schon feierlich genug, als wir uns endlich in den großen schwerfälligen Kasten setzten: Pista hob das Jagdhorn, ein heller Ton schmetterte über das aufgeregte Winken und Grüßen des versammelten Gesindes, kunstvoll schlug der Kutscher mit seiner Peitsche eine riesige Schwinge in die Luft, daß es knallte wie ein Schuß. Der erste Anriß der massigen Kutsche gab einen schönen scharfen Ruck, der uns lachend gegeneinander kollern ließ, dann aber steuerte der wackere Lenker sehr geschickt die vier Pferde durch das Gittertor, das uns von unserer weitgebauchten Karosse aus mit einmal beängstigend schmal erschien, und wir landeten glücklich auf der Chaussee.

Daß wir viel Aufsehen, aber auch erstaunlichen Respekt auf unserem ganzen Wege erregten, war eigentlich kaum verwunderlich. Seit Jahrzehnten hatte man im ganzen Umkreis nicht mehr die fürstliche Karosse und den Viererzug gesehen, und den Bauern schien ihr unvermutetes Neuauftauchen Vorankündigung eines fast übernatürlichen Ereignisses. Vielleicht dachten sie, wir führen zu Hofe oder der Kaiser sei gekommen oder sonst etwas Unvorstellbares passiert, denn wie weggemäht flogen überall die Hüte herab, begeistert liefen die barfüßigen Kinder uns endlos nach; begegnete uns auf dem Wege ein anderer

Wagen, mit Heu beladen, oder eine leichte Landkalesche, so sprang der fremde Kutscher hurtig vom Bock und hielt mit abgerissenem Hut seine Pferde an, um uns vorbeizulassen. Uns gehörte selbstherrlich die Straße, uns wie in feudalen Zeiten das ganze schöne üppige Land mit seinen wogenden Feldern, uns die Menschen und die Tiere. Schnell freilich ging die Fahrt in diesem massigen Vehikel nicht vor sich, aber dafür bot sie doppelte Gelegenheit, viel zu beobachten und zu belachen, und davon machten vor allem die beiden Mädchen ausgiebigen Gebrauch. Immer bezaubert ja das Neue die Jugend, und all diese Ungewöhnlichkeiten, unser sonderbares Gefährt, die devote Ehrfurcht der Leute bei unserem unzeitgemäßen Anblick und hundert andere kleine Zwischenfälle steigerten die Stimmung der beiden zu einer Art Luft- und Sonnenrausch. Insbesondere Edith, die seit Monaten nicht richtig aus dem Hause gekommen war, funkelte ihren unbändigen Übermut hemmungslos in den herrlichen Sommertag hinein.

Die erste Station machten wir in einem kleinen Dorf, wo eben die schwingenden Glocken zum sonntäglichen Kirchgang riefen. Durch die Felder sah man in den engen Durchlässen zwischen Acker und Acker die letzten Nachzügler dem Dörfchen zustreben; inmitten der sommerlich hohen Garben nahm man von ihnen nichts Weiteres wahr als bei den Männern die flachen seidenschwarzen Hüte und bei den Frauen die buntbestickten Hauben. Von allen Richtungen her zog wie eine dunkle Raupe diese wandernde Linie sich durch das wogende Gold der Felder, und gerade als wir durch die – nicht eben sehr reinliche – Hauptstraße zum flüchtenden Schrecken einiger schnatternden Gänse einfuhren, hielt die summende Glocke inne. Der Sonntagsgottesdienst begann. Und unerwarteterweise war es Edith, die stürmisch verlangte, wir sollten alle aussteigen und an der Andacht teilnehmen.

Daß auf ihrem bescheidenen Marktplatz eine so unglaubwürdige Karosse anhielt, und der Gutsherr, den sie alle vom Hörensagen kannten, mit seiner Familie – denn dazu zählten sie mich anscheinend – gerade in ihrem Kirchlein der Andacht beiwohnen wollte, rief bei den biederen Landleuten mächtige Erregung hervor. Der Mesner kam herausgelaufen, als ob dieser ehemalige Kanitz der leibhaftige Fürst Orosvár wäre, und teilte beflissen mit, daß der Priester mit dem Beginn der Messe warten wolle; ehrfürchtig gesenkten Hauptes bildeten die Leute Spalier, und sichtliche Rührung bemächtigte sich ihrer, sobald sie die Hinfälligkeit Ediths wahrnahmen, die von Josef und Ilona gestützt und geführt werden mußte. Immer erschüttert es gerade die einfachen Leute, wenn sie erkennen, daß Unglück sich nicht scheut, auch die »Reichen« gelegentlich grimmig anzufassen. Ein Rauschen und Raunen entstand, aber dann brachten die Frauen geschäftig Kissen heran, damit die Gebrechliche – selbstverständlich in der ersten Bankreihe, die sich rasch geleert hatte – möglichst bequem sitzen könne; fast hatte es den Anschein, als zelebriere dann der Priester für uns die Messe mit besonderer Feierlichkeit. Ich selbst wurde von der rührenden Einfachheit dieses Kirchleins sehr ergriffen; der helle Gesang der Frauen, der rauhe, etwas ungelenke der Männer, die naiven Stimmen der Kinder schien mir reinere und unmittelbarere Gläubigkeit zu bekennen als die viel kunstvolleren Zelebrierungen, wie ich sie im heimischen Stephansdom oder in der Augustinerkirche sonntäglich gewohnt war. Aber von eigener Andacht wurde ich wider meinen Willen abgelenkt, als ich zufällig auf Edith, meine Nachbarin, blickte und geradezu erschrocken bemerkte, mit welcher brennenden Inbrunst sie betete. Nie hatte ich bisher an irgendeinem Anzeichen vermuten können, daß sie fromm erzogen oder gesinnt sei; nun gewahrte ich eine Art des Gebets, das nicht wie jenes der meisten eine eingelernte Gewohnheit war; das blasse Gesicht gesenkt wie jemand, der gegen großen Sturm geht, die Hände angeklammert an das Pult, die äußeren Sinne gleichsam nach innen gezogen, und nur unbewußt die Worte mitmurmelnd, verriet sie in ihrer ganzen Haltung die Gespanntheit eines Menschen, der ein Äußerstes mit aufgebäumter und gesammelter Kraft erzwingen will. Manchmal zitterte die dunkle hölzerne Kirchenbank bis zu mir herüber, so inbrünstig ging das Erschüttertsein und Beben dieses ekstatischen Betens in das starre Holz. Ich begriff sofort, daß sie sich an Gott um ein Bestimmtes wandte, daß sie von ihm etwas *wollte*. Und was diese Kranke, diese Gelähmte begehrte, dies mitzufühlen war nicht schwer.

Auch als wir Edith nach beendetem Gottesdienst wieder in den Wagen geholfen hatten, blieb sie noch längere Zeit ganz in sich gekehrt. Sie sprach kein Wort. Nicht mehr wandte sie sich übermütig neugierig nach allen Seiten: es war, als hätte diese halbe Stunde inbrünstigen Ringens ihre Sinne erschöpft und ermüdet. Selbstverständlich blieben wir gleichfalls zurückhaltend. Es wurde eine stille und allmählich schläfrige Fahrt, bis wir knapp vor Mittag im Gestüt anlangten.

Dort freilich erwartete uns besonderer Empfang. Die Burschen der nächsten Umgebung hatten – offenbar von unserem Besuch verständigt – sich just die ungebändigten Pferde des Gestüts herangeholt und jagten uns in einer Art arabischer Fantasia in schärfstem Galopp entgegen. Prächtig waren sie anzusehen, diese sonnverbrannten jauchzenden Jungen, offen das Hemd, bunte, lange Bänder wegschwingend von den niederen Hüten, weiß und breit die Pampashosen; wie eine Beduinenhorde stoben sie auf den ungesattelten Pferden stürmisch heran, als wollten sie uns in einem Ruck überrennen. Schon spitzten unsere Gäule unruhig die Ohren, schon mußte mit angestemmten Beinen der alte Jonak die Zügel scharf halten, als sich die wilde Bande auf einen plötzlichen Pfiff hin kunstvoll zum geschlossenen Zuge formte, der uns dann als übermütiges Cortège bis zum Hause des Gestütsverwalters begleitete.

Dort gab es für mich gelernten Kavalleristen allerhand zu sehen. Den beiden Mädchen dagegen brachte man die Fohlen heran, und sie konnten sich gar nicht fassen über die ängstlich neugierigen Tiere mit ihren eckigen, ungeschickten Beinen und dummen Mäulern, die noch gar nicht verstanden, den dargereichten Zucker richtig zu knabbern. Während wir alle so heiter beschäftigt wurden, hatte der Küchenbursche unter Jonaks sorglicher Leitung einen prächtigen Imbiß im Freien angerichtet. Bald erwies sich der Wein als dermaßen kräftig und gut, daß unsere bisher gedämpfte Fröhlichkeit sich immer übermütiger äußerte. Alle plauderten wir gesprächiger, kameradschaftlicher, unbefangener als je, und so wenig wie irgend ein Wölkchen den seidenblauen Himmel, überflog mich während all dieser Stunden der schattende Gedanke, daß ich dieses schmächtige Mädchen, das am herzlichsten, am lautesten, am glücklichsten von uns allen lachte, immer nur als Leidende, als Verzweifelte, als Verstörte gekannt oder daß dieser alte Mann, der die Pferde mit der Kenntnis eines Veterinärs prüfte und abtätschelte, mit jedem Burschen spaßte und ihnen Trinkgelder zusteckte, derselbe war, der mich vor zwei Tagen aus irrsinniger Angst wie ein Traumwandler nächtens angefallen. Auch mich selber erkannte ich kaum, so leicht und wie von warmem Öl aufgelockert gingen mir die Glieder. Ich probierte nach Tisch, während man Edith im Zimmer der Frau des Gestütsverwalters ein wenig rasten ließ, hintereinander ein paar Pferde durch. Um die Wette sprengte ich mit ein paar der jungen Burschen über die Wiesen und empfand in diesem Lockerlassen der Zügel und meiner selbst ein nie gekanntes Gefühl der Freiheit. Ach, hier bleiben können, niemandem untertan, frei in den freien Feldern, flughaft frei! Das Herz war mir ein wenig schwer, als ich, schon ganz ins Weite galoppiert, von fern den Ruf des Jagdhorns vernahm, das zur Rückkehr mahnte.

Für diese unsere Rückkehr hatte der wohlerfahrene Jonak der Abwechslung wegen einen andern Weg gewählt, vermutlich auch, weil diese Straße längere Zeit durch ein kleines kühlendes Wäldchen führte. Und wie schon alles glückhaft sich fügte an diesem gelungenen Tage, erwartete uns noch eine letzte, eine beste Überraschung; einfahrend in ein unscheinbares Zwanzighäuserdorf, erwies sich die einzige Straße dieses abgelegenen Fleckens als fast gänzlich versperrt durch ein Dutzend leere Leiterwagen. Sonderbarerweise fand sich niemand zur Stelle, um für unsere mächtig ausladende Karosse Platz zu schaffen; es war, als seien im ganzen Umkreis die Menschen vom Boden verschluckt. Jedoch bald klärte sich diese übersonntägliche Leere auf, als Jonaks geschulte Hand mit der riesigen Peitsche einen Knall in die Luft hieb, der einem Pistolenschuß durchaus ähnlich war, denn kaum daß einige Leute erschrocken herbeiliefen, entstand ein heiteres Mißverständnis. Es ergab sich nämlich, daß der Sohn des reichsten Bauern der Gegend mit einer armen Verwandten aus einem anderen Weiler gerade Hochzeit feierte; vom Ende der für uns versperrten Dorfstraße, wo eine Scheune zum Tanz ausgeräumt worden war, stürzte jetzt, ganz blutrot vor Beflissenheit, der ziemlich korpulente Brautvater heraus, um uns zu bewillkommnen. Vielleicht glaubte er ehrlich, der weltbekannte Gutsherr von Kekesfalva habe eigens das Vierergespann anschirren lassen, um ihm und seinem Sohn die Ehre seiner Gegenwart beim Hochzeitsfest zu erweisen, vielleicht nutzte er nur aus Eitelkeit unser zufälliges Vorbeifahren aus, um bei den andern sein dörfliches Ansehen zu erhöhen. Jedenfalls bat er mit vielen Bücklingen, Herr von Kekesfalva und seine Gäste möchten gütigst, indes man die Straße räume, die Gnade haben, ein Glas seines eigenen ungarischen Landweins auf die Gesundheit des jungen Paars zu leeren; wir wiederum waren viel zu gut gelaunt, um uns einer derart wohlgemeinten Aufforderung zu entziehen. So wurde Edith vorsichtig herausgehoben, und durch eine breite raunende und staunende Gasse ehrfürchtigen Volks zogen wir wie Triumphatoren in den bäuerlichen Tanzsaal ein.

Dieser Tanzsaal erwies sich bei näherer Betrachtung als eine ausgeräumte Scheune, in der beiderseits über geleerten Bierfässern eine Estrade aus losen Brettern aufgebaut war. Rechts thronten an einem langen, mit weißem Bauernlinnen bedeckten und mit Flaschen und Speisen reichlichst bestandenen Tisch rings um das Brautpaar die Angehörigen der Familie sowie die unvermeidlichen Honoratioren, der Pfarrer und der Gendarmeriekommandant. Auf der gegenüberliegenden Estrade hatten die Musikanten sich niedergelassen, schnurrbärtige und ziemlich romantische Zigeuner, Geige, Baßgeige und Zimbal; auf dem festgestampften Tanzboden der Tenne drängten sich die Gäste, indes die Kinder, die in den überfüllten Raum nicht mehr Einlaß gefunden hatten, als muntere Zaungäste teils von der Tür aus zuguckten, teils von den Sparren des Dachstuhls ihre Beine niederbaumeln ließen.

Selbstverständlich mußten sofort einige der minder noblen Verwandten von der Ehrenestrade abrücken, um uns Platz zu machen, und ein sichtliches Staunen über die Leutseligkeit der hohen Herrschaften hob an, als wir uns ohne jede Befangenheit unter die biederen Leutchen mischten. Vor Aufregung schwankend, holte der Brautvater eigenhändig einen mächtigen Krug Wein, füllte die Gläser und erhob die Stimme laut zu dem Ruf: »Auf das Wohl des gnädigen Herrn«, der sofort in begeistertem Echo bis weit hinaus auf die Gasse dröhnte. Dann schleppte er seinen Sohn und dessen neue Ehehälfte heran, ein scheues, etwas breithüftiges Mädchen, dem die festlich bunte Tracht und der weiße Myrtenkranz ein rührendes Aussehen verliehen; feuerrot vor Aufregung und ungeschickt knickste sie vor Kekesfalva, respektvoll küßte sie Edith die Hand, die mit einmal sichtlich erregt wurde. Jedesmal wirkt ja auf junge Mädchen der Anblick einer Hochzeitszeremonie verwirrend, weil in diesem Augenblick eine geheimnisvolle Solidarität des Geschlechts sich der Seele bemächtigt. Errötend zog Edith das demütige Mädchen an sich, umarmte sie und nahm dann, sich plötzlich besinnend, einen Ring – es war ein schmaler altväterlicher, nicht sehr kostbarer Ring – vom Finger und steckte ihn der Braut an, die ihrerseits durch diese unvermutete Gabe völlig entgeistert war. Verängstigt blickte sie auf den Schwiegervater, ob sie ein derart großes Geschenk auch wirklich annehmen dürfe. Kaum daß dieser stolz zustimmend nickte, brach sie vor lauter Beglückung in Tränen aus. Neuerdings flutete eine begeisterte Welle von Dankbarkeit uns entgegen; von allen Seiten drängten die schlichten und gar nicht verwöhnten Leute herzu; man merkte ihren Blicken deutlich an, daß sie gern etwas Besonderes getan hätten, um uns ihre Erkenntlichkeit zu zeigen, aber keiner wagte es, an so hohe »Herrschaften« auch nur ein Wort zu richten. Zwischen ihnen stolperte die alte Bäuerin mit Tränen in den Augen wie eine Trunkene von einem zum andern, ganz geblendet von der Ehre, die der Hochzeit des Sohnes widerfahren war, indes der Bräutigam in seiner Befangenheit abwechselnd auf seine Braut, auf uns und auf seine schweren blitzenden Röhrenstiefel glotzte.

In diesem Augenblick tat Kekesfalva das Klügste, um dieser schon peinlich werdenden Ehrfürchtigkeit Einhalt zu gebieten. Er schüttelte dem Brautvater, dem Bräutigam und einigen Honoratioren herzlich die Hand und bat sie, man möchte doch nicht um unseretwillen das schöne Fest unterbrechen.

Die jungen Leute sollten nach Herzenslust weiter tanzen; keine größere Freude könnten sie uns bereiten, als unbekümmert fortzufahren. Gleichzeitig winkte er den Primas zu sich, der, die Geige unter den rechten Arm gesteckt, in einem gleichsam erstarrten Bückling vor der Estrade gewartet hatte, warf ihm einen Geldschein zu und bedeutete ihm, zu beginnen. Dieser Geldschein mußte ziemlich groß gewesen sein, denn wie unter einem elektrischen Schlag zuckte der scharwenzelnde Bursche auf, stürzte jäh zu seiner Estrade zurück, blinkte den Musikanten zu, und im nächsten Augenblick legten die vier Burschen los, wie es wirklich nur Ungarn und Zigeuner können. Schon der erste Zimbalschlag zerschlug mit seiner reißerischen Kraft alle Befangenheit. Im Nu formten sich Paare, der Tanz stampfte los, wilder und überschwenglicher als vorher, denn unbewußt fühlten alle die Burschen und Mädel den Ehrgeiz, uns zu zeigen, wie richtige Ungarn tanzen können. In einer Minute war der eben noch ehrfürchtig stille Saal in einen hitzigen Wirbel von schwingenden, springenden, stampfenden Körpern verwandelt; bis auf die Estrade hinauf klirrten die Gläser bei jedem Takt, so wuchtig und wild donnerte die begeisterte Jugend los.

Edith blickte mit blitzenden Augen in das Getümmel. Plötzlich fühlte ich ihre Hand auf meinem Arm. »Sie müssen auch tanzen«, befahl sie. Glücklicherweise war die Braut noch nicht in den Wirbel gezogen, ganz taumlig starrte sie auf den Ring an ihrem Finger. Als ich mich vor ihr verbeugte, errötete sie zuerst über die ungeziemende Ehre, ließ sich aber willig führen. Unser Beispiel machte wiederum dem Bräutigam Mut. Er forderte, von seinem Vater heftig angestupft, Ilona auf, und nun hämmerte der Zimbalspieler noch besessener auf sein Instrument los, wie ein schwarzer schnurrbärtiger Teufel strich der Primas seine Geige; ich glaube, niemals vordem und nachdem ist in diesem Dorfe so bacchantisch getanzt worden wie an jenem Hochzeitstag.

Aber noch immer hatte sich das Füllhorn der Überraschungen nicht völlig ausgestreut. Angelockt von dem verschwenderischen Geschenk an die Braut, hatte sich eine jener alten Zigeunerinnen, wie sie bei solchen Festen niemals fehlen, zur Estrade hinaufgedrängt und redete Edith heftigst zu, sich aus der Hand wahrsagen zu lassen. Diese zeigte sich sichtlich geniert. Einerseits ehrlich neugierig, schämte sie sich andererseits, in Gegenwart so vieler Zuschauer solchem Hokuspokus nachzugeben. Ich schaffte rasch Rat, indem ich Herrn von Kekesfalva und alle andern sanft von der Estrade wegdrängte, damit niemand etwas von den geheimnisvollen Prophezeiungen erlauschen könne, und den Neugierigen blieb nichts übrig, als von ferne lachend zuzuschauen, wie mit manchem Abrakadabra die hingekniete Alte Ediths Hand nahm und studierte; jeder in Ungarn kennt ja den ewigen Trick dieser Weiber zur Genüge, jedem das Allererfreulichste zu künden, um dann an der guten Botschaft kräftig zu profitieren. Aber zu meinem Erstaunen schien Edith alles, was die krumme Person ihr mit rauher und eilfertiger Stimme zuflüsterte, merkwürdig zu erregen. Jenes Zittern um ihre Nasenflügel begann, das bei ihr heftige Anspannung unvermeidlich begleitete. Immer tiefer sich niederbeugend, horchte sie hin, manchmal sich ängstlich umschauend, ob nicht jemand mitlausche; dann winkte sie ihren Vater heran, flüsterte ihm etwas befehlend zu, worauf er, gefügig wie immer, in die Brusttasche griff und der Zigeunerin einige Noten zusteckte. Der Betrag mußte nach dörflichen Begriffen ein unermeßlich großer gewesen sein, denn das alte gierige Weib fiel wie hingemäht in die Knie, küßte, einer Besessenen gleich, Edith den Rocksaum und strich mit unverständlichen Beschwörungen immer hastiger über die lahmen

Füße hin. Dann sprang sie mit einem Ruck weg, als hätte sie Angst, jemand könnte ihr das viele Geld wieder abnehmen.

»Gehen wir jetzt«, raunte ich rasch Herrn von Kekesfalva zu, denn mir fiel auf, wie blaß Edith geworden war. Ich holte Pista; er und Ilona schleppten und stützten die Schwankende mit ihren Krücken hin zum Wagen. Sofort stockte die Musik, keiner der braven Leute wollte sich's nehmen lassen, mit Winken und Rufen unsere Abfahrt zu begleiten. Die Musikanten umringten den Wagen, um rasch einen letzten Tusch loszulegen, das ganze Dorf schrie und tobte »Hoch« und »Hoch«; wahrhaftig, der alte Jonak hatte gute Mühe, die solches Kriegsgetöse nicht mehr gewöhnten Pferde zu bändigen.

Ich blieb ein wenig beunruhigt wegen Edith, der ich im Wagen gegenübersaß. Sie zitterte noch immer am ganzen Leibe; etwas Heftiges schien sie zu bedrängen. Und auf einmal brach ein jähes Schluchzen aus ihr hervor. Aber es war ein Schluchzen des Glücks. Sie weinte, während sie lachte, und lachte, während sie weinte. Zweifellos hatte die listige Zigeunerin ihr baldige Genesung prophezeit, vielleicht sogar noch anderes dazu.

Aber »Ach laßt mich, laßt mich doch«, wehrte die Schluchzende ungeduldig ab. In diesem Durchschüttertsein schien sie eine ganz neue und merkwüdige Lust zu fühlen. »Laßt mich, laßt mich doch«, wiederholte sie immer wieder. »Ich weiß ja, daß sie eine Schwindlerin ist, diese Alte. Ach, ich weiß es schon selbst. Aber warum soll man nicht einmal dumm sein! Warum sich nicht einmal ganz ehrlich betrügen lassen!«

Es war schon spät abends, als wir wieder durch das Schloßtor einfuhren. Alle drängten mich, ich solle noch zum Abendessen bleiben. Aber ich wollte nicht mehr. Ich fühlte, daß es genug war und schon zuviel. Ich war vollkommen glücklich gewesen diesen langen goldenen Sommertag, jedes Mehr, jedes Dazu konnte nur noch vermindern. Lieber jetzt heimgehen die vertraute Allee, weich ausgeglättet die Seele wie die sommerliche Luft nach dem glühenden Tag. Nur nichts mehr begehren, bloß dankbar sich erinnern und alles überdenken. So nahm ich vorzeitig Abschied. Die Sterne glänzten, und mir war, als glänzten sie zärtlich mich an. Der Wind strich sordiniert über die verlöschenden Felder, dunklen Brodems voll, und mir war, als sänge er mir zu. Jener reine Überschwang kam über mich, da alles gut und begeisternd scheint, die Welt und die Menschen, da man jeden Baum umarmen möchte und über sein Holz hinstreichen wie über eine geliebte Haut. Da man eintreten möchte in jedes fremde Haus, sich zu den Unbekannten setzen und ihnen alles anvertrauen, da einem die eigene Brust zu eng wird und das innere Gefühl zu stark, da man sich mitteilen möchte, ausströmen, verschwenden – nur etwas schenken und vergeuden von diesem drängenden Überfluß!

Als ich schließlich die Kaserne erreichte, stand vor der Zimmertür wartend mein Bursche. Zum erstenmal bemerkte ich (alles fühlte ich heute wie zum erstenmal), was für ein treuherziges, rundes, apfelbackiges Gesicht dieser ruthenische Bauernjunge hatte. Ach, ihm doch auch eine Freude machen, dachte ich. Am besten, ich schenk ihm was, daß er ein paar Glas Bier kaufen kann für sich und sein Mädel. Heut soll er Ausgang haben und morgen und die ganze Woche! Schon griff ich in die Tasche nach einem Silberstück. Da straffte er sich auf und meldete, die Hände scharf an der Hosennaht: »Ist Telegramm gekommen für Herrn Leutnant.«

Ein Telegramm? Mir wurde sofort unbehaglich. Wer sollte von mir etwas wollen auf der Welt? Nur Schlimmes konnte mich so eilig suchen. Rasch ging ich auf den Tisch zu. Da lag das fremde Papier, viereckig und verschlossen. Mit unwilligen

Fingern riß ich es auf. Es waren nur ein Dutzend Worte, und sie meldeten schneidend klar: »Bin morgen zu Kekesfalva berufen. Muß Sie unbedingt vorher sprechen. Erwarte Sie fünf Uhr Tiroler Weinstube. Condor.«

Daß innerhalb einer einzigen Minute die taumligste Trunkenheit rapid umschlagen kann in kristallklare Wachheit, hatte ich schon einmal erlebt. Das war im vorigen Jahr gewesen beim Abschiedsfest für einen Kameraden, der die Tochter eines schwerreichen nordböhmischen Fabrikanten heiratete und uns zuvor einen pompösen Abend spendierte. Der gute Bursch ließ sich wahrhaftig nicht lumpen, eine Batterie von Flaschen nach der andern ließ er auffahren, schwersten dickblütigsten Bordeaux und schließlich derart reichlich Champagner, daß, je nach dem Temperament, die einen von uns laut wurden und die andern sentimental. Man umarmte sich, man lachte, randalierte, rumorte und sang. Man stieß immer wieder toastierend an, kippte kräftigst Kognak und Liköre, schmauchte und paffte, schon hüllten dicke Schwaden das überhitzte Lokal in eine Art bläulichen Nebels, und so merkte schließlich keiner, daß sich hinter den erblindenden Fenstern der Himmel schon aufhellte. Es mochte drei Uhr, vier Uhr geworden sein, die meisten konnten nicht mehr recht aufrecht sitzen; schwer hingelümmelt über den Tisch starrten sie nur mit verschwommen glasigen Augen empor, wenn ein neuer Toast ausgebracht wurde; mußte einer austreten, so taumelte und torkelte er zur Tür oder stolperte hin wie ein gefüllter Sack. Keiner konnte mehr klar sprechen oder denken.

Da plötzlich wurde die Tür aufgerissen, der Oberst (von dem ich später mehr zu reden haben werde) rasselte herein, und da im wüsten Getöse nur ein paar ihn bemerkten oder erkannten, trat er schroff an den Tisch, hieb mit der Faust auf die beschmutzte Platte, daß Teller und Gläser klirrten. Dann kommandierte er mit seiner härtesten schneidendsten Stimme: »Ruhe!«

Und sofort, mit einem einzigen Schlag, wurde es still, auch die Duseligsten blinzelten auf und waren wach. Der Oberst kündigte kurz an, daß vormittags eine überraschend angesetzte Inspektion des Divisionärs zu erwarten sei. Er zähle darauf, daß alles tadellos klappen und keiner dem Regiment Schande machen werde. Nun aber geschah das Sonderbare: mit einem Riß und Ruck hatten wir alle unsere Sinne beisammen. Als hätte man ein inneres Fenster aufgerissen, war der ganze Dunst von Alkohol verflogen, die verschwommenen Gesichter veränderten, spannten sich unter dem Anruf der Pflicht, im Nu strammte sich jeder zusammen, und zwei Minuten später war die verwüstete Tafel verlassen, jeder wußte wach und klar, was ihm zu tun oblag. Die Mannschaft wurde geweckt, die Ordonnanzen sausten, bis zum letzten Sattelknopf wurde noch alles rasch geputzt und gestriegelt; tadellos lief dann ein paar Stunden später die gefürchtete Inspektion ab.

Genau so schußhaft schnell fiel, kaum daß ich jenes Telegramm aufgebrochen, die weiche duselige Traumhaftigkeit von mir ab. In einer Sekunde wußte ich, was ich durch Stunden und Stunden nicht hatte wahrhaben wollen: daß alle jene Begeisterung nichts als Rausch einer Lüge gewesen, und ich in meiner Schwäche, meinem unseligen Mitleid mich einer Täuschung schuldig, mitschuldig gemacht. Ich ahnte sofort: jener kam, um Rechenschaft zu fordern. Nun galt es, den Preis zu zahlen für den eigenen, für den fremden Überschwang.

Mit der Pünktlichkeit der Ungeduld und infolgedessen sogar eine Viertelstunde zu früh stand ich um die vereinbarte Zeit vor jener Weinstube, und genau um die angesagte Zeit fuhr Condor in einem Zweispänner vom Bahnhof heran. Ohne jede weitere Formalität ging er auf mich zu.

»Famos, daß Sie pünktlich sind: Ich wußte gleich, daß ich mich auf Sie verlassen kann. Am besten, wir stecken uns in die gleiche Ecke. Was wir durchzusprechen haben, verträgt keine Zuhörer.«

Etwas schien mir in seinem laschen Wesen verändert. Erregt und beherrscht zugleich stapfte er voran in das Lokal und befahl der eilfertigen Kellnerin beinahe grob: »Einen Liter Wein. Denselben wie vorgestern. Und lassen Sie uns dann allein. Ich ruf Sie schon.«

Wir setzten uns. Noch ehe die Kellnerin den Wein recht niedergestellt, hatte er schon begonnen:

»Also knapp und klar – ich muß mich eilen, sonst wittern die draußen Lunte und reden sich ein, daß wir hier allerhand konspirieren. Schon das war eine Viechsarbeit, den Chauffeur abzukappen, der mich coûte que coûte sofort hinausspedieren wollte. Aber gleich in medias res, damit Sie wissen, was gespielt wird!

Also – vorgestern früh erhalte ich ein Telegramm. ›Bitte Sie, verehrter Freund, baldigst zu kommen. Erwarten Sie alle ungeduldigst. Vertrauensvoll dankbar Ihr Kekesfalva.‹ Schon diese gehäuften Superlative ›baldigst‹ und ›ungeduldigst‹ entzückten mich nicht. Warum plötzlich so ungeduldig? Ich habe Edith doch erst vor ein paar Tagen untersucht. Und dann: wozu telegraphische Versicherung seines Vertrauens, wofür die besondere Dankbarkeit? Nun, ich nahm die Sache keineswegs hitzig und legte das Telegramm ad acta; schließlich leistet der Alte sich öfters solche Raptusse. Aber das gestern früh gab mir doch einen Ruck. Da kommt ein endlos langer Brief von Edith, ein total verrückter und ekstatischer Expreßbrief, sie hätte von Anfang an gewußt, ich sei der einzige Mensch auf Erden, der sie retten werde, und sie vermöge mir gar nicht zu sagen, wie glücklich sie sich fühle, daß wir endlich so weit seien. Sie schreibe nur, um mir zu versichern, ich könne mich unbedingt auf sie verlassen. Alles, was ich anordnen würde, auch das Allerschwerste, werde sie zuversichtlich auf sich nehmen. Aber nur bald, nur sofort solle ich beginnen mit der neuen Kur, sie brenne nur so vor Ungeduld. Und nochmals: alles könne ich ihr zumuten, nur rasch solle ich beginnen. Und so weiter und so weiter.

Immerhin – dieses eine Wort von der neuen Kur zündete mir ein Licht auf. Ich begriff sofort, jemand mußte von jener Kur Professor Viennots entweder zum Alten oder zu seiner Tochter geschwätzt haben; so was kommt doch nicht aus der Luft und dieser jemand kann selbstverständlich kein anderer gewesen sein als Sie, Herr Leutnant.«

Ich mußte unwillkürlich eine Bewegung gemacht haben, denn er hieb gleich in die Kerbe.

»Bitte über diesen Punkt keine Diskussionen! Ich habe zu niemand anderem jener Methode des Professor Viennot auch nur die leiseste Erwähnung getan. Nur Sie haben es auf dem Gewissen, wenn die da draußen glauben, in ein paar Monaten wird jetzt alles wie mit dem Staubtuch weggewischt. Aber wie gesagt, ersparen wir uns alle Rekriminationen – geschwätzt haben wir beide, ich zu Ihnen und Sie wieder ausgiebigst zu den andern. Es wäre meine Pflicht gewesen, vorsichtiger mit Ihnen zu sein – schließlich ist Krankenbehandlung nicht Ihr Metier –, woher sollten Sie wissen, daß Kranke und ihre Anverwandten ein anderes Vokabular haben als normale Menschen, daß jedes ›vielleicht‹ sich bei ihnen sofort in ein ›gewiß‹

verwandelt und man ihnen Hoffnung deshalb nur in vorsichtig destillierten Tropfen eingeben darf, sonst steigt ihnen der Optimismus zu Kopf und macht sie rabiat.

Aber soweit halten wir jetzt – geschehen ist geschehen! Ziehen wir einen Strich unter das Thema Verantwortung! Nicht dazu habe ich Sie hergebeten, um mit Ihnen zu perorieren. Ich fühle mich nur, nachdem Sie sich einmal in meine Sache eingemengt haben, verpflichtet, Sie über den Stand der Angelegenheit aufzuklären. Deswegen bat ich Sie hierher.«

Condor hob jetzt zum erstenmal die Stirne und sah mich geradeaus an. Aber es lag keineswegs Strenge in seinem Blick. Im Gegenteil, mir war, als hätte er Mitleid mit mir. Auch seine Stimme wurde jetzt milder:

»Ich weiß, lieber Herr Leutnant – was ich Ihnen jetzt mitteilen muß, wird Sie sehr schmerzlich berühren. Aber, wie gesagt: für Sentiments und Sentimentalitäten bleibt keine Zeit. Ich hatte Ihnen erzählt, daß ich auf jenen Bericht in der Medizinischen Zeitschrift hin sofort an Professor Viennot um näheren Bescheid geschrieben hatte – mehr habe ich, glaube ich, nicht gesagt. Nun – gestern morgen kam seine Antwort, und zwar mit der gleichen Post wie Ediths überströmender Brief. Seine Auskunft scheint auf den ersten Blick positiv. Viennot hat tatsächlich bei jenem Patienten und bei einigen andern erstaunliche Erfolge erzielt. Aber leider – und das ist der peinliche Punkt – ist seine Methode auf unseren Fall nicht anwendbar. Bei seinen Heilungen handelte es sich um Erkrankungen des Rückenmarks auf tuberkulöser Grundlage, wo – ich erspare Ihnen die fachlichen Einzelheiten – durch Änderung der Drucklage die motorischen Nerven wieder in volle Funktion eingeschaltet werden können. In unserem Fall, wo das Zentralnervensystem betroffen ist, kommen alle die Prozeduren Professor Viennots, das unbewegliche Liegen im Korsett, die gleichzeitige Sonnenbestrahlung, seine besondere Art der Gymnastik von vornherein nicht in Betracht. Seine Methode ist – leider! leider! – in unserem Fall völlig unpraktikabel. Dem armen Kind alle diese umständlichen Prozeduren zuzumuten, hieße wahrscheinlich, sie ganz unnötig quälen. So – das war ich Ihnen mitzuteilen verpflichtet. Nun wissen Sie, wie die Sache wirklich steht und wie leichtfertig Sie das arme Mädel mit der Hoffnung verrückt gemacht haben, in ein paar Monaten könne sie wieder tanzen und springen! Von mir hätte niemand eine so blödsinnige Behauptung gehört. An Sie aber, der Sie voreilig Mond und Sterne vom Himmel herab versprochen haben, werden sich alle jetzt halten und mit Recht. Schließlich haben Sie und Sie allein die ganze Sache aufgezäumt.«

Ich fühlte meine Finger starr werden. Alles das hatte ich im Unterbewußtsein seit dem Augenblick vorausgeahnt, da ich jenes Telegramm auf dem Tisch liegen gesehen; dennoch war mir, da Condor mit unerbittlicher Sachlichkeit die Situation klarstellte, als hätte man mit einem stumpfen Beil mir gegen die Stirn geschlagen. Instinktiv fühlte ich das Bedürfnis, mich zu wehren. Ich wollte nicht die ganze Verantwortung mir auflasten lassen. Aber was ich schließlich mir abrang, klang wie das Stammeln eines ertappten Schuljungen.

»Aber wieso denn? . . . Ich hab doch nur das Beste gewollt . . . Wenn ich Kekesfalva etwas erzählte, so war es doch nur aus . . . aus . . .«

»Ich weiß, ich weiß«, unterbrach Condor – »selbstverständlich hat er's Ihnen abgepreßt, abgewürgt, er kann einen tatsächlich wehrlos machen mit seiner verzweifelten Insistenz. Ja, ich weiß schon, ich weiß, daß Sie nur aus Mitleid, also aus den anständigsten, den besten Motiven schwach geworden sind. Aber – ich glaube, ich habe Sie schon einmal gewarnt – es ist eine verflucht zweischneidige Sache mit dem Mitleid; wer damit nicht umzugehen weiß, soll die Hand davon lassen und vor allem das Herz. Nur im Anfang ist Mitleid – genau wie das Morphium – eine Wohltat für den Kranken, ein Heilmittel, ein Hilfsmittel, aber wenn man's nicht richtig zu dosieren und abzustoppen weiß, wird's ein mörderisches Gift. Mit den ersten paar Injektionen tut man wohl, die beruhigen, die lähmen den Schmerz. Aber verhängnisvollerweise besitzt der Organismus, der Körper wie die Seele, eine unheimliche Anpassungskraft; so wie die Nerven immer mehr Morphium, benötigt das Gefühl immer mehr Mitleid, und schließlich mehr, als man geben kann. Einmal kommt unvermeidlich der Augenblick, da und dort, wo man ›Nein‹ sagen muß und sich nicht kümmern darf, ob der Andere einen für dieses letzte Weigern mehr haßt, als wenn man ihm nie geholfen hätte. Ja, lieber Herr Leutnant, man muß sein Mitleid richtig im Zaum halten, sonst richtet es schlimmeren Schaden an als alle Gleichgültigkeit – das wissen wir Ärzte und wissen die Richter und die Gerichtsvollzieher und die Pfandleiher; wenn die alle immer nur ihrem Mitleid nachgeben wollten, stünde unsere Welt still – gefährliche Sache, das Mitleid, gefährliche Sache! Sie sehen selbst, was Ihre Schwäche hier angerichtet hat.«

»Ja ... aber man kann ... man kann doch nicht einen Menschen in seiner Verzweiflung einfach stehenlassen ... schließlich war nichts dabei, wenn ich versuchte ...«

Aber Condor wurde plötzlich heftig.

»Doch – sehr viel war dabei! Sehr viel Verantwortung, verdammt viel Verantwortung, wenn man einen andern mit seinem Mitleid zum Narren macht! Ein erwachsener Mensch muß überlegen, ehe er sich in eine Sache einmengt, wie weit er zu gehen entschlossen ist – keine Herumspielerei mit fremden Gefühlen! Zugegeben – Sie haben aus den bravsten, anständigsten Motiven diese guten Leute beduselt, aber in unserer Welt kommt's nicht darauf an, ob man hart zugreift oder zaghaft, sondern einzig darauf, was man schließlich ausrichtet oder anrichtet. Mitleid – schön! Aber es gibt eben zweierlei Mitleid. Das eine, das schwachmütige und sentimentale, das eigentlich nur Ungeduld des Herzens ist, sich möglichst schnell freizumachen von der peinlichen Ergriffenheit vor einem fremden Unglück, jenes Mitleid, das gar nicht Mitleiden ist, sondern nur instinktive Abwehr des fremden Leidens von der eigenen Seele. Und das andere, das einzig zählt – das unsentimentale, aber schöpferische Mitleid, das weiß, was es will, und entschlossen ist, geduldig und mitduldend durchzustehen bis zum Letzten seiner Kraft und noch über dies Letzte hinaus. Nur wenn man zum Ende geht, bis zum äußersten bitteren Ende, nur wenn man die große Geduld hat, kann man Menschen helfen. Nur wenn man sich selber aufopfert dabei, nur dann!«

Es schwang ein bitterer Ton in seiner Stimme mit. Unwillkürlich fiel mir ein, was Kekesfalva erzählt hatte – Condor habe eine blinde Frau, die er nicht zu kurieren vermochte, gleichsam als Buße geheiratet, und diese Blinde, statt ihm dankbar zu sein, quäle ihn noch. Aber schon legte er warm und fast zärtlich seine Hand auf meinen Arm.

»Na, ich meine es nicht so böse. Ihr Gefühl hat Sie eben herumgekriegt, das kann jedem zustoßen. Aber jetzt zur Sache – zu meiner und Ihrer. Ich habe Sie schließlich nicht herzitiert, um mit Ihnen Psychologie zu schwatzen. Wir müssen zum Praktischen kommen. Selbstverständlich ist es nötig, daß wir in dieser Sache konform gehen. Es darf nicht zum zweitenmal passieren, daß Sie mir von hinten herum in mein Konzept fahren. Also hören Sie! Ich muß nach jenem Brief Ediths leider annehmen, daß sich unsere Freunde schon total in den Wahn verrannt haben, man könne durch jene doch unanwendbare Kur die ganze komplizierte Erkrankung blank wegwischen wie mit einem Schwamm. Auch wenn diese Narrheit schon gefährlich tief sitzt, bleibt nichts anderes übrig, als sie sofort wieder herauszuoperieren – je rascher, desto besser für uns alle. Natürlich wird's einen harten Schock geben. Wahrheit ist ja immer bittere Medizin, aber man darf einen solchen Wahn nicht weiter wuchern lassen. Daß ich's auf die schonendste Weise anpacken werde, lassen Sie meine Sache sein.

Und jetzt zu Ihnen! Am bequemsten für mich wäre natürlich, die ganze Schuld auf Sie abzuschieben. Zu sagen, Sie hätten mich mißverstanden, Sie hätten übertrieben oder phantasiert. Nun, das werde ich nicht tun, sondern lieber alles auf meine Kappe nehmen. Nur – das sage ich Ihnen gleich – ganz kann ich Sie nicht aus dem Spiel lassen. Sie kennen den alten Mann und seine schreckliche Zähigkeit. Wenn ich ihm auch hundertmal die Sache erklärte und den Brief zeigte, würde er immer von neuem jammern: ›Aber Sie haben doch dem Herrn Leutnant versprochen . . .‹ und ›Herr Leutnant hat doch gesagt . . .‹ – Ununterbrochen würde er sich auf Sie berufen, um sich und mir vorzutäuschen, es bestehe trotz alledem noch irgendwelche Hoffnung. Ohne Sie als Zeugen werde ich mit ihm nicht fertig. Illusionen kann man nicht so leicht herunterschütteln wie das Quecksilber im Thermometer. Hat man einmal einem jener Kranken, die man so grausamerweise unheilbar nennt, einen Strohhalm Hoffnung gezeigt, so zimmert er sich sofort daraus einen Balken und aus dem Balken ein ganzes Haus. Aber derlei Luftschlösser sind höchst ungesund für Kranke, und es ist meine Pflicht als Arzt, dieses Luftschloß schleunigst umzulegen, ehe sich exaltierte Hoffnungen drin heimisch machen. Wir müssen unbedingt die Sache scharf angehen und ohne Zeit zu verlieren.«

Condor hielt inne. Er wartete offenbar auf meine Zustimmung. Aber ich wagte nicht, seinem Blick zu begegnen; innen jagten jetzt, vom pochenden Herzschlag aufgetrieben, die Bilder des gestrigen Tages vorüber. Wie wir heiter über das sommerliche Land gefahren waren und das Gesicht der Kranken hatte von Sonne und Glück gestrahlt. Wie sie die kleinen Fohlen streichelte, wie sie als Königin bei dem Feste saß, wie immer und immer wieder dem Alten die Tränen niederliefen in den lachenden und zuckenden Mund. Das alles mit einem einzigen Hieb zerstören! Die Verwandelte wieder rückverwandeln, die so herrlich ihrer Verzweiflung Entrissene mit einem Wort in alle Höllen der Ungeduld wieder zurückstoßen! Nein, ich wußte, nie würde ich dazu die Hand bieten können. So äußerte ich zaghaft:

»Aber könnte man nicht lieber ...« und stockte schon wieder unter seinem prüfenden Blick.

»Was?« fragte er scharf.

»Ich meinte nur, ob man ... ob man mit dieser Eröffnung nicht lieber warten sollte ... wenigstens ein paar Tage, weil ... weil ... ich hatte gestern den Eindruck, als hätte sie sich schon völlig auf diese Kur eingestellt ... ich meine, innerlich eingestellt ... und sie hätte jetzt, wie Sie damals sagten, die ... die psychischen Kräfte ... ich meine, sie wäre jetzt imstande, viel mehr aus sich herauszuholen, wenn ... wenn man sie nur noch einige Zeit in dem Glauben beließe, diese neue Kur, von der sie alles erwartet, würde sie endgültig heilen ... Sie ... Sie haben ja nicht gesehen, Sie ... Sie können sich gar nicht vorstellen, wie schon die bloße Ankündigung auf sie gewirkt hat ... ich hatte wirklich den Eindruck, daß sie sich sofort viel besser fortbewegen konnte ... und ich meine, ob man das nicht erst sich auswirken lassen sollte ... Natürlich ...« – ich flüchtete mit der Stimme zurück, weil ich spürte, wie überrascht Condor zu mir aufblickte – »natürlich, ich verstehe nichts davon ...«

Condor blickte mich noch immer an. Dann knurrte er: »Sieh mal – Saul unter den Propheten! Sie scheinen sich ja äußerst gründlich in die Sache hineingekniet zu haben – sogar das von den ›psychischen Kräften‹ haben Sie sich gemerkt! Und dazu noch Ihre klinischen Feststellungen – ohne daß ich's wußte, hab ich mir da in aller Stille einen Assistenten und Konsiliarius herangezogen! – Übrigens« – er kraulte sich mit nervöser Hand nachdenklich im Haar –»was Sie da vorbrachten, wäre an sich gar nicht so dumm – Verzeihung, ich meine natürlich: im medizinischen Sinne dumm. Sonderbar, wirklich sonderbar – als ich den exaltierten Brief Ediths bekam, habe ich mich selbst einen Augenblick gefragt, ob man, nachdem Sie ihr einmal eingeredet haben, die Genesung rückte jetzt mit Siebenmeilenstiefeln heran, diese leidenschaftliche Einstellung nicht ausnützen sollte ... Gar nicht so übel gedacht, Herr Kollege! Zu inszenieren wäre die Sache ja kinderleicht – ich schicke sie ins Engadin, wo ich einen befreundeten Arzt habe, wir lassen sie im seligen Glauben, es sei die neue Kur, während es in Wirklichkeit die alte ist. Auf den ersten Hieb wäre der Effekt wahrscheinlich famos und wir würden schockweise begeisterte, dankbare Briefe kriegen. Die Illusion, die Luftveränderung, die Ortsveränderung, der verstärkte Energieeinsatz, all das würde ja tatsächlich wacker mithelfen und mitschwindeln: schließlich möchten vierzehn Tage Engadin auch Sie und mich überraschend aufpulvern. Aber, lieber Herr Leutnant, ich als Arzt muß nicht nur an den Anfang denken, sondern auch an den Fortgang und vor allem den Ausgang. Ich muß den Rückschlag in Rechnung stellen, der bei so irrsinnig überspannten Hoffnungen unvermeidlich – jawohl, unvermeidlich! – einsetzen würde; auch als Arzt bleibe ich Schachspieler, Geduldspieler, und darf nicht Hasardeur werden und am wenigsten, wenn ein anderer den Einsatz bezahlen muß.«

»Aber ... aber Sie sind doch selbst der Ansicht, man könnte eine wesentliche Besserung erzielen ...«

»Gewiß – im ersten Anlauf würden wir ein gutes Stück vorwärtskommen, Frauen reagieren doch immer in erstaunlicher Weise auf Gefühle, auf Illusionen. Aber denken Sie sich selber die Situation in ein paar Monaten aus, wenn die sogenannten psychischen Kräfte, von denen wir sprachen, erschöpft sind, der aufgepeitschte Wille verbraucht, die Leidenschaft vertan, und noch immer, nach Wochen und Wochen aufzehrendster Anspannung, stellt sich die Genesung nicht ein, jene totale Genesung, mit der sie doch jetzt rechnet wie mit einer Gewißheit. – Bitte, denken Sie sich das aus in seiner katastrophalen Wirkung auf ein sensibles, ohnehin von Ungeduld schon ganz aufgezehrtes Geschöpf! Es handelt sich bei unserer Sache doch nicht um eine kleine Besserung, sondern um etwas Fundamentales, um die Umstellung von der langsamen und sicheren Methode der Geduld auf die verwegene und gefährliche der Ungeduld! Wie sollte sie je noch Vertrauen haben zu mir, zu einem anderen Arzt, zu irgend einem Menschen, wenn sie sich vorsätzlich getäuscht sieht? Lieber also die Wahrheit, so grausam sie scheint: in der Medizin ist das Messer oft die mildere Methode. Nur nichts hinausschieben! Mit gutem Gewissen könnte ich eine solche Hinterhältigkeit nicht verantworten. Überlegen Sie selbst! Hätten *Sie* an meiner Stelle den Mut?«

»Ja«, antwortete ich unbedenklich, und erschrak schon im selben Augenblick über das rasche Wort. »Das heißt ...«, fügte ich vorsichtig bei, »ich würde ihr den ganzen Sachverhalt erst eingestehen, sobald sie wenigstens *etwas* vorwärtsgekommen ist ... Verzeihen Sie, Herr Doktor ... es klingt ziemlich unbescheiden ... aber Sie haben nicht so wie ich in der letzten Zeit beobachten können, wie notwendig diese Menschen etwas brauchen, um sich weiterzuhelfen und ... gewiß, man muß ihr die Wahrheit sagen ... aber doch erst, wenn sie sie ertragen kann ... nicht jetzt, Herr Doktor, ich beschwöre Sie ... nur nicht jetzt ... nur nicht sofort.«

Ich zögerte. Das neugierige Staunen seines Blicks verwirrte mich.

»Aber wann denn? ...« überlegte er. »Und vor allem: wer soll das riskieren? Einmal wird die Aufklärung doch nötig werden, und die Enttäuschung dann hundertmal gefährlicher, ja, lebensgefährlich sein. Würden Sie wirklich eine solche Verantwortung übernehmen?«

»Ja«, sagte ich fest (ich glaube, einzig die Angst, sonst sofort mit ihm hinausfahren zu müssen, gab mir diese jähe Entschlossenheit). »Diese Verantwortung übernehme ich voll und ganz. Ich weiß bestimmt, daß es Edith jetzt unermeßlich helfen würde, wenn man ihr vorläufig die Hoffnung auf eine völlige, endgültige Heilung ließe. Wird es dann nötig sein, sie aufzuklären, daß wir ... daß ich vielleicht zuviel versprochen habe, so werde ich mich ehrlich dazu bekennen, und ich bin überzeugt, sie wird alles verstehen.«

Condor blickte mich starr an. »Donnerwetter«, murmelte er schließlich. »Sie muten sich allerhand zu! Und das Merkwürdigste ist, daß Sie uns andere mit Ihrem Gottesglauben infizieren – erst die draußen und, ich fürchte, allmählich auch mich! – Nun, wenn Sie wirklich diese Verantwortung auf sich nehmen, Edith wieder ins Gleichgewicht zu bringen, falls eine Krise eintreten sollte, dann ... dann bekommt die Sache natürlich ein anderes Gesicht ... dann könnte man vielleicht wirklich riskieren, noch ein paar Tage zuzuwarten, bis ihre Nerven etwas besser sitzen ... Aber bei solchen Verpflichtungen gibt es kein Zurück, Herr Leutnant! Es ist meine Pflicht, Sie zuvor gründlich zu warnen. Wir Ärzte sind vor jeder Operation gebunden, die Beteiligten auf alle möglichen Gefahren aufmerksam zu machen – einer schon so lange Gelähmten zu versprechen, sie werde in kürzester Zeit völlig geheilt werden, bedeutet einen nicht minder verantwortlichen Eingriff als den mit dem Skalpell. Überlegen Sie also genau, was Sie auf sich nehmen – es gehört unermeßliche Kraft dazu, einen Menschen wieder aufzurichten, den man einmal betrogen hat! Ich liebe keine Undeutlichkeiten. Ehe ich von meiner eigentlichen Absicht abstehe, die Kekesfalvas sofort und ehrlich aufzuklären, daß jene Methode in unserem Fall unanwendbar ist, und wir leider noch viel Geduld von ihnen fordern müssen, muß ich wissen, ob ich mich auf Sie verlassen kann. Kann ich unbedingt darauf zählen, daß Sie mich dann nicht im Stich lassen?«

»Unbedingt.«

»Gut.« Condor schob das Glas mit einem Ruck von sich. Wir hatten keiner einen Tropfen getrunken. »Oder vielmehr: hoffen wir, daß es gut ausgeht, denn ganz behaglich fühl ich mich bei diesem Hinausschieben nicht. Ich werde Ihnen jetzt genau sagen, wie weit ich gehe – keinen Schritt über die Wahrheit hinaus. Ich rate zu einer Kur im Engadin, aber ich erkläre, daß die Methode Viennots keineswegs ausgeprobt ist und betone ausdrücklich, daß sie beide keine Wunder erwarten sollen. Benebeln sie sich im Vertrauen auf Sie trotzdem mit unsinnigen Hoffnungen, so wird es an Ihnen sein – ich habe Ihre Zusage –, die Sache, *Ihre* Sache, rechtzeitig ins reine zu bringen. Vielleicht begehe ich ein gewisses Wagnis, wenn ich Ihnen mehr vertraue als meinem ärztlichen Gewissen – nun, das will ich auf mich nehmen. Schließlich meinen wir es beide mit dieser armen Kranken gleich gut.«

Condor erhob sich. »Wie gesagt, ich rechne auf Sie, wenn irgendeine Krise der Enttäuschung eintreten sollte; hoffentlich erreicht Ihre Ungeduld mehr als meine Geduld. Lassen wir also dem armen Kind noch ein paar Wochen Zuversicht! Und bringen wir sie wirklich inzwischen ein anständiges Stück vorwärts, dann haben Sie ihr geholfen und nicht ich. Erledigt! Es ist höchste Zeit. Ich werde draußen erwartet.«

Wir verließen das Lokal. Der Wagen stand vor dem Hause für ihn bereit. Im letzten Augenblick, da Condor schon eingestiegen war, zuckte mir noch die Lippe, als wollte sie ihn zurückrufen. Aber schon zogen die Pferde an. Der Wagen und damit das Unabänderliche waren in vollem Gang.

Drei Stunden später fand ich auf meinem Tisch in der Kaserne ein Billett, hastig geschrieben und von dem Chauffeur gebracht. »Kommen Sie morgen möglichst früh. Es ist furchtbar viel zu erzählen. Eben war Doktor Condor hier. In zehn Tagen fahren wir weg. Ich bin schrecklich glücklich. Edith.«

Sonderbar, daß mir gerade in dieser Nacht jenes Buch in die Hand geriet. Ich war im allgemeinen ein schwacher Leser, und auf dem wackligen offenen Regal meiner ärarischen Bude standen einzig die sechs oder acht militärischen Bände wie das Dienstreglement und der Armeeschematismus, die für unsereins das Alpha und Omega sind, neben etwa zwei Dutzend Klassikern, die ich, ohne sie je aufzuschlagen, seit der Kadettenschule in jede Garnison mitschleppte – vielleicht nur, um diesen kahlen fremden Zimmern, in denen ich zu hausen genötigt war, einen Schein und Schatten persönlicher Habe zu geben. Dazwischen lagen noch halbaufgeschnitten ein paar schlechtgedruckte, schlechtgeheftete Bücher herum, die mir auf merkwürdige Weise zugekommen waren. Manchmal erschien nämlich in unserem Kaffeehaus ein kleiner buckliger Hausierer mit sonderbar wehmütigen Triefaugen, der auf unwiderstehlich zudringliche Art Briefpapier, Bleistifte und billige Schundbücher anbot, meist solche, für die er sich in kavalleristischen Kreisen den besten Absatz erhoffte: die sogenannte galante Literatur wie Casanovas Liebesabenteuer, das Decamerone, die Memoiren einer Sängerin oder lustige Garnisonsgeschichten. Aus Mitleid – immer wieder aus Mitleid! – und vielleicht auch, um mich seiner melancholischen Zudringlichkeit zu erwehren, hatte ich ihm nach und nach drei oder vier dieser schmierigen, schlechtgedruckten Hefte abgekauft und sie dann lässig in dem Regal herumliegen lassen.

An jenem Abend aber, müde zugleich und überreizt in den Nerven, unfähig zu schlafen und unfähig auch, etwas Vernünftiges zu denken, suchte ich, um mich abzulenken und schlafmüde zu machen, nach irgendeiner Lektüre. In der Hoffnung, daß die naiven bunten Erzählungen, deren ich mich noch von der Kindheit her verworren erinnerte, die beste narkotische Wirkung üben könnten, griff ich nach dem Band Tausendundeine Nacht. Ich legte mich hin und begann zu lesen in jenem Zustand halber Somnolenz, da man schon zu träge ist, die Seiten umzublättern, und aus Bequemlichkeit eine zufällig nicht aufgeschnittene lieber überschlägt. Ich las die Anfangsgeschichte von Scheherezade und dem König mit matter Aufmerksamkeit und dann weiter und weiter. Aber plötzlich schrak ich auf. Ich war auf das merkwürdige Märchen gestoßen von jenem jungen Mann, der am Wege einen lahmen Greis liegen sieht, und bei diesem einen Worte »gelähmt« zuckte etwas in mir empor wie ein scharfer Schmerz; ein Nerv war von der plötzlichen Assoziation wie von einem Brandstrahl berührt. Der gelähmte Greis ruft in jenem Märchen den jungen Menschen verzweifelt an, er könne nicht gehen und ob er ihn nicht auf seine Schultern aufsitzen lassen wolle und weitertragen. Und der junge Mann hat Mitleid – Mitleid, du Narr, warum hast du Mitleid? dachte ich mir –, er beugt sich wirklich hilfreich nieder und setzt sich den alten Mann huckepack auf den Rücken.

Aber dieser scheinbar hilflose Greis ist ein Djinn, ein böser Geist, ein schurkischer Zauberer, und kaum daß er dem jungen Menschen auf den Schultern sitzt, klemmt er plötzlich seine haarigen nackten Schenkel nervig um die Kehle seines Wohltäters und ist nicht mehr abzuschütteln. Unbarmherzig macht er den Hilfreichen zu seinem Reittier, er peitscht, der Rücksichtslose, der Mitleidlose, den Mitleidigen weiter und weiter, ohne ihm Rast zu gönnen. Und der Unselige muß ihn tragen, wohin jener es heischt, er hat von nun ab keinen eigenen Willen mehr. Er ist das Reittier, ist der Sklave des Elenden geworden, und ob ihm auch die Knie wanken und die Lippen verschmachten, er muß, der Narr seines Mitleids, fort und fort traben und den bösen, den verruchten, den listigen alten Mann als sein Schicksal auf dem Rücken schleppen.

Ich hielt inne. Das Herz schlug mir, als wollte es aus der Brust springen. Denn noch während ich las, hatte ich plötzlich in einer unerträglichen Vision diesen listenreichen fremden Greis *gesehen*, wie er erst auf der Erde lag und tränend die Augen aufschlug, um von dem Mitleidigen Hilfe zu erflehen, ihn gesehen, wie er dann huckepack dem andern auf dem Rücken saß. Er hatte weißes gescheiteltes Haar, jener Djinn, und trug eine goldene Brille. Mit der ganzen Blitzhaftigkeit, mit der sonst nur Träume Bilder und Gesichter heranzureißen und zu vermengen verstehen, hatte ich dem Greise des Märchens instinktiv Kekesfalvas Gesicht geliehen, und ich war mit einmal selbst das unselige Reittier geworden, das er peitschte und vorwärtspeitschte, ja, ich fühlte um die Kehle den Druck so körperlich, daß mir der Atem stockte. Das Buch fiel mir aus den Händen, ich blieb liegen, eiskalt, und hörte mein Herz an die Rippen pochen wie an hartes Holz; noch durch den Schlaf jagte dieser grimmige Jäger weiter und weiter, ich wußte nicht wohin. Als ich morgens mit nassem Haar erwachte, war ich erschöpft und ausgemüdet wie nach unermeßlichem Weg.

Es half nichts, daß ich vormittags mit den Kameraden ausritt, daß ich vorschriftsmäßig, sorgsam und wach meinen Dienst tat; kaum daß ich nachmittags den unausweichlichen Weg zum Schloß hinauswanderte, spürte ich die gespenstische Last wieder auf den Schultern, weil ich erschütterten Gewissens ahnte, daß die Verantwortung, die jetzt für mich begann, eine ganz neue und unermeßlich schwierige geworden war. Damals, auf jener Bank im nächtigen Park, da ich dem alten Manne die Heilung seines Kindes in nahe Aussicht gestellt hatte, war mein Übertreiben doch bloß ein mitleidiges Nicht-die-Wahrheit-sagen ohne meinen Willen und sogar gegen meinen Willen gewesen, aber noch keine bewußte Täuschung, kein grober Betrug. Von nun an hingegen, da ich wußte, daß eine baldige Heilung nicht zu gewärtigen war, hatte ich kalt, zäh, berechnend, ausdauernd mich zu verstellen, ich mußte mit undurchsichtigen Mienen, mit überzeugter Stimme lügen wie ein abgefeimter Verbrecher, der sich Wochen und Monate voraus jede Einzelheit seiner Tat und seiner Verteidigung raffiniert ausdenkt. Zum erstenmal begann ich zu verstehen, daß das Schlimmste auf dieser Welt nicht durch das Böse und Brutale, sondern fast immer nur durch Schwäche verschuldet wird.

Bei den Kekesfalvas geschah dann alles genau, wie ich gefürchtet; kaum daß ich die Turmterrasse betrat, grüßte mich schon begeisterter Empfang. Mit Absicht hatte ich einige Blumen mitgebracht, um den ersten Blick von mir selbst abzulenken. Aber nach einem jähen »Um Himmels willen, wozu bringen Sie mir denn Blumen? Ich bin doch keine Primadonna!« mußte ich mich schon neben die Ungeduldige setzen, und sie begann, ohne innezuhalten. Mit einem gewissen halluzinativen Ton in der Stimme erzählte und erzählte sie, Doktor Condor – »Oh, dieser herrliche, dieser einzige Mensch!« – hätte ihr wieder Mut gemacht. In zehn Tagen reisten sie in ein Sanatorium in der Schweiz, ins Engadin – wozu noch einen Tag versäumen, jetzt da man die Sache endlich scharf angehen wolle? Immer hätte sie's vorausgewußt, daß man alles bisher von der falschen Seite angepackt habe, daß man mit diesem Elektrisieren und Massieren und all den dummen Apparaten allein nicht vorwärtskomme. Bei Gott, es sei aber schon höchste Zeit gewesen, zweimal – sie hätte es mir nie eingestanden – habe sie schon versucht, Schluß mit sich zu machen, zweimal und immer vergeblich. So könne ein Mensch auf die Dauer nicht existieren, keine Stunde wirklich allein, immer angewiesen auf andere mit jedem Handgriff und jedem Schritt, immer bespäht, immer überwacht und dazu noch erdrückt von dem Gefühl, allen andern bloß eine Last, ein Alp, eine Unerträglichkeit zu sein. Ja, es sei Zeit gewesen, höchste Zeit, aber ich würde sehen, wie rasch es jetzt, wenn man's nur richtig anpacke, mit ihrer Genesung vorwärtsgehen würde. Was taugen denn alle diese dummen kleinen Besserungen, die doch nichts besser machten! Als Ganzes müsse man eben gesunden, sonst sei man nicht gesund. Ach, und schon das Vorgefühl, wie wunderbar das wäre, wie wunderbar ...

Das ging so weiter und weiter, ein springender, sprudelnder, sprühender Sturzbach der Ekstase. Wie einem Arzt war mir zumute, der den Fieberphantasien einer Halluzinierenden zuhört und dabei mißtrauisch mit dem unbestechlichen Uhrzeiger die jagenden Pulsschläge nachzählt, weil er dies Glühen und Brennen beunruhigt als triftigsten klinischen Beweis einer Verstörung bewertet. Immer, wenn wie leichter Gischt ein übermütiges Lachen den jagenden Schwall ihres Erzählens übersprühte, schauerte ich zusammen, denn ich wußte doch, was sie nicht wußte – ich wußte, daß sie sich betrog, daß wir sie betrogen. Als sie endlich innehielt, war mir, wie wenn man nachts in einem fahrenden Zug aufschrickt, weil die Räder plötzlich stoppen. Aber sie hatte sich selbst jäh unterbrochen:

»Nun, was sagen Sie dazu? Warum sitzen Sie denn so dumm – pardon, so erschrocken herum? Warum reden Sie kein Wort? Freuen Sie sich denn gar nicht mit mir?«

Ich fühlte mich ertappt. Jetzt oder nie galt es, den herzlichen, den richtig begeisterten Ton zu finden. Aber ich war erst ein erbärmlicher Neuling im Lügen, ich verstand noch nicht die Kunst des bewußten Betrugs. So stoppelte ich mühsam ein paar Worte zusammen.

»Wie können Sie so was sagen? Ich bin nur ganz überrascht ... das müssen Sie doch verstehen ... und bei uns in Wien sagt man jedesmal von einer großen Freude, daß sie einem ›die Red verschlägt‹ ... Natürlich freue ich mich furchtbar für Sie.«

Es widerte mich selbst an, wie künstlich und kalt das klang. Auch sie mußte meine Hemmung sofort bemerkt haben, denn jählings veränderte sich ihre Haltung. Etwas von der Verdrossenheit eines Menschen, den man aus einem Traum aufrüttelt, verdüsterte ihre Verzückung; die Augen, eben noch von Begeisterung funkelnd, wurden plötzlich hart, der Bogen zwischen den Brauen spannte sich wie zum Schuß.

»Nun – viel habe ich nicht bemerkt von Ihrer großen Freude!«

Ich spürte genau das Beleidigende und versuchte, sie zu beschwichtigen.

»Aber Kind ...«

Doch schon warf sie sich hoch. »Sagen Sie nicht immer ›Kind‹ zu mir. Sie wissen, ich vertrag das nicht. Was sind Sie denn schon älter als ich? Ich darf's mir vielleicht noch erlauben, mich zu wundern, daß Sie nicht sehr überrascht waren und vor allem nicht sehr ... sehr ... teilnehmend. Aber übrigens, warum sollten Sie sich nicht freuen? Schließlich kriegen doch auch Sie Urlaub dadurch, daß die Bude hier für ein paar Monate gesperrt wird. Da können Sie wieder ruhig mit Ihren Kameraden im Kaffeehaus sitzen und tarockieren und sind den langweiligen Samariterdienst los. Ja, ja, ich glaub's Ihnen schon, daß Sie sich freuen. Jetzt kommt für Sie eine bequeme Zeit.«

Es war etwas derart grob Zuschlagendes in ihrer Art, daß ich den Stoß bis in mein schlechtes Gewissen hinein spürte. Zweifellos, ich mußte mich verraten haben. Um abzulenken – denn ich kannte schon das Gefährliche ihrer Reizbarkeit in solchen Augenblicken – suchte ich die Auseinandersetzung ins locker Spaßhafte abzuschieben.

»Bequeme Zeit – wie Ihr Euch das vorstellt! Eine bequeme Zeit für Kavalleristen, der Juli, der August, der September! Wissen Sie nicht, daß da Hochkonjunktur ist für alle Schindereien und Rüffeleien? Erst die Vorbereitungen für die Manöver, dann hinüber oder herüber nach Bosnien oder Galizien, dann die Manöver selbst und die großen Paraden! Aufgeregte Offiziere, abgehetzte Mannschaften, allerhöchster Dienst im schärfsten Extrakt von morgens bis abends. Bis tief in den September hinein geht dieser Tanz.«

»Bis Ende September? ...« Sie wurde mit einem Mal nachdenklich. Etwas schien sie zu beschäftigen. »Aber wann ...«, setzte sie schließlich an, »werden Sie dann kommen?«

Ich verstand nicht. Wirklich, ich verstand nicht, was sie meinte, und fragte vollkommen naiv:

»Wohin kommen?«

Sofort spannten sich wieder die Brauen. »Fragen Sie nicht immer so tolpatschig! Uns besuchen! Mich besuchen!«

»Im Engadin?«

»Wo denn sonst? In Tripstrill vielleicht?«

Jetzt erst begriff ich, was sie meinte; die Vorstellung war tatsächlich zu absurd für mich gewesen, ich sollte mir, ich, der ich gerade meine letzten baren sieben Kronen für jene Blumen ausgegeben hatte und dem jeder Abstecher nach Wien trotz der halben Fahrkarte schon eine Art Luxus bedeutete, so mir nichts dir nichts eine Reise ins Engadin leisten.

»Na, da sieht man einmal«, lachte ich ganz ehrlich, »wie Ihr Zivilisten Euch das Militär vorstellt. Kaffeehaus und Billardspielen, auf dem Korso spazierengehen und wenn man grade Lust hat, Zivil anziehen und ein paar Wochen in der Welt herumrutschen. Höchst einfach, so eine Spritzfahrt. Man hebt zwei Finger an die Kappe und sagt: ›Adieu, Herr Oberst, ich hab keine rechte Schneid, jetzt weiter Militär zu spielen! Auf Wiederschaun, wann's mir grad wieder paßt!‹ Ihr habt's eine Ahnung, wie's in unseren allerhöchsten Tretmühlen zugeht! Wissen Sie, daß unsereins, wenn er einmal eine einzige Stunde außertourlich freihaben will, sich die Binde anschnallen muß und beim Rapport schön brav die Hacken zusammenklappen und ›gehorsamst‹ seine Bitte vorbringen? Jawohl, soviel Faxen und Feierlichkeiten für eine einzige Stunde. Und für einen ganzen Tag braucht man mindestens eine tote Tante oder sonst ein Familienbegräbnis. *Das* Gesicht von meinem Obersten möchte ich mir anschauen, wenn ich so mitten in der Manöverzeit ihm submissest mitteilen tät, ich hätt den Gusto, jetzt für acht Tage auf Urlaub in die Schweiz zu gondeln. Da möchten's ein paar Ausdrücke hören, die Sie in keinem zimmerreinen Lexikon finden. Nein, mein liebes Fräulein Edith, das stellen Sie sich doch etwas zu leicht vor.«

»Ach was, alles ist leicht, was man wirklich will! Spielen Sie sich nicht auf, als ob grad Sie unentbehrlich wären! Würde eben inzwischen ein anderer Ihre ruthenischen Schafsköpfe abrichten. Übrigens, das mit dem Urlaub richtet Ihnen Papa in einer halben Stunde. Er kennt ein Dutzend Leute im Kriegsministerium, und wenn ein Wort von oben kommt, kriegen Sie, was Sie verlangen – schaden könnt's Ihnen übrigens wirklich nicht, wenn Sie einmal was anderes von der Welt sehn würden als Ihre Reitschule und Ihren Exerzierplatz. Also keine Ausflüchte – das ist erledigt. Das richtet Ihnen Papa.«

Es war dumm von mir, aber dieser lasche Ton ärgerte mich. Schließlich drillen einem ein paar Dienstjahre doch ein gewisses Standesbewußtsein ein; ich fühlte eine Art Herabsetzung darin, daß so ein blutjunges, unerfahrenes Mädel von oben herab über die Generäle des Kriegsministeriums – für uns eine Art blauer Götter – verfügte, als wären sie Privatangestellte ihres Vaters. Immerhin hielt ich mich trotz allen Ärgers noch im lockeren Ton.

»Nun gut: Schweiz, Urlaub, Engadin – gar nicht übel! Ausgezeichnet, wenn's mir faktisch, wie Sie sich das vorstellen, auf dem Servierbrett hergeschoben wird, ohne daß ich gehorsamst ›bitte, bitte‹ machen muß. Aber nötig wär außerdem, daß Ihr Herr Papa im Kriegsministerium zu dem Urlaub noch ein besonderes Reisestipendium für den Herrn Leutnant Hofmiller herauskitzelt.«

Nun war sie es wiederum, die aufstutzte. Sie spürte in meinen Worten etwas Hintergründiges, das sie nicht begriff. Schärfer spannten sich die Brauen über den ungeduldigen Augen. Ich sah, ich mußte deutlicher werden.

»Also vernünftig, Kind ... pardon, reden wir vernünftig, Fräulein Edith. Die Sache liegt leider nicht so einfach, wie Sie meinen. Sagen Sie – haben Sie sich einmal überlegt, was so eine Eskapade kostet?«

»Ach, *das* meinen Sie?« sagte sie völlig unbefangen. »Das

kann doch nicht arg sein. Ein paar hundert Kronen höchstens. Die werden's doch nicht ausmachen.«

Nun konnte ich meinen Unmut nicht länger beherrschen. Denn hier lag mein empfindlichster Punkt. Ich glaube, ich habe schon einmal gesagt, wie sehr mich's quälte, in unserem Regiment zu den Offizieren zu gehören, die keinen Heller eigenes Vermögen besaßen, und bloß auf die Gage und den recht knappen Zuschuß meiner Tante angewiesen zu sein; schon in unserem eigenen Kreis ging's mir immer scharf an die Leber, wenn man in meiner Gegenwart verächtlich von Geld sprach, als ob es wie Disteln wüchse. Hier war *mein* wunder Punkt. Hier war *ich* lahm, hier trug *ich* meine Krücken. Einzig deshalb erregte es mich so unverhältnismäßig, daß dieses verwöhnte, verzogene Geschöpf, das doch selber an seiner Zurückgesetztheit höllisch litt, die meine nicht begriff. Gegen meinen Willen wurde ich beinahe grob.

»Ein paar hundert Kronen höchstens? Eine Kleinigkeit, nicht wahr? Eine erbärmliche Kleinigkeit für einen Offizier! Und Sie finden's natürlich schäbig, daß ich so eine Läpperei überhaupt erwähne? Nicht wahr, schäbig, kleinlich, knickerig! Aber haben Sie schon einmal darüber nachgedacht, wovon unsereins sich durchfretten muß? Womit er sich abfinden und abschinden muß?«

Und da sie mich noch immer mit jenem verkniffenen und, wie ich töricht vermeinte, verächtlichen Blick anstarrte, packte mich plötzlich das Bedürfnis, ihr meine ganze Armut bloßzulegen. Genau wie sie damals, um uns zu quälen, mit Absicht vor uns, den Gesunden, durch das Zimmer gehumpelt war, um sich durch diesen herausfordernden Anblick zu rächen an unserer behaglichen Gesundheit, so empfand ich eine Art zorniger Freude, ihr die Enge und Abhängigkeit meiner Existenz exhibitionistisch zu entblößen.

»Wissen Sie denn überhaupt, was ein Leutnant Gage kriegt?« fuhr ich sie an. »Haben Sie schon einmal darüber nachgedacht? Also, damit Sie's wissen: zweihundert Kronen am Ersten des Monats für die dreißig oder einunddreißig Tage und dazu die Verpflichtung, ›standesgemäß‹ zu leben. Von diesem Bettel hat er die Menage, die Wohnung, den Schneider, den Schuster und seinen ›standesgemäßen‹ Luxus zu bestreiten. Gar nicht zu reden davon, wenn, Gott behüte, einmal was mit dem Roß passiert. Und wenn er glorreich gewirtschaftet hat, dann bleiben ihm grad noch die paar Heller übrig, um in jenem Kaffeehausparadies zu schlemmen, mit dem Sie mich immer aufziehen; dort kann er, wenn er wirklich gespart hat wie ein Tagelöhner, sich alle Herrlichkeiten der Erde bei einer Schale Melange erkaufen.«

Ich weiß heute, daß es dumm, daß es verbrecherisch von mir war, mich dermaßen von meiner Bitterkeit hinreißen zu lassen. Wie sollte ein siebzehnjähriges Kind, verwöhnt und weltfremd auferzogen, wie sollte diese Gelähmte, ständig an ihr Zimmer gefesselt, etwas von Geldwert und Gage und unserem glänzenden Elend ahnen? Aber die Lust, mich für zahllose kleine Erniedrigungen einmal an jemandem zu rächen, hatte mich gleichsam hinterrücks angefallen, und ich drosch zu, blindlings, besinnungslos, wie man immer im Zorn zuschlägt, ohne die Wucht des Hiebs in der eigenen Hand zu fühlen.

Aber kaum daß ich aufblickte, begriff ich schon, wie tierisch roh ich zugeschlagen. Mit der Feinfühligkeit der Kranken hatte sie sofort gespürt, daß sie mich unbewußt an empfindlichster Stelle getroffen. Unwiderstehlich – ich sah, sie wehrte sich dagegen und hob rasch die Hand vor das Gesicht – wurde sie rot; offenbar hatte ein bestimmter Gedanke ihr das Blut in die Wangen getrieben.

»Und da ... und da kaufen Sie mir noch so teure Blumen?«

Nun kam ein peinlicher Augenblick, und er währte lange. Ich schämte mich vor ihr, und sie schämte sich vor mir. Wir hatten beide einander unbeabsichtigt verletzt und fürchteten uns vor jedem neuen Wort. Mit einem Mal hörte man den Wind, der warm durch die Bäume strich, und unten im Hof das Gackern der Hühner, und von ferne ab und zu das dünne Rollen eines Wagens die Landstraße entlang. Aber da raffte sie sich schon wieder auf.

»Und ich bin so dumm und geh auf Ihren Unsinn ein! Wirklich, dumm bin ich und reg mich sogar noch auf. Was kümmert Sie das überhaupt, was so eine Reise kostet? Wenn Sie zu uns kommen, sind Sie selbstverständlich unser Gast. Glauben Sie, Papa würde zugeben, wenn Sie schon so nett sind, uns zu besuchen ... daß Sie da noch Kosten haben? So ein Unsinn! Und ich laß mich zum Narren halten von Ihnen ... also kein Wort mehr darüber – nein, kein Wort, habe ich gesagt!«

Aber hier war der Punkt, wo ich nicht nachgeben konnte. Denn nichts war mir – ich sagte es schon früher – dermaßen unerträglich wie der Gedanke, als Schmarotzer zu gelten.

»Doch! Ein Wort noch! Wir wollen doch keine Mißverständnisse! Also klipp und klar: ich lasse mich nicht ausbitten von meinem Regiment, ich lasse mich nicht freihalten. Mir paßt es nicht, Ausnahmen und Annehmlichkeiten zu fordern. Ich will in Reih und Glied stehen mit meinen anderen Kameraden, ich will nichts Außertourliches und keine Protektion. Ich weiß, Sie meinen es gut und Ihr Herr Vater meint es gut. Aber manche Leute können eben nicht alles Gute im Leben serviert bekommen ... Sprechen wir nicht weiter davon.«

»Sie wollen also nicht kommen?«

»Ich habe nicht gesagt, daß ich nicht will. Ich erklärte Ihnen deutlich, weshalb ich nicht kann.«

»Auch nicht, wenn mein Vater Sie darum ersucht?«

»Auch dann nicht.«

»Und auch ... auch wenn ich Sie bitte? ... Wenn ich Sie herzlich, wenn ich Sie freundschaftlich bitte?«

»Tun Sie's nicht. Es hätte keinen Sinn.«

Sie senkte den Kopf. Aber schon hatte ich das wetterleuchtende Zittern und Zucken um ihren Mund bemerkt, das untrüglich bei ihr eine gefährliche Irritation ankündigte. Dieses arme verwöhnte Kind, nach dessen Wink und Wunsch alles im Hause geschah, hatte etwas Neues erlebt: es war auf Widerstand gestoßen. Jemand hatte ihr »nein« gesagt, und das erbitterte sie. Mit einem Ruck riß sie meine Blumen vom Tisch und warf sie in zornigem Bogen weit über die Balustrade.

»Gut«, stieß sie dann zwischen den Zähnen heraus. »Jetzt weiß ich wenigstens, wie weit Ihre Freundschaft reicht. Gut, daß man's einmal erprobt hat! Nur weil ein paar Kameraden im Kaffeehaus sich den Mund zerreißen könnten, verstecken Sie sich hinter Ausredereien! Nur weil man Angst hat, daß man einen schlechten Punkt in der Sittennote kriegt beim Regiment, verdirbt man seinen Freunden eine Freude! ... Aber gut! Erledigt! Ich werde nicht weiter betteln. Sie haben keine Lust – gut! Erledigt!«

Ich spürte, ihre Erregung war noch nicht völlig gewichen, denn sie wiederholte nochmals und nochmals mit einer gewissen zähen Hartnäckigkeit dieses »gut«; gleichzeitig stemmte sie gewaltsam beide Hände an die Lehne, um ihren Körper höher zu ziehen, als wollte sie vorstoßen zu einem Angriff. Plötzlich wandte sie sich mir scharf zu.

»Gut. Erledigt der Fall. Unser submissestes Gesuch ist abgelehnt. Sie besuchen uns nicht, Sie wollen uns nicht besuchen. Es paßt Ihnen nicht. Gut! Man wird's überstehen. Sind schließlich auch früher ohne Sie ausgekommen ... Etwas aber möchte ich noch wissen – wollen Sie mir jetzt aufrichtig antworten?«

»Selbstverständlich.«

»Aber ehrlich! Ihr Ehrenwort! Geben Sie mir Ihr Ehrenwort.«

»Wenn Sie durchaus darauf bestehen – mein Ehrenwort.«

»Gut. Gut.« Immer wiederholte sie dieses harte, schneidende »gut«, als risse sie damit etwas wie mit einem Messer weg. »Gut. Keine Angst, ich insistiere nicht weiter auf Dero erlauchtem Besuch. Nur eins möchte ich wissen – Sie haben mir Ihr Wort gegeben. Nur das eine. Also – es paßt Ihnen nicht, zu uns zu kommen, weil's Ihnen unangenehm ist, weil Sie sich geniert fühlen ... oder aus irgendwelchen Gründen sonst – was geht's mich an? Gut ... gut. Erledigt. Aber jetzt ehrlich und klar: warum kommen Sie dann überhaupt zu uns?«

Auf alles war ich gefaßt gewesen, nur nicht auf diese Frage. In meiner Verblüffung stammelte ich, um Zeit zu gewinnen, ein vorbereitendes:

»Aber ... aber das ist doch ganz einfach ... da hätte es doch keines Ehrenworts bedurft ...«

»So? ... einfach? Gut! Um so besser! Also los?«

Nun gab es kein Ausbiegen mehr. Das Einfachste schien mir die Wahrheit, nur merkte ich schon, daß ich sie vorsichtigst stilisieren müßte. So setzte ich mit scheinbarer Ungezwungenheit an:

»Aber, liebes Fräulein Edith – suchen Sie doch keine geheimnisvollen Beweggründe bei mir. Sie kennen mich schließlich genug, um zu wissen, daß ich jemand bin, der nicht viel über sich nachdenkt. Ich bin, ich schwör's Ihnen, noch nie auf die Idee gekommen, mich zu examinieren, warum ich zu dem geh und zu jenem, warum ich die einen Leut gern hab und die andern nicht. Mein Wort – ich kann Ihnen wirklich nichts Gescheiteres und nichts Dümmeres sagen, als daß ich immer wieder zu Euch komm – eben weil ich gern zu Euch komm und weil ich mich hier eben hundertmal wohler fühl als anderswo. Ihr stellt's Euch, glaub ich, unsere Kavalleristik doch ein bissel zu sehr nach der Operette vor, immer fesch, immer lustig, eine Art ewiger Kirchweih. Nun, von innen sehen die Dinge nicht so üppig aus, und auch mit der vielgerühmten Kameradschaft steht's manchmal reichlich windig. Wo ein paar Dutzend vor die gleiche Karre gespannt sind, zieht immer einer schärfer an als der andere, und wo's Avancement und Ranglisten gibt, tritt man dem Vordermann leicht auf die Zehen. Bei jedem Wort, das man sagt, muß man auf der Hut sein, nie ist man ganz sicher, ob man nicht das Mißbehagen der Großkopfeten erregt; immer hängt wo ein Donnerwetter in der Luft. Dienst kommt von Dienen, und Dienen heißt abhängig sein. Und dann, eine Kaserne und ein Wirtshaustisch sind doch nie ein rechtes Zuhause; keiner braucht einen dort und keinem liegt was an einem. Ja, ja, es geht schon manchmal ganz fidel zu mit den Kameraden, aber irgendein Letztes an Sicherheit kriegt man nie richtig heraus. Wenn ich dagegen zu Euch komm, da leg ich mit dem Säbel zugleich alle Bedenklichkeiten weg, und wenn ich dann mit Euch so gemütlich plausche, dann ...«

»Nun ... was ist dann?« Ganz ungeduldig stieß sie es heraus.

»Dann ... na, Sie werden's vielleicht ein bissel unverschämt finden, daß ich's so ehrlich heraussag ... dann red ich mir ein, Ihr seht's mich gern bei Euch, hier gehör ich dazu, hier bin ich hundertmal mehr zu Hause als irgendwo. Immer, wenn ich Sie so anschau, hab ich das Gefühl ...«

Ich stockte unwillkürlich. Aber sie wiederholte sofort mit gleicher Heftigkeit: »Nun, was ist bei mir ...«

»... daß da jemand ist, bei dem ich nicht so schrecklich

überflüssig bin wie bei den Unsrigen ... Natürlich, ich weiß schon, viel ist nicht dran an mir, manchmal wunder ich mich selber, daß ich Euch nicht längst schon langweilig geworden bin ... Oft ... Ihr wißt's ja nicht, wie oft ich schon Angst gehabt hab, ob ich Euch nicht schon über bin ... aber dann erinnere ich mich immer, wie allein Sie da sitzen in dem großen leeren Haus, und daß Sie's freuen könnt, wenn jemand zu Ihnen kommt. Und das, sehn Sie, macht mir jedesmal wieder Mut ... jedesmal wenn ich Sie auf Ihrem Turm oder in Ihrem Zimmer find, rede ich mir ein, es war doch gut, daß ich gekommen bin, statt daß Sie da allein den langen Tag versitzen. Können Sie das wirklich nicht verstehen?«

Aber nun geschah etwas Unerwartetes. Die grauen Augen wurden starr, es war, als ob etwas in meinen Worten ihre Pupillen versteinert hätte. Dagegen wurden allmählich die Finger unruhig, sie tasteten die Lehne auf und nieder, begannen zuerst leise und dann immer heftiger auf dem blanken Holz zu trommeln. Der Mund verzerrte sich leicht, und mit einem Mal sagte sie abrupt:

»Ja, ich verstehe. Ich verstehe vollkommen, was Sie meinen ... Sie haben ... Sie haben jetzt, glaube ich, wirklich die Wahrheit gesagt. Sehr, sehr höflich haben Sie sich ausgedrückt, und sehr gewunden. Aber ich hab Sie doch genau verstanden. Ganz genau verstanden ... Sie kommen, sagen Sie, weil ich so ›allein‹ bin – das heißt auf gut deutsch: weil ich angenagelt bin an diesen verfluchten Liegestuhl. Nur deshalb also trotten Sie täglich heraus, nur als barmherziger Samariter kommen Sie zu dem ›armen, kranken Kind‹ – so nennt ihr mich wohl alle, wenn ich nicht dabei bin, ich weiß schon, ich weiß. Nur aus Mitleid kommen Sie, ja, ja, ich glaub's Ihnen schon – warum wollen Sie's jetzt wieder ableugnen? Sie sind doch ein sogenannter ›guter‹ Mensch und lassen sich gern von meinem Vater so nennen. Solche ›gute Menschen‹ haben Mitleid mit jedem geprügelten Hund und jeder räudigen Katze – warum nicht auch mit einem Krüppel?«

Und plötzlich bäumte sie sich auf, ein Krampf überlief ihren ungelenken Körper.

»Aber danke schön! Ich pfeife auf diese Art Freundschaft, die nur meiner Krüppelei gilt ... Ja, machen Sie nicht so zerknirschte Augen! Natürlich tut's Ihnen leid, daß Ihnen die Wahrheit herausgerutscht ist, daß Sie eingestanden haben, Sie kommen nur, weil ich Sie ›derbarmen tu‹, wie jenes Dienstmädchen sagte – nur die hat's ehrlich gesagt und grad heraus. Sie aber drücken sich als ›guter Mensch‹ viel schonender, viel ›zartfühlender‹ aus, Sie sagen um die Ecke herum: weil ich so allein hier hocke den ganzen Tag. Nur aus Mitleid, das spür ich doch längst in allen Gliedern, nur aus Mitleid kommen Sie und möchten noch gern bewundert sein für Dero gnädige Aufopferung – aber bedaure, ich will nicht, daß jemand mir Opfer bringt! Von niemandem dulde ich's und am wenigsten von Ihnen ... ich verbiete es Ihnen, hören Sie, ich verbiet es Ihnen ... Glauben Sie, daß ich wirklich angewiesen bin auf Euer Herumsitzen mit Euren ›teilnehmenden‹, Euren feuchten, schwammigen Blicken oder auf Euer ›schonendes‹ Geschwätz ... Nein, Gott sei Dank, ich brauch Euch alle nicht ... Ich werde schon selber fertig mit mir, ich steh's schon allein durch. Und wenn's nicht weiter geht, dann weiß ich schon, wie ich loskomme von Euch ... Da!« – sie stieß mir plötzlich die umgewendete Hand entgegen – »Hier, sehen Sie die Narbe! Einmal hab ich's schon probiert, ich war nur ungeschickt und hab mit der stumpfen Schere den Puls nicht erwischt; dummerweise kamen sie noch zurecht und konnten mich verbinden, sonst wär ich Euch alle schon los und Euer schuftiges Mitleid! Aber nächstes Mal mach ich's besser, verlassen Sie sich darauf! Glaubt nur ja nicht, daß ich schon ganz wehrlos Euch ausgeliefert bin! Lieber krepieren, als mich bemitleiden lassen! Da!« – sie lachte plötzlich auf, das Lachen riß scharf und zerfranst wie eine Säge – »Da sehen Sie her, das hat mein besorgter Herr Vater vergessen, als er den Turm für mich herrichten ließ ... Nur daran, daß ich eine schöne Aussicht haben soll, hat er gedacht ... Viel Sonne, viel Sonne und gute Luft, hat ja der Arzt gesagt. Aber wie gut sie mir einmal dienen kann, die Terrasse, das ist ihnen allen nicht eingefallen, nicht dem Vater, nicht dem Arzt, nicht dem Architekten ... Schauen Sie einmal da herunter ...« – sie hatte sich plötzlich aufgestemmt und mit einem jähen Ruck ihren schwankenden Körper hingeworfen bis an das Geländer, das sie jetzt grimmig mit beiden Händen umklammerte – »vier, fünf Stockwerke geht's hier hinab und unten ist harter Stein ... das reicht aus ... und soviel Kraft habe ich gottlob in den Muskeln, um über's Geländer zu kommen – ja, vom Krückengehen kriegt man stramme Muskeln. Nur einen Ruck braucht's und ich bin Eure verfluchte Bemitleiderei ein für allemal los, und Euch allen wäre dann wohl, dem Vater und Ilona und Ihnen – Euch allen, auf denen ich Unwesen laste wie ein Alp ... Sehen Sie, ganz leicht geht's, nur so ein bißchen sich herunterbeugen und dann ...«

In äußerster Besorgnis war ich aufgesprungen, als sie sich, mit blitzenden Augen, gefährlich tief über die Balustrade beugte, und ich packte rasch ihren Arm. Aber, als hätte ihr Feuer die Haut angesprüht, zuckte sie auf und schrie mich an:

»Weg! ... Wie können Sie sich unterstehen, mich anzurühren! ... Weg! ... Ich habe das Recht, zu tun, was ich will. Los! ... Sofort lassen Sie mich los!«

Und da ich nicht gehorchte, da ich versuchte, sie gewaltsam vom Geländer abzudrängen, warf sie plötzlich den Oberkörper herum und gab mir mitten in die Brust einen Stoß. Und nun geschah das Entsetzliche. Mit diesem Stoß verlor sie den Stützpunkt und damit das Gleichgewicht. Wie von einer Sense durchschnitten, gaben die lockeren Knie völlig nach. Mit einem Ruck sackte sie in sich zusammen, und dadurch, daß sie sich im Hinstürzen an dem Tisch festhalten wollte, riß ihr Fall die ganze Platte mit. Über sie und mich, der ich im letzten Augenblick die ungelenk Hintaumelnde noch aufzufangen suchte, klirrte jetzt zerbrechend die Vase, schmetterten die Teller und Tassen, rasselten die Löffel; laut schlug die große bronzene Glocke zu Boden und rollte mit lärmendem Klöppel die ganze Terrasse entlang.

Die Gelähmte war unterdes elend in sich zusammengestürzt, wehrlos lag sie am Boden, ein zuckendes Bündel Zorn, aufschluchzend vor Erbitterung und Scham. Ich versuchte den leichten Körper aufzuheben, aber sie wehrte sich und heulte mir entgegen:

»Weg ... weg ... weg, Sie gemeiner, Sie roher Mensch ...«

Und dabei schlug sie mit den Armen um sich, immer wieder versuchend, sich ohne meine Hilfe aufzurichten. Jedesmal indes, wenn ich mich näherte, um ihr behilflich zu sein, krümmte sie sich widerstrebend und schrie mich an in ihrem tollen wehrlosen Zorn: »Weg ... nicht mich anrühren ... fort mit Ihnen!« Nie hatte ich etwas Furchtbareres erlebt.

In diesem Augenblick surrte leise etwas hinter uns. Es war der Lift, der herauffuhr; anscheinend hatte die Glocke im Niederkollern Lärm genug gemacht, um den immer bereiten Diener zu rufen. Eilends trat er, die erschrockenen Augen sofort diskret niederschlagend, heran, hob, ohne mich anzusehen, den zuckenden Körper – er mußte den Griff gewohnt sein – leicht auf und trug die Schluchzende hin zum Fahrstuhl. Eine Minute, und schon surrte der Lift leise wieder hinab; ich blieb allein zwischen dem umgestürzten Tisch, den zerschlagenen

Tassen, den verstreuten Dingen, die so wirr durcheinanderlagen, als wäre ein Blitz mitten aus heiterm Himmel niedergefahren und hätte sie mit explosivem Einschlag nach allen Seiten versprengt.

Ich weiß nicht, wie lange ich so auf der Terrasse inmitten der zerschellten Teller und Tassen herumstand, völlig perplex von diesem elementaren Ausbruch, für den mir jede Deutung fehlte. Was hatte ich denn Törichtes gesagt? Womit diesen unerklärlichen Zorn herausgefordert? Aber da kam schon wieder von rückwärts das wohlbekannte windfangartige Geräusch; der Lift fuhr neuerdings empor, abermals näherte sich Josef, der Diener, einen Schatten merkwürdiger Trauer über seinem wie immer wohlrasierten Gesicht. Ich dachte, er käme nur, um aufzuräumen, und fühlte mich geniert, inmitten dieses Trümmerhaufens ihm hinderlich zu sein. Doch unmerklich schob er sich mit gesenkten Augen an mich heran, gleichzeitig eine Serviette vom Boden aufnehmend.

»Verzeihen Herr Leutnant«, sagte er mit seiner diskret gedämpften Stimme, die gleichsam immer mit einer Verbeugung sprach (ach, er war ein Diener vom alten österreichischen Schlag). »Erlauben, daß ich Herrn Leutnant ein wenig abtrockne.«

Nun bemerkte ich erst, seinen beschäftigten Fingern folgend, an meiner Bluse und meiner hellen Pejacsevichhose je einen großen nassen Fleck. Offenbar hatte, während ich mich niederbeugte, um der Stürzenden aufzuhelfen, eine der im Fall mitgerissenen Teeschalen mich angeschüttet, denn sorgfältig rieb und tupfte der Diener mit der Serviette an den nassen Stellen herum. Ich aber blickte, indes er hingekniet sich bemühte, von oben auf sein gutes graues Haupt mit dem treuen Scheitel;

ich konnte mich des Verdachts nicht erwehren, der alte Mann bücke sich absichtlich so tief, damit ich nicht sein Antlitz und seinen erschütterten Blick gewahre.

»Nein, so geht's nicht«, äußerte er schließlich betrübt, ohne den Kopf zu heben. »Am besten, Herr Leutnant, ich schick den Chauffeur in die Kaserne und laß einen anderen Rock holen. So können Herr Leutnant nicht ausgehen. Aber verlassen sich Herr Leutnant darauf, in einer Stunde ist alles getrocknet und ich bügel die Hose gleich sauber auf.«

Er konstatierte das alles scheinbar bloß fachmännisch beflissen. Aber ein anteilnehmender und etwas bestürzter Ton klang verräterisch mit. Und als ich ihm bedeutete, nein, das sei gar nicht nötig, er solle lieber um einen Wagen telephonieren, ich wolle ohnehin gleich nach Hause, da räusperte er sich unvermutet und hob seine guten, etwas müden Augen bittend empor.

»Bitte, wollten Herr Leutnant noch ein bißchen bleiben. Es wäre schrecklich, wenn Herr Leutnant jetzt fortgingen. Ich weiß bestimmt, das gnädige Fräulein würden sich furchtbar aufregen, wenn Herr Leutnant nicht noch etwas warteten. Jetzt sind Fräulein Ilona noch bei ihr ... und ... haben sie zu Bett gebracht. Aber Fräulein Ilona hat mir aufgetragen, zu sagen, sie käme gleich, Herr Leutnant möchten unbedingt sie abwarten.«

Gegen meinen Willen war ich erschüttert. Wie alle doch diese Kranke liebten! Wie jeder sie verzärtelte und entschuldigte! Unwiderstehlich fühlte ich das Bedürfnis, diesem gütigen alten Mann, der, von seinem eigenen Mut bestürzt, wieder auffallend emsig an meiner Bluse herumputzte, etwas Herzliches zu sagen; so klopfte ich ihm leicht auf die Schulter.

»Lassen Sie nur, lieber Josef, es steht nicht dafür! Bei der Sonne trocknet so was rasch weg, und ich hoffe, Euer Tee ist nicht stark genug, um einen anständigen Fleck zu machen. Lassen Sie's nur, Josef, klauben Sie lieber das Geschirr auf. Ich wart schon, bis Fräulein Ilona kommt.«

»Oh, wie gut, daß Herr Leutnant warten!« Er atmete förmlich auf. »Und Herr von Kekesfalva werden auch bald zurück sein und sich gewiß freuen, den Herrn Leutnant zu begrüßen. Er hat mir ausdrücklich aufgetragen ...«

Aber da knisterte schon ein Schritt leichtfüßig die Treppe empor. Ilona war es. Auch sie hielt, ganz wie vordem der Diener, die Augen gesenkt, während sie an mich herantrat.

»Edith läßt Sie bitten, einen Augenblick hinunter ins Schlafzimmer zu kommen. Nur einen Augenblick! Sie bittet herzlichst darum, läßt sie Ihnen sagen.«

Wir gingen die Wendeltreppe zusammen hinab. Und sprachen kein Wort, während wir durch den Empfangsraum und das zweite Zimmer in den langen Gang gelangten, der offenbar zu den Schlafräumen führte. Manchmal berührten sich zufällig unsere Schultern in diesem dunklen Engpaß, vielleicht auch, weil ich so erregt und unruhig ging. Bei der zweiten Seitentür blieb Ilona stehen und flüsterte dringlich:

»Sie müssen jetzt gut zu ihr sein. Ich weiß nicht, was da oben vorgefallen ist, aber ich kenne diese plötzlichen Ausbrüche bei ihr. Wir alle kennen sie. Aber man darf's ihr nicht übelnehmen, wirklich nicht. Unsereins vermag sich's gar nicht auszudenken, was das heißt, immer so von morgens bis abends hilflos herumzuliegen. Da muß sich schließlich in den Nerven Unruhe aufstauen und einmal bricht's eben heraus, ohne daß sie's weiß oder will. Nur, glauben Sie mir, niemand ist nachher unglücklicher als die Arme. Gerade wenn sie sich derart schämt und abquält, muß man doppelt gut zu ihr sein.«

Ich antwortete nicht. Es war auch unnötig. Ilona mußte ohnehin bemerkt haben, wie erschüttert ich war. Nun klopfte sie vorsichtig an die Tür, und kaum daß von innen Antwort kam, ein leises schüchternes »Herein«, mahnte sie noch rasch:

»Bleiben Sie nicht zu lang. Nur einen Augenblick!«

Ich trat durch die lautlos nachgebende Tür. Auf den ersten Blick gewahrte ich im weiträumigen Zimmer, das die orangefarbenen Vorhänge vollkommen gegen die Gartenseite abdunkelten, nichts als rötliche Dämmerung; dann erst unterschied ich im Hintergrund das hellere Rechteck eines Betts. Schüchtern kam von dort die wohlbekannte Stimme:

»Bitte hierher, auf das Taburett. Nur einen Augenblick halte ich Sie auf.«

Ich trat näher. Aus den Kissen schimmerte schmal das Gesicht unter dem Schatten des Haars. Eine bunte Decke rankte ihre eingestickten Blumen empor bis knapp an den mageren kindlichen Hals. Mit einer gewissen Ängstlichkeit wartete Edith ab, daß ich mich setzte. Dann erst wagte sich die Stimme scheu heran.

»Verzeihen Sie, daß ich Sie hier ernpfange, aber mir war schon ganz schwindlig ... ich hätte nicht so lange in der scharfen Sonne draußen liegen sollen, das macht mir immer den Kopf wirr ... Ich glaub faktisch, ich war nicht ganz bei Verstand, als ich ... Aber ... aber, nicht wahr ... Sie vergessen alles? Sie nehmen mir meine Ungezogenheit nicht weiter übel?«

Es war so viel flehentliches Ängsten in ihrer Stimme, daß ich sie rasch unterbrach. »Aber was denken Sie ... Es war doch nur meine Schuld ... ich hätte Sie nicht so lange in dieser grellen Hitze sitzen lassen dürfen.«

»Zuverlässig also ... Sie nehmen es mir nicht übel ... wirklich nicht?«

»Keine Spur.«

»Und Sie kommen wieder ... genau so wie immer?«

»Genau so. Aber unter einer Bedingung freilich.«

Sie blickte unruhig. »Welche Bedingung?«

»Daß Sie ein bissel mehr Zutrauen zu mir haben und sich nicht immer gleich Sorgen machen, Sie hätten mich gekränkt oder beleidigt! Wer denkt denn an solchen Nonsens unter Freunden. Wenn Sie wüßten, wie anders Sie aussehen, wenn Sie sich's herzhaft wohl sein lassen, und wie Sie uns alle damit glücklich machen, den Vater und Ilona und mich und das ganze Haus! Ich hätte Ihnen gewünscht, Sie hätten sich selber zusehen können vorgestern bei unserem Ausflug, wie Sie lustig waren und wir alle mit Ihnen – ich habe noch den ganzen Abend daran gedacht.«

»Den ganzen Abend haben Sie an mich gedacht?« Sie blickte mich an, ein wenig unsicher. »Wirklich?«

»Den ganzen Abend. Ach, was war das aber auch für ein Tag, den werde ich nie vergessen. Wunderbar war diese ganze Fahrt, wunderbar!«

»Ja«, wiederholte sie träumerisch. »Wunderbar war das ... wun-der-bar ... erst die Fahrt über die Felder und dann die kleinen Fohlen und das Fest im Dorf ... wunderbar alles vom Anfang bis zum Ende! Ach, ich müßte öfters so wo hinaus! Vielleicht war's wirklich nur dies dumme Zuhausesitzen, dieses blödsinnige Micheinsperren, das mir die Nerven derart heruntergebracht hat. Aber Sie haben recht, ich hab immer zu viel Mißtrauen ... das heißt, ich hab's erst, seit mir das passiert ist. Früher, mein Gott, ich kann mich nicht erinnern, daß ich mich je vor irgend jemandem gefürchtet hätte ... erst seitdem bin ich so schrecklich unsicher geworden ... immer bild ich mir ein, jeder schaut auf meine Krücken, jeder bemitleidet mich ... Ich weiß ja, wie dumm das ist, ein dummer und kindlicher Stolz, und daß man sich dadurch vertrotzt gegen sich selber, ich weiß schon, es rächt sich, es reißt einem nur die Nerven durch. Aber wie soll man nicht mißtrauisch werden, wenn's eine solche Ewigkeit dauert! Ach, wenn nur diese schreckliche Sache endlich zu einem Ende käme, daß man nicht so schlecht dadurch wird, so bös und zornmütig!«

»Aber es geht doch bald zu Ende. Nur Mut müssen Sie haben, ein bißchen Mut noch und Geduld.«

Sie richtete sich leicht auf. »Glauben Sie ... glauben Sie ehrlich, daß jetzt wirklich Schluß wird durch diese neue Kur? ... Denken Sie, vorgestern, wie Papa heraufgekommen ist, war ich schon ganz sicher ... Aber heut nacht, ich weiß nicht wieso, kam plötzlich eine Angst über mich, der Doktor habe sich geirrt und mir was Falsches gesagt, weil ich ... weil ich mich an etwas erinnert hab. Früher, da habe ich dem Doktor, dem Doktor Condor, vertraut wie dem lieben Gott. Aber es geht ja immer so ... erst beobachtet der Arzt den Patienten, aber wenn's lange dauert, lernt auch der Kranke den Arzt beobachten, und gestern – aber das erzähl ich nur Ihnen –, gestern, während er mich untersucht hat, da kam's mir manchmal so vor ... ja, wie soll ich's erklären ... nun so ... als ob er mir eine Komödie vormachen wollte ... Er kam mir so unsicher, so unwahrhaftig vor, nicht so offen, nicht so herzlich wie sonst ... Ich weiß nicht warum, aber mir war, als ob er sich aus irgend einem Grund vor mir schämte ... Natürlich war ich entsetzlich glücklich, wie ich dann hörte, daß er mich gleich in die Schweiz schicken will ... und doch ... irgendwo im geheimen ... das sag ich nur Ihnen ... kam immer wieder diese sinnlose Angst ... aber das sagen Sie ihm nicht, um Gottes willen nicht! ... es sei was nicht richtig mit dieser neuen Kur ... als wollt er mich damit nur zum Narren halten ... oder vielleicht nur Papa beruhigen ... Sie sehen, ich werd es noch immer nicht los, dieses schreckliche Mißtrauen. Aber was kann man dafür? Wie soll man nicht argwöhnisch werden gegen sich, gegen alle, wenn einem so oft schon vorgeredet worden ist, man käme zu einem Ende, und dann ging es immer wieder so langsam, so schrecklich langsam. Nein, ich kann, ich kann dieses ewige Warten wirklich nicht länger ertragen!«

Sie hatte sich erregt aufgerichtet, ihre Hände begannen zu zittern. Rasch beugte ich mich näher zu ihr.

»Nein! Nicht ... nicht sich wieder aufregen! Erinnern Sie sich, eben haben Sie mir versprochen ...«

»Ja, ja, Sie haben recht! Es hilft nichts, wenn man sich quält, man quält nur die andern damit. Und die andern, was können die denn dafür! Man liegt ihnen ohnehin schon als eine Last auf dem Leben ... Aber nein, ich wollte gar nicht davon reden, wirklich, ich wollte nicht ... Ich wollte Ihnen nur danken, daß Sie mir meine dumme Aufgeregtheit nicht weiter übelgenommen haben und ... daß Sie überhaupt immer so gut zu mir sind, so ... so rührend gut, wie ich's gar nicht verdiene ... und daß ich gerade Sie ... aber nicht wahr, wir reden nie mehr davon?«

»Nie mehr. Verlassen Sie sich darauf. Und jetzt ruhen Sie sich ausgiebig aus.«

Ich stand auf, um ihr die Hand zu reichen. Rührend sah sie aus, halb ängstlich noch und halb schon beruhigt von ihren Kissen zu mir emporlächelnd, ein Kind, ein Kind vor dem Schlafengehen. Alles war gut, die Atmosphäre aufgeklärt wie der Himmel nach einem Gewitter. Völlig unbefangen und beinahe fröhlich trat ich heran. Aber da schrak sie jäh empor.

»Um Himmels willen, was ist denn das? Ihre Uniform ...«

Sie hatte die großen nassen Flecken auf meinem Rock bemerkt; schuldbewußt mußte sie sich erinnert haben, daß nur die in ihrem Sturz mitgerissenen Tassen dies kleine Malheur verursacht haben konnten. Sofort flüchteten ihre Augen unter die Lider, die schon ausgestreckte Hand zog sich verängstigt zurück. Aber gerade daß sie diese läppische Kleinigkeit so ernst nahm, wirkte auf mich ergreifend; um sie zu beruhigen, nahm ich zu einem lockeren Ton Zuflucht.

»Ach nichts«, spaßte ich, »nichts Ernstliches. Ein schlimmes Kind hat mich angeschüttet.«

Noch immer war Verstörung in ihrem Blick. Doch dankbar rettete sie sich hinüber in den spielerischen Ton.

»Und haben Sie das schlimme Kind dafür tüchtig verhauen?«

»Nein«, antwortete ich, schon ganz im Spielton. »Das war nicht mehr nötig. Das Kind ist längst wieder brav.«

»Und Sie sind ihm wirklich nicht mehr böse?«

»Nicht die Spur. Sie hätten hören müssen, wie schön es sein ›bitte um Verzeihung‹ gesagt hat!«

»Sie tragen's ihm also gar nicht mehr nach?«

»Nein, vergeben und vergessen. Nur weiter brav bleiben muß es natürlich und alles tun, was man von ihm verlangt.«

»Und was soll es tun, das Kind?«

»Immer geduldig sein, immer freundlich bleiben, immer heiter. Nicht zu lang in der Sonne sitzen, viel spazierenfahren und alles genau befolgen, was der Arzt ihm befiehlt. Jetzt aber soll das Kind vor allem schlafen und nicht mehr reden und nachdenken. Gute Nacht.«

Ich gab ihr die Hand. Bezaubernd hübsch sah sie aus, wie sie da lag und mich glücklich anlachte mit glitzernden Augensternen. Warm und beschwichtigt legten sich fünf schmale Finger in meine Hand.

Dann ging ich, und das Herz war mir leicht. Schon rührte ich an die Klinke, da perlte von rückwärts noch ein kleines Lachen.

»War das Kind jetzt brav?«

»Tadellos. Es kriegt auch eine große Eins. Aber jetzt schlafen, schlafen, schlafen und an nichts Böses mehr denken!«

Ich hatte die Tür schon halb geöffnet, da flitzte noch einmal dieses Lachen mir nach, kindisch und verschmitzt. Und wieder kam von den Kissen die Stimme:

»Haben Sie vergessen, was ein braves Kind bekommt, vor dem Schlafengehen?«

»Nun?«

»Ein braves Kind bekommt einen Gutenachtkuß.«

Irgendwie wurde mir nicht ganz behaglich. Es flackerte und flirrte ein kitzliger Ton in ihrer Stimme, der mir nicht gefiel; schon früher hatten ihre Augen mir zu fiebrig gefunkelt. Aber ich wollte die Reizbare nicht verstimmen.

»Ach ja, natürlich«, sagte ich scheinbar lässig. »Das hätte ich beinahe vergessen.«

Ich ging die paar Schritte zurück bis zu ihrem Bett und spürte an einer plötzlichen Stille, daß ihr Atem aussetzte. Unablässig blieben ihre mitwandernden Augen auf mich gerichtet, indes der Kopf reglos in den Kissen verharrte. Keine Hand, kein Finger rührte sich, einzig die beobachtenden Augen wanderten mit mir und ließen mich nicht los.

Rasch, rasch, dachte ich mit wachsendem Unbehagen: so beugte ich mich eiligst nieder und streifte leicht und flüchtig mit den Lippen ihre Stirn. Mit Absicht rührte ich kaum an ihre Haut und spürte nur von nahe den verworrenen Duft ihres Haares.

Aber da fuhren ihre beiden Hände, die offenbar wartend auf der Decke gelegen, plötzlich empor. Wie Klammern umpreßten sie von beiden Seiten, ehe ich den Kopf wegwenden konnte, meine Schläfen und rissen mir den Mund von der Stirne nieder an ihre Lippen. So heiß, so saugend und gierig preßten sie sich an, daß die Zähne die Zähne berührten, und gleichzeitig wölbte und spannte sich drängend ihre Brust empor, um meinen herabgebeugten Körper zu berühren, zu spüren. Nie in meinem Leben hab ich mehr einen derart wilden, einen so verzweifelten, einen so durstigen Kuß empfangen wie von diesem verkrüppelten Kind.

Und nicht genug, nicht genug! Mit einer trunkenen Kraft hielt sie mich an sich gepreßt, bis ihr der Atem versagte. Dann lockerte sich der Griff, erregt begannen ihre Hände wegzuwandern von den Schläfen und in meinem Haar zu wühlen. Aber sie gab mich nicht frei. Einen Augenblick nur ließ sie mich los, um zurückgelehnt, wie verzaubert, meine Augen anzustarren, dann riß sie mich neuerdings an sich, küßte ziellos und heiß meine Wangen, meine Stirn, meine Augen, meine Lippen mit einer wilden und zugleich ohnmächtigen Gier. Bei jedem dieser Anrisse stammelte, stöhnte sie: »Dummkopf ... Dummkopf ... du Dummkopf ...« und immer heißer »du, du, du«. Immer gieriger, immer leidenschaftlicher wurde dieser Überfall, immer heftiger, immer spasmischer faßte und küßte sie mich. Und plötzlich, wie ein Tuch reißt, ging ein Ruck durch sie hin ... Sie ließ mich los, der Kopf fiel zurück in die Kissen, und nur ihre Augen funkelten mich noch triumphierend an.

Und dann flüsterte sie, hastig sich wegwendend von mir, gleichzeitig erschöpft und schon beschämt: »Geh jetzt, geh, du Dummkopf ... geh!«

Ich ging, nein, ich taumelte hinaus. Schon in dem dunklen Gang verließ mich die letzte Kraft. Ich mußte mich festhalten an der Wand, so schwindlig kreiselten mir die Sinne. Das also war es, das! Das jenes Geheimnis, das zu spät enthüllte, ihrer Unruhe, ihrer mir bisher unerklärlichen Aggressivität. Mein Schrecken war namenlos. Mir war wie einem, der sich arglos über eine Blume beugt, und eine Natter fährt ihm entgegen. Wenn die Empfindliche mich geschlagen, mich beschimpft, mich bespien hätte – all das würde mich weniger entgeistert haben, denn auf Unberechenbares war ich jederzeit bei ihren flackernden Nerven gefaßt – nur auf dies eine nicht, dies eine, daß sie, die Kranke, die Zerstörte, lieben könnte und geliebt sein wollte. Daß dieses Kind, dieses Halbwesen, dieses unfertige und ohnmächtige Geschöpf sich (ich kann es nicht anders sagen) *unterfing*, zu lieben, zu begehren, mit der wissenden und sinnlichen Liebe einer wirklichen Frau. An alles hatte ich gedacht, nur an dies eine nicht, daß eine vom Schicksal Verstümmelte, die nicht Kraft genug hatte, den eigenen Körper zu schleppen, jemand andern als Liebenden, als Geliebten erträumen konnte, daß sie mich, der ich doch einzig aus Mitleid kam und immer wiederkam, so fürchterlich mißverstand. Aber in der nächsten Sekunde begriff ich bereits mit erneutem Entsetzen, daß nichts so sehr als gerade mein eigenes leidenschaftliches Mitleid die Hauptschuld trug, wenn dies von der Welt abgesperrte und verlassene Mädchen von mir, dem einzigen Manne, der es Tag um Tag in ihrem Kerker anteilnehmend besuchte, wenn es von diesem Narren seines Mitleids ein anderes, ein zärtliches Gefühl erwartete. Ich aber, ich Tölpel, unheilbar einfältig in meiner Ahnungslosigkeit, hatte nur die Leidende in ihr gesehen, die Gelähmte, das Kind und nicht die Frau. Nicht einen Augenblick, und auch nur im flüchtigsten, war es mir in den Sinn gekommen, mir innerlich vorzustellen, daß unter dieser hüllenden Decke ein nackter Körper atmete, fühlte, wartete, der Körper eines Weibes, der wie alle andern begehrte und begehrt sein wollte – nie hatte ich Fünfundzwanzigjähriger auch nur die Möglichkeit zu träumen gewagt, daß auch die Kranken, die Krüppel, die Unreifen, die Überalterten, die Ausgestoßenen, die Gezeichneten unter den Frauen es *wagten*, zu lieben. Denn vor dem wirklichen Leben und Erleben imaginiert und formt sich ein junger unerfahrener Mensch die Welt fast immer nur nach dem Abglanz des Erzählten, des Angelesenen, er träumt vor der eigenen Erfahrung unweigerlich fremde Bilder und Vorbilder nach. In jenen Büchern aber, jenen Theaterstücken, oder in den Kinos (diesen Verflachungen und Versimplungen der Wirklichkeit) waren es immer ausschließlich die jungen, die schönen, die auserlesenen Menschen, die einander begehrten; so hatte ich gemeint – darum auch meine Scheu vor manchen Abenteuern – man müsse besonders anziehend, besonders begnadet, besonders vom Schicksal bevorzugt sein, um die Neigung einer Frau auf sich zu ziehen. Nur darum war ich ja im Umgang mit diesen beiden Mädchen so arglos, so unbefangen geblieben, weil doch alles Erotische mir in unserer Beziehung von vorneweg ausgeschaltet schien und ich nie auf den Verdacht kam, sie könnten mehr in mir sehen als einen netten Jungen, einen guten Freund. Selbst wenn ich bei Ilona manchmal die sinnliche Hübschheit spürte – an Edith hatte ich nie als ein Wesen anderen Geschlechts gedacht; bestimmt hatte nie der Gedanke auch nur schattenhaft mir durch den Sinn gestreift, daß in ihrem verkümmerten Körper die gleichen Organe sich spannten und in ihrer Seele das gleiche Begehren drängte wie bei anderen Frauen. Erst von diesem Augenblick an begann ich allmählich (das meist von den Dichtern Verschwiegene) zu verstehen, daß gerade die Ausgesetzten, die Gezeichneten, die Häßlichen, die Verblühten, die Verkümmerten, die Zurückgestoßenen mit einer viel leidenschaftlicheren, einer viel gefährlicheren Gier begehren als die Glücklichen und Gesunden, daß sie lieben mit einer fanatischen, einer finsteren, einer schwarzen Liebe und keine Leidenschaft auf Erden gieriger, verzweifelter sich aufbäumt als eben jene aussichtslose, jene hoffnungslose der Stiefkinder Gottes, welche doch nur durch Liebe und Geliebtsein ihre irdische Existenz gerechtfertigt fühlen können. Daß gerade aus dem untersten Abgrund der Verzweiflung am grimmigsten der panische Schrei der Lebensgier aufstöhnt – dieses fürchterliche Geheimnis hatte ich, der Unerfahrene, der Unerprobte niemals zu ahnen gewagt! Erst in dieser Sekunde war diese Erkenntnis wie ein glühendes Messer in mich hineingestoßen.

Dummkopf! – auch das verstand ich jetzt, warum just dieses Wort ihr inmitten der Panik des Gefühls von der Lippe gefahren, während sie die halbgeformte Brust der meinen entgegenpreßte. Dummkopf! – ja, sie hatte recht, mich so zu nennen! Alle mußten längst alles durchschaut haben vom ersten Augenblick, der Vater und Ilona und der Diener und das übrige Gesinde. Alle mußten ihre Liebe, ihre Leidenschaft längst geargwöhnt haben, mit Erschrecken vielleicht und wahrscheinlich mit schlimmem Vorgefühl – nur ich ahnte nichts, der Narr meines Mitleids, der den guten, den braven, den tölpischen Kameraden spielte, der breitmäulig spaßte und nicht merkte, daß sie sich an meinem unverständigen, unverständlichen Nichtverstehen die brennende Seele zerquälte. Wie in einer schlechten Komödie der triste Held inmitten einer Intrige steht, jeder einzelne im Zuschauerraum weiß schon längst, daß er umstrickt ist, und nur er, der Tölpel allein, spielt todernst weiter, unbekümmert weiter und weiter und begreift noch immer nicht, in welches Netz er geriet (und die andern kennen schon jeden Faden und jede Masche von Anfang an) – so mußten alle im Haus zugesehen haben, wie ich herumtappte bei diesem albernen Blindekuhspiel des Gefühls, bis sie mir endlich gewaltsam die Binde von den Augen riß. Aber wie ein einziges aufflammendes Licht genügt, um in einem Zimmer gleichzeitig ein Dutzend Gegenstände zu erhellen, so wurde mir jetzt im nachhinein – zu spät, zu spät! – eine Unzahl Einzelheiten all dieser Wochen beschämend verständlich. Jetzt erst blitzte in mir auf, warum ich sie jedesmal erbitterte, wenn ich sie übermütig »Kind« nannte, sie, die doch gerade vor mir nicht als Kind gelten, sondern als Frau, als Geliebte ersehnt werden wollte. Jetzt erst begriff ich, warum ihr manchmal die Lippen unruhig bebten, wenn ihre Lahmheit mich sichtlich erschütterte, warum sie ingrimmig mein Mitleid haßte – offenbar erkannte hellseherisch der weibliche Instinkt in ihr, daß Mitleid ein viel zu laues Schwestergefühl und nur trister Ersatz wirklicher Liebe sei. Wie mußte die Arme gewartet haben auf ein Wort, auf ein Zeichen des Begreifens, das noch immer und immer nicht kam, wie mußte sie gelitten haben unter meiner plaudernden Unbefangenheit, indes sie auf dem glühenden Rost der Ungeduld lag und mit zuckender Seele wartete, wartete auf die erste zärtliche Geste, oder zumindest wartete, daß ich ihrer Leidenschaft endlich gewahr würde. Und ich, ich hatte nichts gesagt, nichts getan und war doch nicht fortgeblieben, sie unablässig bestärkend durch mein tägliches Kommen und gleichzeitig verstörend durch meine seelische Schwerhörigkeit – wie verständlich darum, daß ihr schließlich die Nerven rissen und sie mich nahm als ihre Beute!

All das jagte jetzt mit hundert Bildern in mich hinein, während ich, wie von einer Explosion hingeschlagen, in dem dunklen Gang an der Wand lehnte, den Atem ausgeschöpft und die Beine fast genau so lahm wie die ihren. Zweimal versuchte ich, mich weiterzutasten, erst das dritte Mal tappte ich hin bis an die Klinke. Hier geht es in den Salon, überlegte ich rasch, gleich links führt die Ausgangstür zur Halle, dort liegt mein Säbel und meine Kappe. Rasch also das Zimmer durch und fort, nur fort, ehe der Diener kommt. Gleich die Treppe hinab und fort, fort, fort! Sich retten aus dem Haus, bevor man jemandem begegnet, dem man Rede und Antwort stehen muß. Nur fort jetzt, nicht dem Vater in den Weg kommen, nicht Ilona, nicht

Josef, keinem von allen, die mich narrenhaft weiterrennen ließen in diese Verstrickung! Fort, nur rasch fort!

Aber zu spät! Im Salon wartete – offenbar hatte sie meinen Schritt schon gehört – Ilona. Kaum daß sie mich erblickte, veränderte sich ihr Gesicht.

»Jesus Maria, was ist denn? Sie sind ja ganz blaß ... Ist ... ist mit Edith wieder etwas passiert.«

»Nichts, nichts«, fand ich gerade noch Kraft zu stammeln und wollte weiter. »Ich glaube, sie schläft jetzt. Verzeihung, ich muß nach Hause.«

Jedoch etwas Erschreckendes muß in meinem brüsken Gehaben gewesen sein, denn Ilona faßte mich resolut am Arm und drückte, ja stieß mich in einen Fauteuil.

»Da, setzen Sie sich zunächst einmal nieder. Sie müssen erst zu sich kommen ... Und Ihr Haar ... wie sieht denn Ihr Haar aus? Sie sind ja ganz zerzaust ... Nein, bleiben Sie« – ich wollte aufspringen – »ich hol einen Kognak.«

Sie lief zum Schrank, füllte ein Glas, und ich kippte es rasch hinab. Beunruhigt blickte Ilona mir zu, wie ich mit zitternder Hand das Glas abstellte (nie in meinem Leben hatte ich mich so schwach, so ausgeschöpft gefühlt). Dann setzte sie sich still zu mir und wartete, ohne zu sprechen, manchmal nur von der Seite vorsichtig den beunruhigten Blick zu mir aufhebend, wie man einen Kranken beobachtet. Endlich fragte sie:

»Hat Edith Ihnen ... etwas gesagt ... ich meine, etwas, das ... das Sie selber betrifft?«

An ihrer teilnehmenden Art spürte ich, daß sie alles ahnte. Und ich war zu schwach, um mich zu wehren. Leise nur murmelte ich: »Ja.«

Sie rührte sich nicht. Sie antwortete nicht. Ich merkte bloß, daß ihr Atem mit einmal heftiger ging. Vorsichtig beugte sie sich heran.

»Und das ... das haben Sie wirklich erst jetzt bemerkt?«

»Wie konnte ich denn so etwas ahnen ... einen solchen Unsinn! Einen solchen Irrsinn! ... Wie kommt sie denn darauf ... wie denn auf mich ... warum gerade auf mich? ...«

Ilona seufzte. »O Gott – und sie meinte immer, Sie kämen nur ihretwegen ... Sie kämen deshalb zu uns. Ich ... ich habe es ja nie geglaubt, weil Sie so ... so unbefangen waren und so ... so herzlich auf eine andere Art. Ich habe vom ersten Moment an gefürchtet, daß es bei Ihnen nur Mitleid ist. Aber wie konnte ich das arme Kind warnen, wie so grausam sein, ihr einen Wahn auszureden, der sie glücklich machte ... Seit Wochen lebt sie einzig in dem Gedanken, daß Sie ... Und wenn sie mich dann immer fragte und fragte, ob ich glaubte, daß Sie sie wirklich gerne hätten, da konnte ich doch nicht roh sein ... Ich mußte sie doch beruhigen und bestärken.«

Ich vermochte nicht länger, an mich zu halten. »Nein, im Gegenteil, Sie müssen es ihr ausreden, unbedingt ausreden. Es ist doch ein Wahnsinn von ihr, ein Fieber, eine kindische Marotte ... nichts als die übliche Backfischschwärmerei für die Uniform, und wenn morgen ein anderer kommt, so wird's eben der andere sein. Sie müssen ihr das erklären ... Sie müssen ihr das rechtzeitig ausreden. Es ist doch nur ein Zufall, daß ich es bin, daß ich es war, der da kam, und nicht ein anderer, ein besserer von meinen Kameraden. So etwas vergeht ganz rasch wieder in ihrem Alter ...«

Aber Ilona schüttelte traurig den Kopf. »Nein, lieber Freund, täuschen Sie sich nichts vor. Bei Edith ist das ernst, fürchterlich ernst und wird sogar von Tag zu Tag gefährlicher ... Nein, lieber Freund, ich kann etwas derart Schweres nicht plötzlich für Sie leicht machen. Ach, wenn Sie ahnten, was hier im Haus vorgeht ... Dreimal, viermal schrillt mitten in der Nacht die Glocke, rücksichtslos weckt sie uns alle auf, und wenn wir an ihr Bett laufen voll Angst, es sei etwas passiert, sitzt sie da, aufrecht, verstört, starrt vor sich hin und fragt uns immer dasselbe, dasselbe: ›Glaubst du nicht, daß er mich wenigstens ein bißchen, nur ganz, ganz wenig gernhaben kann? Ich bin doch nicht so häßlich.‹ Und dann verlangt sie einen Spiegel, doch sofort wirft sie ihn wieder weg, und im nächsten Augenblick erkennt sie selbst schon, daß es Wahnsinn ist, was sie tut, und zwei Stunden später beginnt es wieder von neuem. Den Vater fragt sie in ihrer Verzweiflung und Josef und die Dienstmädchen; sogar jene Zigeunerin von vorgestern – Sie erinnern sich – hat sie gestern noch einmal heimlich kommen und sich dasselbe von ihr wahrsagen lassen, noch einmal ... Fünfmal hat sie Ihnen schon Briefe geschrieben, lange Briefe, und dann wieder zerrissen. Von morgens bis abends, von früh bis nachts denkt und spricht sie nichts anderes. Einmal verlangt sie, daß ich zu Ihnen gehen und auskundschaften soll, ob Sie sie gernhaben, nur ein bißchen gernhaben, oder ob ... ob sie Ihnen lästig ist, weil Sie so schweigen und ausweichen. Sofort, sofort soll ich zu Ihnen, Sie abfangen auf dem Weg, und schon muß der Chauffeur springen und der Wagen wird geholt. Dreimal, viermal, fünfmal lernt sie mir jedes Wort ein, das ich Ihnen sagen, das ich Sie fragen soll. Und im letzten Moment, wenn ich schon draußen im Hausflur stehe, schrillt wieder die Glocke, ich muß in Hut und Mantel zurück und ihr schwören bei dem Leben meiner Mutter, nicht die geringste Anspielung zu machen. Ach, was wissen Sie! Für Sie endet's ja, wenn Sie die Tür hinter sich schließen. Aber kaum sind Sie fort, so berichtet sie mir jedes Wort, das Sie ihr gesagt haben, sie fragt, ob ich glaube und ob ich meine – Sage ich ihr dann: ›Du siehst doch, wie gern er dich hat‹, so schreit sie mich an: ›Du lügst! Es ist nicht wahr! Kein gutes Wort hat er mir heute gesagt‹, aber gleichzeitig will sie alles nochmals hören, dreimal muß ich es wiederholen und beschwören ... Und dazu noch der alte Mann! Er ist ja seither vollkommen verstört, und dabei liebt und vergöttert er Sie genau wie sein Kind. Sie müßten ihn sehen, wie er mit seinen müden Augen stundenlang an ihrem Bett sitzt und sie streichelt und beruhigt, bis sie endlich einschläft. Und dann geht er selber ruhelos die ganze Nacht auf und ab, auf und ab in seinem Zimmer ... Und Sie – Sie haben wirklich von all dem nichts bemerkt?«

»Nein!« Ich schrie es ganz laut, in der Unbeherrschtheit meiner Verzweiflung. »Nein, ich schwöre Ihnen, nichts! Nicht das Geringste! Glauben Sie, ich wäre überhaupt noch gekommen, ich hätte mich mit Euch hinsetzen können, Schach spielen und Domino, oder Grammophonplatten anhören, wenn ich geahnt hätte, was vorgeht? ... Aber wie kann sie sich in einen solchen Wahn verrennen, daß ich ... daß gerade ich ... wie verlangen, daß ich auf einen solchen Unsinn, eine solche Kinderei eingehe? ... Nein, nein, nein!«

Ich wollte aufspringen, so quälte mich der Gedanke, wider meinen Willen geliebt zu werden, aber Ilona faßte mich energisch am Handgelenk.

»Ruhig! Ich beschwöre Sie, lieber Freund – nicht sich aufregen, und vor allem, ich flehe Sie an, etwas stiller! Sie hat eine Art durch die Wände zu hören. Und bitte, werden Sie um Himmels willen nicht ungerecht. Die Arme hat es eben als ein Zeichen genommen, daß jene Botschaft gerade von Ihnen kam, daß Sie es waren, gerade Sie, der zuerst ihrem Vater von dieser neuen Kur berichtete. Mitten in der Nacht ist er damals gleich zu ihr hinaufgestürzt und hat sie aufgeweckt. Können Sie sich's wirklich nicht ausdenken, wie die beiden geschluchzt und Gott gedankt haben, daß jetzt diese grauenhafte Zeit zu Ende ist, und daß sie beide überzeugt sind, sobald Edith geheilt ist, ein Mensch wie andere Menschen, würden Sie ... ich brauch's

Ihnen nicht erst zu sagen. Eben darum *dürfen* Sie das arme Kind gerade jetzt nicht verstören, wo sie ihre Nerven braucht für die neue Kur. Wir müssen ungemein vorsichtig sein und sie, Gott behüte, nicht ahnen lassen, daß es Ihnen so ... so *furchtbar* ist.«

Aber meine Verzweiflung hatte mich rücksichtslos gemacht. »Nein, nein, nein«, hämmerte ich heftig mit der Hand auf die Lehne. »Nein, ich *kann* nicht ... ich *will* nicht geliebt sein, nicht so geliebt ... Und ich kann auch jetzt nicht weiter so machen, als merkte ich nichts, ich kann nicht mehr unbefangen sitzen und Süßholz raspeln ... ich kann nicht! Sie wissen ja nicht, was vorgefallen ist ... dort, dort drüben und ... sie mißversteht mich ganz. Ich habe doch nur Mitleid mit ihr gehabt. Nur Mitleid, sonst nichts und sonst gar nichts!«

Ilona schwieg und sah vor sich hin. Dann seufzte sie.

»Ja, das habe ich von Anfang an gefürchtet! Die ganze Zeit spüre ich's schon in den Nerven ... Aber, mein Gott was soll jetzt werden? Wie bringt man ihr das bei?«

Wir saßen stumm. Es war alles gesagt. Wir wußten beide, es gab keinen Weg, keinen Ausweg. Plötzlich richtete Ilona sich mit einem gespannten Ausdruck des Aufhorchens empor, und fast gleichzeitig hörte ich vom Eingang her das Knirschen eines anfahrenden Automobils. Das mußte Kekesfalva sein. Rasch fuhr sie auf.

»Besser, Sie begegnen ihm jetzt nicht ... Sie sind zu erregt, um mit ihm unbefangen zu sprechen ... Warten Sie, ich hol Ihnen rasch Kappe und Säbel, Sie verschwinden am einfachsten durch die rückwärtige Tür in den Park. Ich erfind schon eine Ausrede, warum Sie nicht über Abend bleiben konnten.«

Mit einem Sprung hatte sie meine Sachen geholt. Glücklicherweise war der Diener zum Wagen geeilt; so konnte ich unbemerkt an den Hofgebäuden vorbeikommen, und im Park beschleunigte dann die rasende Angst, ich müßte jemandem Rede stehen, meinen Schritt. Zum zweitenmal flüchtete ich, geduckt und scheu wie ein Dieb, aus dem verhängnisvollen Hause.

Immer hatte ich junger und wenig erfahrener Mensch bisher Sehnsucht und Not der Liebe für die schlimmste Qual des Herzens gehalten. In dieser Stunde aber begann ich zu ahnen, daß es noch eine andere und vielleicht grimmigere Qual gibt, als sich zu sehnen und zu begehren, nämlich geliebt zu werden wider seinen Willen und dieser andrängenden Leidenschaft sich nicht erwehren zu können. Einen Menschen neben sich an der Glut seines Verlangens verbrennen zu sehen und ohnmächtig dabeizustehen, nicht die Macht, nicht die Fähigkeit, nicht die Kraft in sich zu finden, ihn diesen Flammen zu entreißen. Wer selbst unglücklich liebt, vermag zuweilen seine Leidenschaft zu bezähmen, weil er nicht nur Geschöpf, sondern zugleich selber Schöpfer seiner Not ist; versteht ein Liebender seine Leidenschaft nicht zu meistern, so leidet er zumindest aus eigener Schuld. Rettungslos jedoch bleibt verfallen, wer geliebt wird ohne Gegenliebe, denn nicht mehr in ihm liegt dann Maß und Grenze jener Leidenschaft, sondern jenseits seiner Kraft, und willenlos bleibt jeder Wille, wenn ein anderer einen will. Vielleicht nur ein Mann kann das Ausweglose einer solchen Bindung ganz erfühlen, nur für ihn wird das ihm aufgezwungene Widerstrebenmüssen gleichzeitig Marter und Schuld. Denn wenn eine Frau gegen unerwünschte Leidenschaft sich wehrt, gehorcht sie im tiefsten dem Gesetz ihres Geschlechts; gleichsam urtümlich ist jedem Weibe die Geste der anfänglichen Weigerung eingetan, und selbst wenn sie glühendstem Begehren sich verweigert, kann man sie nicht unmenschlich nennen. Aber verhängnisvoll, sobald das Schicksal die Waage umstellt, sobald eine Frau ihre Scham so weit bezwungen hat, um einem Manne ihre Leidenschaft zu offenbaren, wenn sie ohne Gewißheit der Gegenliebe schon ihre Liebe bietet, und er, der Umworbene, bleibt abwehrend und kalt! Unlösbare Verstrickung dies immer, denn das Verlangen einer Frau nicht erwidern, heißt auch ihren Stolz zernichten, ihre Scham verstören; immer muß, wer einer begehrenden Frau sich verweigert, sie in ihrem Edelsten verletzen. Vergeblich dann alle Zartheit des Sichentziehens, sinnlos alle höflich ausweichenden Worte, beleidigend jedes Angebot bloßer Freundschaft, wenn einmal eine Frau ihre Schwachheit verraten hat – unrettbar wird jeder Widerstand eines Mannes zur Grausamkeit, immer gerät er, wenn er Liebe nicht nimmt, schuldlos in Schuld. Entsetzliche, unlösbare Fessel – eben hast du dich noch frei gefühlt, du gehörtest dir selbst und warst keinem verschuldet, und plötzlich bist du gejagt und umstellt, Beute und Ziel einer ungewollten fremden Begierde. Du weißt, betroffen bis in den Abgrund deiner Seele: Tag und Nacht wartet jetzt jemand auf dich, denkt an dich, sehnt sich und stöhnt nach dir, eine Frau, eine Fremde! Sie will, sie fordert, sie verlangt dich mit jeder Pore ihres Wesens, mit ihrem Körper, mit ihrem Blut. Deine Hände, dein Haar, deine Lippen, deinen Leib will sie, deine Nacht und deinen Tag, dein Gefühl, dein Geschlecht und alle deine Gedanken und Träume. Alles will sie mit dir teilen, alles will sie dir nehmen und mit ihrem Atem in sich saugen. Immer, Tag und Nacht, ob du wachst oder schläfst, ist in der Welt jetzt ein Wesen irgendwo heiß und wach und wartet auf dich, jemand wacht dich und träumt dich. Vergebens, daß du nicht an sie denken willst, die immer an dich denkt, vergebens, daß du zu entfliehen suchst, denn du bist nicht mehr in dir, sondern in ihr. Wie ein wandernder Spiegel trägt plötzlich ein fremder Mensch dich innen in sich – nein, nicht wie ein Spiegel, denn der trinkt dein Bild doch nur, wenn du dich willig ihm bietest – sie aber, die Frau, die Fremde, die dich liebt, sie hat dich schon nach innen gesogen in ihr Blut. Immer hat sie dich innen und trägt dich mit sich, wohin du auch flüchtest. Immer bist du anderswo in einem andern Menschen verhaftet, gefangen, nie mehr du selbst, nie frei und unbefangen und ohne Schuld, immer gejagt, immer verpflichtet; immer spürst du, wie ein stetes brennendes Saugen, dies An-dich-denken. Voll Haß, voll Schrecken mußt du diese fremde Sehnsucht leiden, die um dich leidet, und ich weiß nun: es ist die unsinnigste, unentrinnbarste Bedrängnis eines Mannes, geliebt zu werden wieder seinen Willen, Qual aller Qualen und doch Schuld ohne Schuld.

Nicht im flüchtigsten Tagtraum war mir je denkbar erschienen, auch mich könnte eine Frau so maßlos lieben. Zwar war ich oft dabeigesessen, wenn Kameraden protzig erzählten, wie diese oder jene ihnen »nachlief«; ich hatte vielleicht bei der indiskreten Wiedergabe solcher Zudringlichkeit im erheiterten Chore sogar mitgelacht, denn damals ahnte ich noch nicht, daß jede Form der Liebe, auch die lächerlichste und absurdeste, Schicksal eines Menschen ist und man auch durch Gleichgültigkeit in Schuld gerät gegen Liebe. Aber alles Erlauschte und Angelesene streift doch nur kraftlos an einem vorbei; nur aus eigenem Erleben vermag das Herz das Wesentliche des Gefühls zu erlernen. Erst mußte ich selbst die Not erfahren, die eine fremde, unsinnige Liebe dem Gewissen auflastet, um Mitleid zu fühlen mit dem einen und dem andern, mit jenem, der gewaltsam sich andrängt, und jenem, der gewaltsam sich dieses Überschwangs erwehrt. Aber in welch unausdenkbarer Steigerung war hier gerade mir diese Verantwortung zugeteilt! Denn wenn es an sich schon Grausamkeit bedeutet und beinahe Roheit des Herzens, eine Frau in ihrer Neigung zu enttäuschen, um wieviel furchtbarer dann das »Nein«, das »Ich will nicht«, das ich diesem hitzigen Kinde sagen sollte! Eine Kranke mußte ich kränken, eine vom Leben ohnehin schon schmerzhaft Verletzte noch tiefer verwunden, einer innerlich Unsicheren noch die letzte Krücke Hoffnung, mit der sie sich aufrechterhielt, wegreißen. Ich wüßte, wie ich dieses Mädchen, das allein mein Mitleid erschüttert hatte, gefährdete und vielleicht zerstörte, wenn ich mich flüchtend ihrer Liebe entzog; grauenhaft klar war ich von vorneweg der ungeheuren Schuld bewußt, die ich wider meinen Willen beging, wenn ich, unfähig, ihre Liebe hinzunehmen, nicht wenigstens vortäuschte, sie zu erwidern.

Aber ich hatte keine Wahl. Noch ehe die Seele bewußt die Gefahr begriff, hatte der Körper in mir die jähe Umarmung schon abgewehrt. Immer sind die Instinkte wissender als unsere wachen Gedanken; bereits in dieser ersten Sekunde des Erschreckens, da ich mich wegriß von ihrer gewalttätigen Zärtlichkeit, hatte ich dumpf alles vorausgewußt. Gewußt, daß ich nie die Heilandskraft haben würde, die Verstümmelte so zu lieben, wie sie mich liebte, und wahrscheinlich nicht einmal genug Mitleid, um diese mich entnervende Leidenschaft nur zu *ertragen*. In diesem ersten Augenblick des Zurückflüchtens hatte ich schon geahnt: hier gab es keinen Ausweg, keinen Mittelweg. Einer mußte unglücklich werden durch diese unsinnige Liebe oder der andere, und vielleicht alle beide.

Wie ich damals in die Stadt zurückgelangte, werde ich mir niemals deutlich zu machen vermögen. Ich weiß nur, ich ging sehr rasch, und nur ein Gedanke wiederholte sich mit jedem Schlag der Pulse: fort! fort! Fort von diesem Hause, fort aus dieser Verstrickung, fliehen, flüchten, verschwinden! Nie mehr diese Villa betreten, nie mehr diese Menschen sehen, überhaupt keine Menschen! Sich verstecken, sich unsichtbar machen, niemandem mehr verpflichtet sein, in nichts mehr verstrickt! Ich weiß, ich versuchte noch weiter zu denken: den Dienst quittieren, irgendwo Geld herbekommen und dann hinausflüchten in die Welt, so weit weg, daß dieses irrwitzige Verlangen mich nicht mehr erreichen könnte; aber all dies war schon mehr geträumt als klar durchdacht, denn immer hämmerte dazwischen in den Schläfen das eine Wort: fort, fort, fort, nur fort!

An meinen bestaubten Schuhen und an Rissen von Disteln an meiner Hose merkte ich später, daß ich quer durch Wiesen und Felder und Straßen gerannt sein mußte; jedenfalls stand, als ich mich schließlich auf der Hauptstraße fand, die Sonne schon hinter den Dächern. Und wirklich wie ein Schlafwandler schrak ich auf, als mir unvermutet jemand von rückwärts auf die Schulter klopfte.

»Hallo, Toni, da bist du ja! Höchste Zeit, daß wir dich erwischen! Jeden Winkel haben wir nach dir durchstöbert, grad wollten wir hinaustelephonieren in deine Ritterburg.«

Ich sah mich umringt von vier Kameraden, der unvermeidliche Ferencz war dabei, Jozsi und der Rittmeister Graf Steinhübel.

»Aber fix jetzt! Denk dir, der Balinkay ist plötzlich hereingeschneit, von Holland oder von Amerika, weiß Gott, von wo. Aber alle Offiziere und Einjährigen vom Regiment hat er eingeladen für heut abend. Der Oberst kommt und der Major, große Tafel heut, im Roten Löwen, um halb neun. Ein Glück, daß wir dich erwischt haben, der Alte hätte schön gebrummt, wenn du ausgekniffen wärst! Du weißt doch, daß er an dem Balinkay einen Narren gefressen hat; wenn der kommt, muß alles aufmarschieren.«

Ich hatte meine Gedanken noch immer nicht völlig beisammen. Ganz verdutzt fragte ich:

»Wer ist gekommen?«

»Der Balinkay! Schneid doch kein so blödes G'sicht! Kennst du am End den Balinkay nicht?«

Balinkay? Balinkay? In meinem Kopf torkelte alles noch wirr durcheinander, wie aus verstaubtem Gerümpel mußte ich diesen Namen mir mühsam herausholen. Ach ja, der Balinkay – der war doch einmal das mauvais sujet des Regiments gewesen. Noch lang vor meiner Garnisonszeit hatte er hier als Leutnant und dann als Oberleutnant gedient, der beste Reiter, der tollste Bursche des Regiments, ein wilder Spieler und Ladykiller. Aber irgend etwas Peinliches war dann passiert, ich hatte mich nie danach erkundigt; jedenfalls, in vierundzwanzig Stunden hatte er die Uniform an den Nagel gehängt und war dann kreuz und quer in der Welt herumgeschwommen, man munkelte davon allerhand sonderbare Geschichten. Schließlich hatte er sich wieder zusammengerissen dadurch, daß er sich im Shepherds Hotel in Kairo eine reiche Holländerin angelte, eine Witwe mit schweren Millionen, Besitzerin irgendeiner Maatschappij mit siebzehn Schiffen und ausgiebigen Plantagen in Java und Borneo drüben: seitdem war er unser unsichtbarer Schutzpatron.

Diesem Balinkay mußte unser Oberst Bubencic damals aus einem dicken Schlamassel geholfen haben, denn Balinkays Treue zu ihm und zum Regiment blieb wirklich rührend. Jedesmal, wenn er nach Österreich kam, fuhr er eigens herüber in die Garnison und schmiß mit dem Gelde so toll herum, daß man noch wochenlang davon in der Stadt erzählte. Die alte Uniform für einen Abend anzuziehen, wieder Kamerad unter Kameraden zu sein, war ihm eine Art Herzensbedürfnis. Wenn er an dem gewohnten Offizierstisch saß, locker und leicht, spürte man ihm an, daß ihm dieser schlechtgetünchte rauchige Saal im »Roten Löwen« hundertmal mehr Heimat war als sein feudales Palais an einer Amsterdamer Gracht: wir waren und blieben seine Kinder, seine Brüder, seine wahre Familie. Alljährlich stiftete er Preise für unsere Steeplechase, regelmäßig kamen zu Weihnachten zwei oder drei Kisten bunter Bolsschnäpse und Champagnerkörbe angerückt, und mit absoluter Verläßlichkeit konnte der Oberst jedes Neujahr einen saftigen Scheck für die Kameradschaftskasse bei der Bank einkassieren. Wer die Ulanka und am Kragen unsere Aufschläge trug, durfte sich auf Balinkay verlassen, wenn er irgend einmal in Schwulitäten geriet: ein Brief und alles war ausgeputzt.

Zu jeder anderen Zeit hätte mich die Gelegenheit, diesem viel Gerühmten zu begegnen, ehrlich gefreut. Aber der Gedanke an Lustigkeit, lautes Hallo, Toaste und Tafelreden schien meiner Verstörtheit so ziemlich das Unerträglichste auf Erden. So versuchte ich, schleunigst abzurücken: ich fühlte mich nicht recht auf dem Damm. Jedoch mit einem drastischen »Ausgeschlossen! Heut gibt's kein Abpaschen«, hatte mich Ferencz schon unter den Arm gefaßt, und ich mußte widerwillig nachgeben. Verworren hörte ich ihn, während sie mich weiterzogen, erzählen, wie und wem Balinkay schon aus der Schlamastik geholfen, daß er sofort seinem Schwager eine Stellung verschafft habe und ob unsereins nicht geschwinder Karriere machen könnte, ginge man auf ein Schiff zu ihm oder nach Indien hinüber. Joszi, dieser hagere, verbissene Bursche, tropfte ab und zu Essig in des braven Ferencz dankbare Begeisterung. Ob der Oberst sein »Herzpinkerl« derart liebevoll empfangen würde, spottete er, wenn Balinkay nicht diesen dicken holländischen Schellfisch eingefangen hätte; zwölf Jahre soll sie übrigens älter sein als er, und: »Wenn man sich schon verkauft, soll man sich wenigstens teuer verkaufen«, lachte Graf Steinhübel.

Jetzt nachträglich kommt es mir sonderbar vor, daß mir trotz meiner Benommenheit jedes Wort dieses Gesprächs im Gedächtnis blieb. Oft geht ja mit einer Betäubung des wachen Denkens eine innere Erregtheit der Nerven geheimnisvoll Hand in Hand, und auch als wir in den großen Saal des »Roten Löwen« kamen, tat ich dank der Hypnose der Disziplin meine zugewiesene Arbeit halbwegs anständig. Und es gab reichlich zu tun. Der ganze Vorrat an Transparenten, Fahnen und Emblemen, der sonst nur beim Regimentsball brillierte, wurde herangeholt, ein paar Ordonnanzen hämmerten laut und vergnügt an den Wänden, nebenan drillte Steinhübel dem Hornisten ein, wann und wie er den Tusch zu blasen hätte. Jozsi bekam, weil er die sauberste Schrift hatte, den Auftrag, das Menü zu schreiben, in dem alle Speisen humoristisch anzügliche Namen erhielten, mir pelzten sie die Tischordnung auf. Zwischendurch rückte der Hausknecht bereits Sessel und Tische zurecht, die Kellner brachten klirrende Batterien von Wein und Sekt in Stellung, die Balinkay von Sacher in Wien in seinem Auto herspediert hatte. Sonderbarerweise tat dieser Wirbel mir wohl, denn er überdröhnte mit seinem Lärm das dumpfe Pochen und Fragen zwischen den Schläfen.

Endlich, um acht Uhr, war alles parat. Jetzt hieß es noch hinüber in die Kaserne, sich rasch herrichten und umkleiden. Mein Bursche war schon verständigt. Waffenrock und Lackstiefel lagen bereit. Rasch den Kopf ins kalte Wasser und einen Blick auf die Uhr: im ganzen noch zehn Minuten; bei unserem Oberst hieß es verflucht pünktlich sein. So ziehe ich mich flink aus, haue die staubigen Schuhe weg, aber gerade, als ich in Unterkleidern vor dem Spiegel stehe, um mir das verraufte Haar zurechtzukämmen, klopft es an der Tür.

»Für niemanden zu sprechen«, befehle ich dem Burschen. Er springt gehorsam weg, einen Augenblick tuschelt's draußen im

Vorzimmer. Dann kommt Kusma wieder zurück, einen Brief in der Hand.

Ein Brief für mich? In Hemd und Unterhosen, wie ich eben stehe, nehme ich das blaue rechteckige Couvert, dick und schwer, fast ein kleines Paket, und habe sofort Feuer in der Hand. Ich brauche die Schrift gar nicht anzusehen, um zu wissen, wer mir schreibt.

Später, später – sagt mir ein rascher Instinkt. Nicht lesen, jetzt nicht lesen! Aber schon habe ich wider meinen innersten Willen den Umschlag aufgerissen und lese, lese den Brief, der mir immer heftiger in den Händen knistert.

Es war ein Brief von sechzehn Seiten, mit aufgeregter Hand fliegend hingeschrieben, ein Brief, wie ihn ein Mensch im Leben nur einmal schreibt und nur einmal im Leben empfängt. Gleich Blut aus einer aufgerissenen Wunde flossen die Sätze unaufhaltsam dahin, ohne Absätze, ohne Interpunktion, ein Wort überholte, überrannte, überstürzte das andere. Jetzt noch nach Jahren und Jahren sehe ich jede Zeile, jeden Buchstaben vor mir, jetzt noch könnte ich mir diesen Brief von Anfang bis Ende zu jeder Stunde des Tags und der Nacht Seite für Seite auswendig vorsprechen, so oft habe ich ihn gelesen. Noch Monate und Monate nach jenem Tag habe ich dieses gefaltete blaue Bündel Papiers bei mir in der Tasche getragen, immer wieder es hervorholend, zu Hause, in den Baracken und in den Unterständen und an den Lagerfeuern des Kriegs; erst beim Rückzug in Wolhynien, als unsere Division schon an beiden Flanken vom Feinde umfaßt war und mich die Sorge überfiel, dies Geständnis eines ekstatischen Augenblicks könne in fremde Hände geraten, habe ich diesen Brief vernichtet.

»Sechsmal«, begann er, »hatte ich schon an Dich geschrieben und jedesmal jedes Blatt zerrissen. Denn ich wollte mich nicht verraten, ich wollte nicht. Ich hab mich zurückgehalten, solange noch Widerstand in mir war. Wochen und Wochen habe ich mit mir gerungen, mich vor Dir zu verstellen. Jedesmal, wenn Du zu uns kamst, freundlich und ahnungslos, habe ich meinen Händen befohlen, stillzuhalten, meinen Blikken, gleichgültig zu tun, um Dich nicht zu verstören; oft bin ich sogar mit Absicht hart und höhnisch gegen Dich gewesen, nur um Dich nicht ahnen zu lassen, wie sehr mein Herz nach Dir brannte – alles habe ich versucht, was in der Kraft eines Menschen war und über seine Kraft. Aber heute ist es geschehen und ich schwör Dir, wider meinen Willen ist es über mich gekommen, hinterrücks hat es mich überfallen. Ich verstehe selber nicht mehr, wie mir das geschehen konnte; am liebsten hätte ich mich nachher geschlagen und gezüchtigt, so hündisch schämte ich mich. Denn ich weiß ja, ich weiß, welcher Irrwitz, welcher Wahnsinn das wäre, mich Dir aufzudrängen. Eine lahme Kreatur, ein Krüppel hat kein Recht, zu lieben – wie sollte ich zerschlagenes, geschlagenes Wesen Dir nicht zur Last sein, da ich mir selbst doch ein Ekel, ein Abscheu bin? Ein Wesen wie ich, ich weiß, hat kein Recht, zu lieben, und schon gar keines, geliebt zu werden. Im Winkel hat sich's zu verkriechen und zu krepieren und nicht noch andern mit seiner Gegenwart das Leben zu verstören – ja, alles das weiß ich, ich weiß es und gehe daran zugrunde, daß ich es weiß. Niemals hätte ich darum gewagt, Dich anzufallen, aber wer als Du hat mir die Zuversicht gegeben, ich würde nicht mehr lange dies klägliche Mißgebilde bleiben, das ich bin? Ich würde mich rühren, mich bewegen können wie die andern Menschen, wie alle die Millionen überflüssiger Menschen, die gar nicht wissen, daß jeder freie Schritt eine Gnade ist und eine Herrlichkeit. Eisern hatte ich mir vorgenommen, mich zu verschweigen, bis ich wirklich so weit wäre, ein Mensch, eine Frau wie die andern und vielleicht – vielleicht!!! – Deiner würdig, Du Geliebter. Aber meine Ungeduld, meine Gier, zu genesen, war so toll, daß ich in dieser Sekunde, da Du Dich über mich neigtest, schon *glaubte*, ehrlich glaubte, ehrlich und närrisch glaubte, jene Andere, jene Neue, jene Genesene zu sein! Ich hatte es eben zu lange gewollt und geträumt und jetzt warst Du mir nah – da vergaß ich für einen Augenblick meine schuftigen Beine, ich sah nur Dich, und fühlte als die, die ich für Dich sein wollte. Kannst Du das nicht verstehen, daß man auch mitten im Tag einen Augenblick lang träumen kann, wenn man Jahr um Jahr immer diesen einzigen Traum träumt, Tag und Nacht? Glaub mir, Geliebter – nur dieser unsinnige Wahn, ich sei schon von meiner Humpelei erlöst, hat mich so wirr gemacht; nur diese Ungeduld, nicht mehr die Ausgestoßene, nicht mehr der Krüppel zu sein, ließ mein Herz derart toll herausfahren aus mir. Begreif's doch: ich hatte doch schon so lange und so unendliche Sehnsucht nach Dir.

Aber nun weißt Du, was Du nie hättest wissen sollen, ehe ich nicht wirklich auferstanden war, und weißt auch, für wen ich geheilt sein will, für wen allein auf Erden – nur für Dich! Nur für Dich! Verzeih mir, unendlich Geliebter, diese Liebe, und um dies eine vor allem flehe ich Dich an – fürchte Dich nicht und entsetze Dich nicht vor mir! Glaub nicht, daß weil ich einmal zudringlich gewesen, ich Dich weiter verstören werde, daß ich, hinfällig und mir selbst widrig, wie ich bin, Dich schon halten will. Nein, ich schwör es Dir – kein Drängen sollst Du jemals von mir spüren, ganz unfühlbar will ich bleiben für Dich. Nur warten will ich, geduldig warten, bis Gott sich meiner erbarmt und mich gesund macht. So bitte, so flehe ich Dich an – fürchte Dich nicht, Liebster, vor meiner Liebe, bedenk doch, Du, der Du Mitleid hattest wie kein anderer mit mir, bedenk, wie gräßlich hilflos ich bin, angenagelt an meinen Sessel, unfähig, einen eigenen Schritt zu tun, unmächtig, Dir nachzugehen, Dir entgegenzueilen. Bedenk doch, bedenk, daß ich eine Gefangene bin, die in ihrem Kerker warten muß, immer geduldig-ungeduldig warten, bis Du kommst und mir eine Stunde schenkst, bis Du mir erlaubst, Dich anzublicken, Deine Stimme zu hören, im selben Raum Deinen Atem zu spüren, Deine Gegenwart zu fühlen, dies einzige, dies erste Glück, das mir seit Jahren gegönnt war. Bedenk's doch, denk Dir's aus: da liegt man und liegt und wartet Tag und Nacht, und jede Stunde dehnt sich, man kann die Spannung kaum ertragen. Und dann kommst Du, und ich vermag nicht wie eine andere aufzuspringen, ich kann Dir nicht entgegenlaufen, nicht Dich umfassen, nicht Dich halten. Man muß sitzen und sich bezähmen, sich dämmen und sich verschweigen, muß auf jedes Wort, auf jeden Blick, auf jede Schwingung der Stimme achten, nur daß Du nicht meinen könntest, ich maße mir an, Dich zu lieben. Aber doch, glaub mir, Geliebter, auch dies martervolle Glück war für mich immer noch Glück, und ich lobte, ich liebte mich jedesmal, wenn es mir noch einmal gelungen war, mich zu verhalten, und Du gingst weg, ahnungslos, frei und unbeschwert, unwissend um meine Liebe; einzig mir blieb dann die Qual, zu wissen, wie rettungslos ich Dir verfallen bin.

Aber nun ist es geschehen. Und jetzt, Geliebter, da ich nicht mehr leugnen und wegleugnen kann, was ich für Dich fühle, jetzt flehe ich Dich an, sei nicht grausam zu mir; auch das ärmste, das kläglichste Wesen hat noch seinen Stolz, und ich könnte es nicht ertragen, daß Du mich verachtest, weil ich mein Herz nicht verhalten konnte! Nicht erwidern sollst Du meine Liebe – nein, bei Gott, der mich heilen und retten soll, solche Verwegenheit wage ich nicht. Nicht einmal im Traum wage ich zu hoffen, daß Du mich, so wie ich heute bin, schon lieben könntest – ich will, Du weißt es, kein Opfer, kein Mitleid von Dir! Ich will nichts, als daß Du *duldest*, daß ich warte, stumm warte, bis die Zeit endlich gekommen ist! Ich weiß, schon dies ist viel, was ich von Dir erbitte. Aber ist es wirklich zu viel, einem Menschen dies kläglichste, dies kleinste Glück zu gönnen, das man doch jedem Hunde willig verstattet, das Glück, mit stummem Blick manchmal zu seinem Herrn aufzusehen? Muß man ihn gleich gewaltsam zurückstoßen, muß man ihn peitschen mit Verachtung? Denn nur dies eine, das sag ich Dir, nur dies könnte ich nicht ertragen, wenn ich, erbärmlich wie ich bin, Dir widrig geworden wäre dadurch, daß ich mich verraten habe. Wenn Du mich noch strafen würdest über meine eigene Scham und Verzweiflung hinaus. Dann hätte ich nur einen Weg und Du kennst ihn. Ich habe ihn Dir gezeigt.

Aber nein, erschrick nicht, ich will ja nicht drohen! Ich will Dich nicht erschrecken, nicht statt Deiner Liebe Mitleid erpressen, dies einzige, was Dein Herz mir bisher gegeben hat. Ganz frei und sorglos sollst Du Dich fühlen – ich will Dich um Gottes willen nicht belasten mit meiner Last, nicht beschweren mit einer Schuld, an der Du schuldlos bist – nur das eine will ich: daß Du verzeihst und vollkommen vergißt, was geschehen ist, vergißt, was ich gesagt, was ich verraten habe. Diese Beruhigung nur gib mir, nur diese kleine arme Gewißheit! Sag mir sofort, mir genügt ja ein einziges Wort, daß ich Dir nicht widerlich geworden bin, daß Du wieder zu uns kommst, als ob nichts geschehen wäre: Du ahnst ja nicht meine Sorge, Dich zu verlieren. Seit der Stunde, da die Tür hinter Dir zufiel, martert mich, ich weiß nicht warum, eine tödliche Angst, es sei zum letztenmal gewesen. Du warst so blaß in dieser Minute, Du hattest einen solchen Schrecken im Blick, als ich von Dir ließ, daß mir plötzlich eiskalt wurde inmitten meiner Glut. Und ich weiß – der Diener hat es mir erzählt – daß Du gleich hinausgeflüchtet bist aus dem Haus; mit einem Mal warst Du fort und Dein Säbel, Deine Kappe. Vergebens hat er Dich gesucht, in meinem Zimmer und überall, und so weiß ich's, daß Du geflohen bist vor mir wie vor einem Aussatz, wie vor einer Pest. – Aber nein, Geliebter, nein, keinen Vorwurf, ich verstehe Dich doch! Gerade ich, die ich vor mir selber erschrecke, wenn ich die Klötze sehe an meinen Füßen, nur ich, die ich weiß, wie böse, wie launisch, wie quälerisch, wie schwer erträglich ich geworden bin in meiner Ungeduld, gerade ich kann doch am besten begreifen, daß man vor mir erschrickt – oh, schrecklich gut kann ich's verstehen, daß man vor mir flüchtet, daß man zurückschauert, wenn solch ein Unwesen einen anfällt. Und doch flehe ich Dich an, daß Du mir verzeihst, denn es ist nicht Tag und nicht Nacht ohne Dich, nur Verzweiflung. Nur einen Zettel, einen kleinen raschen Zettel schick mir oder ein leeres Blatt, eine Blume, aber nur irgendein Zeichen! Nur etwas, woran ich erkenne, daß Du mich nicht wegstößt, daß ich Dir nicht widerlich geworden bin. Bedenk doch, in ein paar Tagen bin ich fort, für Monate fort, in acht, in zehn Tagen ist Deine Qual zu Ende. Und wenn die meine dann auch tausendfach beginnt, die Qual, Dich wochen-, Dich monatelang entbehren zu müssen, so denk nicht dran, denk nur an Dich, wie ich immer an Dich denke, nur an Dich! – In acht Tagen bist Du erlöst – so komm noch einmal und schick mir inzwischen ein Wort, gib mir ein Zeichen! Ich kann nicht denken, nicht atmen, nicht fühlen, solange ich nicht weiß, daß Du mir verziehen hast; ich will, ich kann nicht länger leben, verweigerst Du mir das Recht, Dich zu lieben.«

Ich las und las. Immer wieder begann ich von neuem. Die Hände zitterten mir und das Hämmern in meinen Schläfen wurde heftiger vor Grauen und Erschütterung, so verzweifelt geliebt zu sein.

»Na so was! Da stehst noch in der Unterhosen herum und drüben warten's wie die Haftelmacher auf dich. Die ganze Bande sitzt schon und spitzt, daß es losgeht, auch der Balinkay, jeden Moment muß der Oberst anrücken, und du weißt, was der blade Frosch für einen Tanz macht, wenn unsereiner zu spät kommt. Eigens hat der Ferdl mich noch rasch herüberg'schickt, nachschaun, ob dir was passiert ist, und da stehst und liest süße Brieferln ... Also fix, Tempo, Tempo, sonst kriegen wir beide einen Mordsputzer.«

Es ist Ferencz, der in mein Zimmer hereingestürmt ist. Ich habe ihn gar nicht bemerkt, ehe er mir mit seiner schweren Pratze brüderlich auf die Schulter haut. Im ersten Augenblick verstehe ich nichts. Der Oberst? Herübergeschickt? Balinkay? Ach so, ach so, erinnere ich mich: der Empfangsabend für Balinkay! Hastig greife ich nach Hose und Rock, und mit der in der Kadettenschule eingelernten Geschwindigkeit reiße ich alles mechanisch an mich, ohne recht zu wissen, wie ich's mache. Ferencz schaut mir merkwürdig zu:

»Was ist denn los mit dir? Ganz teppert tust du da herum. Hast am End schlechte Nachrichten von wo?«

Aber eilig wehre ich ab. »Keine Spur. Ich komm schon.« Drei Sprünge und wir sind bei der Treppe. Da reiße ich mich noch einmal herum.

»Fix Laudon noch einmal, was hast denn schon wieder?« brüllt mir der Ferencz zornig nach. Aber ich habe nur rasch den Brief an mich genommen, den ich auf dem Tisch vergessen, und in die Brusttasche geschoben. Wir kommen wirklich im letzten Augenblick in den Saal. Um den langen hufeisenförmigen Tisch gruppiert sich die ganze bunte Runde, aber keiner getraut sich recht, lustig zu sein, ehe die Vorgesetzten Platz genommen haben, Schuljungen ähnlich, wenn die Glocke schon geläutet hat und jeden Augenblick der Lehrer eintreten muß.

Und schon reißen die Ordonnanzen die Tür auf, schon treten sporenklirrend die Stabsoffiziere ein. Wir krachen alle von unseren Sitzen auf und stehen einen Augenblick »Habtacht«. Der Oberst setzt sich zur Rechten, der rangälteste Major zur Linken Balinkays, und sofort wird die Tafel animiert, Teller klirren, Löffel klappern, alles schwätzt und schlürft lebhaft durcheinander. Nur ich sitze in einer Art Abwesenheit inmitten der aufgelockerten Kameraden und taste immer wieder an den Rock über der Stelle, wo etwas hämmert und pocht wie ein zweites Herz. Durch das weiche, nachgiebige Tuch spüre ich jedesmal beim Hingreifen den Brief knistern wie ein angefachtes Feuer; ja, er ist da, er rührt, er regt sich ganz nah an meiner Brust wie etwas Lebendiges, und während die andern gemächlich schwatzen und schmatzen, kann ich an nichts als an diesen Brief denken und die verzweifelte Not des Menschen, der ihn geschrieben.

Vergebens serviert mir der Kellner. Ich lasse alles unberührt stehen, mich lähmt dieses Nach-innen-horchen wie eine Art Schlaf mit offenen Augen. Rechts und links höre ich verhangene Worte um mich, ohne sie zu verstehen; es ist, als sprächen alle eine fremde Sprache. Ich sehe vor mir, neben mir Gesichter, Schnurrbärte, Augen, Nasen, Lippen, Uniformen, aber mit jener Stumpfheit, mit der man durch eine Glasscheibe Dinge einer Auslage wahrnimmt. Ich bin da und doch nicht dabei, starr und doch beschäftigt, denn ich murmle noch immer mit lautlosen Lippen die einzelnen Worte des Briefes nach, und manchmal, wenn ich nicht weiter weiß oder mich verwirre, zuckt mir die Hand, um heimlich in die Tasche zu greifen, wie man in der Kadettenschule während der Taktikstunde verbotene Bücher hervorholte.

Da klirrt ein Messer energisch ans Glas; als ob der scharfe Stahl den Lärm zerschnitten hätte, wird es plötzlich still. Der Oberst ist aufgestanden und beginnt eine Rede. Er spricht, mit beiden Händen sich angestrengt an dem Tisch festhaltend und den stämmigen Körper vor- und rückwärts schwingend, als säße er zu Pferd. Den Einsatz bildet mit hartem knarrenden Anruf das Wort »Kameraden«; scharf skandierend und die »R« rollend wie eine Sturmtrommel, formuliert er seinen wohlvorbereiteten Speech. Angestrengt höre ich hin, aber der Kopf will nicht mit. Nur einzelne Worte höre ich schnarren und schmettern. »... Ehre der Arrmee ... österreichischer Rreitergeist ... Treue zum Rrregiment ... alter Kamerad ...« – aber dazwischen wispern geisterhaft andere Worte, leise, flehende, zärtliche wie aus einer anderen Welt. Von innen spricht der Brief mit. »Unendlich Geliebter ... fürchte Dich nicht ... ich kann nicht länger leben, nimmst Du mir das Recht, Dich zu lieben ...« und dazwischen wieder die kraxenden R. »... er hat seine Kameraden in der Ferne nicht vergessen ... nicht das Vaterrland ... nicht sein Österrreich ...« und abermals dazwischen die andere Stimme wie ein Schluchzen, wie ein erstickter Schrei. »Nur erlauben sollst Du mir, daß ich Dich liebe ... nur ein Zeichen sollst Du mir geben ...«

Und schon kracht und knattert es wie eine Salve »Hoch, hoch, hoch«. Alle sind, wie vom erhobenen Glas des Obersten emporgerissen, stramm aufgesprungen, vom Nebenraum schmettert prompt der verabredete Tusch »Hoch soll er leben«. Alle stoßen an und toasten auf Balinkay, der nur die niederprasselnde Dusche abwartet, ehe er locker, leicht, in humoristischer Art erwidert. Bloß ein paar anspruchslose Worte wolle er sagen, nur, daß er sich, trotz allem und allem, nirgends in der

Welt so wohlfühle wie unter den alten Kameraden, und schon endet er mit dem Ruf: »Es lebe das Regiment! Es lebe Seine Majestät, unser allergnädigster Kriegsherr, der Kaiser!« Steinhübel gibt dem Hornisten den zweiten Wink, ein neuerlicher Tusch setzt ein, und im Chor braust die Volkshymne auf und dann das unvermeidliche Lied aller österreichischen Regimenter, in dem jedes sich mit gleichem Stolz bei seinem Namen nennt:

»Wir sind vom k. und k.
Ulanenregiment . . .«

Dann wandert Balinkay rings um den Tisch, das Glas in der Hand, um mit jedem einzeln anzustoßen. Mit einmal spüre ich mich, von meinem Nachbarn energisch aufgestupft, einem Paar hellgrüßender Augen entgegen: »Servus, Kamerad.« Ich nicke benommen zurück; erst als Balinkay schon beim Nächsten hält, merke ich, daß ich vergessen habe, mit ihm anzustoßen. Doch schon ist alles wieder im bunten Nebel verschwunden, der mir Gesichter und Uniformen so sonderbar verschwommen durcheinandermengt. Donnerwetter – was ist denn das mit einem Mal für ein blauer Rauch vor meinen Augen? Haben die andern schon angefangen zu qualmen, daß mir's plötzlich so stickig heiß wird? Etwas trinken, rasch trinken! Ein, zwei, drei Gläser stürze ich hinab, ohne zu wissen, was ich trinke. Nur das Bittere, das Üblige erst einmal weg aus der Kehle! Und selber rasch was rauchen! Aber da ich in die Tasche fahre nach der Zigarettendose, spüre ich wieder das Knistern unter dem Rock: der Brief! Meine Hand zuckt zurück. Abermals höre ich durch das wüste Getümmel nur die schluchzenden, die flehenden Worte: »Nur erlauben sollst Du mir, Dich zu lieben . . . ich weiß ja, es ist Wahnsinn, mich Dir anzudrängen . . .«

Doch da klirrt abermals eine Gabel stillegebietend an ein

Glas. Es ist der Major Wondraczek, der jeden Anlaß benützt, um seinen poetischen Fimmel in humoristischen Versen und Schnadahüpfeln zu entladen. Wir wissen alle: sobald Wondraczek aufsteht, sein respektables Bäuchlein an den Tisch lehnt und ein pfiffiges und zwinkerndes Gesicht zu machen versucht, beginnt unaufhaltsam der »lustige Teil« des Kameradschaftsabends.

Und schon steht er in Positur, den Zwicker über die etwas weitsichtigen Augen geschoben, und entfaltet umständlich sein Folioblatt. Es ist das obligate Gelegenheitsgedicht, mit dem er jedes Fest zu verschönen glaubt und das diesmal die Lebensgeschichte Balinkays mit »zündenden« Scherzen zu verbrämen sucht. Aus subalterner Höflichkeit oder vielleicht, weil sie selbst schon ein bißchen angetrunken sind, lachen bei jeder Anspielung einige Nachbarn gefällig mit. Endlich schlägt eine Pointe wirklich ein, und von knatterndem »bravo, bravo« dröhnt die ganze Runde.

Mich aber packt mit einem Mal ein Grauen. Wie eine Kralle krampft sich mir dieses grobe Lachen ums Herz. Denn wie kann man so lachen, wenn irgend jemand stöhnt, irgend jemand so unermeßlich leidet? Wie mit dreckigen Witzen spaßen und spotten, indes jemand zugrunde geht? Gleich, ich weiß es, wenn Wondraczek fertig gequasselt hat, beginnt die große Sumperei, das Hallo und das Allotria. Man wird singen, man wird die neuesten Strophen von der »Wirtin an der Lahn« singen, Witze erzählen, man wird lachen und lachen und lachen. Mit einmal kann ich die gutmütig glänzenden Gesichter nicht mehr sehen. Hat sie denn nicht geschrieben, nur einen Zettel solle ich schicken, nur ein einziges Wort? Ob ich nicht doch ans Telephon gehe und draußen anrufe? Man kann doch nicht einen Menschen so warten lassen! Man muß ihm doch etwas sagen, man muß ...

»Bravo, bravissimo!« Alle applaudieren, Stühle krachen, der Boden dröhnt und staubt vom plötzlichen Aufspringen von vierzig oder fünfzig heiteren und ein wenig beduselten Männern. Stolz steht der Major, nimmt den Zwicker ab und faltet das Blatt zusammen, gutmütig und ein bißchen eitel den Offizieren zunickend, die ihn glückwünschend umdrängen. Ich aber nutze den Augenblick des Tumults und laufe ohne Abschied hinaus. Vielleicht merken sie's nicht. Und wenn sie's merken, mir ist schon alles gleichgültig, ich kann's einfach nicht mehr ertragen, dieses Lachen, nicht diese behagliche, sich gleichsam selber den vollen Bauch beklopfende Lustigkeit. Ich kann nicht, ich kann nicht!

»Gehen Herr Leutnant schon?« fragt bei der Garderobe erstaunt die Ordonnanz. Hol dich der Teufel, murre ich innerlich und schiebe ohne ein Wort an ihm vorbei. Nur die Straße hinüber, rasch ums Eck und die Treppen der Kaserne in mein Stockwerk hinauf: allein sein, allein!

Die Gänge dünsten leer, irgendwo geht schrittauf, schrittab eine Wache, ein Wasserhahn rauscht, ein Stiefel fällt, nur aus einem der Mannschaftszimmer, wo schon vorschriftsmäßig dunkelgemacht ist, tönt etwas weich und fremd. Unwillkürlich horche ich hin: ein paar der ruthenischen Burschen singen oder summen leise zusammen ein melancholisches Lied. Immer vor dem Einschlafen, wenn sie das fremde bunte Kleid mit den Messingknöpfen ausziehen und sie wieder nichts als der nackte Mensch werden, der zu Haus im Stroh lag, erinnern sie sich an die Heimat, an die Felder oder vielleicht an ein Mädel, das sie gern hatten, und dann singen sie, um zu vergessen, wie fern sie sind, diese wehmütigen Melodien. Sonst hatte ich auf dieses Summen und Singen nie achtgehabt, weil ich die Worte nicht verstehe, diesmal aber ergreift mich brüderlich ihre fremde Traurigkeit. Ach, hinsetzen sich zu einem, mit ihm sprechen, der's nicht begreifen würde und vielleicht doch mit einem mitfühlenden Blick seiner kuhhaften guten Augen alles besser verstünde als die drüben, die Lustigen am Hufeisentisch. Nur jemanden haben, der einem hilft aus dieser heillosen Verstrickung!

Auf den Zehenspitzen, um Kusma, meinen Burschen, nicht zu wecken, der mit schweren schnarchigen Atemzügen im Vorraum schläft, schleiche ich in mein Zimmer, werfe im Dunkel die Kappe weg, reiße den Säbel ab und die Halsbinde weg, die mich schon lange würgt und engt. Dann entzünde ich die Lampe und trete an den Tisch, um jetzt endlich, endlich in Ruhe den Brief zu lesen, den ersten erschütternden, den mir jungem, ungewissem Menschen eine Frau geschrieben.

Aber im nächsten Augenblick schrecke ich auf. Denn da auf dem Tisch liegt schon – wie ist das möglich? – der Brief im Lichtkreis der Lampe, der Brief, den ich eben noch in der Brusttasche verborgen meinte, – ja, da liegt er, blau, rechteckiges Kuvert, die wohlbekannte Schrift.

Einen Augenblick taumle ich. Bin ich betrunken? Träume ich mit offenen Augen? Bin ich nicht mehr bei Sinnen? Ich hatte doch eben noch, bei dem Aufreißen des Rocks, deutlich das Knistern des Briefes in der Brusttasche gespürt. Bin ich schon so verstört, daß ich ihn herauslegte, ohne eine Minute später noch davon zu wissen? Ich greife in die Tasche. Nein – es war ja nicht anders möglich – da steckt er noch geruhig der Brief. Und jetzt verstehe ich erst, was vorgeht. Jetzt erst werde ich ganz wach. Dieser Brief auf dem Tisch muß ein neuer, ein zweiter, ein anderer, ein später gekommener sein, und der brave Kusma hat ihn mir vorsorglich neben die Thermosflasche gelegt, damit ich ihn heimkehrend gleich finde.

Noch ein Brief! Noch ein zweiter, innerhalb von zwei Stunden! Sofort pappt sich mir die Kehle zu mit Ärger und Zorn.

So wird das jetzt jeden Tag weitergehen, jeden Tag, jede Nacht, Brief auf Brief, einer nach dem andern. Wenn ich ihr schreibe, wird sie mir wieder schreiben, wenn ich nicht antworte, wird sie Antwort fordern. Immer wird sie etwas von mir wollen, jeden Tag, jeden Tag! Sie wird mir Boten schicken und mich antelephonieren, sie wird mich umlauern und umlauern lassen bei jedem Schritt, wird wissen wollen, wann ich ausgehe und zurückkomme, mit wem ich bin und was ich sage und tue und treibe. Ich sehe schon, ich bin verloren – sie lassen mich nicht mehr los – oh, der Djinn, der Djinn, der Alte und der Krüppel! Nie werde ich mehr frei sein, nie geben diese Gierigen, diese Verzweifelten mich mehr frei, bis nicht einer von uns zerstört ist, sie oder ich, durch diese unsinnige, unselige Leidenschaft.

Nicht lesen, sage ich mir. Keinesfalls heute noch lesen. Überhaupt dich nicht mehr einlassen! Du hast nicht Kraft genug gegen dies Ziehen und Zerren, es wird dich zerreißen. Besser den Brief einfach vernichten oder uneröffnet zurückschicken! Überhaupt sich's nicht ins Bewußtsein, ins Wissen, ins Gewissen zwängen lassen, daß irgendein wildfremdes Wesen dich liebt! Hol die ganzen Kekesfalvas der Teufel! Ich habe sie früher nicht gekannt und will sie weiter nicht kennen. Aber dann schauert mich plötzlich der Gedanke an: vielleicht hat sie sich etwas angetan, weil ich nicht geantwortet habe! Vielleicht tut sie sich etwas an! Man darf einen verzweifelten Menschen nicht ganz ohne Antwort lassen! Ob ich nicht doch Kusma aufwecke und rasch ein Wort der Beruhigung, der Bestätigung hinausschicke? Nur keine Schuld auf sich nehmen, keine Schuld! So reiße ich das Kuvert auf. Gottlob, es ist nur ein kurzer Brief. Nur eine einzige Seite, nur zehn Zeilen ohne Überschrift:

»Vernichten Sie sofort meinen früheren Brief! Ich war verrückt, völlig verrückt. Alles, was ich schrieb, ist nicht wahr.

Und kommen Sie morgen *nicht* zu uns! Bitte bestimmt *nicht* kommen! Ich muß mich bestrafen dafür, daß ich mich so kläglich vor Ihnen erniedrigt habe. Also auf keinen Fall morgen, ich will nicht, ich verbiete es Ihnen. Und keine Antwort! Auf keinen Fall eine Antwort! Vernichten Sie zuverlässig meinen früheren Brief, vergessen Sie jedes Wort! Und denken Sie nicht mehr daran.«

Nicht daran denken – kindischer Befehl, als wären jemals erregte Nerven gesinnt, Zügel und Zaum des Willens sich zu unterwerfen! Nicht daran denken, indes die Gedanken wie scheue, losgerissene Pferde mit schmerzhaft hämmernden Hufen in dem engen Raum zwischen den Schläfen jagen! Nicht daran denken, indes die Erinnerung unablässig Bild auf Bild fiebernd heranreißt, indes die Nerven flirren und flackern und alle Sinne sich spannen zur Abwehr und Gegenwehr! Nicht daran denken, indes das Briefblatt einem die Hand noch versengt mit seinen brennenden Worten, das Briefblatt, das eine und das andere, das man aufnimmt und wieder weglegt und wieder liest und vergleicht, das erste und das zweite, bis jedes Wort eingeglüht ist wie ein Brandmal im Gehirn! Nicht daran denken, indes man doch nur dies eine und eine zu denken vermag: wie entrinnen, wie sich wehren? Wie sich retten vor diesem gierigen Andrang, vor diesem unerwünschten Überschwang?

Nicht daran denken, – man will es doch selbst und löscht das Licht, weil Licht alle Gedanken zu wach, zu wirklich macht. Man sucht unterzukriechen, sich zu verstecken im Dunkel, man reißt die Kleider vom Leibe, um freier zu atmen, man wirft sich hin auf das Bett, um sich fühlloser zu machen. Aber die Gedanken, sie ruhen nicht mit, wie Fledermäuse wirr und gespenstisch umflattern sie die ermatteten Sinne, gierig wie Ratten knabbern und wühlen sie sich durch die bleierne Müdigkeit. Je ruhiger man liegt, um so unruhiger wird das Erinnern, um so erregender die flackernden Bilder im Dunkeln; so steht man wieder auf und macht neuerdings Licht, um die Gespenster zu scheuchen. Aber das erste Ding, das die Lampe feindselig faßt, ist das helle Viereck des Briefs, und um den Stuhl hängt die Bluse, die befleckte, alles erinnert und mahnt. Nicht daran denken – man will es doch selbst und kein Wille vermag's. So irrt man im Zimmer hin und her und her und hin, reißt den Kasten auf und im Kasten die Laden, eine nach der andern, bis man die kleine Glashülse findet mit einem Schlafmittel und hinwankt zu dem Bett. Aber es gibt keine Flucht. Selbst in den Traum wühlen sich, die schwarze Schale des Schlafs durchnagend, die rastlosen Ratten der schwarzen Gedanken, immer dieselben, immer dieselben, und da man morgens erwacht, fühlt man sich wie ausgehöhlt und ausgeblutet von Vampiren.

Wohltat darum die Reveille, Wohltat der Dienst, diese bessere, diese mildere Gefangenschaft! Wohltat, sich auf sein Pferd zu schwingen und vorwärts im Trab mit den andern, ununterbrochen achtsam sein zu müssen und angespannt! Man hat zu gehorchen, man hat zu befehlen! Drei Exerzierstunden, vier Stunden vielleicht entrinnt, entreitet man sich selbst.

Alles geht zuerst gut. Wir haben – gesegneterweise – einen scharfen Tag, Übung für das Manöver, die große Schlußdefilierung, wo jede Eskadron in entwickelter Linie am Kommandierenden vorüberreitet, jeder Pferdekopf, jede Säbelspitze haarscharf ausgerichtet. Bei solchen Paradestücken gibt es verdammt viel zu tun, zehnmal, zwanzigmal heißt es von neuem beginnen, jeden einzelnen Ulanen im Auge behalten, und so sehr fordert die Übung von jedem unter uns Offizieren angespannteste Aufmerksamkeit, daß ich unentrinnbar ganz bei der Sache bin und alles andere vergesse. Gottlob!

Aber während wir zehn Minuten Pause machen, um die Pferde ausschnaufen zu lassen, streift mein wandernder Blick zufällig den Horizont. Weit schimmern im stähernen Blau die Wiesen mit Garben und Schnittern, rund und rein schwingt sich die flache Linie in den Himmel – nur hinter der Lisière silhouettiert sich, zahnstocherhaft schmal, der sonderbare Umriß eines Turms. Das ist ja, ich schrecke auf, *ihr* Turm mit der Terrasse – zwanghaft ist der Gedanke wieder da, zwanghaft muß ich hinstarren und mich erinnern: acht Uhr, jetzt ist sie längst wach und denkt an mich. Vielleicht tritt der Vater an ihr Bett und sie spricht von mir, sie jagt und fragt Ilona oder den Diener, ob nicht ein Brief gekommen sei, die sehnlich erwartete Nachricht (ich hätte ihr doch schreiben sollen!) – oder vielleicht hat sie sich schon hinauffahren lassen auf den Turm und späht und starrt von dort, angeklammert an das Geländer, genau so herüber nach mir, wie ich jetzt hinüberstarre. Und kaum daß ich mich erinnere, jemand anderer sehne sich dort nach mir, spüre ich in der eigenen Brust schon das mir wohlbekannte heiße Zerren und Ziehen, die verfluchte Kralle des Mitleids, und obwohl jetzt die Übung wieder beginnt, von allen Seiten die Kommandorufe wechseln und die verschiedenen Gruppen in Galopp und Karriere sich zu vorgeschriebenen Formationen formen und lösen und ich selber mein »rechts schwenkt« und »links schwenkt« in das Getümmel schreie, bin ich innerlich hinweggerissen; in der untersten und eigensten Schicht meines Bewußtseins denke ich immer nur an das eine, an das ich nicht denken will, an das ich nicht denken soll.

»Himmel, Angst und Zwirn, was ist das für eine Sauerei! Zurück! Auseinander, ihr Bagage!« Es ist unser Oberst Bubencic, der, puterrot im Gesicht, heranprescht und über den ganzen Exerzierplatz brüllt. Und er hat nicht unrecht, der Oberst. Irgendein Kommando muß falsch erteilt worden sein, denn zwei Züge, darunter der meine, die nebeneinander schwenken sollten, sind in voller Karriere ineinander geraten und haben sich gefährlich verfilzt. Ein paar Pferde brechen im Tumult aufscheuend aus, andere bäumen sich, ein Ulan ist gestürzt und unter die Hufe geraten, dazwischen schreien und toben die Chargen. Es klirrt, es wiehert, es dröhnt und stampft wie bei einer wirklichen Schlacht. Erst allmählich lösen die heranwetternden Offiziere den lärmenden Knäuel leidlich auseinander, auf ein scharfes Trompetensignal reihen sich die neugeformten Schwadronen wieder geschlossen wie vordem zu einer einzigen Front zusammen. Aber nun beginnt eine schreckliche Stille; jeder weiß, jetzt wird Abrechnung gehalten werden. Die Pferde, noch angeschäumt von der Aufregung des Ineinandergeratens und vielleicht auch die verhaltene Nervosität ihrer Reiter fühlend, zittern und zucken, die lange Linie der Helme schwingt dadurch leise mit wie im Wind ein stählern gespannter Telegraphendraht. In diese beunruhigte Stille reitet der Oberst jetzt vor. Schon an der Art, wie er im Sattel sitzt, aufgestrafft in den Steigbügeln und mit der Reitpeitsche erregt gegen die eigenen Stulpenstiefel klatschend, ahnen wir das anziehende Unwetter. Ein kleiner Ruck am Zügel. Sein Pferd steht still. Dann zuckt es scharf über den ganzen Platz hinweg (es ist, als ob ein Hackmesser niederfiele): »Leutnant Hofmiller!«

Nun begreife ich erst, wieso das alles passiert ist. Zweifellos habe ich selbst das falsche Kommando gegeben. Ich muß meine Gedanken nicht beisammen gehabt haben. Ich habe wieder an diese schreckliche Sache gedacht, die mich völlig verstört. Ich allein bin schuld. Mir allein fällt alle Verantwortung zu. Ein leichter Schenkeldruck, und mein Wallach trabt an den Kameraden vorbei, die peinlich berührt wegschauen, auf den Oberst zu, der etwa dreißig Schritt vor der Front unbeweglich wartet. In vorschriftsmäßiger Distanz halte ich vor ihm; inzwischen ist auch das leiseste Klappern und Klinkern abgestorben. Jene letzte, lautloseste, jene wahrhaft tödliche Stille setzt ein wie bei einer Hinrichtung knapp vor dem Kommando »Feuer«. Jeder, selbst der letzte ruthenische Bauernbursche dort rückwärts, weiß, was mir bevorsteht.

An das, was jetzt kam, will ich mich nicht erinnern. Der Oberst dämpft zwar mit Absicht seine trockene, knarrende Stimme, damit die Mannschaft nicht die wüsten Grobheiten vernehmen kann, mit denen er mich bedenkt, aber manchmal fährt doch eines der saftigsten Zornworte wie »Eselei« oder »schweinemäßiges Kommandieren« ihm die Kehle hoch, daß es scharf in die Stille rasselt. Und jedenfalls muß man an der Art, wie er, krebsrot im Gesicht, mich anschnaubt und dabei jedes Staccato mit einem klatschenden Hieb gegen die Reitstiefel begleitet, bis in die letzte Reihe merken, daß ich ärger heruntergeputzt werde als ein Schulbub; hundert neugierige und vielleicht ironische Blicke spüre ich in meinen Rücken gespießt, während der cholerische Troupier mich mit gesprochener Jauche überschüttet. Seit Monaten und Monaten ist über keinen von uns ein ähnliches Hagelwetter niedergegangen wie über mich an diesem stahlblau strahlenden, von ahnungslosen Schwalben munter überflogenen Junitag.

Mir zittern die Hände am Zügel vor Ungeduld und Zorn. Am liebsten möchte ich dem Pferd eins über die Kruppe dreschen und auf und davon galoppieren. Aber vorschriftsmäßig unbeweglich, erfrorenen Gesichts, muß ich dulden, daß Bubencic mich abschließend noch anpfeift, er lasse sich von einem solchen elenden Patzer nicht die ganze Übung versauen. Morgen werde ich Weiteres hören, für heute wünsche er meiner Visage nicht mehr zu begegnen. Dann hart und scharf wie ein Fußtritt ein verächtliches »Abtreten!«, wobei er abschließend noch einmal mit der Reitpeitsche gegen den eigenen Stiefelschaft schlägt.

Ich aber muß gehorsam mit der Hand an den Helm fahren, ehe ich kehrtmachen und zurück zur Front reiten darf; kein Blick eines Kameraden kommt mir offen entgegen, alle ducken sie aus Verlegenheit die Augen tief unter den Helmschatten. Alle schämen sich für mich, oder ich empfinde es zumindest so. Glücklicherweise kürzt ein Kommando meinen Spießrutengang. Auf ein Trompetensignal beginnt die Übung von neuem; die Front zerbricht und löst sich in einzelne Züge. Und diesen Augenblick benützt Ferencz – warum sind die Dümmsten immer die Gutmütigsten zugleich? – um wie zufällig sein Pferd heranzudrängen und mir zuzuflüstern: »Mach dir nix draus! So was kann jedem passieren.«

Aber er kommt schlecht an, der brave Junge. Denn barsch fahre ich ihn an: »Kümmere dich gefälligst um deine eigenen Angelegenheiten«, und drehe scharf ab. In dieser Sekunde habe ich zum erstenmal und in der eigenen Seele erfahren, wie ungeschickt man mit Mitleid verwunden kann. Zum erstenmal und zu spät.

Hinschmeißen! Alles hinschmeißen! denke ich mir, während wir wieder in die Stadt zurückreiten. Fort, nur fort, irgendwohin fort, wo niemand einen kennt, wo man frei ist von allem und allem! Weg, nur weg, entkommen, entrinnen! Keinen mehr sehen, sich nicht mehr vergöttern, nicht mehr erniedrigen lassen! Fort, nur fort – unbewußt geht das Wort in den Rhythmus des Trabs über. In der Kaserne werfe ich die Zügel rasch einem Ulanen zu und verlasse sofort den Hof. Ich will nicht bei der Offiziersmesse heute sitzen, will mich weder bespotten und noch weniger mich bemitleiden lassen.

Aber ich weiß nicht recht, wohin. Ich habe keinen Vorsatz, kein Ziel: in meinen beiden Welten bin ich unmöglich geworden, draußen und drinnen. Nur fort, nur fort, hämmert's in den Pulsen, nur fort, nur fort, dröhnt's in den Schläfen. Nur hinaus, irgendwohin, weg jetzt von dem verfluchten Kasernenhaus, weg von der Stadt! Noch die widerliche Hauptstraße entlang und weiter, nur weiter! Aber plötzlich ruft mir jemand von ganz nah ein herzliches »Servus« herüber. Unwillkürlich starre ich hin. Wer grüßt mich da so intim – ein hochgewachsener Herr in Zivil, Breeches, grauer Dreß und schottische Mütze? Nie gesehen, ich erinnere mich nicht. Er steht der fremde Herr, neben einem Automobil, um das zwei Mechaniker in blauen Kitteln hämmernd beschäftigt sind. Aber jetzt tritt er, offenbar meine Verwirrung gar nicht bemerkend, auf mich zu. Es ist Balinkay, den ich immer nur in Uniform gesehen.

»Hat schon wieder einmal seinen Blasenkatarrh«, lacht er mir zu, auf das Auto deutend, »so geht's bei jeder Fahrt. Ich glaub, das wird noch gute zwanzig Jahre dauern, ehe man mit diesen Töfftöffs wirklich verläßlich fahren kann. War doch einfacher mit unseren guten alten Rössern, da versteht unsereins wenigstens was davon.«

Unwillkürlich spüre ich eine starke Sympathie für diesen fremden Menschen. Er hat eine so sichere Art in jeder Bewegung und dazu den hellen warmen Blick der Leichtsinnigen und Leichtlebigen. Und kaum daß dieser unvermutete Gruß mich anruft, blitzt plötzlich in mir der Gedanke auf: dem könntest du dich anvertrauen. Und im winzigen Raum einer Sekunde schließt sich mit jener rapiden Geschwindigkeit, mit der unser Gehirn in angespannten Momenten funktioniert, an jenen ersten Gedanken schon eine ganze Kette. Er ist in Zivil, er ist sein eigener Herr. Er hat selber Ähnliches durchgemacht. Er hat dem Schwager des Ferencz geholfen, er hilft jedem gern, warum sollte er nicht auch mir behilflich sein? Ehe ich noch recht Atem geschöpft habe, ist diese ganze fliegende, flirrende Kette blitzschneller Überlegungen schon zu einem jähen Entschluß zusammengeschweißt. Ich fasse Mut und trete an Balinkay heran.

»Verzeih«, sage ich und staune selbst über meine Unbefangenheit. »Aber hättest vielleicht fünf Minuten Zeit für mich?«

Er stutzt ein wenig, dann blinken seine Zähne hell.

»Mit Wonne, lieber Hoff... Hoff...«

»Hofmiller«, ergänze ich.

»Ganz zu deiner Verfügung. Wäre noch schöner, wenn man keine Zeit hätt für einen Kameraden. Willst herunten im Restaurant, oder gehen wir hinauf auf mein Zimmer?«

»Lieber oben, wenn's dir gleich ist, und wirklich nur fünf Minuten. Ich halt dich nicht auf.«

»Aber solang du willst. Bis die Kraxen da repariert ist, dauert's ohnehin noch eine halbe Stund. Nur sehr bequem wirst du's oben bei mir nicht finden. Der Wirt will mir immer das noble Zimmer im ersten Stock geben, aber aus einer g'wissen Sentimentalität nehm ich immer das alte von damals. Ich hab da einmal ... na, reden wir nicht davon.«

Wir gehen hinauf. Wirklich, auffällig bescheiden ist das Zimmer für den reichen Burschen. Einbettig, kein Kasten, kein Fauteuil, gerade nur zwei magere Strohsessel zwischen Fenster und Bett. Balinkay zieht seine goldene Tabatière, bietet mir eine Zigarette an und macht mir's erfreulich leicht, indem er geradewegs anfängt:

»Also lieber Hofmiller, womit kann ich dir dienen?«

Kein langes Hin und Her, denke ich mir, und so sage ich klar heraus:

»Ich möchte dich um deinen Rat bitten, Balinkay. Ich will quittieren und weg aus Österreich. Vielleicht weißt was für mich.«

Balinkay wird mit einem Mal ernst. Sein Gesicht strafft sich. Er wirft die Zigarette weg.

»Unsinn – ein Bursch wie du! Was fällt dir denn ein!«

Aber in mich ist plötzlich eine zähe Hartnäckigkeit gefahren. Ich spüre den Entschluß, an den ich vor zehn Minuten noch gar nicht dachte, in mir starr und stark werden wie Stahl.

»Lieber Balinkay«, sage ich auf jene knappe Art, die jede Diskussion abwehrt, »sei so freundlich und erlaß mir jede Explikation. Jeder weiß, was er will und was er muß. Von außen kann so was kein anderer verstehn. Glaub mir, ich muß jetzt den Strich ziehen.«

Balinkay sieht mich prüfend an. Er muß bemerkt haben, daß es mir ernst ist.

»Ich will mich ja net einmengen, aber glaub mir, Hofmiller, du machst einen Unsinn. Du weißt nicht, was du tust. Du bist heut, schätz ich, so um die fünfundzwanzig oder sechsundzwanzig und nicht weit vom Oberleutnant. Und das ist immerhin schon allerhand. Hier hast deinen Rang, hier stellst was vor. Aber im Augenblick, wo du was andres neu anfangen willst, ist der letzte Schubiak und der dreckigste Ladenschwengel dir über, schon weil er nicht alle unsere dummen Vorurteile wie einen Tornister auf dem Buckel schleppt. Glaub mir, wenn unsereins die Uniform auszieht, dann bleibt nicht mehr viel von dem, der man früher war, und ich bitt dich nur eins: täusch dich nicht, weil's gerade mir gelungen ist, aus dem Dreck wieder herauszukommen. Das war ein purer Zufall, wie er in tausend Fällen einmal passiert, und ich möcht lieber nicht wissen, was mit den andern heut los ist, denen der Herrgott nicht so freundlich wie mir den Steigbügel hingehalten hat.«

Es ist etwas Überzeugendes in seiner Entschiedenheit. Aber ich spüre, daß ich nicht nachgeben darf.

»Ich weiß schon«, bestätige ich, »daß es ein Rutsch nach unten ist. Aber ich muß eben fort, und da bleibt keine Wahl. Tu mir die Lieb und red mir jetzt nicht ab. Was B'sondres bin ich nicht, das weiß ich, und hab auch nichts B'sondres g'lernt, aber wenn du mich wirklich wo hinempfehlen willst, kann ich versprechen, dir keine Schand zu machen. Ich weiß, daß ich nicht der erste bin, du hast ja auch den Schwager vom Ferencz untergebracht.«

»Den Jonas« – schnippt Balinkay verächtlich mit der Hand, »aber ich bitt dich, wer war denn der? Ein kleiner Beamter in der Provinz. So einem ist leicht zu helfen. Den braucht man nur von einem Hocker auf einen etwas besseren zu setzen, und er kommt sich schon wie ein Herrgott vor. Was macht's dem aus, ob er sich da oder dort die Hosen durchwetzt, der war nix Beßres gewöhnt. Aber für einen was auszuknobeln, der schon einmal einen Stern am Kragen gehabt hat, das g'hört auf ein andres Blatt. Nein, lieber Hofmiller, die oberen Etagen sind immer schon besetzt. Wer beim Zivil anfangen will, muß sich unten anstellen und sogar im Keller, wo's nicht grad nach Rosen riecht.«

»Das macht mir nichts.«

Ich mußte das sehr heftig gesagt haben, denn Balinkay blickte mich erst neugierig und dann mit einem merkwürdig starren Blick an, der wie aus einer weiten Ferne kam. Schließlich rückte er den Sessel näher und legte seine Hand auf meinen Arm.

»Du Hofmiller, ich bin nicht dein Vormund und hab dir keine Lektionen zu erteilen. Aber glaub's einem Kameraden, der die Chose durchgemacht hat: das macht *sehr* viel aus, wenn man mit einem Ruck von oben nach unten rutscht, von seinem Offizierspferd mitten hinein in den Dreck ... das sagt dir einer, der hier in diesem schäbigen kleinen Zimmer gesessen ist von zwölf Uhr mittags bis in die Dunkelheit und genau dasselbe sich vorgeredet hat, dieses ›Das macht mir nix aus‹. Knapp vor halb zwölf habe ich mich abgemeldet beim Rapport. In die Offiziersmeß zu die andern wollt ich mich nicht mehr setzen und in Zivil wiederum am hellichten Tag nicht über die Straßen. So habe ich mir das Zimmer da genommen – jetzt verstehst auch, warum ich immer grad dasselbe will – und hier hab ich gewartet, bis es dunkel wird, damit keiner mitleidig hinblinzeln kann, wie der Balinkay abpascht im schäbigen grauen Sakko und mit einem Melonenhut auf dem Schädel. Da, an dem Fenster bin ich gestanden, genau an dem Fenster da, und hab noch einmal hinuntergeschaut auf den Bummel. Dort sind die Kameraden gegangen, jeder in Uniform, aufrecht und grad und frei, jeder ein kleiner Herrgott, und jeder hat gewußt, wer er ist und wohin er g'hört. Da hab ich erst gespürt, daß ich nur mehr ein Dreck bin in dieser Welt; mir war, als hätt ich mir die Haut heruntergerissen mit meiner Uniform. Natürlich denkst jetzt: Unsinn – ein Tuch ist blau und das andere schwarz oder grau, und es bleibt wurscht, ob man einen Säbel spazierenführt oder einen Regenschirm. Aber den Ruck spür ich noch heut in allen Knochen, wie ich dann nachts hinausgeschlichen bin an den Bahnhof, und an der Ecke sind zwei Ulanen an mir vorbeigekommen und keiner hat salutiert. Und wie ich dann meinen Koffer selbst hin'schleppt hab in die dritte Klass' und zwischen den schwitzigen Bauernweibern gesessen bin und den Arbeitern – ja, ich weiß schon, daß das alles dumm ist und ungerecht und unsere sogenannte Standesehre ein rechter Pflanz – aber man hat's eben im Blut nach acht Jahren Dienst und vier Jahren Kadettenschul! Wie ein Verstümmelter kommt man sich im Anfang vor oder wie einer, der ein Geschwür hat mitten im G'sicht. Gott schütz dich, daß du's selber durchmachen mußt! Für kein Geld in der ganzen Welt möcht ich den Abend noch einmal miterleben, wie ich damals hier weggeschlichen und jeder Laterne ausgebogen bin bis zum Bahnhof. Und dabei war das erst der Anfang.«

»Aber Balinkay, grad darum will ich doch irgendwohin weit weg, wo das alles nicht existiert und niemand mehr von einem was weiß.«

»Genau so, Hofmiller, hab ich geredt, genau so gedacht! Nur weit weg, damit ist alles ausgewischt, tabula rasa! Lieber Schuhputzer drüben in Amerika oder G'schirrwäscher, wie's ja immer in den Zeitungsgeschichten von den großen Millionären steht! Aber, Hofmiller, auch bis hinüber braucht's ein gutes Stück Geld, und das weißt eben noch nicht, was das für unsereins heißt, Buckerln machen! Sobald ein alter Ulan nicht mehr den Kragen mit den Sternen am Hals spürt, kann er nicht einmal mehr anständig in seinen Stiefeln stehn und noch weniger so reden, wie er's früher gewohnt war. Blöd und verlegen sitzt man bei seinen besten Freunden herum, und grad wenn man um was bitten soll, schlägt einem der Stolz auf's Maul. Ja, mein Lieber, ich hab damals allerhand erlebt, an das ich lieber nicht denken will – Blamagen und Erniedrigungen, von denen ich noch zu niemandem g'sprochen hab.«

Er war aufgestanden und machte eine heftige Bewegung mit den Armen, als würde ihm mit einmal der Rock zu eng. Plötzlich wandte er sich um.

»Übrigens, dir kann ich's ruhig erzählen! Denn heut schäm

ich mich nicht mehr, und dir tät einer vielleicht nur was Gutes, wenn er dir die romantischen Lichter rechtzeitig abdreht.«

Er setzte sich wieder hin und rückte nah heran.

»Nicht wahr, auch dir haben's wahrscheinlich die ganze Geschichte vom glorreichen Fischzug erzählt, wie ich meine Frau im Shepherds Hotel kenneng'lernt hab? Ich weiß, sie trommeln's in allen Regimentern herum und möchten's am liebsten ins Lesebuch drucken lassen als Heldentat eines k. und k. Offiziers. Nun, so glorios war die Sache nicht; nur etwas ist an der Geschichte wahr, nämlich daß ich sie wirklich im Shepherds Hotel kennengelernt hab. Aber *wie* ich sie kennengelernt hab, das weiß nur ich und nur sie, und sie hat's niemandem erzählt und ich auch noch keinem. Und dir erzähl ich's bloß, damit begreifst, daß für unsereins die Rosinen nicht auf der Straßen wachsen ... Also, ums kurz zu machen: wie ich sie im Shepherds Hotel kennengelernt hab, war ich dort – aber erschrick jetzt nicht – da war ich dort Zimmerkellner – ja, mein Lieber, ein ganz gewöhnlicher schäbiger Servierkellner. Aus Vergnügen war ich's natürlich nicht geworden, sondern aus Dummheit, aus unserer jämmerlichen Unerfahrenheit. In Wien hatte in meiner schäbigen Pension ein Ägypter gewohnt, und der Kerl hatte mir vorgeschwatzt, sein Schwager sei der Leiter vom Royal Poloklub in Kairo, und wenn ich ihm zweihundert Kronen Provision gäbe, so könnt er mir dort eine Stellung als Trainer verschaffen. Man fliege dort auf gute Manieren und guten Namen; na, im Poloturnier war ich immer der erste und die Gage, die er mir nannte, vorzüglich – in drei Jahren hätt ich mir genug zusammenhamstern können, um nachher mit was Anständigem zu starten. Außerdem, Kairo, das liegt doch weit ab, und beim Polo hat man's mit bessere Leut zu tun. So hab ich begeistert zugestimmt. Na – ich will dich nicht damit anöden, wie viel Dutzend Klinken ich hab drücken müssen und wie viele verlegene Ausreden von sogenannten alten Freunden anhören, eh ich die paar hundert Kronen zusammengekratzt hab für die Überfahrt und Ausstattung – man braucht für so einen Nobelklub doch einen Reitanzug und einen Frack und muß anständig auftreten. Es ist trotz Zwischendeck verflucht knapp ausgegangen. In Kairo klimperten mir im ganzen noch sieben Piaster in der Tasche, und als ich beim Royal Poloklub anläut', glotzt mich ein Negerkerl an und sagt, er kennt keinen Herrn Efdopulos und weiß von keinem Schwager und sie brauchen keinen Trainer und überhaupt sei der Poloklub in Auflösung begriffen – du verstehst schon, dieser Ägypter war natürlich ein elender Lump, der mir Trottel die zweihundert Kronen abgeschwindelt hatte, und ich war nicht gefinkelt genug gewesen, mir die angeblichen Briefe und Telegramme zeigen zu lassen. Ja, lieber Hofmiller, solchen Kanaillen sind wir nicht gewachsen, und dabei war's nicht das erstemal, daß ich so hineingesaust bin bei meiner Stellensucherei. Aber diesmal war's ein Hieb direkt in den Magen. Denn, mein Lieber, da stand ich jetzt, ohne eine Katz zu kennen, in Kairo mit ganzen sieben Piastern in der Tasche, und das ist nicht nur ein heißes, sondern auch ein verdammt teures Pflaster. Wie ich dort gewohnt und was ich gefressen hab die ersten sechs Tage, erspar ich dir; mich wundert's selbst, daß man so was übersteht. Und siehst, ein andrer geht in so einem Fall hin zum Konsulat und schnorrt, man soll ihn per Schub zurückschicken. Aber darin liegt ja der Knacks – unsereins kann sowas nicht. Unsereiner kann sich nicht im Vorzimmer auf eine Bank setzen mit Hafenarbeitern und entlassenen Köchinnen, und kann nicht den Blick ertragen, mit dem so eine kleine Konsulatsseele einen anschaut, wenn er im Paß herausbuchstabiert ›Baron Balinkay‹. Lieber geht unsereins vor die Hunde; darum stell dir vor, was das im Pech noch für ein Glück war, wie ich durch einen Zufall erfahren hab', sie brauchen einen Aushilfskellner im Shepherds Hotel. Und da ich einen Frack hatte und sogar einen neuen (vom Reitanzug hatte ich die ersten Tage gelebt) und auf mein Französisch hin haben sie mich gnädigst auf Probe genommen. Na – von außen sieht so was noch erträglich aus; man steht da, mit blitzblanker Hemdbrust, man dienert und serviert, man macht gute Figur; aber daß man als Zimmerkellner nebenan wo zu dritt schläft in einer Mansarde unter dem brennheißen Dach mit sieben Millionen Flöhen und Wanzen und morgens sich zu dritt hintereinander wäscht in der gleichen Blechschüssel und daß es unsereinem wie Feuer in der Hand brennt, wenn man sein Trinkgeld kriegt und so weiter – na, Schwamm drüber! Genug, daß ich's erlebt, genug, daß ich's überstanden hab'!

Und dann kam die Sache mit meiner Frau. Sie war kurz vorher Witwe geworden und mit ihrer Schwester und ihrem Schwager nach Kairo gefahren. Und dieser Schwager war so ziemlich der ordinärste Kerl, den du dir denken kannst, breit, dick, schwammig, patzig, und irgend was hat ihn an mir geärgert. Vielleicht war ich ihm zu elegant, vielleicht hab' ich den Buckel nicht gehörig krumm gemacht vor dem Mynheer, und da ist es einmal passiert, daß er mich, weil ich ihm das Frühstück nicht ganz zur rechten Zeit brachte, angefahren hat: ›Sie Tölpel!‹ ... Siehst, und das steckt unsereinem in den Muskeln, wenn man einmal Offizier war – ehe ich was überlegt hab', hat's mir schon einen Ruck gegeben wie einem angerissenen Pferd, ich bin aufgefahren – wirklich nur ein Haar hat gefehlt und ich hätt ihm die Faust ins Gesicht gedroschen. Na – im letzten Moment hab' ich mich noch derfangen, denn, weißt, ohnehin war mir ja die ganze Sache mit der Kellnerei alleweil nur wie eine Maskeraden vorgekommen, und es hat mir sogar – ich weiß nicht, ob du das verstehst – im nächsten

Augenblick schon eine Art sadistischen Spaß gemacht, daß ich, der Balinkay, mir so was jetzt gefallen lassen muß von einem dreckigen Käsehändler. So bin ich nur stillgestanden und hab' ihn ein bißchen angelächelt – aber weißt, so von oben herab, so um die Nasen herum gelächelt, daß der Kerl weißgrün geworden ist vor Wut, weil er eben gespürt hat, daß ich ihm irgendwie über bin. Dann bin ich ganz kühl aus dem Zimmer marschiert und hab' noch eine besonders ironisch-höfliche Verbeugung gemacht – geplatzt ist er beinah vor Wut. Aber meine Frau, das heißt, meine jetzige Frau, war dabei; auch sie muß was gespannt haben von dem, was da zwischen uns beiden vorging, und irgendwie hat sie gespürt – sie hat's mir später eingestanden – an der Art, wie ich aufgefahren bin, daß noch nie im Leben sich jemand zu mir so was erlaubt hat. So kam sie mir nach in den Korridor, ihr Schwager sei halt ein bissel aufgeregt, ich möcht's ihm nicht übelnehmen – na, und damit du die ganze Wahrheit weißt, mein Lieber – sie hat sogar versucht, mir eine Banknote zuzustecken, um alles gradzubügeln.

Wie ich diese Banknote dann refüsiert hab, da muß sie zum zweitenmal gespannt haben, daß etwas nicht ganz stimmte mit meiner Kellnerei. Aber damit wäre die Sache aus gewesen, denn ich hab' in den paar Wochen schon genug zusammengekratzt gehabt, um wieder nach Hause zu können, ohne betteln zu müssen beim Konsulat. Ich bin nur hin, um mir eine Auskunft zu holen. Nun da kam mir der Zufall zu Hilfe, eben so ein Zufall, wie er nur einmal hineinplatzt unter hunderttausend Nieten – daß der Konsul gerade durch das Vorzimmer geht und niemand anderer ist als der Elemér von Juhácz, mit dem ich weiß Gott wie oft im Jockeyklub zusammengesessen bin. Na, der hat mich gleich umarmt und sofort eingeladen in seinen Klub – und wieder durch einen Zufall – also Zufall plus Zufall, ich erzähl dir das nur, damit du's einsiehst, wieviel tolle Zufälle sich Rendezvous geben müssen, um unsereins aus dem Dreck zu ziehn – war dort meine jetzige Frau. Wie der Elemér mich vorstellt als seinen Freund, den Baron Balinkay, wird sie feuerrot. Sie hat mich natürlich sofort erkannt und nun war ihr das mit dem Trinkgeld scheußlich. Aber gleich hab' ich g'spürt, was sie für eine Person ist, für eine noble, anständige Person, denn sie hat nicht gefaxt, als wüßt sie von nix, sondern offen und ehrlich gleich Farbe bekannt. Alles andere hat sich dann rasch gedeichselt und g'hört nicht hierher. Aber glaub mir, ein solches Zusammenspiel wiederholt sich nicht alle Tag, und trotz meinem Geld und trotz meiner Frau, für die ich Gott jeden Morgen und Abend tausendmal danke, ich möcht's nicht ein zweites Mal durchleben, was ich vorher erlebt hab'.«

Unwillkürlich streckte ich Balinkay die Hand hin.

»Ich dank dir aufrichtig, daß du mich gewarnt hast. Jetzt weiß ich noch besser, was mir bevorsteht. Aber mein Wort – ich seh keinen andern Weg. Weißt wirklich nichts für mich? Ihr sollt's doch große Geschäfte haben.«

Balinkay schwieg einen Augenblick, dann seufzte er teilnehmend.

»Armer Kerl, dir müssen's aber gehörig zugesetzt haben – keine Angst, ich inquirier dich nicht, ich seh schon selber genug. Wenn's einmal so weit ist, nutzt kein Zureden und Wegreden mehr. Da muß man eben als Kamerad zugreifen, und daß da nix fehlen wird, dafür braucht's kein besonderes Jurament. Nur eins, Hofmiller, so vernünftig wirst doch sein, daß dir nicht einredst, ich könnt dich bei uns gleich in Glanz und Glorie hinaufschubsen. So was gibt's in keinem ordentlichen Betrieb, das möchte nur böses Blut machen bei die andern, wenn einer ihnen mir nix, dir nix über die Schultern springt. Du mußt schon ganz von unten anfangen, vielleicht ein paar Monate bei blödsinnigen Schreibereien im Kontor sitzen, bevor man dich hinüberschicken kann in die Plantagen oder sonst was herauszaubern. Jedenfalls, wie g'sagt, ich wer's schon deichseln. Morgen fahren wir ab, meine Frau und ich, acht oder zehn Tage bummeln wir in Paris, dann geht's für ein paar Tage nach Havre und Antwerpen, Inspektion in den Agenturen. Aber in rund drei Wochen sind wir zurück, und gleich aus Rotterdam schreib ich dir. Keine Sorg – ich vergeß nicht! Auf den Balinkay kannst dich verlassen.«

»Ich weiß«, sagte ich, »und ich dank dir schön.«

Aber Balinkay mußte die leichte Enttäuschung hinter meinen Worten gespürt haben (wahrscheinlich hatte er selbst Ähnliches mitgemacht, denn nur, wer derlei erlebt hat, bekommt ein Ohr für solche Zwischentöne).

»Oder ... oder wäre dir das schon zu spät?«

»Nein«, zögerte ich, »sobald ich's einmal sicher weiß, dann natürlich nicht. Aber ... aber lieber wär's mir schon gewesen, wenn ...«

Balinkay dachte kurz nach. »Heut zum Beispiel hättst keine Zeit? ... Ich mein, weil meine Frau heut noch in Wien ist, und da das G'schäft ihr g'hört und nicht mir, hat sie doch das entscheidende Wörtel dabei.«

»Doch – selbstverständlich bin ich frei«, sagte ich rasch. Mir war eben eingefallen, daß der Oberst heute meiner »Visage« nicht mehr begegnen wollte.

»Bravo! Famos! Dann wär's doch am g'scheitsten, du fährst einfach mit in der Kraxen! Vorn beim Chauffeur ist noch Platz. Rückwärts kannst freilich nicht sitzen, ich hab' meinen alten dasigen Freund Baron Lajos mit der Seinigen eingeladen. Um fünf Uhr sind wir beim Bristol, ich sprech sofort mit meiner Frau, und damit sind wir überm Berg; die hat noch nie nein gesagt, wenn ich sie für einen Kameraden um was gebeten hab'.«

Ich drückte ihm die Hand. Wir gingen die Treppe hinab. Die Mechaniker hatten die blauen Kittel bereits ausgezogen, das Automobil stand bereit; zwei Minuten später knatterten wir mit dem Wagen hinaus auf die Chaussee.

Im Seelischen wie im Körperlichen hat Geschwindigkeit gleichzeitig etwas Berauschendes und Betäubendes. Kaum daß der Wagen aus den Straßen hinaus ins freie Feld pufftte, kam eine merkwürdige Entspannung über mich. Der Chauffeur fuhr scharf; wie schief weggehauen stürzten die Bäume, die Telegraphenstangen zurück, in den Dörfern taumelten Haus und Haus ineinander wie in einem verwackelten Bild, Meilensteine sprangen weiß auf und duckten sich schon wieder, noch ehe man ihre Ziffer ablesen konnte, und an der stürmischen Art, wie der Wind mir ins Gesicht schlug, spürte ich, in welchem verwegenen Tempo wir dahinbrausten. Aber noch stärker vielleicht war das Staunen über die Geschwindigkeit, mit der mein eigenes Leben gleichzeitig fortjagte: was alles an Entscheidungen hatte sich in diesen wenigen Stunden vollzogen! Sonst schwingen und schweben doch immer zwischen vagem Wunsch, dämmernder Absicht und endgültiger Vollführung in unzähligen Nuancen schattende Zwischengefühle, und es gehört zur geheimsten Lust des Herzens, mit Entschlüssen erst unsicher zu spielen, ehe man sie tatbewußt verwirklicht. Diesmal jedoch war alles mit traumhafter Geschwindigkeit auf mich niedergefahren, und wie hinter dem hämmernden Wagen Dörfer und Straßen und Bäume und Wiesen ins Nichts wegtaumelten, endgültig und ohne Wiederkehr, so sauste jetzt mit einem Ruck alles fort, was bisher mein tägliches Leben gewesen, die Kaserne, die Karriere, die Kameraden, die Kekesfalvas, das Schloß, mein Zimmer, die Reitschule, meine ganze, scheinbar so gesicherte und geregelte Existenz. Eine einzige Stunde hatte meine innere Welt verändert.

Um halb sechs hielten wir vor dem Hotel Bristol, scharf durchgerüttelt, ganz angestaubt und doch durch dies Sausen wunderbar erfrischt.

»So kannst nicht hinaufkommen zu meiner Frau«, lachte mich Balinkay an. »Du schaust ja aus, als hätt man einen Mehlsack über dich ausgeschüttet. Und vielleicht macht sich's überhaupt besser, ich red mit ihr allein, da sprech ich mich viel freier aus und du brauchst dich nicht zu genieren. Am gescheitsten, du gehst in die Garderob', waschst dich gründlich ab und setzt dich hinein in die Bar. Ich komm in paar Minuten und geb dir Bescheid. Und sorg dich nicht. Ich dreh's schon so, wie du's willst.«

Tatsächlich: er ließ mich nicht lange warten. Nach fünf Minuten trat er bereits lachend herein.

»Na, hab' ich's nicht gesagt – alles in Ordnung, das heißt, wenn's dir paßt. Bedenkzeit unbegrenzt und Kündigung jederzeit. Meine Frau – sie ist wirklich eine g'scheite Frau – hat schon wieder einmal das Richtigste ausgeknobelt. Also: du kommst gleich auf ein Schiff, hauptsächlich damit du die Sprachen dort lernst und dir alles drüben einmal anschaun kannst. Du wirst dem Zahlmeister zugeteilt als Assistent, kriegst eine Uniform, ißt mit am Offizierstisch, fahrst ein paarmal hin und her nach Holländisch-Indien und hilfst bei der Schreiberei. Dann bringen wir dich schon wo unter, hüben oder drüben, ganz wie dir's paßt, meine Frau hat's mir in die Hand versprochen.«

»Ich dan...«

»Nichts zu danken. War doch ganz selbstverständlich, daß ich dir beispring. Aber noch einmal, Hofmiller, tu so was nicht aus dem Handgelenk! Von mir aus kannst schon übermorgen hinauffahren und meldst dich an, ich telegraphier jedenfalls an den Direktor, damit er deinen Namen notiert; aber besser wär's natürlich, du überschläfst die Sache noch einmal gründlich; ich hätte dich lieber beim Regiment, aber chacun à son goût. Wie g'sagt, wenn d' kommst, dann kommst eben, und wenn nicht, wer'n wir dich nicht einklagen ... Also« – er streckte mir die Hand hin – »ja oder nein, wie immer du dich entschließt, es hat mich aufrichtig g'freut. Servus.«

Ich blickte diesen Menschen, den mir das Schicksal geschickt, wirklich ganz ergriffen an. Mit seiner wunderbaren Leichtigkeit hatte er mir das Schwerste abgenommen, das Bitten und Zögern und die quälende Spannung vor der Entschließung, so daß mir selbst nichts mehr zu tun übrig blieb als die einzige kleine Förmlichkeit: mein Abschiedsgesuch zu schreiben. Dann war ich frei und gerettet.

Das sogenannte »Kanzleipapier«, ein auf den Millimeter vorschriftsmäßig ausgemessener Foliobogen ganz bestimmten Formats, war vielleicht das unentbehrlichste Requisit der österreichischen Zivil- und Militärverwaltung. Jedes Gesuch, jedes Aktenstück, jede Meldung hatte auf diesem säuberlich geschnittenen Papier erstattet zu werden, das durch die Einmaligkeit seiner Form alles Amtliche sichtbar vom Privaten absonderte; auf den Millionen und Milliarden dieser in den Kanzleien aufgeschichteten Blätter wird einmal vielleicht einzig verläßlich die ganze Lebens- und Leidensgeschichte der Habsburgischen Monarchie nachzulesen sein. Keine Mitteilung galt als richtig erstattet, wenn sie nicht auf diesem weißen Rechteck ausgefertigt wurde, und so war es denn auch mein erstes Geschäft, in der nächsten Tabaktrafik zwei solcher Bogen zu kaufen, dazu einen sogenannten »Faulenzer« – ein liniertes Unterlageblatt – sowie das dazugehörige Kuvert. Dann noch hinüber in ein Kaffeehaus, wo man in Wien alles erledigt, das Ernsteste wie das Übermütigste. In zwanzig Minuten, um sechs Uhr, konnte das Gesuch bereits geschrieben sein; dann gehörte ich wieder mir selbst und mir allein.

Mit unheimlicher Deutlichkeit – es galt doch die wichtigste Entscheidung meines bisherigen Lebens – erinnere ich mich an jede Einzelheit dieser aufregenden Verrichtung, an den kleinen runden Marmortisch in der Fensterecke des Ringstraßencafés, an die Mappe, auf der ich das Blatt auseinanderfaltete, und wie ich es dann mit einem Messer, nur damit die Bruchlinie recht tadellos ausfalle, in der Mitte behutsam falzte. Die blauschwarze, etwas wäßrige Farbe der Tinte sehe ich noch photographiescharf vor mir und spüre den kleinen Ruck, mit dem ich ansetzte, um dem ersten Buchstaben den richtigen runden und pathetischen Schwung zu verleihen. Denn es reizte mich, gerade meine letzte militärische Handlung besonders korrekt zu vollziehen; da der Inhalt doch formelhaft feststand, konnte ich die Feierlichkeit des Akts nur durch besondere Sauberkeit und Schönheit der Handschrift bekunden.

Aber schon während der ersten Zeilen unterbrach mich eine sonderbare Träumerei. Ich hielt inne und begann mir auszudenken, was morgen vor sich gehen würde, wenn dies Gesuch in der Regimentskanzlei anlangte. Wahrscheinlich zuerst ein verdutzter Blick des Kanzleifeldwebels, dann erstauntes Flüstern unter den subalternen Schreibern – es war doch nichts Alltägliches, daß ein Leutnant einfach seine Charge hinschmiß. Dann läuft das Blatt den Dienstweg von Zimmer zu Zimmer bis zum Oberst persönlich; ich sehe ihn plötzlich leibhaftig vor mir, wie er sich den Kneifer vor seine fernsichtigen Augen klemmt, bei den ersten Worten stutzt und dann in seiner cholerischen Art mit der Faust auf den Tisch haut; der rüde Kerl ist allzusehr gewohnt, daß seine Untergebenen, denen er Dreck um die Ohren geschmissen, gleich wieder beglückt mit dem Steiß wackeln, wenn er ihnen am nächsten Tage durch ein burschikoses Wort zu verstehen gibt, das Donnerwetter habe sich endgültig verzogen. Diesmal aber wird er merken, daß er auf einen anderen Hartschädel gestoßen ist und zwar auf den kleinen Leutnant Hofmiller, der sich nicht anschnauzen läßt. Und wenn's später herauskommt, daß der Hofmiller seinen Abschied nimmt, werden zwanzig, vierzig Köpfe unwillkürlich aufrukken vor Erstaunen. Alle die Kameraden, jeder für sich, werden sich denken: Donnerwetter noch einmal, das ist aber ein Kerl! Der läßt sich nichts gefallen. Verflucht unangenehm kann es sogar für den Herrn Oberst Bubencic werden – jedenfalls einen honorigeren Abschied hat niemand im Regiment gehabt, anständiger ist noch keiner aus der Kluft gefahren, solange ich mich erinnern kann.

Ich schämte mich nicht, zu bekennen, daß, während ich alles das austräumte, eine merkwürdige Selbstzufriedenheit über mich kam. Bei allen unseren Handlungen bildet doch Eitelkeit einen der stärksten Antriebe, und ganz besonders erliegen schwächliche Naturen der Versuchung, etwas zu tun, was nach außen hin wie Kraft, wie Mut und Entschlossenheit wirkt. Zum erstenmal hatte ich jetzt Gelegenheit, den Kameraden zu beweisen, daß ich einer war, der sich respektierte, ein ganzer Kerl! Immer rascher und, wie ich glaube, mit immer energischeren Zügen schrieb ich die zwanzig Zeilen zu Ende; was anfangs nur eine ärgerliche Verrichtung gewesen, wurde mit einmal zu persönlicher Lust.

Nun noch die Unterschrift – damit war alles erledigt. Ein Blick auf die Uhr: halb sieben. Den Kellner jetzt rufen und bezahlen. Dann noch einmal, zum letztenmal, die Uniform auf der Ringstraße spazierenführen und mit dem Nachtzug heim.

Morgen früh den Wisch abgeben, damit ist alles unwiderruflich geworden, eine andere Existenz fängt an.

So nahm ich also den Foliobogen, faltete ihn erst der Länge, dann ein zweites Mal der Breite nach zusammen, um das schicksalhafte Dokument sorglich in der Brusttasche zu verstauen. In diesem Augenblick geschah das Unerwartete.

Es geschah folgendes: In jener halben Sekunde, da ich sicher, selbstbewußt, ja sogar freudig (jede Erledigung macht einen froh) das ziemlich umfängliche Kuvert in die Brusttasche schob, spürte ich dort von innen einen knisternden Widerstand. Was steckt denn da drin, dachte ich unwillkürlich und griff hinein. Aber schon zuckten meine Finger zurück, als hätten sie, ehe ich selbst mich erinnerte, begriffen, was dies Vergessene war. Es war der Brief Ediths, ihre beiden Briefe von gestern, der erste und der zweite.

Ich kann nicht genau das Gefühl beschreiben, das mich bei diesem jähen Erinnern überkam. Ich glaube, es war nicht so sehr Erschrecken als namenlose Beschämung. Denn in diesem Augenblick riß ein Nebel oder vielmehr eine Selbstbenebelung durch. Blitzhaft erkannte ich, daß alles, was ich in den letzten Stunden getan und gedacht, völlig unwahr gewesen war: der Ärger über meine Blamage und ebenso der Stolz auf mein heroisches Quittieren. Wenn ich plötzlich auspaschte, war es doch nicht, weil der Oberst mich abgekanzelt hatte (das passierte schließlich jede Woche); in Wirklichkeit flüchtete ich vor den Kekesfalvas, vor meinem Betrug, vor meiner Verantwortung, ich lief davon, weil ich es nicht ertragen konnte, geliebt zu werden wider meinen Willen. Genau wie ein Todkranker über einem zufälligen Zahnschmerz sein eigentlich marterndes, sein tödliches Leiden vergißt, so hatte ich, was mich in Wahrheit peinigte, was mich feig, was mich flüchtig machte, vergessen (oder vergessen wollen) und statt dessen jenes kleine und im Grunde belanglose Mißgeschick am Exerzierplatz als Motiv meines Fortwollens vorgeschoben. Aber nun sah ich: es war kein heroischer Abschied aus gekränkter Ehre, den ich nahm. Es war eine feige, eine klägliche Flucht.

Aber etwas Getanes hat immer Kraft. Nun, da das Abschiedsgesuch schon geschrieben war, wollte ich mich nicht mehr dementieren. Zum Teufel, sagte ich mir zornig, was geht's mich an, ob die da draußen wartet und flennt! Sie haben mich genug geärgert, mich genug verwirrt. Was geht's mich an, daß der eine fremde Mensch mich liebt? Sie wird mit ihren Millionen schon einen andern finden, und wenn nicht, es ist nicht meine Sache. Genug, daß ich alles hinhaue, daß ich mir die Uniform abreiße! Was geht mich diese ganze hysterische Angelegenheit an, ob sie gesund wird oder nicht? Ich bin doch kein Arzt ...

Aber bei diesem innerlichen Wort »Arzt« stoppten plötzlich meine Gedanken wie eine rasend rotierende Maschine auf ein einziges Signal. Bei diesem Wort »Arzt« war mir Condor eingefallen. Und: seine Sache! seine Angelegenheit! sagte ich mir sofort. Er wird dafür bezahlt, Kranke zu kurieren. Sie ist seine Patientin und nicht die meine. Er soll alles auslöffeln, so wie er alles eingebrockt hat. Am besten ich geh sofort zu ihm und erklär ihm, daß ich ausspring aus dem Spiel.

Ich blicke auf die Uhr. Dreiviertel sieben, und mein Schnellzug fährt erst nach zehn. Also reichlich Zeit, viel brauch ich ihm nicht zu erklären: eben nur, daß ich Schluß mache für meine Person. Aber wo wohnt er denn? Hat er's mir nicht gesagt oder hab ich's vergessen? Übrigens – als praktischer Arzt muß er im Telephonverzeichnis stehen, also rasch hinüber in die Telephonzelle und das Verzeichnis aufgeblättert! Be.. Bi..

Bu.. Ca.. Co.. da sind sie alle, die Condors, Condor Anton, Kaufmann ... Condor Dr. Emmerich, praktischer Arzt, VIII., Florianigasse 97, und kein anderer Arzt auf der ganzen Seite – das muß er sein. Noch im Hinauslaufen wiederhole ich mir zweimal, dreimal die Adresse – ich habe keinen Bleistift bei mir, alles habe ich vergessen in meiner mörderischen Hast – ruf sie gleich dem nächsten Fiaker zu, und während der Wagen rasch und weich auf seinen Gummirädem rollt, mache ich schon meinen Plan zurecht. Nur knapp, nur energisch loslegen. Keinesfalls tun, als ob ich noch schwankte. Ihn gar nicht auf die Vermutung bringen, daß ich etwa wegen der Kekesfalvas auskneife, sondern von vornherein den Abschied als fait accompli hinstellen. Es sei alles seit Monaten eingeleitet gewesen, doch heute erst hätte ich diese ausgezeichnete Stellung in Holland bekommen. Wenn er trotzdem noch lang herumfragt, ablehnen und nichts weiter sagen! Er hat mir schließlich auch nicht alles gesagt. Ich muß endlich aufhören mit diesem ewigen Rücksichtnehmen auf andere.

Der Wagen stoppt. Hat sich der Kutscher nicht geirrt oder hab ich in meiner Eile eine falsche Adresse angegeben? Sollte dieser Condor wirklich so schäbig wohnen? Schon bei den Kekesfalvas allein muß er ein Mordsgeld verdienen, und in so einer Baracke haust kein Arzt von Rang. Aber nein, er wohnt doch hier, da hängt im Hausflur das Schild: »Dr. Emmerich Condor, zweiter Hof, dritter Stock, Sprechstunde von zwei bis vier.« Zwei bis vier, und jetzt geht's schon auf sieben. Immerhin, für mich muß er zu sprechen sein. Ich fertige rasch den Fiaker ab und überquere den schlecht gepflasterten Hof. Was das für eine schäbige Wendeltreppe ist, ausgetretene Stufen, abgeblätterte, bekritzelte Wände, Geruch nach mageren Küchen und schlecht geschlossenen Klosetts, Frauen in schmutzigen Schlafröcken, die auf den Gängen Zwiesprache halten und mißtrauisch auf den Kavallerieoffizier blicken, der da in der Dämmerung etwas verlegen an ihnen vorbeiklirrt!

Endlich der dritte Stock, abermals ein langer Gang, rechts und links Türen und eine in der Mitte. Ich will eben in die Tasche greifen, um ein Streichholz anzuflammen, und die richtige festzustellen, da tritt aus der linken Tür ein ziemlich unordentlich gekleidetes Dienstmädchen, einen leeren Krug in der Hand, wahrscheinlich um Bier für das Nachtessen zu holen. Ich frage nach Doktor Condor.

»Ja, wohnt sich hier«, böhmelt sie zurück. »Aber is noch nich z'Haus. Is aussi g'fahren nach Meidling, muß aber bald zaruk sein. Hat zur gnä Frau g'sagt, daß bestimmt zu Nachtmahl kommt. Kummen's nur und warten's!«

Noch ehe ich Zeit habe, zu überlegen, führt sie mich ins Vorzimmer.

»Da legen's ab« – sie weist auf einen alten Garderobekasten aus weichem Holz, wohl das einzige Möbelstück des kleinen dunklen Vorraums. Dann klinkt sie das Wartezimmer auf, das etwas stattlicher wirkt: immerhin vier, fünf Sessel rund um den Tisch und die linke Wand voller Bücher.

»So, da können's Ihna setzen«, deutet sie mit einer gewissen Herablassung auf einen der Stühle. Und sofort verstehe ich: Condor muß eine Armeleutepraxis haben. Reiche Patienten werden anders empfangen. Sonderbarer Mensch, sonderbarer Mensch, denke ich abermals. Er könnte doch an Kekesfalva allein reich werden, wenn er nur wollte.

Nun, ich warte. Es wird das übliche nervöse Warten im Vorraum eines Arztes, wo man, ohne sie richtig lesen zu wollen, immer wieder in den abgegriffenen und längst zeitlos gewordenen Zeitschriften blättert, um die eigene Unruhe mit einem Schein von Beschäftigung zu betrügen. Wo man immer wieder aufsteht, immer wieder sich niedersetzt und immer wieder zur

Uhr aufschaut, die mit schläfrigem Pendel in der Ecke tickt: sieben Uhr zwölf, sieben Uhr vierzehn, sieben Uhr fünfzehn, sieben Uhr sechzehn, und hypnotisch auf die Klinke zum Ordinationszimmer starrt. Schließlich – sieben Uhr zwanzig – kann ich nicht länger stillhalten. Zwei Sessel habe ich schon warmgesessen, so erhebe ich mich und trete zum Fenster. Unten im Hof ölt ein alter hinkender Mann – ein Dienstmann offenbar – die Räder seines Handwagens, hinter den erhellten Küchenfenstern plättet eine Frau, eine andere wäscht, glaube ich, ihr kleines Kind in einem »Schaffel«. Irgendwo, ich kann das Stockwerk nicht bestimmen, es muß aber knapp über mir oder unter mir sein, übt jemand Skalen, immer dieselben, immer dieselben. Wieder blicke ich auf die Uhr: sieben Uhr fünfundzwanzig, sieben Uhr dreißig. Warum kommt er denn nicht? Ich kann, ich will nicht mehr lange warten! Ich spüre, wie das Warten mich unsicher, wie es mich unbeholfen macht.

Endlich – ich atme auf – nebenan eine zuklappende Tür. Sofort setze ich mich in Positur. Haltung jetzt, ganz locker vor ihm tun, wiederhole ich mir. Ganz leger erzählen, daß ich nur en passant gekommen bin, um mich zu verabschieden, ganz nebenbei ihn bitten, er möge bald hinausfahren zu den Kekesfalvas und, wenn sie mißtrauisch werden sollten, ihnen explizieren, ich hätte nach Holland müssen und aus dem Dienst. Himmelherrgott, verdammt noch einmal, warum läßt er mich denn noch immer warten! Deutlich höre ich, wie nebenan schon ein Stuhl gerückt wird. Hat der blöde Trampel von Dienstbote mich am Ende nicht angemeldet?

Schon will ich hinaus und das Mädchen an mich erinnern. Aber mit einem Mal stocke ich. Denn der da nebenan geht, kann nicht Condor sein. Ich kenne seinen Schritt. Ich weiß genau – von jener Nacht, da ich ihn begleitete – wie kurzbeinig, kurzatmig, schwer und tapsig er mit seinen knarrenden

Schuhen geht; dieser Schritt nebenan aber, der immer wieder kommt und sich immer wieder entfernt, ist ein ganz anderer, ein zaghafter, ein unsicherer, ein schlurfender Schritt. Ich weiß nicht, warum ich auf diesen fremden Schritt eigentlich so aufgeregt, so ganz von innen heraus hinhorche. Aber mir ist, als lauschte und spürte nebenan jener andere Mensch genau so unsicher und unruhig herüber. Auf einmal vernehme ich ein ganz dünnes Geräusch an der Tür, als drückte oder spielte jemand dort an der Klinke; und wirklich, sie bewegt sich schon. Der dünne Streif Messing rührt sich sichtlich im Dämmern, und die Tür tut sich auf zu einem schmalen schwarzen Spalt. Vielleicht ist es nur Zugluft, vielleicht nur der Wind, sage ich mir, denn so schleicherisch klinkt kein normaler Mensch die Tür auf, höchstens ein Einbrecher in der Nacht. Aber nein, der Spalt wird breiter. Es muß von innen eine Hand den Türflügel ganz vorsichtig vorschieben, und jetzt merke ich auch im Dunkel einen menschlichen Schatten. Festgebannt starre ich hin. Da fragt hinter dem Spalt eine Frauenstimme ganz zaghaft:

»Ist ... ist jemand hier?«

Mir versagt die Antwort in der Kehle. Ich weiß sofort: von allen Menschen kann nur einer so sprechen und fragen: ein Blinder. Nur Blinde gehen und schlurfen und tappen so leise, nur sie haben diesen unsicheren Ton in der Stimme. Und im gleichen Moment blitzt eine Erinnerung mich durch. Hat Kekesfalva nicht erwähnt, Condor habe eine blinde Frau geheiratet? Sie muß es sein, nur sie kann es sein, die da hinter dem Türspalt steht und fragt und mich dabei nicht wahrnimmt. Mit aller Anstrengung starre ich hin, um in dem Schatten ihren Schatten zu fassen, und unterscheide schließlich eine hagere Frau in weitem Schlafrock und mit grauem, etwas wirrem Haar. O Gott, diese reizlose, unschöne Frau ist seine Frau!

Furchtbar, sich von solchen vollkommen toten Augensternen angestarrt zu fühlen und zu wissen, daß man doch nicht gesehen wird; gleichzeitig spüre ich an der Art, wie sie jetzt den Kopf horchend vorschiebt, wie sehr sie sich mit allen Sinnen bemüht, in dem für sie unfaßbaren Raum den fremden Menschen zu fassen; diese Anspannung verzerrt ihren schweren, großen Mund noch stärker ins Unschöne.

Eine Sekunde bleibe ich stumm. Dann stehe ich auf und verbeuge mich – ja, ich verbeuge mich, obwohl es doch ganz sinnlos ist, sich vor einer Blinden zu verbeugen – und stammle:

»Ich ... ich warte hier auf den Herrn Doktor.«

Sie hat jetzt die Türe ganz geöffnet. Mit der linken Hand hält sie sich noch an der Klinke fest, als suchte sie eine Stütze im schwarzen Raum. Dann tappt sie vor, schärfer spannen sich die Brauen über den erloschenen Augen, und eine andere Stimme, eine ganz harte, herrscht mich an:

»Jetzt ist keine Ordination mehr. Wenn mein Mann nach Hause kommt, muß er zuerst essen und ausruhen. Können Sie nicht morgen kommen?«

Immer unruhiger wird ihr Gesicht bei jedem Wort, man sieht, sie kann sich kaum beherrschen. Eine Hysterikerin, denke ich mir sofort. Nur sie nicht reizen. Und so murmle ich – dummerweise mich abermals ins Leere verbeugend:

»Verzeihen Sie, gnädige Frau ... ich denke natürlich nicht daran, den Herrn Doktor noch so spät zu konsultieren. Ich wollte ihm nur eine Mitteilung machen ... es handelt sich um eine seiner Kranken.«

»Seine Kranken! Immer seine Kranken!« – die Erbitterung schlägt um in einen weinerlichen Ton. »Heut nachts um halb zwei hat man ihn geholt, heut früh um sieben Uhr ist er schon weg und seit der Ordination nicht wieder zurück. Er muß doch selbst krank werden, wenn man ihm nicht Ruhe läßt! Aber

Schluß jetzt! Jetzt ist keine Ordination, hab ich Ihnen gesagt. Um vier Uhr ist Schluß. Schreiben Sie ihm auf, was Sie wollen, oder wenn's dringlich ist, gehn Sie zu einem andern Arzt. Es gibt Ärzte genug in der Stadt, an jeder Straßenecke vier.«

Sie tappt näher heran, und wie schuldbewußt weiche ich zurück vor diesem zornig erregten Gesicht, in dem die aufgerissenen Augen plötzlich glänzen wie angeleuchtete weiße Kugeln.

»Gehn Sie, hab ich gesagt. Gehn Sie! Laßt ihn doch essen und schlafen wie andere Menschen! Krallt euch nicht alle an ihn an! In der Nacht und in der Früh, den ganzen Tag, immer die Kranken, für alle soll er sich plagen und für alle umsonst! Weil ihr spürt, daß er schwach ist, hängt ihr euch alle an ihn und nur an ihn ... ah, roh seid ihr alle! Nur *eure* Krankheit, nur *eure* Sorgen, sonst kennt ihr alle nichts! Aber ich duld es nicht, ich erlaub es nicht. Gehn Sie, hab ich gesagt, gehn Sie sofort! Lassen Sie ihn endlich in Ruh, lassen Sie ihn doch diese einzige freie Stunde am Abend!«

Sie hat sich bis an den Tisch getastet. Mittels irgend eines Instinkts muß sie herausgefunden haben, wo ich ungefähr stehe, denn die Augen starren geradeaus auf mich, als könnten sie mich erblicken. Es ist so viel ehrliche und zugleich so viel kranke Verzweiflung in ihrem Zorn, daß ich mich unwillkürlich schäme.

»Selbstverständlich, gnädige Frau«, entschuldige ich mich. »Ich sehe völlig ein, der Herr Doktor muß seine Ruhe haben ... ich will auch nicht länger stören. Erlauben Sie nur, daß ich ein Wort hinterlasse oder ihn vielleicht in einer halben Stunde antelephoniere.«

Aber »Nein«, schreit sie mir verzweifelt entgegen. »Nein! Nein! Nicht telephonieren! Den ganzen Tag telephoniert's, alle wollen sie was von ihm, alle fragen und klagen! Noch hat er den Bissen nicht im Mund und muß schon aufspringen. Kommen Sie morgen in die Ordination, hab ich gesagt, es wird nicht so eilig sein. Einmal muß er seine Ruhe haben. Weg jetzt! … Weg, hab ich gesagt!«

Und mit geballten Fäusten, unsicher tastend und tappend geht die Blinde auf mich zu. Es ist entsetzlich. Ich habe das Gefühl, sie wird mich im nächsten Moment mit ihren vorgestreckten Händen packen. Jedoch in diesem Augenblick knackt draußen die Flurtür und fällt vernehmlich klirrend ins Schloß. Das muß Condor sein. Sie lauscht, sie zuckt auf. Sofort verändern sich ihre Züge. Sie beginnt am ganzen Leibe zu zittern, die Hände, die eben geballten, schließen sich plötzlich flehend zusammen.

»Nicht ihn jetzt aufhalten«, flüstert sie. »Nicht ihm was sagen! Er ist gewiß müde, den ganzen Tag war er unterwegs … Bitte haben Sie Rücksicht! Haben Sie doch Mitl…«

In diesem Augenblick öffnete sich die Tür und Condor trat ins Zimmer.

Er übersah zweifellos auf den ersten Blick die Situation. Aber nicht eine Sekunde lang verlor er die Fassung.

»Ach, du hast dem Herrn Leutnant Gesellschaft geleistet«, sagte er in seiner jovialen Art, hinter der er, das merkte ich nun schon, am liebsten starke Spannungen verbarg. »Wie lieb von dir, Klara.«

Gleichzeitig ging er auf die Blinde zu und strich ihr zart über das graue und verwirrte Haar. Sofort veränderte sich bei dieser Berührung ihr ganzer Ausdruck. Die Angst, die eben noch ihren großen, schweren Mund verzerrt hatte, glättete sich unter diesem einen zärtlichen Strich, und mit einem hilflos verschämten, einem geradezu bräutlichen Lächeln wandte sie sich, kaum daß sie seine Nähe spürte, ihm zu; rein und hell glänzte die etwas eckige Stirn im Reflex des Lichts. Unbeschreiblich war dieser Ausdruck persönlicher Beruhigung und Gesichertheit nach jenem Ausbruch der Heftigkeit. Anscheinend vergaß sie meine Gegenwart vollkommen über dem Glück, die seine zu fühlen. Ihre Hand tastete, magnetisch angezogen, ihm durch die leere Luft entgegen, und sofort, da die weich suchenden Finger seinen Rock erreichten, strichen sie schon rieselnd aber- und abermals den Arm entlang. Verstehend, daß ihr ganzer Körper seine Nähe suchte, trat er heran, und nun lehnte sie an ihm, wie ein völlig Erschöpfter hinsinkt zur Rast. Lächelnd legte er den Arm um ihre Schultern und wiederholte, ohne mich anzusehen:

»Wie lieb von dir, Klara«, und seine Stimme streichelte gleichsam mit.

»Verzeih mir«, begann sie sich zu entschuldigen, »aber ich hab dem Herrn doch erklären müssen, daß du erst dein Essen haben sollst, du mußt schrecklich hungrig sein. Den ganzen Tag unterwegs, und zwölfmal, fünfzehnmal hat's inzwischen um dich telephoniert ... Verzeih, daß ich dem Herrn sagte, er solle lieber morgen kommen, aber ...«

»Diesmal, Kind«, lachte er und strich zugleich wieder mit der Hand über ihr Haar (ich verstand, er tat es, damit sein Lachen sie nicht kränken könnte), »hast du dich aber mit dem Abschieben gründlich geirrt. Dieser Herr, der Herr Leutnant Hofmiller, ist glücklicherweise kein Patient, sondern ein Freund, der schon lang versprochen hat, mich zu besuchen, wenn er einmal in die Stadt kommt. Er kann sich ja nur immer abends freimachen, bei Tag steckt er im Dienst. Jetzt bleibt nur die Hauptfrage: hast du auch für ihn etwas Gutes zum Nachtmahl?«

Neuerdings begann die ängstliche Spannung in ihrem Gesicht, und ich verstand an ihrem impulsiven Erschrecken, daß sie allein sein wollte mit dem Langentbehrten.

»Oh nein, danke«, lehnte ich eilig ab. »Ich muß gleich weiter. Ich darf den Nachtzug nicht versäumen. Ich wollte wirklich nur Grüße von draußen überbringen, und das kann in ein paar Minuten geschehen.«

»Ist draußen alles in Ordnung?« fragte Condor, mir scharf in die Augen blickend. Und irgendwie mußte er bemerkt haben, daß etwas nicht in Ordnung war, denn er fügte rasch hinzu: »Also hören Sie, lieber Freund, meine Frau weiß immer, wie's mit mir steht, sie weiß es meist besser als ich selbst. Ich habe tatsächlich einen furchtbaren Hunger, und ehe ich nicht was gegessen und mir meine Zigarre verdient habe, bin ich zu nichts zu gebrauchen. Wenn's dir recht ist, Klara, gehn wir zwei jetzt ruhig hinüber zum Essen und lassen den Herrn Leutnant ein bissel warten. Ich gebe ihm unterdessen ein Buch oder er ruht sich aus – Sie haben wohl auch einen ausgiebigen Tag hinter sich«, wandte er sich mir zu. »Wenn ich bei der Zigarre bin, komm ich zu Ihnen herüber, allerdings in Pantoffeln und Hausrock – nicht wahr, Herr Leutnant, Sie verlangen ja von mir keine große Toilette ...«

»Und ich bleibe wirklich nur zehn Minuten, gnädige Frau ... ich muß dann schleunigst zur Bahn.«

Dieses eine Wort erhellte wieder vollkommen ihr Gesicht. Beinahe freundlich wandte sie sich mir zu.

»Wie schade, daß Sie nicht mit uns speisen wollen, Herr Leutnant. Aber ich hoffe, Sie kommen ein anderes Mal.«

Ihre Hand kam mir entgegen, eine sehr zarte, schmale, schon etwas verblichene und verfaltete Hand. Ich küßte sie respektvoll. Und mit ehrlicher Ehrfurcht blickte ich zu, wie Condor die Blinde vorsichtig durch die Tür steuerte, geschickt verhütend, daß sie zur Rechten oder Linken anstreifte: es war, als hielte er etwas unsäglich Zerbrechliches und Kostbares in seiner Hand.

Zwei, drei Minuten blieb die Tür offen, ich hörte die leise schlurfenden Schritte sich entfernen. Dann kam Condor noch einmal zurück. Er hatte ein anderes Gesicht als vordem, jenes wachsame, scharfe Gesicht, das ich in den Augenblicken innerer Spannung an ihm kannte. Zweifellos hatte er begriffen, daß ich nicht ohne zwingenden Grund ihm unangemeldet ins Haus gefallen war.

»Ich komme in zwanzig Minuten. Wir sprechen dann alles rasch durch. Am besten, Sie legen sich inzwischen auf das Sofa oder strecken sich hier in den Fauteuil. Sie gefallen mir nicht, mein Lieber, Sie sehen schrecklich übermüdet aus. Und wir müssen doch beide frisch und konzentriert sein.«

Und rasch die Stimme umwechselnd, fügte er laut hinzu, um bis ins dritte Zimmer hörbar zu sein:

»Ja, liebe Klara, da bin ich schon wieder. Ich hab nur dem Herrn Leutnant rasch ein Buch hingelegt, damit er sich inzwischen nicht langweilt.«

Condors geschulter Blick hatte richtig gesehen. Jetzt erst, da er es ausgesprochen, merkte ich selbst, wie furchtbar übermüdet ich war von der zerstörten Nacht und dem mit Spannungen überfüllten Tag. Seinem Rate folgend – schon spürte ich, daß ich ganz seinem Willen verfallen war – streckte ich mich in den Fauteuil seines Ordinationszimmers, den Kopf ins Tiefe zurückgelehnt, die Hände lasch auf die weiche Lehne gestützt. Draußen mußte die Dämmerung während meines beklommenen Wartens völlig niedergesunken sein; ich unterschied im Raum kaum mehr etwas anderes als das silberne Blinken der Instrumente in dem hohen Glaskasten, und über der rückwärtigen Ecke rund um den Fauteuil, in dem ich ruhte, wölbte sich eine völlige Nische von Nacht. Unwillkürlich schloß ich die Augen, und sofort erschien, wie in einer Laterna magica, das Gesicht der Blinden mit jenem unvergeßlichen Übergang von Erschrecktheit in jähe Beglückung, kaum daß Condors Hand sie berührt, sein Arm sie umfangen hatte. Wunderbarer Arzt, dachte ich, wenn du nur auch mir so helfen könntest, und ich fühlte noch verworren, daß ich weiter denken wollte, an irgend jemand anderen, der ebenso unruhig und verstört gewesen und gleich ängstlich blickte, an irgend etwas Bestimmtes, um dessentwillen ich hierher gekommen war. Aber es gelang mir nicht mehr.

Plötzlich berührte mich eine Hand an der Schulter. Condor mußte leisesten Schritts in das völlig nachtschwarze Zimmer getreten sein oder vielleicht war ich wirklich eingeschlafen. Ich wollte aufstehen, aber er drückte mir, sanft und energisch zugleich, die Schultern nieder.

»Bleiben Sie. Ich setz mich zu Ihnen. Es spricht sich besser im Dunkeln. Nur eines bitte ich Sie: sprechen wir leise! Ganz leise! Sie wissen ja, bei Blinden entwickelt sich manchmal auf magische Weise das Gehör und dazu noch ein geheimnisvoller Instinkt des Erratens. Also« – und dabei strich mir seine Hand wie hypnotisierend von der Schulter den Arm herab bis zu meiner Hand – »erzählen Sie und haben Sie keine Scheu. Ich habe gleich bemerkt, daß was mit Ihnen los ist.«

Sonderbar – in dieser Sekunde fiel es mir ein. Ich hatte in der Kadettenschule einen Kameraden gehabt, Erwin hieß er, zart und blond wie ein Mädchen; ich glaube, ich war sogar auf uneingestandene Weise ein wenig in ihn verliebt. Bei Tag sprachen wir fast nie miteinander oder bloß über gleichgültige Dinge; wahrscheinlich schämten wir uns beide unserer heimlichen und uneingestandenen Neigung. Nur nachts im Schlafsaal, wenn die Lichter gelöscht waren, fanden wir manchmal Mut; aufgestützt auf den Ellenbogen in unseren nachbarlichen Betten, erzählten wir uns im schützenden Dunkel, während alle anderen im Zimmer schliefen, unsere kindischen Gedanken und Betrachtungen, um dann am nächsten Morgen uns unfehlbar mit der gleichen Befangenheit wieder auszuweichen. Jahre und Jahre hatte ich mich an diese flüsternden Geständnisse, die das Glück und Geheimnis meiner Knabenjahre gewesen, nicht mehr erinnert. Aber nun, da ich ausgestreckt lag und das Dunkel um mich schattete, vergaß ich gänzlich meinen Vorsatz, mich vor Condor zu verstellen. Ohne daß ich es wollte, wurde ich völlig aufrichtig; und wie damals dem Kameraden der Kadettenschule die kleinen Erbitterungen und großen, wilden Träume unserer kindischen Jugend, berichtete ich nun – und es war eine geheime Lust des Gestehens dabei – Condor den unvermuteten Ausbruch Ediths, mein Entsetzen, meine Angst, meine Verstörung. Alles erzählte ich in dieses schweigsame Dunkel, in dem sich nichts regte als die beiden Augengläser, die manchmal, wenn er den Kopf bewegte, undeutlich blitzten.

Dann kam ein Schweigen und nach dem Schweigen ein merkwürdiger Laut. Offenbar hatte Condor die Finger gegeneinander gepreßt, daß die Gelenke knackten.

»Das also war's«, knurrte er unwillig. »Und ich Dummkopf konnte so was übersehen! Immer wieder dasselbe, daß man hinter der Krankheit den Kranken nicht mehr spürt. Mit diesem akkuraten Untersuchen und Herumtasten nach allen Symptomen greift man gerade am Wesentlichen vorbei, an dem, was in dem Menschen selber vorgeht. Das heißt – etwas habe ich gleich bei dem Mädel gespürt; Sie erinnern sich, wie ich nach der Untersuchung den Alten fragte, ob nicht jemand anderer in die Behandlung eingegriffen hätte – dieser plötzliche und hitzige Wille, rasch-rasch gesund zu werden, hatte mich sofort stutzig gemacht. Ich hatte schon ganz richtig getippt, daß da jemand Fremder im Spiel war. Aber ich Schwachkopf dachte nur an einen Barbier oder Magnetiseur; ich glaubte, irgendein Hokuspokus hätt ihr den Kopf verdreht. Einzig an das Einfachste, das Logische habe ich nicht gedacht, nur an das nicht, was klar auf der Hand lag. Verliebtheit gehört im Übergangsalter doch geradezu organisch zu einem Mädchen. Nur vertrackt, daß das gerade jetzt passieren muß und derart vehement – o Gott, das arme, das arme Kind!«

Er war aufgestanden. Ich hörte das Auf und Ab seiner kurzen Schritte und den Seufzer:

»Schrecklich, just jetzt muß das geschehen, da wir diese Sache mit der Reise angezettelt haben. Und dabei kann kein Gott das mehr zurückschrauben, weil sie sich suggeriert, sie müsse für Sie geheilt werden, nicht für sich selbst. Furchtbar, o furchtbar wird das werden, wenn dann der Rückschlag kommt. Jetzt, da sie alles erhofft und fordert, wird keine kleine Besserung ihr mehr genügen, kein bloßer Fortschritt! Mein Gott, was für eine schreckliche Verantwortung haben wir da übernommen!«

In mir regte sich plötzlich ein Widerstand. Mich ärgerte dieses Mich-einbeziehen. Ich war doch gekommen, um mich freizumachen. So unterbrach ich entschieden:

»Ich teile ganz Ihre Meinung. Die Folgen werden unabsehbar. Man muß diesen unsinnigen Wahn rechtzeitig abstellen. Sie müssen energisch eingreifen. Sie müssen ihr sagen ...«

»Was sagen?«

»Nun ... daß diese Verliebtheit einfach eine Kinderei, ein Unsinn ist. Sie müssen ihr das ausreden.«

»Ausreden? Was ausreden? Einer Frau ihre Leidenschaft ausreden? Ihr sagen, sie soll nicht fühlen, wie sie fühlt? Nicht lieben, wenn sie liebt? Das wäre kerzengrad das Allerfalscheste, was man tun könnte, und das Dümmste zugleich. Haben Sie je gehört, daß man mit Logik aufkommt gegen eine Leidenschaft? Daß man dem Fieber zureden kann: ›Fieber, fiebre nicht‹ oder dem Feuer: ›Feuer, brenn' nicht!‹ Ein schöner, ein wahrhaft menschenfreundlicher Gedanke, einer Kranken, einer Gelähmten ins Gesicht zu schreien: ›Red' dir um Gottes willen nicht ein, daß auch du lieben darfst! Gerade von dir ist es anmaßend, Gefühl zu zeigen, Gefühl zu erwarten – du hast zu kuschen, weil du ein Krüppel bist! Marsch in den Winkel! Verzichte, gib's auf! Gib dich selber auf!‹ – So wünschen Sie offenbar, daß ich mit der Armen rede. Aber denken Sie sich gütigst dazu auch die gloriose Wirkung aus!«

»Aber gerade Sie müssen ...«

»Warum ich? Sie haben doch ausdrücklich alle Verantwortung auf sich genommen? Warum jetzt justament ich?«

»Ich kann ihr doch nicht selbst zugeben, daß ...«

»Sollen Sie auch gar nicht! Dürfen Sie auch gar nicht! Erst sie verrückt machen und dann auf einen Hieb Vernunft fordern! ... Das fehlte gerade noch! Selbstredend dürfen Sie mit keinem Ton und keinem Wink das arme Kind ahnen lassen, daß seine Zuneigung Ihnen peinlich ist – das hieße doch geradezu einen Menschen mit dem Beil auf den Kopf schlagen!«

»Aber ...« – die Stimme versagte mir – »jemand muß ihr schließlich doch klarmachen ...«

»Was klarmachen? Drücken Sie sich freundlichst präziser aus!«

»Ich meine ... daß ... daß das völlig aussichtslos ist, völlig absurd ... damit sie dann nicht ... wenn ich ... wenn ich ...«

Ich stockte. Auch Condor schwieg. Er wartete offenbar. Dann machte er unvermittelt zwei starke Schritte zur Tür und griff an den Lichtschalter. Scharf und mitleidslos – der grelle Schuß Licht zwang mich unwillkürlich, die Lider zu schließen – fuhren drei weiße Flammen in die Glühbirnen. Mit einem Schlag war das Zimmer taghell.

»So!« skandierte Condor heftig. »So, Herr Leutnant! Ich seh schon, man darf's Ihnen nicht zu bequem machen. Hinter dem Dunkel versteckt man sich zu leicht, und bei gewissen Dingen ist's besser, sich klar in die Pupillen zu schauen. Also Schluß mit dem quatschigen Hin und Her, Herr Leutnant – hier stimmt etwas nicht. Ich laß mir nicht einreden, Sie seien bloß gekommen, um mir diesen Brief zu zeigen. Dahinter steckt etwas. Sie haben, spür ich, etwas Bestimmtes vor. Entweder äußern Sie sich da ehrlich, oder ich muß für Ihren Besuch danken.«

Die Brille blitzte mich scharf an; ich hatte Furcht vor ihrem spiegelnden Rund und blickte nieder.

»Nicht sehr imposant, Ihr Schweigen, Herr Leutnant. Deutet nicht eben auf ein sauberes Gewissen. Aber mir schwant schon ungefähr, was da gespielt wird. Keine Umschweife bitte: haben Sie am Ende die Absicht, auf diesen Brief ... oder auf das andere hin plötzlich Schluß zu machen mit Ihrer sogenannten Freundschaft?«

Er wartete. Ich hob nicht den Blick. Seine Stimme nahm den fordernden Ton eines Examinators an.

»Wissen Sie, was das wäre, wenn Sie sich jetzt aus dem Staube machten? Jetzt, nachdem Sie mit Ihrem famosen Mitleid dem Mädel den Kopf verdreht haben?«

Ich schwieg.

»Nun, dann werde ich mir erlauben, Ihnen meine persönliche Qualifikation einer solchen Handlungsweise mitzuteilen – eine jämmerliche Feigheit wäre ein solches Auskneifen ... ach was, zucken Sie nicht gleich militärisch auf! Lassen wir den Herrn Offizier und den Ehrenkodex aus dem Spiel! Hier geht's schließlich um mehr als um solche Faxereien. Hier geht's um einen lebendigen, einen jungen, einen wertvollen Menschen, und noch dazu um einen, für den ich verantwortlich bin – unter solchen Umständen habe ich keine Lust und Laune, höflich zu sein. Jedenfalls, damit Sie sich keiner Täuschung hingeben, was Sie mit Ihrem Davonlaufen auf Ihr Gewissen nehmen, sage ich Ihnen nun mit voller Deutlichkeit: Ihr Echappieren in einem so kritischen Augenblick wäre – bitte jetzt nicht weghören! – ein niederträchtiges Verbrechen an einem unschuldigen Wesen, und ich fürchte, sogar mehr noch – es wäre ein Mord!«

Der kleine feiste Mann war, die Fäuste geballt wie ein Boxer, auf mich eingedrungen. Vielleicht hätte er sonst in seinem flauschigen Hausrock und seinen schlurfenden Pantoffeln lächerlich gewirkt. Aber etwas Überwältigendes ging von seinem ehrlichen Zorn aus, als er mich neuerdings anschrie:

»Ein Mord! ein Mord! ein Mord! Jawohl, und Sie wissen es selbst! Oder glauben Sie, dieses reizbare, dieses stolze Geschöpf würde es *überstehen*, wenn sie sich zum erstenmal einem Manne aufschließt, und als Antwort läuft dieser Ehrenmann in einer Panik davon, als hätte er den Teufel erblickt? Ein bißchen mehr Phantasie, wenn ich bitten darf! Haben Sie den Brief nicht gelesen oder keine Augen im Herzen? Schon eine normale, eine gesunde Frau würde eine derartige Mißachtung nicht ertragen! Schon ihr würde ein solcher Hieb das innere Gleichgewicht für Jahre zerstören! Und dieses Mädchen, das sich doch nur an der unsinnigen Heilungshoffnung aufrecht hält, die Sie ihm vorgeschwafelt haben – dieser verstörte, verratene Mensch, glauben Sie, käme über so was hinweg? Wenn nicht dieser Schock, so wird sie sich selber zerstören! Ja, sie wird es selber tun – eine solche Erniedrigung erträgt ein verzweifelter Mensch nicht – ich bin überzeugt, sie übersteht eine solche Roheit nicht, und Sie, Herr Leutnant, wissen das genau so gut wie ich. Und weil Sie all das wissen, wäre Ihr Auskneifen nicht nur Schwäche und Feigheit, sondern ein gemeiner, ein vorbedachter Mord!«

Unwillkürlich wich ich noch weiter zurück. In der einen Sekunde, da er das Wort »Mord« ausgesprochen, hatte ich alles in blitzhafter Vision gesehen: das Geländer der Turmterrasse und wie sie sich ankrampfte daran mit beiden Händen! Wie ich sie packen mußte und mit Gewalt zurückreißen im letzten Augenblick! Ich wußte, Condor übertrieb nicht; genau so würde sie es tun, dort hinunter sich werfen – ich sah die gequaderten Steine der Tiefe vor mir, alles sah ich in dieser Sekunde, als ob es eben geschähe, als ob es schon geschehen wäre, und ein Brausen dröhnte in meinen Ohren, als sauste ich selbst diese vier, diese fünf Stockwerke hinab.

Doch Condor drängte immer noch nach. »Nun? Leugnen Sie's doch ab! Zeigen Sie endlich etwas von dem Mut, zu dem Sie professionell verpflichtet sind!«

»Aber Herr Doktor ... was soll ich denn tun ... Ich kann mich doch nicht zwingen lassen ... nicht etwas sagen, was ich nicht sagen will! ... Wie komme ich denn dazu, so zu tun, als ob ich einginge auf ihren irrwitzigen Wahn ...« Und unbeherrscht brach es aus mir: »Nein, ich ertrage es nicht, ich kann es nicht ertragen! ... Ich kann nicht, ich will nicht und kann nicht!«

Ich mußte ganz laut geschrien haben, denn eisern fühlte ich Condors Finger um meinen Arm.

»Leise, um Himmels willen!« Er sprang rasch zum Lichtschalter und drehte wieder ab. Nur die Lampe auf dem Schreibtisch verstreute unter ihrem gelblichen Schirm einen matten Kegel Helligkeit.

»Kreuzdonner! – Mit Ihnen muß man wirklich wie mit einem Kranken reden. Da – setzen Sie sich erst einmal ruhig nieder; auf diesem Sessel sind schon schwerere Dinge durchgesprochen worden.«

Er rückte näher heran.

»Also ohne Erregung jetzt, und bitte, ruhig, langsam – eins nach dem andern! Zunächst: Sie stöhnen da herum ›Ich kann es nicht ertragen!‹ Aber das sagt mir nicht genug. Ich muß wissen: *was* können Sie nicht ertragen? Was entsetzt Sie eigentlich so sehr an der Tatsache, daß dies arme Kind sich leidenschaftlich in Sie vernarrt hat?«

Ich holte aus, um zu antworten, aber schon setzte Condor hastig ein:

»Nichts übereilen! Und vor allem: sich nicht schämen! An sich kann ich's ja verstehen, daß man im ersten Moment erschrickt, wenn man mit einem derart leidenschaftlichen Geständnis überfallen wird. Nur einen Hohlkopf macht ein sogenannter ›Erfolg‹ bei Frauen glücklich, nur einen Dummkopf bläht dergleichen auf. Ein wirklicher Mensch wird eher bestürzt sein, wenn er spürt, daß eine Frau sich an ihn verloren hat und er kann ihr Gefühl nicht erwidern. Alles das verstehe ich. Aber da Sie so ungewöhnlich, so ganz ungewöhnlich verstört sind, muß ich doch fragen: spielt in Ihrem Fall nicht etwas Besonderes mit, ich meine die besondern Umstände ...«

»Welche Umstände?«

»Nun ... daß Edith ... es ist nur so schwer, derlei Dinge zu formulieren ... ich meine ... flößt Ihnen ihr ... ihr körperlicher Defekt am Ende einen gewissen Widerwillen ... einen physiologischen Ekel ein?«

»Nein ... durchaus nicht«, protestierte ich heftig. Es war doch gerade die Hilflosigkeit, die Wehrlosigkeit, die mich an ihr so unwiderstehlich angezogen, und wenn ich in manchen Sekunden ein Gefühl für sie empfunden, das dem zärtlichen eines Liebenden sich geheimnisvoll näherte, so war es doch nur deshalb gewesen, weil ihr Leiden, ihr Vereinsamt- und Verstümmeltsein mich derart erschüttert hatte. »Nein! Niemals«, wiederholte ich in beinahe erbitterter Überzeugtheit. »Wie können Sie so etwas denken!«

»Um so besser. Das beruhigt mich einigermaßen. Nun, als Arzt hat man oft Gelegenheit, derartige psychische Hemmungen bei den scheinbar Normalsten zu beobachten. Freilich – verstanden habe ich die Männer nie, bei denen die kleinste Unregelmäßigkeit bei einer Frau eine Art Idiosynkrasie erzeugt, aber es gibt eben unzählige Männer, bei denen sich, sobald von den Millionen und Milliarden Zellen, die einen Körper, einen Menschen formen, nur ein Fingerbreit Pigment entstellt ist, sofort jede Möglichkeit einer erotischen Bindung ausschaltet. Solche Repulsionen sind wie alle Instinkte leider immer unüberwindlich – darum bin ich doppelt froh, daß dies bei Ihnen nicht zutrifft, daß es also keinesfalls das Faktum ihrer Lahmheit ist, das Sie derart zurückschrecken läßt. Dann allerdings kann ich nur annehmen, daß ... darf ich aufrichtig reden?«

»Gewiß.«

»Daß Ihr Erschrecken gar nicht der Tatsache selbst galt, sondern den Konsequenzen ... ich meine, daß Sie sich gar nicht so sehr vor der Verliebtheit dieses armen Kindes entsetzen, als daß Sie innerlich fürchten, andere möchten von Ihrer Verliebtheit erfahren und darüber spotten ... meiner Meinung nach ist also Ihre unmäßige Verstörtheit nichts anderes als eine Art Angst – verzeihen Sie – lächerlich zu werden vor den andern, vor Ihren Kameraden.«

Mir war, als hätte Condor mir mit einer feinen spitzen Nadel ins Herz gestoßen. Denn was er aussprach, hatte ich im Unbewußten längst gefühlt und nur nicht zu denken gewagt. Schon vom ersten Tage an hatte ich mich gefürchtet, meine sonderbare Beziehung zu dem humpelnden Mädchen könnte von meinen Kameraden bespöttelt werden mit jener gutmütigen und doch seelenmörderischen österreichischen »Frozzelei«; ich wußte zu gut, wie sie jeden verhöhnten, den sie einmal mit einer »schiechen« oder uneleganten Person »erwischt« hatten. Nur darum hatte ich ja instinktiv jene Doppelschicht in meinem Leben zwischen der einen Welt und der andern, zwischen dem Regiment und den Kekesfalvas aufgerichtet. Tatsächlich – Condor hatte richtig gemutmaßt: vom ersten Augenblick, da ich ihrer Leidenschaft gewahr wurde, hatte ich mich hauptsächlich geschämt vor den andern, vor dem Vater, vor Ilona, vor dem Diener, vor den Kameraden. Sogar vor mir selbst hatte ich mich meines verhängnisvollen Mitleids geschämt.

Aber da spürte ich schon Condors Hand magnetisch streichelnd auf meinem Knie.

»Nein, schämen Sie sich nicht! Wenn einer, so versteh ich, daß man Furcht haben kann vor den Menschen, sobald etwas ihren reglementierten Vorstellungen widerspricht. Sie haben doch meine Frau gesehen. Niemand verstand, warum ich sie heiratete, und alles, was nicht auf ihrer engen und sozusagen normalen Linie liegt, macht die Menschen erst neugierig und dann böswillig. Gleich flüsterten meine Herren Kollegen herum, ich hätte sie in meiner Behandlung verpatzt und nur aus Furcht geheiratet – meine Freunde wieder, die sogenannten, verbreiteten, sie habe viel Geld oder erwarte eine Erbschaft. Meine Mutter, meine eigene Mutter, weigerte sich zwei Jahre lang, sie zu empfangen, denn sie hatte schon eine andere Partie für mich im Hinterhalt, die Tochter eines Professors – damals der berühmteste Internist der Universität – und wenn ich sie geheiratet hätte, wäre ich drei Wochen später Dozent gewesen, Professor geworden und mein Leben lang warm in der Wolle gesessen. Aber ich wußte, daß diese Frau zugrunde gehen würde, wenn ich sie im Stiche ließe. Sie glaubte nur an mich, und hätte ich ihr diesen Glauben genommen, so wäre sie unfähig gewesen, weiterzuleben. Nun, ich gestehe Ihnen offen, ich habe meine Wahl nicht bereut. Denn glauben Sie mir, als Arzt und gerade als Arzt hat man selten ein ganz reines Gewissen. Man weiß, wie wenig man wirklich helfen kann, man kommt als einzelner nicht auf gegen die Unermeßlichkeit des täglichen Jammers. Man schöpft nur mit einem Fingerhut ein paar Tropfen weg aus diesem unergründlichen Meer, und die man heute geheilt glaubt, haben morgen schon wieder ein neues Gebrest. Immer hat man das Gefühl, zu lässig, zu nachlässig gewesen zu sein, dazu kommen die Irrtümer, die Kunstfehler, die man unvermeidlich begeht – da bleibt es immerhin ein gutes Bewußtsein, wenigstens *einen* Menschen gerettet zu haben, *ein* Vertrauen nicht enttäuscht, *eine* Sache richtig getan zu haben. Schließlich muß man wissen, ob man nur dumpf und dumm hingelebt hat oder für etwas gelebt. Glauben Sie mir« – und ich spürte mit einmal seine Nähe ganz warm und beinahe zärtlich – »es lohnt sich schon, etwas Schweres auf sich zu nehmen, wenn man es einem anderen Menschen damit leichter macht.«

Die tiefe Schwingung in seiner Stimme berührte mich. Mit einmal fühlte ich ein leises Brennen in der Brust, jenen wohlbekannten Druck, als ob das Herz sich erweiterte oder spannte; ich spürte, wie die Erinnerung an die verzweifelte Verlassenheit jenes unglücklichen Kindes das Mitleid in mir neuerdings erweckte. Gleich, wußte ich, würde dieses Quellen und Strömen beginnen, dem ich nicht zu wehren vermochte. Aber – nicht nachgeben! sagte ich mir. Nicht dich wieder hineinziehen, nicht dich zurückziehen lassen! So blickte ich entschlossen auf.

»Herr Doktor – jeder kennt bis zu einem Grad die Grenzen

seiner Kraft. Deshalb muß ich Sie warnen: bitte zählen Sie nicht auf mich! An Ihnen ist es und nicht an mir, jetzt Edith zu helfen. Ich bin in dieser Sache schon viel weiter gegangen, als ich ursprünglich wollte, und sage Ihnen ehrlich – ich bin keineswegs so gut oder so aufopfernd, wie Sie meinen. Ich bin am Ende meiner Kraft! Ich ertrag's nicht länger, mich anbeten, mich anhimmeln zu lassen und dabei so zu tun, als ob ich's wünschte oder duldete. Besser, sie begreift jetzt die Situation, als daß sie später enttäuscht wird. Ich gebe Ihnen mein Ehrenwort als Soldat, daß ich Sie aufrichtig gewarnt habe, wenn ich Ihnen jetzt wiederhole: Zählen Sie nicht auf mich, überschätzen Sie mich nicht!«

Ich mußte sehr entschieden gesprochen haben, denn Condor blickte mich etwas verdutzt an.

»Das klingt ja beinahe so, als ob Sie zu etwas Bestimmtem entschlossen wären.«

Er stand plötzlich auf.

»Die ganze Wahrheit, bitte, und nicht die halbe! Haben Sie schon etwas – etwas Unwiderrufliches getan?«

Ich stand gleichfalls auf.

»Ja«, sagte ich, mein Abschiedsgesuch aus der Tasche ziehend. »Hier. Bitte lesen Sie selbst.«

Mit einer zögernden Bewegung nahm Condor das Blatt, einen beunruhigten Blick auf mich werfend, ehe er hinüber ging zum kleinen Lichtkreis der Lampe. Er las stumm und langsam. Dann faltete er das Blatt zusammen und äußerte ganz ruhig in dem sachlichsten Ton der Selbstverständlichkeit:

»Ich nehme an, Sie sind nach dem, was ich Ihnen vorhin darlegte, sich vollkommen der Konsequenzen bewußt – wir haben eben festgestellt, daß Ihr Echappieren auf das Kind mörderisch wirken muß ... mörderisch oder selbstmörderisch ... Sie sind sich daher, vermute ich, eindeutig über die Tatsache im klaren, daß dieses Blatt Papier nicht nur ein Abschiedsgesuch für Sie darstellt, sondern ein ... ein Todesurteil für das arme Kind.«

Ich antwortete nicht.

»Ich habe eine Frage an Sie gerichtet, Herr Leutnant! Und ich wiederhole die Frage: sind Sie sich dieser Konsequenzen bewußt? Nehmen Sie die volle Verantwortung auf Ihr Gewissen?«

Ich schwieg abermals. Er trat näher, das gefaltete Blatt in der Hand, und reichte es mir zurück.

»Danke! Ich will mit der Sache nichts zu tun haben. Da – nehmen Sie!«

Aber mein Arm war gelähmt. Ich hatte nicht die Kraft, ihn aufzuheben. Und ich hatte nicht den Mut, seinen prüfenden Blick zu bestehen.

»Sie beabsichtigen also, das ... das Todesurteil nicht weiterzugeben?«

Ich wandte mich ab und nahm die Hände hinter den Rükken. Er verstand.

»Ich darf es also zerreißen?«

»Ja«, antwortete ich, »ich bitte Sie darum.«

Er ging zurück zum Schreibtisch. Ich hörte, ohne hinzublikken, einen scharfen Riß durch das Papier, den ersten, den zweiten, den dritten, und wie dann raschelnd die zerfetzten Blätter in den Papierkorb fielen. Auf merkwürdige Weise ward mir leicht. Abermals – zum zweitenmal an diesem schicksalhaften Tage – war eine Entscheidung für mich geschehen. Ich hatte sie nicht tun müssen. Sie hatte sich selbst für mich getan.

Condor trat auf mich zu und drückte mich sanft wieder auf den Sessel zurück.

»So – ich glaube, wir haben jetzt ein großes Unglück verhütet ... ein ganz großes Unglück! Und nun zur Sache! Ich verdanke immerhin dieser Gelegenheit, Sie einigermaßen kennengelernt zu haben – nein, wehren Sie nicht ab. Ich überschätze Sie nicht, ich betrachte Sie keineswegs als jenen ›wunderbaren, guten Menschen‹, als den Kekesfalva Sie lobpreist, sondern als einen, durch die Unsicherheit des Gefühls, durch eine besondere Ungeduld des Herzens, recht unverläßlichen Partner; so sehr ich froh bin, Ihre unsinnige Eskapade verhindert zu haben, so wenig gefällt mir die Art, wie rasch Sie Entschlüsse fassen und wie rasch Sie Ihre Absichten wieder fallen lassen. Menschen, die Stimmungen derart unterworfen sind, soll man keine ernsten Verantwortungen auferlegen. Sie wären der letzte, den ich zu etwas verpflichten möchte, was Ausdauer und Standhaftigkeit erfordert.

Darum hören Sie! Ich will von Ihnen nicht viel. Nur das Nötigste, das unbedingt Nötigste. Wir haben Edith doch bewogen, eine neue Kur zu beginnen – oder vielmehr eine, die sie für eine neue hält. Um Ihretwillen hat sie sich entschlossen, wegzufahren, für Monate wegzufahren, und wie Sie wissen, reisen sie in acht Tagen. Nun – diese acht Tage lang benötige ich Ihre Hilfe, und ich sage Ihnen gleich zur Entlastung: nur für diese acht Tage! Ich will nicht mehr von Ihnen, als daß Sie versprechen, innerhalb dieser einen Woche bis zur Abreise nichts Brüskes, nichts Plötzliches zu tun, und vor allem, mit keinem Wort und keiner Geste zu verraten, daß die Neigung dieses armen Kindes Sie dermaßen verstört. Mehr will ich zunächst nicht von Ihnen – ich glaube, das ist das Bescheidenste, was man fordern kann: acht Tage Selbstbeherrschung, wenn es um das Leben eines andern Menschen geht.«

»Ja ... aber dann?«

»An später denken wir vorläufig nicht. Ich darf auch, wenn ich einen Tumor operieren soll, nicht lange fragen, ob er nicht in ein paar Monaten wiederkommt. Wenn ich gerufen werde, zu helfen, habe ich nur eines zu tun: zuzugreifen, ohne zu zögern. Das ist in jedem Fall das einzig Richtige, weil das einzig Menschliche. Alles Übrige liegt beim Zufall, oder wie Frömmere sagen würden: bei Gott. Was kann nicht alles in den paar Monaten geschehen! Vielleicht bessert sich ihr Zustand wirklich rapider, als ich vermeinte, vielleicht flaut ihre Leidenschaft mit der Entfernung ab – ich kann nicht alle Möglichkeiten vorausdenken, und Sie sollen's schon gar nicht! Konzentrieren Sie alle Ihre Kraft einzig darauf, innerhalb dieser entscheidenden Zeit ihr nicht zu verraten, daß ihre Liebe Ihnen ... Ihnen so schrecklich ist. Sagen Sie sich's immer wieder: acht Tage, sieben Tage, sechs Tage, und ich rette einen Menschen, ich kränke, ich beleidige, ich verstöre, ich entmutige ihn nicht. Acht Tage männlicher, entschlossener Haltung – glauben Sie, daß Sie das wirklich nicht durchstehen können?«

»Doch«, sagte ich spontan. Und fügte noch entschlossener bei: »Bestimmt! Ganz bestimmt!« Seit ich meine Aufgabe begrenzt wußte, fühlte ich eine Art neuer Kraft.

Ich hörte Condor stark aufatmen.

»Gott sei Dank! Jetzt kann ich Ihnen auch eingestehen, wie beunruhigt ich war. Glauben Sie mir – Edith hätte es wirklich nicht überstanden, wenn Sie als Antwort auf ihren Brief, auf ihr Geständnis einfach durchgebrannt wären. Gerade die nächsten Tage sind darum entscheidend. Alles andere wird sich später geben. Lassen wir zunächst das arme Kind ein bißchen glücklich sein – acht Tage ahnungslos glücklich; für diese eine Woche verbürgen Sie sich doch, nicht wahr?«

Statt eines Wortes reichte ich ihm die Hand.

»Dann, glaube ich, ist alles wieder in Ordnung, und wir können getrost hinüber zu meiner Frau.«

Aber er erhob sich nicht. Ich spürte, daß ein Zögern in ihm begonnen hatte.

»Noch eines«, fügte er leise bei. »Wir Ärzte sind genötigt, immer auch an Unvorhergesehenes zu denken, wir müssen auf jede Möglichkeit vorbereitet sein. Sollte etwa – ich setze hier einen irrealen Fall – ein Zwischenfall sich ereignen ... ich meine, sollte Ihnen die Kraft versagen oder das Mißtrauen Ediths zu irgendeiner Krise führen – dann verständigen Sie mich sofort. Um keinen Preis darf während dieser kurzen, aber gefährlichen Phase etwas Unwiderrufliches geschehen. Wenn Sie sich Ihrer Aufgabe nicht gewachsen fühlen sollten, oder innerhalb dieser acht Tage unbewußt verraten, dann schämen Sie sich nicht – um Gottes willen, schämen Sie sich nicht vor mir, ich habe genug nackte Menschen und brüchige Seelen gesehen! Sie können zu jeder Stunde bei Tag oder Nacht kommen oder mich anrufen; ich bin immer bereit, beizuspringen, denn ich weiß, um was es geht. Und jetzt« – der Sessel neben mir rückte, ich merkte, daß Condor aufstand – »übersiedeln wir besser hinüber. Wir haben etwas lang gesprochen, und meine Frau wird leicht unruhig. Auch ich muß nach Jahren noch immer auf der Hut sein, sie nicht zu irritieren. Wen einmal das Schicksal hart verletzt hat, der bleibt für immer verletzbar.«

Er machte wieder die zwei Schritte zum Lichtschalter, die Glühbirnen flammten auf. Da er sich jetzt mir zuwandte, schien mir sein Gesicht anders; vielleicht modellierte nur der grelle Schein so scharf die Konturen heraus, denn zum erstenmal bemerkte ich die tiefen Falten auf seiner Stirn, und an seiner ganzen Haltung, wie müde, wie erschöpft dieser Mann war. Er hat sich immer an andere weggegeben, dachte ich. Erbärmlich schien mir mit einmal mein Flüchtenwollen vor der ersten Unannehmlichkeit, und ich blickte ihn mit dankbarer Erregung an.

Er schien es zu merken und lächelte.

»Wie gut«, klopfte er mir mit der Hand auf die Schulter, »daß Sie zu mir gekommen sind und wir uns ausgesprochen haben. Denken Sie sich aus, Sie wären ohne zu überlegen, einfach davongelaufen! Ihr ganzes Leben hätte der Gedanke auf Ihnen gelastet, denn allem kann man entfliehen, nur sich selber nicht. – Und nun gehen wir hinüber. Kommen Sie – lieber Freund.«

Dieses Wort »Freund«, das mir dieser Mann in dieser Stunde gab, bewegte mich. Er wußte, wie schwach, wie feig ich gewesen, und doch, er verachtete mich nicht. Mit diesem einen Wort schenkte er mir, der Ältere dem Jüngeren, der Erfahrene dem unsicher Beginnenden, wieder Zuversicht. Entlastet und leicht folgte ich ihm.

Wir durchschritten zuerst das Wartezimmer, dann öffnete Condor die Tür zu dem nächsten Raum. An dem noch nicht abgeräumten Speisetisch saß seine Frau und strickte. Nichts an ihrer beharrlichen Tätigkeit hätte vermuten lassen, daß hier blinde Hände so leicht und sicher die Nadeln gegeneinander spielten, und sauber-gradlinig standen das Körbchen mit Wolle und die Schere aufgereiht. Erst als die Niedergeneigte die leeren Pupillen zu uns aufhob und sich auf ihrer glatten Rundung miniaturhaft die Lampe spiegelte, wurde die Unempfindlichkeit ihrer Augen offenbar.

»Nun, Klara, haben wir Wort gehalten?« sagte Condor, zärtlich auf sie zutretend, mit jenem schwingenden Ton, der immer weich aus seiner Kehle bebte, wenn er sich an sie wandte. »Nicht wahr, es hat nicht lang gedauert! Und wenn du es wüßtest, wie froh ich bin, daß der Herr Leutnant mich aufgesucht hat! Du mußt nämlich wissen – aber setzen Sie sich doch einen Augenblick, lieber Freund – daß er in derselben Stadt in Garnison steht, wo die Kekesfalvas wohnen, du erinnerst dich doch an meine kleine Patientin.«

»Ach, das arme lahme Kind, nicht wahr?«

»Und nun verstehst du auch: durch den Herrn Leutnant erfahre ich ab und zu, ohne daß ich eigens hinfahren muß, was es dort Neues gibt. Er geht fast jeden Tag hinaus, um sich ein bißchen der Armen anzunehmen, und leistet ihr Gesellschaft.«

Die Blinde wandte den Kopf in die Richtung, wo sie mich vermutete. Etwas Weiches glättete mit einem Mal ihre harten Züge.

»Wie gut von Ihnen, Herr Leutnant! Ich kann mir denken, wie ihr das wohltut!« nickte sie mir zu; unwillkürlich rückte ihre Hand auf dem Tisch näher an mich heran.

»Ja, gut auch für mich«, fuhr Condor fort, »sonst müßte ich viel öfter hinaus, um sie in ihrem nervösen Zustand aufzurichten. Da bedeutet's mir eine große Entlastung, daß gerade in dieser letzten Woche, ehe sie zur Erholung in die Schweiz fährt, Leutnant Hofmiller bei ihr ein bißchen aufpaßt. Man hat's mit ihr nicht immer leicht, aber er nimmt sich der Armen wirklich wunderbar an, ich weiß, er läßt mich nicht im Stich. Auf ihn kann ich mich besser als auf meine Assistenten und Kollegen verlassen.«

Ich verstand sofort, daß Condor mich noch fester binden wollte, indem er mich in Gegenwart dieser anderen Hilflosen verpflichtete; aber ich nahm das Versprechen gern auf mich.

»Selbstverständlich können Sie sich auf mich verlassen, Herr Doktor. Ich gehe bestimmt diese letzten acht Tage vom ersten bis zum letzten hinaus und würde Ihnen den kleinsten Zwischenfall sofort telephonisch melden. Jedoch es wird« – ich blickte ihn über die Blinde hinweg bedeutsam an – »es wird keinen Zwischenfall und keine Schwierigkeiten geben. Ich bin dessen so viel wie gewiß.«

»Ich auch«, bestätigte er mit einem kleinen Lächeln. Wir

verstanden uns ganz. Aber da begann um den Mund seiner Frau eine kleine Anstrengung. Man sah, daß etwas sie quälte.

»Ich hab mich noch gar nicht bei Ihnen entschuldigt, Herr Leutnant. Ich fürchte, ich bin vorhin ein bißchen ... ein bißchen unfreundlich zu Ihnen gewesen. Aber das dumme Mädel hatte niemanden gemeldet, ich hatte keine Ahnung, wer da im Zimmer wartete, und Emmerich hat mir noch nie von Ihnen erzählt. So meinte ich, es wäre jemand Fremder, der ihn aufhalten will, und er ist doch immer todmüde, wenn er nach Hause kommt.«

»Sie haben ganz recht gehabt, gnädige Frau, und Sie sollten sogar noch strenger sein. Ich fürchte – verzeihen Sie meine Unbescheidenheit – Ihr Herr Gemahl gibt zu viel von sich her.«

»Alles«, unterbrach sie mich heftig und rückte mit dem Sessel leidenschaftlich näher heran. »Alles, sage ich Ihnen, gibt er her, seine Zeit, seine Nerven, sein Geld. Er ißt nicht, er schläft nicht wegen seiner Kranken. Jeder beutet ihn aus, und ich, mit meinen blinden Augen, kann ihm nichts abnehmen, kann ihm nichts wegschaffen. Wenn Sie wüßten, wie ich um ihn in Sorge bin! Den ganzen Tag denke ich: jetzt hat er noch nichts gegessen, jetzt sitzt er schon wieder in der Bahn, in der Tramway, und in der Nacht werden sie ihn wieder wecken. Für alle hat er Zeit, nur für sich selbst nicht. Und mein Gott, wer dankt ihm dafür? Niemand! Niemand!«

»Wirklich niemand?« beugte er sich lächelnd über die Erregte.

»Natürlich«, errötete sie. »Aber ich kann doch gar nichts für ihn leisten! Wenn er heimkommt von der Arbeit, bin ich jedesmal ganz zerquält vor Angst. Ach, wenn Sie nur Einfluß auf ihn nehmen könnten! Er brauchte jemanden, der ihn ein bißchen zurückhält. Man kann doch nicht allen helfen ...«

»Aber versuchen muß man's«, sagte er und blickte mich dabei an. »Dafür lebt man doch. Nur dafür.« Ich spürte die Mahnung bis nach innen dringen. Aber ich ertrug diesen Blick, seit ich wußte, daß ich entschlossen war.

Ich erhob mich. Ich hatte in diesem Moment ein Gelöbnis geleistet. Kaum, daß sie das Rücken meines Stuhles vernahm, hob die Blinde die Augen.

»Müssen Sie wirklich schon gehen?« fragte sie mit ehrlichem Bedauern. »Wie schade, wie schade! Aber nicht wahr, Sie kommen bald wieder?«

Mir war sonderbar zumute. Was ist das mit mir, staunte ich innerlich, daß alle zu mir Vertrauen haben, daß diese Blinde ihre leeren Augen strahlend gegen mich hebt, daß dieser Mann, ein beinahe Fremder, mir jetzt freundschaftlich den Arm um die Schulter legt? Schon als ich die Treppe hinunterging, verstand ich nicht mehr, was vor einer Stunde mich hierhergetrieben. Warum hatte ich denn eigentlich fliehen wollen? Weil irgendein bärbeißiger Vorgesetzter mich beschimpft hatte? Weil ein Wesen, ein armer verstümmelter Mensch in Liebe zu mir verging? Weil jemand an mir sich festhalten, sich aufrichten wollte? Es war doch wunderbar, zu helfen, das einzige, was sich wahrhaft verlohnte und belohnte. Und diese Erkenntnis drängte mich, nun aus freiem Willen zu leisten, was ich gestern noch als unerträgliches Opfer empfunden: für die große, für die glühende Liebe eines Menschen diesem Menschen dankbar zu sein.

Acht Tage! – seit Condor meine Aufgabe befristet hatte, fühlte ich mich wieder meiner gewiß. Nur eine Stunde flößte mir noch Bangnis ein oder vielmehr jene einzige Minute, da ich Edith nach ihrem Bekenntnis zum erstenmal wieder entgegentreten sollte. Ich wußte, daß eine völlige Unbefangenheit nach so wilder Vertraulichkeit nicht mehr möglich war – der erste Blick nach jenem brennenden Kuß mußte die Frage enthalten: hast du mir vergeben? – und vielleicht noch die gefährlichere: duldest du meine Liebe und erwiderst du sie? Dieser erste Blick des Errötens, der verhaltenen und doch unaufhaltsamen Ungeduld, konnte, das fühlte ich deutlich, der gefährlichste und zugleich der entscheidende werden. Ein einziges ungeschicktes Wort, eine falsche Geste, und schon war grausam verraten, was ich nicht verraten durfte, und damit bereits jenes Brüske, jenes Beleidigende unwiderruflich geschehen, vor dem Condor mich so eindringlich gewarnt. War aber dieser Blick bestanden, dann war ich gerettet und hatte sie vielleicht für immer gerettet.

Aber kaum daß ich am nächsten Tage das Haus betrat, merkte ich schon, daß, hellsichtig durch die gleiche Besorgnis, Edith bereits Vorkehrungen getroffen hatte, um mir nicht allein zu begegnen. Bereits im Vorraum vernahm ich hell plaudernde Frauenstimmen; sie hatte also zu dieser ungewohnten Zeit, wo sonst niemals Gäste unser Beisammensein störten, sich Bekannte zum Schutz eingeladen, um den ersten kritischen Augenblick zu überbrücken.

Noch ehe ich den Salon betrat, eilte mir – entweder von Edith instruiert oder aus eigenem Antrieb – Ilona mit auffallendem Ungestüm entgegen, führte mich weiter und stellte mich der Frau des Bezirkshauptmanns und ihrer Tochter, einem bleichsüchtigen, sommersprossigen, mokanten Geschöpf, vor, von der ich übrigens wußte, daß Edith sie nicht leiden konnte; damit war jener erste Blick gleichsam abgeblendet, und schon schob mich Ilona hin an den Tisch. Man trank Tee und plauderte. Ich redete heftig auf das schnippische sommersprossige Provinzgänschen ein, während Edith mit der Mutter konversierte. Durch diese keineswegs zufällige Verteilung waren in den unterirdisch schwingenden Kontakt zwischen ihr und mir ein paar abdichtende Zwischenglieder eingeschaltet; ich konnte vermeiden, Edith anzuschauen, obwohl ich spürte, daß ihr Blick manchmal unruhig auf mir ruhte. Und auch, als die beiden Damen sich endlich erhoben, brachte die geschickte Ilona mit einem geschwinden Handgriff die Situation sofort in Ordnung.

»Ich begleite die Damen nur hinaus. Ihr könnt inzwischen eure Schachpartie schon anfangen. Ich hab dann noch ein bißchen mit den Vorbereitungen für die Reise zu tun, aber in einer Stunde bin ich wieder bei euch.«

»Haben Sie Lust auf eine Partie?« konnte ich jetzt Edith unbefangen fragen.

»Gern«, senkte Edith, indes die drei andern das Zimmer verließen, ihren Blick.

Sie behielt den Blick im Schoß, während ich das Brett hinstellte und umständlich, um Zeit zu gewinnen, die Figuren ordnete. Sonst pflegten wir, nach alter Schachregel, um über Angriff oder Verteidigung zu entscheiden, je eine weiße und eine schwarze Figur in der geschlossenen Faust hinter dem Rücken zu verbergen. Aber die Wahl hätte immerhin schon ein Sichansprechen, das eine Wort »rechts« oder »links« gefordert; selbst ihm wichen wir beide einverständlich aus, und ich stellte ohne weiteres die Figuren auf. Nur nicht sprechen! Nur alle Gedanken in das Karree der vierundsechzig Felder einsperren!

Einzig auf die Figuren starren, nicht einmal auf die fremden Finger, die sie bewegen! Und so spielten wir mit jener vorgetäuschten Versunkenheit, wie sie sonst nur ganz verbissenen Schachmeistern eigen ist, die alles um sich herum vergessen und ihre ganze Aufmerksamkeit ausschließlich auf die Partie konzentrieren.

Bald aber verriet das Spiel schon selbst das Trügerische unseres Tuns. In der dritten Partie versagte Edith vollkommen. Sie machte falsche Züge, am Zucken ihrer Finger merkte ich deutlich, sie ertrug dieses unwahrhafte Schweigen nicht länger. Mitten im Spiel schob sie das Brett weg.

»Genug! Geben Sie mir eine Zigarette!«

Ich holte eine aus der ziselierten silbernen Dose und zündete beflissen ein Streichhölzchen an. Als das Licht aufflammte, konnte ich ihren Augen nicht ausweichen. Sie starrten völlig reglos, nicht mir zugewandt und auch nicht in eine bestimmte Richtung blickend; gleichsam erfroren in eisigem Zorn verharrten sie unbeweglich und fremd, jedoch über ihnen zuckten in zitterndem Bogen die gespannten Brauen. Ich verstand sofort das wetterleuchtende Zeichen, das bei ihr einen Nervenausbruch unvermeidlich ankündigte.

»Nicht!« mahnte ich ehrlich erschrocken. »Bitte nicht!«

Aber sie warf sich zurück in ihren Fauteuil. Ich sah das Zukken über den ganzen Körper hin fortströmen und die Finger sich immer tiefer in die Lehne einkrampfen.

»Nicht! nicht!« bat ich nochmals, mir fiel nichts anderes ein als dieses eine beschwörende Wort. Aber das aufgestaute Weinen war bereits durchgebrochen. Es war kein wildes, lautes Schluchzen, sondern – furchtbarer noch – ein stilles erschütterndes Weinen mit verbissenem Mund, ein Weinen, das sich seiner selbst schämte und das sie doch nicht zu bändigen vermochte.

»Nicht! Ich bitte Sie, nicht!« sagte ich und legte, mich nahe heranbeugend, um sie zu beruhigen, die Hand auf ihren Arm. Sofort lief es wie ein elektrischer Schlag über die Schultern hin und dann wie ein Riß quer durch den ganzen in sich gekrümmten Leib.

Und mit einmal hörte das Zucken auf, alles wurde wieder

starr, sie rührte sich nicht mehr. Es war, als ob der ganze Körper wartete, als ob er lauschte, um zu verstehen, was diese fremde Berührung meinte. Ob sie Zärtlichkeit bedeutete oder Liebe oder nur Mitleid. Furchtbar war dieses Warten mit aussetzendem Atem, dieses Warten eines ganzen reglos lauschenden Körpers. Ich fand nicht den Mut, meine Hand zu entfernen, die so wunderbar jäh das aufschwellende Weinen beschwichtigt hatte, und hatte andererseits wieder nicht die Kraft, meine Finger zu einer Zärtlichkeit zu zwingen, die Ediths Körper, ihre brennende Haut – ich fühlte es – so dringlich erwartete. Wie etwas Fremdes ließ ich meine Hand liegen, und mir war, als käme an dieser einen Stelle ihr ganzes Blut mir warm und pulsend entgegen.

Willenlos verblieb meine Hand auf ihrem Arm, ich weiß nicht, wie lange, denn die Zeit stand während dieser Minuten so still wie die Luft in dem Zimmer. Dann aber spürte ich, daß ein leises Bemühen in ihren Muskeln begann. Abgewendeten Blicks, ohne mich anzuschauen, schob sie sanft mit ihrer Rechten meine Hand von ihrem Arm weiter hinüber zu sich, langsam zog sie sie näher zu dem Herzen, und nun gesellte sich zaghaft und zärtlich auch ihre Linke dazu. Beide hielten sie meine große, schwere, nackte Männerhand sehr sachte fest und begannen ganz, ganz zart mit furchtsamen Liebkosungen. Zuerst wanderten ihre zärtlichen Finger nur wie neugierig um meine wehrlose, reglose Handfläche herum, hauchhaft bloß die Haut übergleitend. Dann fühlte ich, wie die dünnen kindlichen Tastungen mit vorsichtigem Strich vom Gelenk her bis an die Fingerspitzen sich emporwagten, wie sie innen und außen, außen und innen versucherisch die Formen nachschmeichelten, wie sie erschrocken zuerst innehielten bei den harten Nägeln, um dann auch diese rund zu umtasten und dann wieder die Adern entlang zu gleiten bis hinab zum Gelenk und abermals auf und nieder – es war ein zärtliches Erkunden, das niemals sich erkühnte, meine Hand wirklich fest zu nehmen, zu drükken, zu fassen. Nur wie laues Wasser einen umspült, nahte sich diese spielerische Liebkosung, ehrfürchtig und kindlich zugleich, staunend und verschämt. Und doch spürte ich, daß die Liebende in diesem einen hingegebenen Stück meines Ichs mich ganz umfing. Unwillkürlich hatte sich ihr Kopf tiefer in den Fauteuil zurückgelehnt, gleichsam um diese Berührung lustvoller zu genießen; wie eine Schlafende lag sie da, wie eine Träumende, die Augen geschlossen, die Lippen weich geöffnet, und ein vollkommenes Ausruhen beschwichtigte und beglänzte zugleich ihr Antlitz, während immer und immer wieder, mit immer erneuter Beseligung, ihre zärtlichen Finger meine Hand von der Wurzel bis zu den Fingerspitzen umfuhren. Keinerlei Gier war in diesem innigen Berühren, nur eine stille, eine staunende Beglückung, endlich etwas von meinem Körper flüchtig besitzen zu dürfen und ihm unermeßliche Liebe zu bekunden; in keiner Umarmung einer Frau, selbst der glühendsten nicht, habe ich seither Zärtlichkeit mehr so erschütternd empfunden als in diesem zarten, beinahe träumerischen Spiel.

Wie lange dies dauerte, weiß ich nicht. Solche Erlebnisse sind jenseits der gewöhnlichen Zeit; es ging etwas Betäubendes, Betörendes, Hypnotisches von diesem scheuen Streifen und Streicheln aus, das mich mehr erregte und erschütterte als damals jener jähe, brennende Kuß. Noch immer fand ich nicht die Kraft, die Hand zurückzuziehen – »nur dulden sollst du meine Liebe«, erinnerte ich mich – ich genoß in einer dumpfen Traumhaftigkeit dies ständige Rieseln über meiner Haut bis in die Nerven und ließ es geschehen, machtlos, wehrlos und doch zugleich im Unterbewußtsein beschämt, so über alles Maß geliebt zu werden und meinerseits nichts zu empfinden als eine wirre Scheu, einen verlegenen Schauer.

Allmählich aber ward mir meine eigene Starre unerträglich – nicht die Liebkosung ermüdete, nicht das warme Gehen und Wandern der zärtlichen Finger, die hauchende und scheue Berührung, sondern es quälte mich, daß meine Hand dermaßen tot dort lag, als ob sie nicht zu mir gehörte, und dieser Mensch, der sie liebkoste, nicht zu meinem Leben. Ich wußte, wie man im Halbschlaf die Glocken hört von den Türmen, daß ich irgendeine Antwort geben mußte, – entweder mich dieser Liebkosung erwehren oder sie meinerseits erwidern. Aber nicht zum einen und nicht zum andern hatte ich die Kraft: nur ein Ende machen diesem gefährlichen Spiel, drängte es mich, und so schaltete ich vorsichtig die Muskeln an. Langsam, langsam, ganz langsam begann ich meine Hand aus der leichten Umstrickung loszulösen – unmerklich, wie ich hoffte. Aber die Empfindliche merkte sofort, noch ehe ich selbst darum wußte, dies beginnende Zurücknehmen; mit einem Ruck gab sie meine Hand gleichsam erschrocken frei. Die Finger fielen wie welk ab, plötzlich war die rieselnde Wärme fort von meiner Haut. Etwas verlegen nahm ich die verlassene Hand wieder an mich. Denn gleichzeitig hatte Ediths Gesicht sich verdunkelt, abermals begann das kindisch schmollende Zukken um die Mundwinkel.

»Nicht! nicht!« flüsterte ich ihr zu, ich fand kein anderes Wort. »Ilona muß gleich kommen.« Und da ich sah, daß sie bei diesen leeren, kraftlosen Worten nur noch heftiger zu zittern begann, faßte mich wieder jenes jäh aufbrennende Mitleid. Ich beugte mich zu ihr nieder und küßte sie mit fliehender Berührung auf die Stirn.

Aber streng, grau und abwehrend starrten ihre Pupillen mich an und gleichsam durch mich hindurch, als könnten sie die Gedanken hinter meiner Stirne erraten. Ich hatte ihr hellsichtiges Gefühl nicht zu täuschen vermocht. Sie hatte gemerkt, daß ich mich selbst mit der flüchtenden Hand ihrer Zärtlichkeit entzogen und daß dieser hastige Kuß nicht wirkliche Liebe, sondern bloß Verlegenheit und Mitleid gewesen war.

Das blieb mein Fehler in diesen Tagen, mein irreparabler, mein unverzeihlicher Fehler, daß ich trotz allem leidenschaftlichen Bemühen nicht die äußerste Geduld aufbrachte, nicht die letzte Kraft, mich zu verstellen. Vergebens hatte ich mir vorgenommen, mit keinem Wort, keinem Blick, keiner Geste ahnen zu lassen, daß ihre Zärtlichkeit mich bedrückte. Immer und immer wieder brachte ich mir Condors Warnung zum Bewußtsein, welche Gefährdung, welche Verantwortung ich verschuldete, wenn ich diese Verletzliche verletzte. Laß dich lieben von ihr, sagte ich mir immer wieder, verbirg dich, verstell dich diese acht Tage lang, um ihren Stolz zu schonen. Laß sie nicht ahnen, daß du sie betrügst, doppelt betrügst, indem du mit heiterer Sicherheit von ihrer baldigen Genesung sprichst und gleichzeitig innerlich zitterst vor Scheu und Scham. Tu unbefangen, ganz unbefangen, mahnte ich mich immer wieder, versuch's deiner Stimme Herzlichkeit, deinen Händen Zärtlichkeit und Zartheit zu geben.

Aber zwischen einer Frau, die ihre Neigung an einen Mann einmal verraten, und diesem Mann schwingt eine feurige, eine geheimnisvolle, eine gefährliche Luft. Liebenden ist immer unheimliche Hellsichtigkeit für das wahre Glück des Geliebten zu eigen, und da Liebe ihrem innersten Wesen gemäß allemal das Grenzenlose will, muß alles Maßvolle, alles Gemäßigte ihr widrig, ihr unerträglich sein. In jedem Gehemmtsein und Eingedämmtsein des andern ahnt sie den Widerstand, in jedem Nicht-voll-sich-Gewähren mit Recht die verborgene Gegenwehr. Und etwas mußte damals offenbar verlegen und verwirrt in meiner Haltung, etwas unehrlich und ungeschickt in meinen Worten gewesen sein, denn alle meine Bemühungen hielten ihrem wachsamen Warten nicht stand. Das Letzte gelang mir nicht: sie zu überzeugen, und immer unruhiger ahnte ihr Mißtrauen, daß ich das Eigentliche, das Einzige nicht gab, das sie von mir begehrte: die Gegenliebe der Liebe. Manchmal hob sie inmitten des Gesprächs – und gerade dann, wenn ich am eifrigsten um ihr Zutrauen, um ihre Herzlichkeit warb – den grauen Blick scharf zu mir empor; dann mußte ich immer die Lider senken. Mir war, als hätte sie eine Sonde hinabgestoßen, um den untersten Grund meines Herzens zu erkunden.

Drei Tage ging das so, eine Qual für mich, eine Qual für sie; ununterbrochen spürte ich dies stumme gierige Warten in ihren Blicken, in ihrem Schweigen. Dann – ich glaube, es war am vierten Tage – begann jene merkwürdige Feindseligkeit, die ich zuerst nicht begriff. Ich war wie gewöhnlich schon frühnachmittags gekommen und hatte ihr Blumen gebracht. Sie nahm sie, ohne recht aufzublicken, legte sie lässig zur Seite, um mir mit dieser betonten Gleichgültigkeit zu zeigen, ich sollte nicht hoffen, mich durch Geschenke freizukaufen. Nach einem beinahe verächtlichen »Ach, wozu denn so schöne Blumen!« verschanzte sie sich sofort wieder hinter einer demonstrativen und feindseligen Stummheit. Ich versuchte, unbefangene Konversation zu machen. Doch sie antwortete bestenfalls mit einem knappen »ach« oder »so« oder »merkwürdig, merkwürdig«, immer aber beleidigend deutlich markierend, daß mein Gespräch sie nicht im mindesten interessierte. Mit Absicht betonte sie schon rein äußerlich ihre Gleichgültigkeit: sie spielte mit einem Buch, blätterte es auf, legte es weg, tändelte mit allerhand Gegenständen, ein-, zweimal gähnte sie ostentativ, dann rief sie, mitten während ich erzählte, den Diener, fragte ihn, ob er den Chinchillapelz eingepackt habe, und erst als er bejaht hatte, wandte sie sich mir wieder zu mit einem kalten »Erzählen Sie nur weiter«, das den unausgesprochenen Nachsatz allzu deutlich erraten ließ, »es ist doch ganz gleichgültig, was Sie mir vorschwätzen«.

Schließlich fühlte ich meine Kraft erlahmen. Oft und öfter blickte ich nach der Tür, ob nicht endlich jemand kommen wollte, um mich von diesem verzweifelten Monologisieren zu erlösen, Ilona oder Kekesfalva. Aber auch dieser Blick entging ihr nicht. Mit verstecktem Hohn fragte sie scheinbar teilnahmsvoll: »Suchen Sie etwas? Wollen Sie etwas?«, und ich konnte zu meiner Beschämung nichts anderes erwidern als ein dummes: »Nein, durchaus nicht.« Wahrscheinlich hätte ich am vernünftigsten getan, den Kampf offen aufzunehmen und sie anzufahren: »Was wollen Sie eigentlich von mir? Warum quälen Sie mich? Ich kann ja auch fortgehen, wenn es Ihnen lieber ist.« Aber ich hatte doch Condor zugesagt, alles Brüske oder Herausfordernde zu vermeiden; statt die Last dieses böswilligen Schweigens mit einem Ruck von mir zu werfen, schleppte ich törichterweise das Gespräch durch zwei Stunden wie über heißen stummen Sand, bis endlich Kekesfalva erschien, scheu wie immer in der letzten Zeit und vielleicht noch verlegener: »Wollen wir nicht zu Tisch gehen?«

Und dann saßen wir rund um den Tisch, Edith mir gegenüber. Nicht ein einziges Mal blickte sie auf, zu niemandem sprach sie ein Wort. Alle drei spürten wir das Obstinate, das aggressiv Beleidigende ihrer verpreßten Stummheit. Um so gewaltsamer versuchte ich darum, Stimmung zu machen. Ich erzählte von unserem Obersten, der wie ein Quartalsäufer regelmäßig im Juni und Juli seine sogenannte »Manöverkrankheit« bekam, und wie er, je näher der Termin der großen Übung heranrückte, immer aufgeregter, immer federfuchsiger werde: ich schmückte, um die dumme Geschichte auszuwalken, obwohl der Kragen um meine Kehle sich gleichsam nach innen würgte, sie mit immer läppischeren Details aus. Jedoch nur die andern lachten, auch sie gezwungen und sichtlich bemüht, das peinliche Schweigen Ediths zu decken, die nun schon zum drittenmal ostentativ gähnte. Aber nur weitersprechen, sagte ich mir, und so erzählte ich, wie wir jetzt herumgehetzt würden, niemand wisse mehr ein und aus. Obwohl gestern zwei Ulanen mit Sonnenstich vom Pferd gefallen seien, nehme der rabiate Menschenschinder uns jeden Tag noch schärfer vor. Wann man aus dem Sattel komme, könne jetzt niemand mehr voraussagen, zwanzigmal, dreißigmal lasse er in seinem Manöverkoller die dümmste Übung wiederholen. Mit Müh und Not sei's mir heute noch gelungen, mich rechtzeitig fortzudrücken, aber ob ich morgen ganz pünktlich kommen könnte, wüßte nur der liebe Gott und der Herr Oberst, der sich zur Zeit für seinen Statthalter auf Erden halte.

Dies war nun gewiß eine unschuldige Feststellung, die niemanden kränken oder erregen konnte; ganz locker, ganz heiter hatte ich sie zu Kekesfalva hinübergesprochen, ohne Edith überhaupt anzusehen (ich konnte längst ihren starr ins Leere gerichteten Blick nicht mehr ertragen). Da klirrte plötzlich etwas. Sie hatte das Messer, mit dem sie die ganze Zeit über nervös gespielt hatte, quer über den Teller geworfen und hieb in unser Aufschrecken scharf hinein:

»Nun, wenn's Ihnen solche Scherereien macht, dann bleiben Sie eben in der Kaserne oder im Kaffeehaus. Wir werden's schon ertragen.«

Als hätte jemand durch das Fenster geschossen, starrten wir alle atemlos auf.

»Aber Edith«, lallte Kekesfalva mit ganz trockener Zunge.

Doch sie warf sich im Sessel zurück und höhnte: »Nun, man hat doch Mitleid mit einem so geplagten Menschen! Warum soll er sich nicht einen Tag dienstfrei machen von uns, der Herr Leutnant! Ich für mein Teil spendier ihm gerne einen Feiertag.«

Kekesfalva und Ilona blickten einander verstört an. Beide verstanden sofort, daß eine lang aufgestaute Erregung mich völlig sinnlos ansprang; an der ängstlichen Art, wie sie sich mir zuwandten, ahnte ich ihre Besorgnis, ich würde grob dieser Grobheit erwidern. Eben darum nahm ich mich besonders zusammen.

»Wissen Sie, eigentlich haben Sie recht, Edith«, sagte ich so warmherzig, als es mir mit hämmerndem Herzen möglich war. »Einen guten Gesellschafter kriegt's ihr wirklich nicht an mir, wenn ich dermaßen abgeschunden herauskomm; die ganze Zeit spür ich's selber, daß ich Sie heute gründlich angeödet hab! Aber Sie sollten die paar Tage auch mit einem so abgerackerten Kerl vorliebnehmen. Wie lang wird's denn noch sein, daß ich zu euch kommen darf? Auf ja und nein wird das Haus leer sein und ihr alle fort. Ich kann's mir noch gar nicht ausdenken, daß wir im ganzen nun mehr vier Tage zusammen sein sollen, vier Tage oder eigentlich nur dreieinhalb Tage, ehe ihr ...«

Aber da zuckte ein Lachen drüben auf, scharf und schrill, wie wenn ein Tuch durchreißt.

»Ha! Dreieinhalb Tage! Haha! Bis auf den halben Tag hat er sich's ausgerechnet, wann er uns endlich los wird! Hat sich wahrscheinlich eigens einen Kalender gekauft und rot angezeichnet: Feiertag, unsere Abfahrt? Aber geben Sie nur acht! Man kann sich auch einmal gründlich verrechnen. Ha! Dreieinhalb Tage, drei und ein halb, ein halb, ein halb ...«

Sie lachte immer heftiger, uns gleichzeitig mit hartem Blick anblitzend, aber sie zitterte, während sie lachte; es war eher ein böses Fieber, das sie schüttelte, als eine richtige Heiterkeit. Man merkte, am liebsten wäre sie aufgesprungen, was ja auch die natürlichste, die normalste Bewegung gewesen wäre bei solch aufrüttelnder Erregung; aber mit ihren hilflosen Beinen konnte sie nicht von ihrem Sessel weg. Diese gewaltsame Gebanntheit gab ihrem Zorn etwas von der Bösartigkeit und tragischen Wehrlosigkeit eines eingegitterten Tiers.

»Gleich, ich hole schon Josef«, flüsterte ihr ganz blaß Ilona zu, seit Jahren gewohnt, jede ihrer Bewegungen zu erraten, und sogleich trat der Vater an ihre Seite. Aber seine Angst erwies sich als überflüssig, denn wie jetzt der Diener eintrat, ließ sich Edith von ihm und Kekesfalva wortlos hinausführen, ohne sich mit einem Wort zu verabschieden oder zu entschuldigen; erst an unserer Betroffenheit war sie offenbar gewahr geworden, welche Verstörung sie verschuldet hatte.

Ich blieb mit Ilona allein. Mir war wie einem Menschen, der mit einem Flugzeug abgestürzt ist und aus der Erstarrung des Schreckens sich taumelig erhebt, unwissend, was eigentlich mit ihm geschah.

»Sie müssen es verstehen«, flüsterte Ilona mir hastig zu, »sie schläft jetzt keine Nacht mehr. Der Gedanke an die Reise regt sie furchtbar auf und ... Sie wissen ja nicht ...«

»Doch Ilona, ich weiß. Ich weiß alles«, sagte ich. »Eben darum komme ich morgen wieder.«

»Durchstehen! Festhalten!«, sagte ich mir energisch, als ich, von dieser Szene ganz erregt, nach Hause ging. Um jeden Preis fest bleiben! Du hast es Condor versprochen, dein Wort steht auf dem Spiel. Nicht dich beirren lassen durch Nerven und Launen. Immer bewußt bleiben, daß diese Feindseligkeit doch nur Verzweiflung eines Menschen ist, der dich liebt und an den du durch Härte, durch Kälte des Herzens verschuldet bist. Fest bleiben bis zur letzten Stunde – es gilt ja nur mehr dreieinhalb Tage, drei Tage, dann hast du die Probe bestanden, dann kannst du ausspannen, entlastet, wochenlang, monatelang! Geduld jetzt, Geduld – nur noch diese letzte Spanne, diese letzten dreieinhalb, diese letzten drei Tage!

Condor hatte richtig empfunden. Einzig das Unmeßbare, das Unfaßbare erschreckt uns, alles Begrenzte dagegen, alles Bestimmte fordert zur Probe heraus und wird zum Maß unserer Kraft. Drei Tage – das werde ich schaffen, fühlte ich, und dieses Bewußtsein gab mir Sicherheit. Ich machte am nächsten Morgen ausgezeichnet meinen Dienst, was allerlei besagen wollte, denn diesmal mußten wir schon eine Stunde früher als sonst auf den Exerzierplatz und wild herummanövrieren, bis uns der Schweiß in den Kragen lief. Zur eigenen Überraschung konnte ich sogar dem ingrimmigen Oberst ein unwillkürliches »So ist's recht« entlocken; um so heftiger ging diesmal das Gewitter auf den Grafen Steinhübel nieder. Passionierter Pferdenarr, der er war, hatte er sich gerade vorgestern einen neuen hochbeinigen Fuchs angeschafft, ein junges, unbändiges Vollblut; leider war er im Vertrauen auf seine Reitkunst so unvorsichtig gewesen, ihn nicht vorher gründlich auszuprobieren. Mitten bei der Besprechung war nun das Luder, vom Schatten eines Vogels erschreckt, toll gestiegen, ein zweites Mal bei der Attacke schlankweg durchgegangen, und wäre Steinhübel nicht ein so famoser Reiter gewesen, so hätte die ganze Front ein kurioses Kopfüber zu sehen bekommen. Erst nach einem geradezu akrobatischen Kampf konnte er das furiose Vieh kleinkriegen, für welche respektable Leistung er aber vom Oberst nichts Erfreuliches zu hören bekam. Er verbitte sich, knurrte er, ein für allemal Zirkuskunststücke auf dem Exerzierplatz; wenn der Herr Graf schon von Gäulen nichts verstünde, solle er sie wenigstens vorher anständig in der Reitschule zureiten und sich nicht so jämmerlich vor der Mannschaft blamieren.

Diese böse Bemerkung wurmte den Rittmeister über alle Maßen. Noch während des Heimritts und dann bei Tisch explizierte er immer von neuem, welches Unrecht man ihm angetan. Das Roß habe eben zu viel Saft in sich; man werde erst sehen, was der Fuchs für famose Figur machen würde, wenn man ihm einmal die Mucken gründlich ausgetrieben hätte. Aber je mehr der Enragierte sich erregte, um so mehr stichelten ihn die Kameraden. Er habe sich anschmieren lassen, frozzelten sie ihn und machten ihn redlich fuchtig. Immer heftiger wurde die Debatte. Während dieser stürmischen Diskussion nähert sich mir von rückwärts eine Ordonnanz: »Zum Telephon bitte, Herr Leutnant.«

Mit schlimmer Vorahnung springe ich auf. Immer kam ja in den letzten Wochen von Telephon, Telegrammen und Briefen nur Nervenriß und Verstörung. Was will sie schon wieder? Wahrscheinlich tut's ihr leid, mich für heute nachmittag freigegeben zu haben. Nun, wenn sie's reut, dann geht alles glatt. Jedenfalls ziehe ich die gepolsterte Tür der Telephonkabine luftdicht hinter mir zu, als kappte ich damit jeden Kontakt zwischen meiner dienstlichen Sphäre und jener andern vollkommen ab. Es ist Ilona.

»Ich wollte Ihnen nur sagen«, spricht sie – wie mir scheint, etwas befangen – in den Apparat, »es wäre besser, Sie kämen heute nicht heraus. Edith fühlt sich nicht ganz wohl . . .«

»Doch nichts Ernstliches?« unterbreche ich.

»Nein, nein . . . ich glaube nur, wir lassen sie lieber heute ausruhen, und dann . . .« – sie zögert merkwürdig lange – »und dann . . . es kommt ja jetzt auf einen Tag nicht so an. Wir müssen doch . . . wir werden doch die Abreise noch verschieben müssen.«

»Verschieben?« Ich muß es ganz ängstlich gefragt haben, denn sie setzt hastig hinzu:

»Ja ... aber wir hoffen, bloß um ein paar Tage ... übrigens, das besprechen wir morgen oder übermorgen ... vielleicht telephoniere ich Ihnen noch inzwischen ... ich wollte Ihnen jedenfalls das nur rasch ausrichten ... also heute lieber nicht und ... und ... alles Gute und auf Wiedersehen!«

»Ja, aber ...«, stammle ich in den Apparat hinein. Doch es kommt keine Antwort mehr. Ich horche noch ein paar Sekunden. Nein, keine Antwort. Sie hat abgehängt. Merkwürdig – warum hat sie so eilig das Gespräch abgebrochen? So rasch, als fürchte sie, weiter gefragt zu werden. Das muß etwas zu bedeuten haben ... Und warum überhaupt verschieben? Warum die Abreise verschieben, es war doch alles genau auf den Tag bestimmt? Acht Tage, hat Condor gesagt. Acht Tage, ich habe mich innerlich schon völlig darauf eingestellt und soll jetzt wieder ... unmöglich ... das ist doch unmöglich ... das halt ich nicht aus, dieses ewige Auf und Ab ... man hat doch auch seine Nerven ... Ich muß schließlich einmal zu meiner Ruhe kommen ...

Ist es wirklich so heiß in dieser Telephonzelle? Wie ein Erstickender reiße ich die Polstertür auf und tappe zurück an meinen Platz. Man hat mein Aufstehen und Weggehen anscheinend nicht bemerkt. Noch immer streiten und spotten die andern heftig mit Steinhübel herum, und neben meinem leeren Stuhl steht, beharrlich wartend, die Ordonnanz mit der Bratenschüssel. Mechanisch, um den Burschen rasch fortzuhaben, lege ich mir zwei, drei Schnitten auf den Teller, aber ich fasse weder Gabel noch Messer, denn zwischen den Schläfen hat ein so heftiges Ticken begonnen, als meißelte ein kleiner Hammer die Worte unbarmherzig in die innere Knochenwand: »Verschieben! Die Abreise verschieben!« Das muß doch einen

Grund haben. Gewiß ist etwas geschehen. Ist sie ernstlich erkrankt? Habe ich sie beleidigt? Warum will sie auf einmal nicht weg? Condor hat mir doch versprochen, nur acht Tage müsse ich standhalten, und fünf habe ich schon durchgekämpft ... Aber länger kann ich nicht mehr ... ich kann einfach nicht!

»No, was spinnst denn, Toni? Unser Rostbratel gustiert dir, scheint's, nicht recht. Na ja, da sieht man's, das kommt davon, wenn man sich so nobel g'wöhnt. Ich sag's ja immer, bei uns is ihm nix mehr fein genug.«

Immer dieser verdammte Ferencz mit seinem gutmütigen, pappigen Lachen, immer diese dreckigen Anspielungen, als schmarotzte ich mich draußen an!

»Zum Teufel, laß mich in Ruh mit deinen blöden Witzen!« fahre ich ihn an. Meine ganze aufgestaute Wut muß mir in die Stimme geraten sein, denn von gegenüber schauen die zwei Fähnriche ganz erstaunt auf. Ferencz legt Gabel und Messer nieder.

»Du Toni«, sagt er drohend, »diesen Ton verbitt ich mir. Man wird bei der Menasch vielleicht noch seine Spassetteln machen dürfen. Ob's dir woanders besser schmeckt, da hast recht, das ist deine Sach, das geht mich nix an. Aber an unserm Tisch werd ich mir noch erlauben dürfen, zu bemerken, daß d' unser Mittagessen stehnläßt.«

Die Nächstsitzenden blicken interessiert auf uns beide. Das Klappern und Stochern auf den Tellern ist auf einmal leiser geworden. Sogar der Major kneift seine Augen zusammen und blickt scharf herüber. Ich sehe, daß es höchste Zeit ist, meine Unbeherrschtheit gutzumachen.

»Und du, Ferencz«, antworte ich, mich zu einem Lachen zwingend, »wirst gütigst erlauben, daß ich einmal Schädelweh hab und mich nicht extra fühl.«

Sofort lenkt Ferencz ein. »O pardon, Toni, wer kann dös spannen? Ja wirklich, du siehst gediegen mies aus. Schon ein paar Tag spür ich, mit dir is was nicht extra. Na – wirst dich schon wieder zusammenrappeln, um dich hab ich keine Sorg'.«

Der Zwischenfall ist glücklich beigelegt. Aber in mir fiebert der Zorn weiter. Was treiben die da draußen mit mir? Hin und her, herauf und herunter, kalt und warm – nein, ich lasse mich nicht so hetzen! Drei Tage habe ich gesagt, dreieinhalb Tage und keine Stunde mehr! Und ob sie verschieben oder nicht verschieben, ist mir egal! Ich laß mir nicht länger die Nerven zerreißen, mich nicht länger quälen durch das verfluchte Mitleid. Ich werde noch verrückt davon.

Ich muß mich zurückhalten, um die Wut, die mich innerlich gepackt hat, nicht zu verraten. Am liebsten möchte ich die Gläser nehmen und zwischen den Fingern zerbrechen oder mit der Faust auf den Tisch schlagen; irgend etwas Gewaltsames muß ich unbedingt tun, spüre ich, um diese Spannung loszuwerden. Nur nicht so wehrlos sitzen und zapplig warten, ob sie wieder schreiben und telephonieren, ob sie verschieben oder nicht verschieben. Ich kann einfach nicht mehr. Ich muß etwas tun.

Gegenüber diskutieren die Kameraden unterdes noch gleich aufgeregt. »Und ich sag dir«, höhnt der magere Jozsi, »der Neutitscheiner hat dich von oben bis unten angeschmiert. Ich versteh auch was von Rössern, mit dem Luder wirst nicht fertig, das kriegt keiner herum.«

»So? Das möcht ich sehn«, fahre ich plötzlich in das Gespräch hinein. »Das möcht ich sehn, ob man mit so einem Gaul nicht fertig wird. Sag, Steinhübel, hättst was dagegen, daß ich mir deinen Fuchs jetzt vornehm auf eine Stund oder zwei und ihm Salz und Pfeffer geb, bis er pariert?«

Ich weiß nicht, wie mir der Gedanke gekommen war. Aber das Bedürfnis, meinen Zorn auszulassen gegen irgend jemanden oder irgend etwas, zu raufen, mich herumzuschlagen, steckte so fiebrig in mir, daß es gierig diesen ersten zufälligen Anlaß ansprang. Alle blickten erstaunt auf mich.

»A la bonheur«, lacht Graf Steinhübel, »wenn'st Courasch hast, tust mir sogar einen G'fallen damit. Ich hab heute geradezu einen Krampf in die Finger gekriegt, so hab ich das Viech herumreißen müssen; wär schon gut, wenn jemand Frischer über den Racker käm. Wenn's dir recht ist, können wir's gleich angehn! Vorwärts, kommt's!«

Alle springen im guten Vorgefühl einer rechten »Hetz« auf. Wir gehen in den Stall, um den »Cäsar« herauszuholen – diesen unbesieglichen Namen hat Steinhübel vielleicht etwas voreilig seinem verwegenen Gaul erteilt. Cäsar kommt es gleich etwas unheimlich vor, daß wir uns in so gesprächiger Rotte um die Box versammeln. Er schnobert und ruckt und tänzelt im engen Raum hin und her, er zerrt am Halfter, daß die Balken krachen. Nicht ohne Mühe manövrieren wir das mißtrauische Tier in die Reitschule hinein.

Im allgemeinen war ich nur ein mittelguter Reiter und einem passionierten Kavalleristen wie etwa Steinhübel nicht im entferntesten gewachsen. Heute jedoch hätte er niemand besseren finden können als mich und der unbändige Cäsar keinen gefährlicheren Gegner. Denn diesmal straffte der Zorn mir die Muskeln; die böse Lust, mit etwas fertigzuwerden, etwas unterzukriegen, machte es mir zu einem fast sadistischen Vergnügen, wenigstens diesem stützigen Tier (gegen das Unerreichbare kann man ja nicht losschlagen!) zu zeigen, daß meine Geduld Grenzen hat. Es half dem wackeren Cäsar wenig, daß er wie eine Rakete herumstob, mit den Hufen an die Wände polterte, sich bäumte und mit jähen Quersprüngen versuchte, mich herunterzukriegen. Ich war nun einmal in Saft und riß unbarmherzig die Trense an, als wollte ich ihm alle Zähne ausbrechen, ich krachte ihm die Absätze in die Rippen, und bei dieser Behandlung vergingen ihm bald die Mucken. Mich reizte, mich lockte, mich begeisterte sein harter Widerstand, und gleichzeitig feuerten mich die zustimmenden Bemerkungen der Offiziere »Donnerwetter, der gibt's ihm!« oder »Da schaut's den Hofmiller an« zu immer couragierterer Sicherheit an. Immer geht ja von körperlicher Leistung das Selbstgefühl ins Seelische über; nach einer halben Stunde rücksichtslosen Raufens saß ich schon siegreich im Sattel, und unter mir knirscht und dampft und trieft das gedemütigte Tier, als käme es aus einer heißen Dusche. Der Hals und das Lederzeug flocken weiß von Schaumspritzern, fügsam ducken sich die Ohren, und nach abermals einer halben Stunde geht der Unbesiegbare schon weich und gehorsam, wie ich will; ich brauche die Schenkel gar nicht mehr anzupressen und könnte jetzt ruhig absitzen, um mir von den Kameraden gratulieren zu lassen. Aber noch immer steckt zu viel Rauflust in mir, und ich fühle mich so wohl in dem gesteigerten Zustand der Anstrengung, daß ich Steinhübel bitte, jetzt noch auf eine Stunde oder zwei hinausreiten zu dürfen zum Exerzierplatz, im Trab natürlich, damit sich das abgeschwitzte Tier ein bißchen auskühlen könne.

»Aber gern«, nickt Steinhübel mir lachend zu. »Das seh ich schon, du bringst ihn mir tadellos zurück. Der wird jetzt keine solche Stückeln mehr aufspielen. Bravo, Toni, meinen Respekt!«

So reite ich, von den Kameraden stürmisch applaudiert, aus der Manege und führe, die Zügel knapp haltend, den abgekämpften Gaul durch die Stadt und dann auf die Wiesen hinaus. Leicht und locker geht das Pferd, leicht und locker fühle ich mich selbst. Meine ganze Wut und Erbitterung habe ich in dieser angestrengten Stunde in das widerspenstige Tier hineingedroschen; nun trabt Cäsar fromm und unkriegerisch, und ich muß Steinhübel rechtgeben: er hat wirklich einen famosen Gang. Schöner, schwingender, geschmeidiger kann man nicht galoppieren; allmählich weicht mein ursprünglicher Unmut einem genießerischen und fast träumerischen Behagen. Eine gute Stunde tummle ich den Gaul hin und her, schließlich, um halb fünf, heißt es, langsam zurück. Wir haben beide, Cäsar und ich, für heute genug. In bequemem schaukelndem Trott trabe ich über die wohlbekannte Chaussee wieder zur Stadt zurück, selber schon ein bißchen schummrig. Da, hinter mir, ein Hupensignal, laut und scharf. Sofort spitzt der nervöse Fuchs die Ohren und beginnt zu zittern. Aber ich spüre rechtzeitig das Flattrige, das den Gaul überkommt, fasse die Zügel kurz und drücke ihn mit den Schenkeln von der Mitte der Straße ganz an den Rand neben einen Baum, damit das Auto ungehindert passieren kann.

Das Auto muß einen rücksichtsvollen Chauffeur haben, der mein behutsames Zur-Seite-Voltigieren richtig versteht. Ganz langsam, man hört kaum den Motor töffen, steuert er im sachtesten Tempo heran; es ist eigentlich fast überflüssig, daß ich so scharf auf das zitternde Pferd achte und die Schenkel straff anpresse, jeden Moment eines Seitensprungs oder Rückprellens gewärtig, denn als der Wagen jetzt an uns vorbeikommt, steht das Tier leidlich still. Ich kann ruhig aufschauen. Aber in der Sekunde, da ich meinen Blick hebe, gewahre ich, daß jemand aus dem offenen Auto mir zuwinkt, und ich erkenne den runden Glatzkopf Condors neben dem eiförmigen, von dünnem Haar weiß beschatteten Schädel Kekesfalvas.

Ich weiß nicht, zittert das Pferd unter mir oder zittere ich selbst? Was bedeutet das? Condor hier, und er hat mich nicht verständigt? Er muß bei den Kekesfalvas gewesen sein, der Alte saß ja neben ihm im Wagen! Aber warum halten sie nicht an, um mich zu begrüßen? Warum sausen die beiden so fremd an mir vorbei? Und wieso kommt Condor auf einmal wieder heraus? Zwei bis vier – da hat er doch sonst in Wien Ordination. Sie müssen ihn besonders dringend berufen haben und zwar schon frühmorgens. Da muß etwas geschehen sein. Gewiß hängt das mit dem Telephonanruf Ilonas zusammen, daß sie die Reise verschieben müssen und ich heute nicht hinauskommen solle. Unbedingt, etwas muß geschehen sein, etwas, das man mir verschweigt! Am Ende hat sie sich etwas angetan – gestern abend, da war so etwas Entschlossenes in ihrem Wesen, eine so höhnische Sicherheit, wie sie ein Mensch nur hat, wenn er etwas Böses, etwas Gefährliches plant. Gewiß hat sie sich etwas angetan! Ob ich nicht doch nachgaloppieren soll, vielleicht erreiche ich Condor noch auf dem Bahnhof!

Aber vielleicht – besinne ich mich rasch – ist er noch gar nicht abgereist. Nein, keinesfalls wird er zurückfahren, wenn wirklich etwas Schlimmes geschehen ist, ohne mir eine Botschaft zu hinterlassen. Vielleicht liegt eine Zeile von ihm in der Kaserne. Dieser Mensch, das weiß ich, tut nichts Heimliches ohne mich, gegen mich. Dieser Mensch läßt mich nicht im Stich. Nur jetzt rasch hinein! Zuverlässig wird das Wort, ein Brief, ein Zettel von ihm bei mir zu Hause sein oder er selbst. Nur rasch zurück!

In der Kaserne stelle ich eiligst das Pferd ein und laufe, um allem Geschwätz und Gratulieren auszuweichen, die Nebentreppe hinauf. Tatsächlich – vor meiner Zimmertür wartet schon Kusma; an seinem ängstlichen Gesicht, seinen gedrückten Schultern merke ich: etwas ist los. Ein Herr in Zivil warte in meinem Zimmer, meldet er mit einer gewissen Bestürzung, er habe sich nicht getraut, den Herrn abzuweisen, weil es ihm gar so dringlich gewesen. Nun hat Kusma eigentlich strengen

Auftrag, niemanden in mein Zimmer zu lassen. Aber wahrscheinlich hat ihm Condor ein Trinkgeld gegeben – darum Kusmas Angst und Unsicherheit, die jedoch rasch in Verwunderung umschlägt, als ich, statt ihn auszuschelten, nur ein joviales »Schon recht«, murmle und auf die Tür losfahre. Gott sei Dank, Condor ist gekommen! Er wird mir alles erzählen.

Hastig habe ich die Tür aufgestoßen, und sofort regt sich, wie aus dem Schatten herausgewachsen, im äußersten Ende des verdunkelten Raumes (Kusma hat die Rolläden der Hitze wegen herabgelassen) eine Gestalt. Schon will ich Condor herzlich entgegen, da erkenne ich – das ist doch gar nicht Condor. Es ist jemand anderer, der hier auf mich wartet, und gerade der Mensch, den ich am wenigsten hier erwartet hätte. Es ist Kekesfalva: auch wenn das Dunkel noch dichter wäre, würde ich ihn unter Tausenden an seinem verschüchterten Aufstehen und Sichverbeugen erkennen. Und noch ehe er räuspernd zum Sprechen ansetzt, weiß ich schon den demütigen, den erschütterten Ton seiner Stimme voraus.

»Entschuldigen Sie, Herr Leutnant«, verbeugt er sich, »daß ich unangemeldet bei Ihnen eingedrungen bin. Aber Doktor Condor hat mir aufgetragen, Ihnen seine speziellen Grüße zu überbringen, und Sie sollen verzeihen, daß er das Auto nicht anhalten ließ ... es war schon höchste Zeit, er mußte unbedingt den Wiener Schnellzug erreichen, weil er dort abends ... und ... und ... darum bat er mich, Ihnen gleich auszurichten, wie leid es ihm tat ... Nur darum ... ich meine, nur darum habe ich mir erlaubt, selbst zu Ihnen heraufzukommen ...«

Er steht vor mir, den Kopf gesenkt wie unter einem unsichtbaren Joch. Im Dunkeln schimmert der knochige Schädel mit dem dünnen gescheitelten Haar. Die völlig unnötige Servilität seiner Haltung beginnt mich zu erbittern. Untrüglich sagt mir ein Unbehagen: hinter diesem verlegenen Herumgerede steckt eine bestimmte Absicht. Bloß um gleichgültige Grüße zu bestellen, klettert ein alter, herzkranker Mann nicht drei Stockwerke hinauf. Diese Grüße hätten sich ebensogut telephonisch übermitteln oder bis morgen aufsparen lassen. Achtung! sage ich mir, dieser Kekesfalva will etwas von dir. Schon einmal ist er so aus dem Dunkel vorgebrochen; demütig wie ein Bettler beginnt er und preßt dir schließlich seinen Willen auf wie der Djinn deines Traumes dem Mitleidigen. Nicht ihm nachgeben! Nicht dich einfangen lassen! Nichts fragen, nach nichts dich erkundigen, möglichst bald ihn verabschieden und hinabbegleiten!

Aber der da vor mir steht, ist ein alter Mann, und sein Kopf ist demütig gebeugt. Ich sehe seinen dünnen weißen Scheitel; wie aus einem Traum erinnere ich mich an jenen meiner Großmutter, wenn sie über dem Strickzeug uns kleinen Geschwistern Märchen erzählte. Einen alten, kranken Mann kann man doch nicht unhöflich wegweisen. So deute ich, unbelehrbar durch alle Erfahrung, auf den Stuhl hin:

»Zu liebenswürdig, Herr von Kekesfalva, daß Sie sich bemüht haben! Wirklich, zu freundlich von Ihnen! Wollen Sie nicht Platz nehmen?«

Kekesfalva antwortet nicht. Er hat wohl nicht deutlich gehört. Aber er hat wenigstens die Geste meiner Hand verstanden. Zaghaft schiebt er sich an den äußersten Rand des angebotenen Stuhls. So verschüchtert muß er, erinnere ich mich blitzartig, in seiner Jugend als Kostgänger am Freitisch fremder Menschen gesessen haben. Und so sitzt er jetzt, der Millionär, bei mir auf dem armseligen abgebrauchten Rohrsessel. Umständlich nimmt er die Brille ab, kramt das Tuch aus der Tasche und beginnt die beiden Gläser zu putzen. Aber mein Lieber, ich bin schon gewitzigt, ich kenne dieses Putzen schon, ich kenne deine Tricks! Ich weiß, du putzt an den Gläsern, um Zeit zu gewinnen. Du möchtest, daß ich das Gespräch beginne, daß ich frage, und ich weiß sogar, was du gefragt werden möchtest – ob Edith wirklich krank ist und warum die Abreise verschoben werden soll. Aber ich bleibe auf meiner Hut. Fang du an, wenn du mir was zu sagen hast! Keinen Schritt geh ich dir entgegen! Nein – ich laß mich nicht neuerdings hineinlocken, – genug mit dem verdammten Mitleid, genug auch mit diesem ewigen Mehr und Mehr! Schluß mit diesen Hinterhältigkeiten und Undurchsichtigkeiten! Wenn du was von mir willst, dann mach's rasch und ehrlich, aber versteck dich nicht hinter dieser einfältigen Brillenputzerei! Ich geh dir nicht mehr auf den Leim, ich hab mein Mitleid satt!

Der alte Mann legt, als hätte er die ungesprochenen Worte hinter meinen verschlossenen Lippen vernommen, endlich die blankgescheuerte Brille resigniert vor sich hin. Er spürt offenbar schon, daß ich ihm nicht helfen will und er selber beginnen müsse; beharrlich das Haupt gebeugt, hebt er zu sprechen an, ohne den Blick zu mir herüber zu wenden. Nur zu dem Tisch redet er hin, als erhoffe er von dem harten, rissigen Holz mehr Mitleid als von mir.

»Ich weiß, Herr Leutnant«, beginnt er beklommen, »daß ich kein Recht habe – oh, gewiß, kein Recht, Ihre Zeit in Anspruch zu nehmen. Aber was soll ich tun, was sollen wir tun? Ich kann nicht mehr weiter, wir alle können nicht mehr weiter ... Gott weiß, wie das über sie gekommen ist, man kann ja nicht mit ihr reden, sie hört auf keinen mehr ... Und dabei weiß ich doch, sie tut's nicht aus schlechter Absicht ... nur unglücklich ist sie, unermeßlich unglücklich ... nur aus Verzweiflung tut sie uns das an ... glauben Sie mir, nur aus Verzweiflung.«

Ich warte. Was meint er? *Was* tut sie ihnen an? Was denn? Rück endlich heraus! Warum redest du so täuscherisch herum, warum sagst du nicht gerade heraus, was los ist?

Aber der alte Mann starrt leer auf den Tisch. »Und dabei war doch alles besprochen, alles schon vorbereitet. Der Schlafwagen bestellt, die schönen Zimmer reserviert, und gestern nachmittag war sie noch voll Ungeduld. Sie hatte sich selbst die Bücher ausgesucht, die sie mitnehmen wollte, hat die neuen Kleider und den Pelz probiert, die ich aus Wien hab kommen lassen; und mit einmal ist das in sie gefahren, ich versteh's nicht, gestern abends nach dem Essen – Sie erinnern sich ja, wie sie erregt war. Ilona versteht's nicht und niemand versteht's, was plötzlich über sie gekommen ist. Aber sie sagt und schreit und schwört, um keinen Preis werde sie wegfahren, keine Macht der Erde könne sie fortbringen. Sie bleibt, sie bleibt, sie bleibt, sagt sie, und wenn man ihr das Haus über dem Kopf anzündet. Sie mache den Schwindel nicht mit, sie lasse sich nicht betrügen, sagt sie. Nur weghaben wolle man sie mit dieser Kur, nur sie los sein. Aber wir alle würden uns irren, wir alle. Sie fährt einfach nicht weg, sie bleibt, sie bleibt, sie bleibt.«

Mich überläuft's kalt. Das also steckte hinter dem zornigen Lachen von gestern. Hat sie bemerkt, daß ich nicht weiter kann, und inszeniert sie das, damit ich ihr verspreche, doch in die Schweiz nachzukommen?

Aber: nicht dich einlassen, befehle ich mir. Nicht zeigen, daß es dich erregt! Dem alten Mann nicht verraten, daß ihr Dableiben dir die Nerven zerreißt! So stelle ich mich mit Absicht töricht und äußere ziemlich gleichgültig:

»Ach, das wird sich schon geben! Sie wissen doch am besten, wie wetterwendisch bei ihr die Launen umspringen. Und Ilona hat mir ja telephoniert, es handle sich nur um einen Aufschub von ein paar Tagen.«

Der alte Mann seufzt, und dieser Seufzer bricht dumpf aus ihm wie ein Erbrechen; es ist, als risse dieser jähe Aufstoß ihm die letzte Kraft aus der Brust.

»Ach Gott, wenn das nur so wäre! Aber das Schreckliche ist, daß ich fürchte ... wir fürchten alle, daß sie überhaupt nicht mehr wegreisen wird ... Ich weiß nicht, ich versteh's nicht – auf einmal ist ihr die Kur gleichgültig geworden und ob sie geheilt wird oder nicht. ›Ich laß mich nicht länger quälen, ich laß nicht mehr an mir herumkurieren, es hat alles keinen Sinn!‹ Solche Dinge sagt sie; sagt sie so, daß einem das Herz stillsteht. ›Ich laß mich nicht mehr betrügen‹, schreit und schluchzt sie, ›alles durchschaue ich, alles durchschaue ich ... alles!‹«

Ich überlege rasch. Um Gottes willen, hat sie etwas bemerkt? Habe ich mich verraten? Hat Condor eine Unvorsichtigkeit begangen? Konnte sie aus einer achtlosen Bemerkung Verdacht schöpfen, daß mit dieser Schweizer Kur nicht alles stimmt? Hat ihre Hellsichtigkeit, ihre furchtbar mißtrauische Hellsichtigkeit am Ende durchschaut, daß wir sie eigentlich zwecklos wegschicken? Vorsichtig taste ich mich heran.

»Das verstehe ich nicht ... Ihr Fräulein Tochter hatte doch sonst unbedingtes Vertrauen zu Doktor Condor, und wenn er ihr diese Kur so dringend anempfohlen hat ... dann verstehe ich das einfach nicht.«

»Ja, aber das ist es ja! ... Das ist ja der Wahnsinn: sie will überhaupt keine Kur mehr machen, sie *will* gar nicht mehr geheilt werden! Wissen Sie, was sie gesagt hat? ... ›Um keinen Preis fahr ich weg, ich hab die Lügnerei satt! ... Lieber der Krüppel bleiben, der ich bin, und dableiben ... ich will nicht mehr geheilt werden, ich will nicht, das hat alles keinen Sinn mehr.‹«

»Keinen Sinn?« wiederhole ich ganz ratlos.

Aber da senkt der alte Mann den Kopf noch tiefer, ich sehe seine schwimmenden Augen, ich sehe die Brille nicht mehr. Nur an dem dünnen flattrigen weißen Haar merke ich, daß er heftig zu zittern begonnen hat. Dann murmelt er beinahe unverständlich:

»›Es hat keinen Sinn mehr, daß ich geheilt werde‹, sagt sie und schluchzt sie, ›denn er … er …‹«

Der alte Mann schöpft Atem wie vor einer großen Anstrengung. Dann stößt er endlich heraus »›Er … er hat ja doch nichts als Mitleid für mich.‹«

Eiskalt wird mir mit einem Mal, wie Kekesfalva dieses Wort »er« ausspricht. Es ist das erste Mal, daß er zu mir eine Andeutung über das Gefühl seiner Tochter macht. Schon lange war mir aufgefallen, daß er mich zusehends mied, ja daß er kaum wagte, mich anzublicken, während er sich doch vordem so zart und dringlich um mich bemüht hatte. Aber ich wußte, daß es Scham war, die ihn von mir weghielt; schrecklich mußte es doch für diesen alten Mann gewesen sein, mitanzusehen, wie seine Tochter um einen Menschen warb, der vor ihr flüchtete. Entsetzlich gequält mußten ihn ihre geheimen Geständnisse haben, maßlos beschämt ihr unverhohlenes Verlangen. Auch er hatte, wie ich selbst, die Unbefangenheit verloren. Wer etwas verbirgt oder verbergen muß, verliert den offenen und freien Blick.

Aber jetzt war es ausgesprochen und derselbe Schlag uns beiden aufs Herz gefallen. Beide sitzen wir nach diesem einen verräterischen Wort stumm und vermeiden, einer den andern anzublicken. In dem schmalen Raum über dem Tisch zwischen uns steht ein Schweigen in der starren Luft. Aber allmählich dehnt sich dieses Schweigen; wie ein schwarzes Gas schwillt es auf bis zur Decke und füllt das ganze Zimmer; von oben, von unten, von allen Seiten drückt und drängt diese Leere auf uns ein, und ich höre an den gepreßten Stößen seines Atems, wie sehr das Schweigen ihm die Kehle würgt. Ein Augenblick noch, und dieser Druck muß uns beide ersticken oder einer von uns muß auffahren und sie mit einem Wort zerschlagen, diese drückende, diese mörderische Leere.

Da plötzlich geschieht etwas: ich merke zuerst nur, daß er eine Bewegung macht, eine merkwürdig plumpe und ungeschickte Bewegung. Und dann, daß der alte Mann jählings wie eine weiche Masse vom Sessel niederfällt, Hinter ihm poltert und stürzt krachend der Stuhl.

Ein Anfall, ist mein erster Gedanke. Ein Schlaganfall, er ist ja herzkrank, Condor hat es mir gesagt. Entsetzt springe ich hin, um ihm aufzuhelfen und ihn auf das Sofa zu betten. Aber in diesem Moment gewahre ich – der alte Mann ist gar nicht gestürzt, gar nicht herabgefallen vom Sessel. Er hat sich selber herabgestoßen. Er ist – im ersten erregten Zuspringen war dies mir völlig entgangen – absichtlich in die Knie gesunken und jetzt, da ich ihn aufheben will, rutscht er näher heran, packt meine Hände und bettelt:

»Sie müssen ihr helfen ... nur Sie können ihr helfen, nur Sie ... auch Condor sagt es: nur Sie und kein anderer! ... ich flehe Sie an, erbarmen Sie sich ... es geht nicht so weiter ... sie tut sich sonst etwas an, sie richtet sich selbst zugrunde.«

So sehr mir die Hände beben, ich reiße den Hingeknieten gewaltsam wieder empor. Aber er packt meine helfenden Arme, wie Krallen spüre ich die verzweifelt angepreßten Finger in meinem Fleisch – der Djinn, der Djinn meines Traums, der den Mitleidigen vergewaltigt. »Helfen Sie ihr«, keucht er. »Um Himmels willen, helfen Sie ihr ... Man kann das Kind doch nicht in diesem Zustand lassen ... es geht, ich schwör es Ihnen, um Leben und Tod ... Sie können sich nicht vorstellen, was für unsinnige Dinge sie in ihrer Verzweiflung sagt ... Sie müsse sich wegschaffen, sich aus dem Weg räumen, schluchzt sie, damit Sie Ruhe hätten und wir alle endlich Ruhe vor ihr ... Und das sagt sie nicht nur so, das ist furchtbar ernst bei ihr ... Zweimal hat sie's schon versucht, die Pulsadern hat sie sich aufgeschnitten und das andere Mal mit dem Schlafmittel. Wenn sie einmal etwas will, dann kann sie niemand mehr davon abbringen, niemand ... nur Sie können sie jetzt retten, nur Sie ... ich schwöre es Ihnen, nur Sie allein ...«

»Aber selbstverständlich, Herr von Kekesfalva ... bitte beruhigen Sie sich nur ... es ist doch selbstverständlich, daß ich alles tue, was mir möglich ist. Wenn Sie wollen, fahren wir jetzt sofort hinaus und ich versuche, ihr zuzureden. Sofort fahre ich mit Ihnen. Bestimmen Sie selbst, was ich ihr sagen soll, was ich tun soll ...«

Er ließ plötzlich meinen Arm los und starrte mich an. »Was Sie tun sollen? ... Verstehen Sie denn wirklich nicht oder wollen Sie nicht verstehen? Sie hat sich Ihnen doch aufgeschlossen, sich Ihnen angeboten, und schämt sich jetzt zu Tod, daß sie's getan hat. Sie hat Ihnen geschrieben, und Sie haben ihr nicht geantwortet, und jetzt quält sie sich Tag und Nacht, daß Sie sie wegschicken lassen, sie loswerden wollen, weil Sie sie verachten ... sie ist ganz irr vor Angst, daß Sie sich ekeln vor ihr ... weil sie ... weil sie ... Verstehen Sie denn nicht, daß das einen Menschen zugrunde richten muß, einen so stolzen, einen so leidenschaftlichen Menschen wie dieses Kind, wenn man ihn so warten läßt? Warum geben Sie ihr nicht etwas Zuversicht? Warum sagen Sie ihr nicht ein Wort, warum sind Sie so grausam, so herzlos zu ihr? Warum quälen Sie dieses arme, dieses unschuldige Kind so fürchterlich?«

»Aber ich habe doch alles getan, um sie zu beruhigen ... ich habe ihr doch gesagt ...«

»Nichts haben Sie ihr gesagt! Sie müssen doch selbst merken, daß Sie sie toll machen mit Ihrem Kommen, mit Ihrem Schweigen, weil sie nur wartet auf eines ... auf das eine Wort, das jede Frau erwartet von dem Mann, den sie liebt ... Sie hätte doch nie etwas zu hoffen gewagt, solange sie noch so hinfällig war ... Aber jetzt, da sie doch bestimmt gesund wird, ganz, ganz gesund in ein paar Wochen, warum soll sie da nicht dasselbe erwarten wie jedes andere junge Mädchen, warum nicht ... sie hat es Ihnen doch gezeigt, gesagt, wie ungeduldig sie wartet auf ein Wort von Ihnen ... Sie *kann* doch nicht mehr tun, als sie getan hat ... sie kann doch nicht betteln vor Ihnen ... und Sie, Sie sagen kein Wort, sagen nicht das Einzige, was sie glücklich machen kann! ... Ist es Ihnen denn wirklich so entsetzlich? Sie würden doch alles haben, was ein Mensch auf Erden haben kann. Ich bin ein alter, ein kranker Mann. Alles, was ich besitze, werd ich euch hinterlassen, das Schloß und das Gut und die sechs oder sieben Millionen, die ich zusammengetragen habe in vierzig Jahren ... alles wird Ihnen gehören ... morgen können Sie es schon haben, jeden Tag, jede Stunde, ich will doch selber nichts mehr ... ich will nur, daß jemand für das Kind sorgt, wenn ich nicht mehr da bin. Und ich weiß, Sie sind ein guter Mensch, ein anständiger Mensch, Sie werden sie schonen, Sie werden gut zu ihr sein!«

Der Atem versagte ihm. Wehrlos, kraftlos sank er wieder hin auf den Sessel. Aber auch ich hatte meine Kraft verbraucht, auch ich war erschöpft und fiel hin in den anderen Stuhl. Und so saßen wir genau wie früher einander gegenüber, wortlos, blicklos, ich weiß nicht, wie lange. Nur manchmal spürte ich, wie der Tisch, an den er sich ankrampfte, leicht schütterte von dem jähen Zucken, das seinen Körper überlief. Dann vernahm ich – abermals war unmeßbare Zeit vergangen – einen trockenen Ton, wie wenn Hartes auf Hartes fällt. Seine niedergebeugte Stirn war hingesunken auf die Tischplatte. Ich spürte, wie dieser Mensch litt, und unermeßlich wurde in mir das Bedürfnis, ihn zu trösten.

»Herr von Kekesfalva«, beugte ich mich über ihn. »Haben Sie doch Vertrauen zu mir ... wir wollen alles überlegen, in Ruhe überlegen ... ich wiederhole Ihnen, ich stehe ganz zu

Ihrer Verfügung ... ich werde alles tun, was in meiner Macht steht ... Nur das ... was Sie mir vorhin andeuteten ... das ist ... das ist unmöglich ... völlig unmöglich.«

Er zuckte schwach wie ein schon niedergebrochenes Tier unter dem letzten tödlichen Hieb. Seine von der Erregung leicht angespeichelten Lippen bewegten sich angestrengt, aber ich ließ ihm keine Zeit.

»Es ist unmöglich, Herr von Kekesfalva, bitte sprechen wir nicht weiter ... überlegen Sie doch selbst ... wer bin ich denn? Ein kleiner Leutnant, der von seiner Gage lebt und seinem kleinen Monatszuschuß ... mit solchen beschränkten Mitteln kann man sich doch keine Existenz aufbauen, davon kann man doch nicht leben, zu zweit leben ...«

Er wollte unterbrechen.

»Ja, ich weiß schon, was Sie sagen wollen, Herr von Kekesfalva. Geld spielt keine Rolle, meinen Sie, dafür wäre gesorgt. Und ich weiß auch, daß Sie reich sind und ... daß ich alles von Ihnen haben könnte ... Aber gerade, daß Sie so reich sind und ich ein Nichts, ein Niemand ... gerade das macht doch alles unmöglich ... Jeder würde meinen, ich hätte es nur wegen des Geldes getan, ich hätte mich ... und auch Edith selbst, glauben Sie mir, würde ihr ganzes Leben nicht von dem Verdacht loskommen, nur wegen des Geldes hätte ich sie genommen und trotz ... trotz der besonderen Umstände ... Glauben Sie mir, Herr von Kekesfalva, es ist unmöglich, so redlich, so aufrichtig ich Ihre Tochter schätze und ... und ... und gern habe ... aber das müssen Sie doch verstehen.«

Der alte Mann blieb unbeweglich. Zuerst meinte ich, er hätte gar nicht begriffen, was ich sagte. Aber allmählich ging eine Bewegung durch seinen kraftlosen Körper. Mühsam hob er den Kopf und starrte vor sich hin ins Leere. Dann griff er mit beiden Händen an die Tischkante, und ich merkte, er wollte den lastenden Körper aufstemmen, er wollte aufstehen, jedoch es gelang ihm nicht gleich. Zweimal, dreimal versagte ihm die Kraft. Endlich arbeitete er sich hoch und stand, schwankend noch von der Anstrengung, dunkel im Dunkel, die Pupillen starr wie schwarzes Glas. Dann sagte er mit einem ganz fremden, einem grauenhaft gleichgültigen Ton, als ob seine eigene, seine menschliche Stimme ihm gestorben wäre, vor sich hin:

»Dann ... dann ist eben alles vorbei.«

Entsetzlich war dieser Ton, entsetzlich dies völlige Sichaufgeben. Noch immer den Blick starr ins Leere gerichtet, tappte er, ohne niederzuschauen, mit der Hand die Tischplatte entlang nach der Brille. Aber er stülpte sie nicht vor die steinernen Augen – wozu noch sehen? wozu noch leben? – sondern stopfte sie ungelenk in die Tasche. Abermals wanderten die bläulichen Finger (in denen Condor den Tod gesehen) rings um den Tisch, bis sie am Rande endlich auch den schwarzen zerknüllten Hut ertasteten. Dann erst wandte er sich zum Gehen und murmelte, ohne mich anzuschauen:

»Verzeihen Sie die Störung.«

Er hatte sich den Hut schief auf den Kopf gestülpt; die Füße gehorchten ihm nicht recht, sie schlurften und schwankten ohne Kraft. Wie ein Schlafwandler taumelte er weiter, der Tür zu. Dann, als ob er sich plötzlich an etwas erinnert hätte, nahm er den Hut ab, verbeugte sich und wiederholte:

»Verzeihen Sie die Störung.«

Er verbeugte sich vor mir, der alte geschlagene Mann, und gerade diese Geste der Höflichkeit inmitten seiner Verstörung zernichtete mich. Plötzlich spürte ich es wieder in mir, dies Warme, dies Heiße, dies Quellende, dies Strömende, das aufstieg und mir bis in die Augen brannte, und gleichzeitig jenes Weichwerden und Schwachwerden: abermals fühlte ich mich vom Mitleid übermannt. Ich konnte ihn doch nicht so fortlassen, den alten Mann, der gekommen war, um mir sein Kind, sein Einzigstes auf Erden anzubieten, nicht fortlassen in die Verzweiflung, in den Tod. Ich konnte ihm doch nicht das Leben aus dem Leibe reißen. Ich mußte noch etwas sagen, etwas Tröstliches, Beruhigendes, Beschwichtigendes. So eilte ich ihm hastig nach.

»Herr von Kekesfalva, bitte, mißverstehen Sie mich doch nicht ... Sie dürfen keinesfalls so fortgehen und ihr am Ende sagen ... das wäre ja furchtbar in diesem Augenblick für sie und ... und es wäre auch gar nicht wahr.«

Immer heftiger wurde meine Erregung, denn ich spürte, daß der alte Mann mich gar nicht anhörte. Eine Salzsäule seiner Verzweiflung, stand er starr, ein Schatten im Schatten, ein lebendiger Tod. Immer leidenschaftlicher wurde mein Bedürfnis, ihn zu beruhigen.

»Es wäre wirklich nicht wahr, Herr von Kekesfalva, ich schwöre es Ihnen ... und nichts wäre mir so schrecklich, als Ihre Tochter, als Edith zu ... kränken oder ... oder in ihr das Gefühl aufkommen zu lassen, ich hätte sie nicht aufrichtig gern ... niemand empfindet doch herzlicher für sie, ich schwöre es Ihnen, niemand kann sie lieber haben als ich ... es ist wirklich nur ein Wahn von ihr, daß ... sie mir gleichgültig ist ... im Gegenteil ... im Gegenteil ... ich meinte doch bloß, es hätte keinen Sinn, wenn ich jetzt ... wenn ich heute etwas sagte ... zunächst ist nur eines wichtig ... daß sie sich schont ... daß sie wirklich geheilt wird!«

»Aber dann ... wenn sie geheilt ist ...?«

Er hatte sich mir plötzlich zugewandt. Die Pupillen, eben noch starr und tot, phosphoreszierten im Dunkel.

Ich erschrak. Ich spürte instinktiv die Gefahr. Wenn ich jetzt etwas versprach, war ich verpflichtet. Aber in diesem Augenblick fiel mir ein: es ist doch alles Täuschung, was sie erhofft. Sie wird doch auf keinen Fall sofort geheilt. Es kann noch Jahre dauern und Jahre; nicht zu weit denken, hat Condor gesagt, nur sie jetzt beruhigen, sie trösten! Warum ihr nicht etwas Hoffnung lassen, warum sie nicht glücklich machen, wenigstens für eine kurze Frist? Und so sagte ich:

»Ja, wenn sie geheilt ist, dann natürlich ... dann wäre ich doch ... doch selbst zu Ihnen gekommen.«

Er starrte mich an. Ein Zittern ging durch seinen Körper; es war, als ob eine innere Kraft ihn unmerklich heranschöbe.

»Darf ich ... darf ich ihr das sagen?«

Wieder spürte ich das Gefährliche. Aber ich hatte nicht mehr die Kraft, seinem flehenden Blick zu widerstehen. So erwiderte ich in festem Ton:

»Ja, sagen Sie es ihr«, und reichte ihm die Hand.

Seine Augen funkelten, sie füllten sich, sie strömten mir entgegen. So muß Lazarus geblickt haben, als er betäubt emporstieg aus seinem Grabe und wieder den Himmel sah und sein heiliges Licht. Ich spürte seine Hand in der meinen zittern, immer stärker zittern. Dann begann sich die Stirn niederzubeugen, tiefer und tiefer. Rechtzeitig noch erinnerte ich mich, wie er sich damals niedergebückt und mir die Hand geküßt hatte. Hastig riß ich die meine zurück und wiederholte:

»Ja, sagen Sie es ihr, bitte sagen Sie es ihr: sie soll ohne Sorge sein. Und eines vor allem: gesund werden, bald gesund, für sich, für uns alle!«

»Ja«, wiederholte er ekstatisch, »gesund, bald gesund. Sofort wird sie jetzt reisen, oh, ich bin ganz sicher. Sofort wird sie abreisen und gesund werden, durch Sie gesund, für Sie gesund ... von der ersten Stunde an habe ich gewußt, Gott hat Sie mir geschickt ... nein, nein, ich kann Ihnen nicht danken ... Gott soll es Ihnen lohnen ... Ich geh schon ... nein, bleiben Sie, bemühen Sie sich nicht, ich geh schon.«

Und mit einem anderen Schritt, den ich an ihm nicht kannte, einem leichten, federnden Schritt lief er mit seinen wehenden schwarzen Schößen zur Tür. Sie schlug hinter ihm zu mit einem hellen, fast fröhlichen Ton. Ich stand allein im dunkeln Zimmer, leicht bestürzt, wie allemal, wenn man etwas Entscheidendes getan, ohne sich vorher innerlich entschieden zu haben. Aber was ich in der Schwachmütigkeit meines Mitleids eigentlich versprochen, wurde mir erst eine Stunde später in seiner ganzen Verantwortlichkeit bewußt, als mein Bursche, schüchtern anklopfend, mir einen Brief brachte, blaues Papier, wohlbekannten Formats:

»Wir reisen übermorgen. Ich habe es Papa in die Hand versprochen. Verzeihen Sie mir die letzten Tage, aber ich war ganz verstört von der Angst, ich sei Ihnen eine Last. Nun weiß ich, wozu und für wen ich gesund werden muß. Jetzt fürchte ich nichts mehr. Kommen Sie morgen möglichst früh. Nie habe ich Sie ungeduldiger erwartet. Immer Ihre E.«

»Immer« – ich fühlte einen jähen Schauer bei diesem Wort, das unwiderruflich und für alle Ewigkeit einen Menschen bindet. Aber nun gab es kein Zurück mehr. Wieder einmal war mein Mitleid stärker gewesen als mein Wille. Ich hatte mich weggegeben. Ich gehörte mir selber nicht mehr.

Raff dich zusammen, sagte ich mir. Das war das Letzte, was sie dir abringen konnten, dies halbe Versprechen, das sich doch nie ganz erfüllen wird. Einen Tag noch, zwei Tage mußt du dieser unsinnigen Liebe geduldig dich gewähren, dann reisen sie ab, und du hast dich selbst wieder zurückgewonnen. Aber je näher der Nachmittag heranrückte, um so kribbliger wurde mein Unbehagen, immer quälender der Gedanke, mit einer Lüge im Herzen ihren gläubigzärtlichen Blick zu bestehen. Vergebens, daß ich mich bemühte, mit den Kameraden locker zu plaudern, zu deutlich spürte ich das Ticken hinter der Stirnhaut, das Flackern in den Nerven und eine plötzliche Trockenheit im Gaumen, als ob innen ein ersticktes Feuer qualmte und schwelte. Rein instinktiv bestellte ich einen Kognak und stürzte ihn hinab. Es half nichts, die Trockenheit würgte weiter die Kehle. So bestellte ich einen zweiten; erst als ich den dritten verlangte, entdeckte ich den unbewußten Antrieb: ich wollte mir Mut antrinken, um dort draußen nicht feig zu werden oder sentimental. Etwas in mir wollte ich vorher chloroformieren, vielleicht die Furcht, vielleicht die Scham, vielleicht ein sehr gutes, vielleicht ein sehr schlimmes Gefühl. Ja, das war es, nur das – darum teilte man ja Soldaten die doppelte Branntweinration zu vor dem Sturm – ich wollte mich dumpf machen und stumpf, um das Bedenkliche und vielleicht Gefährliche, dem ich entgegenging, nicht so deutlich zu empfinden. Jedoch die erste Wirkung dieser drei Gläser äußerte sich einzig darin, daß mir die Füße schwer wurden und im Kopf etwas surrte und bohrte wie die Maschine eines Zahnarzts, ehe sie ansetzt zum eigentlichen schmerzhaften Stoß. Es war kein sicherer, kein klarer und am allerwenigsten ein freudiger Mensch, der da die lange Chaussee – oder schien sie mir nur diesmal so endlos? – mit hämmerndem Herzen hinauszögerte zu dem gefürchteten Haus.

Alles aber fügte sich leichter, als ich gedacht. Eine andere, eine bessere Betäubung erwartete mich, eine feinere, eine reinere Trunkenheit, als ich sie im groben Fusel gesucht. Denn auch Eitelkeit betört, auch Dankbarkeit betäubt, auch Zärtlichkeit kann beseligend verwirren. An der Tür schrak der alte brave Josef ganz beglückt auf – »Oh, der Herr Leutnant!« – er schluckte, trat vor Erregung von einem Fuß auf den andern und sah zwischendurch verstohlen empor – ich kann es nicht anders sagen – wie man aufblickt in der Kirche zu einem Heiligenbild. »Bitte kommen Herr Leutnant gleich hinüber in den Salon! Fräulein Edith erwarten Herrn Leutnant schon die ganze Zeit«, flüsterte er im aufgeregten Ton einer verschämten Begeisterung.

Ich fragte und staunte: warum sieht dieser fremde Mensch, dieser alte Lakai mich so ekstatisch an? Warum liebt er mich so? Macht es wirklich die Menschen schon gut und glücklich, wenn sie bei andern Güte und Mitleid sehen? Ja, dann behielte Condor recht, dann hätte wirklich, wer auch nur einem einzigen Menschen hilft, den Sinn seines Lebens erfüllt, dann lohnte es wahrhaftig, andern sich hinzugeben bis ans Ende seiner Kraft und sogar über seine Kraft. Dann wäre jedes Opfer gerecht und selbst eine Lüge, die andere glücklich macht, wichtiger als alle Wahrheit. Mit einmal spürte ich meinen Fuß sicher bis zur Sohle hinab; anders schreitet der Mensch, wenn er weiß, daß er Freude mit sich bringt.

Aber da kam schon Ilona mir entgegen, strahlend auch sie; gleichsam mit dunkel-zärtlichen Armen umfing mich ihr Blick. Noch nie hatte sie mir so warm, so innig die Hand gedrückt. »Ich danke Ihnen«, sagte sie, und es klang, als spräche sie durch einen warmen feuchten Sommerregen. »Sie wissen ja selbst nicht, was Sie für das Kind getan haben. Sie haben sie gerettet, bei Gott, wirklich gerettet! Kommen Sie nur rasch, ich kann Ihnen gar nicht schildern, wie sehr sie auf Sie wartet.«

Unterdessen rührte sich leise die andere Tür. Ich hatte das Gefühl, jemand habe lauschend hinter ihr gestanden. Der alte Mann kam herein, und nicht wie gestern war mehr der Tod und das Grauen in seinen Augen, sondern ein zärtliches Strahlen. »Wie gut, daß Sie da sind. Sie werden staunen, wie sie verwandelt ist. Nie habe ich sie in all den Jahren seit dem Unglück so heiter, so glücklich gesehen. Es ist ein Wunder, ein wirkliches Wunder! O Gott, was haben Sie für sie, was haben Sie für uns getan!«

Es übermannte ihn mitten im Wort. Er schluckte und schluchzte und schämte sich zugleich seiner Rührung, die mich allmählich selber ergriff. Denn wer könnte fühllos solcher Dankbarkeit widerstehen? Ich hoffe, nie ein eitler Mensch gewesen zu sein, nie einer, der sich selbst bewunderte oder überschätzte, und glaube auch heute weder an meine Güte noch an meine Kraft. Aber von dieser wilden und dankbaren Begeisterung der andern strömte eine heiße Welle von Zuversicht unwiderstehlich in mich über. Weggetragen wie von goldenem Wind war mit einmal alle Furcht, alle Feigheit. Warum sollte ich mich nicht sorglos lieben lassen, wenn es die andern so glücklich machte? Geradezu ungeduldig wurde ich schon, hinüberzugehen in den Raum, den ich vorgestern so verzweifelt verlassen.

Und siehe, da saß ein Mädchen im Lehnstuhl, das ich kaum erkannte, so heiter blickte sie und solche Helligkeit ging von ihr aus. Sie trug ein zartblaues seidenes Kleid, das sie noch mädchenhafter, noch kindlicher erscheinen ließ. Im rötlichen Haar glänzten – waren es Myrten? – weiße Blüten, und um den Lehnstuhl gereiht standen – wer hatte sie ihr geschenkt? – Blumenkörbe, ein bunter Hain. Sie mußte längst gewußt haben, daß ich im Hause war; zweifellos hatte die Wartende das heitere Begrüßen vernommen und meinen nahenden Schritt. Aber vollkommen fehlte diesmal jener nervös prüfende, überwachende Blick, der sich sonst immer bei meinem Eintreten aus halb gedeckten Lidern mißtrauisch auf mich richtete. Leicht und aufrecht saß sie in ihrem Lehnstuhl; völlig vergaß ich diesmal, daß die Decke ein Gebrest verhüllte und der tiefe Fauteuil eigentlich ihr Kerker war, denn ich staunte nur über dies neue Mädchenwesen, das kindlicher in seiner Freude, fraulicher in seiner Schönheit schien. Sie bemerkte mein leises Überraschtsein und nahm es wie eine Gabe dar. Der alte Ton unserer unbesorgt-kameradschaftlichen Tage klang sofort auf, als sie mich einlud:

»Endlich! Endlich! Bitte, setzen Sie sich da gleich neben mich. Und, bitte, sprechen Sie nicht. Ich habe Ihnen etwas Entscheidendes zu sagen.«

Ich setzte mich, völlig unbefangen. Denn wie kann man verwirrt, wie verlegen bleiben, wenn jemand einem so hell, so freundlich zuspricht?

»Nur eine Minute hören Sie mich an. Und nicht wahr, Sie unterbrechen mich nicht?« Ich spürte, sie hatte diesmal jedes Wort überlegt. »Ich weiß alles, was Sie meinem Vater mitgeteilt haben. Ich weiß, was Sie für mich tun wollen. Und nun glauben Sie mir, bitte, Wort für Wort, was ich Ihnen verspreche: ich werde Sie nie – hören Sie, nie! – fragen, warum Sie das getan haben, ob bloß meinem Vater zuliebe oder wirklich für mich. Ob es bei Ihnen nur Mitleid war oder ... nein, unterbrechen Sie mich nicht, ich *will* es nicht wissen, ich will nicht ... ich will nicht mehr nachdenken und mich quälen und andere quälen. Genug, daß ich durch Sie wieder lebe und weiterlebe ... daß ich seit gestern erst *begonnen* habe, zu leben. Wenn ich geheilt werde, habe ich es nur einem zu danken, nur Ihnen. Nur Ihnen allein!«

Sie zögerte einen Augenblick, dann fuhr sie fort: »Und jetzt hören Sie, was ich meinerseits verspreche. Ich habe heute nacht alles durchdacht. Zum erstenmal habe ich alles klar wie ein Gesunder überlegt, nicht wie früher, da ich noch unsicher war, in Erregtheit und Ungeduld. Es ist wunderbar, jetzt begreif ich's erst, ohne Angst zu denken, wunderbar, ich kann nun zum erstenmal vorausfühlen, wie das ist, als normaler Mensch zu empfinden, und Ihnen, Ihnen allein verdanke ich dieses Vorgefühl. Ich will darum alles auf mich nehmen, was die Ärzte von mir verlangen, alles, alles, um ein Mensch zu werden aus dem Unding, das ich jetzt bin. Ich werde nicht nachgeben und nicht nachlassen, nun da ich weiß, was es gilt. Mit jeder Faser, mit jedem Nerv meines Leibes und jedem Tropfen meines Bluts werde ich mich mühen, und ich glaube, was einer so unbändig will, kann er von Gott erzwingen. Alles das tue ich für Sie, das heißt, um kein Opfer von Ihnen zu nehmen. Aber wenn es nicht gelingen sollte ... bitte nicht unterbrechen! ... oder auch, wenn es nicht *ganz* gelingt, wenn ich nicht *ganz* so gesund, so beweglich werde wie die andern – dann fürchten Sie nichts! Dann trage ich alles mit mir selber aus. Ich weiß, es gibt Opfer, die man nicht annehmen darf und am wenigsten von einem Menschen, den man liebt. Falls also diese Kur versagen sollte, auf die ich alles setze – alles! – dann werden Sie nie mehr von mir hören, nie mich wiedersehen. Nie werde ich Ihnen dann zur Last sein, das schwöre ich Ihnen, denn ich will überhaupt niemanden mehr mit mir belasten und Sie am wenigsten. So – das war alles. Und nun kein Wort mehr! Uns bleiben bloß ein paar gemeinsame Stunden in den nächsten Tagen; die möchte ich versuchen ganz glücklich zu sein.«

Es war eine andere Stimme, mit der sie sprach, eine gleichsam erwachsene Stimme. Es waren andere Augen, nicht die unruhigen des Kindes mehr und nicht die zehrenden und begehrenden der Kranken. Es war, ich fühlte es, eine andere Liebe, mit der sie mich liebte, nicht die verspielte des Anfangs und nicht die gierig verquälte mehr. Und mit anderen Blicken sah auch ich sie an; nicht das Mitleid mit ihrem Mißgeschick bedrückte mich wie vordem, nicht ängstlich, nicht vorsichtig brauchte ich nunmehr zu sein, nur herzlich und klar. Ohne es selbst recht zu wissen, fühlte ich zum erstenmal wirkliche

Zärtlichkeit zu diesem zarten, vom Vorglanz eines erträumten Glücks erhellten Mädchen. Ohne es zu spüren, ohne es bewußt zu wollen, rückte ich nahe zu ihr hin, um ihre Hand zu fassen, und nicht wie damals erbebte sie sinnlich bei dieser Berührung. Still und gewährend fügte sich das kühle schmale Gelenk in meine Umfassung, und ich fühlte beglückt, wie friedsam der kleine Hammer des Pulses pochte.

Dann sprachen wir ganz unbefangen von der Reise und kleinen alltäglichen Dingen, wir plauderten über das, was in der Stadt, was in der Kaserne geschehen. Ich begriff nicht mehr, daß ich mich hatte quälen können, wo doch alles so einfach war: man saß bei einem Menschen und hielt seine Hand. Man verkrampfte sich nicht und versteckte sich nicht, man zeigte, daß man es herzlich miteinander meinte, man wehrte sich nicht gegen die zärtliche Empfindung, man nahm das Gefühl einer Neigung ohne Scham und mit reinem Dank.

Und dann saßen wir bei Tisch. Die silbernen Girandolen leuchteten im Kerzenschein, und die Blumen entstiegen den Vasen wie farbige Flammen. Von Spiegel zu Spiegel grüßte sich das Licht des kristallenen Lüsters, rings schwieg, wie eine Muschel dunkel gewölbt um ihre leuchtende Perle, das Haus. Manchmal meinte ich zu hören, wie draußen die Bäume still atmeten und der Wind warm und wollüstig über die Gräser strich, denn Duft wehte herein durch die geöffneten Fenster. Alles war schöner und besser als je; wie ein Priester saß der alte Mann, aufrecht und feierlich, nie hatte ich Edith, nie Ilona so heiter und jung gesehen, nie hatte so weiß die Hemdbrust des Dieners geglänzt, nie die glatte Haut der Früchte so bunt geglüht. Und wir saßen und aßen und tranken und sprachen und freuten uns der wiedergewonnenen Eintracht. Unbekümmert wie ein zwitschernder Vogel flog Lachen von einem zum andern, in spielender Welle flutete und ebbte die Heiterkeit auf und nieder. Nur als der Diener die Gläser mit Champagner füllte und ich als erster Edith das Glas entgegenhob: »Auf Ihre Gesundheit!« wurden plötzlich alle still.

»Ja, gesund werden«, atmete sie und sah mich gläubig an, als hätte mein Wunsch Macht über Leben und Tod. »Gesund für dich.«

»Gott gebe es!« Der Vater war aufgestanden, er konnte nicht an sich halten. Die Tränen feuchteten ihm die Brille, er nahm sie ab und putzte umständlich daran herum. Ich spürte, daß seine Hände sich kaum zähmen konnten, mich zu berühren, und ich weigerte mich nicht. Auch ich fühlte das Bedürfnis, ihm dankbar zu sein, ich trat an ihn heran und umarmte ihn, daß sein Bart meine Wange streifte. Als er sich von mir löste, merkte ich, daß Edith auf mich blickte. Ihre Lippen bebten leicht; ich ahnte, wie sehr die halb aufgetanen Lippen sich nach gleich inniger Berührung sehnten. So beugte ich mich rasch zu ihr nieder und küßte ihren Mund.

Das war das Verlöbnis. Ich hatte die Liebende nicht nach bewußter Überlegung geküßt – eine reine Ergriffenheit hatte es für mich getan. Es war mir geschehen ohne Wissen und Wollen; aber ich bereute die kleine, die reine Zärtlichkeit nicht. Denn nicht drängte sie mir wild wie damals die pochende Brust entgegen, nicht hielt die vor Glück Erglühende mich fest. Demütig, wie ein großes Geschenk, nahmen ihre Lippen die meinen. Die andern schwiegen. Da kam aus der Ecke ein schüchternes Geräusch. Ein verlegenes Räuspern schien es zuerst, aber als wir aufblickten, war es der Diener, der in der Ecke leise schluchzte. Er hatte die Flasche hingestellt und sich abgewandt; wir sollten seine ungehörige Ergriffenheit nicht merken, aber jeder von uns fühlte diese fremden unbeholfenen Tränen warm im eigenen Auge. Auf einmal spürte ich Ediths Hand an der meinen. »Laß sie mir einen Augenblick.«

Ich wußte nicht, was sie beabsichtigte. Da schob sich etwas Kühles und Glattes an meinen vierten Finger. Es war ein Ring. »Damit du an mich denkst, wenn ich fort bin«, entschuldigte sie sich. Ich blickte den Ring nicht an; ich nahm nur ihre Hand und küßte sie.

An jenem Abend war ich Gott. Ich hatte die Welt erschaffen, und siehe, sie war voll Güte und Gerechtigkeit. Ich hatte einen Menschen erschaffen, seine Stirn glänzte rein wie der Morgen und in seinen Augen spiegelte sich der Regenbogen des Glücks. Ich hatte die Tafel gedeckt mit Reichtum und Fülle, ich hatte die Früchte gezeitigt, den Wein und die Speisen. Herrlich gehäuft boten diese Zeugen meines Überflusses sich mir wie Opfergaben dar, sie kamen in blinkenden Schüsseln und in fülligen Körben, und es blitzte der Wein, es blinkten die Früchte, süß und köstlich boten sie sich meinem Mund. Ich hatte Licht getan in die Stube und Licht in das Herz der Menschen. In den Gläsern funkelte die Sonne des Lüsters, wie Schnee glänzte der weiße Damast, und ich fühlte mit Stolz, die Menschen liebten dies Licht, das von mir ausging, und ich nahm ihre Liebe und berauschte mich an ihr. Sie boten mir Wein, und ich trank ihn bis zur Neige. Sie boten mir Früchte und Speisen, und ich erfreute mich ihrer Gaben. Sie boten mir Ehrfurcht und Dankbarkeit, und wie Speiseopfer und Trankopfer nahm ich ihre Huldigung hin.

An jenem Abend war ich Gott. Aber ich blickte nicht kühl vom erhobenen Throne auf meine Werke und Taten; leutselig und mild saß ich inmitten meiner Geschöpfe, und wie durch den silbernen Rauch meiner Wolken nahm ich verschwommen ihr Antlitz wahr. Zu meiner Linken saß ein alter Mann; das große Licht der Güte, das ausging von mir, hatte die Falten geglättet auf seiner zerfurchten Stirne und die Schatten gelöscht, die seine Augen verdunkelt; ich hatte den Tod von ihm genommen, und er sprach mit auferstandener Stimme, dankbar des Wunders gewärtig, das ich an ihm vollbracht. Neben mir saß ein Mädchen, und sie war eine Kranke gewesen, gefesselt und geknechtet und schlimm in die eigene Wirrsal verstrickt. Aber nun umglänzte sie der Schein der Genesung. Mit dem Hauch meiner Lippen hatte ich sie aus der Hölle der Ängste erhoben in die Himmel der Liebe, und es funkelte ihr Ring an meinem Finger wie der Morgenstern. Ihr gegenüber saß ein anderes Mädchen, auch sie dankbar lächelnd, denn ich hatte ihr Schönheit in das Antlitz getan und den dunklen duftenden Wald des Haars um ihre schimmernde Stirn. Alle hatte ich sie beschenkt und erhoben durch das Wunder meiner Gegenwart, alle trugen sie mein Licht in den Augen; wenn sie einander ansahen, war ich das Leuchten in ihrem Blick. Wenn sie zusammen sprachen, war Ich und nur Ich der Sinn ihres Worts, und selbst wenn wir schwiegen, weilte Ich in ihren Gedanken. Denn ich und nur ich war der Anfang, die Mitte und der Ursprung ihres Glücks; wenn sie einander rühmten, so rühmten sie mich, und wenn sie einander liebten, so meinten sie mich als den Schöpfer aller Liebe. Ich aber saß in ihrer Mitte, froh meiner Werke, und sah, daß es gut war, gütig gewesen zu sein zu meinen Geschöpfen. Und großmütig trank ich zugleich mit dem Wein ihre Liebe und genoß mit den Speisen ihr Glück.

An jenem Abend war ich Gott. Ich hatte die Wasser der Unruhe besänftigt und das Dunkel aus den Herzen hinweggetan. Aber auch aus mir selbst hatte ich die Angst genommen, geruhig war meine Seele, wie sie niemals vordem gewesen in all meiner Zeit. Erst als der Abend sich neigte und ich aufstand vom Tisch, begann eine leise Trauer in mir, Gottes ewige Trauer am siebenten Tag, da er sein Werk zu Ende getan, und diese meine Trauer spiegelte sich in ihren entleerten Gesichtern. Denn nun kam der Abschied. Alle waren wir sonderbar erregt, als wüßten wir, daß etwas Unvergleichliches nun zu Ende gehe, eine jener seltenen schwerelosen Stunden, die wie Wolken nicht wiederkehren. Mir selbst wurde zum erstenmal bange, das Mädchen zu verlassen; wie ein Liebender verzögerte ich den Abschied von ihr, die mich liebte. Wie gut wäre es, dachte ich, noch an ihrem Bette zu sitzen, immer wieder die zarte schüchterne Hand zu streicheln, immer wieder dies rosige Lächeln des Glücks sie überleuchten zu sehen. Aber es war spät. So umfing ich sie nur rasch und küßte ihren Mund. Ich fühlte sie dabei den Atem anhalten, als wollte sie die Wärme des meinen für immer bewahren. Dann trat ich zur Tür, der Vater begleitete mich. Ein letzter Blick noch, ein Gruß, und dann ging ich, frei und sicher, wie man immer geht von einem gelungenen Werk, von einer verdienstvollen Tat.

Ich ging die paar Schritte hinaus in den Vorraum, wo der Diener mit Kappe und Säbel schon bereitstand. Aber wäre ich nur rascher gegangen! Wäre ich nur rücksichtsloser gewesen! Doch der alte Mann konnte sich noch nicht von mir trennen. Noch einmal faßte er mich, noch einmal streichelte er mir den Arm, um mir noch- und nochmals zu bekunden, wie dankbar er mir sei und was ich für ihn getan. Jetzt könne er beruhigt sterben, das Kind werde geheilt, alles sei jetzt gut, und alles durch mich, nur durch mich. Es wurde mir immer peinlicher, mich so streicheln, mir so schmeicheln zu lassen in Gegenwart des Dieners, der geduldig wartend und gesenkten Haupts danebenstand. Mehrmals hatte ich dem alten Mann schon die Hand zum Abschied geschüttelt, aber immer wieder begann er von neuem. Und ich Narr meines Mitleids, ich stand, ich blieb. Ich fand nicht die Kraft, mich loszureißen, obwohl innen eine dunkle Stimme drängte: genug und zu viel!

Plötzlich drang unruhiges Lärmen durch die Tür. Ich horchte auf. Im Zimmer nebenan mußte ein Zank begonnen haben, deutlich vernahm man heftige Stimmen in erregtem Gegeneinander; mit Schrecken erkannte ich die streitenden Stimmen Ilonas und Ediths. Die eine schien etwas zu wollen, die andere ihr abzureden. »Ich bitte dich«, vernahm ich deutlich Ilonas Mahnen, »bleib doch«, und schroff dawider Ediths zorniges »Nein, laß mich, laß mich«. Immer unruhiger lauschte ich über das Geschwätz des alten Mannes hinweg. Was ging dort vor hinter der geschlossenen Tür? Warum war der Friede gebrochen, mein Friede, der Gottesfriede dieses Tags? Was wollte Edith so herrisch, was wollte die andere verhindern? Da – mit einmal tappte jenes widrige Geräusch, das Tok und Tok, das Tok und Tok der Krücken. Um Gottes willen, sie wird doch nicht ohne Josefs Hilfe mir nachkommen wollen? Aber schon tokte es hastig hölzern heran, tok ... tok, rechts, links ... tok, tok ... rechts, links, rechts, links – unwillkürlich dachte ich mir den schwankenden Körper dazu – ganz nah mußte sie jetzt schon hinter der Tür sein. Dann ein Poltern, ein Ruck, als ob sich eine dumpfe Masse gegen die Türflügel geworfen hätte. Dann ein Keuchen von heftiger Anstrengung, und aufknackte, gewalttätig niedergedrückt, die Klinke.

Furchtbarer Anblick! An dem Türpfosten lehnte, noch erschöpft von der Anstrengung, Edith. Mit der linken Hand klammerte sie sich an den Pfosten grimmig an, um das Gleichgewicht nicht zu verlieren, in der rechten Faust hielt sie die beiden Krücken zusammengefaßt. Hinter ihr drängte, sichtlich verzweifelt, Ilona, die sie offenbar stützen oder mit Gewalt zurückhalten wollte. Aber Ediths Augen blitzten voll Ungeduld und Zorn. »Laß mich, laß mich, hab ich dir gesagt«, schrie sie die lästige Helferin an. »Niemand braucht mir zu helfen. Ich kann's schon allein.«

Und dann geschah, ehe Kekesfalva oder der Diener recht zur Besinnung gekommen waren, das Unglaubwürdige. Die Gelähmte biß die Lippen zusammen wie vor einer ungeheuren Anstrengung; mit aufgerissenen, brennenden Augen auf mich blickend, stieß sie sich, wie ein Schwimmer vom Strand, mit einem einzigen Ruck von dem Türpfosten ab, der ihr Halt geboten, um mir ganz frei und ohne Krücken entgegenzugehen. Im Augenblick des Abstoßens schwankte sie, als fiele sie ins Leere des Raumes hinein, aber rasch schwenkte sie die beiden Hände, die freie und die rechte, mit der sie die Krücken hielt, hoch, um das Gleichgewicht zu finden. Dann biß sie nochmals die Lippen zusammen, stieß den einen Fuß vor und schlurfend den andern nach; wie das Zucken einer Marionette durchriß dieses abgehackte Rechts und Links ihren Körper. Aber doch, sie ging! Sie ging! Sie ging, die aufgerissenen Augen einzig auf mich gerichtet, sie ging, als zöge sie sich an einem unsichtbaren Draht heran, die Zähne in die Lippen verpreßt, die Züge krampfig verzerrt! Sie ging, hin- und hergeworfen wie ein Boot im Sturm, aber sie ging, sie ging zum erstenmal allein ohne Krücken und Hilfe – ein Wunder des Willens mußte ihre toten Beine erweckt haben. Kein Arzt hat mir je erklären können, wieso die Gelähmte dies eine und einzige Mal vermochte, ihre ohnmächtigen Beine aus der Starre und Schwäche zu reißen, und ich vermag nicht zu beschreiben, wie es geschah, denn wir alle starrten versteinert hin auf ihre ekstatischen Augen; selbst Ilona vergaß, ihr zu folgen und sie zu behüten. Sie aber schwankte diese wenigen Schritte, wie gestoßen von einem inneren Sturm; es war kein Gehen, sondern gleichsam ein Flug nahe dem Boden, der tappende, tastende Flug eines Vogels mit zerschnittenen Schwingen. Jedoch der Wille, dieser Dämon des Herzens, stieß sie weiter und weiter. Schon ganz nahe war sie, schon streckte sie im Triumph des Vollbrachten die Arme, die bisher flügelnd das Gleichgewicht erhalten hatten, mir sehnsüchtig entgegen, die gespannten Züge lockerten sich bereits in ein überschwengliches Lächeln der Beglückung. Sie hatte es vollbracht, das Wunder – bloß zwei Schritte noch – nein, bloß ein einziger, ein letzter Schritt: beinahe fühlte ich schon den Atem aus ihrem im Lächeln aufbrechenden Mund – da geschah das Entsetzliche. Durch die sehnsüchtig heftige Bewegung, mit der sie im Vorgefühl der errungenen Umarmung vorzeitig die Arme ausbreitete, verlor sie das Gleichgewicht. Wie unter einem Sensenhieb knickten ihr jäh die Knie ein. Schmetternd fiel sie knapp vor meinen Füßen nieder, laut knatterten die Krücken auf die harten Fliesen. Und im ersten Riß meines Entsetzens wich ich unwillkürlich zurück, statt das Natürlichste zu tun, statt heranzustürzen und ihr aufzuhelfen.

Aber schon waren fast gleichzeitig Kekesfalva, Ilona und Josef herbeigesprungen, um die Stöhnende aufzuheben. Ich merkte (noch immer nicht fähig, hinzublicken), wie sie Edith gemeinsam wegtrugen. Nur das erstickte Schluchzen vernahm ich ihres verzweifelten Zorns, und die schlurfenden Schritte, die sich vorsichtig mit ihrer Last entfernten. In dieser einen Sekunde zerriß der Nebel der Begeisterung, der mir während dieses ganzen Abends den Blick verhängt hatte. Alles überblickte ich grauenhaft klar in diesem Aufblitz innerer Helligkeit; ich wußte, nie würde die Unselige völlig genesen! Das Wunder, das sie alle von mir erhofften, war nicht geschehen. Ich war nicht mehr Gott, sondern nur ein kleiner, ein kläglicher Mensch, der mit seiner Schwäche schurkisch schadete, mit seinem Mitleid verstörte und zerstörte. Genau, furchtbar genau war ich mir innerlich meiner Pflicht bewußt: jetzt oder nie war es Zeit, ihr die Treue zu halten. Jetzt oder nie müßte ich helfen, den andern nacheilen, mich zu ihr ans Bett setzen, sie beschwichtigen und belügen, herrlich sei sie gegangen, herrlich werde sie gesunden! Aber ich hatte keine Kraft mehr zu so verzweifeltem Betrug. Angst fiel über mich, eine grauenhafte Angst vor den furchtsam flehenden und dann wieder gierig verlangenden Augen, Angst vor der Ungeduld dieses wilden Herzens, Angst vor diesem fremden Unglück, das zu meistern ich nicht imstande war. Und ohne zu überlegen, was ich tat, griff ich nach Säbel und Kappe. Zum dritten-, zum letztenmal flüchtete ich wie ein Verbrecher aus dem Haus.

Luft jetzt, nur einen Atemzug Luft! Mir ist zum Ersticken. Liegt die Nacht hier so schwül zwischen den Bäumen oder macht das der Wein, der viele Wein, den ich getrunken? Widerlich eng klebt mir die Bluse am Leibe, ich reiße den Kragen auf, den Mantel möchte ich am liebsten wegwerfen, so schwer drückt er mir die Schultern. Luft, nur einen Atemzug Luft! Es ist, als wollte das Blut durch die Haut heraus, so heiß drängt und drückt es, und in den Ohren hämmert's: tok-tok, tok-tok – ist das noch der gräßliche Krückenton oder nur der Puls hinter den Schläfen? Und warum renne ich eigentlich so? Was ist denn geschehen? Ich muß versuchen zu denken. Was ist eigentlich geschehen? Langsam denken, ruhig denken, nicht hören auf dieses tok-tok, tok-tok! Also – ich habe mich verlobt ... nein, man hat mich verlobt ... ich wollte doch nicht, ich habe nie daran gedacht ... und jetzt bin ich verlobt, jetzt bin ich gebunden ... Aber nein ... es ist doch nicht wahr ... ich habe doch dem Alten gesagt, nur wenn sie geheilt wird, und sie wird doch nie geheilt ... Mein Versprechen gilt doch nur ... nein, es gilt überhaupt nicht! Nichts ist geschehen, gar nichts ist geschehen. Aber warum habe ich sie dann geküßt, auf den Mund geküßt? ... Ich wollte doch nicht ... Ach, dieses Mitleid, dieses verfluchte Mitleid! Immer haben sie mich damit wieder eingefangen, und jetzt bin ich gefangen. Ich habe mich regelrecht verlobt, beide waren sie dabei, der Vater und die andere und der Diener ... Und ich will doch nicht, ich will doch nicht ... was soll man da tun? ... Nur ruhig denken! ... Ah, ekelhaft, dieses ewige tok-tok, dieses tok-tok ... Immer wird das jetzt mir die Ohren zerhämmern, immer läuft sie mir nach mit den Krücken ... Es ist geschehen, unwiderruflich geschehen. Ich habe sie betrogen, sie haben mich betrogen. Ich habe mich verlobt. Man hat mich verlobt.

Was ist das? Warum taumeln die Bäume so durcheinander? Und die Sterne, wie das schmerzt und schwirrt – es muß etwas wirr sein in meinen Augen. Und wie das drückt auf den Kopf! Ah, diese Schwüle! Die Stirn müßte man irgendwo kühlen, dann könnte man wieder richtig denken. Oder etwas trinken, um dies Schlammige, Gallige aus der Kehle zu spülen. War nicht da vorne wo – ich bin doch so oft vorübergeritten – ein Brunnen am Weg? Nein, ich bin schon längst vorbei, wie ein Narr muß ich gerannt sein, darum dies Pochen an den Schläfen, das schreckliche Pochen und Pochen! Nur etwas trinken, dann könnte man sich vielleicht wieder besinnen. Endlich, bei den ersten niedrigen Häusern, blinzelt eine halbverhangene Scheibe mit gelbem Petroleumblick. Richtig – jetzt erinnere ich mich – das ist die kleine Vorstadtkneipe, wo die Fuhrleute am Morgen immer anhalten, um sich rasch noch mit einem Schnaps zu wärmen. Ein Glas Wasser dort verlangen oder mit etwas Scharfem oder Bitterem den Schleim aus der Kehle ätzen! Nur etwas trinken, was immer! Ohne zu überlegen, mit der Gier eines Verdurstenden, stoße ich die Tür auf.

Geruch von schlechtem Knaster schlägt mir stickig aus der halbdunklen Höhle entgegen. Rückwärts der Schank mit dem Fusel, vorn ein Tisch, an dem Straßenarbeiter sitzen beim Kartenspiel. Am Schanktisch lehnt, den Rücken mir zugewandt, ein Ulan und scherzt mit der Wirtin. Jetzt spürt er den Luftzug, aber kaum daß er sich umblickt, fährt ihm der Mund auf vor Schreck: sofort reißt er sich zusammen und klappt die Hacken. Warum erschrickt er so? Ach ja, wahrscheinlich hält er mich für einen Inspektionsoffizier, und er sollte wohl längst in der Klappe liegen. Auch die Wirtin blickt beunruhigt her, die Arbeiter halten inne in ihrem Spiel. Etwas muß an mir auffällig sein. Jetzt erst, zu spät, fällt mir ein: das ist zweifellos eines jener Lokale, wo nur Mannschaftspersonen verkehren. Ich als Offizier darf es gar nicht betreten. Instinktiv mache ich kehrt.

Aber bereits drängt die Wirtin ehrerbietig heran, womit sie mir dienen könne. Ich spüre, daß ich mein blindes Hereintappen entschuldigen muß. Mir sei nicht ganz wohl, sage ich. Ob sie mir ein Sodawasser geben könne und einen Slibowitz. »Bitte bitte«, und schon huscht sie weg. Eigentlich will ich nur rasch am Schanktisch die beiden Gläser hinunterschütten, aber da beginnt auf einmal die Petroleumlampe in der Mitte zu schaukeln, die Flaschen am Gestell zucken lautlos auf und nieder, der gedielte Boden unter den Stiefeln wird plötzlich weich und schwingt und schlingert, daß ich taumle. Hinsetzen, sage ich mir; so schwanke ich mit letzter Kraft noch an den leeren Tisch, das Sodawasser wird gebracht, ich schütte es mit einem Guß hinab. Ah, kalt und gut – für einen Augenblick weicht der brecherische Geschmack. Jetzt noch rasch den scharfen Fusel nachgegossen und dann aufgestanden. Aber ich kann nicht; mir ist, als seien die Füße in den Boden hineingewachsen, und der Kopf dröhnt mir merkwürdig dumpf. Noch einen Slibowitz bestelle ich. Dann noch eine Zigarette und rasch fort!

Ich zünde die Zigarette an. Bloß einen Augenblick sitzenbleiben, den dösigen Kopf in beide Hände gestützt, und denken, nachdenken, durchdenken, eins nach dem andern. Also – ich habe mich verlobt ... man hat mich verlobt ... aber das gilt doch nur … nein, kein Ausweichen, das gilt, das gilt … ich habe sie auf den Mund geküßt, freiwillig habe ich's getan. Aber doch nur, um sie zu beruhigen, und weil ich wußte, daß sie nie geheilt wird … sie ist doch eben wieder hingefallen wie ein Stock … so jemanden *kann* man doch gar nicht heiraten, das ist doch keine wirkliche Frau, das ist doch … aber sie werden mich nicht lassen, nein, die geben mich nicht mehr frei … der Alte, der Djinn, der Djinn, der Djinn mit dem melancholischen Biedermanngesicht und der goldenen Brille, der krampft sich an mich an, der läßt sich nicht abschütteln … immer hält er mich am Arm, immer wird er mich zurückzerren an meinem Mitleid, meinem verfluchten Mitleid. Morgen erzählen sie's schon herum in der ganzen Stadt, in die Zeitung werden sie's setzen, und dann gibt's kein Zurück … Ob's nicht besser wäre, vielleicht schon jetzt die zu Haus vorzubereiten, damit's die Mutter, der Vater nicht von andern oder gar aus der Zeitung erfahren? Ihnen erklären, warum und wieso ich mich verlobt habe, und daß es nicht so eilig ist und nicht so gemeint war, daß ich mich nur aus Mitleid in die ganze Sache eingelassen habe … Ah, dieses verfluchte Mitleid, dieses verfluchte Mitleid! Und schon gar im Regiment werden sie's nicht verstehen, kein einziger von den Kameraden. Was hat der Steinhübel nur gesagt vom Balinkay?

»Wenn man sich verkauft, soll man sich wenigstens teuer verkaufen …« Oh, Gott, was werden die angeben – ich begreif's doch selber nicht recht, wieso ich mich verloben konnte mit dem … mit diesem hinfälligen Geschöpf … Und erst, wenn die Tant' Daisy das erfährt, die ist gefinkelt, die läßt sich nichts vormachen, die kennt keinen Spaß. Die läßt sich nichts vorschwindeln von Adel und Schlössern, die schaut gleich im Gotha nach, in zwei Tagen hat sie's heraus, daß der Kekesfalva früher der Lämmel Kanitz war und Edith eine Halbjüdin ist, und der wär nichts grauslicher auf der Welt als Juden in der Verwandtschaft ... Mit der Mutter, da ging's schon, der wird das Geld imponieren – sechs Millionen, sieben Millionen, hat er gesagt ... Aber ich pfeif auf sein Geld, ich denk doch nicht dran, sie wirklich zu heiraten, nicht für alles Geld auf der Welt ... Ich hab's doch nur versprochen, wenn sie geheilt wird, nur dann ... aber wie soll man ihnen das klarmachen ... alle im Regiment haben ohnedies schon etwas gegen den Alten, und in den Sachen sind sie verflucht heikel ... die Ehre des Regiments, ich weiß schon ... Selbst dem Balinkay haben sie's nicht verziehen. Verkauft hat er sich, haben sie gehöhnt ... verkauft an die alte holländische Kuh. Und erst, wenn sie die Krükken sehen ... nein, ich schreib lieber nichts davon nach Haus, niemand darf vorläufig was wissen, kein Mensch, ich laß mich nicht frozzeln von der ganzen Offiziersmesse! Aber wie ihnen auskommen? Ob ich nicht doch noch nach Holland fahr, zum Balinkay? Richtig – ich hab ihm noch gar nicht abgesagt, ich kann doch jeden Tag nach Rotterdam abpaschen, der Condor soll dann alles auskochen, er allein hat ja alles eingebrockt ... Er soll selber sehn, wie er die Sache wieder einrenkt, er ist an allem schuld ... Am besten, ich fahr jetzt gleich zu ihm und mach ihm alles klar ... daß ich einfach nicht kann ... Schrecklich war das, wie sie da eben hingesaust ist wie ein Hafersack ... so was *kann* man doch nicht heiraten ... ja, gleich werd ich's ihm sagen, daß ich ausspring ... sofort fahr ich zum Condor, sofort ... Fiaker her! Fiaker, Fiaker! Wohin? Florianigasse ... wie war die Nummer? Florianigasse siebenundneunzig ... Und rasch drauflos, du kriegst ein nobles Trinkgeld, nur rasch ... pfeffer hinein in die Pferde ... Ah, da sind wir, ich erkenn's schon, das schäbige Haus, in dem er wohnt, ich kenn sie schon wieder, die ekelhafte, schmutzige Wendeltreppe. Aber ein Glück, daß sie so steil ist ... Haha, da kommt sie nicht nach mit ihren Krücken, da kommt sie nicht herauf, da bin ich wenigstens sicher vor dem Tok-tok ... Was? ... Steht schon wieder das schludrige Dienstmädel vor der Tür? ... Steht die allerweil so vor der Tür, die Schlampen? ... »Ist der Herr Doktor zu Hause?« »Nein, nein. Aber gehn's nur hinein, wird sich gleich kommen.« Böhmischer Trampel! Na, setzen wir uns hinein und warten wir. Immer warten auf den Kerl ... nie ist er zu Haus. O Gott, wenn nur nicht wieder die Blinde hereinschlurft ... die kann ich jetzt nicht brauchen, meine Nerven halten das nicht aus, dies ewige Rücksichtnehmen ... Jesus Maria, da kommt sie schon ... ich hör ihren Schritt nebenan ... Nein, gottlob, nein, das kann sie nicht sein, so fest tritt die nicht auf, das muß wer anderer sein, der da geht und spricht ... Aber ich kenn doch die Stimme ... Wie? ... ja wieso denn? ... das ist doch ... das ist doch der Tant' Daisy ihre Stimm' und ... ja, wie ist das denn möglich? ... wieso ist auch die Tant' Bella auf einmal da und die Mama und mein Bruder und die Schwägerin? ... Unsinn ... unmöglich ... ich warte doch beim Condor in der Florianigassen ... den kennen sie gar nicht in der Familie, wie sollen sich die alle grad beim Condor Rendezvous geben? Aber doch, sie sind's, ich kenne die Stimme, die kreischige von der Tant' Daisy ... Um Gottes willen, wo kriech ich rasch unter? ... immer näher kommt's von nebenan ... jetzt geht die Tür auf ... von selber ist sie aufgegangen, beide Flügel, und – meiner Seel! – da stehen's alle im Halbkreis wie für den Photographen und schaun mich an, die Mama im schwarzen Taftkleid mit den weißen Rüschen, das sie bei der Hochzeit vom Ferdinand getragen hat, und die Tant' Daisy in Puffärmeln, das goldene Lorgnon gestielt über die scharfe hochmütige Nasen, diese ekelhafte Spitznas, die ich schon gehaßt hab, wie ich vier Jahre alt war! Mein Bruder im Frack ... wozu trägt er den Frack, mitten am Tag? ... und die

Schwägerin, die Franzi, mit ihrem dicken pampfigen Gesicht ... Ah, ekelhaft, ekelhaft! Wie sie mich anstarren und die Tant' Bella maliziös lächelt, als ob sie auf was warten tät ... aber alle stehen sie im Halbkreis herum wie bei einer Audienz, alle warten sie und warten sie ... worauf warten sie denn?

Aber »Gratuliere«, tritt jetzt feierlich mein Bruder vor und hat auf einmal seinen Zylinderhut in der Hand ... ich glaube, der Ekel sagt's ein bissel höhnisch, und »Ich gratuliere ... Ich gratuliere«, nicken und knicken die andern ... Aber wie ... woher wissen sie's denn schon, und wieso sind sie alle beisammen ... die Tant' Daisy ist doch verkracht mit dem Ferdinand ... und ich hab doch niemandem was gesagt.

»Da kann man einmal gratulieren, bravo, bravo ... sieben Millionen, das ist ein Riß, das hast du gut gemacht ... Sieben Millionen, da fällt was ab für die ganze Famili'«, reden sie alle durcheinander und grinsen. »Brav, brav«, schmatzt die Tant' Bella, »da kann der Franzi auch noch studieren. Eine gute Partie!« »Adlig soll's ja außerdem sein«, meckert mein Bruder hinter dem Zylinder, aber schon fährt die Tant' Daisy mit ihrer Kakadustimme dazwischen. »Na, das mit dem Adel wird man noch gründlich nachsehen«, und jetzt tritt meine Mutter näher und lispelt ganz schüchtern: »Aber möchtest sie uns nicht endlich vorstellen, dein Fräulein Braut?« ... Vorstellen? ... das fehlte noch, daß sie alle die Krücken sehen, und was ich mir eingewirtschaftet hab durch mein blödes Mitleid ... ich werd mich hüten ... und dann – wie kann ich sie denn vorstellen, wir sind doch beim Condor in der Florianigasse droben, im dritten Stock ... im Leben kann die Hinkete nicht die achtzig Stufen hinauf ... Aber warum wenden sie sich jetzt alle um, als ob im Nebenzimmer was los wäre? ... Selber spür ich's jetzt an der Zugluft im Rücken ... hinter uns muß jemand die Tür aufgemacht haben. Kommt am Ende noch jemand? ...

Ja, ich hör was kommen … von der Treppe her stöhnt und quietscht und quetscht was … da zieht und zerrt und schnauft sich was hoch … tok-tok, tok-tok … um Gottes willen, die kommt doch nicht wirklich herauf! … die wird mich doch nicht so blamieren, mit ihren Krücken … ich müßte mich ja in die Erd verkriechen vor dem hämischen Pack … aber schrecklich, sie ist es wirklich, nur sie kann das sein … tok-tok, tok-tok, ich kenn doch den Ton … tok-tok, tok-tok, immer näher … gleich ist sie heroben … am besten, ich sperr noch die Tür ab … Aber da nimmt mein Bruder schon den Zylinder und verbeugt sich nach rückwärts hin zum Tok-tok … vor wem verbeugt er sich denn, und warum so tief … und plötzlich fangen sie alle an zu lachen, daß die Scheiben klirren. »Ach *so*, ach *so*, ach *soo*, ach *soo*! Haha … haha … sooo sehen die sieben Millionen aus, die sieben Millionen … Ahaa, ahaa … und die Krücken als Mitgift dazu, ahaa, ahaa …«

Ah! – ich schrecke auf. Wo bin ich? Ich starre wild um mich. Mein Gott, ich muß geschlafen haben, ich muß eingeschlafen sein in dieser elenden Schaluppe. Scheu blicke ich mich um. Haben sie was bemerkt? Die Wirtin putzt gleichmütig an den Gläsern, der Ulan zeigt mir beharrlich den breiten stämmigen Rücken. Vielleicht haben sie's gar nicht beachtet. Ich kann ja nur eine Minute, höchstens zwei Minuten lang eingenickt sein, der abgedrehte Zigarettenstummel glimmt noch in der Aschenschale. Eine Minute, zwei Minuten höchstens kann die wüste Träumerei gedauert haben. Aber dieser Traum hat mir alles Warme und Dumpfe aus dem Leibe gelaugt; plötzlich weiß ich eisig klar, was geschehen ist. Weg, nur weg jetzt vor allem aus dieser Spelunke! Ich klirre das Geld auf den Tisch, gehe zur Tür, und sofort steht der Ulan Habtacht. Ich spüre gerade noch, mit welchem merkwürdigen Blick die Arbeiter von ihren Karten aufschauen, und weiß: sofort, wenn ich die Tür zuziehe, werden sie zu schwatzen anfangen über den Sonderling im Offiziersrock; alle Menschen werden von heut an so hinter meinem Rücken lachen. Alle, alle, alle, und keiner wird Mitleid haben mit dem Narren seines Mitleids.

Wohin jetzt? Nur nicht nach Hause! Nur nicht hinauf in das leere Zimmer, nicht allein sein mit diesen gräßlichen Gedanken! Am besten noch etwas trinken, etwas Kaltes, etwas Scharfes, denn schon wieder spüre ich diesen widerlichen Geschmack von Galle im Gaumen. Vielleicht sind es die Gedanken, die ich erbrechen möchte – nur wegschwemmen, wegbrennen, nur abdumpfen, nur abstumpfen das alles! Ah, grauenhaft, dieses gräßliche Gefühl! Hinein in die Stadt! Und wunderbar – das Café am Rathausplatz ist noch offen. Hinter den verhangenen Scheiben glänzt Licht durch die Ritzen. Ah – etwas trinken jetzt, etwas trinken!

Ich trete ein und sehe gleich von der Tür aus, am Stammtisch hocken sie noch alle beisammen, der Ferencz, der Jozsi, der Graf Steinhübel, der Regimentsarzt, die ganze Bande. Aber warum starrt der Jozsi so verblüfft auf, warum versetzt er dem Nachbarn einen heimlichen Puff, und warum glotzen alle derart penetrant auf mich? Warum stockt mit einem Mal das Gespräch? Eben haben sie doch noch heftig diskutiert und derart durcheinandergeschrien, daß ich den Krawall gehört habe bis an die Tür; jetzt, kaum daß sie mich bemerkt haben, hocken sie alle stumm und irgendwie verlegen. Da muß etwas los sein.

Nun, umkehren kann ich nicht mehr, da sie mich schon gesehen haben. So schlendre ich möglichst unbefangen heran. Wohl ist mir nicht dabei, ich habe nicht die mindeste Lust auf Lustigkeit oder Schwätzerei. Und dann – ich spür irgendeine Spannung in der Luft. Sonst winkt doch einer mit der Hand oder schmeißt einem sein »Servus« wie einen blechernen Ball durch das halbe Lokal entgegen; heut sitzen sie alle stur wie ertappte Schuljungen. In meiner blödsinnigen Befangenheit sage ich, während ich einen Sessel heranrücke:

»Ihr erlaubt's doch?«

Der Jozsi sieht mich merkwürdig an. »No, was sagt's ihr?« nickt er zu den andern hinüber, »ob wir erlauben? Habt's schon einmal solche Zeremonien erlebt? Ja, ja, der Hofmiller hat's halt heut schon einmal mit die Zeremonien!«

Das muß irgendein Witz gewesen sein von dem boshaften Kerl, denn die andern schmunzeln oder verstecken ein dreckiges Lachen. Ja, irgend etwas ist los. Sonst, wenn einer von uns nach Mitternacht anrückt, fragen sie umständlich nach dem Woher und Warum und spicken ihren Spaß mit kräftigen Vermutungen. Heut wendet sich keiner mir zu, alle tun sie irgendwie geniert. Ich muß in ihre behäbige Sumpferei hereingeschlagen haben wie ein Stein ins Wasser. Endlich lehnt sich der Jozsi zurück, kneift das linke Lid halb zu wie bei einem Scharfschuß, dann fragt er:

»Nun – darf man schon gratulieren?«

»Gratulieren – wozu?« Ich bin so verblüfft, daß ich wirklich im ersten Augenblick nicht weiß, was er meint.

»No, der Apotheker – grad ist er weg'gangen – der hat was derzählt, der Diener hätt ihm von draußen telephoniert, du hättst dich mit dem ... mit dem ... na – sagen wir: mit der jungen Dame da draußen verlobt.«

Alle sehen mich jetzt an. Zwei, vier, sechs, acht, zehn, zwölf Augen starren auf meinen Mund; ich weiß, wenn ich's zugebe, bricht im nächsten Moment das große Hallo los, Witze, Hohn, Spott und ironisches Gratulieren. Nein, ich kann's nicht zugeben. Unmöglich, vor diesen Übermütigen, vor diesen Spöttern!

»Unsinn«, knurre ich, um mir herauszuhelfen. Aber diese ausweichende Abwehr ist ihnen nicht genug; der gute Ferencz, ehrlich neugierig, schlägt mir auf die Schulter.

»Sag, Toni, ich hab doch recht – es ist net wahr?«

Er hat es gut gemeint, der brave, treue Bursch, aber er hätte mir das »Nein« nicht so leicht machen sollen. Ein grenzenloser Ekel ergreift mich vor dieser burschikosen, spottlustigen Neugier. Ich spüre, wie absurd es wäre, hier am Kaffeehaustisch erklären zu wollen, was ich mir im innersten Herzen selbst nicht klarmachen kann. Ohne recht zu bedenken, wehre ich ärgerlich ab:

»Keine Spur.«

Einen Augenblick herrscht Schweigen. Sie blicken einander überrascht und, ich glaube, ein bißchen enttäuscht an. Offenbar habe ich ihnen einen Spaß verdorben. Aber ganz stolz stemmt Ferencz die Ellbogen auf den Tisch und brüllt triumphierend:

»Na! Hab ich's nicht gleich g'sagt? Ich kenn den Hofmiller wie meine Hosentaschen! Gleich hab ich's g'sagt, eine Lüg ist's, eine dreckige Lüg von dem Apotheker. Na, dem werd ich morgen was pfeifen, dem blöden Salbenreiber, der soll andere anschmieren als unsereins! Den stell ich mir gleich, und ein paar saftige Ohrfeigen kann er dazu kriegen. Was erlaubt sich der? Mir nix dir nix einen anständigen Menschen in Verschiß bringen! Mit seinem losen Maul so eine Lumperei von unsereinem herumzuschwätzen! Aber seht's – ich hab's gleich g'sagt – so was tut der Hofmiller nicht! Der verkauft seine graden Beiner nicht und für keinen Schippel Geld!«

Er wendet sich mir zu und patscht mir gut und treu mit seiner schweren Hand auf die Schulter.

»Wirklich, Toni, ich bin saufroh, daß das net wahr is'. Wär ja eine Schand g'wesen für dich und für uns alle, eine Schand für's ganze Regiment.«

»Und was für eine«, setzt jetzt Graf Steinhübel ein. »Grad die Tochter von dem alten Wucherer, der seinerzeit dem Uli Neuendorff den Kragen gebrochen hat mit seine Wechselg'schichten. Skandal genug, daß solche Leut sich ansacken dürfen und Schlösser kaufen und den Adel dazu. Das möcht ihnen noch passen, sich für's gnädige Fräulein Tochter einen von uns aufzuzwicken! So ein Schubiak! Der weiß, warum er mir ausbiegt, wenn er mich auf der Straße trifft.«

Mit dem wachsenden Tumult erregt Ferencz sich immer mehr. »Dieser Lumpenhund von einem Apotheker – meiner Seel, ich hätt Lust, ihn mit der Nachtglocken aus seiner Buden zu läuten und ihm ein paar Ausgiebige um die Ohren zu knallen. So eine Unverschämtheit! Nur weil du ein paar Mal hinausgegangen bist, dir so eine dreckige Lüg anzuhängen!«

Jetzt mengt sich noch Baron Schönthaler ein, der magere aristokratische Windhund.

»Weißt, Hofmiller, ich hab dir ja nix dreinreden wollen – chacun à son goût! Aber wenn d' mich ehrlich fragst, mir hat's von Anfang an net g'fallen, wie ich g'hört hab, daß d' allerweil bei die draußen steckst. Unsereins muß sich überlegen, wem man die Ehr antut, daß man bei ihm verkehrt. Was der für G'schäfte macht oder g'macht hat, davon weiß ich nix, und das geht mich nix an. Ich rechne niemandem was nach. Aber ein bissel muß unsereins Reserve halten – du siehst ja, auf ja und nein kommt ein blödes G'red zustand. Nur net rühren an Leut, die man net g'nau kennt. Unsereins muß auf sauber halten und immer auf sauber; schon beim bloßen Anstreifen kann man sich dreckig machen. Na, sein mir froh, daß dich net dicker eing'lassen hast.«

Aufgeregt schwätzen sie alle durcheinander, sie ziehen los auf den alten Mann, sie kramen die wüstesten Geschichten aus, sie spotten über das »Krüppelg'spiel«, seine Tochter; immer wieder wendet sich dazwischen einer herüber, um mich zu rühmen, daß ich mich mit der »Bagage« nicht wirklich eingelassen habe. Und ich – ich sitze starr und stumm; ihr widriges Lob martert mich, ich möchte sie am liebsten anbrüllen: »Haltet's euer niederträchtiges Maul!« oder aufschreien: »Ich bin der Schuft! Nicht ich, sondern der Apotheker hat die Wahrheit gesagt! Nicht er hat gelogen, sondern ich. Ich, ich bin der feige, erbärmliche Lügner!« Aber ich weiß, es ist zu spät – zu spät für alles! Jetzt kann ich nichts mehr abschwächen, nichts mehr ableugnen. So sitze ich und starre nur stumm vor mich hin, die kalte Zigarette zwischen den verbissenen Zähnen, und bin zugleich grauenhaft bewußt des schurkischen, des mörderischen Verrats, den ich durch dieses Schweigen an der Armen, der Unschuldigen begehe. Ah – sich verkriechen unter die Erde! Sich vernichten! Sich zerstören! Ich weiß nicht, wohin mit den Blicken, ich weiß nicht, wohin mit den Händen, die mich durch ihr Zittern verraten könnten. Vorsichtig nehme ich sie an mich und drücke die Finger schmerzhaft ineinander, um durch dieses krampfige Zusammenpressen die innere Spannung noch ein paar Minuten lang zu bemeistern.

Doch im Augenblick, wo meine Finger sich ineinander verkrampfen, spüre ich etwas Hartes, etwas Fremdes zwischen ihnen. Unwillkürlich taste ich hin. Es ist der Ring, den Edith mir vor einer Stunde errötend an den Finger geschoben! Der Verlobungsring, den ich zustimmend empfangen! Ich habe nicht mehr genug Kraft, um mir den blitzenden Beweis meiner Lüge vom Finger zu reißen. So drehe ich nur mit der feigen Geste eines Diebs den Stein rasch nach innen, ehe ich den Kameraden die Hand zum Abschied reiche.

Der Rathausplatz lag geisterhaft klar im gletscherweißen Mondlicht, jede Kante des Pflasters scharf ausgeschnitten, jede Linie rein nachgezogen bis zu Dach und First. Genau so eisklar war es in mir. Nie hatte ich heller und gleichsam schattenloser gedacht als in jenem Augenblick: ich wußte, was ich getan hatte, und wußte, was jetzt zu tun meine Pflicht war. Ich hatte mich um zehn Uhr abends verlobt und drei Stunden später diese Verlobung feig abgeleugnet. Vor sieben Zeugen, vor einem Rittmeister, zwei Oberleutnants, einem Regimentsarzt, zwei Leutnants und Fähnrichen meines Regiments hatte ich, den Verlobungsring am Finger, mich noch rühmen lassen für meine schuftige Lüge. Ich hatte ein leidenschaftlich mich liebendes Mädchen, ein leidendes, machtloses, ahnungsloses Wesen hinterrücks kompromittiert, ich hatte ohne Einspruch ihren Vater beschimpfen und einen fremden Menschen, der die Wahrheit gesagt, meineidig einen Schwindler nennen lassen. Morgen schon mußte das Regiment meine Schande kennen, dann war alles zu Ende. Dieselben, die mir heute brüderlich auf die Schulter geklopft, würden mir morgen Hand und Gruß verweigern. Als entlarvter Lügner konnte ich das Portepee nicht länger tragen, aber auch zu den andern, zu den Verratenen, den Verleumdeten konnte ich nicht mehr zurück; selbst für Balinkay war ich erledigt. Diese drei Minuten Feigheit hatten mein Leben vernichtet: es gab für mich keine andere Wahl als den Revolver.

Bereits an jenem Tisch war ich mir genau bewußt gewesen, daß ich nur auf diese eine Weise meine Ehre retten konnte; was ich jetzt überlegte – allein durch die Straßen wandernd – war nur mehr die äußere Form der Ausführung. Völlig klar ordneten sich die Gedanken in meinem Kopf, als hätte das weiße Mondlicht die Kappe durchdrungen, und genau so gleichgültig, als gelte es, einen Karabiner zu zerlegen, teilte ich mir die nächsten zwei, drei Stunden ein, die letzten meines Lebens. Sauber alles erledigen, nichts vergessen, nichts übersehen! Zuerst einen Brief an die Eltern: mich entschuldigen, daß ich ihnen diesen Schmerz bereiten müßte. Dann Ferencz schriftlich bitten, er möge den Apotheker nicht stellen, die Angelegenheit sei durch meinen Tod abgetan. Einen dritten Brief an den Obersten: ihn ersuchen, alles Aufsehen möglichst zu unterdrücken, Begräbnis lieber in Wien, keine Delegation, keine Kränze. Allenfalls ein paar Worte noch an Kekesfalva, kurz und knapp, er solle Edith meiner herzlichsten Neigung versichern, und sie möge nicht schlecht von mir denken. Dann zu Hause tadellose Ordnung machen, die kleinen Schulden auf einem Zettel zusammenstellen, Auftrag erteilen, mein Pferd zu verkaufen, um allfällige Rückstände zu decken. Zu vererben habe ich nichts. Die Uhr und das bißchen Wäsche sollen meinem Burschen gehören – ach ja, und den Ring und die goldene Zigarettendose möge man Herrn von Kekesfalva retournieren.

Was noch? Richtig: die beiden Briefe von Edith verbrennen, überhaupt alle Briefe und Photographien! Nichts von sich zurücklassen, keine Erinnerung, keine Spur. Möglichst unauffällig verschwinden, wie man unauffällig gelebt hat. Immerhin, das gibt reichlich Arbeit für zwei, drei Stunden, denn jeder Brief soll sauber geschrieben sein, damit mir niemand Angst oder Verwirrtheit nachsagen kann. Dann das Letzte, das Leichteste: sich ins Bett legen, zwei, drei Decken dicht über den Kopf ziehen und darüber noch das schwere Federbett, damit man nebenan oder auf der Straße nichts von der Detonation des Schusses vernimmt – so hat's seinerzeit der Rittmeister Felber gemacht. Um Mitternacht hat er sich erschossen, niemand hat auch nur einen Ton gehört; erst morgens haben sie ihn gefunden mit zerschmettertem Schädel. Unter den Decken dann den Lauf ganz nah an die Schläfe pressen, mein Revolver ist verläßlich, vorgestern habe ich zufällig den Verschluß noch frisch geölt. Und ich weiß, ich habe eine sichere Hand.

Nie in meinem Leben habe ich – ich muß es wiederholen – irgend etwas klarer, präziser, exakter disponiert als damals meinen Tod. Übersichtlich wie in einer Registratur war alles zurechtgelegt. Minute für Minute eingeteilt, als ich nach einer Stunde scheinbar ziellosen Herumirrens vor der Kaserne anlangte. Mein Schritt war die ganze Zeit über vollkommen ruhig, mein Puls ebenmäßig gegangen, und wie sicher meine Hand geblieben, merkte ich mit einem gewissen Stolz, als ich nun den Schlüssel ins Schloß der kleinen Seitentür steckte, die wir Offiziere nach Mitternacht immer benützten. Nicht um einen Zoll verfehlte ich selbst im Dunkel die schmale Öffnung. Jetzt noch den Hof überqueren und die drei Treppen hinauf! Dann bin ich mit mir allein und kann anfangen und enden zugleich. Doch da ich mich vom mondhellen Geviert des Hofs dem Torschatten der Treppe nähere, regt sich dort eine Gestalt. Verdammt, denke ich mir: irgendein heimkehrender Kamerad, der, knapp vor mir gekommen, mich noch begrüßen und am Ende lang herumschwatzen will! Im nächsten Augenblick aber erkenne ich, peinlichst berührt, an den breiten Schultern den Oberst Bubencic, der mich erst vor wenigen Tagen angepfiffen hat. Mit Absicht scheint er im Torbogen stehengeblieben zu sein; ich weiß, dieser Kommißknopf sieht's nicht gern, wenn unsere Leute spät nach Hause kommen. Aber zum Teufel, was geht das alles mich noch an! Morgen stehe ich vor jemand ganz anderm beim Rapport. So will ich mit einer verbissenen Entschlossenheit, als ob ich ihn nicht bemerkte, weiter, doch schon tritt er aus dem Schatten heraus. Scharf stößt seine knarrige Stimme auf mich zu:

»Leutnant Hofmiller!«

Ich trete heran und stehe stramm. Er mustert mich scharf.

»Neueste Mode der jungen Herren, den Mantel halboffen zu tragen. Glaubt's, ihr könnt's nach Mitternacht herumlaufen wie eine Sau, die ihre Zitzen hängen läßt? Nächstens werdet's ihr noch daherschlampen mit offenen Hosen. Das verbitt ich mir! Auch nach Mitternacht haben meine Offiziere anständig adjustiert zu sein. Verstanden?«

Ich klappe gehorsamst die Hacken zusammen. »Zu Befehl, Herr Oberst.«

Mit einem verächtlichen Blick dreht er sich weg und stapft ohne Gruß der Treppe zu, breit wuchtet sein feister Rücken im Mond. Aber da faßt mich Zorn, daß das letzte Wort, das ich im Leben hörte, eine Beschimpfung gewesen sein soll; zu meiner eigenen Überraschung geschieht etwas, völlig unbewußt, gleichsam nur aus meinem Körper heraus – ich mache ein paar hastige Schritte und eile ihm nach. Ich weiß, daß, was ich tat, eigentlich völlig widersinnig war; wozu eine Stunde vor der allerletzten irgend einem Hartschädel noch etwas erklären oder berichtigen wollen? Aber diese absurde Inkonsequenz haftet ja allen Selbstmördern an, daß sie noch zehn Minuten, ehe sie entstellte Kadaver sein werden, der Eitelkeit nachgeben, unbedingt sauber aus dem Leben zu gehen (aus dem Leben, das sie allein nicht mehr mitleben werden), daß sie sich rasieren (für wen?) und reine Wäsche anziehen (für wen?), ehe sie sich eine Kugel durch den Kopf schießen, ja, ich erinnere mich, sogar von einer Frau gehört zu haben, die sich schminkte und bei der Friseurin die Haare ondulieren und mit dem teuersten Coty parfümieren ließ, ehe sie sich hinabwarf vom vierten Stock. Nur dieses logisch völlig unerklärbare Gefühl riß mir die Muskeln auf, und wenn ich dem Obersten jetzt nacheilte, so geschah dies keineswegs – ich muß es betonen – aus Todesangst, oder plötzlicher Feigheit, sondern einzig aus dem absurden

Reinlichkeitsinstikt, nicht unordentlich, nicht beschmutzt ins Nichts zu verschwinden.

Der Oberst mußte meine Schritte gehört haben. Denn brüsk wandte er sich um, verdutzt starrten die kleinen stechenden Augen unter den buschigen Brauen mich an. Offenbar konnte er die ungeheuerliche Ungehörigkeit gar nicht fassen, daß ein Subalternoffizier ihm ohne Erlaubnis nachzugehen wagte. Ich blieb zwei Schritte vor ihm stehen, fuhr mit der Hand an die Kappe und sagte, dem gefährlichen Blick ruhig standhaltend – meine Stimme muß bleich gewesen sein wie das Mondlicht:

»Bitte gehorsamst, dürfte ich den Herrn Obersten einige Minuten sprechen?«

Die buschigen Brauen spannen sich zum erstaunten Bogen. »Was? Jetzt? Um halber zwei in der Nacht?«

Unwirsch sieht er mich an. Im nächsten Moment wird er mich grob anfahren oder verknallen zum Rapport. Aber etwas muß gewesen sein in meinem Gesicht, das ihn beunruhigte. Eine Minute, zwei Minuten mustern mich die harten stechenden Augen, dann knurrt er:

»Schöne Sachen wer'n das sein! Aber wie du willst. Na – komm herauf zu mir und mach schnell!«

Dieser Oberst Svetozar Bubencic, hinter dem ich jetzt wie ein hingeschlagener Schatten durch die matt von Petroleumlampen erhellten, dumpf leeren und doch vom Dunst vieler Menschen gesättigten Gänge und Treppen schritt, war ein hundertgrädiger Troupier und der gefürchtetste unter unseren Vorgesetzten. Kurzbeinig, kurzhalsig, kurzstirnig, verbarg er unter den struppigen Brauen ein Paar tiefsitzende glimmrige Augen, die selten jemand heiter gesehen. Der stämmige Leib, der schwere, massive Gang verrieten unverkennbar seine bäuerliche Abstammung (er kam aus dem Banat). Aber mit dieser niederen Büffelstirn und seinem eisenharten Schädel hatte er sich langsam und beharrlich bis zum Oberst vorgestoßen. Seiner krassen Unbildung, seiner rüden Sprech- und Schimpfweise und seiner wenig repräsentablen Art wegen schob ihn freilich seit Jahren das Ministerium von einer Provinzgarnison in die andere, und daß er vor den roten Generallampassen noch den blauen Bogen kriegen würde, galt in diesen oberen Regionen soviel wie ausgemacht. Doch unansehnlich und ordinär, wie er war, in der Kaserne und auf dem Exerzierplatz kam ihm keiner gleich. Er kannte den kleinsten Paragraphen des Reglements wie ein schottischer Puritaner die Bibel, und sie bedeuteten für ihn keineswegs elastische Gesetze, die eine feinere Hand zu harmonischem Gefüge verknüpft, sondern fast religiöse Gebote, deren Sinn oder Widersinn ein Soldat nicht zu erörtern hatte. Er lebte im allerhöchsten Dienst wie Gläubige in Gott, er gab sich nicht mit Frauen ab, er rauchte nicht, er spielte nicht, hatte zeitlebens kaum ein Theater oder Konzert besucht und gleich seinem allerhöchsten Kriegsherrn Franz Joseph niemals etwas anderes gelesen als das Dienstreglement und Danzers Armeezeitung; für ihn existierte nichts auf Erden als die kaiserlich und königliche Armee, innerhalb der Armee nur die Kavallerie, innerhalb der Kavallerie nur die Ulanen und unter den Ulanen nur eines, nur sein Regiment. Daß alles bei diesem seinem Regiment besser als bei jedem andern klappen sollte, war in nuce der Sinn seines Lebens.

Ein Mann bornierten Blickfelds ist an und für sich schon überall schwer erträglich, wo ihm Macht gegeben ist, am fürchterlichsten aber beim Militär. Da Dienst bei der Truppe sich aus tausend überakkuraten, meist schon überalterten und petrifizierten Vorschriften zusammensetzt, die einzig ein enragierter Troupier auswendig kennt und nur ein Narr buchstabengetreu fordert, fühlte keiner in der Kaserne sich je vor diesem Fanatiker des heiligen Reglements sicher. Der Terror der Exaktheit saß in seiner feisten Gestalt zu Pferd, er thronte mit stecknadelscharfen Augen bei Tisch, er war der Schrecken der Kantinen und Kanzleien; ein kalter Wind von Angst stob überall seinem Kommen voraus, und wenn das Regiment ausgerückt stand zur Inspizierung und Bubencic auf seinem rostbraunen niedern Wallachen langsam heranritt, den Kopf ein wenig gesenkt wie ein Stier vor dem Stoß, erstarrte jede Bewegung in den Reihen, als ob gegenüber feindliche Artillerie aufgefahren wäre und schon abprotzte und zielte. Jeden Augenblick, wußte man, mußte der erste Einschlag kommen, unabwendbar, unaufhaltsam, und niemand konnte voraussagen, ob dieser erste Volltreffer nicht ihm galt. Eisstarr standen sogar die Pferde und zuckten mit keinem Ohr, keine Sporen klirrten, kein Atem ging. Und gemächlich, den Schrecken, der von ihm ausging, sichtlich genießend, ritt der Tyrann dann heran, einen nach dem andern aufspießend mit seinem akkuraten Blick, dem nichts entging. Er sah alles, dieser metallene Dienstblick, er ertappte die Kappe, die einen Fingerbreit zu nieder war, jeden schlecht geputzten Knopf; jeden Rostfleck am Säbel, jede Schlackspur am Pferd; und kaum daß er die kleinste Unvorschriftsmäßigkeit erspäht hatte, brach ein Gewitter oder vielmehr eine wahre Schlammflut von Flüchen nieder. Unter dem engen Uniformkragen schwoll der Adamsapfel apoplektisch wie eine plötzliche Geschwulst, die Stirn unter dem kurzgeschorenen Haar wurde blutrot, dicke Adern kletterten blau die Schläfen hinauf. Und dann fetzte er los mit seiner knorrig heiseren Stimme; ganze Dreckkübel goß er über das schuldig-unschuldige Opfer aus, und manchmal wurde die Ordinärheit seiner Ausdrücke derart peinlich, daß die Offiziere verärgert zu Boden blickten, weil sie sich für ihn vor der Mannschaft schämten.

Wie den leibhaftigen Satan fürchtete ihn die Mannschaft, der er für jede Nichtigkeit Spangen und Arrest aufrasselte und manchmal im Zorn sogar seine derbe Faust ins Gesicht drosch. Selbst habe ich's erlebt, wie ein ruthenischer Ulan einmal im Stall, als der »blade Frosch« – so nannten wir ihn, weil sein feister Hals sich im Zorn bis zum Platzen blähte – schon in der Nachbarbox tobte, auf russische Weise das Kreuz schlug und mit bebenden Lippen ein Stoßgebet herzusagen begann. Bis zur Erschöpfung hußte Bubencic die armen Burschen herum, er karniffelte sie, ließ sie Karabinerübungen wiederholen, daß ihnen die Arme krachten, und auf den stützigsten Pferden solange reiten, bis ihnen das Blut aus den Hosen lief. Erstaunlicherweise aber liebten die biedern bäuerlichen Opfer ihren Tyrannen auf ihre dumpfe und ängstliche Weise mehr als all die milderen und dafür auch distanzierteren Offiziere. Es war, als ob irgendein Instinkt ihnen sagte, daß diese Härte aus einem eigensinnig bornierten Willen nach gottgewollter Ordnung stammte; überdies tröstete es die armen Teufel, daß wir Offiziere nicht viel besser wegkamen, denn selbst die schlimmste Fuchtel nimmt der Mensch sofort leichter hin, sobald er weiß, daß sie gleich hart auf des Nachbars Rücken fällt. Gerechtigkeit gleicht Gewalt geheimnisvoll aus: immer wieder wärmten die Soldaten mit gutem Behagen die Geschichte vom jungen Prinzen W. auf, der mit dem allerhöchsten Kaiserhaus verwandt war und darum glaubte, sich allerhand besondere Schnacken erlauben zu dürfen. Aber Bubencic verknallte ihn ebenso unbarmherzig auf vierzehn Tage wie irgend einen Häuslerssohn; vergebens, daß aus Wien Exzellenzen anriefen. Bubencic schenkte dem hohen Delinquenten nicht einen einzigen Tag seiner Strafe – ein Trotz übrigens, der ihn damals sein Avancement kostete.

Aber noch merkwürdiger: selbst wir Offiziere konnten uns einer gewissen Bindung an ihn nicht entziehen. Auch uns imponierte die dumpfe Ehrlichkeit in seiner Unerbittlichkeit und vor allem seine unbedingte kameradschaftliche Solidarität. Genau wie er keinen Tupf Staub auf einer Ulanka, keinen Kotspritzer auf dem Sattel beim letzten Soldaten ertrug, duldete er nicht die geringste Ungerechtigkeit; jeden Skandal im Regiment empfand er wie einen Hieb gegen die eigene Ehre. Wir gehörten zu ihm und wußten genau, daß, wenn einer etwas ausgefressen hatte, er am klügsten tat, geradewegs zu ihm zu gehen, worauf er einen zunächst angrobste, dann aber sich doch in die Stiefel steckte, um einen aus dem Schlamassel herauszupaddeln. Wenn es hieß, ein Avancement durchzusetzen oder einem, der in die Patsche geraten war, einen Vorschuß aus dem Albrechtsfonds herauszufechten, dann hielt er stramm, fuhr stracks ins Ministerium und stemmte mit seinem dicken Schädel die Sache durch. Gleichgültig, wie er uns ärgerte und trakassierte, wir spürten eben alle in einem versteckten Winkel unseres Herzens, daß dieser Bauernkerl aus dem Banat auf seine plumpe und bornierte Art treuer und ehrlicher als alle Nobeloffiziere den Sinn und die Tradition der Armee verteidigte, diesen unsichtbaren Glanz, von dem wir, die schlechtbezahlten Subalternoffiziere, innerlich mehr lebten als von unserer Gage.

So war dieser Oberst Svetozar Bubencic, der Oberschinder unseres Regiments, hinter dem ich jetzt die Treppe emporstieg; und genau so männlich und borniert, dummehrlich und ehrenhaft, wie er uns zeitlebens zusetzte, hat er sich selber zur Rechenschaft gezogen. Als im serbischen Feldzug nach dem Debakel Potioreks gerade noch neunundvierzig Ulanen von unserem blitzblank ausgerückten Regiment heil über die Save zurückkamen, blieb er als letzter auf dem feindlichen Ufer und tat dann angesichts des panikartigen Rückzugs, den er als schmählich für die Ehre der Armee empfand, was von allen Führern und hohen Offizieren des Weltkriegs nur die wenigsten nach Niederlagen getan: er nahm seinen schweren Dienstrevolver und schoß sich eine Kugel vor den Kopf, um nicht Zeuge sein zu müssen von Österreichs Untergang, den er im furchtbaren Bilde jenes zurückflüchtenden Regiments mit seinen dumpfen Sinnen prophetisch vorausgefühlt.

Der Oberst schloß auf. Wir traten in sein Zimmer, das in seiner spartanischen Nüchternheit eher einer Studentenbude glich: ein eisernes Feldbett – er wollte in keinem besseren schlafen als Franz Joseph in der Hofburg – zwei Farbdrucke, der Kaiser rechts, die Kaiserin links, vier oder fünf billig gerahmte Erinnungsphotographien von der Ausmusterung und Regimentsabenden, ein paar überkreuzte Säbel und zwei türkische Pistolen – das war alles. Kein bequemer Fauteuil, keine Bücher, gerade nur vier Strohsessel um einen harten leeren Tisch.

Bubencic strich sich heftig den Schnurrbart, einmal, zweimal, dreimal. Wir kannten alle diese stoßhafte Bewegung; sie galt bei ihm als das sichtlichste Zeichen gefährlicher Ungeduld. Schließlich knurrte er kurzatmig, ohne mir einen Sessel anzubieten:

»Tu dich kommod! Und jetzt keine Faxen – schieß los. Schwulitäten mit Geld oder Weiberg'schichten?«

Es war mir peinlich, im Stehen sprechen zu müssen, überdies empfand ich mich im scharfen Licht zu sehr seinem ungeduldigen Blick ausgesetzt. So wehrte ich nur rasch ab, es handle sich keineswegs um eine Geldangelegenheit.

»Also Weiberg'schichten! Schon wieder! Daß ihr Kerle keine Ruh geben könnt's! Als ob's nicht Weiber g'nug gäb, bei denen das verdammt einfach geht. Aber weiter jetzt, und ohne viel Faxereien – wo liegt der Hund begraben?«

Ich referierte mit möglichster Knappheit, daß ich mich heute mit der Tochter des Herrn von Kekesfalva verlobt hätte und drei Stunden später die Tatsache einfach abgeleugnet. Aber er möge keinesfalls glauben, daß ich nachträglich die Unehrenhaftigkeit meiner Handlungsweise zu beschönigen wünsche – im Gegenteil, ich sei nur gekommen, um ihm als meinem Vorgesetzten privat mitzuteilen, daß ich mir der Konsequenzen voll bewußt sei, die ich als Offizier aus meinem unkorrekten Verhalten zu ziehen hätte. Ich wüßte, was meine Pflicht sei, und würde sie erfüllen.

Bubencic glotzte mich ziemlich verständnislos an.

»Was redst da für Unsinn? Unehrenhaftigkeit und Konsequenzen? Ja woher denn und wieso denn? Da ist doch gar nix dabei. Mit der Tochter vom Kekesfalva, sagst, hast dich verlobt? Die hab ich einmal g'sehn – sonderbarer Gusto, das ist doch eine ganz verknackste, verwachsene Person. Na, und hast dir's halt nachher wieder überlegt. Da ist doch nix dabei. Das hat schon einmal einer getan und ist darum kein Lump geworden. Oder hast ...« Er trat näher. »Hast vielleicht ein Techtelmechtel mit ihr g'habt und ist jetzt was los? Dann freilich wär's eine schäbige Sach.«

Ich ärgerte mich und schämte mich. Mich verdroß die lokkere, vielleicht beabsichtigt legere Art, mit der er alles mißverstand. So schlug ich die Hacken zusammen:

»Gestatten Herr Oberst, daß ich gehorsamst bemerke: ich habe diese grobe Unwahrheit, daß ich nicht verlobt sei, vor sieben Offizieren des Regiments am Stammtisch im Kaffeehaus gesagt. Aus Feigheit und Verlegenheit habe ich meine Kameraden angelogen. Morgen wird der Leutnant Hawliczek den Apotheker stellen, der ihm die richtige Nachricht überbracht hat.

Morgen wird die ganze Stadt bereits wissen, daß ich am Offizierstisch eine Unwahrheit gesagt habe und mich somit standeswidrig benommen.«

Jetzt starrte er verblüfft auf. Sein schwerfälliges Denken hatte offenbar endlich eingesetzt. Sein Gesicht wurde allmählich dunkler.

»Wo war das, sagst?«

»An unserem Stammtisch, im Kaffeehaus.«

»Vor den Kameraden, sagst? Alle ham's g'hört?«

»Zu Befehl.«

»Und der Apotheker weiß, daß du's abg'stritten hast?«

»Er wird es morgen erfahren. Er, und die ganze Stadt.«

Der Oberst zwirbelte und zerrte so heftig an seinem dicken Schnurrbart, als wollte er ihn ausreißen. Man sah, daß hinter seiner niederen Stirn etwas arbeitete. Ärgerlich begann er auf und ab zu gehen, die Hände hinter dem Rücken gekreuzt, einmal, zweimal, fünfmal, zehnmal, zwanzigmal. Der Boden schütterte leise unter diesem harten Trott, dazwischen klingelten leise die Sporen. Schließlich machte er wieder vor mir halt.

»Na, und was willst tun, sagst?«

»Es gibt nur einen Ausweg; Herr Oberst wissen das selbst. Ich bin nur gekommen, um mich vom Herrn Obersten zu verabschieden und gehorsamst zu bitten, Sorge zu tragen, daß nachher alles still und mit möglichst wenig Aufsehen erledigt wird. Es soll durch mich keine Schande auf das Regiment fallen.«

»Unsinn«, murmelte er. »Unsinn! Wegen so was! Ein fescher, g'sunder, anständiger Mensch wie du, wegen so einem Krüppelg'spiel! Wahrscheinlich hat dich der alte Fuchs eing'seift und du hast auf grade Art net mehr auskommen können. Na – denentwegen wär's mir wurscht, was gehn die uns an! Aber das mit die Kameraden und dann, daß dieser blöde Lauser von Apotheker davon weiß, das ist natürlich eine dreckige G'schicht!«

Er begann wieder auf und ab zu schreiten, heftiger noch als vorhin. Das Denken schien ihn anzustrengen. Jedesmal, wenn er in seinem Auf und Ab wiederkehrte, war sein Gesicht um einen Ton röter geschattet, wie dicke schwarze Wurzeln wuchsen die Adern aus den Schläfen. Endlich blieb er entschlossen stehen.

»Also paß auf. So was muß rasch gedeichselt werden – redt sich's einmal herum, dann kann man wirklich nix mehr machen. Fürs erste einmal – wer von die Unsrigen war dabei?«

Ich nannte die Namen. Bubencic zog aus der Brusttasche sein Notizbuch – das kleine, berüchtigte, rotlederne Notizbuch, das er jedesmal wie eine Waffe zückte, sobald er einen vom Regiment bei etwas Ungehörigem erwischte. Wer da einmal eingeschrieben stand, der konnte über seinen nächsten Urlaub das Kreuz machen. Nach bäurischer Art feuchtete der Oberst den Bleistift zuerst zwischen den Lippen an, ehe er mit seinen dikken, breitnägligen Fingern Namen nach Namen untereinander kraxte.

»Sind das alle?«

»Ja.«

»Bestimmt alle?«

»Zu Befehl.«

»So.« Er stieß das Notizbuch in die Brusttasche zurück wie einen Säbel in die Scheide. Es war der gleiche klirrende Ton in diesem abschließenden »so«.

»So – das wär einmal erledigt. Morgen b'stell ich sie mir her, alle sieben, einen nach dem andern, eh sie einen Fuß auf den Exerzierplatz setzen, und Gott gnad dem Kerl, der sich nachher noch zu erinnern getraut, was du g'sagt hast. Den Apotheker nehm ich mir dann separat vor. Ich wer' ihm schon was aufbinden, verlaß dich drauf, ich wer' schon was finden. Vielleicht, daß du mich erst hast um Erlaubnis bitten wollen, eh du's offiziell machst oder … oder, wart einmal« – er trat ruckhaft so nah an mich heran, daß ich seinen Atem spürte, und sah mir mit seinem stechenden Blick in die Augen – »sag aufrichtig, aber wirklich aufrichtig jetzt: hast vorher was 'trunken g'habt – ich mein, vorher, eh du den Blödsinn ang'stellt hast?«

Ich war beschämt. »Zu Befehl, Herr Oberst, ich habe allerdings, eh' ich hinausging, ein paar Kognak getrunken und draußen noch beim … bei jenem Essen ziemlich reichlich … Aber …«

Ich erwartete einen zornigen Anpfiff. Statt dessen ging sein Gesicht plötzlich aufleuchtend ins Breite. Er patschte in die Hände und lachte laut, dröhnend, selbstzufrieden.

»Famos, famos, jetzt hab ich's! Damit kriegen wir den Karren aus dem Dreck. Klar wie Stiefelwichs! Ich erklär ihnen halt allen, du warst b'soffen wie ein Schwein und hast nicht g'wußt, was d'redst. Ehrenwort hast doch keins 'geben?«

»Nein, Herr Oberst.«

»Dann ist doch alles tulli. Warst halt b'soffen, sag ich ihnen. Ist schon einmal vorgekommen, sogar bei einem Erzherzog! Warst stockb'soffen, hast nicht die lausigste Ahnung g'habt, was d' redst, hast gar nicht recht zug'hört und alles falsch verstanden, was sie g'fragt haben. Das ist doch logisch! Und dem Apotheker bind ich noch auf die Nasen, daß ich dich gründlich verknallt hab, weil du mit so einem Mordsrausch ins Kaffeehaus gestolpert bist. – So: Punkt eins wär erledigt.«

Die Erbitterung wuchs in mir, daß er mich so mißverstand. Mich ärgerte, daß dieser im Grunde gutmütige Hartschädel mir durchaus die Steigbügel hinhalten wollte; am Ende meinte er, ich hätte ihn aus Feigheit beim Ärmel gepackt, um mich herauszuretten. Zum Teufel, warum wollte er das Erbärmliche partout nicht begreifen! So riß ich mich zusammen.

»Melde gehorsamst, Herr Oberst, für mich ist damit die Sache keineswegs aus der Welt geschafft. Ich weiß, was ich angestellt habe, und weiß, daß ich keinem anständigen Menschen mehr ins Gesicht schauen kann; als ein Lump will ich nicht weiterleben und ...«

»Halt's Maul«, unterbrach er. »Oh pardon – laß einen doch ruhig nachdenken und schwätz mir nicht drein – ich weiß schon selber, was ich zu tun hab, und brauch von so einem Grünschnabel keine Belehrung. Glaubst, es geht einzig um dich? Nein, mein Lieber, das war nur das Erste, und jetzt kommt Punkt zwei und der heißt: morgen früh verschwindst, hier kann ich dich nicht brauchen. Über so eine Sach muß man Gras wachsen lassen, nicht einen Tag mehr darfst hierbleiben, sonst geht gleich das blöde G'frag und Geschwätz los, und das paßt mir nicht. Wer zu meinem Regiment g'hört, darf sich von keinem ausfragen und schief anschaun lassen. Das duld ich nicht ... Von morgen an bist transferiert zum Ersatzkader nach Czaslau ... ich schreib dir selber den Befehl und geb dir einen Brief an den Oberstleutnant mit: was drin steht, geht dich nix an. Du hast nur zu verduften, und was ich tu, ist meine Sach. Heut nacht machst dich fertig mit deinem Burschen, und morgen schiebst so zeitig ab aus der Kasern, daß d' keinen einzigen siehst von der ganzen Gesellschaft. Mittags beim Rapport wird einfach verlesen, daß du abkommandiert bist in dringlichem Auftrag, damit keiner was spannt. Wie du das andre nachher mit dem Alten ausmachst und mit dem Mädel, geht mich nix an. Deinen Dreck koch dir g'fälligst selber aus – mich kümmert's nur, daß kein G'stank und kein G'schwätz davon in die Kasernen kommt ... Also abgemacht – halb sechs hier oben morgen früh, fix und fertig, ich geb dir den Brief und dann vorwärts! Verstanden?«

Ich zögerte. Nicht dazu war ich gekommen. Ich wollte doch nicht echappieren. Bubencic merkte meinen Widerstand und wiederholte fast drohend:

»Verstanden?«

»Zu Befehl, Herr Oberst«, antwortete ich militärisch und kühl. Innerlich sagte ich mir: »Laß den alten Narren reden, was er will. Ich tu doch, was ich tun muß.«

»So – und jetzt Schluß. Morgen früh, halb sechs.«

Ich stand stramm. Er kam auf mich zu.

»Daß grad du solche blöden Sachen machst! Gern geb ich dich nicht ab zu denen nach Czaslau. Bist mir von die ganzen jungen Leut doch noch immer der liebste gewesen.«

Ich spüre, er überlegt, ob er mir die Hand reichen soll. Sein Blick ist weicher geworden.

»Brauchst vielleicht noch was? Wenn ich dir beispringen kann, genier dich nicht, ich tu's gern. Ich möcht nicht, daß die Leut glauben, du bist in Verschiß, oder so was. Brauchst nix?«

»Nein, Herr Oberst, danke gehorsamst.«

»Um so besser. Na, Gott befohlen. Morgen früh halb sechs.«

»Zu Befehl, Herr Oberst.«

Ich blicke ihn an, wie man einen Menschen zum letztenmal ansieht. Ich weiß, er ist der letzte Mensch, den ich gesprochen habe auf Erden. Morgen wird er der einzige sein, der die ganze Wahrheit weiß. Stramm klappe ich die Hacken zusammen, ziehe die Schultern hoch und mache kehrt.

Aber etwas muß selbst dieser dumpfe Mensch bemerkt haben. Etwas muß ihm in meinem Blick oder meinem Gang verdächtig geworden sein, denn er kommandiert scharf in meinen Rücken: »Hofmiller, herstellt!«

Ich reiße mich herum. Er zieht die Brauen hoch, mustert mich eindringlich, dann murrt er, bissig und gutmütig zugleich:

»Du, Kerl, du g'fallst mir nicht. Mit dir is was los. Mir scheint, du willst mich zum Narren halten, du hast einen Unsinn vor. Aber ich duld nicht, daß du wegen so einer Scheißsache Dummheiten machst ... mit dem Revolver oder so ... ich duld's nicht ... hast verstanden?«

»Zu Befehl, Herr Oberst.«

»Ah was, kein ›zu Befehl‹! Mir macht man nix vor. Ich bin kein heuriger Has.« Seine Stimme wird weicher. »Gib mir die Hand.«

Ich reichte sie ihm. Er hält sie fest.

»Und jetzt« – er sieht mir scharf in die Augen – »jetzt, Hofmiller, dein Ehrenwort, daß du heut nacht keine Dummheiten machst! Dein Ehrenwort, daß du morgen um halb sechs hier gestellt bist und nach Czaslau abrückst.«

Ich halte dem Blick nicht stand.

»Mein Ehrenwort, Herr Oberst.«

»No, dann is gut. Weißt, mir hat so was g'spannt, daß d' in der ersten Rage ein Blödsinn anstellen könntst. Bei euch fuchtige junge Leut weiß man ja nie ... ihr seid's immer gleich fertig mit allem, auch mit dem Revolver ... Nachher wirst schon selber vernünftig werden. So was übertaucht man schon. Wirst sehn, Hofmiller, gar nix wird aus der ganzen Sach, gar nix! Das bügel ich aus bis auf die letzte Falten, und ein zweitesmal wird dir so ein Blödsinn nicht mehr passieren. Na – und jetzt geh – wär doch schad gewesen um einen wie dich.«

Unsere Entschlüsse sind in viel höherem Maß von der Anpassung an Stand und Umgebung abhängig, als wir geneigt sind, uns einzugestehen. Ein beträchtlicher Teil unseres Denkens schaltet bloß längst übernommene Eindrücke und Einflüsse automatisch weiter, und besonders, wer im Drill soldatischer Disziplin von Kindheit an erzogen wurde, unterliegt der Psychose eines Befehls wie einem unwiderstehlichen Zwang. Jedes militärische Kommando hat über ihn eine logisch völlig unbegreifliche, willensauflösende Macht. In der Zwangsjacke der Uniform erfüllt er, selbst wenn er der Sinnlosigkeit eines Auftrags völlig gewahr ist, die Vorschrift wie ein Schlafwandler, widerstandslos und fast unbewußt.

Auch ich, der ich von meinen fünfundzwanzig Jahren die fünfzehn wahrhaft ausformenden in der Militärschule und in der Kaserne verbracht hatte, hörte von der Sekunde an, da ich den Befehl des Obersten entgegengenommen, sofort auf, selbständig zu denken oder zu handeln. Ich überlegte nicht mehr. Ich gehorchte nur noch. Mein Gehirn wußte nichts als das eine, daß ich um halb sechs Uhr marschbereit gestellt zu sein hätte und bis dahin alle Vorbereitungen klaglos treffen mußte. So weckte ich meinen Burschen, teilte ihm knapp mit, wir hätten infolge dringenden Befehls morgen nach Czaslau abzugehen, packte mit ihm meine Sachen Stück für Stück. Mit Mühe wurden wir fertig, und Schlag halb sechs stand ich befehlsgemäß im Zimmer des Obersten, um die dienstlichen Papiere entgegenzunehmen. Unbemerkt, wie er befohlen, verließ ich die Kaserne.

Freilich, diese hypnotische Willenslähmung hielt nur genau so lange an, als ich mich im Geviert des militärischen Machtbereichs befand und mein Auftrag noch nicht restlos erfüllt war. Mit dem ersten Ruck der Maschine, der den Zug in Bewegung setzte, fiel die Betäubung bereits von mir ab, und wie einer, der durch den Luftdruck eines einschlagenden Geschosses umgeschleudert wurde, auftaumelt und staunend entdeckt, daß er unversehrt ist, schrak ich auf. Mein erstes Erstaunen war: ich lebte noch. Mein zweites: ich saß in einem rollenden Zug, weggerissen von meiner täglichen, gewöhnlichen Existenz. Und kaum, daß ich mich zu erinnern begann, jagte es heran in fiebernder Eile. Ich hatte doch Schluß machen wollen und jemand hatte mir die Hand weggerissen vom Revolver. Der Oberst hatte gesagt, er wolle alles ordnen. Aber doch nur – konstatierte ich ganz verstört – soweit es das Regiment und meinen sogenannten »guten Ruf« als Offizier betraf. Jetzt vielleicht standen die Kameraden vor ihm in der Kaserne, und selbstverständlich versprachen sie ihm mit Ehre und Eid, kein Wort über den Vorfall verlauten zu lassen. Aber was sie innerlich denken, kann kein Befehl verhindern, alle müssen sie merken, daß ich feige abgepascht bin. Der Apotheker wird sich vielleicht zunächst noch beschwatzen lassen – aber Edith, der Vater, die andern? – Wer wird sie verständigen, wer ihnen alles erklären? Sieben Uhr morgens: jetzt wacht sie auf, und ihr erster Gedanke bin ich. Vielleicht blickt sie schon von der Terrasse – ah, die Terrasse, warum schauert's mich immer, wenn ich an das Geländer denke? – mit dem Teleskop zum Exerzierplatz hinüber, sieht unser Regiment traben und weiß nicht und ahnt nicht, daß dort einer fehlt. Aber nachmittags beginnt sie zu warten, und ich komme nicht, und niemand hat ihr etwas gesagt. Keine Zeile habe ich ihr geschrieben. Sie wird telephonieren, man wird ihr mitteilen, daß ich abkommandiert sei, und sie wird es nicht verstehen, wird es nicht fassen. Oder fürchterlicher noch: sie wird es begreifen, sofort begreifen und dann ... Plötzlich sehe ich Condors drohenden Blick hinter den blitzenden Gläsern, ich höre wieder, wie er mich anschreit: »Es wäre ein Verbrechen, ein Mord!« Und schon überschneidet ein anderes Bild das erste: wie sie sich damals aufstemmte aus dem Lehnstuhl und gegen die Brüstung der Terrasse warf, den Abgrund, den Selbstmord schon in den Blicken.

Ich muß etwas tun, sofort etwas tun! Gleich vom Bahnhof muß ich ihr telegraphieren, irgend etwas telegraphieren. Ich muß unbedingt verhindern, daß sie in ihrer Verzweiflung etwas Brüskes, etwas Unwiderrufliches tut. Nein, *ich* soll doch nichts Brüskes, nichts Unwiderrufliches tun, hat Condor gesagt, und wenn etwas Schlimmes passiert, ihn sofort verständigen. In die Hand habe ich es ihm versprochen, und Wort ist Ehrenwort. Gott sei Dank: in Wien habe ich dazu noch zwei Stunden Zeit. Erst mittags geht der Zug weiter. Vielleicht erreiche ich Condor noch. Ich *muß* ihn erreichen.

Sofort bei der Ankunft übergebe ich meinem Burschen das Gepäck. Er soll damit gleich auf die Nordwestbahn fahren und dort auf mich warten. Dann jage ich im Wagen hin zu Condor und bete (ich bin sonst nicht fromm): »Gott, laß ihn zu Hause sein, laß ihn zu Hause sein! Nur ihm kann ich's erklären, nur er kann mich verstehen, nur er kann helfen.«

Aber lässig schlurft mir das Dienstmädchen entgegen, das bunte Aufräumetuch um den Kopf, der Herr Doktor sei nicht zu Hause. Ob ich auf ihn warten könnte? »Na, vor Mittag kommt er net.« Ob sie wisse, wo er sei? »Na, waaß net. Er geht von einem zum andern.« Ob ich vielleicht Frau Doktor sprechen könnte? »Ich wer's fragen«, schupft sie die Achseln und geht hinein.

Ich warte. Dasselbe Zimmer, dasselbe Warten wie damals und – gottlob – jetzt von nebenan derselbe leise schleifende Schritt.

Die Tür öffnet sich, zaghaft, unsicher. Wie damals ist es, als ob ein Lufthauch sie aufgeweht hätte, nur kommt diesmal die Stimme gütig und herzlich mir entgegen.

»Sie sind es doch, Herr Leutnant?«

»Ja«, sage ich, während ich mich – immer die gleiche Torheit! – vor der Blinden verbeuge.

»Ach, das wird meinem Mann furchtbar leid tun! Ich weiß, er wird es sehr bedauern. Aber ich hoffe, Sie können doch warten. Spätestens um ein Uhr kommt er zurück.«

»Nein, leider – ich kann nicht warten. Aber ... aber es ist sehr wichtig ... könnte ich ihn nicht vielleicht telephonisch bei irgendeinem Patienten erreichen?«

Sie seufzt. »Nein, ich fürchte, das wird nicht möglich sein. Ich weiß nicht, wo er ist ... und dann, wissen Sie ... die Leute, die er am liebsten behandelt, haben gar kein Telephon. Aber vielleicht könnte ich selbst ...«

Sie tritt heran, ein scheuer Ausdruck huscht über ihr Gesicht. Sie möchte etwas sagen, aber ich sehe, sie schämt sich. Endlich versucht sie:

»Ich ... ich merke ... ich spüre schon, daß es sehr dringlich sein muß ... und wenn eine Möglichkeit bestünde, so würde ich Ihnen ... würde ich Ihnen natürlich sagen, wie man ihn erreichen kann. Aber ... aber ... vielleicht könnte ich ihm selbst Bescheid geben, sobald er zurückkommt ... es ist doch wahrscheinlich wegen des armen Mädchens draußen, zu dem Sie immer so gut sind ... Wenn Sie wollen, so übernehme ich es gern ...«

Und nun geschieht mir das Unsinnige, daß ich nicht wage, ihr in die blinden Augen zu schauen. Ich habe, ich weiß nicht wieso, das Gefühl, sie wüßte schon alles, sie hätte alles erraten. Eben darum schäme ich mich so sehr und stammle nur:

»Zu gütig von Ihnen, gnädige Frau, doch ... ich möchte Sie nicht bemühen. Wenn Sie gestatten, kann ich ihm auch schriftlich das Wesentliche mitteilen. Aber es ist doch sicher, nicht wahr, daß er vor zwei Uhr nach Hause kommt? Denn knapp nach zwei geht schon der Zug, und er muß hinaus, das heißt ... es ist unbedingt nötig, glauben Sie mir, daß er hinausfährt. Ich übertreibe wirklich nicht.«

Ich spüre, sie zweifelt nicht. Abermals tritt sie näher, und ich sehe ihre Hand, wie sie sich unbewußt zu einer Geste formt, als ob sie mich beruhigen und beschwichtigen wollte.

»Selbstverständlich glaube ich es, wenn Sie es sagen. Und haben Sie keine Sorge. Was er tun kann, wird er tun.«

»Und darf ich ihm schreiben?«

»Ja, schreiben Sie ihm nur ... dort bitte.«

Sie geht voraus mit der merkwürdigen Sicherheit eines, der in diesem Raum um jedes Ding weiß. Dutzende Male im Tag muß sie seinen Schreibtisch mit ihren wachsamen Fingern ordnen und betasten, denn sie nimmt aus der linken Lade mit dem genauen Griff eines Sehenden drei, vier Blätter und legt sie mir vollkommen gerade auf die Schreibunterlage hin. »Dort finden Sie Feder und Tinte« – wieder weist sie präzis auf die richtige Stelle.

Ich schreibe in einem Ruck fünf Seiten. Ich beschwöre Condor, er müsse sofort hinaus, *sofort* – dreimal unterstreiche ich das Wort. Ich erzähle ihm alles, in flüchtigster und aufrichtigster Form. Ich hätte nicht standgehalten, ich hätte die Verlobung abgeleugnet vor den Kameraden – er allein habe gleich von Anfang an erkannt, daß die Furcht vor den andern, die erbärmliche Angst vor dem Geschwätz und Gerede meine Schwäche verschulde. Ich verschweige ihm nicht, daß ich mich selber richten wollte und daß der Oberst mich wider meinen Willen gerettet. Aber nur an mich hätte ich bis zu diesem Augenblick gedacht, jetzt erst begriffe ich, daß ich eine andere, eine Unschuldige mit mir reiße. *Sofort*, er werde doch verstehen, wie dringlich es sei, solle er hinausfahren – abermals unterstreiche ich das »sofort« – und ihnen die Wahrheit sagen, die ganze Wahrheit. Er solle nichts beschönigen. Er solle mich nicht als besser, als unschuldig hinstellen; wenn sie mir trotzdem meine Schwäche verzeihe, sei mir das Verlöbnis heiliger als je. *Jetzt* erst sei es mir wirklich heilig, und wenn sie es erlaube, käme ich gleich mit in die Schweiz, ich quittierte den Dienst, ich bliebe bei ihr, gleichgültig, ob sie bald geheilt würde oder später oder nie. Alles würde ich tun, um meine Feigheit, meine Lüge gutzumachen, nur den einen Wert habe mehr mein Leben: ihr zu beweisen, daß ich nicht sie, daß ich nur die andern betrogen hätte. Alles das solle er ihr ehrlich sagen, die volle Wahrheit, denn jetzt erst wisse ich, wie sehr ich ihr verpflichtet sei, mehr als allen andern Menschen, mehr als den Kameraden, als dem Militär. Nur sie solle mich richten, nur sie mir verzeihen. In ihren Händen sei jetzt die Entscheidung, ob sie mir vergeben könne, und er möge – es gehe doch um Tod und Leben – alles stehen und liegen lassen und hinausfahren mit dem Mittagszug. Unbedingt müsse er dort sein um halb fünf, nicht später, unbedingt noch zur Stunde, da sie mich sonst erwarte. Es sei meine letzte Bitte an ihn. Nur dies eine Mal solle er mir helfen und sofort – viermal unterstreiche ich dies jagende »sofort« – solle er hinaus, sonst sei alles verloren.

Als ich die Feder hinlegte, war mir sofort klar, daß ich mich nun zum erstenmal endgültig entschieden hatte. Im Schreiben erst war mir das Richtige bewußt geworden. Zum erstenmal war ich dem Obersten dankbar, der mich gerettet hatte. Ich wußte: nur einem Menschen, nur ihr, die mich liebte, war ich von nun ab mit meinem ganzen Leben verpflichtet.

In diesem Moment bemerkte ich auch, daß die Blinde völlig reglos neben mir gestanden hatte. Wieder kam über mich das Gefühl, das unsinnige, sie hätte jedes Wort des Briefes gelesen und sie wisse alles von mir.

»Verzeihen Sie meine Unhöflichkeit«, sprang ich sofort auf, »ich hatte ganz vergessen ... aber ... aber ... es war mir so wichtig, daß ich Ihren Herrn Gemahl gleich verständigte ...«

Sie lächelte mich an.

»Das macht doch nichts, daß ich ein bißchen gestanden bin. Wichtig war nur das andere. Mein Mann wird sicher tun, was immer Sie von ihm wollen ... ich habe gleich gefühlt – ich kenne doch in seiner Stimme jeden Ton – daß er Sie gern hat, besonders gern ... Und quälen Sie sich nicht« – ihre Stimme wurde immer wärmer – »ich bitte Sie, quälen Sie sich nicht ... es wird bestimmt alles wieder gut werden.«

»Gott gebe es!« sagte ich voll ehrlicher Hoffnung – wurde es denn nicht von den Blinden gesagt, daß sie der Weissagung mächtig seien?

Ich beugte mich nieder und küßte ihre Hand. Als ich aufsah, begriff ich nicht, daß mir diese Frau mit ihrem grauen Haar, ihrem herben Mund und der Bitternis ihrer blinden Augen zuerst häßlich erschienen war. Denn ihr Antlitz leuchtete von Liebe und menschlichem Mitgefühl. Mir war, als ob diese nur das Dunkel ewig spiegelnden Augen mehr vom Wirklichen des Lebens wüßten als all jene, die hell und strahlend in die Welt sehen.

Wie ein Genesener nahm ich Abschied. Daß ich in dieser Stunde einer andern Verstörten und Verstoßenen des Lebens mich neu und für immer versprochen hatte, dünkte mir mit einem Mal kein Opfer mehr. Nein, nicht die Gesunden, die Sicheren, die Stolzen, die Frohen, die Freudigen lieben – die brauchen es nicht! Die nehmen Liebe nur als gebotene Huldigung, als ihnen schuldige Pflicht hin, hochmütig und gleichgültig. Eine bloße Zutat, ein Schmuck im Haar, eine Spange an den Armen ist ihnen Hingabe eines andern, nicht ihres Lebens ganzer Sinn und Seligkeit. Einzig denen, die das Schicksal benachteiligt hat, einzig den Verstörten, den Zurückgesetzten, den Unsicheren, den Unschönen, den Gedemütigten kann man wahrhaft helfen durch Liebe. Wer ihnen sein Leben hingibt, entgilt, was das Leben ihnen genommen. Nur sie wissen zu lieben und geliebt zu werden, wie man lieben soll: dankbar und demütig.

Mein Bursche wartet getreulich in der Bahnhofshalle. »Komm«, lache ich ihn an. Mir ist mit einmal merkwürdig leicht geworden. Ich weiß mit einer noch nie gekannten Entlastung: endlich habe ich das Richtige getan. Ich habe mich gerettet, ich habe einen anderen Menschen gerettet. Und ich bereue nicht einmal mehr die unsinnige Feigheit der letzten Nacht. Im Gegenteil, ich sage mir: es ist *besser* so. Es ist besser, daß es so gekommen ist, daß jene, die mir vertrauten, jetzt wissen, daß ich kein Held, kein Heiliger bin, nicht ein Gott, der aus der Wolke gnädig ein armes krankes Wesen zu sich zu heben geruht. Wenn ich jetzt ihre Liebe an mich nehme, ist es kein Opfer mehr. Nein, an mir ist es jetzt, Verzeihung zu fordern, an ihr, sie zu gewähren. Es ist besser so.

Nie habe ich mich meiner derart sicher gefühlt; nur einmal wehte noch flüchtig ein Schatten von Angst heran, und das war, als in Lundenburg ein dicker Herr hereinstürzte ins Coupé und sich keuchend auf den Polstersitz fallen ließ: »Gott sei Dank, daß ich ihn noch erwischt habe. Ohne die sechs Minuten Verspätung hätte ich den Zug versäumt.«

Unwillkürlich stieß es in mich hinein. Wie, wenn Condor am Ende mittags nicht nach Hause gekommen wäre? Oder zu spät gekommen, um noch den Nachmittagszug zu erreichen? Dann war ja alles vergeblich! Dann wartet und wartet sie. Sofort blitzt das Schreckbild der Terrasse wieder auf: wie sie die Hände anklammert an das Geländer und hinunterstarrt und sich schon neigt über die Tiefe! Um Gottes willen, sie muß doch rechtzeitig erfahren, wie sehr ich meinen Verrat bereue! Rechtzeitig, ehe sie verzweifelt, ehe vielleicht das Entsetzliche geschieht! Am besten, ich telegraphiere von der ersten Station noch ein paar Worte, die sie zuversichtlich machen, für den Fall, daß Condor sie nicht benachrichtigt haben soll.

In Brünn, der nächsten Station, springe ich aus dem Zug und laufe zum Telegraphenamt des Bahnhofs. Aber was ist denn los? Vor der Tür drängt, dicht geknäult, eine schwarze, traubige Wabe, ein aufgeregter Haufen Menschen und liest einen Anschlag. Mit Gewalt und Grobheit muß ich mich, rücksichtslos die Ellbogen gebrauchend, zur kleinen Glastür in das Postamt durchstoßen. Rasch, rasch jetzt ein Formular! Was schreiben? Nur nicht zu viel! »Edith von Kekesfalva. Kekesfalva. Tausend Grüße von unterwegs und treues Gedenken. Dienstlicher Auftrag. Komme bald zurück. Condor berichtet alles Nähere. Schreibe sofort wie angelangt. Innigst Anton.«

Ich gebe das Telegramm auf. Wie langsam die Beamtin ist, wie viel sie herumfragt: Absender, Adresse, eine Formalität nach der andern. Und der Zug geht doch schon in zwei Minuten ab. Abermals muß ich ziemlich Gewalt anwenden, um mich durch den neugierigen Haufen vor dem Anschlag durchzudrücken, der sich inzwischen noch vergrößert hat. Was ist denn eigentlich los? will ich eben noch fragen. Aber da gellt bereits das Abfahrtssignal. Mir bleibt gerade noch Zeit, in den Waggon zu springen. Gott sei Dank, jetzt ist alles getan, jetzt kann sie nicht mißtrauisch, nicht unruhig werden. Nun erst spüre ich, wie abgemüdet ich bin von diesen zwei angespannten Tagen, diesen zwei schlaflosen Nächten. Und abends in Czaslau anlangend, muß ich alle Kraft zusammenraffen, um das eine Stockwerk zu meinem Hotelzimmer hinaufzutaumeln. Dann stürzte ich in den Schlaf wie in einen Abgrund hinein.

Ich glaube, ich muß schon im Augenblick des Ausstreckens eingeschlafen sein – es war wie ein Untersinken mit gelähmten Sinnen in eine dunkle, tiefe Flut, tief, tief hinab in einen sonst nie erreichten Grund der Selbstauflösung. Dann erst, viel später, begann ein Traum, von dem ich den Anfang nicht weiß. Nur dies erinnere ich mich noch, daß ich abermals in einem Zimmer stand, ich glaube, es war das Wartezimmer Condors, und auf einmal begann wieder dieser fürchterliche Ton, der mir seit Tagen hölzern in den Schläfen tickte, der rhythmische Krückenton, das schreckliche Tok-tok, Tok-tok. Zuerst klapperte es ganz fern wie von der Straße her und dann näher, Tok-tok, Tok-tok, und jetzt schon ganz nahe, ganz heftig, Tok-tok, Tok-tok, und schließlich so entsetzlich nahe der Zimmertür, daß ich aus dem Traum aufschrecke und erwache.

Mit offenen Augen starre ich ins Dunkel des fremden Raumes. Aber da abermals: Tok-tok – ein heftiges Pochen von hartem Knöchel. Nein, ich träume nicht mehr, jemand hat angeklopft. Jemand klopft von außen an meine Tür. Ich springe aus dem Bett und öffne hastig. Draußen steht der Nachtportier.

»Herr Leutnant werden ans Telephon verlangt.«

Ich starre ihn an. Ich? Ans Telephon? Wo ... wo bin ich denn? Fremdes Zimmer, fremdes Bett ... ach so ... ich bin in ... ach ja, in Czaslau. Aber ich kenn doch hier keinen einzigen Menschen, wer kann mich da mitten in der Nacht ans Telephon rufen? – Unsinn! Es muß mindestens Mitternacht sein. Doch der Portier drängt: »Bitte rasch, Herr Leutnant, ein Ferngespräch aus Wien, ich hab den Namen nicht genau verstanden.«

Sofort bin ich ganz wach. Aus Wien! Das kann nur Condor sein. Gewiß will er mir Nachricht geben: sie hat mir verziehen. Alles ist geordnet. Ich herrsche den Portier an:

»Rasch hinunter! Sagen Sie, ich komme sofort.«

Der Portier verschwindet, ich werfe noch eiligst meinen Mantel über das bloße Hemd und laufe ihm schon nach. Das Telephon befindet sich in der Ecke des ebenerdigen Büros, der Portier hält bereits den Hörer am Ohr. Ungeduldig stoße ich ihn fort, obwohl er sagt: »Es ist unterbrochen«, und horche in die Muschel hinein.

Aber nichts ... nichts. Nur ein fernes Singen und Surren ... sfff ... sff ... srrr, wie metallene Moskitoflügel. »Hallo, hallo«, schreie ich und warte, warte. Keine Antwort. Nur das höhnische sinnlose Summen. Fröstelt mich so, weil ich nichts anhabe außer dem übergeschlagenen Mantel, oder macht das die jähe Angst? Vielleicht ist die Sache doch aufgeflogen. Oder vielleicht ... ich warte, ich horche, den heißen Kautschukring eng ans Ohr gepreßt. Endlich krx ... krx ... eine Umschaltung und die Stimme des Telephonfräuleins:

»Haben Sie schon Verbindung?«

»Nein.«

»Aber sie war doch eben da, Anruf aus Wien! ... Einen Augenblick bitte. Ich sehe gleich nach.«

Wieder krx ... krx ... Es schaltet im Apparat, es knarrt, es knackst, es gluckst, es gurgelt. Es saust und schwingt und dann, in allmählicher Abschwächung, wieder nur das feine Surren und Summen der Drähte. Plötzlich eine Stimme, harter barscher Baß:

»Hier Platzkommando Prag. Spricht dort Kriegsministerium?«

»Nein, nein«, schreie ich verzweifelt hinein. Die Stimme poltert undeutlich noch etwas und verlischt, verliert sich im Leeren. Wieder nur das stupide Surren und Schwingen und dann neuerdings ein wirrer Sprechschatten von fernen, unverständlichen Stimmen: Endlich das Telephonfräulein:

»Entschuldigen, ich habe eben nachgesehen. Die Verbindung

ist unterbrochen. Ein dringendes Dienstgespräch. Ich gebe sofort Signal, wenn der Abonnent sich wieder meldet. Bitte inzwischen abhängen.«

Ich hänge ab, erschöpft, enttäuscht, erbittert. Nichts Unsinnigeres, als eine Stimme aus der Ferne schon an sich gerissen zu haben und sie nicht festhalten zu können. Als ob ich einen riesigen Berg zu rasch emporgestiegen wäre, hämmert mir das Herz in der Brust. Was war das? Nur Condor kann das gewesen sein. Aber warum telephoniert er mir jetzt um halb eins in der Nacht?

Der Portier nähert sich höflich. »Herr Leutnant können ruhig oben auf dem Zimmer warten. Ich laufe sofort hinauf, sowie die Verbindung kommt.«

Aber ich lehne ab. Nicht noch einmal das Gespräch verpassen. Keine Minute will ich verlieren. Ich muß wissen, was geschehen ist, denn etwas – das fühle ich schon – ist viele Kilometer weit geschehen. Telephoniert kann nur Condor haben oder die draußen. Nur er kann ihnen die Hoteladresse gegeben haben. Jedenfalls muß es wichtig, muß es dringend gewesen sein, sonst reißt man nicht mitternachts jemanden aus dem Bett. In allen Nerven vibriert's: man braucht mich, man benötigt mich! Irgend jemand will etwas von mir. Irgend jemand hat mir etwas Entscheidendes zu sagen, woran Tod und Leben hängt. Nein, ich darf nicht fort, ich muß auf meinem Posten bleiben. Keine Minute will ich versäumen.

So setze ich mich auf den harten Holzsessel, den mir der Portier etwas verwundert hinstellt, und warte, die nackten Beine unter dem Mantel verborgen, den Blick starr auf den Apparat gerichtet. Ich warte eine Viertelstunde, eine halbe Stunde, zitternd vor Unruhe und vielleicht Kälte, dazwischen immer wieder mit dem Hemdärmel den plötzlich aufbrechenden Schweiß von der Stirne wischend. Endlich – rrr – eine Klingel.

Ich stürze hin, reiße den Hörer: jetzt, jetzt werde ich alles erfahren!

Aber es ist ein dummer Irrtum, auf den der Portier mich sofort aufmerksam macht. Nicht das Telephon hat geklingelt, sondern draußen die Hausglocke; der Portier schließt eilig einem verspäteten Pärchen auf. Mit einem Mädchen rasselt ein Rittmeister durch die geöffnete Haustür, wirft vorübergehend einen verwunderten Blick in die Portierloge auf den sonderbaren Menschen, der ihn mit bloßem Hals und nackten Beinen aus einem Offiziersmantel anstarrt. Mit sehr flüchtigem Gruß verschwindet er samt seinem Mädchen auf der halbdunklen Treppe.

Jetzt ertrage ich es nicht mehr. Ich drehe die Kurbel und frage die Telephonistin:

»Ist der Anruf noch nicht gekommen?«

»Welcher Anruf?«

»Wien ... ich glaube aus Wien ... vor mehr als einer halben Stunde.«

»Ich frage gleich nochmals nach. Einen Augenblick.«

Der Augenblick dauert lang. Endlich das Signal. Aber das Telephonfräulein beruhigt nur:

»Ich habe schon rückgefragt: noch kein Bescheid. Nur noch ein paar Minuten, ich rufe Sie gleich auf.«

Warten! Noch ein paar Minuten warten! Minuten! Minuten! In einer Sekunde kann ein Mensch sterben, ein Schicksal sich entscheiden, eine Welt zugrunde gehen! Warum läßt man mich warten, so verbrecherisch lang warten? Das ist ja Marter, das ist ja Wahnsinn! Die Uhr zeigt schon halb zwei. Eine Stunde sitze ich hier schon herum und schaure und friere und warte.

Endlich, endlich wieder das Signal. Ich horche mit allen Sinnen; doch die Telephonistin meldet nur:

»Ich habe eben Bescheid. Das Gespräch ist abgemeldet.«

Abgemeldet? Was heißt das? Abgemeldet? »Einen Augenblick, Fräulein.« Aber sie hat schon abgehängt.

Abgemeldet? Warum abgemeldet? Warum rufen sie mich an um halb eins in der Nacht und melden dann ab? Etwas muß geschehen sein, was ich nicht weiß und doch wissen muß. Entsetzliches Grauen, die Ferne, die Zeit nicht durchstoßen zu können! Soll ich Condor meinerseits anrufen? Nein, jetzt nicht mehr in der Nacht! Seine Frau würde erschrecken. Wahrscheinlich war es ihm schon zu spät, und er ruft lieber früh nochmals an.

Diese Nacht, ich kann sie nicht beschreiben. Jagend, in wirren Bildern, eine Flucht unsinniger Gedanken, und ich selbst müde und überwach zugleich, immer wartend mit allen Nerven, horchend auf jeden Schritt über Treppe und Gang, auf jedes Klingeln und Klirren von der Straße, auf jede Regung und jeden Laut, und gleichzeitig taumelnd schon vor Müdigkeit, ausgelaugt, ausgeschöpft, und dann endlich Schlaf, ein viel zu tiefer, viel zu langer Schlaf, zeitlos wie der Tod, abgründig wie das Nichts.

Als ich erwache, ist es taghell im Zimmer. Ein Blick auf die Uhr: halb elf. Um Gottes willen, und ich sollte mich doch gleich melden, hat der Oberst befohlen! Wieder funktioniert, ehe ich anfangen kann an Persönliches zu denken, das Militärische, das Dienstliche automatisch in mir. Ich fahre in die Montur, ziehe mich an und jage die Treppe hinunter. Der Portier will mich aufhalten. Nein – später alles andere! Erst die Meldung, wie ich's mit Ehrenwort dem Obersten versprochen habe.

Die Kartusche vorschriftsmäßig umgeschnallt, betrete ich die Kanzlei. Aber dort sitzt nur ein kleiner rothaariger Unteroffizier, der ganz erschrocken aufstarrt, als er mich sieht.

»Rasch hinunter bitte, Herr Leutnant, zum Befehl. Ausdrücklich hat der Herr Oberstleutnant befohlen, alle Offiziere und Mannschaften der Garnison müssen Punkt elf gestellt sein. Bitte nur schnell hinunter.«

Ich rase die Treppe hinab. Tatsächlich, im Hof sind sie alle schon versammelt, die ganze Garnison; mir bleibt gerade noch Zeit, neben den Feldkuraten zu treten, und schon erscheint der Divisionär. Er schreitet sonderbar langsam und feierlich, entfaltet ein Blatt und beginnt mit weithin tönender Stimme:

»Ein fürchterliches Verbrechen hat sich ereignet, das Österreich-Ungarn und die ganze zivilisierte Welt mit Abscheu erfüllt« – (Welches Verbrechen, denke ich erschreckt. Unwillkürlich beginne ich zu zittern, als ob ich's selber begangen hätte.) – »Der hinterlistige Mord ...« (welcher Mord?) – »an unserem vielgeliebten Thronfolger, Seiner kaiserlich und königlichen Hoheit, dem Erzherzog Franz Ferdinand und höchstdessen Gemahlin« – (Wie? Man hat den Thronfolger ermordet? Wann denn? Richtig, in Brünn standen doch gestern so viele Leute um ein Anschlagsblatt herum – das also war es!) – »hat unser erlauchtes Kaiserhaus in tiefe Trauer und Bestürzung versetzt. Aber die k. u. k. Armee ist es vor allem, die ...«

Ich höre das Weitere nicht mehr deutlich. Ich weiß nicht warum, aber das eine Wort »Verbrechen«, das Wort »Mord« hat mir wie ein Hammer auf das Herz geschlagen. Wäre ich selber der Mörder gewesen, ich hätte nicht mehr erschrecken können. Ein Verbrechen, ein Mord – das hat doch Condor gesagt. Mit einmal höre ich nicht mehr, was dieser blaue, ordensgeschmückte Federbuschmann dort vorne schwätzt und schmettert. Mit einmal habe ich mich an den Telephonanruf von heute nacht erinnert. Warum hat Condor mir nicht morgens Nachricht gegeben? Ob am Ende nicht doch etwas geschehen ist? Ohne mich beim Oberstleutnant zu melden, benütze ich das allgemeine Durcheinander nach dem Befehl, um rasch ins Hotel zurückzulaufen: vielleicht ist inzwischen doch ein Anruf gekommen.

Der Portier reicht mir ein Telegramm entgegen. Es sei schon heute früh eingelangt, aber ich wäre so eilig an ihm vorbeigestürzt, daß er es mir nicht habe übergeben können. Ich reiße das Formular auf. Im ersten Augenblick begreife ich nichts. Keine Unterschrift! Ein völlig unverständlicher Text! Dann verstehe ich erst: es ist nichts als der postalische Bescheid, daß mein eigenes Telegramm, aufgegeben um drei Uhr achtundfünfzig Minuten in Brünn, unbestellbar gewesen sei.

Unbestellbar? Ich starre das Wort an. Ein Telegramm an Edith von Kekesfalva unbestellbar? Jeder Mensch kennt sie doch dort in dem kleinen Ort. Jetzt vermag ich die Spannung nicht mehr zu ertragen. Sofort lasse ich Wien telephonisch anmelden, Doktor Condor. »Dringend?« fragt der Portier. »Ja, dringend.«

Nach zwanzig Minuten habe ich die Verbindung und – schlimmes Wunder! – Condor ist daheim und gleich selbst am Telephon. In drei Minuten weiß ich alles – bei einem Ferngespräch hat man nicht viel Zeit, schonend zu sprechen. Ein teuflischer Zufall hat alles zunichte gemacht und die Unglückliche von meiner Reue, meinem innigen ehrlichen Entschluß nichts mehr erfahren. Alle Vorkehrungen des Obersten, die Sache zu vertuschen, hatten sich als vergeblich erwiesen. Ferencz und die Kameraden waren vom Kaffeehaus nicht nach Hause, sondern noch in die Weinstube gegangen. Dort hatten sie unglücklicherweise den Apotheker in großer Gesellschaft getroffen, und Ferencz, der gutmütige Tölpel, war aus lauter Liebe zu mir sofort auf ihn losgefahren. Vor allen Leuten hatte er ihn zur Rede gestellt und beschuldigt, derart niederträchtige Lügen über mich zu verbreiten. Es hatte einen furchtbaren Skandal gegeben, am nächsten Tage wußte es die ganze Stadt.

Denn der Apotheker, in seiner Ehre tief verletzt, war frühmorgens gleich in die Kaserne gestürmt, um meine Zeugenschaft zu erzwingen, und auf den verdächtigen Bescheid hin, ich sei verschwunden, mit dem Wagen zu den Kekesfalvas hinausgefahren. Dort hatte er den alten Mann in seinem Büro angefallen und gebrüllt, daß die Fenster klirrten, Kekesfalvas hätten ihn mit ihrer »dummen Telephoniererei« zum Narren gehalten, und er als altangesessener Bürger lasse sich von dieser frechen Offiziersbande nichts bieten. Er wisse schon, warum ich so feig Reißaus genommen hätte, und ihm könne man nicht vorschwindeln, daß dies ein bloßer Spaß gewesen sei; da stecke eine ausgiebige Lumperei von mir dahinter – aber wenn er bis zum Ministerium gehen müsse, er werde das aufklären und keinesfalls von solchen Rotzjungen in öffentlichen Lokalen sich beschimpfen lassen.

Mit Mühe war es gelungen, den Tobenden zu beschwichtigen und fortzuschaffen; inmitten seines Entsetzens hatte Kekesfalva nur eines gehofft, Edith würde nichts von seinen wüsten Verdächtigungen gehört haben. Aber verhängnisvollerweise hatten die Fenster des Büros offen gestanden und quer durch den Hof die Worte furchtbar deutlich hinübergehallt bis zu dem Fenster des Salons, wo sie saß. Wahrscheinlich hatte sie sofort ihren langgeplanten Entschluß gefaßt. Aber sie wußte sich wohl zu verstellen; nochmals ließ sie sich die neuen Kleider zeigen, sie lachte mit Ilona, tat freundlich mit dem Vater, fragte nach hundert Einzelheiten, ob dies und jenes schon vorbereitet und gepackt sei. Heimlich allerdings beauftragte sie Josef, in der Kaserne anzurufen, wann ich zurückkäme und ob ich nicht einen Bescheid zurückgelassen hätte. Daß dort die Ordonnanz getreulich berichtete, ich sei dienstlich auf unbestimmte Zeit abkommandiert und hätte keinerlei Nachricht für irgend jemanden hinterlassen, gab den Ausschlag. In der Ungeduld ihres Herzens wollte sie nicht einen Tag, nicht eine Stunde warten. Ich hatte sie zu tief enttäuscht, zu tödlich getroffen, als daß sie mir noch weiter vertrauen wollte, und meine Schwäche machte sie verhängnisvoll stark.

Nach Tisch ließ sie sich auf die Terrasse führen, und wie von einer dunklen Ahnung bewegt, war Ilona gerade durch ihre auffällige Heiterkeit beunruhigt. Sie wich nicht von ihrer Seite. Aber um halb fünf – genau die Zeit, um die ich sonst zu kommen pflegte, und gerade eine Viertelstunde, bevor fast gleichzeitig mein Telegramm und Condor eintrafen, ersuchte Edith die Getreue, ihr ein bestimmtes Buch zu holen, und unseligerweise gab Ilona dieser scheinbar arglosen Bitte nach. Und diese eine knappe Minute nützte die Ungeduldige, die ihr Herz nicht bezähmen konnte, um ihren Entschluß auszuführen – genau wie sie es mir auf derselben Terrasse angekündigt, genau wie ich es in meinen Angstträumen gesehen, hatte sie das Schreckliche vollbracht.

Condor fand sie noch am Leben. Unbegreiflicherweise wies ihr leichter Körper keine wesentlichen äußeren Verletzungen auf, und man brachte die Besinnungslose in einem Krankenauto nach Wien. Bis spät in die Nacht hofften die Ärzte noch auf eine Möglichkeit, sie zu retten, und so hatte Condor um acht Uhr abends mich dringlich aus dem Sanatorium angerufen. Aber in jener Nacht des 29. Juni, die der Ermordung des Thronfolgers folgte, waren alle Ämter der Monarchie in Aufruhr und ununterbrochen die Telephonlinien von den Zivil- und Militärbehörden mit Dienstgesprächen in Beschlag genommen. Vier Stunden wartete Condor vergeblich auf die Verbindung. Erst als nach Mitternacht die Ärzte feststellten, daß keine Hoffnung mehr blieb, ließ er das Gespräch abmelden. Eine halbe Stunde später war sie tot.

Von den Hunderttausenden, die in jenen Augusttagen der Krieg aufrief, sind, ich bin dessen gewiß, nur wenige so gleichmütig und sogar ungeduldig an die Front abgegangen wie ich. Nicht daß ich kriegswütig gewesen wäre. Es war nur ein Ausweg, eine Rettung für mich; ich flüchtete in den Krieg wie ein Verbrecher ins Dunkel. Die vier Wochen bis zur Entscheidung hatte ich in einem Zustand der Selbstverachtung, der Verwirrung, der Verzweiflung verbracht, an den ich mich noch heute mit mehr Grauen erinnere als an die fürchterlichsten Stunden auf den Schlachtfeldern. Denn ich war überzeugt, durch meine Schwäche, durch mein erst lockendes und dann flüchtendes Mitleid einen Menschen und dazu den einzigen Menschen, der mich leidenschaftlich liebte, ermordet zu haben. Ich wagte nicht mehr, auf die Gasse zu gehen, ich meldete mich krank, ich verkroch mich in meinem Zimmer. Ich hatte Kekesfalva geschrieben, um ihm meine Anteilnahme (ach, es war wirklich *mein* Anteil) auszudrücken: er antwortete nicht. Ich überhäufte Condor mit Erklärungen, um mich zu rechtfertigen: er antwortete nicht. Von den Kameraden kam keine Zeile, von meinem Vater nicht – in Wirklichkeit wohl darum, weil er in seinem Ministerium während jener kritischen Wochen überbeschäftigt war. Ich aber erblickte in diesem einhelligen Schweigen eine verabredete Verurteilung. Immer tiefer verstrickte ich mich in den Wahn, alle hätten mich verurteilt, so wie ich mich selber verurteilte, alle hielten mich für einen Mörder, weil ich mich selber so nannte. Während das ganze Reich vor Erregung bebte, während rings im verstörten Europa alle Drähte wie glühend zitterten von Schreckensnachrichten, während die Börsen wankten, die Armeen mobilisierten und die Vorsichtigen bereits ihre Koffer packten, dachte ich nur an meinen feigen Verrat, an meine Schuld. Weggerufen zu werden von mir selbst, bedeutete darum Befreiung für mich; der Krieg, der Millionen Unschuldige hinabgerissen, hat mich, den Schuldigen, vor Verzweiflung gerettet (aber ich rühme ihn darum nicht).

Mich ekeln pathetische Worte. So sage ich nicht etwa: ich habe damals den Tod gesucht. Ich sage nur: ich habe ihn nicht gefürchtet, zum mindesten weniger gefürchtet als die meisten, denn in manchen Augenblicken schien mir eine Rückkehr in das Hinterland, wo ich die Mitwisser meiner Schuld wußte, furchtbarer als alles Grauen der Front – und wohin auch hätte ich zurück sollen, wer brauchte mich, wer liebte mich noch, für wen, wofür sollte ich leben? Sofern tapfer sein nichts Anderes, nichts Höheres bedeutet, als sich nicht fürchten, darf ich getrost und ehrlich behaupten, im Felde tatsächlich tapfer gewesen zu sein, denn selbst was den männlichsten meiner Kameraden schlimmer schien als Sterben – selbst die Möglichkeit des Verkrüppelt-, des Verstümmeltwerdens, schreckte mich nicht. Als Strafe, als gerechte Rache hätte ich es wahrscheinlich empfunden, selber hilflos, ein Krüppel zu werden, Beute jedes fremden Mitleids, weil das meine damals zu feige, zu schwächlich gewesen war. Wenn der Tod mir nicht begegnete, lag das Versäumnis also nicht an mir; ich bin ihm mit dem kalten Blick des Gleichgültigen Dutzende Male entgegengegangen. Wo etwas besonders Schweres zu tun war, wo man Freiwillige forderte, meldete ich mich. Wo es scharf auf scharf ging, fühlte ich mich wohl. Nach meiner ersten Verwundung ließ ich mich zur Maschinengewehrkompagnie und später zu den Fliegern transferieren; anscheinend ist mir dort wirklich auf unseren elenden Apparaten allerhand gelungen. Aber immer, wenn ich in einem Erlaß das Wort »Tapferkeit« im Zusammenhang mit meinem Namen gedruckt fand, hatte ich das Gefühl eines Betrügers. Und wenn jemand zu scharf auf meine Auszeichnungen blickte, bog ich rasch zur Seite.

Als dann die vier endlosen Jahre vorüber waren, entdeckte

ich zu meiner eigenen Überraschung, daß ich in jener früheren Welt trotzdem wieder zu leben vermochte. Denn wir vom Hades Heimkehrenden wogen alle Dinge mit einem neuen Gewicht. Den Tod eines Menschen auf dem Gewissen zu haben, galt einem Weltkriegssoldaten nicht mehr das gleiche wie dem Menschen der Friedenswelt; meine eigene private Schuld, sie hatte sich in dem riesigen Blutsumpf völlig aufgelöst in die allgemeine; denn dasselbe Ich, dieselben Augen, dieselben Hände, hatten doch auch das Maschinengewehr eingestellt, das bei Limanova die erste Welle der russischen Infanterie vor unserem Graben hinmähte, selbst hatte ich mit dem Feldstecher nachher die grassen Augen der durch mich Getöteten, der durch mich Verwundeten gesehen, die im Stacheldraht stundenlang noch stöhnten, ehe sie elend verreckten. Ich hatte vor Görz ein Flugzeug heruntergeholt; dreimal überschlug es sich in der Luft, ehe es mit aufzuckender Stichflamme am Karstgestein zerschellte, und mit eigener Hand hatten wir dann die verkohlten und noch grausig schwelenden Leichen nach der Erkennungsmarke abgesucht. Abertausende, die neben mir in Reih und Glied marschierten, hatten das gleiche getan, mit dem Karabiner, dem Bajonett, dem Flammenwerfer, dem Maschinengewehr und der nackten Faust, Hunderttausende und Millionen meiner Generation in Frankreich, in Rußland und Deutschland – was galt da ein einzelner Mord noch viel, was eine private, persönliche Schuld innerhalb der tausendfältigen und kosmischen, dieser fulminantesten Massenzerstörung und Massenvernichtung menschlichen Lebens, die bisher die Geschichte gekannt?

Und dann – erneute Entlastung – in dieser Rückwärtswelt stand kein Zeuge mehr wider mich. Niemand konnte den für besondere Tapferkeit Ausgezeichneten seiner einstigen Feigheit bezichtigen, niemand mehr mir meine verhängnisvolle

Schwachheit vorwerfen. Kekesfalva hatte den Tod seiner Tochter nur um wenige Tage überlebt, Ilona wohnte als kleine Notarsgattin in einem jugoslawischen Dorf, der Oberst Bubencic hatte sich an der Save erschossen, meine Kameraden waren gefallen oder hatten längst die nichtige Episode vergessen – alles »zuvor« war doch so nichtig und ungültig geworden in diesen vier apokalyptischen Jahren wie das frühere Geld. Niemand konnte mich anklagen, niemand mich richten; mir war wie einem Mörder, der die Leiche seines Opfers im Gehölz vergraben hat und der Schnee beginnt zu fallen, dicht, weiß, schwer; Monate noch, weiß er, wird die schützende Decke über seiner Untat liegen und dann jede Spur für immer verloren sein. So faßte ich Mut und begann wieder zu leben. Da niemand mich erinnerte, vergaß ich schon selbst meine Schuld. Denn tief und gut vermag das Herz zu vergessen, wo es dringlich vergessen will.

Nur einmal kam das Erinnern vom andern Ufer zurück. Ich saß im Parterre der Wiener Oper auf einem Ecksitz der letzten Reihe, um wieder einmal den Gluck'schen »Orpheus« zu hören, dessen reine und verhaltene Schwermut mich mehr als jede andere Musik ergreift. Eben endete die Ouvertüre, man erhellte in der knappen Pause nicht den verdunkelten Saal, ließ aber einigen Nachzüglern noch Gelegenheit, sich im Dunkel auf ihre Plätze zu begeben. Auch zu meiner Reihe schatteten zwei dieser Spätkömmlinge, ein Herr und eine Dame.

»Darf ich bitten«, neigte sich höflich der Herr mir zu. Ohne ihn zu beachten oder zu betrachten, stand ich auf, um den Durchlaß freizugeben. Aber statt sich sogleich auf den leeren Platz neben mich zu setzen, schob er zuerst behutsam mit führenden, zärtlich lenkenden Händen die Dame voran; er zeigte, er ebnete ihr gleichsam den Weg und klappte ihr überdies fürsorglich den Sitz auf, ehe er sie in den Fauteuil niedersenkte.

Diese Art der Obhut war zu ungewöhnlich, um mir nicht aufzufallen. Ach, eine Blinde, dachte ich und blickte unwillkürlich mitfühlend zu ihr hin. Aber da nahm neben mir der etwas dickliche Herr Platz, und mit einem Riß im Herzen erkannte ich ihn: Condor! Der einzige Mensch, der alles wußte, der mich kannte bis in die tiefsten Tiefen meiner Schuld, saß atemnah neben mir. Er, dessen Mitleid nicht eine mörderische Schwäche gewesen wie das meine, sondern aufopfernde, sich selbst aufopfernde Kraft, er, der einzige, der mich richten konnte, der einzige, vor dem ich mich zu schämen hatte! Wenn im Zwischenakt die Lüster aufflammten, mußte er mich sofort erkennen.

Ich begann zu zittern und schob hastig die Hand vor mein Gesicht, um wenigstens im Dunkel geschützt zu sein. Nicht eine Schwingung hörte ich mehr von der geliebten Musik, mein Herz hämmerte zu heftig. Die Nähe dieses Menschen, des einzigen auf Erden, der wahrhaft um mich wußte, erdrückte mich. Als säße ich splitternackt im Dunkel unter all den wohlgekleideten und wohlanständigen Menschen, schauerte ich jetzt schon vor dem Augenblick, da die aufflammende Beleuchtung mich offenbaren mußte. Und so drückte ich in dem kurzen Intervall zwischen dunkel und hell, während über den ersten Akt der Vorhang zu sinken begann, rasch den Kopf nieder und flüchtete durch den Mittelgang – ich glaube, rasch genug, daß er mich nicht sehen, nicht erkennen konnte. Aber seit jener Stunde weiß ich neuerdings: keine Schuld ist vergessen, solange noch das Gewissen um sie weiß.

Ein einzigartiges Vermächtnis

Es ist eine *Welt von Gestern*, die Stefan Zweig in seinen Lebenserinnerungen heraufbeschwört: das Wien der 1920er Jahre, das »goldene Zeitalter der Sicherheit«, das von einer Stimmung des Aufbruchs und der kulturellen Freiheit beflügelt war. Als sich in den 1930er Jahren die Schatten des Faschismus über Europa legten, ging Stefan Zweig ins Exil, doch seine Erinnerungen an die *Welt von Gestern* blieben.

Stefan Zweig, Die Welt von Gestern. Erinnerungen eines Europäers. insel taschenbuch 4207. 501 Seiten

NF 166/1/10.12